Michael Thelwell

SAG BABYLON, ES WIRD NOCH VON MIR HÖREN

THE HARDER THEY COME

Aus dem Amerikanischen von
Pociao und Eleonore Wiedenroth

rororo

Rowohlt

rororo panther
herausgegeben von Jutta Lieck und Eberhard Naumann

Umschlagentwurf Dieter Wiesmüller
Veröffentlicht im Rowohlt Taschenbuch Verlag GmbH,
Reinbek bei Hamburg, Juni 1986

Gesetzt aus der Garamond (Linotron 202)
Gesamtherstellung Clausen & Bosse, Leck
Printed in Germany
1280-ISBN 3 499 15782 9

Vorwort des Autors

Es muß noch etwas gesagt werden über das Verhältnis dieses Buches zu dem mit Recht gefeierten Film gleichen Titels von Perry Henzell. Jeder, der diesen ausgezeichneten, politischen Film kennt, wird auf einen Blick sehen, daß es sich bei diesem Buch nicht um eine «Romanfassung» des Films handelt. Dies soll in keiner Weise herunterspielen, wieviel dieses Buch dem Film verdankt, sondern – ganz im Gegenteil – wie stark dieses Buch sich auf den Film bezieht und ihm verpflichtet ist. Die zur Zeit beliebte Vorgehensweise der «Romanfassung», d. h. der Ausschmükkung des vorliegenden Filmtextes durch Bruchstückchen erzählender und beschreibender Art, führt für meine Begriffe nicht zu einem Roman. Zumindest nicht zu dem, was ich unter Roman verstehe.

The Harder They Come von Henzell und Trevor Rhone ist eine brillante, kreative und sehr erfolgreich auf die Leinwand umgesetzte Auslegung eines Ereignisses jüngster jamaikanischer Geschichte, die bereits zur Legende wurde: das Leben und die Taten von «Rhygin», dem ersten und dramatischsten der großen Revolverhelden aus dem Getto. Henzell und Rhone machten Szenen aus Rhygins Laufbahn zum Mittelpunkt ihres Films über das Leben und die Kultur der Arbeiterklasse, der in die psychologischen, wirtschaftlichen und politischen Gründe eintauchte, «Rhygins» Aufstand.

Ihr Film hat dieses Buch angeregt.

Während ich streng an der Auffassung über die Wichtigkeit dieses Ereignisses festhalte, habe ich doch viele geschichtliche und politische Einzelheiten hinzugefügt, deren Schilderung über die Möglichkeiten des Films hinausgegangen wäre. Um dies zu ermöglichen, habe ich also Personen und Situationen geschaffen, wie auch eine persönliche und soziale Geschichte um den Helden, so daß – hoffentlich – der wesentliche Grundzug und Charakter des Films erhalten blieb, während gleichzeitig das geschichtliche und kulturelle Panorama erweitert wurde. Zum Beispiel habe ich aus Gründen der Ironie und Schärfe etwa sechzig Jahre der sozialen Geschichte und des kulturellen Wandels – einige würden eher «Fortschritt» sagen – in einer Generation zusammengefaßt.

Mein Bestreben war es, ein weiter gefaßtes, neues Werk zu schaffen, in das die Handlung, die Charaktere und Szenen des Films organisch eingepaßt würden und das als Roman mindestens ebenso gut bestehen würde, wie der Film im Kino es bereits getan hat. Anders ausgedrückt, ich habe versucht, nicht den Roman als Gegenstück zum Film zu schreiben, sondern zumindest einen Roman, aus dem der Film hätte entstehen können, wenn der ganze Vorgang umgekehrt würde, wie es ja auch meistens der Fall ist.

Da ich nun einmal damit angefangen habe aufzuzählen, in wessen Schuld ich stehe, ist es schwer, einen Schlußpunkt zu finden. Ich kann genausogut fortfahren, meine Schuld abzutragen, wie Unoka, der Vater von Okonkwo, raten würde, zumindest die großen und eher drükkenden Schulden.

Diese ganze Unternehmung verdankt Kent Carroll sehr viel, dem Herausgeber von Grove Press, der sich das Projekt ausdachte und nie den Glauben daran verlor. Meinen Kindern Tracey und Todd verdanke ich sehr viel, sowohl wegen ihrer Geduld und ihrer Nachsicht als auch wegen ihres klaren, kritischen Kommentars, oft mitleidsvoll hervorgebracht (Oh, plump, Paps, einfach steif). Für eine mit viel gutem Willen und viel Kenntnis durchgeführte Arbeit am Manuskript, die endlos schien, stehe ich in der Schuld von Meline Kasparian.

Dieses Buch widme ich angemessenerweise meinem Vater. Aber es gibt in der literarischen Ahnenreihe noch einige ältere Verwandte, die großen Einfluß auf das Buch nahmen und die jedem, der sich die Mühe macht hinzusehen, ins Auge springen werden. So verdanke ich sehr viel Chinua Achebe aus Nsukka, Sterling A. Brown aus Howard, Sidney Kaplan aus Massachusetts und Andrew Salkey aus Jamaika.

M. T.
Pelham, Massachusetts
7. Juni 1979

Erstes Buch

UND DIE HÜGEL …

Und die Hügel waren voller Freude
Und die Täler klatschten in die Hände
Halleluja

1

Der Dorfjunge

So me get it, so me give it …
Jack Mandora, me no choose one

«He, Ivan! … Ivanhoe, he!» Ohne die Arbeit in ihrer offenen Küche zu unterbrechen, hörte Miss Mando, wie ihr Ruf zwischen den Hügeln widerhallte und irgendwo weit unten im Tal verklang: «Ivanhoe … hoe … hoe.»

Egal, wo der Junge steckte, sie war sicher, daß er sie hörte, selbst wenn er nicht genau wußte, wann Essenszeit war – schließlich war sie in der ganzen Gegend zu Recht für ihren klaren, weit tragenden Ruf bekannt. Die Kunst des wirklich guten Rufens war heutzutage so gut wie ausgestorben, die meisten jungen Leute wollten es nicht mehr lernen. Sie nahm an, daß sie es zu altmodisch und hinterwäldlerisch fanden. Ihr sollte es egal sein: *sie* konnte es jedenfalls noch. Zur Zeit der Aussaat, als sie mit ihrem Vater und ihren Brüdern zu dem kleinen Stückchen Land gezogen war, das sie alle ernährt hatte, war der Klang der Macheten und der schwere Rhythmus der Hacken von den Hügeln zurückgeworfen worden. Und der Gesang? Ach ja, Gott, diese wilden, schönen, melodischen Verse und der gleichmäßige Takt der Lieder, die das Arbeitstempo bestimmten. Und die Hügel – in jenen Tagen? Sie lächelte, als sie daran zurückdachte. Die Hügel waren voller Leben gewesen, gerade so, wie wenn man in einem Ameisenhügel herumstochert: ganze Familien, die sich Seite an Seite auf ihren Feldern abrackerten, um der Erde ein paar Brosamen abzutrotzen. Damals konnte man noch auf dem Jancro-Berg stehen und jemand weit unten in Blue Bay rufen. Man mußte nur anfangen: «Tata Uttie daaa …», und auf der nächsten Bergspitze stand ein Nachbar, der stolz auf seine eigene Stimme die Frage aufnahm und weitergab. So konnte man damals noch hören, wie ein einzelner Ruf laut und durchdringend unglaublich weite Entfernungen durch die stillen Berge zurücklegte und von den Hügeln wie von riesigen Schallkörpern widerhallte. Und es dauerte nicht lange, dann erscholl die Antwort: «Uttie nicht daa, ohhh», oder «Uttie hööört, oooh.»

Aber diesmal verhallte Miss Mandos Ruf unerwidert. Ungerührt schälte sie weiter ihre Yamswurzeln und grüne Bananen für den gußeisernen Topf, der über einem hüfthohen Fundament aus Lehm und Steinen hing, in dem ein Holzfeuer prasselte. Wo steckte der Junge bloß? Sie kehrte die Schalen zu einem Haufen für die Ziegen zusammen und drehte sich zur Tür, um ärgerlich ins Tal hinunter zu spähen.

Amanda Martin, die jedermann nur einfach Miss Mando nannte, war eine schwarzhaarige Frau, die ihre besten Jahre schon lange hinter sich hatte. Die Wände ihrer Küche – ein Schuppen hinter dem Haus – bestanden aus geflochtenem Bambus, der mit Lehm zugeschmiert war. Das Dach war aus Stroh und der sauber gefegte Fußboden von Generationen nackter Füße festgetreten. Der Rauch unzähliger Feuer hatte die Balken geschwärzt, an denen Streifen von Fleisch und Schweine- und Ochsenschwänze hingen, die sie eigenhändig gewürzt, gesalzen und geräuchert hatte. Auf dem Tisch, auf dem sie das Gemüse wusch und putzte, stand eine riesige Tonschale, die *yabbah* und unter dem Tisch ein reich verzierter holzgeschnitzter Mörser, eine ausgehöhlte Holzschüssel mit einem schweren Stößel. Das Trinkwasser wurde in einem großen Krug aus gebranntem Ton mit einer langen Tülle wie bei einer Teekanne aufbewahrt. Er war nach einer alten Überlieferung hergestellt, die das Wasser irgendwie stets frisch und kühl hielt.

Miss Mando schaute hinunter ins Tal, das ihre Heimat gewesen war, so wie die ihrer Ahnen, seit sie die heiße Wüste, die Zuckerrohrplantagen und die grausamen Erniedrigungen der Sklavenzeit aufgegeben hatten, um sich in den Regenwäldern der hohen zerklüfteten Gebirge eine neue Existenz aufzubauen.

Hinter den Jancro-Bergen ging jetzt allmählich die Sonne unter, und ein blauvioletter Schatten kroch über das Tal. Aus dem unberührten Urwald, dem Dschungel, von der Höhe der Berge kam der klagende, einsame Ruf einer Wildtaube, der zitternd in der stillen Abendluft hing wie der reine Klang unendlicher, unermeßlicher Traurigkeit. Armes Ding, dachte Miss Mando, vielleicht geht's ihr wie mir, ruft ihr verlorenes *Pickney.*

Jeden Abend zur gleichen Zeit, kurz bevor die tropische Nacht urplötzlich über dem Wald hereinbrach, erscholl dieser Taubenschrei und für Miss Mando war er gleichbedeutend mit dem Klang der Dämmerung. Es gab Leute, die behaupteten, der Vogel sei ein Geist, ein *Duppi,* der Sänger und Bote der Nacht, der wegen irgendeines Vergehens dazu verdammt war, jeden Abend vom Wipfel des höchsten Mahagoni-Baumes in der Umgebung die Ankunft seines Meisters anzukündigen. Wieder erscholl jetzt sein Ruf: ku kuu kuuuuiii. Er erfüllte den vom Schatten überlagerten Frieden des Zwielichts, besänftigte, wie immer, Miss Mandos Herz und ließ sie leicht erschauern von einer alten Traurigkeit, die sie längst vergessen geglaubt hatte.

Ihre Augen, die noch immer ungetrübt und scharf waren, streiften über das Tal, dessen dichte und üppig wuchernde Vegetation im Abendlicht blauschwarz erschien. Ein Fremder hätte hier nichts als eine undifferenzierte Masse von blühendem tropischen Urwald gesehen. Aber für Miss Mando war es mehr – dies war ihr Zuhause und ihre Geschichte, Gemeinschaft und menschlicher Fleiß, Mühe, Schweiß und Freude. Einzelne Bäume ragten hoch auf; man hatte sie teils wegen ihres Holzes, teils wegen ihrer Schattenwirkung stehengelassen: Zedern, Mahagoni, Gelbholzbäume, Trompetenblätter und hier und da das dramatische Blaugrün der aufschießenden Bambussprößlinge. Daneben Bäume, die Nahrung gaben, dicht mit Blättern und versteckten Früchten bewachsen: der dunkelrotblättrige Sternapfel, die königliche Brotfrucht, Mango, Avocado, Ackee, Jackbaumfrucht – jeder in seiner unverkennbaren Gestalt, deren dunkle Silhouette sich vor dem blaßblauen Abendhimmel abzeichnete. Ab und zu erhoben sich die breiten Kronen der Kokosnußpalmen, die bedenklich auf ihren unglaublich hohen, schlanken, der Sonne entgegenstrebenden Stämmen schwankten.

Unter diesen Riesen konnte sie auch noch die Büsche ausmachen, Kakao, Apfelbäumchen, Kaffee, Bananen, Kochbananen und Yamswurzelranken, die sich an Pfählen – ihren Leitern – dem Licht entgegenreckten. Und dicht am Erdboden dann die breiten herzförmigen Blätter des Cocoyam, *baddoe* und *dasheen,* beides kleinere Cocoarten, *yampee,* eine wilde Yamswurzelart und Beete mit Malvenstauden, roten Bohnen und *Gungo*-Bohnen. Gelegentlich blinkte ein Blechdach durch den Blätterbaldachin oder man sah eine einsame Rauchsäule aufsteigen – ein Zeichen dafür, daß hier Menschen lebten.

Zwischen den verschiedenen Behausungen wand sich ein kompliziertes System von Fußwegen und Pfaden, die die verschiedenen Häuser und Felder zu einer menschlichen Gemeinschaft verbanden. Der Wald, der auf den ersten Blick wie ein Dschungel wirkte, war in Wirklichkeit ein Zeugnis menschlicher Hartnäckigkeit und Zähigkeit. Denn es gab keine sechs Bäume hier, die nicht wesentlich dazu beitrugen, die Bedürfnisse der kleinen Gemeinschaft zu decken. Sie waren das Ergebnis einer Beziehung, die sich über Jahrhunderte hinweg in einem fernen, beinahe vergessenen Land zwischen Mensch und Natur entwikkelt hatte. Es schien, als ob die Bergtäler mit ihrer brennenden, lebenspendenden Sonne, den schweren Regenfällen und dem fruchtbaren Boden brachgelegen und nur auf sie gewartet hatten. Und sie waren gekommen: Akan, Ashanti, Yoruba, Mandingo, Wolof, Ibo und Bantu, nachdem sie der Sklaverei, die sie zu einem neuen Volk zusammengeschweißt hatte, den Rücken gekehrt hatten. Sie kamen mit ihren uralten Werkzeugen und Arbeitsweisen und brachten die ihnen bekannten Nahrungsmittel und ein paar Tiere wie Ziegen, Hühner, Schweine, Hunde, Esel und Kühe mit, aber auch ihr Lebens- und Gemeinschaftsgefühl, ihre Lieder, Geschichten und Tänze, ihre Achtung vor allem Lebendigen, dem Alter und der Höflichkeit, die sie untereinander pflegten. Hier, auf den steilen Abhängen der Hügeltäler hatten sie sich wiedergefunden – und wuchsen und gediehen.

Sie lebten beinahe abgeschlossen von der Außenwelt. Das wenige, das sie nicht selbst erzeugen konnten, wie Stahlwerkzeuge, Glas, Stoff oder Öl für die Lampen, erstanden sie mit dem Geld, das sie mit dem Verkauf ihrer Überschüsse auf den von der Regierung kontrollierten Märkten der Umgebung verdienten. Es war ein neues Leben in einem fremden Land, aber im Grunde waren sein Rhythmus und sein Wesen ihnen gar nicht so ungewohnt.

Während Miss Mando noch über das Tal schaute, kehrte ihr Blick immer wieder zu einer bestimmten Stelle am Kamm zurück, wo zwischen den Bäumen eine Lücke zu erkennen war. Hier würde ihr Enkel auf seinem Nachhauseweg zuerst auftauchen. Wo steckte der Junge nur? Es schien, als sei es erst gestern gewesen, daß er noch ein kleines Kind war. Normalerweise brauchte sie zum Abendessen nie öfter als einmal zu rufen. Noch ehe das Echo verklungen war, kam er meistens schon den Pfad entlanggelaufen, mit glänzenden Augen und schweißtriefendem Gesicht, atemlos und aufgeregt, dicht gefolgt von einem kleinen Köter mit riesigen Schlappohren, der nur «Hund» gerufen wurde.

«Essen fertig, Ma? Hab 'nen Bärenhunger!» Seine strahlenden kleinen Augen blitzten und flogen ungeduldig hin und her: er brannte darauf, zu essen und «Ma» dabei von seinen Abenteuern seit der Mittagszeit zu erzählen. Oh ja, er war ein liebes Kind. Ein braver Junge. Sie forderte ihn auf, sich Gesicht und Hände im Emailbecken zu waschen, sein Gebet zu sprechen und sich schon mal an den Tisch zu setzen.

«Junge, denk immer daran, du bist wer. Ich hab dich schließlich nicht wie ein herrenloses Tier erzogen.» Er mußte lachen bei der Vorstellung, daß ein Junge wie ein Esel oder eine Ziege aufwachsen könnte, wie ein herrenloses Tier, das ausgebrochen und in den Dschungel geflüchtet war: für seinen ehemaligen Besitzer wohl rettungslos verloren.

Aber jetzt war sie sich eigentlich gar nicht mehr so sicher, ob sie auch wirklich noch mit ihm fertig wurde. Heutzutage schienen die Gören viel zu schnell erwachsen zu werden; sie waren voll seltsamer und fremdartiger Ideen, respektlos gegenüber dem Alter und Autoritätspersonen und schienen angesichts allem Überlieferten eine rohe und lässige Verachtung zu empfinden. Nun war es plötzlich Nacht und auf einen Schlag stockdunkel, und sie hatte keine Ahnung, wo er war. Das Abendessen war fertig und von Ivan keine Spur. Ihr Ärger wuchs, wie um den Anflug von Sorge zu verscheuchen, der sich einen Weg in ihr Bewußtsein zu bahnen versuchte. Was, wenn er von einem Baum gefallen war? Wenn er sich das Rückgrat gebrochen hatte? Er liebte den Fluß und tauchte und schwamm stundenlang mit der geschmeidigen Anmut einer Wasserschlange unten bei den überhängenden Felsen herum. Angenommen, es war etwas passiert? Die Regenzeit war gerade erst zu Ende gegangen, der Fluß noch tief und reißend, er konnte eine Falle sein.

«Geschieht ihm ganz recht, wenn das Abendessen verbrutzelt.» Die Küche glühte im sanften gelben Schein des Feuers und über die Wände aus Flechtwerk tanzten gespenstische Schatten. Miss Mando nahm die Töpfe vom Feuer und stocherte mit ihrer Machete in den glühenden Kohlen, um eine Brotfrucht, die beinahe verbrannt wäre, herauszuholen. Sie schob sie ein wenig weiter zum Rand hinüber.

Ja, irgendwas ging in dem Jungen vor. Und ganz gleich, was es war, sie mochte es nicht. Neulich als sie beim Wäschewaschen am Fluß war, hatte er mit einigen seiner Freunde im Wasser gespielt und gerauft. Sie hatte kaum auf sie geachtet, bis der Lärm sich plötzlich irgendwie änderte. Als sie aufschaute, hatte Ivan einen der Jungen im Schwitzkasten, und tauchte ihn immer wieder unter Wasser. Jedesmal, wenn er Luft schnappte, rief der Junge: «He, hör auf, Rhygin, laß mich los, Mensch!»

Sie hatte die beiden auf der Stelle auseinandergezerrt und das Opfer gefragt:

«Wie heißt du, Junge?»

«Dudus, Mam.»

«Und von wo bist du, mein Sohn?»

«Blue Bay, Mam.» Der Junge war etwa so alt wie Ivan und schien ganz gute Manieren zu haben. Er sagte, er käme aus dem Nachbarort, der weniger als fünf Meilen entfernt war.

«Wer ist dein Vater, mein Sohn?»

«Er heißt Maas Burt, Mam. Maas Burt Thomas.»

«Ist das der, der ein Boot hat und seinen Fang auf dem Markt von Blue Bay verkauft?»

«Ja, der.»

«Ich kenne ihn. Du kommst von guten Leuten, mein Sohn. Aber sag mir eins – wie hast du Ivan eben genannt?»

«Rhygin, Mam. So nennen ihn alle Kinder hier.»

«Nun», sagte sie mit fester Stimme. «Er heißt Ivan. Ich will nicht noch einmal hören, daß du ihn irgendwie anders nennst, hast du mich verstanden? Ihr kleinen Jungs wollt alle viel zu schnell Männer sein.»

Miss Mando wußte nicht, ob sie belustigt oder besorgt sein sollte. Irgendwas an Ivan rechtfertigte den Namen Rhygin. Er strotzte nur so von Leben und Energie, steckte voller Fragen. Es gab nichts, was ihn nicht interessiert hätte, und nichts, was er seiner Meinung nach nicht hätte bezwingen können. Zwar war er für sein Alter recht klein, aber trotzdem schien er seine Spielkameraden herumzukommandieren. Vielleicht ein bißchen mehr, als gut für ihn war. Er schwamm als erster über den Fluß, sprang als einziger von der hohen Brücke, wo die Straße über das Flußbett führte. Was hatte sie für Angst ausgestanden, als die Gruppe von Pickneys weinend und schreiend vom Flußufer angerannt kam, als sie mit den anderen Frauen am Wäschewaschen war. Zuerst dachte sie, daß irgendein wildes Tier hinter den Kindern her war. Es war kaum zu verstehen, was sie sagten, weil sie alle durcheinander rannten und schrien, aber die Panik stand ihnen im Gesicht, also mußte irgend etwas Schreckliches passiert sein. Das einzige, was sich von dem allgemeinen Krach abhob, war Ivan, *Ivan*.

«Moment mal, was ist mit dem Jungen?»

«Gott, o Gott. Ivan ist tot.»

«Miss Mando, Miss Mando, Ivan ist ertrunken!»

Als sie verstand, was sie da sagten – daß ihr Enkel von der Brücke in den tiefen reißenden Strom des Flusses gesprungen und nicht wieder aufgetaucht war –, spürte sie, wie sich ihr der Magen umdrehte und ein scharfer Schmerz wie ein Messerstich ihr die Brust zerriß. Alles drehte sich um sie herum, so daß sie schwankte und ohne Stütze ihrer Freundinnen umgefallen wäre. Und gerade, als sie den Mund aufmachte, um den schrecklichen Klagelaut auszustoßen, der einem die Kehle zuschnürte und den Tod ankündigte, hörte sie:

«Da ist er ja, da drüben!»

Sie schluckte ihren Schmerz hinunter, machte den Mund wieder zu und blinzelte, um den roten Schleier vor ihren Augen wegzukriegen. Als sie wieder klar sehen konnte, kam er das Flußufer entlang, ein einsamer, dürrer, halbwüchsiger Kerl, der schmerzerfüllt und widerwillig auf sie zugehumpelt kam und in seiner ganzen Art einer durchnäßten, kleinen Katze glich.

Sie vergaß sogar ihren Ärger, als sie jetzt ihren Rocksaum nahm und wie eine Irre auf die schmächtige Gestalt zulief, deren leidenschaftliche Augen vor Ergriffenheit und einem schwach aufkeimenden Stolz leuchteten, der erst dann richtig zum Ausdruck kam, als sie ihn hochgehoben und an ihre Brust gedrückt hatte.

«Ivan, Ivan, was soll ich bloß mit dir machen?»

«Ich hab's geschafft! Ich hab gesagt, daß ich's schaffe, und ich hab's auch geschafft.» Mit großen runden Augen nickte er heftig, wie zur Bekräftigung.

«Junge, willst du mich unter die Erde bringen oder was?»

Sie befahl ihm, einen Bambusstock abzuhauen, packte ihn beim Kragen und marschierte mit ihm die Straße hinunter, um sich ein Bild davon zu machen, was denn nun eigentlich passiert war. Es war ein seltsamer Zug, der sich jetzt den Uferpfad entlangschlängelte: der Missetäter an ihrer Seite und hinter ihnen all die anderen Kinder und Frauen, die jetzt ernst und ziemlich ernüchtert dreinschauten, einerseits durch die unheilverkündende Rute, die Miss Mando schwang, andererseits durch die Drohung und Verwünschungen ihrer eigenen Mütter.

«Die Gören können's manchmal ganz schön schlimm treiben, was?»

«Ich sag dir, wenn meiner so was macht, dann verprügel ich ihn, daß ihm Hören und Sehen vergeht.»

«Aber meinst du, mit dem Jungen ist alles richtig im Kopf? Ich glaub, es ist Obeah, bestimmt haben sie ihn verhext!»

Diese Bemerkung, die von einem Unterton boshafter Spekulation begleitet war, erreichten die feinen Ohren von Miss Mando, denen auch nicht die kleinste Spur einer abfälligen Bemerkung über ihre Person oder ihre Familie entging. Im Moment war sie einfach zu fertig, um darauf zu antworten, aber sie merkte sich diejenige, die das gesagt hatte, für später vor. Die Unterstellung, daß böse Geister am Werk waren, um ihren Enkel vom rechten Weg abzubringen, hätte sie normalerweise nicht einfach so durchgehen lassen.

Bald war die kleine Gruppe bei der Brücke angekommen. Sie schwang sich in ungefähr zehn Metern Höhe über das wirbelnde dunkelgrüne Wasser, dort, wo der Fluß seine angestaute Kraft durch eine enge Schlucht ergoß. Es war die gefährlichste und tiefste Stelle des ganzen Flusses, ein Ort, der in alten Erzählungen mit geheimnisvollen und übernatürlichen Dingen in Zusammenhang gebracht wurde.

«Da!» schrien die Kinder und zeigten zur Mitte der Brücke. «Von da oben ist er gesprungen!» Es klang wie eine Mischung aus selbstgerechter Anklage und grenzenloser Bewunderung.

Vor ihrem geistigen Auge sah Miss Mando die kleine Gestalt, wie sie einsam und entschlossen dort oben am Brückengeländer stand. Und als sie vom Wasser zur Brücke hinaufschaute und dabei Ivan am Kragen hielt, verwandelte sich ihr Zorn in etwas anderes. War der Junge vielleicht wirklich nicht ganz richtig im Kopf? Es war doch unmöglich, daß ein Pickney wie er, ohne gejagt zu werden, ohne von Irrsinn oder Panik getrieben zu sein, den Nerv oder die Verzweiflung aufbrachte, sich in diese schnell dahinwirbelnden Strudel zu stürzen.

«Mein Gott!» Es war dieselbe Frau, die vorher Obeah ins Spiel gebracht hatte, aber jetzt lag keine Boshaftigkeit mehr in ihrer Stimme, eher so etwas wie stilles Staunen. «Wie kann der Junge nur so tollkühn sein?»

«Na ja, Missis, wie es so heißt: wenn man hängen soll, ertrinkt man nicht», meinte eine andere.

Und Ivan, seltsam betroffen von der Erfahrung und der Wirkung, die das Ganze auf die Umstehenden hatte, erzählte, wie er den Atem angehalten hatte, als das rauschende Wasser ihn auffing, und wie er sich durch einen Sog, der stärker war als alles, was er bisher gekannt hatte, weit unter der Wasseroberfläche fortgetragen fühlte, bis er unweit einer Sandbank, etwa hundert Meter unterhalb der Brücke wieder aufgetaucht war. Es war dieser Stolz, der, wie Miss Mando wohl bemerkte, unter einer zur Schau getragenen Reue nur unvollkommen versteckt lag, der Miss Mandos Reaktion bewirkte. In ihrer Angst schlug sie wütend auf ihn ein, obwohl sie nie geglaubt hatte, je etwas Lebendiges so schlagen zu können, geschweige denn ihren Enkel. Doch als ihre Hand, schon fast wie aus eigenem Entschluß, innehielt, da wußte sie, daß er nichts, aber auch gar nichts gelernt hatte.

Nein, er hat nun mal was Aufsässiges, dachte sie, als sie da im Schein des Feuers saß, was Unberechenbares. Schlecht ist er nicht. Aber er ist halt einer von denen, die glauben, sie könnten die ganze Welt zusammenhauen und dem Leben obendrein noch ins Gesicht spucken. Er wird's schon lernen. Sie kam sich vor wie jene Sau, die auf die Frage ihres Jungen, warum sie so eine lange Schnauze hätte, zur Antwort grunzte: «Kind, Kind, du bist noch klein, aber eines Tages wirst du's schon noch lernen.»

Tief in Gedanken versunken stand sie auf und griff beinahe geistesabwesend zur Machete, um in der Glut zu stochern. Als die fast erloschene Flamme wieder aufloderte, wurde ihr durchfurchtes schwarzes Gesicht vom roten Schimmer erhellt. «Ja, ja mein Kind, auch du wirst schon noch lernen.»

Pickneys sind doch manchmal komisch. Wo haben sie bloß diesen Namen für Ivan her – Rhygin? Hatten sie überhaupt eine Ahnung, was er bedeutete? Man hörte diese Bezeichnung nicht mehr so oft, höchstens bei den Alten. Wild und stark, aber auch dumm, mit zuviel Selbstvertrauen und daher unfähig, seine Grenzen zu erkennen. Hmm, vielleicht hatten die Kinder sogar recht. Der Junge hatte etwas an sich, irgend etwas Rasendes, Wildes – Rhygin. Mein Vater mochte diesen Namen. In jedem Wurf gab's ein Junges, das sich mit größeren Tieren anlegte, sobald es laufen konnte. Mit einem enormen Willen, jedoch ohne ihn gezielt einsetzen zu können. Armes, frühreifes Ding. Es rannte seiner eigenen Mutter hinterher, um sie zu bespringen, und sein Rücken wand sich und zuckte auf ihr hin und her, bis sie die Nase voll hatte und es einfach runterwarf. Aber das Kleine gab nicht auf und versuchte es noch mal mit ihr oder einem seiner gleichaltrigen Geschwister – einfach rasend, ohne Sinn und Verstand. Und Maas Joe, ihr Vater, möge er ruhen in Frieden, gluckste in sich hinein und sagte:

«Schau sich einer den kleinen Eber (oder Bock oder Hasen) an, schau, wie wild er ist, ein echter Rhygin.»

«Ist doch nur ein Viech», schnaubte ihre Mutter verächtlich. «Aber du mußt es ja wissen!»

Bei der Erinnerung mußte Miss Mando lächeln. So nannten sie jetzt also Ivan, was? Rhygin. Na ja, egal wo, sein Großvater wird sich jedenfalls totlachen. Aber der Junge wird allmählich erwachsen. Kann man nur hoffen, daß er da draußen nicht irgendwelchen kleinen Mädels nachstellt. Wenn mir je so was zu Ohren kommt, verdresch ich ihn, bis er sich bepißt wie eine dreckige Ratte. Sie lachte über ihre Grobheit, denn normalerweise galt sie in allem, was sie sagte oder tat, als zurückhaltende und anständige Frau. Schließlich stand sie auf, um die Lampe aus dem Haus zu holen.

Ivan hatte gar nicht vorgehabt, so spät nach Hause zu kommen. Erstens, weil er nicht wollte, daß Miss Mando böse oder gar wütend auf ihn würde. Zweitens, und das war weitaus wichtiger, weil die Dunkelheit im Tal wirklich furchterregend war, vor allem, kurz ehe der Mond aufging. Verschiedene Geister trieben hier ihr Unwesen und es war zu befürchten, daß er einem oder mehreren von ihnen in die Arme lief. Es gab *Duppies* da draußen, körperlose Geister von Verstorbenen, die jede beliebige Gestalt annehmen konnten: die eines schwarzen Hundes oder die einer Schleiereule, am häufigsten aber die eines Menschen, der bis zur Unkenntlichkeit verunstaltet war. Man erkannte sie schon von weitem an dem üblen, ekligen Gestank, der ihr Erscheinen ankündigte. Wenn sie einmal zugeschlagen hatten, war nichts mehr zu machen. Das Opfer war nie mehr wie vorher. Wie Maas Zekiel, den seine Familie bewußtlos unter einem Trompetenbaum gefunden hatte, das Gesicht vom Hieb eines *Duppies* für immer entstellt. Seit jener Zeit sprach er nur noch schleppend und litt unter Anfällen, unvorhersehbaren und fürchterlichen Krämpfen, die ihn absolut hilflos machten. Er hatte eine Menge Geld für Besuche bei einem berühmten Obeah-Mann ausgegeben, aber alles umsonst.

Ivan umklammerte die beiden großen Fische und die auf einer Schnur aufgereihten Brotfrüchte und beschleunigte seinen Schritt. Jetzt hatte er schon die zweite Anhöhe hinter sich, und der Pfad würde ein paar Meter eben sein. Alles hatte sich verändert, war geheimnisvoll und unheimlich in der Dunkelheit. Ein kühler Bergwind wehte über sein verschwitztes Gesicht und ein Schauer lief ihm über den Rücken. Um sich Mut zu machen, fing er an zu singen – eines von den von Miss Mando so geliebten Kirchenliedern aus dem Gesangbuch von I. D. Sankey:

Ah been down in the valley
For a very long time
But Ah ain't get weary yet.

Der Trompetenbaum erschien noch größer, noch bedrohlicher als sonst, sein Blätterdach aus riesigen Blättern düster und gespenstisch lebendig. Ivan strengte sich an, um in der Dunkelheit etwas zu erkennen. Sein Atem kam stoßweise, aber er sang weiter, bis die Melodie plötzlich abriß und in Schweigen überging. Er atmete tief ein. Die Luft war rein und süß, erfüllt von den natürlichen, milden Gerüchen der tropischen Nacht. Als Maas Zekiel gefunden wurde, so hieß es, hatte der strenge, unverkennbare Gestank fauler Schweineschlempe über dem Ort gehangen. Die Augen starr auf den Baum gerichtet, bewegte Ivan sich steif voran. In dem Bemühen, sich zu beherrschen und nicht einfach davonzulaufen, bekam sein Gang etwas Roboterhaftes.

«Oh, lieber Herr Jesus, mach, daß ich schnell nach Hause komm, ich bleib auch nie wieder so lang draußen!» Er war nun fast am Baum vorbei und nahm seinen ganzen Willen zusammen, um die nervöse Spannung zu beherrschen, die durch seinen Körper schoß und ihn an den Rand eines unbewußten, instinktiven, schreienden Entsetzens brachte. Die Bewegung im Baum schien sich zu vervielfachen. Er sah aus, als ob er schwankte, obwohl sich doch kein Lüftchen regte. Aber Ivan hatte es schon fast geschafft. Tapfer und, wie er meinte, ohne ein äußerliches Zeichen von Angst marschierte er weiter. Vielleicht hätte er singen, rufen, seine Gegenwart ankündigen sollen, so daß, was auch immer es sein mochte, dieses Etwas nicht merkte, daß er Angst hatte. Er wünschte, er hätte eine Trompete oder auch nur einen Blecheimer dabei. Ein Lied fiel ihm ein und er brüllte es so laut er konnte: «Fels aller Zeiten ...», aber weiter kam er nicht. Plötzlich explodierte der Wipfel des Baumes in einem wilden Durcheinander von Krächzen und Flattern. Eine düstere Wolke hob mit heiserem, dissonantem Schrei vom Baum ab: eine Familie von Perlhühnern, jenen lauten und zänkischen Vögeln, die sich hier ein Nest gebaut hatten.

Erst als Ivan in der Ferne Miss Mandos Feuer schimmern sah, kehrte so etwas wie Fassung in ihn zurück. Während er jetzt langsam den letzten Hügel hinaufkletterte, der ziemlich steil anstieg, richtete er den Blick starr auf den Schein, der durchs Küchenfenster fiel. Seltsam, schon nach den ersten wenigen Sätzen hatte er trotz seiner panischen Angst gewußt, was es war – der anhaltende Lärm hinter ihm war unverkennbar gewesen –, aber er hatte einfach nicht mehr anhalten können und war immer weitergerannt: als der Damm erst mal gebrochen war, schienen ihm die Beine nicht mehr gehorchen zu wollen. Es lag eine seltsame Lust, so etwas wie Befreiung darin, sich dem Entsetzen hinzugeben, der blinden, gedankenlosen Energie, die ihn über den Pfad gepeitscht hatte. Furcht war doch eine komische Sache. «Große Angst» sagten die Leute. Wie es so schön hieß: «Wenn dich die Große Angst packt, läufst du vor Kindern davon und greifst einen Stier an.»

«Aber wenn die blöden Hühner nicht gewesen wären, hätte ich's geschafft», dachte er. Miss Mando liebte Ragout mit Perlhuhnfleisch. Demnächst würde er sie mit einem richtigen Huhn überraschen. «Ja», schwor er sich grimmig, «jede Wette: ich war der letzte, den du so erschreckt hast.» Es war seltsam: sobald er aufhörte zu rennen, hatte er auch keine Angst mehr.

Es war ein herrlicher Tag gewesen. Dudus' Vater hatte sie in seinem Boot mitgenommen, um nach den Reusen zu sehen. Ivan hatte auch schon früher am Strand gespielt und war weit ins Meer hinausgeschwommen, aber mit dem Boot ... und dann so weit hinaus übers Riff ...! Dudus war wirklich ein Glückspilz, für ihn war das überhaupt nichts Besonderes. Auf dem Rückweg hatte Maas Burt ihnen dann erlaubt, am Riff im klaren glitzernden Wasser zu tauchen. Wie schön hier alles war! Dudus' Vater hatte einen Kasten mit einem Glasboden, und wenn man ihn ins Wasser hielt, konnte man den Meeresboden sehen und die seltsamen Farben und Formen der Korallen. Es war eine ganz neue, fremde Welt mit reinem weißen Sand und seltsam geformten Strukturen in Violett, Blau und Rot. Und Tausenden von Fischen – gefleckte, gestreifte, runde, lange, rote, blaue und bunte, in Farben, wie man sie an Land nie sah. Es gab so viel zu staunen, daß er gar nicht alles auf einmal schaffte. Und jetzt konnte er es kaum erwarten, seiner Großmutter die beiden fetten Korallenfische zu zeigen, die Maas Burt ihm mitgegeben hatte, und ihr von der komischen, neuen Welt zu erzählen, die er heute entdeckt hatte. Als er dort im Boot gesessen hatte, das bei jeder Welle auf und ab schaukelte und zuschaute, wie geschickt Maas Burt es steuerte, während sich auf seinem Boden die noch lebendigen Fisch wanden und es von hartgepanzerten Krabben wimmelte, hatte er sich entschieden: er würde Fischer werden.

Maas Burt lächelte leise und wissend: «Na, mein Junge, so was hast du bestimmt noch nie gesehen, was?»

Ivan konnte nur ehrfürchtig den Kopf schütteln.

«Wunderschön», sagte Maas Burt. «Ist einfach verdammt schön, Mann.» In diesem Moment waren die beiden Jungen und der Mann in gemeinsamem Staunen und einem großartigen Wohlgefühl vereint. Im nächsten Augenblick aber wurde das Boot von einer großen Welle über ein unter der Wasseroberfläche liegendes Korallenriff geschleudert und Ivan schrie überrascht auf. Als er sich die salzige Gischt aus den Augen rieb, lachte Maas Burt gutmütig und brachte das kleine Boot in die Brandung zurück.

«Auch das ist schön», sagte er sanft und schleppend und wischte sich das Gesicht trocken.

Die Sonne stand schon tief am Nachmittagshimmel, als sie das Boot auf den warmen Sand hinaufzogen. Ivan bewegte sich wie im Traum. Gesicht und Augen glühten von all den Wundern dieses Tages. Nach der konstanten Unruhe des Meeres fühlte sich der feste Boden unter den Füßen nun seltsam ungewohnt an. Eine rötliche Nachmittagssonne spielte über die kleine Bucht und tauchte die Boote und die glitzernde See in ein warmes goldenes Licht. Ivan war berauscht von Empfindungen. Er spürte den warmen Sand an seinen Knöcheln und die glühende Wärme der Sonne auf seinen Schultern; er sah die geometrischen Schatten der riesigen Fischreusen und der ausgebreiteten Netze, die bunten, seltsam geformten Fische, die Maas Burt sortierte. Er konnte jeden benennen, konnte bei jedem erklären, was er wert war, wie er sich verhielt und wie er behandelt werden mußte. Es gab so viel zu lernen. Vielleicht würde Maas Burt sich seiner annehmen und ihm das Fischergeschäft beibringen. Er paßte bei allem gut auf. Schließlich kamen andere Fischer, Frauen und Kinder in kleinen Grüppchen herbei, um den Fang zu begutachten. Sie gratulierten Maas Burt zu seiner reichen Ausbeute und bewunderten die selteneren Arten, die er dem Meer abgeluchst hatte. Zwei davon hatten es Ivan ganz besonders angetan, ein seltsames Geschöpf, das sie «Seepussie» nannten, mit einem runden Körper, um den sich acht lange Arme wanden, und ein häßlicher, leicht gräulicher Fisch, der mit gefährlich wirkenden Stacheln bewehrt war und sich ohne vorherige Ankündigung plötzlich aufblähte, bis er einer prallen, stacheligen Schweinsblase ähnelte.

Als Dudus' Vater fertig war, lagen drei Haufen vor ihm: die größeren Tafelfische, die er auf dem Markt verkaufen würde, etwa ein Eimer voll kleinerer Bratfische und jede Menge von irgendwelchen minderwertigeren Arten, die Dudus und Ivan an die umstehenden Kinder verteilen durften. Obwohl sie versuchten, die Sache möglichst cool und lässig zu erledigen, platzten sie beinahe vor Stolz über die Bedeutung ihrer Rolle. In diesem Augenblick stand Ivans Wunsch, Fischer zu werden, noch felsenfest, aber schon eine Stunde später sollte diese Entscheidung erschüttert werden.

Das Messer des Fischers blitzte in der Nachmittagssonne, als er zwei fette Meeräschen putzte und ausnahm. Er arbeitete schnell und fetzte die Eingeweide einfach in die Luft, wo sie von den über ihm kreisenden Seevögeln aufgeschnappt wurden.

«Ivan, komm mal her», sagte Maas Burt.

«Ja, Sir?»

Der Mann schaute ihn nachdenklich an. «So ... du bist also Miss Mandos Enkel? Ich möchte, daß du ihr diese beiden Fisch mitbringst. Sag ihr, Maas Burt schickt sie, mit den untertänigsten Grüßen.»

«Vielen Dank, Sir.» Ivan nahm die Fische.

«Dudus, du bringst die Sprotten ins Café. Sag Miss Ida, ich werd später noch mal vorbeischauen.»

Der Fischer nahm den großen Korb, der für den Markt gedacht war, und hievte ihn sich grunzend auf den Kopf. Die beiden Jungen schauten ihm nach, als er den Strand entlangmarschierte und dabei den schweren Korb ruhig und ohne zu schwanken über seinem aufrechten Rücken und seinen starken schwarzen, in der Sonne glänzenden Schultern balancierte. Aus seiner Pfeife dampften kleine Rauchwölkchen und über ihm schrien und schnarrten ein paar vereinzelte Möwen. Sie zogen ihre Kreise und stießen aufgeregt nach unten, trauten sich aber nicht, auch nur einen einzigen Fisch zu stehlen.

«Hast du Lust mitzukommen, Ivan?» fragte Dudus.

«Wohin gehst du denn?»

«Zum Café. Hast du nicht gehört, was Pa gesagt hat?»

Ivan zögerte. Er hätte das warme, magische Glühen des Nachmittags gern noch ein wenig länger ausgekostet, aber er wußte auch, daß es einige Zeit dauern würde, bis er den Hügel zu seinem Haus erklommen hätte, und er hatte nicht die Absicht, sich von der Nacht überraschen zu lassen.

«Ich wette, du bist noch nie in 'nem Café gewesen, was? Komm schon Mann, Miss Ida hat sogar eine Musikbox!»

Dudus schien irgendwie überlegen und geheimnisvoll, als sie nebeneinander den Strand entlanggingen, erst noch ziemlich langsam, während er ihm erklärte, wie Miss Ida aus der Stadt hierhergekommen war und das erste Café in der Gegend eröffnet hatte. Einige Leute gingen abends dorthin, um Rum und Bier zu trinken und zum Calypso und anderer Musik aus der Musikbox zu tanzen. Dudus' Augen in seinem sommersprossigen Gesicht strahlten vor Eifer. «Manche von den ollen Betschwestern in Blue Bay, zum Beispiel das Fräulein von der Post oder die Frau vom Lehrer und so, die mögen Miss Ida nicht.» Hierbei wurden seine Augen ganz groß und die Stimme leiser, gleichzeitig aber auch eindringlicher. «Es heißt, sie ist 'ne *Lebedame.*» Er schaute Ivan an und nickte heftig mit dem Kopf.

«Oh», meinte Ivan und merkte im gleichen Augenblick, wie dumm seine Antwort klang, «ist doch ganz in Ordnung.»

«Ja», sagte Dudus. «Genau das sagt mein Vater auch.»

Dann verfielen sie wieder in ihre übliche Gangart – sie rannten los, kreischten aus vollem Hals, ließen Steine über die Brandung hüpfen und bewarfen sich gegenseitig mit Sand. Aber Ivan mußte standig an das Café denken. Rum trinken und Stadtmusik anhören, was? Die Vorstellung schien mindestens so faszinierend wie ungreifbar und war mit Sicherheit verboten. Schließlich kamen die Jungen zu einer Biegung der Landzunge, die in eine kleine Bucht auslief. Sie stürzten los und scheuchten einen Schwarm von Geiern auf, die sich um ein paar stinkende Fischreste zankten. «Jancro, Jancro!» riefen sie und die riesigen Viecher rannten zischend und kotzend davon. Ihre kahlen Köpfe hüpften häßlich auf und ab, bis sie sich auf ihren ächzenden, rostig-dunklen Flügeln in die Luft erhoben. Atemlos blieben die Jungen stehen und schauten den bedrohlich wirkenden schwarzen Aasfressern nach, die weite, graziöse Kreise über dem Meer zogen, während ihre nackten roten Köpfe in der Sonne glänzten.

«Und weißt du was?» fragte Dudus plötzlich. «Ich liebe Miss Ida! Und wenn ich groß bin, frag ich sie.»

«Was?» meinte Ivan.

«Was? Was? Nach was schon?» Bei jeder Wiederholung klang Dudus' Stimme ein wenig vorwurfsvoller und ungläubiger. «Du meinst was? Na, ob sie mich heiraten will natürlich.»

Gebührend zusammengestaucht, sagte Ivan lieber nichts mehr. Nun schau sich einer den Dudus an! Und der redet vom Heiraten! Als wenn den eine nehmen würde, mit seinem runden, fleckigen Gesicht, das aussieht wie ein doofes Tölpelei! Gibt an wie 'n Sack voll Ameisen, nur weil er unten in Blue Bay wohnt. Der will 'ne Lebedame heiraten? Gehässig paßte Ivan den richtigen Moment ab und rempelte seinen Freund kräftig an, so daß er stolperte und der Eimer mit den Fischen im Sand landete.

Als sie die Sprotten wieder einsammelten und im Meerwasser abwuschen, fragte er: «Was ist eigentlich eine Lebedame?»

«Ach du lieber Himmel!» rief Dudus und schnitt eine verächtliche und erstaunte Grimasse. «Das ist ja nicht zu fassen! Der weiß noch nicht mal, was 'ne Lebedame ist!»

«Weißt du es denn?» forderte Ivan ihn heraus.

Dudus schüttelte ungläubig den Kopf. War es denn möglich, daß jemand so rückständig war, daß er nicht mal wußte, was 'ne Lebedame ist? Und was noch unglaublicher war: er wollte ihn, Dudus, wohl ebenfalls für einen Dummkopf halten? Kopfschüttelnd stakste er von dannen, als ob eine solche Unverschämtheit über seine Kräfte ginge.

«Ist ja komisch, daß du gar nichts sagst!» krähte Ivan hinter ihm her.

«Hab keine Zeit, mich mit Pickneys abzugeben.» Er warf die Antwort über die Schulter, ohne seinen Schritt zu verlangsamen oder auch nur eine Spur seiner Würde zu verlieren. Aber das war Ivan nun doch zuviel. Dudus hatte nicht nur seinen Verstand, sondern auch seine Männlichkeit angegriffen, als er ihn erst zum Hinterwäldler, zu einem dummen, ungebildeten Dorftrottel und jetzt auch noch zum Pickney abstempelte.

«Wen meinst du mit Pickney?»

Irgendwas in Ivans Stimme warnte Dudus. Es war wohl besser, den Mund zu halten und das Gespräch in andere, weniger riskante Bahnen zu lenken.

«Nun Pickneys wissen nicht, was 'ne Lebedame ist – die beste Frau auf der ganzen Welt nämlich. Jeder Mann liebt 'ne Lebedame, aber sie liebt noch lange nicht jeden.» Eigentlich wollte er noch hinzufügen: «Nur Pickneys wissen so was nicht», um seine Worte zu bekräftigen. War ja sowieso nicht weit her mit seinem Argument. Aber, wie es so schön heißt: «Ein Feigling behält wenigstens eine heile Haut.» Also ließ er es bleiben. Jedenfalls schien Ivan ja, wenn auch nicht gerade zufrieden mit seiner Antwort, so doch wenigstens willens, es dabei zu belassen. Und so marschierten sie friedlich nebeneinander weiter.

Nun war Ivans Neugier geweckt. Die Zeit spielte keine Rolle mehr, auch nicht Dudus' aufgesetzte, scheinbar überlegene Art. Er mußte dieses Café und diese geheimnisvoll verlockende Lebedame, die in Dudus und dem Fräulein von der Post so unterschiedliche Gefühle wachrufen konnte, mit eigenen Augen sehen.

Sicher war Miss Idas *Rough Rider Café* nicht das, was er erwartet hatte, aber was hatte er denn eigentlich erwartet? Dudus' Erklärungen hatten nicht allzuviel verraten. Das Café lag am Strand, umgeben von Kokospalmen, deren Stämme bis zu einer Höhe von etwa drei Metern weiß gekalkt waren. Es erschien ihm wie ein riesiges Gebäude. Mit seinen niedrigen Betonwänden und den Pfeilern, auf denen ein Strohdach ruhte, war es der frischen Meeresbrise fast ungeschützt ausgesetzt. Von weitem wirkten die Wände bunt und beim Näherkommen erkannte Ivan, daß Menschen darauf abgebildet waren: Frauen in langen, grellbunten Abendkleidern tanzten mit Männern, deren Hemden genauso schillernd von der weißen Wand abstachen. Es waren Menschen, wie er sie nie zuvor gesehen hatte: sie waren zwar alle schwarz, aber die Frauen hatten dunkelrot geschminkte Lippen und Wangen und die Männer trugen grüne oder gelbe oder blaue Schuhe. Als sie noch näher herankamen, sah Ivan, daß die Figuren allesamt lachten, obwohl die diversen Stellungen, in denen sie wie erstarrt posierten, ihm eher schwierig und schmerzhaft, wenn nicht ganz und gar unmöglich vorkamen.

«Pah», rief er geringschätzig. «Die sehen ja aus wie *Duppies!*»

«Mensch, du bist aber wirklich von gestern, Freundchen. So sieht doch kein *Duppi* aus.»

«Ach nee, und woher weißt du das? Hast wohl schon mal einen gesehen, was?»

«Na klar», murmelte Dudus so überzeugend er konnte.

«Ach, was hast du schon gesehen. Du lügst doch das Blaue vom Himmel runter. Wann hast du wohl einen *Duppi* gesehen?»

Lügen-Dudus, und so weiter
Saugt mit trocknem Mund
Saugt 'nen ganzen Sack voll Eiter
Aus 'nem Auge von 'nem Hund

Ivan sang und kostete seinen kleinen Sieg aus, während sie sich dem Eingang näherten. Er beschloß, so zu tun, als ob er seit Jahr und Tag nichts anderes gewohnt wäre, als in Cafés ein- und auszugehen. Lässig betrat er den kühlen, halbdunklen Raum mit dem glatten Zementboden, der dick mit roter Farbe bekleistert war. Nach dem warmen Sand fühlte sich der Boden kalt und glatt unter den Füßen an; er mußte sich mächtig zusammenreißen, um nicht kurz mal über die seltsame Oberfläche zu schlittern.

Das Café hatte Strom und war mit einer Reihe bunter Birnen geschmückt, die quer unter der Decke hingen. Auf beiden Seiten standen Tische mit Stühlen, die so aus Holzfässern herausgeschnitten waren, daß nur die Rückenlehne und der Sitz übrig blieben. Ein dumpfer, süßlicher Geruch, der Ivan entfernt an Schnapsläden erinnerte, lag in der Luft. Am äußeren Ende saß eine Gruppe Männer um einen Tisch, spielte Dame und trank Rum.

«Was wollt ihr denn hier, Jungs? Ach du bist's, Dudus.» Die Stimme gehörte zu einer Person, die jetzt lässig hinter der Bar hervorkam und ihre Hände an einem Handtuch abwischte. «Und was hast du mir mitgebracht, Kleiner?»

«Mein Vater schickt 'n paar Fische, Miss Ida.»

Noch ehe Dudus den Mund aufmachte, wußte Ivan, daß das nur Miss Ida sein konnte. Sie war eine Frau, so wie seine Großmutter und deren Freundinnen auch, aber damit war die Ähnlichkeit auch schon erschöpft. Er starrte sie an. Sie hatte rote Lippen, und wenn sie lachte, so wie jetzt, dann blitzte es golden aus ihrem Mund. Dichtes schwarzes Haar fiel ihr über die bloßen Schultern. Und was für prächtige Schultern sie hatte – breit, glatt und schwarz! Weiter unten wölbten sich unter einer engen roten Bluse zwei runde pralle Kugeln, die gegen den Stoff drängten und in ziemlicher Entfernung vom Rest des Körpers in zwei perfekten Spitzen endeten. Wenn sie ging, wiegte sie sich in den Hüften, die dramatisch unter einer eng geschnürten Taille hervorsprangen. Ein majestätischer Rhythmus prägte ihren Gang, als ob sie alle Aufmerksamkeit auf sich ziehen wollte. Und tatsächlich wurde das Damespiel auch kurz unterbrochen, als sie hinter der Bar hervorkam.

«Jessas, Maria und Josef», stieß einer der Männer bewundernd hervor, so laut, daß jeder es hören konnte. «Das Weibsbild hat 'nen Gang wie 'ne Göttin, was Männer?»

In Anbetung versunken schüttelte er langsam den Kopf.

«Wieso hat er dich geschickt?» fragte sie Dudus. «Konnte er denn nicht selber kommen?» Sie untermalte ihre Worte mit einem leisen, melodischen Lachen und warf dabei den Kopf nach hinten.

«Er sagt, er kommt später noch mal vorbei, Madam», erklärte Dudus.

«Und wer ist das?» Sie nickte in Ivans Richtung. «Ich glaub nicht, daß ich den kleinen Mann schon mal hier gesehen habe, oder?»

Ivan konnte den Blick nicht von ihr abwenden, aber er brachte kein Wort raus.

«Das ist mein Freund, Madam», fing Dudus an, aber da schnitt Ivan ihm kurzerhand das Wort ab.

«Ich heiße Ivan, Madam. Aber man nennt mich Rhygin.»

«Mein Gott», kreischte Miss Ida. «Rhygin – ich lach mich tot.» Ihr Lachen kam tief von innen heraus, es klang lustig und leicht und erfüllte jeden Winkel des Raums.

«Der kann ja noch nicht mal richtig geradeaus pissen», meinte einer der anderen Männer. «Und der will ein Rhygin sein!»

«Oh, Gott, oh, Gott, hör auf», flehte sie. «Ich halt's nicht aus. Was hast du noch gesagt, wie man dich nennt?»

«Rhygin», meinte Ivan dickköpfig.

«Aha, dann bist du wohl auch so wild wie ein Rhygin?» Ihre Stimme klang leise und nachdenklich, aber auch ein wenig spöttisch, so, als müsse sie diese Neuigkeit erst verdauen. «Hmm, na ja, ich will dir mal glauben, Kleiner. Wenn du ein bißchen größer wärst, würd ich gern selbst mal testen, wie wild du bist. Hi hi hii. Und das muß mir passieren, ist ja nicht zu fassen!» Und wieder brach sie in stürmisches Gelächter aus. «Kommt her, ihr beiden.» In ihrer sinnlichen, hüfteschwenkenden Art stelzte sie hinüber zu einem Glaskasten auf der Theke. «Ich weiß nicht, wann ich das letzte Mal so gelacht habe. Komm her, Maas Rhygin, und du auch, Dudus. Muß euch wohl was geben, oder? Na los, entscheidet euch», forderte sie sie auf, «was wollt ihr haben? Fisch? Schweineschwarte? *Bullah,* Kokosbonbons, *Toto?*» Beim Reden zeigte sie auf die Naschereien in dem Kasten: kleine, knusprig geröstete Fische mit Kopf und viel Pfeffer; ein Stück Schwein, sogenanntes *Jerkporc,* gut gewürzt, das tagelang über grünem Feuerholz schwarz geräuchert worden war; süße Kuchen, *Toto* oder *Bullah* genannt, und Bonbons aus Kokosnuß. «Nun sagt schon, was wollt ihr? Na, Rhygin?» Schon beim Aussprechen des Namens mußte sie kichern. Schließlich enthob sie die beiden der Qual der Wahl, indem sie kurzerhand von allem, was es in dem Glaskasten gab, eine Kostprobe auf einen Blechteller legte.

Sie setzten sich an einen Tisch und aßen, wobei sie den kleiner werdenden Haufen auf dem Teller im Augen behielten und sich gegenseitig eifersüchtig beobachteten. Ivan versuchte, sich zwischen einem großen, verlockenden Fischkopf und einem nicht weniger anziehenden zusammengeklebten Klumpen von Bonbons zu entscheiden. Wenn Dudus den Kuchen nahm, könnte er den Fisch haben, aber wie kam er an die Bonbons ran ...

«He, Moment mal, wie konnte ich das bloß vergessen?» Miss Idas Stimme schnitt all seine Berechnungen ab. «Zwei gestandene Männer wie ihr könnt doch wohl nicht ohne Musik essen, was? Meine Güte!»

Sie hantierte an einem kleinen schwarzen Kasten hinter der Theke, während sie sich selber für ihre Vergeßlichkeit schalt, was die Damespieler nicht wenig amüsierte. «Meine Güte! Wie konnte ich das nur vergessen? Missa Rhygin, nehmen Sie es mir nicht übel, hören Sie, Sir. Das Alter, es ist schrecklich, schlimmer als Obeah. Meine Herren – Ihre Musik!»

Und das Café füllte sich mit Klängen. Für Ivan allerdings füllte es sich mit Miss Ida. Um sie herum pulsierten und wirbelten die berauschenden, erotisch hämmernden Rhythmen. Die große Frau war erstaunlich leichtfüßig und die fleischige Fülle ihrer Brüste und Hüften schien ihn ganz und gar einzuhüllen. Sie war wie verwandelt, den Frauen auf Miss Mandos Pocomania-Treffen gar nicht mehr so unähnlich. Allerdings waren der verträumte Ausdruck auf ihrem Gesicht und das Lächeln auf den geschminkten Lippen nicht gerade spirituell, genausowenig wie das schwere, süße Parfüm. Ivans Sinne reagierten auf eine nie gekannte Weise. Das war Stadtmusik, Cafémusik, Musik der Lust, des fleischlichen Vergnügens. Und Miss Ida war die Inkarnation all dessen. Sie bewegte sich völlig mühelos zur Musik, nahm die blechernen Variationen der Posaune zwar schon mal vorweg, kehrte aber immer wieder zu dem schweren rhythmischen Trommelschlag zurück, der das stoßende und wiegende Kreisen dieser massigen Hüften zu bestimmen und zu verstärken schien.

O Miss Ida
Geh nicht wieda
Glaub mir, ich bin ein schlauer Fuchs
Und du 'ne wahre Wucht!

Noch ein letztes herausforderndes Schlingern der Hüften und Miss Idas Tanz war zu Ende. Im Café herrschte Stille, Totenstille, so als wäre hier soeben eine elementare Kraft hindurchgefegt und dann plötzlich und unvermittelt wieder verschwunden.

«Das gefällt dir, was Missa Rhygin?»

Ivan nickte stumm, er war sprachlos.

«Komm mal wieder, wenn du ein bißchen größer bist, dann werden wir sehen, wie du tanzt. Du wirst bestimmt ein prima Tänzer, wart's nur ab! Haha!»

Jetzt war er fast zu Hause und stieg über die niedrige Steinmauer, die den Anfang von Miss Mandos Land markierte. Er mußte nur noch dem Pfad unter den riesigen Brotfruchtbäumen folgen, die von den Vorfahren seiner Familie angepflanzt worden waren. Im feuchten Schatten dieser Bäume wuchs Kaffee und Kakao, den sein Großvater angebaut hatte. In dem kleinen Garten ums Haus herum standen hohe Obstbäume, lebendige Zeugnisse der vergangenen Generation seiner Ahnen. Aber Ivan beachtete die Bäume nicht. Für ihn waren sie und ihre reichlichen Gaben selbstverständlich. Er ging schnell vorüber, irgendwie beunruhigt, denn er wußte, daß die Sorge seiner Großmutter nur allzuoft in grausame Strenge umschlagen konnte.

Wäre er etwas älter gewesen und hätte ein bißchen mehr Sinn für Geschichte und Ironie gehabt, dann hätte er darüber nachdenken können, daß es kein Land auf der Welt gab, das von Natur aus den Menschen gegenüber so freigebig und gastlich war. Vielleicht hätte er dann auch verstanden, daß er durch ein Stück Geschichte ging, daß jeder Baum für das Schaffen und Zukunftsdenken seiner Vorfahren stand. Aber die höchste Ironie lag eigentlich in der Tatsache, daß es so viele verschiedene Arten von Früchten gab. In jenen Tagen, als Zucker so viel wert war wie Gold und in der europäischen Gesellschaft die Metapher für Wohlstand «Reich wie ein westindischer Pflanzer» lautete, benutzte genau diese Pflanzerkaste, immer auf der Suche nach höheren Profiten, die königliche Flotte, um das Imperium nach neuen Ernährungsmöglichkeiten für ihre Sklaven zu durchforsten und damit ihre Abhängigkeit vom importierten Nahrungsmittel zu verringern. Für ihre Eigeninteressen hatten sie mit dieser Strategie im wahrsten Sinne des Wortes zu viel Erfolg, denn indem sie Yamswurzeln, Ackee, Melonen, verschiedene Knollenfrüchte und Bohnen aus Afrika, Mango aus Indien, Brotfrucht, Äpfel und Kokosnüsse von den fernen Stränden des Pazifiks einführten, brachten sie dem Land letztlich die Reichtümer, die dazu beitrugen, der Sklaverei und damit ihrer eigenen Klasse ein Ende zu setzen. Die Afrikaner nahmen einfach Samen und Sprößlinge mit und verließen die Plantagen, um sich als Freie in den Bergen niederzulassen.

Aber jung und ungebildet wie er war, ging Ivan an all dem achtlos vorüber. In seinem Kopf jagten sich der verführerische Rhythmus der Trommel und die berauschenden Melodien, zu denen Miss Ida getanzt hatte. Er würde Sänger werden, Musiker, Tänzer. Es war eine seltsame und geheimnisvolle Welt, die Stadt, aus der solche Musik kam. Er wußte nicht, wie dies geschehen würde oder wann. Aber wenigstens kannte er nun seine Berufung. Vorher mußte er allerdings wohl oder übel Miss Mando gegenübertreten. Er würde ihr alles erzählen – alles, mit Ausnahme des Cafés.

Doch die Küche war leer. Das Feuer glimmte schwach rot, kaum mehr als ein paar glühende Kohlen. Daneben stand ein zugedeckter Blechteller – ein schlechtes Zeichen. Das bedeutete, daß Großmutter schon gegessen und sein Abendessen stehengelassen hatte, ohne Rücksicht darauf, ob es kalt wurde. Er hängte die beiden Fische so auf, daß sie in dem von den Bergen kommenden Luftzug hingen, legte seine Brotfrucht auf den Tisch und ging hinüber zu dem kleinen Haus. Ein Licht schien durchs Fenster. Er stieg die Stufen hinauf, öffnete die Tür ein wenig und lugte hinein. Der Raum wurde von einer Lampe schwach erleuchtet. Miss Mando saß am Tisch neben der Lampe und schielte verbissen in die aufgeschlagene Bibel, die vor ihr lag. In ihrem verschlossenen schwarzen Gesicht blinzelten die Augen teilnahmslos; nur ihr verkniffener Mund und das gleichmäßige Wiegen ihres Körpers verrieten ihren Ärger. Zwischen den Zähnen klemmte eine erloschene Pfeife. Sie schien seine Gegenwart überhaupt nicht zu bemerken. Ihre Augen flogen über die Seiten und zwischen ihnen war nichts als dieses unangenehme Schweigen, bei dem Ivan das Herz in die Hose rutschte. Er war auf Schimpfen, Schreien, sogar auf Schläge gefaßt gewesen, aber nicht auf das. «Wende deine Schritte von des Nachbarn Schwelle, auf daß er deiner nicht müde werde.» Ihre Stimme war kalt und schnarrend wie ein Sarg, der gegen die Grabwände scheuert. Mit keinem Zeichen verriet sie, daß sie ihn bemerkt hatte. Für einen Augenblick war Ivan nicht mal sicher, ob sie wirklich gesprochen hatte, ob die Stimme, die so düster und bitter geklungen hatte, nicht eigentlich von ihrem Schatten herrührte, der auf der Wand tanzte und ihre Gestalt abzeichnete wie einen schwebenden Geist. «Ihr Kinder, seid gehorsam gegen jene, die eure Eltern sind vor dem Herrn, auf daß es euch gut gehe und ihr lange lebet auf Erden ...» Sie wiegte sich sachte vor und zurück, vor und zurück, und der riesige Schatten folgte ihr.

Ivan stand verstört da. Schuldgefühl und Trostlosigkeit überkamen ihn. Seine Großmutter war wie eine Fremde, die mechanisch vor sich hinschaukelte. Unter dem turbanartig geschlungenen Tuch, das sie im Bett trug, wirkte ihr Gesicht wie eine unergründliche Maske. Schüchtern machte er einen Schritt auf sie zu.

«Dein Essen steht in der Küche. Geh und hol es her. Und wasch dir Hände und Füße.»

Als er zurückkam, schien sie wieder die Alte zu sein. Ihr Blick folgte ihm, als er auf Zehenspitzen hereingeschlichen kam. Mit Tränen in den Augen setzte er sich vorsichtig hin und versuchte zu essen und gleichzeitig so wenig wie möglich aufzufallen.

Als sie jetzt anfing zu sprechen, wirkte ihre Stimme wieder ganz normal, sie schien ruhig, aber auch trügerisch gesprächig. «Also, wo warst du so lang?»

Er erzählte ihr seine Abenteuer, ließ aber die Episode bei Miss Ida weg. «So? Dann bist du also über den Berg gekommen?»

«Ja. Mam.»

«Soso, du machst dich ja fein raus ... und was hast du gesehen?»

Ivan schaute verwirrt auf. «Nix hab ich gesehen, Mam.»

«Nix hast du gesehen? Nix hast du gesehen? Na schön, dann bleib dabei, aber paß nur auf, daß du nicht eines Tages blind wirst, von dem was du siehst.»

Der Bissen blieb ihm fast im Halse stecken, so trocken war sein Mund. «Na bist du am Ersticken? Du hast ja keine Ahnung, was Ersticken heißt! Egal was du suchst, es wird dich schon ereilen. Aber was ist los mit dir, hast du keinen Hunger? Hast du vielleicht schon gegessen?»

«Nein, Mam.» Ivan behielt seinen Teller im Auge.

«Mach nur so weiter. Nachts in der Gegend rumrennen. Magst wohl die Nacht, was? Alles mögliche wird dir noch zustoßen, hörst du? Paß auf, was ich sage, alles mögliche wird dir noch zustoßen, wenn du so weiter machst.»

«Ja, Mam!»

«Sitz hier nicht so rum und stocher im Essen. Auf, geh ins Bett – und vergiß nicht zu beten.»

Ivan schlich sich mit einem gemurmelten Gute-Nacht-Gruß davon. Er ging in die Ecke des Zimmers, wo eine Strohmatratze auf einem niedrigen Holzrahmen lag. Schnell zog er sich aus und streifte sein Nachthemd über, das aus einem Mehlsack mit drei Löchern bestand, den Miss Mando in endloser Arbeit auf einem Felsen weichgeschrubbt hatte. Sie beobachtete ihn. Wie ein geprügelter Hund mied er ihren Blick. Vielleicht mußte man ihn so anpacken, ihn aus dem Gleichgewicht bringen. Schläge schienen ihn nur rebellisch und böse zu machen, während diese kühle und reservierte Zurückhaltung ihn offensichtlich zur Einsicht brachte.

Reglos saß sie in ihrem Stuhl. Ihr Blick ruhte auf der kleinen Gestalt, die schnell und schweigend Anstalten machte, ins Bett zu steigen. Die Laute der Nacht, das Krächzen der Geckos und Baumfrösche und das hohe Zirpen der Zikaden drangen leise ins Zimmer. Als sie den schlanken schwarzen Körper betrachtete, der im gelben Schein der Lampe leuchtete und im Schatten so schwarz wie Samt war, wurde ihr das Herz schwer. Was für eine kräftige, und doch so verletzliche Schönheit steckte in diesem jungen Leben. Er war der letzte von all ihren Nachkommen. Seine Mutter, die einzige ihre Töchter, die das Erwachsenwerden erleben durfte, lebte irgendwo in der Stadt. Der einzige Beweis für ihre Existenz, abgesehen von Ivan, war hie und da ein Brief oder eine Geldüberweisung. Die Stadt, diese fremde, ferne und unbekannte Welt hatte ihre vier Söhne geschluckt und sie in einer noch exotischeren und unglaublicheren Welt wieder ausgespuckt. Raphael, der Älteste, war ertrunken, als das Schiff unterging, mit dem er nach England wollte, um gegen die Deutschen zu kämpfen. Isaac war nach Kuba gegangen, um Zuckerrohr zu schneiden. Das war nun auch schon fünfzehn Jahre her und sie hatte seit Jahren nichts mehr von ihm gehört. Sie wußte, daß er tot war, mochte er ruhen in Frieden. Eines Nachts, vor vielen Jahren, war sie plötzlich aufgewacht. Ihr war kalt gewesen und gleichzeitig hatte sie in der heißen Dunkelheit geschwitzt, in der ein dumpfes Gewicht wie Blei auf ihren Gliedern zu liegen schien. Und sie hatte ganz genau gespürt, wie er kam, um von ihr Abschied zu nehmen. Jetzt war auch er von ihr gegangen, der Zweitgeborene. Sie hatte den Verlust des Lebens, das sie zur Welt gebracht hatte, bis tief ins Mark hinein gespürt und leise getrauert. Dann hatte sie den Kopf zur Wand gedreht und die alte, wilde und traurige Totenklage angestimmt. Von James hatte sie zuletzt gehört, daß er im Gefängnis saß. Lebenslänglich, weil er dieses halbweiße Flittchen, das er geheiratet hatte, umgebracht hatte. Und den Jüngsten hatte sie selbst begraben. Sie hatten seinen geschundenen Leichnam heim in die Berge gebracht, nachdem er auf der Plantage, wo er als Viehhirte gearbeitet hatte, aufgespießt und niedergetrampelt worden war. Er war der einzige, von dem sie wenigstens wußte, daß er eine anständige Beerdigung gekriegt hatte. Jetzt lag er dort drüben bei der Steinmauer, auf dem kleinen Fleckchen Erde unter dem riesigen Brotfruchtbaum, wo auch ihre Eltern und Großeltern begraben waren. Und nun war da nur noch Ivan, noch keine zwölf, und schon zeigte auch er die nur allzu bekannte Unruhe, diese verdammte Sehnsucht nach der Ferne. Besser, Gott behüte, daß sie ihn eigenhändig neben seinen Vorfahren beerdigte, als mitansehen zu müssen, wie er achtlos in die Gefahren der Welt hinausrannte. Seufzend blies sie die Lampe aus. Statt der vertrauten, wohligen Dunkelheit entdeckte sie überrascht, daß der Raum ganz und gar in das geisterhaft blasse Licht des silbernen Vollmondes getaucht war.

Ivanhoe konnte einfach nicht einschlafen. Er lag ganz ruhig und lauschte dem Atem der Großmutter. Durch die geschlossenen Augenlider spürte er, wie sie das Licht löschte. Außer dem monotonen Summen der Insekten und dem Ächzen der kleinen Reptilien vor dem Haus erkannte er in einiger Entfernung auch den Jagdruf des *Pattu,* eines Vogels, der angeblich Unglück brachte. Aber er achtete nicht auf die Geräusche der Nacht. In seinen Ohren hämmerten die erotisierenden Trommeln des Cafés, während die Melodie wie ein Rausch immer wieder von neuem einsetzte. Er bemerkte nicht einmal den scharfen Geruch der *Khus-Khus*-Wurzeln, die Miss Mando ins Stroh seiner Matratze gesteckt hatte. In seiner Nase hing noch der schwere, aufregende Duft von Miss Idas Parfüm, die sich verführerisch und leichtfüßig im Klang der Musik wiegte, so wie das kleine Boot in den Wellen. Keiner von den beiden konnte diese Nacht gut schlafen. Miss Mando machte sich Sorgen; zwar wußte sie nicht, daß das, was sie so fürchtete und ihr Ivan wie all ihre Kinder zuvor wegnehmen würde, ihm heute begegnet war, aber trotzdem fühlte sie sich irgendwie bedroht.

Am nächsten Morgen war Ivan schon vor seiner Großmutter auf den Beinen. Leise schlüpfte er in seine Kleider und schlich aus dem Haus, hinein in einen strahlenden, tropischen Morgen. Das Gras unter seinen Füßen war kühl und feucht vom Tau. Ein leichter Nebelschleier, den die Sonne bald auflösen würde, umhüllte die Berge wie ein geheimnisvolles silbernes Gespinst. Unten im Tal glitzerte das Meer im trüben Sonnenlicht. In den Bäumen beim Haus flatterten kleine bunte Vögel herum und zwitscherten aufgeregt durcheinander. Er rannte zur Küche hinüber, griff nach dem Eimer mit Mais und fütterte als erstes die Hühner, die aus dem Unterholz herbeigelaufen kamen. Es waren zähe, kleine Viecher mit buntschillerndem Gefieder. Sie stammten von spanischen Kampfhähnen und einer kahlköpfigen, afrikanischen Rasse ab, deren Vorläufer sich irgendwo in der Geschichte verloren hatten. Er nahm seine Machete und schnitt einen Haufen Gras und saftiges Gebüsch für die Ziegen, die seine Großmutter wegen der Milch und des Fleisches hielt. Dann überprüfte er die Wasserbehälter. Es war noch genug für den bevorstehenden Tag. Schließlich holte er den Eimer mit gekochtem Schweinefutter – den Abfällen von Bananen, Yamswurzeln und andere Küchenreste – und ging zu dem kleinen Schuppen, wo eine trächtige Sau mit schwerem, rundem Bauch angepflockt war. Er mußte lachen, als er sah, wie die Sau das Fressen freudig grunzend begrüßte und aufgeregt wegschlabberte und als er dann wieder zum Haus zurücklief, stand seine Großmutter im Eingang, lächelte belustigt und schaute zu, wie er den Pfad hinaufgelaufen kam.

«Ivan, Ivan, was soll ich bloß mit dir machen?»

«Was denn, wieso?» Er blieb verwirrt stehen und ging im Geist schnell durch, was er denn nun schon wieder falsch gemacht haben konnte. «Ich hab gerade die Sau gefüttert ...»

«Ich weiß», sagte sie, «aber was hast du vergessen?»

«Nix, nix hab ich vergessen, Großmutter. Ich hab auch die Ziegen gefüttert und die Hühner.»

«Wie hilfsbereit du heute morgen bist! Glaub nur nicht, ich wär nicht dankbar!» Sie lachte leise. «Aber warum läufst du nicht und holst mir den Eimer fürs Schweinefutter wieder her?» Sie umarmte ihn und streichelte ihm über die Haare. «Lauf schnell und hol ihn», wiederholte sie. «Und wenn du wieder da bist, gibt's ein gutes Frühstück.»

Sie aßen in der Küche. Ivan saß auf der Kante des hölzernen Trogs und hämmerte mit den Fersen gegen die Wand. Sie schob ihm einen Becher mit heißer Schokolade hin, aus guter Ziegenmilch und ganz ölig von den nicht raffinierten Kakaobohnen, die von ihren eigenen Büschen stammten. Miss Mando häufte gebratene Yamswurzeln und Brotfrucht auf seinen Blechteller und oben drauf noch ein großes Stück Fisch, das sie in Kokosnußöl gebraten hatte. «Iß nur tüchtig», sagte sie. «Heut gehn wir zum Garten.»

Ivan ging gern mit ihr zu dem kleinen Stückchen Land, auf dem sie ihr Gemüse anbauten. Er konnte schon ganz gut mit Machete und Hackbeil umgehen und wußte, wie er die verschiedenen Pflanzen setzen und pflegen mußte. Während sie noch frühstückten, stieg über den Bergen die Sonne empor. Man konnte förmlich spüren, wie die Kühle in der Luft wich. Ivan plapperte vom Meer, von den seltsamen und wunderschönen Fischen, die er gesehen hatte und den Farben und der Form der Korallen. Während sie aß und seinem bewegten Mienenspiel folgte, fühlte Miss Mando sich wieder ganz ruhig und zufrieden. Sie hatte vergessen, daß er eben doch noch ein kleiner Junge war, ein kleiner Pickney. Und der würde bleiben und ihr im Alter ein Trost sein.

«War mit der Sau alles in Ordnung?» fragte sie.

«Ja, Granny. Sieht ganz so aus, als ob es bald soweit wäre.»

«Junge, wie willst denn du das wissen?»

«Was soll das heißen, Granny? Ich weiß doch schließlich, wann sie soweit ist.»

«Ja, ja, du hast schon recht. Bist ein schlaues Bürschchen. Und wenn du schön brav bist, geb ich dir eins von dem Wurf.»

«Du meinst, eins für mich ganz allein?» Er sprang mit einem Satz von seinem Holztrog und rannte mit leuchtenden Augen auf sie zu.

«Ja, warum nicht? Du wirst allmählich groß. Du kannst jetzt auf ein eigenes Tier aufpassen. Und ich geb dir auch eins von den Zicklein. Du bist nicht mehr zu klein, oder? Aber Junge, was machst du denn da, was soll denn das?» Doch Ivan wich ihrem halbherzigen Versuch, seinen Kuß abzuwehren, mit Leichtigkeit aus.

Dann packte die alte Frau etwas Essen in ein großes Kürbisblatt und verstaute das Paket fein säuberlich in einem runden *Bankra,* einem Korb mit einer Einbuchtung in der Mitte des Bodens. Daneben plazierte sie sorgsam ihre Hacke und ihre Machete, so daß ein Gleichgewicht entstand. Schließlich zog sie ein Paar hohe schwarze Gummistiefel an, wie sie in der Regenzeit zur traditionellen Kleidung der Landbevölkerung gehörten. Nachdem sie dann noch ihre Pfeife in den Mund gesteckt hatte, war sie fertig. Sie setzte sich den Korb auf den Kopf und rief nach Ivan, der auf der Straße Steine für seine Schleuder suchte. Er kam zurückgelaufen, griff nach seinem eigenen Korb, eine kleinere Version von dem seiner Großmutter, und los ging's, den kleinen Bergpfad hinab. Die beiden *Bankras* saßen wie riesige mexikanische Sombreros auf ihren Köpfen.

Am Fuße des Hügels mündete der Pfad in einen breiteren Weg, der durch das Tal führte; andere kleine Pfade zweigten von ihm ab und schlängelten sich zu anderen Häusern. Auf diesem breiteren Weg trafen sie auch andere Leute, die, ähnlich ausgerüstet wie sie selbst, ebenfalls zu ihrem Stück Land unterwegs waren. Jeder kannte hier jeden: «Morgen Miss Mando. Schön, dich wohlauf zu sehen an diesem herrlichen Gottesmorgen.»

«Morgen, Maas Joe. Und wie geht's selbst?»

«Ganz gesund, Gott sei Dank.»

«Und wie geht's der Familie?»

«Es geht, es geht, wenn nur der Hunger nicht wäre ...»

«Tja», meinte Miss Mando und beäugte das riesige Bananenbündel, das Maas Joe auf dem Kopf balancierte. «Lieber hungern als krank sein.»

«Das ist wahr, gelobt sei der Herr.»

«Also grüß sie von mir.»

«Mach ich. Schönen Tag auch.»

Ivan trabte vorneweg und suchte die umstehenden Bäume nach Vögeln ab, der Beute für seine Steinschleuder. Trotzdem grüßte er jeden Erwachsenen, an dem er vorbeikam, mit angemessenem Respekt. Die Jungen seines Alters dagegen je nach Status, das hing davon ab, ob sie

Freund oder Feind waren. Wenn er nicht auf gutem Fuß mit den anderen stand und Miss Mando außer Hörweite war, kam es zu einem raschen Austausch höchst unschmeichelhafter anatomischer Anspielungen. «Kannst du vielleicht mal kurz deine Schnauze einziehen, damit ich vorbei kann? Ist ja länger als die von 'ner Ziege!» «Puh, du stinkst ja drei Meilen gegen den Wind, du Sau!» «Iiih, dafür sieht dein Kopf aus wie der von 'nem Geierkücken.» Das lief natürlich nur, wenn die Erwachsenen nicht in der Nähe waren. Und an Mädchen ging man mit unerschütterlicher Würde und Gleichgültigkeit vorbei.

Immer, wenn Miss Mando jemandem begegnete, der nicht zu den engeren Nachbarn zählte, rief sie Ivan zurück, um ihn begutachten zu lassen. «Moment mal, ist das nicht Miss Mando? War das etwa eben dein Enkel, an dem ich grad vorbei bin? Der ist aber gewachsen! Ruf ihn doch mal her, damit ich ihn mir anschauen kann.»

Dann rief sie Ivan strahlend vor Stolz zu sich, um ihn gebührend bewundern zu lassen.

«Mein Gott, ist der groß geworden! Aber ich tät ihn trotzdem erkennen, ist ja seinem Großvater wie aus dem Gesicht geschnitten.»

Zufrieden setzte Miss Mando ihren Weg fort. Sie war sicher, daß der Junge im Notfall auf einen Erwachsenen mehr zählen konnte, der sich durch alten Brauch und gute Freundschaft zur Hilfe verpflichtet fühlen würde.

Für eine einzelne Frau und einen kleinen Jungen war das Stückchen Land recht groß. Aber Miss Mando war dafür bekannt, daß sie hart arbeitete und mindestens so stark wie die meisten Männer war. Als erstes überprüfte sie, ob irgendwelche streunenden Tiere auf dem Feld gewesen waren oder – was in letzter Zeit immer häufiger vorkam – menschliche Räuber, die «ernteten», wie es in der Bibel heißt, «wo sie nicht gesät hatten». Aber es war alles in Ordnung. Die Yamsranken, fett und gesund, reckten sich an ihren langen Stangen der Sonne entgegen. Die Süßkartoffeln waren saftig und grün, und die Kürbispflanzen mit ihren breiten, fleischigen, herzförmigen Blättern größer als in vielen Jahren zuvor. Als sie so dastand und die Früchte ihrer Arbeit betrachtete, breitete sich ein wohlig-zufriedenes Gefühl in ihr aus. Ja, es stimmte, was ihr Vater selig, möge er ruhen in Frieden, immer gesagt hatte: dies war ein gesegnetes Land, das einen ehrlichen Farmer reich belohnte. Ivan folgte ihr auf dem Rundgang. Seine Kommentare standen den ihren um nichts nach, und wieder einmal staunte sie über ihren aufgeweckten und gescheiten Enkel. Sie arbeiteten gleichmäßig, jäteten das Unkraut, lockerten die Erde, und gruben ab und zu an einem Yamswurzelhügel auf, um nachzusehen, ob die riesigen Knollen in der feuchten schwarzen Erde auch genügend anschwollen. Ergriffen von dem vertrauten Rhythmus des Bodens, dem wohltuenden, feuchten Geruch in der Nase, begann Miss Mando leise zu singen.

Plötzlich richtete sie sich von dem Erdhugel, auf dem sie gekauert hatte, auf. Sie hatte sich die Röcke weit übers Knie hinaufgeschoben und züchtig zwischen die Beine gestopft. Unweit von ihr sang Ivan, der sich ihrer Gegenwart offenbar gar nicht mehr bewußt war, ein Arbeitslied. Diese Pickneys, dachte sie, stecken doch immer wieder voller Überraschungen. Sie hatte gar nicht gewußt, daß Ivan singen konnte. Sie wischte sich über das Gesicht, begann, ihre erdverklebten Hände sauber zu machen und lauschte dabei seiner klaren, jungen Stimme, die sich an der Melodie versuchte. Irgend etwas stimmte doch da nicht. Die Melodie und die Worte waren dieselben, aber so hatte sie sie noch nie gehört. Während der Junge mit seiner Machete geschickt eine Yamswurzel ausgrub, spielte er – wohl unbewußt – mit der Melodie, formte sie um, ließ einige Phrasen weg und zog einzelne Töne lang – ja, er schuf eine ganz neue Version. Sie hörte einen Augenblick zu, bis Ivan der Stille gewahr wurde und aufschaute.

«He, Ivan. Wo hast du denn so ein Lied gelernt?»

Er war verlegen. «Nirgends, Granny, es war wohl irgendwie in mir drin.» – «Tja ... gar nicht so übel, mein Sohn.» Einen Moment lang sah sie ihn stolz und nachdenklich an, dann fuhr sie fort: «Aber das Singen soll man den Vögeln überlassen. Menschen sollen lieber arbeiten. Es steht zwar nirgends geschrieben, daß man nicht arbeiten und gleichzeitig singen kann, aber arbeiten muß man. Es sei denn ...» Sie hielt inne und sah ihn fragend an. «Willst du vielleicht Prediger werden? Wie tät dir das gefallen? Der Hirte einer Herde?»

Ivan grinste und stürzte sich auf der Stelle in eine lustige kleine Predigt. Er gestikulierte, unterstrich jeden Satz mit einem tiefen Grunzen und kleinen beredten Abstufungen der Stimme, bis er das exakte, leicht ironische Abbild eines Predigers zustande gebracht hatte. «Meinst du so, Granny? Wär gar nicht schlecht, weißt du.» – «Ach herrje, Junge, hör lieber auf!» Sie wußte nicht, ob sie lachen oder schimpfen sollte. «Über Gott macht man sich nicht lustig.»

Am späten Nachmittag war die Arbeit getan und die beiden Körbe schwer mit Feldfrüchten beladen. Sie setzten sich in den Schatten, aßen ihren Proviant auf und spülten das Essen mit Kokosmilch hinunter.

«Ich möchte, daß du mir jetzt mal genau zuhörst, ganz genau», sagte Miss Mando nach einer Weile. «Wenn wir wieder zu Hause sind, kannst du spielen gehen – Vögel schießen, was du willst. Aber wenn du zum Fluß gehst, dann bist du bei Sonnenuntergang wieder daheim. Nicht so wie gestern. Du sollst nämlich heut abend mit mir zum Maisschälen gehen. Du weißt ja selbst, daß Maas Nattie dich offenbar ins Herz geschlossen hat. Er hat keine Kinder und auch keine Familie. Er ist allein mit Gott – und dann das ganze Land, das er hat.»

Hier senkte sie die Stimme, sprach vertraulich und mit ernstem Gesicht. Ivan mußte sich vorbeugen, um sie zu verstehen, obwohl es weit und breit keine Menschenseele gab, die sie hätte belauschen können. Nur ein paar gefleckte Hühnerfalken zogen im Aufwind vor den Bergen träge ihre Kreise. «Ich glaube fast, er sucht jemand, dem er das ganze Land vermachen kann, wenn er mal tot ist. Und er scheint dich gern zu haben. Du weißt doch, wie er dir immer alle möglichen Geschichten erzählt. Und weißt du noch, wie ich ihm erzählt habe, daß du von der Brücke gesprungen bist? Da hat er nur gelacht und gesagt: Der Junge hat die Courage vom jungen Garvey, stark und tollkühn, ganz wie ein Ashanti! Er hat so sehr gelacht, daß ihm das Wasser in den Augen stand. Er mag dich, ganz bestimmt. Deshalb möchte ich, daß du dich heute abend von der besten Seite zeigst und dich anständig benimmst. Sei nett zu ihm, geh und red und lach mit ihm. Hast du verstanden?»

«Ja, Granny.» Ivan aß schweigend. Er mochte Maas Nattie auch, den reichsten schwarzen Mann aus dem ganzen Bezirk. Er war ziemlich klein und sehr sehr schwarz und er ritt ein großes, graues Pferd. Jedermann respektierte den alten Maas Nattie. Er war in Panama gewesen und hatte viel Geld beim Kanalbauen verdient. Ivan wußte nicht so recht, was das hieß, aber alle Weißen, die dabeigewesen waren, waren krank geworden und gestorben. Also hatten sie die Schwarzen geholt. Und Maas Nattie war hingegangen und nicht umgekommen. Auch von den schwarzen Männern hatte es viele erwischt, obwohl doch jeder weiß, daß die Schwarzen stärker sind als die Weißen. Sonst wären die Schwarzen schon lange tot, bei all dem Druck, den die Weißen ihnen machten. Aber Maas Nattie war Vorarbeiter geworden, hatte seine Arbeit getan und viel Geld verdient, von dem er sich nach seiner Rückkehr ein riesiges Stück Land gekauft hatte.

Maas Nattie war ein komischer Mann, echt komisch. Ehe er wegging, war er Schneiderlehrling gewesen. Jetzt kaufte er sich jedes Jahr in der Stadt ein großes Stück schwarzes Tuch und schneiderte sich einen Dreiteiler. Sagt, das wär der Anzug für seine Beerdigung. Und jedes Jahr, wenn er immer noch nicht unter der Erde war, kramte er zu Weihnachten den Anzug hervor, stieg auf sein großes altes Pferd «Hölle-Schwefel-Blitz-und-Donner» und ritt durch den Bezirk. Höflich zog er vor jedermann den Hut und sagte etwas wirklich Nettes, beispielsweise: «Die besten Wünsche zu Weihnachten, mein Herr, und auch für Sie, meine Dame. Sehen Sie, ich bin wohl noch ein Jahr dabei.» Und dann kam er zum Abendessen zu Miss Mando. Das machte er Jahr für Jahr, so weit Ivan sich zurückerinnern konnte. Die ersten Male hatte er fasziniert und ängstlich zugleich auf den schwarzen Beerdigungsanzug gestarrt und Abstand von diesem Mann gehalten, der den Tod auf so leichte Schultern nahm. Aber am Abend saß er für gewöhnlich bei ihm auf dem Schoß und lauschte den Geschichten über Ducjo, den Krieger der *Maroons,* und Mutter Nannie, seine Schwester, eine Hexe und eine Kriegerin dazu – und natürlich über den großen Marcus Garvey, den «Retter des schwarzen Mannes», der nur vierzig Meilen von hier geboren worden war. Maas Nattie erzählte nie Geschichten von der Spinne Anancy, *Duppies* oder bösen Geistern. Er sprach von echten schwarzen Männern wie König Prempeh und König Chaka und Ras Menelik, der mit seinem schwarzen Heer die Italiener schlug und sein Land, das in Afrika lag, zurückeroberte.

Jeder sagte, daß Maas Nattie ein weiser Mann war. Ein stolzer schwarzer Mann, der vieles wußte und alle möglichen Städte kannte, denn er war viel herumgekommen und hatte fremde Länder gesehen und alle sieben Weltmeere befahren. Manchmal, wenn er guter Laune war, hob er Ivan auf das Pferd hinter sich und dann machten sie gemeinsam die Runde durch den Bezirk. Ivan klammerte sich hinten am Sattel fest und winkte voller Stolz den anderen Kindern zu. Jedes Jahr zu Weihnachten, so weit er zurückdenken konnte, hatte Maas Nattie ihm einen Geldschein mitgebracht, den Miss Mando sorgsam in einer Keksdose verwahrte, die sie hinter einem der großen Steine an der Feuerstelle versteckt hatte. Gleich nach Miss Mando mochte Ivan Maas Nattie am liebsten auf der Welt. Es war also wirklich nicht schwer, nett zu ihm zu sein. Neu war nur, was seine Großmutter ihm gerade über ihre geheimen Vorstellungen und Hoffnungen in bezug auf Maas Natties Land anvertraut hatte.

Nachdem sie ziemlich offen gesprochen hatte, schien Miss Mando den Jungen nun gar nicht mehr zu beachten. Sie beendete ihre Mahlzeit und kramte in den Falten ihres Kopftuches nach etwas, das die Leute hier «Eselsstrick» nannten, ein scharf duftender Tabak, der – fermentiert und zu einem Strick gedreht – am Meter verkauft wurde. Sie schnitt sich ein Stückchen ab, das sie sorgfältig zerkleinerte und dann in ihre Pfeife stopfte. Unter dem Dach der Bäume war es dunkel und kühl, außer dort, wo das Sonnenlicht durch die Blätter brach und das Licht einen scharfen Kontrast zu dem schattigen Plätzchen bildete. Sie zündete sich ihre Pfeife an und lehnte sich gegen eine niedrige Steinmauer. Es war friedlich, kein Lüftchen regte sich, kein Laut im Wald, außer dem emsigen Summen der Insekten. Die alte Frau sah aus, als wäre sie eingeschlafen, nur ihre Augen waren von dem Rauch, der in der stillen Luft kleine Muster aus Licht und Schatten bildete, ein wenig zusammengekniffen. In Wirklichkeit beobachtete sie den Jungen und überlegte, ob er nicht vielleicht doch noch ein bißchen zu jung war für diese Art von Gesprächen. Er schien tief in Gedanken versunken, während er in einiger Entfernung versonnen auf einer Brotfrucht herumkaute. Doch nein, es war nicht zu früh für ihn, langsam auch mal an die Zukunft zu denken. Er würde ein guter Farmer werden und das gesegnete Land wie seine Vorfahren lieben und bestellen. Sie würde ihm eigene Tiere geben und sobald er groß genug war, wollte sie mit Maas Nattie wegen eines Stückchen Lands reden. Am Anfang durfte es nicht zu groß sein, aber mit gutem fruchtbaren Boden, auf dem er mit seiner eigenen Aussaat beginnen konnte. Er würde hierbleiben. Sie würde dafür sorgen, daß alles, was er brauchte oder sich wünschen konnte, hier in diesen friedlichen Tälern und sonnigen Hügeln darauf wartete, von ihm entdeckt zu werden. Zufrieden zog sie an ihrer Pfeife und ließ sich von der Nachmittagsruhe und der wohltuenden Gegenwart ihres Enkels einlullen.

Als Ivan mit dem Essen fertig war, betrachtete er nun seinerseits sie. Sie sah entspannt und sorglos aus, ganz im Einklang mit ihrer Umwelt und bildete mit den Schatten, der Steinmauer und dem Land eine harmonische Eintracht. Er beobachtete ihre schwielige, erdverkrustete Hand, die die Pfeife hielt. Als sie sie an die Lippen führte, sah er an ihrem Arm harte Muskeln hervorstehen wie bei einem Mann. Die Arme von Miss Ida, erinnerte er sich, waren weich und rund. Ihm war, als sähe er seine Großmutter in diesem Augenblick zum erstenmal. Obwohl er Miss Ida gerade erst begegnet war, liebte er sie beide. Aber was für ein Unterschied zwischen ihnen war! Er spürte schon, daß sie einander nicht mögen würden und daß die Arme irgendwie alles aussagten: der eine rund und weich – der andere knotig und muskulös und sehr stark. Er dachte darüber nach, was sich wohl sonst noch alles hinter diesem Unterschied verbergen mochte.

Plötzlich fielen ein paar große Regentropfen. Die Sonne schien noch immer hell, also würde der Schauer nicht lange anhalten. Aber für kurze Zeit pladderten die riesigen Tropfen wütend auf die Blätter und mit klatschendem Dröhnen auf die freien Felder. Ivan rannte auf die Lichtung und tanzte fröhlich herum.

«Der Teufel und seine Frau zanken sich um einen Fischkopf», rief er lachend. Das war die traditionelle Erklärung der Kinder für Regen und Sonnenschein zugleich. Dann hörte der Regen genauso plötzlich auf, wie er begonnen hatte. Sie hoben die schweren Körbe auf ihre Köpfe und machten sich auf den Weg. Jetzt stieg ein anderer, süßerer Geruch von der Erde auf. Die feuchten Blätter glitzerten im Sonnenschein. Vorsichtig balancierte Miss Mando über den glitschigen Pfad und trug ihren vollbeladenen Korb trotzdem mühelos den steilen Hügel hinauf, eine magere, aufrechte und zeitlose Gestalt. Weit über ihren Köpfen drehte ein einsamer Falke seine Kreise. Ab und zu stieß er einen schrillen Jagdruf hinab ins Tal.

«Hmm», brummte Miss Mando, «Massa Falke hat Hunger.» Sie hielt mit einer Hand den Korb fest und schaute hinauf. «Guck da oben: nicht mehr als ein winziger Fleck.»

«Warum schreit er denn so, Granny? Will wohl alle Vögel aufscheuchen, was?»

«Komm mit», antwortete sie. «Ich zeig dir war.» Sie setzte ihren Korb ab.

«Guck dich um. Fällt dir nix auf?»

«Nein», sagte er und schaute sich unsicher um.

«Richtig», sagte sie. «Nix.»

«Was meinst du, Granny? Wonach soll ich denn gucken?»

«Nach dem, was du nicht siehst», erklärte sie. «Normalerweise sieht man hier doch jede Menge von kleinen Vögeln hin und her schwirren. Wo sind die hin?»

Sie hatte recht. Weder in den Bäumen noch im Himmel regte sich was.

«Die haben den Falken gehört und sind in den Busch geflüchtet. Verstecken sich im dicksten Baum, den sie finden konnten. Und der alte Massa Falke hat Hunger, wahrscheinlich hat er Junge im Nest und versucht jetzt, die anderen Vögel aus den Bäumen zu treiben.» Sie sahen zu, wie der Falke immer näher kam und seinen ärgerlichen, schrillen Schrei ausstieß.

«Guck», sagte Miss Mando. «Da drüben, beim Hügel, siehst du die Guavenbäume? Lauter reife Guaven, darauf hat er ein Auge geworfen.»

Indem er den Aufwind für seine engen, vorgezeichneten Kreise nutzte, kam der Falke langsam immer näher, bis Ivan die roten Markierungen an der Unterseite seines Schwanzes und den weißen Hals erkennen konnte.

«Nicht ihn mußt du beobachten, sondern die Guavenbäume.»

Ivan betrachtete die Bäume. Nichts.

«Paß auf», meinte die alte Frau zuversichtlich.

Der Falke schwebte über ihnen und schrie. Das Tal lag still, sogar der Insektenchor schien verstummt. Und dann schoß mit einem Mal ein grüngelber Blitz aus den Bäumen heraus. Ein Papagei, der aus seinem Versteck ausbrach und mit ängstlich-verzweifelten Flügelschlägen über das Tal flatterte. Er schien zu den hohen Bäumen beim Hügel zu wollen. Aber auf halbem Weg schrie er laut auf und änderte seine Richtung. Beinahe wäre er in ein niedriges Gebüsch gefallen, während der Falke lautlos über seinen Fluchtweg hinwegglitt.

«Er schafft's, Granny», rief Ivan.

«Kann schon sein. Paß gut auf», antwortete sie.

Ohne Hast schwebte der Falke in einem weiten Bogen zurück, bis er wieder hoch über dem Dickicht war. Sein Flug wirkte vollkommen sicher und unbekümmert. Ivan sah, wie sich sein breiter Schwanz bog, während er sich graziös vom Wind dahintragen ließ. Kriii kriii: jetzt klang der schrille abgehackte Schrei lauter und so hoch, daß Ivan ihn bis in die Zähne spürte. Mittlerweile hatte auch der Papagei ein Lied angestimmt, nur klang es wie eine Totenklage; vor dem gewöhnlichen heiseren zänkischen Lärm war dieser gebrochene, unkontrollierte Schrei das Wimmern einer Kreatur, die vor lauter Angst den Verstand verliert.

«Armes, kleines Ding», sagte Miss Mando. «Es sieht dem Tod ins Auge. Hat so viel Angst, daß es nur noch schreit.»

Ivan spannte seine Steinschleuder so weit er konnte und zielte auf den Falken. Für den Bruchteil einer Sekunde schien der Stein in der Luft zu schweben. Aber dann sackte er schnell ab, unter und etwas hinter dem Räuber vorbei. Der Vogel drehte den Kopf, beinahe verächtlich, als der sirrende Stein ins Tal stürzte. Im gleichen Moment flatterte der Papagei wieder auf und wollte offenbar in den Schutz der

Guavenbäume zurück, wo sich seine Gefährten in ungewöhnlicher Stille geduckt versteckt hielten. Der Falke bewegte sich mit arroganter Anmut, machte drei kraftvolle, nicht übereilte Flügelschläge, legte dann die Schwingen an und tauchte, so schnell und so steil, daß es schien, als müsse er voll in den Abhang rasen. Im letzten Moment drehte der Papagei ab, aber zu langsam und unbeholfen. Der Falke schoß hinter ihm her und schlug seine ausgefahrenen Krallen in den kleineren Vogel. Dann verschwamm alles hinter schlagenden Flügeln und einem Büschel grüner Federn. Ein lauter Schrei, der abrupt von dem blitzartig zustoßenden Kopf des Raubvogels abgeschnitten wurde. Dann breitete er die Schwingen aus und glitt langsam knapp über die Baumwipfel und über das Tal hinweg, bis er schließlich mit kräftigen Flügelschlägen zu seinem Nest auf dem Gipfel des Berges aufstieg.

Der letzte entsetzte Schrei des Papageis war besonders laut und durchdringend gewesen. Als sei dies eine Art Zeichen, erhob sich jetzt ein dissonanter Chor, der heisere, lärmende, ungehaltene, schreiende, mißtönende und wütende Protest der Schar im Guavenhain. Dann flüchteten die Papageien, zunächst nichts weiter als ein grüngelber kreischender Haufen flatternder Flügel, dann, ohne daß die verzweifelten Schreie nachließen, bildeten sie eine V-förmige Flugformation, die schimpfte und fluchte, gerade so, als ob sie sich schworen, nie wieder in dieses Tal des Todes zurückzukehren.

«Mach dir nix draus. Glaubst du, es war der Falke, der den Papagei erledigt hat?» fragte Miss Mando, als es wieder möglich war, zu sprechen.

Ivan fühlte sich ein bißchen wackelig auf den Beinen. Es war alles so schrecklich gewesen und doch lag in diesem Schrecken auch eine faszinierende Schönheit. «Ja, Mam. Haben wir doch grad gesehen, oder?»

«Wir haben gesehen, wie der Falke ihn erwischt hat. Aber es war die *Angst,* die ihn erledigt hat. Wenn er mit den anderen aus seiner Gruppe in den Guavenbäumen geblieben wäre, hätte der Falke keine Chance gehabt. Er hätte ihn nie und nimmer gekriegt. Aber die Angst hat ihn dazu getrieben, rauszufliegen. Hast du das verstanden?»

Ja, das hatte Ivan verstanden. Es mußte entsetzlich gewesen sein, dazusitzen und den Schatten des Todes über sich kreisen zu sehen, diesen schrillen Schrei zu hören, bis es nicht mehr auszuhalten war, bis man sich einfach nicht länger zwingen konnte, stillzusitzen, bis einen die Nerven verließen und man keine Gewalt mehr über seinen Willen hatte und einen die Panik überfiel. Ja, man konnte also auch vor Angst sterben. Er erinnerte sich daran, wie er am Abend zuvor durch die Berge gelaufen war und fühlte eine Welle von Mitleid für den Papagei in sich aufsteigen.

«Tja», meinte Miss Mando, und nahm dabei ihren Korb wieder auf. «Nun hast du heute schon zwei Dinge gelernt.»

«Ja, Mam», nickte Ivan und fragte sich, was wohl die andere Sache gewesen war.

***

An diesem Nachmittag kam er kurz vor Sonnenuntergang in die Küche, wo Miss Mando schon früher als gewöhnlich das Abendessen fertig hatte. Sie bestand darauf, daß sie aßen, bevor sie abends weggingen, obwohl anläßlich einer solchen gemeinsamen Arbeit immer reichlich Erfrischungen geboten wurden.

«Was hast du denn auf dem Herzen, hmm?» An seinem Gesicht erkannte sie, daß er irgendwas wollte, aber nicht ganz sicher war, was sie sagen würde.

«Ich geh noch mal kurz raus», sagte er vage. «Bin gleich wieder da.»

«Wohin willst du denn jetzt noch? Das Essen ist in fünf Minuten fertig.»

«Ja, Granny, ich muß nur noch mal kurz weg.»

«Du willst mir also nicht sagen, wohin? Na, dann geh eben nicht.» Ivan begann zu bitten und zu betteln.

«Meinetwegen. Ist mir doch egal, wo du hingehst. Aber wenn du in einer halben Stunde nicht zurück bist, laß ich dich heut abend hier. Hörst du?»

«Ja, Mam. Danke, Mam.»

Und weg war er. Wie ein Böcklein hüpfte er den Pfad hinunter.

Bei Sonnenuntergang lag er versteckt im Unterholz, nahe einer Steinmauer in einiger Entfernung von dem Trompetenbaum, wo er letzte Nacht so einen Schreck bekommen hatte. Mit einer Hand umklammerte er seine Steinschleuder und mit der anderen den Lederbeutel mit dem sorgfältig ausgewählten, beinahe völlig runden Flußkiesel, glatt und schwer. Er wartete auf die Gelegenheit zum Schuß aus nächster Nähe. Das würde genügen. Die Schatten wurden länger und er wußte, das war die Zeit, in der die Hühner und andere Vögel die Sicherheit ihrer Schlafplätze aufsuchten. Die kleineren Vögel hockten schon aufgeplustert in den Nestern. Von seiner Lage aus hatte er einen ungehinderten Blick zum Fuß des Baumes. Im rötlichen Zwielicht färbten sich der Stamm und die toten Blätter und glühten in einem satten, dunklen Braunton. Er lag reglos und starrte auf den Punkt, an dem er das Auftauchen der Perlhühner vermutete. Er spürte ein Insekt ziellos über sein Bein krabbeln, bewegte sich aber nicht. Mehrmals spannte er die Muskeln und hielt den Atem an, weil er im Unterholz irgendein Geräusch zu hören meinte. Aber jedesmal war es falscher Alarm.

Während er so dalag, blitzte noch einmal jenes schnelle tödliche Bild durch den Kopf, das er am Nachmittag mitangesehen hatte. Der unfehlbare, gnadenlose Sturz des Falken war so gezielt und sicher gewesen, daß es auf schreckliche Weise schön war. Aber er hatte trotzdem auf ihn geschossen. Warum? Es lag bestimmt nicht daran, daß er Papageien besonders mochte. Erst letztes Jahr hatte eine ganze Schar, vielleicht sogar dieselbe, alle reifen Guaven von seinem Baum gefressen und außerdem fast alle Sternäpfel und Sapotillen kaputtgemacht. Und dabei mochte er die am liebsten. Vielleicht hatte es ihm der jämmerliche Schrei des Vogels angetan, als er sich ins Dickicht duckte? Es hatte so verlassen geklungen, so verängstigt, so hoffnungslos.

Aber egal jetzt, das hier war was anderes. Miss Mando liebte Perlhuhnfleisch und außerdem klang immer noch dieses garstige ‹katkatkat› des Vogels in ihm nach, der ihn wegen seiner überstürzten Flucht auszulachen schien.

Und da war es wieder, ‹katkatkat›, der gleiche Schrei. Jetzt sah er sie auch. Zuerst ein großer fetter Hahn, der leicht schwankend auf ihn zustolzierte, ein runder, untersetzter Vogel, dessen schwarzblaue Federn in einer weißen Spitze ausliefen. Und nun packte Ivan das Jagdfieber. Dem Hahn folgte eine Henne, hinter der, in Reih und Glied, acht oder neun Junge trippelten, winzige Abziehbilder ihrer Eltern. Der Hahn war offenbar kahlköpfig, mit einer hervorstehenden, maskenähnlichen Zeichnung um die Augen. Beim Gehen drehte er den Kopf wie eine Schlange von einer Seite zur anderen. Mit harten, argwöhnischen Augen starrte er in sämtliche Richtungen. Alle paar Schritte hielt er an, legte den Kopf schief, als ob er lauschte und inspizierte die Umgebung. Ivan wartete; schon jetzt konnte er ihn nicht verfehlen, aber er wollte ganz sichergehen. Noch zwei Schritte, dann noch einen. Der Vogel erstarrte, ein Bein unschlüssig angehoben. Langsam, den starren Kopf zum Ziel nehmend, spannte Ivan die Schlinge. Es mußte ein Kopfschuß sein, denn die Vögel waren bekannt für ihre Zähigkeit. Ihr dickes Gefieder konnte ganze Salven von Steinen abfangen. Und dann sprang Ivan plötzlich auf. Mit erschrockenem Quietschen hüpfte der Hahn in die Luft, seine kurzen Flügel schlugen wild um sich. Der Stein traf ihn an der Brust und warf ihn um. Als er auf dem Boden aufschlug und sich einen Weg ins dichte Unterholz bahnte, stieß er den ohrenbetäubenden Schrei aus, für den die Perlhühner bekannt sind.

«Geh nur und such dir ein anderes Nest», höhnte Ivan. «Wenn ich ein schlechter Mensch wär, dann wärst du jetzt tot. Jede Wette, daß du mich nicht mehr erschreckst!» Höchst zufrieden mit seiner Tat machte er sich auf den Heimweg.

Es war noch nicht ganz dunkel, als sie zu Maas Nattie aufbrachen. Ivan wußte, daß Miss Mando ein wenig früher da sein wollte, um dem alten Mann bei den Vorbereitungen für das Maisschälen zu helfen. Sie hatte ein neues buntes Tuch um den Kopf gebunden und trug eine glänzende Schürze aus dem gleichen Stoff. Ihr wertvollster Besitz, ein Paar goldene Ohrringe, die Maas Nattie ihr vor Jahren geschenkt hatte, als er aus Colon zurückkam, und die sie nur bei seltenen Anlässen trug, baumelten von ihren Ohren. Das goldene Metall schien auf der schwarzen Haut zu glühen. Sie hatte einen kleinen Holzschemel dabei, während der Junge ein Bündel grüner Bananen auf dem Kopf balancierte. An ihrem Gang konnte Ivan erkennen, daß sie unbedingt vor den anderen Frauen ankommen wollte. Mit bloßen Füßen stolperte er hinter ihr her, wobei er sich auf dem ungewohnten Schotter der Straße hie und da die Haut abschürfte.

Wie es seiner Stellung entsprach, war das Haus von Maas Nattie größer und beeindruckender als das von Miss Mando: eine saubere kleine Holzhütte mit einem schimmernden Blechdach und drei oder vier Zimmern. Es lag etwas abseits von der Straße auf einer kleinen Anhöhe, hinter der das Land scharf ins Tal abfiel. Eine Hecke aus Hibiskus und roten Aurelien grenzte den Hof von der Straße ab. Reich verzierte, holzgeschnitzte Simse, Riffelungen und Ausläufer an den Dachrinnen, Türen und Fenstern waren der Beweis für Maas Natties handwerkliche Geschicklichkeit. Die Holzteile waren mit liebevollen Mustern in roter, blauer, grüner und schwarzer Farbe bemalt. So machte es einen fröhlichen und imponierenden Eindruck. Oft hielten reiche Leute und Touristen, die zufällig hier vorbeikamen, an und machten Fotos von dem Haus und dem Garten. Ein bärtiger weißer Mann war einmal zum höchsten Vergnügen des Alten ganz zappelig um das Häuschen herumgelaufen und hatte immer wieder gemurmelt:

«Wie schön, wie unbeschreiblich schön!» und dann noch was über «afrikanisches Farbempfinden».

Maas Natties Lieblingsspruch lautete: «Sorg für dein Land und du wirst nie Hunger leiden.» Sich an diese Weisheit haltend, hatte er das Land um sein Haus herum in einen blühenden Garten verwandelt, in dem so ziemlich jede einheimische Frucht, jedes Kraut und die verschiedensten Blumen wuchsen. Er machte auch ständig Experimente mit Pflanzenkreuzungen und zog ungewöhnliche, exotische Früchte heran, die er stolz zur Schau stellte. «Ein gesegnetes Land, wirklich gesegnet – gibt nix, was hier nicht wächst», pflegte er zu sagen, während er auf seine Zwergbanane zeigte, die tiefrote Früchte trug, oder auf den Baum mit den schotenartigen Früchten, in denen bittere Nüsse steckten, die er *Bizi* oder Kola nannte.

Der alte Mann trug einen frisch gebügelten Khakianzug und glänzende schwarze Stiefel und schien sie schon zu erwarten, als sie beim Tor anlangten. «Miss Amanda und der kleine Ivan! Gut und schön. Gut und schön. Wie geht's?»

«Wir sind wohlauf, Dank sei Gott, Maas Nathaniel.» Die beiden Alten sprachen einander immer mit vollem Namen an. Sie schüttelten oder vielmehr hielten sich die Hände und schauten sich forschend in die Augen, wie um hier eingegrabene Veränderungen zu entdecken.

«Seid also wohlauf», wiederholte er. «Schaut auch ganz so aus. Bist schön wie Seide, Miss Amanda, und siehst viel besser aus als je zuvor.» Miss Mando strahlte wie ein junges Mädchen. «Und wen haben wir denn da?» fragte er und wandte sich Ivan mit seinen Bananen zu. «Na, Kleiner, hast wohl geglaubt, du kriegst hier nix zu futtern, was?»

«Nein, Sir. Granny und ich, wir haben schon gegessen.»

«Ivan!» Miss Mandos Stimme hatte einen scharfen Unterton, als sie ihm das Wort abschnitt.

Der alte Mann lachte laut. «Hatte ich also recht. Ihr habt schon gegessen.»

«Nicht daß wir dachten, du hättest nix zu essen ... nur – der Junge wollte dir gern die paar Bananen mitbringen. Er weiß doch, wie sehr du grüne Bananen magst. Und sie sind von seinem eigenen Baum.»

«Ach so ist das! Und das in meinem Alter!» rief Nathaniel. «Der kleine Bengel hier bringt mir Bananen, die er selbst gezüchtet hat. Mein eigenes Patenkind bringt mir was zu essen!» Übertrieben feierlich nahm er das Bündel Bananen in Empfang und trug es in die Küche hinter dem Haus, wo jede Menge Töpfe auf dem Feuer standen. Miss

Mando machte die Runde, inspizierte die Zutaten, lugte unter die Dekkel und die weißen Tücher, rührte und probierte aus den Töpfen.

Unweit der Küche befand sich eine ebene Zementfläche, eine Art Tenne, *Barbecue* genannt, auf der man Mais, Kaffee, Kakaobohnen oder Rhizinussamen nachreifen und trocknen ließ. An dem einen Ende hatte Maas Nattie einen großen Haufen von Säcken voller Mais aufgestapelt. Hier würde das Maisschälen stattfinden. Jetzt stellte er drei Kerosinlampen in die Mitte. Außerdem brachte er große *Yabbahs*, Tonkrüge, randvoll mit fermentiertem Ingwerbier für die Frauen und Kinder, und eine Korbflasche mit starkem weißen Rum, den man wegen seiner hohen Konzentration «Joe Louis» oder auch «Hautdichum» nannte. Als er die schwere Korbflasche absetzte, brummte der Alte erwartungsvoll: «Hmm, riech mal, Junge.» Er entfernte den Korken und sog genießerisch den beißenden Geruch des Zuckerrohrs ein. «Aber weißt du, es ist nicht gut, wenn man das Zeug trinkt und gleichzeitig raucht. Das geht in die Luft. Heißt nicht für nix ‹Joe Louis›, weißt du.»

«Ich hoffe ja bloß, daß ihr Männer nicht wieder alles wegtrinkt», meinte Miss Mando aus der Küche. «Und überhaupt, wenn ihr soviel trinkt, könnt ihr nicht mehr arbeiten und streitet euch, das ist so sicher wie das Amen in der Kirche.»

«Was Warmes im Bauch hat noch niemand bei der Arbeit geschadet, das solltest du aber wirklich wissen, Miss Amanda.» Er zwinkerte ihr zu.

«Wenn du die Art von Arbeit meinst, da kann ich nur sagen, es gibt auch Männer, die brauchen nix», entgegnete sie. «Und du, Junge, worüber lachst du eigentlich? Du tust schon viel zu groß. Du solltest doch nicht zuhören, wenn Erwachsene miteinander reden.»

«Ach laß doch den Jungen, der ist selber erwachsen, eh du dich versiehst. Kann schon bald auf Brautschau gehen.»

«Nathaniel Francis, halt den Mund und setz dem frühreifen Bengel nicht auch noch Flausen in den Kopf, hast du mich verstanden?» Wütend marschierte sie in die Küche zurück und klapperte wild mit Töpfen und Besteck herum.

Allmählich trafen die ersten Leute ein. Jede Gruppe begrüßte Maas Nattie und Miss Mando voller Höflichkeit und Respekt. Die Männer trugen ihre Arbeitskleidung, dunkelgraue Hemden und Hosen aus schwerem englischen Tuch, das sie wegen seiner Farbe und Haltbarkeit «Altes Eisen» nannten. Sie hatten ihre Macheten dabei, etwa sechzig

Zentimeter lange, scharfe silberne Stahlklingen, die genauso zu ihnen gehörten wie ihre eigene Hand. Ihre Frauen, die hart arbeiten mußten und ein Kind nach dem anderen auf die Welt setzten, trugen frisch gewaschene Kleider, die vom Bügeln glänzten. Die goldenen Ohrringe und Armreifen, die sie vom mühsam ersparten Geld aus ihren Marktverkäufen gekauft hatten, schimmerten vor der kokosnußöligen Dunkelheit ihrer Haut. Die meisten hatten sich bunte, neue Tücher um den Kopf gebunden, die ihrer Erscheinung einen Hauch von Festlichkeit verliehen. Bald saßen etwa fünfundzwanzig Leute um die Tenne herum. Maas Nattie zündete die Lampen an und nahm auf einem hohen Stuhl seinen Sitz ein. Die Lampen warfen ein gelbliches Licht auf die Gruppe. In den dunklen Bäumen funkelten Hunderte von Glühwürmchen. Die Berge waren nur noch düstere, grob umrissene Schatten und aus der Küche drang der fröhliche warme Schein des Feuers.

Der alte Mann nahm den ersten Maiskolben und sagte: «Ich danke dem Herrn für eine gute Ernte.» Zustimmendes Gemurmel. «Und ich danke meinen lieben Freunden, die heute abend hierher gekommen sind, um mir zu helfen.» Mit einer kräftigen Drehung der Hand löste er die Körner vom Kolben. «Was ihr zu essen seht, das eßt. Was ihr zu trinken seht, das trinkt. Es ist nicht viel, aber es kommt von Herzen.» Man hörte ein paar Anwesende protestierend kichern, denn jedermann wußte – auch wenn er die vielen Töpfe auf dem Feuer noch nicht gesehen hatte – daß Maas Natties sprichwörtliche Großzügigkeit weit über die Grenzen ihrer Gemeinde hinaus bekannt war. Diese Großzügigkeit war auch eine Grundvoraussetzung für eine solche gemeinsame Arbeit. Leute, die dafür bekannt waren, daß sie bei der Verpflegung sparten, mußten entdecken, daß ihre Nachbarn andere Verpflichtungen hatten, wenn sie um Hilfe beim gemeinsamen Dreschen oder Umgraben baten. Aber in Maas Natties Fall bestand da keine Gefahr. Die Helfer wurden bei derartigen Gelegenheiten nicht bezahlt, dafür konnte aber jeder, der ein größeres Unternehmen plante, für das viele Hände benötigt wurden, es einfach vorbereiten und ankündigen. Dann war man verpflichtet, jedem, der einem geholfen hatte, in gleicher Weise beizustehen. «Der und der ist mir noch 'n Tag schuldig», hieß es dann. Und abgesehen von der wirtschaftlichen Notwendigkeit war der soziale Aspekt solcher Versammlungen ein zweiter wichtiger Anziehungsgrund.

In der ersten halben Stunde plätscherte die Unterhaltung sachte dahin, nur hie und da erhob sich irgendwo ein lautes Lachen. Mit Ausnahme von Maas Nattie, der am Ende der Tenne wie ein biblischer

Patriarch auf seinem Stuhl saß, hatten sich die Leute auf niedrigen Schemeln zu beiden Seiten des Zementbodens aufgereiht. Eine Art unausgesprochener Konkurrenz beherrschte die Arbeit, die vor allem von den Kindern und Jugendlichen gefördert wurde, um zu sehen, welche der beiden Seiten schneller war. Sie beobachteten die Berge von leeren Kolben und aufgehäuften Körnern, legte sich mächtig ins Zeug und feuerten auch die Erwachsenen an. Die Frauen schwatzten miteinander und die Männer unterhielten sich über Ernte, Preise und Anbautechniken. Meistens lenkten schon bald kleine Flirts zwischen den älteren Jungen und Mädchen und Neckereien zwischen den Kleineren sie von der Arbeit ab. Wenn die Wortgeplänkel in Raufereien auszuarten drohten, wurden sie von den Frauen schnell unterdrückt.

Jetzt räusperte sich Maas Nattie. «Ihr wißt ja, Leute, ich habe immer einen Grund für das, was ich tue. Könnt ihr euch denken, warum ich grade diese Nacht zum Maisschälen ausgesucht habe? Nein?» Hier unterbrach er seine Rede, bis es ringsum mucksmäuschenstill war. «Nun ja, Leute, heute ist der Jahrestag der Schlacht von Adowa.»

«Lehr uns, Bruder!»

«Ja, Sir.»

«Sag's uns, ja!»

Und nun erzählte der alte Mann, von bewundernden Zwischenrufen seiner Zuhörer unterbrochen, wie 1896 die kärglich ausgerichteten und angeblich schlecht ausgebildeten Bauern des Ras Menelik in Äthiopien die italienischen Eroberungstruppen mit Hilfe ihrer scharfen Schwerter geschlagen hatten. «Schwarze wie wir, die von Sonnenaufgang bis Sonnenuntergang Zehntausende ihrer Feinde entweder vertrieben oder getötet haben.»

Das Ende der Geschichte ging in begeisterten Rufen wie «Mannomann!», «Das ist was!», «Das zeigt mal wieder, wie stark die Schwarzen in Wirklichkeit sind!» usw. unter. Dies war das Zeichen zum allgemeinen Geschichtenerzählen. Einer versuchte, den anderen an Redegewandtheit und Weisheit zu überbieten.

Ivan liebte diese Versammlungen, die Wärme, die Gemeinschaft und die Geschichten, die ihm – egal, wie oft er sie schon gehört hatte – niemals langweilig wurden. Alles lief auf eine ganz bestimmte festgelegte Art und Weise ab, und keiner schien zu wissen, wieso. Aber am Anfang und am Ende einer Geschichte über die Spinne Anancy hieß es regelmäßig:

So hab ich's gehört
So hab ich's erzählt
Jack Mandora
Nicht selbst ausgewählt.

Niemand schien zu wissen, wer oder was Jack Mandora war, aber jeder hielt sich an das kleine Ritual. Und bei einem Rätsel hieß es regelmäßig:

Rate dies
Rate das
Lös das Rätsel
Oder lass's

Die Geschichten wurden höchst dramatisch, von Liedern unterbrochen, erzählt. Jede Figur hatte eine unterschiedliche Stimme: war sie wütend, dann brüllte der Erzähler, war sie ängstlich, dann wimmerte er, wollte sie jemand zum Narren halten, dann nahm seine Stimme einen hinterhältigen und einschmeichelnden Ton an. Einige waren bessere Geschichtenerzähler als andere. Ein guter Erzähler konnte seine Zuhörer eine ganze Stunde fesseln.

Jetzt stimmten sie ein Lied über eine große Tragödie an. Es war ein langsames, schwermütiges Stück und handelte von einem jungen Polizisten, dem von seinen Vorgesetzten Unrecht geschehen war. Nachdem er lange über seine Schmach gegrübelt hatte, kam er zu dem Schluß, daß nur Blut seine verlorene Ehre wiederherstellen konnte. Das Lied beschrieb in allen Einzelheiten, wie er seine Pistole nahm und loszog, um die Übeltäter zu suchen.

Der junge Polizist
macht sich auf den Weg
keine Galgenfrist
und kein Privileg
lindert seine Bitternis.

Ivan sang voller Hingabe. Es kam ihm vor, als spürte er die Ungerechtigkeit am eigenen Leib. Ihm schwirrte der Kopf, als Roy an diesem verhängnisvollen Weihnachtsmorgen durch die Polizeiwache ging und alle seine Peiniger erschoß. Und bei den letzten Strophen, die berichteten, wie Roy bei Sonnenaufgang am Galgen gehängt wurde, zitterte er vor Angst. Die letzten, schweren, traurigen Töne verklangen in der warmen Nacht.

Für jedes größere Drama dieser Art gab es ein Lied. Schon bald nach einem derartigen Vorfall kam gewöhnlich ein Musikant durch den Bezirk, sang ein Lied, das die Geschichte überlieferte, und verkaufte gedruckte Exemplare des Textes für zwei Pfennig das Stück. Bald gehörte es dann zum Repertoire der Gemeinde und damit auch zum Legendenschatz des Landes. Diese Lieder waren oft so traurig und tragisch, daß junge Frauen in Tränen ausbrachen, wenn die hübschen, mutigen, jungen Helden am Galgen endeten, und das schien den meisten von ihnen bestimmt zu sein. Manchmal war der Held oder die Heldin auch böse und herzlos, mußten aber auch stets für ihre schlechten Taten büßen.

Doch das Lied von Roy Maragh, dem jungen Polizisten, war bei weitem das traurigste von allen, und deshalb mochte Ivan es auch am liebsten. Es wurde in dem getragenen Rhythmus gesungen, den man von Beerdigungen kennt, und von einem gleichmäßigen Stampfen begleitet. Eine der Frauen schlug auf einem Mörser den Takt. Ivan wußte, was sie da zerstieß. Der erste Mais wurde im Feuer geröstet, bis er knusprig war. Dann wurde er mit Zucker, Salz und einigen Gewürzen im Mörser zu einem feinen braunen Pulver zerstampft, das *Asham* hieß. Das war ein Leckerbissen für die Kinder.

«Es gibt die Weisen und es gibt die Narren. Aber wer folgendes Rätsel lösen will, muß nicht in die Schule gegangen sein.» Das war Maas Joe Beck. Ivan wußte, daß Maas Joe, ein Mann mit rötlichbrauner Hautfarbe, die die Leute Iborot nannten, gewöhnlich ein ziemlich zurückhaltender Typ war. Die Herausforderung, die er der gegenüberliegenden Seite zugeworfen hatte, war wohl größtenteils den Besuchen zuzuschreiben, die er der Flasche «Joe Louis» abgestattet hatte. Schon an der Einleitung erkannte Ivan, daß die folgende Geschichte keine grausige Geistergeschichte über irgendwelche Wanderer war, die sich an einsamen Orten mit schrecklichen Gespenstern konfrontiert sahen, und auch keine Geschichte über Anancy, die einen Löwen, den Tiger Tacumah oder andere Tiere austrickste. Es war eine von den beliebten Rätselgeschichten, bei denen die Zuhörer entscheiden mußten, wie das weise und gerechte Ende aussehen sollte. Solche Geschichten mochte er am liebsten. Maas Joe, den seine Kumpels «Feuer-auf'm-Meer» oder auch einfach nur «Feuer» nannten, begann.

«Es war einmal ein König, der hatte eine Tochter, die war sehr schön. Jeder Mann, der sie sah, wollte sie zur Frau. Ich kann euch gar nicht sagen, wie schön, wie wunderschön dieses Mädchen war. Einfach unbeschreiblich! Aber sie war auch hochnäsig und keiner der Männer, die um ihre Hand anhielten, gefiel ihr. Eines Tages hatte der Vater ihre Spielchen satt und sagte: ‹Nun gut ... es gefällt dir also keiner, was? Wir werden schon sehen. Der Mann, der als erster einen wilden Stier ohne Seil oder Gewehr oder sonst irgendwas außer seinen bloßen Händen fängt, soll dich heiraten. Und mir soll es egal sein, wenn er häßlich ist oder ein Dummkopf. Ein Mann, der mit einem wilden Stier fertig wird, der wird auch dich bändigen.›

Keiner von den jungen Männern, die in der Hauptstadt lebten, versuchte es auch nur. Sie sagten sich: ‹Der Stier macht Probleme und das Mädchen ist noch schlimmer. Wozu also die ganze Mühe?› Aber eines Tages kamen zwei starke, gutaussehende, junge schwarze Männer und taten kund, sie würden den Stier schon kriegen. Also sind sie ab in den Wald und dem Stier hinterher. Zwei Wochen gingen ins Land und kein Wort von ihnen. Die Leute waren sicher, daß der Stier sie erledigt hatte. Oder die beiden in eine Falle gestürzt oder in Treibsand geraten waren. Aber eines Abends stolperte der Jüngere von den beiden herein. Er ist von oben bis unten zerschrammt, seine Kleider hängen ihm in Fetzen vom Leib, und er ist so zerschunden, daß er kaum laufen kann.

Und er sagt: ‹Ich komme um meine Frau zu holen. Ich weiß, ich hab den Stier nicht gefangen, aber ich hab ihn über hundert Meilen gejagt. Bin durch den Busch. Bin durch den Fluß. Bin auf den Berg. Bin wieder runter. Aber fangen konnte ich ihn nicht. Als ich den Stier zum letzten Mal sah, ist er mitsamt meinem Bruder vom Felsen gestürzt. Bestimmt sind alle beide tot – und weil ich keine Toten mag, bin ich also zurück. Und weil nur ich allein übrig bin, fordere ich das Mädchen zur Frau.›

Tja, da berät sich der König mit all seinen Leuten und weil es so aussieht, daß niemand sonst den Stier fangen und lebendig zurückkommen kann, sagen sie, sie geben ihm das Mädchen. Viele Ziegen und Hühner werden geschlachtet und viele Yamswurzeln und Bananen zusammengetragen und viel Rum rausgebracht. Dann lädt der König sein ganzes Volk und alle Musikanten und Tänzer des Landes ein und kündigt ein großes Hochzeitsfest an. Sie setzen sich und wollen anfangen zu essen und zu trinken. Der Junge setzt sich neben das Mädchen, und die beiden sehen ganz zufrieden miteinander aus. Der König ist froh, echt froh, doch da ... brüllt plötzlich eine Stimme:

‹Keiner ißt und keiner trinkt! Keiner rührt das Essen an, sag ich, keiner den Rum! Ich fordere meine Frau!›

Alle sind sie erschrocken und gucken, was da los ist und was sehen sie? Keinen anderen als den ältesten Bruder. Der war ein großer, muskelstrotzender schwarzer Mann. Seine Kleider sind zerfetzt und sein Körper ist über und über aufgerissen, grad so, als ob ihm einer mit der Machete zugesetzt hätte. Und er ist in ein blutiges Stierfell gewickelt, Kopf und Schwanz sind noch dran. Sieht aus wie Joncunnu, der Maskentänzer mit dem Stierkopf.

‹Ihr habt gesagt, daß der, der sie kriegen soll, den Stier fangen muß und jetzt schaut her ... ich hab ihn gefangen.›

Da sagt der König: ‹Ist wahr, das hab ich gesagt, und ich will mein Wort nicht brechen. Aber du siehst, ich hab schon deinem Bruder versprochen, daß er meine Tochter haben kann. Wir dachten alle, du bist tot. Ist schon fast ein Monat her, daß du nicht zurückgekommen bist.

‹Gut, aber jetzt bin ich zurück. Und jetzt will ich meine Frau.›

Und dann sagt er kein einziges Wort mehr, blitzt nur so mit den Augen und knirscht mit den Zähnen vor lauter Wut. Also ruft der König all seine Leute zusammen und berät sich mit ihnen. Egal was er macht, einer wird den Kürzeren ziehen. Gibt also Ärger. Was soll er machen?

Der König sitzt also in seinem Palast und flüstert und beratschlagt mit all den Großen, und draußen reden die Leute genauso. Einige sagen, gib das Mädchen keinem von beiden, das ist die einzige Möglichkeit. Andere sagen, daß der, der den Stier gefangen hat, sie auch verdient hat. Wieder andere sagen, das ist nicht gerecht: guck doch, wie sich das Mädchen und der kleine Bruder mögen und guck doch, wie er sich rausgeputzt und auf die Hochzeit vorbereitet hat. Ist nicht richtig, wenn alles in letzter Minute abgeblasen wird. Und das Mädchen, tja also, sitzt da und sagt kein Wort. Guckt sich den großen Bruder nur einmal an, mit seinem blutigen Stierfell und all den Fliegen, die darauf rumkrabbeln. Dann macht es den Mund auf und läßt einen tierischen Schrei los. Legt die Hände um den Kopf und brüllt und brüllt. Ein Durcheinander. Ein Wirrwarr. Ich frag euch also, Leute, was ist die richtige Lösung?»

Als die Worte von Maas Joe Beck verklungen waren, lag einen Moment lang Stille über der Gruppe. Das vom Erzähler so lebhaft gestaltete Bild stand vor Ivans Augen: alle Leute versammelt, alle in festlicher Stimmung, das Paar, das zuerst in freudiger Erwartung nebeneinander sitzt und dann das verzweifelt weinende Mädchen. Im Mittelpunkt der Aufmerksamkeit der siegreiche Bruder, schmutzig und blutverschmiert, die Augen rot vor Müdigkeit und Haß, die Haare blutverklebt und diese gruselige Trophäe über den Schultern, ein fürchterlicher Anblick mit zwei Köpfen. Sie schleudern jedem, der sie ihres mühsam errungenen Preises berauben will, Trotz und Wut entgegen. Für Ivan war es keine Frage: ein Versprechen war heilig; Heldenmut und Opfer forderten ihre Belohnung.

Dann fing die Diskussion an. Die älteren Leute sagten nichts. Vielleicht, dachte Ivan, wußten sie die Antwort. Aber normalerweise gab es auf solche Rätsel keine «Antworten». Das gleiche Problem fand, je nach Laune des Publikums oder Betonung des Erzählers, jedesmal eine andere Lösung. Die jungen Frauen und Mädchen fanden, daß die Wahl bei ihr liegen müßte. Joe Beck sagte, es war des Vaters Aufgabe, eine Entscheidung zu fällen. Sie diskutierten. Die jungen Männer identifizierten sich natürlich mit der Stärke und dem Erfolg des älteren Bruders und hielten zu ihm. Schließlich erzählte Joe Beck, was geschehen war.

Nach einer langen Beratung kam der Vater zurück und sagte der Tochter, sie solle aufhören zu weinen und sich lieber daran erinnern, daß es ihr Stolz und ihr Hochmut gewesen waren, die sie in diese Lage gebracht hatten. Dann sprach er mit den Brüdern. Er sagte, daß die ganze Stadt von ihrer Würde und ihrer Tapferkeit beeindruckt war. Der Jüngere hatte das Tier länger verfolgt als irgend jemand vor ihm. Also wußten sie, daß er stark und entschlossen war und die Tochter liebte. Aber als er sich in großer Drangsal wußte, ohne Hoffnung auf Erfolg, da war er umgekehrt – und wer wäre das nicht? Damit hatte er seine Menschlichkeit bewiesen, mitsamt ihren Fehlern. Aber, indem er zurückgekehrt war, hatte er die Aufgabe nicht erfüllt und daher nicht bestanden.

Der ältere Bruder dagegen würde eine Niederlage niemals hinnehmen. In fanatischem Einzelgängertum, zweifellos von der Liebe zu seiner Tochter beflügelt, und mit einer Kraft und Ausdauer, die größer waren als alles andere in der Geschichte der Menschheit, hatte er durchgehalten und schließlich doch noch Erfolg gehabt. Dabei wäre er um ein Haar umgekommen. Es war eine Tat, die in Legenden und Liedern überdauern und seinen Namen und das Gedenken an seine Vorfahren auf ewig hochhalten würde. Bei diesen Worten nahm der Vater einen Sack voll Gold und wie auf ein geheimes Zeichen rückten all seine jungen Männer – ohne Ausnahme mit Macheten bewaffnet – näher. Er sagte dem siegreichen Bruder, daß Reichtum und Ruhm sein Lohn sein sollten. Er solle sie nehmen und von dannen ziehen, um niemals wiederzukehren, denn ein Mann wie er liebte über alles und haßte deshalb auch um so stärker. Er hatte bewiesen, daß, wenn er von einer Idee besessen war, kein Leiden, keine Entbehrung, nicht einmal die Aussicht des Todes ihn erschüttern konnten. Das war furchterregend, aber auch unmenschlich. In jeder Ehe gab es einmal Streit, in jeder Familie Unstimmigkeiten. Würde der König ihm seine Tochter zur Frau geben, so müßte er immer in Sorge um ihre Sicherheit leben und was noch schlimmer war, er wüßte, daß man mit ihm nicht würde reden können.

Der jüngere Bruder aber war ein Mann wie sie – tapfer zwar, aber auch mit Fehlern und Schwächen. Mit so jemandem konnte man leben. Aber das Zusammenleben mit einem Mann, dessen eiserner Wille weder Angst noch Grenzen kannte, war ausgeschlossen. Er solle sein Geld nehmen und seinen Ruhm und seiner Wege ziehen. Der ältere Bruder sprang auf, warf einen Blick auf die Macheten der jungen Krieger, auf den Sack voll Gold und das weinende Mädchen – und verschwand ohne ein Wort. Er nahm nichts weiter mit als das blutige Fell.

Wieder herrschte Stille. Als erster sprach der alte Maas Nattie: «Der Mann sagt die Wahrheit, die reine Wahrheit.» Die Älteren nickten zustimmend und beifälliges Gemurmel erhob sich. Das Alter hatte sie gelehrt, daß Kompromißbereitschaft, die Fähigkeit, sich anzupassen, sich auf die Zunge zu beißen und etwas herunterzuschlucken, das Wichtigste im Leben war, wenn man innerhalb einer menschlichen Gemeinde leben wollte.

«Ein Starker hat nie unrecht», murmelte Miss Mando. «Und ein Schwacher darf sich nun mal nicht ärgern.»

Ivan sprang mit einem Satz auf die Füße und stammelte etwas von schreiender Ungerechtigkeit. Seine Wut richtete sich vor allem gegen Joe Beck, der ihn milde lächelnd betrachtete. «Das ist falsch ... du bist ein schlechter Mensch ... das ist doch nie und nimmer gerecht!»

«Ach, mein Sohn», sagte Joe Beck, «du bist noch jung, aber du wirst es schon noch sehen. Wenn du ein König wärst oder ein Vater, dann würdest du das auch anders beurteilen. Gerechtigkeit ist keine gerade Sache, weißt du, sie ist gewunden und gebogen. Muß sich wenden und drehen und biegen –», er beschrieb einen weiten Bogen mit seiner Pfeife, «um dahin zu kommen, wo sie hin will.»

«Setz dich und reg dich ab, junger Mann. Ist doch nur eine Geschichte», sagte ein anderer. Zwar war Ivan sein Ausbruch irgendwie peinlich, aber wütend war er immer noch und so setzte er sich nur zögernd wieder hin. Er packte einen Maiskolben und machte sich verbissen darüber her. Er hatte den Kopf gesenkt und schaute niemanden an. Wo war die Gerechtigkeit in dieser Geschichte? Was würde Joe Beck wohl sagen – dieser garstige alte iborote Unmensch – wenn *er* den Stier gefangen hätte und dann so reingelegt worden wäre? Würde ihnen ganz recht geschehen, wenn der ältere Bruder nachts heimlich zurückkommen und die ganze Stadt niederbrennen würde, wie Samson das Getreide der Philister. Und überhaupt, überlegte er: zuviele Frauen, Kinder und Geschwätz hier, typisch für diese Erntetreffen und deshalb mochte er sie auch nicht. Wetten, wenn es beim Umgraben gewesen wär, hätte keiner einer solchen Lösung zugestimmt? Aber da waren die Männer ja auch unter sich, wenn neues Land gerodet und mit der Hand gepflügt werden mußte. Keine Frau, kein Kind, kein alter Mann – nur starke junge Männer, die hart, sehr hart arbeiten konnten.

Er erinnerte sich, daß es zwei Tage gedauert hatte, bis sie damals das neue Feld von Miss Mando gerodet hatten. Die Männer hatten sich in aller Herrgottsfrühe versammelt und ihre Macheten und Hacken mitgebracht. Eine Reihe von Männern, nackt bis zur Taille, mit breiten, muskulösen Oberkörpern, die in der Sonne glänzten, Männer mit Händen aus Stahl, stolz auf ihre Kraft und die Fähigkeit, sich unter der erbarmungslosen niederbrennenden Sonne abzurackern und dabei so trotzig zu singen, als wollten sie sie provozieren. Ivan erinnerte sich an den Aufruhr, als sie sich vor Miss Mandos Haus versammelten, wie sie prahlten und einander neckten und die scheinbar undurchdringliche Wand des Dschungels, die weggeschafft werden sollte, in Augenschein nahmen. Dann, als endlich alle beisammen waren, stimmte der Anführer mit seinem schweren Bariton, der bis ins Tal widerhallte, ein Lied an. Und im Takt mit dem Refrain blitzte die Reihe der Macheten im Sonnenlicht, und die Männer warfen sich gegen die grüne Mauer:

Ich sag …
Berg- und Talbahn
Berg und Tal, huff
Ich sag, Berg- und Talbahn
Berg und Tal, huff
Brichst dir 'n Fuß, fällst runter
Berg und Tal, huff
Fällst runter, brichst dir 'n Hals
Berg und Tal, huff
Brichst dir 'n Hals, fährst zur Höll
Berg und Tal, huff.

Im Geiste hörte er den schweren Rhythmus der Arbeitslieder, Männerlieder, unflätig und grobschlächtig, das Klirren der silbern schimmernden Macheten, den geknurrten Refrain, der vom gleichzeitigen Schlag aller Klingen unterstrichen wurde. Er sah die Reihe der Männer vor sich, die wie eine einzige vielhändige Maschine in der tropischen Hitze einen brutalen Schritt vorlegte. Und Ivan selbst, der die Reihe rauf und runter rannte und den Männern Dosen mit kühlem Wasser brachte. Sie hielten nur inne, um es gleich literweise runterzukippen, obwohl es sofort in Schweißströmen wieder aus ihrer Haut hervorbrach, so daß sie wie polierte Ebenholzstatuen unter der Sonne wirkten, ihre Hosen durchnäßte und kleine Tümpel um die Füße bildete. An den Schultern und auf den Rücken schwollen die Muskelstränge an und sprangen hervor wie ein Sack voller Schlangen unter der Haut. Die Adern wirkten wie die Linien auf einer Relief-Landkarte. Doch das Unterholz wich vor dem Ansturm der blitzenden Klingen mehr und mehr zurück. Die ungestüme Ausgelassenheit ihrer Lieder, die das Herz beflügelten und den Arm antrieben. Das liebte Ivan, diese körperliche Rauheit, den süßen Geruch der feuchten, schwarzen Erde, die der Sonne geöffnet und mit Schweiß getränkt wurde. Und die Lieder bestimmten auch das Tempo der Männer.

Um die Mittagszeit, als die Sonne im Zenit stand und die Hitze am Boden des Tales wie ein Backofen wirkte, machten die Männer eine Pause, um zu Mittag zu essen. Dann waren Miss Mando und die Frauen gekommen und unter dem Gewicht der schweren Körbe fast zusammengebrochen – Yamswurzeln, Bananen, dicke, flache Mehlklöße, die «Zahnzieher» hießen, und riesige Töpfe mit Ziegencurry und soviel Pfeffer, daß einem das Wasser aus den Augen lief und der Schweiß in Strömen hervorbrach. Die Männer setzten sich in den Schatten und verdrückten Riesenmengen. Dann spülten sie das Ganze auch noch mit weißem Rum hinunter. Als Ivan auch mal nippen wollte, hatte es ihm Mund und Kehle verbrannt. Und die Männer hatten sich über sein Gejapse und die Tränen, die ihm in die Augen schossen, halb tot gelacht.

«Wie könnt ihr bloß so scharf essen und dann auch noch Rum trinken?» fragte er, als er wieder reden konnte. «Ganz gut, junger Mann», erklärten sie schwitzend. «Die eine Hitze vertreibt die andere.» Das hatte er nicht verstanden.

An jenem Tag war Joe Beck auch zu seinem Spitznamen gekommen. Als alle mit dem Essen fertig und die Frauen mit den Körben wieder weggegangen waren, setzten sie ihre Arbeit fort. Joe Beck stimmte eins von den Liedern an, die sie nur sangen, wenn keine Frauen in der Nähe waren.

He! Pussy hat auf'm Meer Feuer gefangen, huff!
Und da brennt sie jetzt vor sich hin, huff!
Zu schade, huff!

Joe war frisch verheiratet und die Männer lachten, als sie hörten, welches Lied er ausgesucht hatte. Aber was Joe nicht wußte war, daß seine junge Braut, ein großes, aufgewecktes schwarzes Mädchen, das auf den Namen Pearl hörte, einen Topf vergessen hatte – vielleicht absichtlich, um noch mal zurückkommen und ihren Mann bei der Arbeit bewundern zu können. Schneidend drang ihre Stimme durch das allgemeine Gelächter.

«Sing das noch mal, Joe Beck, ich hab's nicht richtig gehört!» Joe Beck drehte sich um und sah sie da stehen, mit blitzenden Augen und in die Seite gestemmten Armen.

«Ich ... ich hab doch gar nix gesungen, Kleines –» stammelte Joe. «Du Hund, du! Ich hab ganz gut gehört, was du da eben gesungen hast. Wenn du so groß tun kannst, am Tag, wenn deine Freunde dabei sind, dann erinner dich in der Nacht nur daran, daß sie auf'm Meer verbrannt ist, hast du gehört Liebling?» meinte sie zuckersüß. Und damit machte sie auf dem Absatz kehrt und schlenderte mit einem stolzen, entrüsteten Hüftschwung davon.

«Aber ... ich hab doch gar nix gesungen, Kleines», frotzelten die Männer mit quietschender Fistelstimme. «Gott o gott, Joe Becks Pussy is verbrannt. Sie is verbrannt, vergiß nicht, Joe.» Seitdem konnte man Joe leicht ärgern; man brauchte sich nur zu verstecken und beim Vorbeigehen «Feuer auf'm Meer!» oder «Aber ich hab doch gar nix gesungen, Kleines!» zu quietschen. Die Erinnerung daran dämpfte Ivans Wut auf Joe Beck ein wenig, und er fing wieder an, sich dafür zu interessieren, was um ihn herum vor sich ging. Mittlerweile kramten die Leute die Blechteller hervor, die sie mitgebracht hatten, denn jetzt sollte es etwas zu essen geben. Das war leicht verdient, denn die Arbeit war wirklich nicht anstrengend. Ivan war hin und her gerissen zwischen dem Wunsch, in einsamer Verachtung zu schmollen, und dem Drang, einen Teller zu schnappen und sich wieder zu der Gruppe zu gesellen. Da unterbrach plötzlich eine weiche Stimme seine Grübelei.

«Ivan, das schickt dir Miss Mando.» Wortlos blickte er auf. Ein junges Mädchen mit zwei Tellern in den Händen stand vor ihm. Er zögerte. Sie hielt ihm einen der Teller hin. Ihre Augen strahlten ihn an, als sie ihn jetzt sacht drängte: «Nun komm schon, ist schon gut. Nimm doch das Essen, Ivan, nimm es, Mann.»

Ivan gab sich geschlagen. «Wieso schickt sie denn dich?» fragte er gnädig und nahm den Teller.

«Weil ich sie gefragt hab», antwortete das Mädchen einfach. «Und weil ich deine Art mag.» Da war nicht die geringste Spur von Koketterie oder Scheu in ihren Worten, die sachliche Feststellung entsprach ganz einfach der Wahrheit. «Ich glaube, du hattest recht mit der Geschichte. Ich wollte nur, daß du das weißt.» Sie lächelte ihn warm und bewundernd an und setzte sich neben ihn.

Ivan kannte sie nur flüchtig. Sie besuchte die staatliche Schule, zu der er nur hinging, wenn er Lust hatte. Dort hatte er sie ein paarmal gesehen. Er hatte sie nie besonders beachtet, im Grunde hatte er sich nie für Mädchen interessiert. Aber jetzt rührte ihn die unerwartete Unterstützung und das offene Angebot ihrer Freundschaft. Er schaute ihr beim Essen zu. Sie war ungefähr in seinem Alter, schlank wie ein Zuckerrohr, und nur die leichte Wölbung um Brust und Hüften deuteten die zukünftige Frau an. Sie trug ihre Schuluniform, eine weiße Bluse und einen blauen Rock. Die Füße steckten in sauberen Schuhen aus Segeltuch. Irgendwas sehr Adrettes und Frisches umgab sie. Ihr Haar war aus dem Gesicht gekämmt und zu Zöpfen geflochten, so daß die klaren Linien ihrer Backenknochen und ihrer Nase gut zu sehen waren. Vor der tiefschwarzen Haut blitzten strahlend weiße, gleichmäßige Zähne. Ihre Augen, typische Maroon-Augen, hatten die braune Färbung des Honigs. Die Leute nannten sie so nach den legendären afrikanischen Kriegern, die diese Berge eineinhalb Jahrhunderte lang gegen die militärische Macht und die ausgeklügelten Pläne der Briten verteidigt hatten.

«Wenn du mich wiedersehen tätest, würdest du mich dann auch erkennen?» flüsterte sie. Sie war sich seines Blickes durchaus bewußt und zeigte es ihm auch. Durch ihre sanfte Neckerei wollte sie ihm eigentlich nur signalisieren, daß sie nichts dagegen hatte.

«Na klar», brummte Ivan und versuchte, seine Stimme möglichst tief und nachdenklich klingen zu lassen. «Sicher würd ich dich erkennen, was glaubst du denn?» Und diesmal schaute sie beiseite.

Belustigt beobachtete Miss Mando die Unterhaltung vom Küchenfenster aus und dachte bei sich: «Hm hm, Maas Ivan macht sich. Ich würde sonstwas drum geben, wenn ich hören könnte, was die reden.» Und das Mädchen war höflich und hilfsbereit, offensichtlich wohlerzogen und dazu auch noch so ein hübsches Kind. Sie war ganz und gar nicht dagegen. Was immer sie auch zu bereden hatten, es schien ernst zu sein und sie vollkommen auszufüllen, wie sie da im fahlen Mondschein beisammen saßen. Ivan hatte fast aufgegessen. Er mochte dieses Essen besonders gern – im Volksmund «Stipp-und-fall» genannt –, Salzmakrelen, die im Fleisch und Öl der Kokosnuß gegart und mit grünen Bananen und Pfannkuchen aus Maniokmehl, sogenannten Bammies, serviert wurden. Miss Mando sah, wie sich das Mädchen nach vorn beugte, um den Rest seines Essens auf Ivans Teller zu schieben. «He», dachte sie. «Jetzt hat sie ihn. Scheint's hat mein Enkel jetzt eine andere Frau, die ihn füttert, ist ja ganz was Neues!» Sie kicherte leise in sich hinein, wandte sich zu der Frau, die neben ihr stand und fragte: «Wer ist das Mädchen, das da bei meinem Enkel sitzt? Ich erkenne es nicht.»

«Ist doch meine kleine Enkelin, Miss Mando, Mirriam. Ist ja jetzt schon so groß, kein Wunder, daß du sie nicht erkannt hast.» Die beiden Frauen sahen sich an und mußten plötzlich lachen.

Ivan konnte sich später kaum an den weiteren Abend erinnern. Als die Leute sich wieder um die Tenne versammelten, waren nur noch wenige Säcke mit Mais übrig. Miriam machte keine Anstalten, zu ihrer Großmutter auf die andere Seite zu gehen. Ivan hoffte, hatte aber auch ein bißchen Angst. Würde sie vor aller Augen bei ihm sitzen bleiben? Doch sie schien das Ganze weder peinlich zu finden noch so nervös zu sein wie er. Schließlich nahm sie die leeren Teller und ging langsam zur Küche.

«Wo gehst du denn hin?»

«Nirgends – zur Küche.»

«Oh! Kommst du nachher wieder?»

«Soll ich denn?»

«Wenn du willst.»

«Nein, nur wenn *du* willst.»

«Also», fing Ivan an, aber sie war schon entwischt. Plötzlich fühlte er sich sehr verlassen und wünschte, er hätte ihr noch sagen können, daß er sich nichts auf der Welt mehr wünschte, als daß sie zurückkäme. Er war sicher, daß sie zu ihrer Großmutter gehen würde und er diese Nacht nicht wieder mit ihr reden könnte. Er fühlte sich ganz elend, als er so dasaß, Mais schälte und versuchte, herauszukriegen, warum ein Mann sich in einer Minute so toll fühlen konnte und in der nächsten so hundsmiserabel. Er hörte kaum auf das allgemeine Gerede über die *Duppies*, die Gespenster der Nacht, die in so vielen Gestalten auftauchen konnten: als der alte *Hige*, ein grausamer Vampir, der seine Haut verließ und den Menschen im Schlaf die Seele aussog, so daß sie dahinsiechten und starben oder zu Zombies wurden, entleerte Roboter ohne Willen oder Verlangen. Um den alten *Hige* zu töten, mußte man seine Haut finden und sie gut mit Salz und Pfeffer bestreuen, damit er, wenn er zurückkehrte, nicht mehr hineinschlüpfen konnte und vom Sonnenlicht aufgezehrt wurde. Die Unterhaltung besserte seine Laune auch nicht. Jetzt erzählte eine Frau von ihrer Begegnung mit dem schrecklichen *Rollenden Kalb*, einem besonders heimtückischen *Duppie*, der als Feuerball erschien und, von Kettengerassel und Schwefeldünsten begleitet, über die Erde rollte.

«Ivan, streck deine Hand aus!» Ein heiserer, gespenstischer Befehl hinter ihm.

«Was?»

Es war Mirriam mit einer Kokosnußschale *Asham*. «Hab ich in der Küche gefunden», sagte sie fröhlich. «Hast dich wohl erschreckt, was?»

«Ich – erschreckt? Nein, nein, ich hab mir gleich gedacht, daß du es bist», log er und rieb ihr das Maispulver ins Gesicht. Ivans Glück war vollkommen. Mirriam saß neben ihm. Manchmal kicherte sie beflissen oder zitterte, wenn einer eine besonders furchtbare Geschichte zum Besten gab. Er tat so, als ob ihm das alles nichts ausmachte. Kleine Kinder, die langsam einnickten, kuschelten sich in die Röcke ihrer Mütter, wo sie in Wärme und Sicherheit zuhörten. Ihre kleinen Äuglein fielen ihnen fast zu vor lauter Zufriedenheit über die Angst, die sie in dieser Geborgenheit erst so richtig genossen.

Nun, da nur noch wenige Säcke mit Mais übrig waren, verlangsamte sich auch das Arbeitstempo. Keiner schien in Eile, die Versammlung aufzulösen. Der Berg mit den blanken Kolben türmte sich so hoch, daß die Leute auf der einen Seite kaum noch die von der anderen sehen konnten. «Joe Louis'» Wirkung machte sich mehr und mehr in den betrunkenen Stimmen und den rüden Witzen einiger Männer bemerkbar. Doch der Abend näherte sich seinem Ende. Ivan und Mirriam unterhielten sich ernsthaft miteinander. Ivan erzählte ihr von seinem Ausflug aufs Meer und von Miss Idas Café. Mirriam war entsprechend schockiert und abweisend.

Von seinem hohen Stuhl mit der guten Aussicht aus führte Maas Nattie noch immer den Vorsitz über die Versammlung. Aber allmählich taten der Rum und das hohe Alter ihre Wirkung und so nickte er von Zeit zu Zeit einfach ein. Die Höflichkeit verlangte, daß man so tat, als bemerkte man nichts. Außer natürlich, wenn Maas Natties Geist umherschweifte und er Sätze in fremden Sprachen ausstieß, die er auf den Reisen seiner Jugend aufgeschnappt hatte. Ein paar spanische Sprüche etwa endeten mit Marcus Garveys Worten: «Erhebe dich, du mächtige Rasse und erreiche, was immer du willst.» Jeder dieser Ausrufe wurde von bewunderndem Murmeln begrüßt, denn es galt als Zeichen hoher Weisheit, in fremden Zungen zu reden. Irgendwann in seinem Leben hatte Maas Nattie eine Zeitlang in einem Ort namens Alibami gelebt, wo er gewisse feste und unveränderliche Theorien über die Natur und Neigungen der Weißen entwickelt hatte. Die trug er jetzt in einem eigentümlichen Singsang vor, der unheimlich nach Englisch klang, nur konnte keiner ihn so recht verstehen, weil er ganz komisch durch die Nase sprach. Dieses «Americaman-Gequassel» war bei derartigen Anlässen immer ein untrügliches Zeichen dafür, daß er jetzt endgültig «voll» war und schlafen mußte.

Doch plötzlich richtete er sich noch einmal auf und starrte auf die Gruppe. Jedermann fragte sich, was nun wohl passieren würde. «Wenn-die-Sache-hart-wird, kommen-die-Harten-zur-Sache», lehrte er. «Gewinner-geben-nie-auf-und-wer-aufgibt-ist-kein-Gewinner.» Dies bekräftigte er mit einem leichten Kopfnicken, und dann schaute er sich um, um zu sehen, ob etwa irgendeiner dem soeben geäußerten Gedanken widerspräche. Schließlich nickte er wieder ein.

Nun trugen sie den Alten behutsam ins Haus, löschten das Licht und gingen nach Hause. Sie verteilten sich in kleine Grüppchen und schlenderten in verschiedenen Richtungen davon. Fackeln aus zerschnittenen Gummireifen erhellten den Weg, doch diente der beißende Geruch des brennenden Gummis auch zur Abschreckung – gleich gut geeignet für Stechmücken, *Duppies* und böse Geister.

2

Der große Junge

In the mornin' you fresh an' bloomin'
In de evenin' you widder away
Rasta-Gesang

Ivan erwachte im fahlen Licht des Morgengrauens. Aus der Ecke des Zimmers hörte er das schwere Atmen seiner Großmutter. Es war noch zu finster, um sie erkennen zu können, aber es hörte sich angestrengt und keuchend an in der stillen Dunkelheit. Ein paar Minuten blieb er noch liegen und lauschte auf die Geräusche des Morgens – das Gezwitscher der Vögel und das Krähen der Hähne, deren Echos durch das friedliche Tal hallten. Heute war ein wichtiger Tag. Rasch zog er sich an und schlüpfte hinaus. Miss Mando war offenbar nicht wach geworden, und er war froh darüber. Er hielt es nicht aus, wenn sie ihn stumm und vorwurfsvoll anstarrte. Das ging jetzt schon eine ganze Weile so, seit er mit dem billigen Transistorradio angekommen war und sie gemerkt hatte, daß der größte Teil des Geldes, das sie in der Keksdose versteckt hatte, weg war. Schließlich war es sein Geld – er hatte es von Maas Nattie bekommen und er konnte damit machen, was er wollte. Sicher, er hatte sie nicht gefragt, aber er hatte es schließlich auch nicht gestohlen.

Eilig streute er den Hühnern ihre Maiskörner hin, schnitt das Gras für die Ziegen und fütterte die Schweine. Der Wassertrog war beinahe leer, also holte er vom Zapfhahn unten an der Straße einen Kanister voll Wasser. All diese Aufgaben erledigte er schnell, routiniert, ohne nachzudenken oder innezuhalten, um die Tiere zu bewundern, die jetzt ihm gehörten. Es waren schon die Nachkommen von denen, die Miss Mando ihm vor zwei Jahren geschenkt hatte. Er lief in die Küche, verzichtete auf sein Frühstück, packte aber etwas Pfeffer und Salz zusammen, wickelte es zusammen mit seinem Radio und einem kleinen Messer in ein Stück Tuch und verstaute es in einem Blecheimer. Am Schluß inspizierte er seine Schleuder und untersuchte besonders die Gummibänder nach Rissen. Nachdem er eins der Bänder ausgewechselt hatte, füllte er seine Tasche mit kleinen runden Steinen und machte sich auf den Weg.

Er stieg den Hang des Bergs hinauf. Hier gingen die Äcker und Obstbäume in hohen dichten Wald über. Ein paar Minuten kletterte er rasch und ausdauernd, dann hielt er an und sah sich um. Unter ihm schmiegte sich das Haus seiner Großmutter in den Fels, und darunter erstreckte sich das grüne Tal bis hinunter zum Meer, das im dunstigen Morgenlicht blaßblau wirkte. Der Himmel war klar und wolkenlos. Manche Leute behaupteten, daß man in diesen unglaublich klaren Morgenstunden von den glitzernden Berggipfeln bis rüber nach Kuba gucken könnte. In der verschwenderischen Schönheit der grünen, schweigenden Berge, in der das kleinste Geräusch noch rein und klar war, fühlte Ivan sich glücklich. Und frei. Er wünschte, er könnte sein Radio anmachen, um den Sprüchen der Diskjockeys zu lauschen und dieser Musik, die sie *Ska* nannten. Das war der eigentliche Streitpunkt zwischen ihm und seiner Großmutter. Er ging nicht mehr zur Schule und verbrachte seine Zeit zu gleichen Teilen damit, für seine Tiere zu sorgen, das kleine Stück Land zu bebauen, das Maas Nattie ihm überlassen hatte, und im Café herumzuhängen. Miss Mando lehnte die Musik ab, die er dort zu hören kriegte, nannte sie sündig und gottlos. Daß er nicht mehr zur Schule ging, war ihre geringste Sorge. Sie selbst konnte zwar gut genug lesen, um die Bibel zu studieren, und teilte den Respekt, den die Bauern für eine gute Schulbildung hegten, aber im Grunde hatte sie doch das Gefühl, daß zuviel Bildung Ivan dem Land nur entfremden würde.

Nun kam er zu dem dichten Wald, dem unkultivierten, jungfräulichen Dschungel, der die oberen Teile der Berge bedeckte. Er liebte diese schattigen Wälder, diese dichte und undurchdringlich wirkende Mauer, die einem das Gefühl vermitteln konnte, daß hier noch nie ein Mensch seinen Fuß hingesetzt hatte. In ihrem ruhigen, geheimnisvollen Schweigen fühlte er sich manchmal wie in der stillen Gegenwart eines unergründlichen Geistes, der etwas Tiefes und Unbekanntes in ihm zum Schwingen brachte. Aber heute morgen war er auf etwas anderes aus; er hoffte, eine Familie von Rebhühnern zu überraschen – fette, rötlichgraue Vögel, die die Täler mieden, manchmal aber in den tiefen Schatten der Bergdschungel auftauchten, wo sie wie Hühner auf der Erde herumscharrten. Leise schlich Ivan den Ziegenpfad entlang. Alle paar Schritte hielt er inne und lauschte. Alles totenstill heute morgen. Schließlich kam er auf der anderen Seite des Berges wieder aus dem Wald heraus. Na ja, er wußte schon, wo er Vögel finden würde. In der Mitte des Abhanges lag ein verlassenes, völlig verwildertes Maisfeld. Dort gab es einen Schwarm Tauben, die in der lockeren Erde herumstelzten und nach Körnern suchten, die bei der letzten Ernte übrig geblieben waren. Er bückte sich und kroch geräuschlos auf die niedrige Steinmauer zu, die das Maisfeld umschloß. Mit der Schleuder in der Hand lugte er vorsichtig über die Mauer. Da hörte er es in den trockenen Stauden rascheln.

Es waren Erdtauben, bräunlichgraue Vögel mit schwarzen Markierungen an den Seiten und auch ein paar größere, rotgraue Erbsentauben, plumpe dicke Körper auf rosa Beinen. Ivan war ein geschickter Jäger. Er zielte sorgfältig. Vom schnappenden Geräusch der Schleuder aufgeschreckt flogen die Vögel schwirrend hoch. Einer war getroffen, er sackte ab, zuckte noch ein paarmal und verendete dann. Ivan blieb hinter seiner Mauer und wartete, daß die anderen zurückkamen. Richtig, da waren sie. Es schien sie nicht im mindesten zu stören, daß einer ihrer Gefährten tot war. Er zielte auf den nächsten. Diesmal war er nicht gleich tot, deshalb ging er hin, ergriff den flatternden Vogel und tötete ihn. Auf dem Rückweg nahm er auch gleich den ersten mit. Nach einer Stunde hatte er vier Tauben erlegt. Er schnitt ihnen die Köpfe ab, um zu verhindern, daß sie steif würden und band sie an den Füßen zu einem Federbündel zusammen, das er an seinem Gürtel befestigte.

Schließlich ließ er das Maisfeld hinter sich und stieg den Abhang hinunter. Das Tal, in das er nun gelangte, war fast vollständig von Bergen umschlossen. Der mühsam bearbeitete Boden war weich und locker. Er ließ sich von seinem eigenen Schwung abwärts tragen und rannte so schnell, daß seine Beine wie ein wirbelndes Rad hinunterschossen. Er mußte sich weit zurückbeugen, um das Gleichgewicht zu halten und nicht auf die Nase zu fallen und immer wieder einen Sprung zur Seite machen, um den Bäumen auszuweichen, die ihm im Weg standen. Kreischend und juchzend vor überschäumender Freude sauste er dahin.

Am Fuß des Berges erreichte er den Fluß, der grünlich in der hellen Morgensonne glitzerte. Er ließ sich auf eine Sandbank fallen und rang nach Atem. Die Sonne wärmte seinen Körper. Faul drehte er sich auf den Rücken, und schaute zum Himmel hinauf und zu den steilen Gipfeln, die das kleine Tal einschlossen. Schließlich machte er das Radio an. Eine fremde, elektronische Stimme durchbrach die Stille, die von «Numero Uno», eine Stimme voller funkelnder Eleganz, von der Ivan niemals genug kriegen konnte: «Und hier ist der Typ mit der starken Musik aus Kingston, Jamaika, und es wird immer heißer, scheißt auf den Boß – und schon geht's los!»

Aber heute, mit dem warmen Sand unter dem Rücken und den schweigenden grünen Bergen ringsum hatte Ivan eigentlich doch keine

Lust, ihm zuzuhören. Die Stille des hohen Waldes hatte es ihm angetan. Er sprang auf, machte das Radio aus und folgte dem Flußbett in Richtung Meer. Als er die nächste Biegung erreichte, kam er zu einem Bambushain, wo einige Flöße am Ufer lagen. Eines davon gehörte ihm. Er verstaute die Vögel und den Eimer darauf, schob es in die Strömung und ließ sich abwärts treiben. Er war auf der Suche nach *Janga,* den braunen Flußgarnelen. Sie klammerten sich an die moosbewachsene Unterseite der Steine, manchmal überraschte man sie aber auch im offenen Wasser, wo sie dann verzweifelt versuchten, in den Schatten zu entkommen. Er packte blitzschnell zu, fing sie mit bloßer Hand und warf sie in den Eimer. Er hatte keine Eile. Manchmal sprang er von dem Floß ins Wasser, schwamm und tauchte in den tiefen grünen Becken am Fuß des felsigen Ufers, wo die Sandbänke aufhörten und die Berge ohne Übergang als felsige Klippen ins Wasser stürzten.

Dort, im tiefen Wasser unterhalb der Klippen tauchte er nach den riesigen Großvater-*Jangas,* die er mit beiden Händen packen mußte, so groß waren sie. Sie kämpften mit aller Kraft um ihr Leben und attakkierten ihn sogar mit ihren Scheren. Als sein Eimer fast voll war, streckte er sich auf dem Floß aus und ließ sich von der gemächlichen Strömung treiben, während er friedlich der faszinierenden Musik aus dem Radio lauschte. Langsam trieb er an kleinen Kindern vorbei, die im flachen Wasser herumplanschten, an Frauen, die ihre Wäsche gegen die Felsen klatschten, an Scharen von Geiern, schwarzen Aasfressern, die auf den Sandbänken hockten und ihre nackten roten Köpfe der Sonne entgegenreckten, und an Feldern, die bis zum Wasser hinunter mit Yams, Kokosnußpalmen und Bananenstauden bestellt waren.

Als er geräuschlos um eine scharfe Flußbiegung kam, lag vor ihm plötzlich eine verlassene, sandige Uferbank. Nur eine einsame kleine Gestalt kniete auf dem Felsen, der steil über dem Wasser aufragte. Mit schlauem Lächeln steuerte Ivan das Floß leise darauf zu. Dann zog er das Floß auf die Sandbank und kletterte den Felsen hinauf, der ihn vor ihren Blicken verborgen hatte. Auf halbem Weg blieb er stehen und betrachtete die Gestalt, während er sich des unerwarteten Kloßes bewußt wurde, der ihm plötzlich im Hals steckte. Er hatte zwar gewußt, das Mirriam heute zum Wäschewaschen herkommen würde, aber das Bild, das sich ihm jetzt bot, hätte nicht wirkungsvoller sein können, wenn es eigens für ihn gestellt worden wäre. Bis auf einen winzigen Slip war sie völlig nackt. Als sie jetzt einige Kleidungsstücke über einem niedrigen Gebüsch zum Trocknen ausbreitete, schien sie so unbewußt und vollkommen mit sich im Einklang, daß sie wie ein Teil der Landschaft selbst wirkte. Ihre schlanken Jungmädchenbeine waren lang und sanft geschwungen und ihre jungfräulichen Brüste wölbten sich empor, als ob sie die Sonne begrüßen wollten. Ihre Haut schimmerte tiefschwarz vor dem leuchtendgrünen Hintergrund. Ivan hielt den Atem an. Sie ließ sich nicht anmerken, ob sie ihn gesehen hatte, sondern kehrte zu dem Felsen zurück und machte mit der Arbeit weiter.

Sie machte keine Anstalten, sich etwas überzuziehen oder sonst irgendwie auf seine Anwesenheit zu reagieren. Die natürliche Anmut und Bescheidenheit ihrer Bewegungen kümmerten sich nicht um ihn und umgaben sie mit einer Würde, die nicht einmal mit königlichen Gewändern hätte gesteigert werden können. Doch dann streifte sie, ohne jede Eile, ohne die geringste Spur von Verlegenheit, ihn scheinbar gar nicht bemerkend, wie absichtslos einen Kittel über den Kopf.

Ivan kicherte leise. Sie wollte also immer noch nicht mit ihm reden, was? Er ignorierte sie, kletterte zum Floß hinunter und holte die Sachen, die er dort gelassen hatte. Dann ging er an ihr vorbei und machte auf der Sandbank ein kleines Feuer. Er stellte den Eimer mit Garnelen zum Kochen darauf und rupfte und putzte währenddessen die Tauben. Dann würzte er sie mit Salz und Pfeffer und hängte sie ebenfalls über das Feuer. Die ganze Zeit fiel kein Wort zwischen ihnen, tatsächlich taten alle beide so, als seien sie ganz allein hier. Als die Vögel allmählich braun wurden, verschwand Ivan in den Büschen. Kurze Zeit später hallte seine Stimme von den Bergen ringsum wider.

«Maas Buttie, ooh!»

Von irgendwo weit oben am Berg erscholl die Antwort: «Wer ruft denn da?»

«Ivan, Sir!»

«Und was willst du?»

«Möcht um eine Brotfrucht bitten, Sir!»

«Nimm sie dir!»

Ivan hätte sie einfach vom Baum pflücken können, ohne erst lang zu fragen, aber er war Miss Mandos Enkel und kein Dieb. Als er zurückkam, hatte er eine Brotfrucht und ein paar Kokosnüsse unter dem Arm. Mirriam beobachtete ihn verstohlen aus den Augenwinkeln. Ein schwaches Lächeln spielte um ihren Mund.

«Na so was», sagte Ivan wie zu sich selbst. «Sieht ja aus, als hätte da wer die Tauben umgedreht. Möcht wissen, wer das wohl war! Hoffentlich hat sie auch keiner vergiftet!»

«Geh doch in den Busch und verreck», sagte Mirriam und lächelte. Dies war der schlimmste Fluch, den hier ein Bauer für den anderen hatte: ihm zu wünschen, wie ein Tier zu sterben, ganz allein im Busch.

«Ach, du bist das! Hab dich ja gar nicht gesehn», sagte Ivan. «Würden Sie mir erlauben, Sie zu einem kleinen Imbiß einzuladen, Madam?»

«Vielleicht», antwortete sie, ohne ihr Wäschewaschen zu unterbrechen. «Ich weiß wirklich nicht, ob ich tatsächlich mitten im Busch mit so einem Esel wie dir, der nicht in die Schule geht, aber den ganzen Tag vor seinem Radio hockt, essen soll.»

«Ganz wie du willst. Ich hab jedenfalls Hunger und das Essen ist jeden Moment fertig. Kannst es dir ja noch überlegen, ich werde jedenfalls ordentlich reinhaun!»

Soweit war die Sache besser gelaufen als erwartet. Seit dem Tag, als er nicht mehr zur Schule gegangen war und sich das Radio gekauft hatte, war Mirriam ihm gegenüber ziemlich distanziert und kritisch gewesen. Und ihre Zurückhaltung war auf ihre Weise mindestens genauso schlimm, wenn nicht schlimmer als Miss Mandos lautstarke und ständige Krittelei. Beides hatte Ivans Leben im letzten Jahr nicht gerade einfach gemacht. Mirriam hatte vor, aufs Lehrerseminar zu gehen und später Lehrerin in ihrem Bezirk zu werden. Sie hatte weder Geduld noch Verständnis für Ivans Pläne, in die Stadt zu gehen und ein großer Bühnenstar zu werden. Sie hielt das für Schnickschnack, sinnlose und alberne Träume, an denen nur Miss Idas neumodisches Café schuld war. Aber heute hatte sie wenigstens wieder mal mit ihm gesprochen. Als die Garnelen rot, die Tauben goldbraun und knusprig und die Außenseite der Brotfrucht kohlschwarz waren, rief er sie zum Essen. Sie kramte in ihrem Wäschekorb und förderte eine große Avocado und ein Stück Brot zutage. Dann kam sie zum Feuer und verteilte das Essen gleichmäßig auf zwei große, schüsselförmige Kürbisblätter.

«Hmm, sieht gut aus, wie?» meinte Ivan. «Ich wollte auch eine Avocado mitbringen, aber bei uns sind sie noch nicht reif.»

«Die hier ist von dem Baum unten beim Tobacco Pond. Die sind immer schon früh reif, weißt du ja.»

«Ja», kicherte Ivan. «Bei dir ist wohl alles früh reif.»

Sie warf ihm einen raschen Blick zu und schaute dann beiseite. Ivan beobachtete die präzisen Bewegungen ihrer Hände, als sie vor dem Feuer kniete und die Augen zusammenkniff, damit der Rauch sie nicht zum Tränen brachte. Er empfand plötzlich eine große Zärtlichkeit für sie. Irgendwas in ihm wünschte sich nichts mehr, als sein ganzes Leben lang dafür zu sorgen, daß sie genug zu essen hatte, und die Mahlzeiten mit ihr zu teilen.

«Ja ja, schon gut, nun komm aber und iß.»

«Ich hab dich gesucht, weißt du», begann Ivan und starrte auf sein Essen.

«Ach was, alter Lügenbold ... was soll ein großer Star wie du schon von 'nem armen Ding wie mir wollen?»

«Ach, Mirriam, fang doch nicht schon wieder damit an, Mann.»

«Na schön.» Ihre Stimme war schon weicher. «Hat kein Zweck, sich darüber zu streiten. Vielen Dank auch für das Essen, hörst du?» Sie hob einen der fetten Vögel grüßend zum Mund. Dann grub sie ihre starken weißen Zähne so tief in die knusprige Brust, daß ihr der duftende Saft übers Kinn rann. «Aaaah!» Sie grinste und wischte sich das Kinn ab. «Wenn der Mais reif ist, werden die Vögel immer fetter, was?»

«Genau», stimmte Ivan zu. «Sind aber nicht bloß die Vögel, die fett werden.» Sein Blick streifte über ihren wohlgerundeten Busen. «Nicht nur die Vögel ...»

«Ivan, du bist ganz schön frech.»

«Pickneys sind frech, nicht ich; ich bin Rhygin, und du weißt genau, was das heißt.»

Sie warf ihm einen spöttisch-respektvollen Blick zu. «O ja, hab schon mal so was gehört.» Ihre Stimme klang ehrfurchtsvoll.

«Gehört, was? Eines Tages werd ich's dir zeigen.»

«Ach ja? Aber der Tag ist noch nicht gekommen. Und vielleicht kommt er nie.»

«Meinst du wirklich?» fragte Ivan leise, und auf einmal war Mirriam sehr mit dem Essen beschäftigt.

Unter den Bäumen am Ufer war es kühl und schattig. Eine Brise kam salzig und frisch vom Meer, streichelte ihre Gesichter und kräuselte die Oberfläche des grünen Flusses. Sie erzeugte kleine Wellen, die sich sanft überschlugen, in der Sonne glitzerten und funkelten und mit kleinen Schaumkronen gegen das Ufer klatschten. Sie lagen nebeneinander, die Schultern gegen einen umgestürzten Baumstamm gelehnt und lauschten dem leisen Plätschern des Wassers. Mirriam schien in Gedanken verloren.

«Das war nett von dir, Ivan.»

«Schon gut.»

«Und guck mal, so wie jetzt ...»

«Wie jetzt?»

«So wie alles jetzt ganz still ist und schön, weißt du, der Fluß und die Sonne und die Berge überall ...»

«Was ist denn damit?»

«Na ja –» sie schien nach den richtigen Worten zu suchen. «Also paß auf, du kennst doch meinen Vetter, den Raphael?»

«Meinst du den schwarzen Raphael, den Flußkönig?»

«Genau den. Man sagt, er ist der König vom ganzen Fluß. Istn ziemlich komischer Kerl, weißt du. Manche Leute lachen ja über ihn und sagen, er wär verrückt, aber das glaub ich nicht, weißt du. Ist die ganze Zeit immer bloß auf'm Fluß und sagt, es gibt nichts, was er da nicht findet von dem, was er braucht. Einmal hat er zu mir gesagt, Mirriam, Mädchen, hat er gesagt, laß doch die Leute reden, was sie wollen. Ich weiß, wann die Sonne scheint und mir 'ne kühle Brise um die Nase weht und die Berge dunkelrot und der Himmel blau ist und das Wasser vom Fluß reißend, kalt und grün, wenn ich den Fluß rauf fahr, wo die Flöße liegen. Hör zu, Mädchen. Dann rauch ich meinen Spliff, ja, bloß'n einziger Joint von meinem eigenen guten Ganja, was da oben auf'm Berg wächst. Ist stark wie Ziegenscheiße, weißt du. Und dann wird mir der Kopf ganz klar und ich seh alles viel besser und genauer und in mir drin, da ist bloß noch Liebe und Verstehen. Und wenn ich auf'm Floß steh und runter zum Meer fahr, die ganzen sieben Meilen, dann steh ich nicht etwa allein da, oh nein, da ist Gott immer dabei. Lieber Himmel! Der Wind bläst mir ins Gesicht und die Sonne scheint mir auf die Brust und an beiden Seiten sind die Berge, und die Felsen ragen steil aus dem Wasser auf. Und unter meinen Füßen spür ich, wie das Bambusfloß rollt und knirscht und wackelt und ächzt wie'n Maultier von dem ganzen Sog. Und ich sag dir was, wenn ich so den Fluß runterkomm, ich ganz allein auf meim Floß ... weißt du, da hör ich manchmal Gottes Stimme. Und seh sein Gesicht. Es heißt immer, wir wärn arm, wie wärn schwarz, wir hätten weder Bildung noch Manieren – und das kann ja meinetwegen auch stimmen –, aber wenn ich auf meinem Floß steh, und da ist bloß der Fluß und die Berge, da gibt's keinen auf der Welt, der es besser hat als ich. *Keinen,* sag ich dir.»

Mirriam schwieg und schaute Ivan erwartungsvoll an. Ihre Augen glänzten.

«Das alles hat er gesagt?» murmelte Ivan. «Wußt gar nicht, daß der überhaupt reden kann.» Er war eifersüchtig, der Bursche hatte ja offenbar mächtig Eindruck geschunden bei Mirriam. Er kannte Raphael vom Sehen, ein großer schwarzer Kerl, ein Einzelgänger, massiv gebaut, mit gewaltigen Armen und Schultern, gestählt vom Leben auf dem Fluß. Er besaß nichts außer einer Handvoll Bambusflöße und ein paar Fischernetzen, suchte selten menschliche Gesellschaft und sagte so gut wie nie was, es sei denn, um irgend jemand höflich zu grüßen, wie es seine Art war. Aber nur, wenn es absolut nicht zu vermeiden war. Man erzählte sich, daß er irgendwo in den Bergen eine besonders starke Sorte Ganja anbaute und rauchte und erklärte sich damit sein seltsames Verhalten. Er war dafür bekannt, daß er ein voll beladenes Floß den Fluß hinaufziehen konnte. Das schaffte sonst keiner. Und er tat es wie nebenbei, beinah verächtlich, als machte ihm das überhaupt nichts aus, und blieb dabei auch immer noch in der Flußmitte, wo die Strömung am stärksten war. Die hohe Bambusstange und seine gigantischen Schultern schienen mühelos mit der schweren Last fertig zu werden.

«Also er kann tatsächlich reden, soso», wiederholte Ivan.

«Und nicht bloß reden, er hat mehr Verstand als ihr alle zusammen», sagte sie hitzig. «Jedenfalls an so 'nem Tag wie heute, ich glaub, da kann ich verstehen, was Raphael gemeint hat.»

Ivan verstand es genauso, auch wenn er es nicht zugeben wollte. Mirriam lag mit dem Gesicht im Schatten. Ihr klares Gesicht schimmerte wie Samt und die goldbraunen Augen funkelten vor unterdrücktem Feuer. Eingerahmt war dieses Bild vom Fluß und dahinter vom grünen Laubwerk des Dschungels, drüben am anderen Ufer. Sie schien entspannt, ein bißchen nachdenklich und sich der wachsenden Intensität seines Blickes oder auch nur seiner Anwesenheit kaum bewußt. Langsam, fast unfreiwillig rückte er näher, ohne die Augen von ihrem Gesicht abwenden zu können. Sie schien beinah eingeschlafen, eingelullt von der warmen Brise, dem unaufhörlichen Summen der Insekten und dem fernen Murmeln des Meeres.

Aber eh er sich versah, sprang sie auf und rempelte ihn mit spöttischem Lachen in die Seite, so daß er umkippte. Leichtfüßig hüpfte sie den Felsen hinauf, warf ihren Kittel ab, streckte ihren Körper einen Augenblick der Sonne entgegen und sprang dann ins Wasser. Sie schwammen und tauchten und rangelten miteinander, jagten sich aus dem Wasser und wieder hinein, bis Ivan sie am Ufer zu Fall brachte und sich neben ihr ins weiche Gras plumpsen ließ. Er sah ihr in die Augen. Sie hörte auf, sich zu wehren und erwiderte seinen Blick, erregt und gespannt.

«Nein, Ivan», sagte sie, als er sie umarmte. «Nein. Nein, sag ich, seit wann gibst du dich denn mit Kindern ab?» Aber ihre Stimme war schwach und ihre Arme schlangen sich wie eiserne Fesseln um seinen Nacken. Sie atmete schwer, keuchte hilflos, und dann rann eine winzige Träne über ihre feingeschwungene Wange und verlor sich im Sand.

Lange Zeit lagen sie ganz still ineinander verschlungen und ließen ihre feuchten heißen Körper vom Wind kühlen. Aber dann setzte Ivan sich auf und machte das Radio an. Mit Tränen in den Augen sprang Mirriam auf und schrie: «Stell das verdammte Ding ab, Ivan – wie kannst du ... in so 'nem Augenblick ...?» In der Wut wurden ihre Worte unverständlich. Sie stampfte davon und sammelte eilig ihre Wäsche von den Felsen und Büschen. Schuldbewußt machte Ivan das Radio aus, aber es war schon zu spät. Er schaute ziemlich belämmert drein und genauso fühlte er sich auch. Als er ihr anbot, sie nach Hause zu begleiten, gab sie ihm nicht mal eine Antwort.

Erst weit oben auf dem Hügel hielt er wieder an, um Atem zu schöpfen. Die Sonne versank gerade im Meer. Die feurigen Finger des karibischen Sonnenuntergangs strichen über Berge und Täler und ließen Flecken von reflektiertem blutroten Glanz zurück – dieses Licht war so intensiv, daß die spanischen Seeleute, als sie es zum erstenmal erblickten, mit ihrem katholischen Schuldgefühl und Aberglauben tatsächlich geglaubt hatten, daß sie sich dem Ende der Welt näherten und den Widerschein des Höllenfeuers sähen.

Jessas, nee! dachte Ivan. Was machen die Weiber bloß immer fürn Ärger? Was war bloß mit Mirriam los? Was wollte sie eigentlich? Sie und Großmama, die können's einfach nicht lassen, Mann, können's nicht lassen. Bei der kleinsten Sache, die was mit meinem Weggehen zu tun hat, blasen sie sich auf wie sonstwas und gehn in die Luft. Mein Gott! Glauben die vielleicht, ein Mann will sein ganzes Leben lang wie 'ne Ziege in den Bergen rumklettern? Da haben sie sich aber schwer getäuscht. Ich werd's ihnen schon zeigen. Die sehn ja nicht mal, daß ich's auch für sie will, gerade für sie, berühmt werden und alles. Seit ich ein kleiner Junge war, haben sie doch alle dauernd darüber geredet, wie wild ich bin, haben mich Rhygin genannt, und daß ich so mutig bin – warum müssen sie jetzt so 'n Zauber machen, nur weil ich beweisen will, was in mir steckt? Mirriam zum Beispiel. Ist doch alles prima gelaufen heute. Sie hat sogar gezeigt, daß sie mich liebt. Ist wirklich unheimlich stark, was sie gemacht hat, und ich weiß das auch. Sie ist bei Gott nicht eine von denen, die sich gleich von jedem ausziehn lassen und es hinter jedem Busch treiben, ist nicht so eine, wie Großmama meint. Sie mag mich echt gern, und heute hat sie's mir bewiesen. Aber ist mal wieder typisch – erst tut sie so, als ob ich ein Mann bin, ein Liebhaber, jawohl, ein König, verdammt und dann – plaff! Alles kaputt. Ivan fluchte, schüttelte hilflos den Kopf, drehte dem blutigroten Meer den Rücken zu und kletterte weiter.

Und mit Miss Mando war es noch schlimmer. Seit fast einem Jahr mußte er ihre steinerne Mißbilligung ertragen bei fast allem, was er tat, und ganz besonders, wenn er ins Café wollte. «Sag mal, Ivan, was suchst du denn da eigentlich, hm? Findest du, daß das der richtige Ort ist für dich, hm?» Wie konnte er ihr erklären, welche Faszination von der Musik ausging, wie sie ihn fesselte – die Erregung, die Spannung, die er fühlte, wenn er zu den neuesten Songs tanzte und die Texte mitsang, dieses fickrige Kribbeln im Bauch, mit dem er die Zeitungen aus der Stadt nach Bildern von Sängern und Bands durchstöberte, nach Berichten über Konzerte und Clubs, neidisch auf diesen Glanz und diesen Ruhm. Großmutter konnte das nicht verstehen. Wie sollte sie auch? In ihrem ganzen Leben war sie nie weiter als fünfzehn Meilen von ihrem Hügel weggewesen.

Wenigstens verstand Miss Ida ihn. Sie erzählte ihm von den Clubs und den Sängern, die sie gekannt hatte, und von den Parties, auf denen sie gewesen war. Und manchmal unterbrach sie ihre Arbeit, schaute ihm zu und meinte herausfordernd zu allen anderen, die dabeistanden: «Jetzt sag bloß einer, der Bursche hat kein Talent. Man muß sich nur mal anhören, wie der den Calypso singt!»

Und dann war Ivans Glück vollkommen.

Trotzdem war es schwierig für ihn, daß er seine Träume nicht mit Miss Mando teilen konnte, daß er nicht mehr wie früher schnell nach Hause laufen konnte, um ihr brühwarm zu erzählen, was er den Tag über alles erlebt hatte. Seit jenem unglückseligen Tag damals war sie immer distanzierter, kälter und schweigsamer geworden.

Sie hatte in der Küche auf ihn gewartet. Und wie in stummer Anklage stand die leere Keksdose vor ihr auf dem Tisch. «Hier, Großmama, guck mal, was –» hatte er begonnen und ihr seine Neuerwerbung entgegengestreckt.

«... Und hier die romantischen Klänge, und auch unsre sanften Gesänge ... von ... NUMERO UNO!»

«Raus aus meinem Haus mit dem verdammten Mistding», hatte sie gezischt, ohne auch zur aufzublicken. Er hatte das Radio ausgemacht und sie ihn mit tonloser Stimme gefragt: «Also dafür hast du das Geld genommen? Na ja, du fängst ja gut an!» Dann hatte sie ihm den Rücken zugedreht. Er konnte sie nicht einmal dazu bewegen, sich sonntags das Programm mit religiöser Musik anzuhören, denn für sie war es die reinste Gotteslästerung, die Musik des Herrn auf dem gleichen Teufelsinstrument zu spielen, das ihm die Klänge des Sündenbabels ins Haus brachte. Es war ausgeschlossen, das Radio in ihrer Nähe laufenzulassen. Seitdem schien sie ständig bedrückt, niedergeschlagen und sichtlich enttäuscht zu sein. Die allnächtliche Bibellesung wurde mehr und mehr von Hinweisen auf den verlorenen Sohn, der sein Vermögen mit den Huren durchbrachte, mit den scharlachroten Huren von Babylon und auf die wohlverdiente Vernichtung von Sodom und Gomorra beherrscht. Sie wurde von Tag zu Tag schwächer und schien alles Interesse an den Dingen um sie herum zu verlieren. Sie gab tiefe Seufzer und düstere Aussprüche von sich und führte ständig irgendeinen Spruch aus ihrem reichen Schatz von Weisheiten über die Dummheit, Selbstsucht, Aufsässigkeit und den unvermeidlichen Ruin undankbarer Kinder im Munde.

«Wenn's den Kücken zu wohl wird, ist der Habicht nicht weit.» «Ein Kind, das nicht hören will, muß fühlen.» «Ungehorsame Kinder bringen ihre Mütter ins Grab.» Oder: «Das Kind frißt seine Mutter auf, aber nie die Mutter das Kind.» Obwohl diese Sprüche nur für Ivans Ohren bestimmt zu sein schienen, sprach sie ihn nie direkt an. Sie betrachtete ihn höchstens mit Tränen in den Augen, schüttelte traurig den Kopf und jammerte: «Ach Gott, ach Gott, schau sich einer mein braves, braves Kind an – jemand muß ihn verhext haben, bestimmt hat ihm jemand *Obeah* an den Hals gewünscht!»

Nun, dachte Ivan, wir werden ja sehen, wer hier verhext ist. *Obeah* oder nicht, ich werd's schaffen, ich werd's euch allen zeigen. Und dann werden wir ja sehen, ob sie nicht auch froh ist ...

Er kletterte über die niedrige Steinmauer und näherte sich dem Haus. Alles schien noch ganz genauso, wie er es am Morgen verlassen hatte. Die Schweine hatten nichts zu futtern gekriegt und die Ziegen waren nicht gemolken. Die Küche war leer und die Asche auf der Feuerstelle kalt. Zum erstenmal, solange er denken konnte, erwartete ihn bei seiner Rückkehr kein warmes Mahl. Ob seine Großmutter bei Maas Nattie war? In letzter Zeit hatte sie den alten Freund öfter als früher besucht. Er wußte nicht, was sie so viel zu besprechen hatten, aber sie kehrte jedesmal mit einer Aura von großem Ernst und stiller Zufriedenheit zurück.

Die Tür war geschlossen, das hieß, daß sie nicht zu Hause war. Plötzlich kriegte er es mit der Angst, lief los, riß die Tür auf und rief: «Großmama! Großmama! Ich bin's, Ivan!» Kein Antwort. Er trat ein. Im Raum war es heiß, die Luft war stickig und roch nach altem Fleisch, Schweiß und abgestandenem Urin. Das war ungewöhnlich. Sie saß in ihrem Bett, reglos gegen die Wand gelehnt. «Großmama? Was ist denn los? Ist dir nicht gut?» Sie gab keine Antwort, es sah aus, als wäre sie über ihrer Bibel eingeschlafen. Das Buch war ihr aus den Händen gefallen. «Großmama –» begann Ivan wieder und wußte in dem Moment, in dem er zum Sprechen ansetzte, daß es vorbei war mit ihr.

Es war nicht nur ihre aufrechte und unnatürliche Haltung, sondern auch irgend etwas Fremdes in der Atmosphäre des Zimmers, eine ungewöhnliche Schwere der Luft, eine furchtbare Art von Stille, als ob irgendein unfaßbarer Geist Holz und Stein des Hauses verlassen hätte. Durch die Jalousien drang rotes Abendlicht und warf Streifen von Licht und Schatten auf die stille Gestalt. Miss Mando schien sich gut vorbereitet zu haben. Statt ihres normalen, karierten Kopftuchs trug sie den spitzen weißen Turban einer Königinmutter des *Pocomania*-Kults und außerdem ihr weißes Taufgewand. An den Ohren glitzerten im Licht der untergehenden Sonne die Ohrringe von Maas Nattie wie goldenes Feuer auf ihrer schwarzen Haut. Auf Ivan, der wie angewurzelt in der Tür stand, wirkte sie seltsam geschrumpft, fast zerbrechlich. Er sah, daß sie den Raum gewischt und gefegt und die beiden Betten neu bezogen hatte. Sie hatte das ganze Haus in Ordnung gebracht, als ob sie einen wichtigen Besucher erwartet hätte. Die einzigen Dinge, die diese friedliche Ordnung störten, waren ein Häufchen Asche auf dem Boden, das neben der heruntergefallenen Pfeife lag, und die zerrissene und zerknüllte Bibelseite in ihrem Schoß.

Langsam trat Ivan näher, als würde er gegen seinen Willen hingezogen. Aus der Nähe konnte er mehr erkennen. Trotz aller Zeichen der Vorbereitung zeigte ihr Gesicht Überraschung: die Augen waren weit aufgerissen und leer, der Mund zu einem Ausdruck idiotischen Erstaunens verzerrt, trockener Speichel zog eine helle Spur vom Mundwinkel bis zu den Falten ihres verwelkten Halses. Schon sammelten sich in den Augenwinkeln die ersten Ameisen und krochen über die trüben Augäpfel. In den roten Strahlen der untergehenden Sonne wurden die vertrauten Linien und Falten des alten Gesichts fremd, verwandelten sich in eine unmenschliche Maske, die steif ins gespenstische Licht grinste.

Ivan wollte weglaufen, schreien, aber irgend etwas hielt ihn dort fest und zwang seine widerstrebenden Füße näher ans Bett. Als sein Schatten über ihr Gesicht fiel, kamen zwei große Fliegen mit wütendem Brummen aus ihrem Mund geflogen. Er bettete sie auf den Rücken, streifte die Ameisen von ihren Augen und schloß diese, so sanft er konnte. Dann wischte er ihr den Speichel vom Kinn und drückte ihr den Mund zu. Er faltete ihre Hände und nahm ihr das zerrissene Blatt Papier, das sie umklammerte, weg. Als er alles getan hatte, woran er im Augenblick denken konnte, deckte er ein Laken über ihren Körper und rannte solpernd aus dem mittlerweile finster gewordenen Raum.

Er wußte, daß er in der Küche stand, mit Kopf und Schultern gegen die Feuerstelle mit kalter Asche gelehnt. Wie lange er so gestanden hatte, konnte er nicht sagen, auch nicht, ob es seine eigene Stimme gewesen war, die in seinem Kopf aufschrie, in seiner Brust widerhallte und die ganze Welt mit schrecklichem Geheul zu erfüllen schien: «Oooweeeh, Miss Mando ist tot ... Großmama ist tot! Großmama ist tot! Großmama ist toooot! ... ooooweeeh ... tooooot ... Großmama ist tooooot ...» Hatte er das wirklich so herausgebrüllt, oder war es nur eine Stimme in seinem Kopf? Nein! Er wußte, er hatte seinen Schmerz nicht in dieser uralten, spontanen Weise abreagieren können, sonst hätten sich schon längst die Nachbarn versammelt und hätten mit ihren Klagen in die seinen eingestimmt, in diesen Aufschrei von nackter Angst und Trauer, der von den Hügeln widerhallen und die Täler mit der schrillen, mißtönenden Ekstase des Kummers erfüllen würde. Dann hätte er jetzt die Fackeln sehen müssen, die durch die Bäume auf dem Hang flackerten, wo die Nachbarn zum Trauerhaus zogen, um den Verpflichtungen nachzukommen, die ein solcher Todesfall mit sich brachte. Der Schrei konnte nur in seinem Herzen erklungen sein.

Über den Hof stieg jetzt ein dünner, unnützer Mond auf. Selbst die Tiere machten einen trostlosen Eindruck. Sie waren den ganzen Tag vernachlässigt worden und hockten nun still und schicksalsergeben herum, so als ob sie spürten, daß irgendetwas in ihrem Dasein sich unwiderruflich geändert hatte. Sie schliefen nicht, sie bewegten sich nicht, die Ziegen meckerten nicht und die Schweine wühlten nicht im Grund. Nur das unheilverkündende Kreischen der Eule störte das leise Summen der nächtlichen Insekten.

Großmama ist tot! Großmama ist tot! Und ist ganz allein gestorben! Meine Großmama! Ganz allein gestorben! Niemand war da und hat ihr die Augen zugedrückt! Oder ihr was zu trinken gegeben! Großmama ist tot! Tot ist sie, tot!

Die Worte wirbelten ihm durch den Kopf, als er im Dunkeln den Weg entlangstolperte. Er bewegte sich wie ein Zombie, fast ohne eigenen Willen. Und das Tapsen seiner Füße auf den Steinen, der Rhythmus des nächtlichen Insektenchores, die Schreie der Baumfrösche und das Krächzen der Geckos – alle stimmten sie ein in das Echo: *«Großmama ist tot. Und ganz allein. Großmama ist tot. Sie ist tot.»* Nichts konnte ihm was anhaben, weder die Finsternis, noch die überhängenden Bäume, noch die spitzen Steine, die sich in seine Füße bohrten – er war sich keines Zwecks, keines Ziels und keiner Richtung bewußt, er ging einfach nur vorwärts. *Großmama ist tot. Mutterseelenallein gestorben. Sie ist tot.* Dann merkte er plötzlich, daß er vor Maas Natties Haus stand. Aus den Fenstern fiel ein heller Lichtschein.

«Maas Nattie! Maas Nattie!»

«Wer ist da?»

«Ich bin's – Ivan!»

«Komm nur rein, mein Junge. Die Tür ist offen.» Der alte Mann war vollständig angekleidet. Er wirkte weder überrascht noch in Eile, als er Ivan an der Tür entgegenkam und sein tränen- und ascheverschmiertes Gesicht sah. «Komm rein, mein Junge und setz dich erst mal.» Schützend legte er einen Arm um Ivans Schultern und führte ihn ins Zimmer.

«Hier, mein Sohn, setz dich hin und beruhige dich. Hier, trink einen Schluck Buschtee, der beruhigt die Nerven – vielleicht mit nem Schuß weißen Rum?» Maas Nattie sprach mehr zu sich selbst als zu dem Jungen, während er geschäftig herumhantierte.

«Miss Mando –» setzte Ivan an.

«Ich weiß. Hab's gleich gewußt, als ich dich gesehen hab», sagte der alte Mann. «Aber jetzt kommst du erst mal wieder zu dir und dann erzählst du mir alles.» Während Ivan versuchte, sich zusammenzunehmen und die Dinge in seinem Kopf wieder in die Reihe zu kriegen, meinte der alte Mann: «Junge, deine Großmama war schon eine tolle Frau, was meinst du?» Bewundernd schüttelte er den Kopf. «Wirklich eine tolle Frau. Glaubst du etwa, sie hätte es nicht schon lange kommen sehen? Sie wußte ganz genau Bescheid, Mann, und sie hat alles vorausgeplant, da kann man nix sagen, meiner Treu!»

In dem Schweigen, das nun folgte, versuchte Ivan, sich der ruhigen und gefaßten Art des alten Mannes anzupassen. «Jawohl, mein Sohn, eine tolle Frau.» Der Alte sprach leise, wie zu sich selbst. «Und du kannst darauf wetten, sie war nicht mal überrascht. Oh nein, mein Sohn, und Angst – die kannte sie gar nicht. Nicht Amanda Martin, der konnte ja nicht mal der alte Herrgott selber Angst machen. Sie hat ihre Sachen in Ordnung gebracht, hat alles geregelt, schon seit langem, und sie war bereit. Sie hat einfach ganz ruhig gewartet. Glaubst du denn, der Frau hat irgend jemand was vormachen können? Glaubst du, die hat sich was erzählen lassen?»

Der mit Rum gewürzte Buschtee und Maas Natties unbekümmerte Haltung beruhigten Ivan so weit, daß er erzählen konnte, was er erlebt hatte. Als er fertig war, schaute er den alten Mann an, als erwarte er von ihm so was wie eine Bestätigung.

Maas Nattie war seinem Bericht mit gespannter Aufmerksamkeit gefolgt, so als ob er sich jede Einzelheit einprägen wollte. Zum Schluß schien er merkwürdig zufrieden, ja fast fröhlich. «Ich sag dir's ja! Ich hab dir gleich gesagt, es war nichts Neues für sie», sagte er und schlug sich aufs Knie, wie um seine Worte zu unterstreichen. «Aber du, ich muß schon sagen, du hast dich tapfer gehalten», sagte er zu Ivan. «Für dein Alter hast du das wirklich fein gemacht. Aber nun lauf und tu das Pferd satteln, wir wollen ihr Gesellschaft leisten, lauf!» Als Ivan aufstand, bemerkte Maas Nattie das Stück Papier, das aus seiner Hemdtasche ragte. «Und das?» fragte er und zeigte darauf. «Was isn das?»

«Das? Ich weiß nicht –» Ivan zog es heraus. «Oh, das muß der Zettel sein, den Granny in der Hand hatte.»

«In der Hand?» brüllte der alte Mann. «In der Hand sagst du? Und davon sagst du mir nichts? Warum hast du mir das denn nicht erzählt, Junge?»

«Hab ich ganz vergessen, Sir», stotterte Ivan kläglich.

«Vergessen? *Vergessen?* Junge, wie kannst du denn so was vergessen? Ein Stück Papier bei der Toten und du hast es *vergessen?*»

Seine Stimme klang böse und das Gesicht verzog sich zu einer ungläubigen Grimasse. «Gib her.» Er nahm es vorsichtig, als sei es eine heilige Reliquie oder ein Talisman voll schrecklicher und unbekannter Macht. Zart, fast ehrfürchtig glättete er das zerknitterte Fragment und murmelte dabei aufgeregt vor sich hin. «Diese jungen Kerle, haben nicht mal so viel Grips im Kopf wie Gott 'ner Wanze gegeben hat.» Dann schob er sich seine drahtgefaßte Brille auf die Nase und studierte das Blatt.

«Hmmm.» Seine Augen weiteten sich zu einem Ausdruck, der halb Erstaunen, halb Bedeutsamkeit verriet. «Hat sie scheinbar aus der Bibel gerissen ... Genesis 37, hm hm.» Im Flackern der Lampe erschien sein Gesicht ernst und konzentriert, als er jetzt laut vorlas: «... machten sie einen Anschlag, daß sie ihn töteten ... und sprachen untereinander:

Seht, der Träumer kommt daher. So kommt nun und laßt uns ihn erwürgen ... hmm hmm hmm ... so wird man sehen, was seine Träume sind.» Er runzelte die Stirn und las wieder und wieder. «Und du sagst, das hielt sie in der Hand?» Ivan nickte. «Muß so 'ne Art Botschaft sein, irgendwas, was sie noch ganz am Schluß gesehn hat. Ich werd's aufheben – geh du schon mal los und hol das Pferd.» Als Ivan hinausging, saß der alte Mann mit besorgter Miene da, aber als er zurückkam, war er fertig. Er hatte seinen neuesten Beerdigungsanzug an und hielt eine Bibel in der Hand. Unter dem Arm klemmte ein großer brauner Umschlag, der verknittert und zerschlissen aussah.

Wie er es als Kind oft getan hatte, setzte sich Ivan hinter den Alten auf den kräftigen Hengst. In der kühlen Nacht und der undurchdringlichen Finsternis war das Tier ein wenig nervös, es tänzelte und zerrte an den straffen Zügeln, bis auf die Trense und schüttelte ungeduldig den Kopf. Die eisenbeschlagenen Hufe klapperten über die Steine und schlugen gelegentliche Funken. Ihr metallisches Echo untermalte den Weg durch die blaue Nacht. Währenddessen wälzten sich in den dunklen Hütten die Leute im Schlaf und wunderten sich, welcher Reiter da wohl unterwegs war und welcher Anlaß ihn zu dieser Stunde auf die Straße getrieben haben mochte.

«Muß Maas Nattie sein. Aber was kann da bloß passiert sein? Wo will er denn so spät noch hin? Muß ja was Wichtiges sein, ja.» Und damit drehten sie sich auf die andere Seite und versuchten weiterzuschlafen – was immer es war, morgen würden sie es schon erfahren.

Vielleicht hatte Maas Nattie schließlich keine Lust mehr, das große Pferd dauernd unter Kontrolle zu halten, vielleicht wollte er aber auch einfach schneller bei Miss Mando sein, denn es war gefährlich, eine Leiche allein zu lassen – jedenfalls sagte er plötzlich: «Halt dich gut fest, mein Sohn!» und gab dem Hengst die Zügel frei. Das Tier schnaubte kräftig und schüttelte spielerisch den Kopf. Dann spürte Ivan, wie sich die gewaltigen Muskeln spannten und eine rasende Jagd über den Berg begann. Als ihm der Wind um die Ohren pfiff und in die Augen blies, erfüllte ihn nicht nur Überschwang, sondern in der Dunkelheit unter den glitzernden, kalten Sternen und in der dünnen, klaren Luft auch so etwas wie Angst.

«Ha, Junge, das ist ein Prachtpferd, was?» prahlte der alte Mann, als sie den Weg zu Miss Mandos Haus hinauftrabten. Nachdem sie abgestiegen waren, warf Maas Nattie ihm die Zügel zu und meinte: «Kümmer du dich um das Tier, Junge – mein Platz ist jetzt bei ihr.»

Als Ivan ins Zimmer kam, sah er den Alten neben dem Bett stehen. Er hatte das Laken vom Gesicht der toten Frau gezogen und stand mit gebeugtem Kopf da, als ob er beten würde. Er starrte ihr ins Gesicht und seine Lippen bewegten sich, ohne etwas zu sagen. Doch nach einer Weile sprach er: «So, meine Liebe, du bist also nun gegangen, wie? Bist wirklich gegangen. Und mir bleibt wohl nichts als die Trauer. Aber mach du dir keine Sorgen. Wir sehn uns bald wieder. Sehn uns bald wieder, ja. Wirklich bald, mein Liebes. Ruh dich aus. Ruh dich aus – wird alles so werden, wie du's haben wolltest – auf die richtige Art – so wie früher bei deinem Großvater. Ich hab's dir versprochen. Du kannst dich ausruhen, kannst in Frieden ruhn, in gesegnetem Frieden.» Vorsichtig, ganz sachte berührte er das tote Gesicht und verbeugte sich formell, dann wandte er sich ab. Seine Augen glänzten seltsam im Schein der Lampe. «Komm mal her, mein Junge. Komm her, ich will dir was über diese Frau hier erzählen, deine Großmama. Morgen werden wir's den Leuten sagen, aber heut nacht müssen du und ich hier Totenwache halten.»

Tief bewegt erzählte er Ivan, daß er das Mädchen Amanda lange geliebt hatte und sie ihn auch. Aber er war nicht nur arm, sondern sehr stolz gewesen und hatte es erst zu was bringen wollen, ehe er sie zu seiner Frau machte. Widerstrebend gab sie ihm ihren Segen, als er loszog, obwohl ihr eigener Vater ihn dazu ermuntert hatte. Zuerst ging er nach Kuba, um Zuckerrohr zu schneiden. Dann hörte er von den hohen Löhnen in Panama und ging dorthin, um beim Kanalbau mitzumachen. Viele von den Arbeitern starben dabei, aber er überlebte und verdiente viel Geld. Als er das Gefühl hatte, genug gespart zu haben, waren acht Jahre vergangen. Er kehrte zurück und fand heraus, daß sein Name vor Jahren auf einer Liste mit beim Kanalbau Umgekommenen erschienen war. Man hatte zu Hause sogar Gottesdienste abgehalten, um für seine arme Seele Frieden zu erbitten. Amanda hatte geheiratet, drei Kinder zur Welt gebracht und erwartete Daisy, Ivans Mutter. Er legte sein ganzes Geld in einem großen Stück Land an und ging wieder weg. Diesmal blieb er fünfundzwanzig Jahre. Im Jahr von Ivans Geburt kehrte er zurück, um seine letzten Jahre zu Hause in den Hügeln zu verbringen.

Nun verstand Ivan die tiefe Freundschaft, die die beiden alten Leute verbunden hatte, und er verstand auch die Ironie hinter Maas Natties Neujahrsausritt im Beerdigungsanzug und seinen rätselhaften Worten: «Bin also doch noch ein Jährchen dabei.»

Schließlich kam Maas Nattie zu den geschäftlichen Fragen. Er murmelte was von einem Kredit und dann kam auch die leidige Geschichte von Ivans Onkel James noch mal zur Sprache, der mit der Machete auf seine Frau losgegangen war, jenes hübsche, halbweiße Barmädchen mit dem lockeren Lebenswandel. Das war eine Geschichte, die keiner in der Gegend vergessen hatte. «Und deshalb hat sie damals, als dein Onkel James diesen Ärger hatte, da hat sie sich an mich gewendet. Da mußte Geld her für den Anwalt … zu mir ist sie gekommen, deine Großmama. Steht alles hier drin.» Er deutete auf ein Blatt Papier. «Und letztes Jahr, als sie gesehn hat, daß du unbedingt in die Stadt willst, hat sie mir das Haus verkauft, das Land und die Tiere – hier, guck mal.» Er kramte in dem alten Umschlag und zog alle möglichen Papiere heraus. Er hatte den Respekt eines richtigen Bauern vor Papieren und Dokumenten, und während er Miss Amandas geschäftliche Lage erläuterte, nahm er ein Blatt nach dem anderen und las Ivan den Inhalt vor.

Worauf es hinauslief, war folgendes: sie hatte ihm das Land schon vor ihrem Tod verkauft, teils um die alten Schulden zu begleichen, teils um das Geld für die Beerdigung zu haben, denn sie wollte ein traditionelles, altmodisches Begräbnis. Maas Nattie seinerseits hatte ihr versprochen, das Land niemals weiterzuverkaufen, und wenn Ivan wollte, konnte er, solange er lebte, hier weiterwohnen und es bebauen. Wenn er aber lieber weggehen wollte, dann würde der alte Mann das Land für ihn bestellen, bis er schließlich zur Vernunft käme. «Sie wollte, daß alles anständig geregelt wird, wie früher, in den alten Zeiten.» Seine Augen glänzten, als er sich das alles vorstellte. «Junge, wart bloß ab, bis du die Beerdigung siehst – das wird so wie früher, wenn bei den Maroons eine alte Königin gestorben ist. Weißt du eigentlich, daß auch du von den Koromanti-Leuten abstammst? Ja, der Vater von Miss Mando, der war ein Maroon, weißt du. Na, wart bloß ab, bis du die Beerdigung siehst. Miss Mando, die hat schon gewußt, wie so was sein muß. Ganz genau, Mann.»

Aufgeregt ging er all die Maßnahmen durch, die getroffen werden mußten. Man mußte Telegramme an alle Verwandten schicken, den besonders fein gearbeiteten Sarg, den sie schon vor Monaten bestellt und bezahlt hatte, aus der Stadt abholen und die Nachbarn benachrichtigen. In der kommenden Nacht würde die traditionelle Totenwache abgehalten werden und am Tag darauf dann ein großes und spektakuläres Begräbnis. Darauf folgten acht Tage stillen und nüchternen Gedenkens, und in der letzten Nacht, der neunten, der Nacht, in der der Geist der Toten noch einmal zu einem endgültigen Lebewohl zurückkehrte, würde das große Abschiedsfest gefeiert werden, die Neunte Nacht. In dieser Nacht sollte zu Ehren der Toten und all ihrer Verwandten ein *Kumina*-Tanz stattfinden, der bei Sonnenuntergang begann und erst bei Sonnenaufgang des nächsten Tages endete. Das würde alles übertreffen, was man in den letzten Jahren in diesem Bezirk gesehen hatte, schwor Maas Nattie, nicht nur in der näheren Umgebung, sondern im ganzen Landkreis. Miss Amanda hatte ihm genaue Anweisungen hinterlassen und auch genug Geld, damit er alles auf anständige Weise erledigen konnte.

Der alte Nattie redete und redete die ganze Nacht auf den Jungen ein. Seine Stimme war leise, kaum mehr als ein Flüstern, wie es sich in Gegenwart einer Toten schickte. Er sprach ehrfürchtig, aber auch wie unter Zwang, so als müsse er sich von der schweren Last von Geschichte und Erinnerung befreien und sie an Ivan weitergeben. Manchmal drehte er sich zur Seite und schien mit seiner alten Freundin zu sprechen, aber meistens flüsterte er eindringlich auf Ivan ein, als könne er durch die Kraft seiner Worte, durch sein Heraufbeschwören des Geistes und der Größe vergangener Zeiten das Chaos und die Unordnung zurückdrängen, die die Gegenwart heimsuchten.

3

Die neunte Nacht: Träume und Gesichte

Und sie traten ein ins Haus der Trauer und sahen, daß sie tot war; da huben sie an eine laute Klage und zerrissen ihre Kleider und weinten. Danach trockneten sie ihre Tränen, standen auf und gingen zurück zu ihren Häusern. Nach diesem weinten sie nicht mehr um sie, die tot war.

Mystische Offenbarung des Jah Ras Tafari
Königliche Pergamentrollen

Eine große Gestalt eilte auf dem Berghang über dem Tal den dunklen Pfad entlang, wie ein Mann, der eine bestimmte Aufgabe zu erfüllen hat. Seinen grauen, lose um seinen Körper schlotternden Kleidern nach zu urteilen, die von Erde und Schweiß befleckt waren, schien er ein Bauer zu sein. Die Leichtigkeit, mit der er den steilen Pfad hinaufkletterte, zeugte davon, daß er aus diesen Hügeln stammte. Er machte kein Geräusch und trug kein Licht bei sich, aber er ging rasch, wenn auch nichts in seiner ganzen Art auf Hast hindeutete. Nahe dem Gipfel, unmittelbar gegenüber von Miss Mandos kleinem Haus, verließ er den Pfad und verschwand im dichten Unterholz. Trotzdem bewegte er sich in einer beinahe geraden Linie vorwärts, stolperte durch Gebüsch und kroch über felsige Vorsprünge, bis er den Fuß eines gewaltigen Brotfruchtbaums erreichte. Im dunklen Schatten des Baumes blieb er stehen und betrachtete den knorrigen, moosbewachsenen und uralten Stamm. Reglos und erwartungsvoll starrte er den alten Riesen an, so als ob er auf ein schwaches, aber bedeutungsvolles Signal lauschte. Nur der offene Mund, der rasche Atem und der Schweiß, der auf seinem gespannten Gesicht glänzte und ihn in der feuchten Luft erschaudern ließ, zeugten von der Anstrengung seines langen Aufstiegs. Er stolperte vorwärts, bis er genau vor dem rauhen Stamm stand, breitete die Arme aus und legte die Handfläche vorsichtig auf die Borke. So blieb er einen Augenblick reglos, bis auf die keuchende Brust, stehen. Plötzlich durchfuhr ihn ein neues, kraftvolleres Bestreben. Als es aufhörte, trat er zurück, sprang hoch, ergriff den niedrigsten Ast und schwang sich hinauf. Er kletterte schnell und sicher, ohne auch nur einmal innehalten zu müssen, fast so, als ob Hände und Füße einem vertrauten Weg folgten. Er stieg bis in den Wipfel des Baumes, der über den Hügelgrat hinausragte und tauchte aus seinem Schatten in das schwache Mondlicht hinaus. Als er weiterkletterte, stieß er einen monotonen Singsang aus, bis er weit über der höchsten Spitze des Hügels und höher als alle anderen Bäume war. Die Äste, die hier oben gefährlich dünn waren, schwankten und bogen sich unter seinem Gewicht. Schließlich blieb er stehen, stützte sich auf einen Seitenast und umklammerte den Stamm, der hier so dünn war, daß seine Hände ihn vollkommen umschlossen. Und dann warf er sich plötzlich zurück und zog dabei den Stamm mit sich, bis dieser, aufs äußerste gespannt, zurückfederte. So schaukelte er vor und zurück, ließ den Baumwipfel schwanken wie im Griff eines geräuschlosen Sturms und starrte mit verzücktem Blick zum Himmel hinauf. Die Adern an seinem Hals schwollen an und traten hervor und er brach in ein Geheul aus, das die Nacht erfüllte, die Zikaden zum Schweigen brachte und die Hunde ansteckte, die einfielen, als sie das hörten – ein langgezogener, unirdischer Klang: FEUER UND SCHWEFEL!»

Währenddessen saß Maas Nattie in Miss Mandos Haus und schwieg, sein Gesicht schimmerte unbewegt im flackernden Licht der Petroleumlampe. Man hätte glauben können, er wäre eingeschlafen, wenn nicht seine Augen weit offen vor sich hin gestarrt hätten. Ivan fiel schon immer wieder der Kopf auf die Brust, aber da schreckte ihn plötzlich etwas aus dem Halbschlaf auf. Er fuhr hoch und blickte hinüber zu dem alten Mann auf der anderen Seite des Tisches.

Maas Nattie hatte sich nicht gerührt. Er wirkte klein und dünn, die Kleider hingen an ihm herab wie ein Gewand, das man um ein schwarzes Skelett drapiert hatte. «Izik, der Verrückte», sagte er. «Hab mich sowieso schon gefragt, ob er wohl auftauchen würde.»

Das war es also. Ivan lauschte in die Nacht hinaus, aber alles, was er hörte, war das allmählich ersterbende Hundejaulen draußen im Tal. Wieder betrachtete er ratsuchend Maas Nattie.

«Wart nur! Wirst ihn gleich hören!»

«Gibt's denn den immer noch? Ich dachte, der wär längst tot. Hab ihn schon seit Urzeiten nicht mehr gehört.»

«Tot?» sagte Maas Nattie und pfiff durch die Zähne. «Du wirst dich wundern, mein Junge!»

Und da war es plötzlich wieder, dieses von irrer Inbrunst erfüllte Echo: «FEUEEEER UND SCHWEEEEEFEL! FEUEEEER UND SCHWEEEEFEL!»

Und wieder war Ivan mächtig froh darüber, daß der Alte da war. Diese wilde Stimme klang so nah und hallte so schaurig durch den Raum, daß seine Nerven sie in dieser Nacht sonst kaum ertragen hätten. Er schaute aus dem Fenster. Der Wipfel des Brotfruchtbaumes, der sich als scharfe Silhouette gegen den Mond abhob, schwankte und tanzte mit unnatürlichem Rhythmus im Takt zu den wahnsinnigen Kadenzen dieses Geheuls: «FEUEEEER UND SCHWEEEEEFEL!»

Ivan kannte Izaac vom Sehen und hatte auch schon viel über ihn gehört. Er war ein hagerer, zurückgezogen lebender Bursche mit gequältem Blick, einer von vier Brüdern, die als gute Farmer und harte Arbeiter bekannt waren. Er rührte keinen Tropfen Alkohol an, ging Streit aus dem Weg und hielt sich stets aus den regelmäßigen Streitereien heraus, die für die einzige Abwechslung im spartanischen Leben der Dorfbewohner sorgten.

Ivan war noch ganz klein gewesen, als er eines Nachts draußen in der Finsternis dieses schreckliche Heulen zum erstenmal gehört hatte und er zitternd vor Angst ins Bett seiner Großmutter gekrochen war. Als sie ihn in die Arme schloß, hatte er gefragt:

«Ist das ein Gespenst, Granny? Ein *Duppi*? Ist das ein *Duppi*?»

«Psst, mein Kind, sei ruhig! Das ist bloß der verrückte Izik. Muß wieder Vollmond sein.» Sie hatte aufstehen, die Lampe anzünden und ihn in den Armen halten müssen, bis er aufhörte zu weinen. «Kümmer dich nicht drum», sagte sie. «Das macht er manchmal, wenn Vollmond ist.» Dann hatte sie ihn mit zum Fenster genommen und ihm gezeigt, wie der Baum auf dem Hügel schwankte. Und dabei hatte sie ihm erzählt, sie Izaac manchmal von Hügel zu Hügel zog, in einer Nacht durch den halben Landkreis und immer wieder an bestimmten Bäumen anhielt, um seine Botschaft zu verkünden.

«Ich hab Angst vor ihm», hatte Ivan geschluchzt. «Warum macht denn keiner, daß er damit aufhört?»

«Aber warum denn? Er tut doch keinem was, und außerdem, wer weiß, welcher Geist ihn berufen hat?» Und als sie ihm den Mann dann zum erstenmal zeigte, war es schwer zu glauben, daß dieser anständige, stille Bursche mit dem freundlichen, abwesenden Lächeln wirklich der Ursprung solch mächtiger und furchterregender Geräusche sein konnte.

Man erzählte sich, daß der junge Izaac vor vielen Jahren ein sehr begabter Schüler gewesen war, ein eifriger Leser der Heiligen Schrift. Sein Vater – den einige als stolz und ehrgeizig bezeichneten – hatte ein Stück Land verkauft und den Jungen nach Kingston aufs Seminar geschickt, um ihn «Pfarrer studieren» zu lassen. Man munkelte, er habe geprahlt, Izaac wäre besser als die Söhne der feinen Leute und würde eines Tages noch Bischof in der Kirche des Königs von England werden. Was dann wirklich passiert war, wußte keiner so genau zu sagen, denn Izaac hatte nie darüber gesprochen. Jedenfalls war er kurz vor dem Schlußexamen ruhig und ohne viel Aufhebens nach Hause zurückgekehrt. Anstelle des begabten, netten Jungen kam aber ein schweigsamer, in sich gekehrter Mann zurück. Fast ein Jahr tat er nichts – er saß den ganzen Tag auf einem Hügel und schaute aufs Meer hinaus. Er sprach kaum, nicht einmal mit seiner Familie. Und dann ergriff er eines Tages eine Machete und begann ganz allein ein Feld zu roden, auf dem er dann Mais anpflanzte. Aber über seine Erlebnisse auf dem Priesterseminar sprach er zu keiner Menschenseele.

Sein Vater war überzeugt, daß irgendwelche mißgünstigen Nachbarn seinen Sohn mit einem Obeah-Fluch belegt hatten. Andere behaupteten, daß es Izaac selbst gewesen war, der auf der Suche nach tieferem und verbotenem Wissen übernatürlichen Beistand beschworen hatte, der dann mit der Macht der Kirche aneinander geraten war und sich gegen ihn gekehrt hatte.

«Glaubst du etwa, mit der Kirche von den Weißen kann man seine Spielchen machen? Glaubst du etwa, die haben keine Macht?» So pflegten sie zu sagen und dabei bedeutsam mit dem Kopf zu nicken, wie um das Geheimnisvolle jenes Wissens zu unterstreichen. Es gab auch welche, die eine einfachere Antwort hatten. Für Izaac war das Studieren ganz einfach «zu hoch» gewesen und deshalb hätte er Zuflucht beim Ganja gesucht, «dem Kraut der Weisheit», um zu tieferem Verständnis zu gelangen. Jedes Kind wußte ja schließlich, daß große Denker und kluge Köpfe, die sich mit schwierigen Studien befaßten, Ganja benutzten, um ihren Verstand zu schärfen. «Aber wenn das Gehirn das nicht vertragen kann», wie das bei Izaac ganz klar der Fall gewesen war, dann konnte man davon verrückt werden. Und das war der Sinn der Lektion, die Izaac und seinem Vater für ihren rücksichtslosen Ehrgeiz zuteil geworden war: der Sohn war eben, wie der Vogel in der Geschichte, «zu hoch über sein Nest» hinausgeschossen.

Es gab allerdings auch noch eine ganz andere Meinung, und die vertrat auch Maas Nattie. Ihre Vertreter flüsterten sich voller Bitterkeit zu, daß die «Weißen und Braunen da am Seminar» schuld an Izaacs Unglück gewesen wären. Diese hatten sich nämlich von Izaacs Intelligenz und Frömmigkeit bedroht gefühlt. Und außerdem waren sie durch die Anmaßung dieses jungen Bauern, der die Frechheit besaß, unter ihnen zu sitzen und nach dem geistlichen Gewand und der Kanzel zu streben, in ihrem Stolz und ihrer Klassenarroganz verletzt. Deshalb glaubten die Vertreter dieser Theorie, daß die Ursache für Izaacs Probleme nicht ein Obeah-Zauber oder sonst was Geheimnisvolles war, sondern eine Reihe von unverdienten und schlau eingefädelten Hinterhältigkeiten gewesen sein mußte. Welche Kränkung ihn schließlich endgültig aus dem Gleichgewicht gebracht hatte, war nicht ganz klar, aber man spekulierte, daß es etwas mit der schönen und überheblichen Tochter des Prälaten zu tun gehabt hatte. Auf jeden Fall war es ein gebrochener und tief verletzter Izaac, der nach kurzem Aufenthalt in einer Irrenanstalt nach Hause in die Hügel gehumpelt kam. Eines Tages, so flüsterten sich die Leute voller Zorn zu, würden die feinen weißen und braunen Leute schon für ihre Untaten zahlen müssen. Eines Tages, jawohl, und nickten finster vor sich hin.

Anfangs hatte Izaacs Familie versucht, ihn zurückzuhalten, wenn Vollmond war, aber dem Geist konnte man keinen Widerstand leisten. So groß war der Zorn und so unnatürlich die Kraft, die sich in diesem schmächtigen Körper verbargen, daß man gezwungen war, ihn allein zu lassen, wenn der Geist ihn überkam. Davon abgesehen war er so normal wie jeder andere, außer wenn sich im Umkreis bestimmte Todesfälle ereigneten. Was auch immer seinem Benehmen zugrunde lag, die Leute waren sich einig, daß Izaacs Geist nicht irgendein zweitklassiger *Duppi* aus dem Busch war, sondern ein höherer Geist aus der Sphäre der Visionen, wenn nicht gar der Prophezeiungen. Und eben dieser Geist war es, der jetzt wieder über das Tal hinweg heulte und klagte.

«Ich hab's gewußt! Ich hab's gewußt! Ich wußte, daß Izik heute nacht zu Miss Amanda kommen würde», sagte der alte Mann und schien höchst zufrieden.

Früh am nächsten Morgen, noch ehe die Sonne den Tau vom Gras gebrannt hatte, kamen sie in Scharen herbeigeeilt. Zuerst waren es meist Frauen, zu zweit und zu dritt – alte Freundinnen und Kirchenschwestern der Toten – mit düsteren Mienen und Klagegesängen auf den Lippen. Sie fragten, fast herausfordernd, wie sie gestorben war, lauschten gespannt der Geschichte und merkten sich die genaue Lage, in der Ivan sie gefunden hatte, was sie angehabt hatte und was sie in der Hand gehalten hatte. Sie bedauerten, daß es kein «letztes Wort» gegeben hatte, erfuhren mit Ausrufen des Staunens von der zerrissenen Bibel und nickten zum Schluß bedächtig und weise, als ob sie damit ihre Befriedigung über den Bericht ausdrücken wollten. Und dann gingen sie hinein, um ihr «die letzte Ehre zu erweisen», ganz so, als säße Miss Mando im Bett, um sie zu empfangen.

Jede neu angekommene Gruppe wartete, bis genügend Leute versammelt waren, um die Geschichte von neuem erzählt zu bekommen, und ging erst dann hinein, um sich zu verabschieden. Niemand betrat das Haus, ohne über die Art und Weise ihres Todes aufgeklärt worden zu sein. Die Frauen nahmen das Haus in Beschlag, während Maas Nattie sich um die Männer kümmerte.

Im Haus waren unterdessen die engeren Freunde und entfernteren Verwandten Miss Mandos damit beschäftigt, den Leichnam zu waschen, zu salben, anzukleiden und auf einen kühlen Lattenrost zulegen. Das Todesbett schafften sie aus dem Haus, «um den *Duppi* zu täuschen», entfachten ein Feuer und holten Wasser und Brennholz herbei. Das «tote Wasser», mit dem sie den Körper gewaschen hatten, wurde sorgfältig aufgefangen, hinausgetragen und an einer bestimmten Stelle des Hofes ausgegossen, die man nun möglichst umging. Maas Nattie erzählte einer Gruppe von älteren Männern von Miss Mandos letztem Wunsch: «Alles wird so gemacht, wie es früher üblich war, auf die alte Art und Weise, so, wie es unsere Vorfahren gehalten haben. Genau wie früher.» Nach einigem Hin und Her zerstreuten sie sich, um ihre verschiedenen Aufgaben zu erfüllen.

Ivan wurde losgeschickt, um zwei Ziegen und eine Sau herbeizuschaffen. Diese wurden auf der Stelle geschlachtet und zum Ausbluten aufgehängt. Joe Beck, der in der Umgebung für das Schlachten und den Verkauf des frischen Fleisches zuständig war, übernahm dabei das Oberkommando. Kleine Kinder, die mit ihren Müttern gekommen waren, wurden ausgeschickt, um die Hühner einzufangen, die im Unterholz herumscharrten. Ein paar Männer errichteten ein großes, laubenartiges Dach aus Palmblättern auf Stützpfählen, unter dem der Leichnam bis zur Beerdigung liegen sollte. Hier würden sie in der Nacht ihre Hymnen singen und die Totenwache halten. Andere hoben eine Grube aus, über der die Sau geröstet werden sollte, und wieder andere schaufelten unten an der Mauer bei den anderen Gräbern das Grab für Miss Mando.

Schließlich schickte man einen Wagen nach Blue Bay, um den Sarg abzuholen, bei dessen Ankunft jeder in seiner Arbeit innehielt. Bewundernde Ausrufe wurden laut, über das glänzende, polierte Holz, das blau schimmernde Satinfutter und die Messingbeschläge, die wie Gold in der Sonne glitzerten. Maas Nattie strahlte und nickte jedesmal beifällig, wenn er jemand sagen hörte, so einen prächtigen Sarg habe es weit und breit noch nie zuvor gegeben.

Noch immer trafen neue Besucher ein, die von weiter her kamen und der toten Frau nicht so nahe gestanden hatten. Um ihr die letzte Ehre zu erweisen, beteiligten sich alle an den Arbeiten, wenn auch häufig nur symbolisch. Die meisten hatten irgend etwas mitgebracht: ein Huhn oder ein paar Yamsknollen oder Bananen frisch vom Feld, und alles wanderte in die riesigen Kochtöpfe. Bald quoll die Küche über und im Hof mußten zusätzliche Feuerstellen angelegt werden. Die Kinder hielt man damit in Trab, daß man sie nach Hause um mehr Kochtöpfe schickte oder sie mit Eimern zum Wasserholen gehen ließ. Und immer wieder erinnerte man sich voller Lob des Fleißes, der Frömmigkeit und der Anständigkeit Miss Mandos und ihrer Familie und mit jeder Wiederholung wurde dieses Lob überschwenglicher.

Ivan begleitete Maas Nattie, der von Gruppe zu Gruppe ging, den Fortgang der Arbeiten inspizierte und die Neuankömmlinge begrüßte. Fast gegen seinen Willen sonnte er sich in der Aufmerksamkeit, die ihm als nächstem Verwandten zuteil wurde, als er die Beileids- und Sympathiebezeugungen entgegennahm. Von Zeit zu Zeit hörte er Maas Nattie vor sich hinmurmeln:

«Tja, so hast du's wohl gewollt, meine Liebe. Bist du nun zufrieden? Das hier ist eine Beerdigung, da werden sich die Leute noch lang dran erinnern, da werden sie noch in Generationen drüber erzählen.»

Und Ivan mußte wirklich zugeben, das hier war schon was – die immer größer werdende Menge, diese emsige Geschäftigkeit.

«Ja, Sir», meinte ein alter Mann zu jedem, der es hören wollte, «wenn Miss Mandos *Duppi* hiermit nicht zufrieden ist, dann weiß ich auch nicht.» Das sagte er jedesmal mit einem seltsamen Stolz in der Stimme, fast so, als spräche er über seine eigene Beerdigung oder empfände einen tiefen persönlichen Trost in dem Umfang und der Präzision der Vorbereitungen, und das in einer Welt, die Tag für Tag unstetiger und unsicherer wurde. Maas Nattie schien dieses Gefühl zu teilen – jedesmal, wenn er den Alten reden hörte, hellte sich sein Gesicht auf.

Sobald es dunkel und ein wenig kühler geworden war, trugen die Männer den Sarg ins Haus und betteten den Leichnam hinein. Kurz ehe sie zurückkamen, entstand eine leichte Unruhe unter den Leuten, die um das Palmdach herumsaßen. Izaac war aufgetaucht und hatte still einen Platz neben dem Gerüst eingenommen, auf dem der Sarg ruhen würde. Traditionell war dies der Platz für die nächsten Hinterbliebenen, aber Izaac schien sich keines Bruchs der hergebrachten Sitte bewußt zu sein. Er saß einfach nur da und lächelte der Versammlung zu, mit jenem gütigen Ernst, den sein Gesicht immer dann widerspiegelte, wenn der Geist nicht von ihm Besitz ergriffen hatte.

Als der Sarg herausgebracht und aufgestellt und Kerzen am Kopf- und Fußende angezündet worden waren, wich Maas Nattie zum erstenmal von der Tradition ab. Statt des üblichen weißen Tuchs breitete er eins in den Farben Rot, Grün und Schwarz über den Sarg. Und dann begann das Set-up, das Singen. Getragene, traurige Hymnen legten sich melancholisch über Berge und Täler wie eine dicke Samtdecke, gewebt aus Schmerz. Man erzählte sich Geschichten, meist über den Tod oder den Charakter und das Wesen der Verschiedenen und ihrer Familie. Aber es gab auch die üblichen Rätsel, Wortspiele, Gespenstergeschichten und außerdem jede Menge zu essen und zu trinken. Ivan saß als nächster Verwandter mit Maas Nattie neben dem Sarg, Mirriam und ihre Großmutter dicht hinter ihnen. Aus Blue Bay waren Dudus und sein Vater gekommen.

Vom weißen Rum und dem Gesang ebenso bewegt wie vom Gedenken an die Tote erhob sich immer wieder einer der Anwesenden, um mit gepreßter Stimme, gelegentlich auch unter Tränen, seine besonders enge Verbundenheit zu Miss Mando zu bezeugen. Doch trotz der häufigen, manchmal geradezu dramatischen von Tränen und Schluchzen begleiteten Ausbrüche konnte man das Ganze beim besten Willen nicht als traurige Angelegenheit bezeichnen.

Miss Mando war alt gewesen und hatte offenbar keine Feinde gehabt; man nahm daher an, daß alles mit rechten Dingen zugegangen war. Die Lage, in der man sie gefunden hatte, schien auf Resignation und Ergebenheit im Angesicht des Todes hinzudeuten, also war es wohl kein «schwerer Tod» gewesen. Alle Anwesenden bezeugten, daß sie die Präsenz ihres Geistes spürten und dieser offensichtlich gutwillig und zufrieden schien. Izaacs ernstes Lächeln am Fuß des Sarges wurde als bestes Zeichen dafür gedeutet, denn es war ja allgemein bekannt, daß er «*Duppies* sehen» konnte. Und Joe Beck, der schon ein bißchen weggetreten war, ließ sich sogar dazu hinreißen, aufzustehen und zu behaupten, daß selbst in den «dummen Viechern» ein friedlicher Geist gesteckt hätte. Niemals, so schwor er hoch und heilig, habe er Tiere geschlachtet, die sich dem Messer so bereitwillig unterworfen hätten. Ivan fragte sich insgeheim, ob er damit wohl die quiekende, strampelnde Sau meinte, die mit durchgeschnittener Kehle, aus der das Blut schäumte, zweimal versucht hatte, auszureißen. Er und Mirriam stießen sich an, tuschelten miteinander und grinsten.

«Ivan, Ivan, guck mal – der Dudus!» flüsterte Mirriam.

«Was denn?»

«Ja siehst du denn nicht – er ist besoffen!»

«Ich glaub ich spinne! Maas Burt schlägt ihn tot!»

Dudus stand am Rand des Palmdaches, neben ihm sein jüngerer Bruder Othniel, der ihn besorgt betrachtete. Ganz offensichtlich war Dudus schon ziemlich wackelig auf den Beinen, als er jetzt laut und unrhythmisch in die Hände klatschte und ein Lied anstimmte:

Ah bin down in the valley
For a very long time
I ain't got weary yet
But ...

Große glitzernde Tränen rollten dabei über seine sommersprossigen Wangen. Ivan und Mirriam führten ihn beiseite, dorthin, wo die Sau gebraten wurde und die Nacht mit dem reichen Duft von geröstetem Fleisch erfüllte. Dudus war überwältigt. Plötzlich heulte er lustvoll auf und fiel Ivan um den Hals.

«Ivan, Ivan, ach Mensch Ivan, du bist doch mein bester Freund. Mein allerbester Kumpel! Mein Gott, ist das traurig. So traurig, so traurig. Armer Ivan, was machst du denn jetzt bloß? Was soll denn jetzt bloß aus dir werden?» In diesem Moment wurde seine Jammerei von einem lauten Rülpser unterbrochen und dann erschien ein höchst erstaunter Ausdruck auf seinem Gesicht, als er schnell in die Dunkelheit hineinrannte.

Als Mirriam und er die würgenden Geräusche hörten, lachte Ivan verlegen auf. «Der Rum hat ihn wohl umgehauen.»

«Lach da nicht drüber, Ivan – findest du das etwa lustig? Und außerdem hat er recht.»

«Du meinst, weil er sich vollaufen läßt?»

«Spiel bloß nicht das Unschuldslamm. Ich mein damit, was du jetzt machen wirst.»

«Oh ich? Ich geh in die Stadt.»

Das war ihm so rausgerutscht, ehe er überhaupt richtig drüber nachgedacht hatte. Eigentlich hatte er bisher überhaupt noch keine Pläne gemacht. Doch nun schien seine Antwort das Schweigen zwischen ihnen unerträglich zu machen. Er sah, wie sich im Schein des Feuers ihr Gesicht verhärtete und sich kleine angespannte Fältchen um ihren Mund bildeten. Er wußte, daß sie daran dachte, was unten am Fluß passiert war, und zum erstenmal tauchte in seinem Bewußtsein die Möglichkeit auf, daß er ihr ein Kind gemacht haben könnte.

«Aber», flüsterte sie fast gegen ihren Willen, « – aber ... was wird denn dann ... was wird denn dann ... aus uns?»

«Ich werd dich bald nachkommen lassen – ganz bald.»

Als sie ihn anschaute, war ein seltsamer, uralter Ausdruck in ihrem Gesicht. «Du weißt doch ganz genau, daß ich da nie leben werd», sagte sie ruhig. «Das weißt du doch schon lange.»

Ivan hatte keine Ahnung, was er sagen sollte. Sie hatte sich nicht bewegt, aber sie schien sich weit von ihm entfernt zu haben, als sie so da stand und mit glitzernden Augen in die rotglühende Grube starrte. Es kam ihm beinahe so vor, als ob ihr Mund zitterte ... doch da kam Dudus zurück. Er war jetzt etwas sicherer auf den Beinen als vorher, aber irgend etwas in seinem Verhalten erinnerte Ivan an einen geprügelten, jungen Hund. Dankbar wandte er sich ihm zu: «Alles klar, Mann, hast du es überlebt?» Mirriam ging leise davon und Ivan sah sie in dieser Nacht nicht wieder.

Als Maas Nattie endlich verkündete, daß die Bestattung um die Mittagsstunde stattfinden würde, tauchten gerade die ersten hellen Streifen über den Jancrow-Bergen auf und die Hähne krähten über das Tal. Bald waren nur noch die unentwegten und nimmermüden Frauen übriggeblieben, die an den Feuerstellen herumwirtschafteten und dafür sorgten, daß das Essen für die Beerdigungsfeier vor sich hin brutzelte.

Jetzt stand die Sonne fast senkrecht am Himmel und alle Leute hatten sich vor Miss Mandos Haus versammelt. Es waren mehr als in der Nacht zuvor, denn selbst aus entfernten Dörfern waren sie gekommen, um bei der Bestattung dabei zu sein. Miss Mandos Glaubensschwestern aus der Pocomania-Gemeinde glänzten in vollem Ornat: blendend weiße, steif gestärkte Roben und spitze Turbane, die Kennzeichen ihrer Sekte, und Maas Nattie erschien in der Pracht seines diesjährigen Beerdigungsanzuges, der durch eine Schärpe in rot, grün und schwarz mit den aufgestickten Buchstaben UNIA verziert war und noch eindrucksvoller als sonst wirkte. Jeden Moment würde er den Sargträgern ein Zeichen geben. Eben hatte er noch eine Weile in ernstem Gespräch mit vier alten Leuten zusammengestanden, die Ivan noch nie zuvor gesehen hatte. Es waren drei Männer und eine Frau, die von irgendwoher zu Fuß aufgetaucht waren. Sie waren in schäbiges Schwarz gekleidet und wirkten müde, so als ob sie von weit her gekommen waren. Etwas Formelles, fast Militärisches ging von ihnen aus, und Ivan bestaunte vor allem die glänzenden Blechinstrumente, die sie bei sich hatten. Maas Nattie stellte sie ihm als «treue Kameraden deiner Großmama» vor und Ivan wunderte sich, welchem unbekannten Teil von Miss Mandos Leben sie wohl angehören mochten. Aber Maas Nattie wollte keine weiteren Erklärungen abgeben und sagte nur: «Wirst schon sehn, mein Junge, wirst schon sehen.»

Von diesen alten und geheimnisvollen Gestalten flankiert, war Maas Nattie gerade im Begriff, die Zeremonie zu eröffnen, als ihn ein ungewöhnliches Geräusch unterbrach. Von der entfernten Küstenstraße her kam das unverwechselbare Dröhnen eines Autos, das jetzt in die Schotterstraße einbog, die den Berg hinaufführte. Maas Nattie hielt inne. Ivan fühlte eine unerklärliche Erregung in sich aufsteigen. Das konnte nur Miss Daisy sein, seine Mutter aus der Stadt. Das Motorenbrummen wurde immer lauter, als die Maschine sich die steile und gewundene Straße hinaufquälte. Alles lauschte. Flüsternd wurden Spekulationen ausgetauscht. Schließlich erreichte das Auto die Abzweigung, die zu Miss Mandos Haus führte und blieb stehen. Ivan starrte es an.

Eine elegante Gestalt, ganz in schwarz, mit einem Hut, einem Schleier und schulterlangen schwarzen Handschuhen stieg aus und kam auf sie zu. Mit hohen Absätzen stakste sie unsicher über die schlüpfrigen Steine. Sie trug einen prächtigen, blumenbesteckten Kranz, dessen moderne, im Laden erstandene Symmetrie und Perfektion hier in den Bergen einen unverhörten Grad von Kultur repräsentierte.

«Daß muß die Tochter aus der Stadt sein!»

«Nein, das ist nicht Daisy!»

«Mein Gott, schau sich bloß einer diese Blumen an! Wer kann das bloß sein?»

Die Identifikation wurde durch den Schleier, der von dem eleganten Hut flatterte, noch zusätzlich erschwert. Ivan erkannte sie erst in dem Moment, in dem Maas Burt, der in seinem Anzug steif wirkte und fast nicht wiederzuerkennen war, auf sie zuging, um sie zu begrüßen.

«Angeberin!» rief die alte Schwester Anderson laut und zuckte die Achseln, wie um zu zeigen, daß sie sich von dieser Vornehmheit ganz und gar nicht beeindrucken ließ. «Aber, mein Gott, daß diese Frau sich das tatsächlich wagt, was?» Mutter Anderson war Miss Mandos engste Freundin und Vertraute gewesen.

«Da hast du ganz recht!» stimmte eine der Schwestern zu. «Unsere arme Schwester wird sich noch im Sarg umdrehen!»

Falls Miss Ida das gehört hatte, ließ sie sich jedenfalls nichts anmerken. Sie schritt unbekümmert und würdevoll hinüber zu Ivan und überreichte ihm ihren Kranz.

«Ivan, mein Junge, es tut mir ja so leid. Als ich davon hörte, mußte ich einfach kommen.» Sie umarmte ihn und trat zurück, ohne sich auch nur im mindesten um die wütenden Blicke von Mutter Anderson und ihrer Clique in weißen Roben zu kümmern.

«Vielen Dank, Miss Ida», murmelte Ivan und hütete sich, in Mirriams Richtung zu schauen. Dann brach Maas Nattie das Schweigen, ungezwungen, aber überlegen.

«Wir freuen uns, Missis, daß Sie gekommen sind, um an der Abschiedsfeier für unsere geliebte Schwester teilzunehmen.»

Miss Ida nickte höflich, trat zum Sarg, verbeugte sich und sagte: «Mögen Sie ruhn in Frieden, Miss Martin, mögen Sie ruhn in Frieden. Gesegnet sei Ihre wohlverdiente Ruhe in der ewigen Freude und im Frieden unseres Herrn.»

«Amen!» brüllte Joe Beck und handelte sich einen zornigen Blick von Mutter Anderson ein. Miss Ida machte einen kleinen Knicks und trat zurück. Auf ihrem Gesicht spiegelte sich ein Ausdruck von selbstgerechter Frömmigkeit, aber Ivan meinte, ein ganz kurzes Zwinkern in ihren Augen entdeckt zu haben.

Unter der sengenden Sonne trugen sie die alte Dame in einer feierlichen Prozession dreimal um den kleinen Hof, am Schweinekoben vorbei und am Ziegenstall, über die niedrige Steinmauer und durch die Kaffeepflanzung bis zu dem frisch ausgehobenen Grab neben dem ihres

Ehemannes. Die Frauen aus der Gruppe der treuen alten Kameraden schlugen einen gedämpften Wirbel auf ihrer Heilsarmee-Trommel, während Mutter Anderson und ihre Pocomania-Schwestern langsam und schleppend die traurige Beerdigungshymne anstimmten:

Sleep on, sleep on
Sleep on and take thy rest
We loved thee true
But Jesus loves thee best
Good bye ... good bye ... good bye

Am Grab war es unerträglich heiß. Selbst der Schatten des großen Baumes brachte nur wenig Erleichterung. Die Träger ließen den Sarg herunter und schauten erwartungsvoll zu Maas Nattie hinüber. Der hob die Hände in einer priesterlichen Geste, so als ob er um Ruhe bitten wollte, dabei waren die einzigen Geräusche weit und breit ein paar unterdrückte Schluchzer von den Schwestern.

«Ihr wißt ja alle, daß unsere verschiedene Schwester meinem Herzen sehr nahe stand – unser aller Herzen.»

«Amen!»

«Gelobt sei der Herr!»

«Ehe sie von uns ging, da hat sie mir noch zwei letzte Wünsche anvertraut. Sie sagte, sie wollte ein großes Begräbnis, und Dank sei dem Herrn dafür und auch euch allen für eure Liebe und euren Respekt, daß sie es nun auch bekommen hat.» Zufrieden schweifte sein Blick über die Versammlung.

«Amen. Gelobt sei sein heiliger Name!»

«Aber sie hat auch im rechten Geist begraben werden wollen. Und ihr alle könnt sehn, daß es so ist. Ihr alle seid davon Zeugen.»

«Hallelujah!»

«Aber nach Gott und nach ihrer Familie gab es etwas, das ihr sehr viel bedeutete, und das war die Vision und Inspiration des ehrenwerten Marcus Mosiah Garvey, dem Führer und Erlöser unseres Volkes.» Bei Maas Nattie klang jede Silbe des Namens wie eine Beschwörung. Bei dem Wort «Garvey» nahmen die vier alten Leute Habachtstellung ein und die alte Frau flüsterte inbrünstig:

«Hallelujah!»

«Viele von euch werden noch zu jung sein, um das zu wissen», fuhr Maas Nattie fort, «aber die Frau, die ihr hier begrabt, war eins der *treuesten, standhaftesten* und *frühesten* Mitglieder der UNIA in dieser Gegend.» (Universal Negro Improvement Association: etwa Bewegung zur Aufklärung der Farbigen; A. d. Ü.)

Wieder richteten sich die vier Alten kerzengerade auf und murmelten zustimmend.

«Und deshalb war es Miss Mandos letzter Wunsch – möge ihre Seele in Frieden ruhn –, daß sie begraben wird wie ein Soldat Gottes und auch Garveys.» Er streckte die Hand aus und die alte Frau marschierte nach vorn und überreichte ihm ein Tuch, das etwas kleiner war als das, welches er während der Totenwache über den Sarg gebreitet hatte. Darauf war in zittrigen Goldbuchstaben gestickt: AMANDA MARTIN 1880–1950, und in kleineren Lettern darunter: *Erhebe dich, du mächtige Rasse.* Maas Nattie hielt das Tuch stolz in die Höhe, so daß alle es sehen konnten. Zustimmende Rufe ertönten aus der Menge, während alle die Inschrift lasen. Er breitete es respektvoll über den Sarg und murmelte etwas, das niemand verstehen konnte. Dann richtete er sich auf, wandte sich der Gemeinde zu und begann mit einer Stimme, die vor Gefühl und heroischer Inbrunst zitterte, zu deklamieren:

Äthiopien, du Land unserer Ahnen
Du Land, wo die Götter verweilen
Wie Stürme ziehn nachts ihre Bahnen
So wollen wir zu dir eilen
Wir müssen die Schlacht bestehen
Unsere gezogenen Schwerter blitzen
Wir werden dem Feind widerstehen
Mit Rot, Schwarz und Grün an der Spitze!

Und dann erhoben die vier klapprigen Überbleibsel einer zerstreuten Armee ihre zittrigen, alten Stimmen in einer leidenschaftlichen Litanei zu Ehren eines toten Führers, einer zerschlagenen Bewegung und eines Traumes, der zwar für den Augenblick aufgeschoben, aber nicht vergessen war:

Vorwärts, vorwärts zum Sieg
Laßt Afrikas Stärke erglühn
Vorwärts, vorwärts zum Sieg
Mit der Kraft von Rot, Schwarz und Grün!

Bei den letzten Zeilen schwollen die alten Stimmen voller Zuversicht und sehnsüchtiger Größe noch einmal mächtig an. Dann, nach einer angemessenen Pause, hoben die Männer ihre Instrumente an die Lippen. Das Messing glänzte wie Gold in der Sonne. So stand sie da, Miss Mandos Ehrengarde, die zitternde Rechte hielt das Blech an die zahnlosen Lippen, die linke Faust lag zusammengeballt auf dem Herzen. Aus Gründen, die er nicht verstand, schossen Ivan plötzlich die Tränen in die Augen. Die alte Dame schlug jetzt einen langsamen, militärischen Takt auf ihrer Trommel. Die Posaune verpaßte den Einsatz und ließ ein Schnauben los wie ein alter Mann mit Blähungen, aber dann holte sie rasch auf und zitternd erklangen die ersten, blechernen Takte der Hymne. Anfangs noch dissonant und unsicher, füllten sie schließlich das Tal mit einer gebrochenen Größe, die bewegender war als alles, was bisher gesagt worden war. Und als das Echo der letzten Note verklungen war, begruben sie Miss Mando.

***

Später waren sich alle einig, daß es eine sehr schöne Beerdigung gewesen war, selbst Mutter Andersons Pocomania-Gruppe, die berechtigterweise hätte einwenden können, daß ihre Rolle etwas beeinträchtigt worden war. Und Maas Nattie wirkte so selbstgerecht und zufrieden wie ein Mann es nur sein konnte, der seine Pflicht erkannt und erfüllt hatte.

Der Nachmittag ging mit Essen und Trinken dahin. In der Nacht wurde noch eine stille Totenwache abgehalten, aber diesmal war die Menge viel kleiner als am Abend zuvor. Sie bestand hauptsächlich aus engen Freunden und Nachbarn und Mutter Andersons unermüdlicher Truppe, die sich in ihrer Ergebenheit gegenüber Tradition, Frömmigkeit und der Dahingeschiedenen selbst von keinem übertrumpfen lassen wollte. Und wenn Maas Nattie auch bis zum letzten Atemzug darum kämpfen würde, daß die Zeremonien zu ihrem Gedenken in strikter Übereinstimmung mit der Überlieferung durchgeführt wurden, «genauso wie früher», so entsprach es doch nicht ganz der alten Tradition. Niemand würde den alten Mann vergrämen und es ihm ins Gesicht sagen, aber es gab da doch ein paar emsige Haarspalter, die sich in derlei Angelegenheiten für mindestens ebenso kompetent hielten wie Maas Nattie selbst und sich flüsternd darüber ausließen, ob und, wenn ja, welche Verstöße gegen die strikten Regeln der Überlieferung es gegeben hatte.

Der Streitpunkt war folgender: jeder wußte, daß der Geist der Verschiedenen nach ihrem Tod neun Tage lang im Grab verblieb und nur nachts herauskam, um noch einmal die vertrauten Orte aus ihrem Leben aufzusuchen. Deshalb war es unumgänglich, in diesen Nächten, in denen der Geist umherwanderte, irgendeine Art von formeller Aktivität in Gang zu halten, sei es ein Set-up, ein gemeinsames Singen oder auch eine stille Totenwache. Aber mehr noch als die Feier der ersten Nacht, die der Beerdigung selbst, war es die neunte, die von Bedeutung war. Denn in dieser Nacht, wenn der Geist die Welt endgültig hinter sich ließ und zum letztenmal Abschied von den Lebenden nahm, fand eine große Feier statt, die von Sonnenuntergang bis zum nächsten Sonnenuntergang dauerte. Dazu gehörten noch einmal eine Totenwache, ein gemeinsames Singen, eine Begräbnisfeier und der uralte, geheimnisvolle *Kumina*-Tanz, bei dem die Geister der Ahnen Besitz von den Lebenden ergriffen und durch ihren Mund sprachen, so daß ihre letzten Wünsche und Sorgen den Anwesenden kundgetan wurden. Bei dieser Gelegenheit war es sehr wichtig, daß jeder, der die tote Person gekannt hatte oder in irgendeiner Weise für sie wichtig sein konnte, anwesend war und sich von ihrem Geist verabschiedete, damit dieser nicht durch seine Abwesenheit verärgert oder beleidigt würde.

Es war nur allzu gut bekannt, daß ein in dieser Weise beleidigter Geist die Feier einfach abbrechen konnte, indem er Zwietracht unter den Teilnehmern säte, die zu Zank und Streit führte. Einmal soll ein Geist sogar die Versammlung mit Steinen und harten Wurfgeschossen bombardiert haben. Daher war Ivan mehrmals nach Blue Bay hinunter gelaufen, um an die letzte bekannte Adresse seiner Mutter ein Telegramm zu schicken.

Es waren die Tage zwischen der Beerdigung und der Feier der neunten Nacht, über welche die alten Männer diskutierten, allerdings leise und nur untereinander. Wenn man auch vielleicht behaupten konnte, daß Maas Nattie diese Periode vernachlässigt hatte, so mußte man doch zugeben, daß die wirklich wichtigen Tage in ganz außerordentlicher Weise begangen wurden. Es stimmte, daß der alte Mann, nachdem der Leichenschmaus vorbei war und die Reste des Mahls unter den Nachbarn verteilt worden waren, nach Hause gegangen war und sich ins Bett gelegt hatte. Aber er hatte ja auch, seit Ivan drei Nächte vorher vor seiner Tür gestanden hatte, keinen Schlaf mehr gefunden. Und als er wieder auftauchte, beriet er sich zuerst mit Joe Beck über die weiteren Vorbereitungen für die neunte Nacht, sattelte dann seinen Hengst und blieb einen ganzen Tag und den größten Teil der nächsten Nacht fort. Zu der Zeit hatte keiner im Dorf gewußt, womit er da beschäftigt war.

Und es war genau diese Unterbrechung, über die sich die strengen Konstruktionisten das Maul zerrissen, wenn sie argumentierten, daß noch lange nicht alles so wie in früheren Tagen gewesen war. Aber die meisten Leute hielten das für kleinliche Krittelei, denn immerhin hatte Mutter Anderson mit ihrer Herde jede Nacht laute Versammlungen in ihrem Heiligtum, dem «Balmyard» abgehalten und es gab schließlich kein Gesetz, welches bestimmte, daß die Feiern im Haus der Toten stattzufinden hatten. Und wer wollte bezweifeln, daß Miss Mandos Geist im Mittelpunkt dieser Veranstaltungen gestanden hatte? Und außerdem, führten sie aus, waren Totenwache und Beerdigung so verschwenderisch und spektakulär begangen worden, daß sie zum Gesprächsthema Nr. 1 vom ganzen Bezirk geworden waren, ganz besonders diese «Garvey-Geschichte». Es war demnach auch klar, daß, wenn schon nicht dem Buchstaben, so doch wenigstens dem Geist der Tradition Genüge getan war.

Maas Nattie schien das alles nicht zu kümmern. Wahrscheinlich kriegte er von der ganzen Debatte gar nichts mit, und falls er doch Wind davon gekriegt haben sollte, dann kümmerte er sich nicht darum, denn er wußte, daß das Beste erst noch bevorstand. Der spektakuläre Erfolg der Beerdigung würde zwar nur schwer zu übertreffen sein, aber er, Nathaniel würde die Herausforderung annehmen.

Die Vorbereitungen für das Mahl bei der Neunte-Nacht-Feier waren noch weit extravaganter als die für das Begräbnis und das Set-up. Trotz der zahlreichen Lebensmittel, die die Nachbarn spontan beisteuerten – selbst Miss Ida schickte einen Sack Reis, der hier allgemein als Stadtessen galt – war es nur Maas Natties Freigebigkeit zu verdanken, daß nicht alles aufgebraucht wurde, was Miss Mando in ihrem Leben in guten und in schlechten Zeiten durch harte Arbeit auf ihrem kleinen Landstück an bescheidenem Vermögen angesammelt hatte. Er grub seine Yamsknollen aus, erntete seine Bananen und öffnete seine Ställe. Als die Vorbereitungen abgeschlossen waren, war auch auf Miss Mandos Feldern kaum etwas übrig geblieben und in ihren Ställen standen nur noch wenige Tiere, abgesehen von denen, die sie Ivan geschenkt hatte, als er noch kleiner war. Die Leute meinten, daß eine solche Verschwendung, die schon fast an Narrheit grenzte, nur deshalb möglich war, weil es keinerlei Verwandtschaft gab, die die Hinterlassenschaft mit gierigen Augen abschätzte. Tatsächlich kursierten Gerüchte, daß es beinah so aussah, als habe Miss Mando Anweisungen gegeben, mit allem «ein Ende zu machen», so als ob sie gewußt hätte, daß sie die letzte aus ihrer Sippe war, die dieses Land bewohnt hatte. Falls Maas Nattie solche Spekulationen zu Ohren gekommen sein sollten, reagierte er überhaupt nicht darauf, sondern beschäftigte sich einzig und allein damit, die Vorbereitungen zu überwachen. All das bedeutete ja letzten Endes nur, daß bei der endgültigen Inszenierung des alten Mannes ein noch größeres Publikum gesichert war. Wie es so schön heißt: «Na ja, von was zu hören, ist ja ganz nett, aber dabeisein ist alles.»

Schon am Nachmittag trafen die ersten Gäste ein, sobald die häuslichen Pflichten, die sich weder umgehen noch aufschieben ließen, hinter ihnen lagen. Inmitten der zahlreichen Feuerstellen mit dem gerösteten Schweinefleisch und der Begrüßung unter Freunden war die Atmosphäre entspannt, beinahe festlich, fast wie bei einem kleinen Jahrmarkt. Etwas Erwartungsvolles lag in der Luft – aber es wirkte weder düster noch schmerzerfüllt. Zum Teil rührte es wohl aus Maas Natties wachsendem Ruf als Zeremonienmeister her. Fast alle, sogar die «geheiligten» Schwestern aus der Pocomania-Gruppe konnte man sehen, wie sie sich an den Korbflaschen mit weißem Rum zu schaffen machten, um, wie Mutter Anderson es ausdrückte, mit «'nem Schluck aus der Pulle die Geister zu beschwören». Unter den Älteren gab es welche, die zuerst nur ein wenig nippten, angeblich «um die Stärke zu testen» und dann wie beiläufig etwas Rum auf den Boden gossen, «zum Gedenken an die Toten» und dazu in einem eigentümlichen Singsang eine Reihe von Namen runterleierten. Der Duft der Holzfeuer, des gerösteten Fleisches und des aromatischen Rums verschmolzen in der sanften Abendluft zu einer berauschenden Mischung.

Das Geheimnis, das Maas Natties zeitweiliges Verschwinden umgeben hatte, klärte sich erst auf, als die Sonne unterging, und vier Männer in Miss Mandos Hof auftauchten. Sie hatten Trommeln dabei und weiße Turbane auf dem Kopf. Ihr Anführer war ein vierschrötiger Bursche, dessen Augen auf beunruhigende Weise in zwei verschiedene Richtungen schielten und der eine Atmosphäre von Geheimnis und Bedeutsamkeit um sich verbreitete. Er trug eine große und sorgfältig gearbeitete Trommel, die mehr als anderthalb Meter hoch war und *Akete* genannt wurde, also Großvater aller Trommeln. Als er so dastand und den Platz überschaute, lief ein Flüstern durch die Menge. Und als der gefürchtete Name «*Bamchikolachi, Bamchikolachi*» fiel, starrten die Kinder aufgeregt und mit großen Augen auf den «mächtigen» Mann, der mit seiner Trommel Geister beschwor und sie sogar sehen konnte, wenn sie sich aus der Luft näherten. Nachdem die Truppe mit großem Respekt und Neugier begrüßt worden war, stellte sie ihre Instrumente auf. Ivan beobachtete fasziniert ihren Führer mit dem klangvollen, geheimniserfüllten Namen, dessen Macht so groß war, daß die Leute ihn nur flüsternd aussprachen. *Bamchikolachi,* das allein klang schon nach Macht.

Dieser lehnte alles Essen mit der Begründung ab, daß er einen *Auftrag* habe und sich deshalb rein halten müsse. Allerdings akzeptierte er ein ordentliches Quantum an Rum, das ihm in einer mit Federn und Schnitzereien verzierten Kalebasse gereicht wurde. Er leerte sie, ohne auch nur einmal abzusetzen und verrieb etwas Rum auf dem Fell der Akete, damit auch sie zufrieden war. Dann saß er einfach da, die Hände locker auf der Trommel ruhend, während die schielenden Augen im Licht des Feuers unheimlich glühten. In dieser Stellung blieb er ohne jede Regung sitzen, während seine Gehilfen geschäftig verschiedene Vorbereitungen trafen. Einer zeichnete einen großen «heiligen» Kreis auf den Boden unter dem Palmdach, für den die Leute auch bereitwillig Platz machten. Die anderen bauten ihre Trommeln im Halbkreis vor Bamchikolachi auf. Weiße und blaue Quasten – die symbolischen Farben für den Geist der Trommelgruppe – wurden an Pfeiler und Querbalken geknüpft. Als sich alle vor ihrem Anführer niedergelassen hatten, vertrieben sie sich die Zeit des Wartens damit, daß sie miteinander schwätzten und ab und zu einen spielerischen Rhythmus auf ihren Trommeln anklingen ließen. Sie schienen es durchaus zu genießen, daß das Publikum gespannt jeden Laut verfolgte. Doch allmählich wurde das lange Warten unerträglich und einige, die besonders mutig und respektlos waren, murmelten schon ungeduldig: «Na was denn, sind die etwa bloß gekommen, um sich bestaunen zu lassen?»

Aber keiner wagte das laut zu sagen, und die Besonneneren unter den Zuschauern brachten solches Gerede auch schnell zum Verstummen. Gerade als die Aufmerksamkeit des Publikums nachzulassen begann, knirschte Bamchikolachi mit den Zähnen und schüttelte den mächtigen Kopf, als sei er von einem Skorpion gebissen worden.

«Hmmm», grunzte Joe Beck wissend, «der Geist scheint ja mächtig stark zu sein.» Im selben Moment sprang Bamchikolachi auf die Füße, schritt den heiligen Kreis ab, besprengte ihn mit heiligem Wasser und Rum aus der Kalebasse und murmelte fremde Worte aus einer unbekannten Sprache. Nach jeder Runde hielt er inne, blickte in eine der vier

Himmelsrichtungen, stieß seine Faust in die Luft und rief etwas, das mit «Kumina hah!» endete. Während er den Kreis abschritt, überflog er prüfend die Gesichter der Umstehenden und berührte einige von ihnen leicht mit der Hand. Auf diese Weise wählte er die aus, die später beim Tanz die Geister «tragen» würden. Als Ivan die sanfte Berührung auf der Stirn spürte, wurde er von Panik erfüllt. Die erste Person, die erwählt wurde, war Mutter Anderson und die letzte Izaac, der Verrückte. Daß Bamchikolachi, der die Dorfgemeinschaft vorher nicht gekannt hatte, in seine Wahl den nächsten Verwandten, die engste Freundin und geistliche Schwester der Verstorbenen ebenso einschloß wie den Mann, von dem jeder wußte, daß er regelmäßigen Kontakt mit Geistern pflegte, wurde als Zeichen für die Macht seiner Vision betrachtet.

In gespanntem, aufmerksamen Schweigen beobachtete die Menge, wie Bamchikolachi zu seiner Trommel zurückkehrte und sich den Mund mit Rum füllte, den er dann in einem dünnen Strahl ins Feuer spuckte, das mit fahler blauer Flamme aufloderte.

«Ago deh yah», begann der seinen Gesang.

«Ago deh», antworteten seine Begleiter.

«Ago deh yah.»

«Ago deh.»

(*Ago deh:* Traditionelle Einleitung. Sie bedeutet «Ich gehe dorthin», d. h., ins Land der Geister, oder aber sie ist ein Bruchstück aus einer afrikanischen Sprache, dessen Bedeutung verlorenging: Anm. d. Ü.)

In raschem Wirbel tanzten seine Hände über das große Fell der Akete und das tiefe Dröhnen der Trommel rollte über die Hügel. Die helleren Stimmen der weiblichen Trommeln umflatterten den Grundrhythmus, und so begann *Kumina,* der Tanz der Geister. Wenn nicht etwas Unvorhergesehenes passierte, würde der Klang der Trommeln am nächsten Morgen die Sonne begrüßen, wenn sie über den Jancrow-Bergen aufstieg.

Als der pulsierende Rhythmus um ihn herum aufbrandete, fühlte Ivan seine Angst versiegen. Sein Herz hämmerte im Tempo der Trommeln, sein Blut raste und die Füße, ja, tatsächlich sein ganzer Körper zuckten wie von selbst und hoben im Rhythmus der Trommeln vom Boden ab, ohne daß er es bewußt gewollt hätte. Er fühlte, wie er in den heiligen Kreis hineingezogen wurde. Es war einfach unmöglich, dem hypnotischen Trommelschlag zu widerstehen, der in seine Knochen einsickerte, sich in seiner Seele vergrub und jeden Gedanken aus seinem Kopf verscheuchte. Überrascht entdeckte er, daß er beim Tanzen Worte ohne Bedeutung vor sich hinsummte.

«Ago deh yah.»

«Ago deh.»

«Ago deh yah.»

«Ago deh.»

Zuerst tanzten sie alle zusammen in einem stetigen, fast monotonen Schlurfschritt, dem *Nagah-Shuffle*, um den Kreis herum. (*Nagah:* entweder eine verderbte Form des alten nago, das bei den Yoruba eine Person oder Sitte bezeichnet, oder eine Dialektform von «Nigger» aus der abschätzigen Beschreibung der Sklaventänze durch die weißen Pflanzer; Anm. d. Ü.) Die Akete kontrollierte das Tempo, während die weiblichen Trommeln schneller oder langsamer polyrhythmische Variationen ausprobierten. Die Tänzer wurden lockerer in ihren Bewegungen, ekstatischer, brachen aus dem Kreis aus und tanzten ins Zentrum, ganz im Bann des einen oder anderen Nebenrhythmus, der ihren Geist ergriffen hatte. Verschiedene Rhythmen dienten verschiedenen Geistern als Transportmittel, und die Tänzer reagierten, sobald diese Rhythmen auftauchten und die mit ihnen verbundenen Geister sie berührten.

Ivans Kopf fühlte sich an wie ein Ballon. Es kam ihm vor, als würde er anschwellen, ins Unermeßliche wachsen, aber er empfand keinerlei Schmerz, nur ein Gefühl von Leichtigkeit. Auch seine Glieder waren schwerelos, bewegten sich und reagierten auf jede kleine Nuance der Trommeln ohne jegliches Nachdenken oder Zutun seinerseits. Es war, als ob die Trommeln von seinem Körper Besitz ergriffen hätten und ihn von einer unbekannten Quelle aus mit der Energie versorgten, die er brauchte, um endlos für sie weitertanzen zu können. Er wurde einfach nicht müde, er fühlte nichts als eine große gleichgültige Ruhe in sich, als ob sein Bewußtsein irgendwo dahintriebe, sich befreit von all den Gedanken und Sorgen, die gewöhnlich darin herumquirlten, in vollständiger Ruhe befände. In diesem traumähnlichen Zustand hatte Ivan das Gefühl, daß alle Tänzer, wenn sie sich im Anschwellen und Verebben der Rhythmen zusammen bewegten, miteinander verschmolzen und ein neues, einziges Wesen wurden, das nur ein einziges Bewußtsein hatte und von einem einzigen großen Willen beherrscht war.

Doch diese Augenblicke wechselten sich ab mit anderen, in denen er langsam, schweigend und allein durch einen unbekannten Raum trieb. Es war ein Gefühl reinen Friedens, großen Ernsts und einer eigenartigen, leichten Wärme.

Dann wurde der Rhythmus plötzlich eindringlicher, nicht wirklich schneller, aber doch auf unerklärliche Weise irgendwie machtvoller und drängender. Bamchikolachi sprang auf. Während er mit den Händen weiter einen stetigen Takt auf dem Fell schlug, schielten seine unsteten Augen in die Dunkelheit empor. Von Zeit zu Zeit stieß er beruhigende kleine Grunzer aus. Offensichtlich beobachtete er einen Geist in der Luft und das war etwas, was kein anderer Trommler vermochte. Seine Füße fingen an zu tanzen, wie von selbst, die Hände wirbelten über die Trommel, das Gesicht verzerrte sich vor Anstrengung, das Grunzen wurde lauter – bis ihn plötzlich die Spannung verließ, er laut aufseufzte und in sich zusammensank, als sei alle Kraft aus ihm gewichen.

«Uujee, er hat sich abgewendet!» Aus seiner Stimme klang Erschöpfung und Enttäuschung. Das mächtige Dröhnen der Akete verebbte und brach dann ab.

Auch die Frauen, die nicht tanzten, jedenfalls nicht innerhalb des Kreises, ließen ein betrübtes Seufzen hören, in dem sich eine Enttäuschung spiegelte. Doch dann begannen sie spontan zu singen:

Bright soul
Wha' mek you tu'n back?
You come a River Jordan
An' you tu'n back!
Bright soul
Wha' mek you tu'n back?

In der plötzlichen Stille rasselten die weiblichen Trommeln weiter wie auf der Suche nach einem wirkungsvollen Rhythmus, aber ihren unsicheren Stimmen fehlte es an Autorität. Die Tänzer im Kreis drehten sich zur Mitte, schauten zum Zentrum, schlurften mit den Füßen langsam über den Boden und warteten, daß die große Trommel ihnen ein neues Ziel setzte. Ivan kam allmählich wieder zu sich. Unter seinen Kleidern spürte er Ströme von kaltem Schweiß. Neben sich hörte er das schwere Keuchen der anderen Tänzer, sah die leuchtend weißen Kopftücher der Frauen in lebhaftem Kontrast gegen ihre schweißglänzende schwarze Haut. Der pulsierende, drängende Strom warmer Energie, der ihn getragen hatte, war verebbt. Er spürte seine schweren Glieder wieder.

Im Mittelpunkt von alledem saß Bamchikolachi mit hängenden Schultern und halbgeschlossenen Augen. Das Kinn fiel ihm auf die Brust und man hätte meinen können, er wäre eingenickt. Um ihn herum wurde geflüstert und getuschelt.

«So», knurrte Maas Nattie. «Und was soll das nun heißen, hä? Bamchikolachi, was?»

«Er hat sich da zu mächtig reingekniet», meinte Joe Beck. «So was kann man eben nicht mit Gewalt erzwingen.»

«Kann man nicht erzwingen. Kann man nicht erzwingen. Es ist der Geist – der muß in die Trommel rein, nicht umgekehrt. Es ist immer der Geist, der in die Trommel fährt.»

«Ist schon gut», sagte Joe Beck beruhigend. «Ist noch 'ne ganze Menge Kraft da. Ihr werdet schon noch sehen, warum er Bamchikolachi heißt, heut nacht noch werdet ihr's sehen.» Er pafft an seiner Pfeife und lehnte sich bequem zurück. «Pah», fügte er noch hinzu. «Bisher hat er sich ja bloß aufgewärmt. Bloß aufgewärmt, sag ich euch.»

Barum pow. Eine schwielige Handfläche explodierte gegen das Fell der Trommel. *Barum pow pow pow.* Der scharfe Klang hallte von den Bergen wider und befeuerte die Erregung der Tänzer. Bamchikolachi war wie besessen. Er zog Grimassen, knirschte mit den Zähnen und ließ seine Hände mit heftigen Schlägen über die Trommel tanzen. Die Stimme der Akete schien ekstatisch, die kaum noch kontrollierte Raserei des Rhythmus stieg rasch zu einem beinahe hysterischen Höhepunkt an. Die Tänzer grunzten und winselten, wirbelten und zappelten in verzweifelter Verzückung. Da fing die alte Mutter Anderson plötzlich an, sich taumelnd im Kreis zu drehen. In ihren Mundwinkeln bildete sich weißer Schaum.

«Ja», stimmte sie ein. «*Ayah,* ja, ja», und sie wimmerte und stöhnte, als sie sich durch den Kreis drehte und herumwirbelte wie eine große fliegende Fledermaus in ihrer weißen Robe, die im Schein des Feuers flatterte.

«Hab ich's nicht gesagt! Hab ich's nicht gesagt!» schrie Maas Joe Beck, den es kaum auf seinem Sitz hielt. «Die hat's erwischt!»

Mutter Anderson stammelte ekstatisch wirres Zeug vor sich hin, während sie geschmeidig im Kreis hin und her taumelte und schließlich in den Armen einiger Zuschauer zusammenbrach. Einen Moment lang war sie vollkommen steif. Ivans Verstand arbeitete wieder ganz klar, er konzentrierte sich mit aller Macht auf die alte Frau. Er fühlte genau, was sein Körper machte, aber der Kreis der Tänzer war nur noch eine verwischte, drängende Bewegung um ihn herum. Ein starkes Beben erschütterte die alte Frau. Ihre Brust hob und senkte sich erregt, als der Atem mit hohlem Keuchen daraus hervorbrach. Dieses tiefe, wehenähnliche Stöhnen war der erste Schritt bei der Besessenheit. Sie keuchte mit größter Anstrengung, leerte die Lungen explosionsartig und füllte sie wieder mit todeskampfähnlichen Schnaufern, bei denen sich ihr Körper aufbäumte wie bei einem epileptischen Anfall. Schließlich beruhigte sie sich soweit, daß sie wie im Koma dalag, und als der Geist sie ganz in der Gewalt hatte, fing sie an mit der Stimme eines alten Mannes zu sprechen.

«Prediger Anderson», murmelte Maas Nattie mit zustimmendem Nicken. Prediger Anderson war Mutter Andersons Großvater gewesen und vor ungefähr fünfzig Jahren gestorben. Er war eine Leuchte des Pocomania-Kultes gewesen, zu seiner Zeit berühmt als Heiler und Prophet, und seine Stimme war häufig die erste, oft sogar die einzige gewesen, die man bei solchen Gelegenheiten zu hören gekriegt hatte. Manchmal hatte er Botschaften von verstorbenen Familienmitgliedern der Anwesenden überbracht, Unglücksfälle vorausgesagt und Warnungen verkündet. Ein- oder zweimal hatte er sich so angehört, als wäre er betrunken und man hatte ihn kaum verstehen können. Jetzt sprach er von einem Sturm, der kommen würde, aber es schien nichts Gefährliches zu sein: Häuser würden weggeblasen, aber niemand ums Leben kommen. In den nächsten paar Monaten würden die Fischer gut daran tun, sorgfältig den Mond zu studieren, bevor sie aufs Meer hinausfuhren, besonders bei abnehmendem Mond. «Ja», fügte er schließlich hinzu, «Miss Mando ist hier und sie ist ganz zufrieden ... ganz zufrieden ... bis auf ...» Damit brach die Stimme ab und eine andere Tänzerin begann zu heulen und zu stöhnen. Mutter Anderson lag reglos da. Einige Frauen fächelten ihr Luft zu und hielten ihr Riechsalz unter die Nase. Plötzlich mußte sie niesen und setzte sich auf. Sie nahm einen Schluck Wasser, begab sich, auf ihre Helferinnen gestützt, zu ihrem Platz und schaute ruhig den Tänzern zu.

Ivan hatte seinen Tanz nicht unterbrochen, obwohl er alles mit einem unbeteiligten Interesse beobachtet hatte, das ihn selbst erstaunte. Als die zweite Frau anfing zu stöhnen, lief es ihm auf einmal kalt den Rücken herab: der nächtliche Bergwind strich kühl über seine schweißtriefende Haut. Irgendwie fühlte er sich plötzlich unbehaglich, hörte auf zu tanzen, ging hinüber und stellte sich still neben Maas Nattie. Das Gefühl von Wohlbefinden und entspannter Wärme war gewichen und auf einmal spürte er Angst.

«Na – bist wohl auch unter die Poco-Hüpfer gegangen», neckte ihn der Alte. «Hab bloß drauf gewartet, daß der Geist auch in dich fährt!» Er bemerkte, daß der Junge zitterte, legte ihm sein schwarzes Jackett um und gab ihm einen Schluck weißen Rum. Der starke Alkohol rann ihm die Kehle hinunter und langsam wurde ihm wieder etwas wärmer, doch er war immer noch irgendwie nervös. Die Frau, die angefangen hatte, zu stöhnen, hörte wieder auf. Offenbar war sie nicht berufen, denn sie sagte nichts. Sie stand einfach nur reglos da, das Gesicht zu einem starren Grinsen verzogen.

«Schaut euch den Izik an», flüsterte Maas Joe plötzlich verblüfft. Der Irre hatte den Kreis betreten. Er tanzte nicht, keuchte nicht und tat auch sonst nichts Dramatisches, er schritt einfach langsam zur Mitte, aber alle Augen waren auf ihn gerichtet. Als er an der erstarrten Frau vorbeikam, machte er eine feierliche Verbeugung vor ihr. An der Art, wie er ging, war irgend etwas Komisches, irgend etwas Vertrautes, fand Ivan. Was war es bloß? Er kam nicht dahinter. Izaacs Mund stand offen, aber er lächelte nicht. Tatsächlich erschien sein Gesicht in sich gekehrt und angespannt, und im flackernden Licht des Feuers erschien er jetzt rapide zu altern. Tiefe Falten gruben sich in die Haut um Augen und Mund.

«Jessas Maria – das ist ja Miss Mando selber», flüsterte Joe Beck mit rauher Stimme.

Und es war tatsächlich die Stimme seiner Großmutter – darin hätte Ivan sich nie im Leben vertan. Da war zuerst die freundliche, zurückhaltende Stimme, die sie benutzte, wenn sie bei öffentlichen Anlässen Bekannte begrüßte. Voller Wärme nannte sie jeden Anwesenden beim Namen, grüßte ihn und dankte vielen, ganz besonders Maas Nattie, der jetzt offen weinte. Sie erkundigte sich nach einigen, die nicht da waren, besonders nach Daisy, ihrer einzigen Tochter. Eigentlich hatte sie, so sagte sie, Mirriam ihre goldenen Ohrringe geben wollen, aber nun waren diese im Grab. Ob Maas Nattie vielleicht ... Ja, sagte der, natürlich. Und Mutter Anderson, der hatte sie ein paar Hühner versprochen, ob noch welche übrig waren? Den Reis von Miss Ida sollte Maas Nattie jedenfalls dankend ablehnen und falls man ihn schon gekocht haben sollte, ihr einen neuen Sack zurückschicken, aber mit bestem Dank und sehr höflich.

Der Irre schwieg eine Weile, ging herum und schüttelte Hände. Er bewegte sich dabei mit der aufrechten Grazie, die die alte Frau niemals ganz verloren hatte. Doch dann änderte sich die Stimme. Sie wurde kratzend und metallisch, verwandelte sich in die strenge, unwirsche Stimme, die Ivan nur zu gut kannte.

«Ivan, mein Enkelkind. Wo ist er!? Ist er etwa schon weg?»

«Aber nein, nein», riefen die Leute. «Hier ist er doch, steht doch genau vor dir. Kannst du ihn denn nicht sehn?» Widerwillig machte Ivan ein paar Schritte auf den Rand des Kreises zu. Wieder hatte er das Gefühl, als sei sein Kopf ein Ballon und seine Beine aus Gummi.

«Hier steht er doch, hier bei mir», rief Maas Nattie versöhnlich.

Ivan wollte am liebsten weglaufen und sicher hätte er das auch trotz des tröstenden Arms getan, den Maas Nattie um seine Schultern gelegt hatte, wenn der Irre auch nur einen Schritt näher gekommen wäre. Aber Izaac blinzelte nur kurzsichtig und brach dann in Tränen aus. Dabei raufte er sich in einer ewig weiblichen Geste des Schmerzes die Haare.

«Oh weh, mein Kind, mein Kind! Mein armes Kind! Feuer und Schüsse. Schüsse und Blutvergießen. Blutvergießen und Schüsse, oh weh, oh weh!» Der Verrückte zerrte an seinen Kleidern und schluchzte.

Dann noch einmal diese Stimme, wieder kalt und unversöhnlich: «Seht, der Träumer kommt daher ... so kommt nun und laßt uns ihn erwürgen ... und dann wird man sehen ... was seine Träume sind. Ja, was seine Träume sind ... denn seht, eure jungen Männer werden Träume haben und eure jungen Männer werden Gesichte sehen ... wo es keine Gesichte hat, wird das Volk untergehen ...»

Ivan spürte, wie der Alte neben ihm erstarrte. Er hörte, wie er den Atem anhielt und dumpf aufstöhnte. Maas Natties dünner Arm legte sich fester um seine Schultern.

«Sprich klarer, ich bitte dich. Sprich klarer», flehte der alte Mann.

Aber Izaac sagte nichts mehr. Er stand nur in tiefer Verzweiflung da, schüttelte den Kopf und weinte. Aus der Menge kamen murmelnde Sympathiebezeugungen, obwohl ja überhaupt nicht klar war, worüber der Geist so erschüttert war.

«Armes Ding.»

«Gott, was ein Kreuz, was?»

«O je, die Sorgen hören wohl auch nach dem Tod nicht auf, wie?»

Das Trommeln war wie eine ferne Begleitmusik. Izaac weinte bitterlich, und die Leute murmelten voll Anteilnahme. Doch nach einer Weile änderte sich sein Verhalten plötzlich wieder. Er richtete sich auf, und die tiefen Linien und Falten waren aus seinem Gesicht verschwunden. Er fing an zu tanzen und herumzualbern: ein Idiot, der groteske Gesten und Posen ohne Bedeutung zum Besten gab, lachte und kicherte und sich auf den Kopf schlug. Die Frau begann wieder zu stöhnen und zu zucken und brach schließlich wie ein Häuflein Elend auf dem Boden zusammen. Im gleichen Augenblick hörte Izaac mit seinen Possen auf und schritt in seiner normalen Art, mit dem üblichen ernsten Lächeln und dem besorgten Gesichtsausdruck aus dem Kreis hinaus. Ohne jemanden anzuschauen, obgleich alle Blicke auf ihm ruhten, ging er zu einem der Feuer und ließ sich eine große Portion Ziegencurry mit Miss Idas Reis geben. Reis galt hier als große Delikatesse, weil er in den Bergen nicht gedieh und der Irre wollte sich weder mit Bananen noch mit Yams zufriedengeben. Er war der einzige Anwesende, der von den Ereignissen der Nacht vollkommen unberührt schien.

Die Trommeln erklangen noch einmal, aber nun war es nur noch reine Routine. Als feststand, daß niemandem mehr nach Tanzen zumute war, und auch keine anderen Geister mehr erscheinen würden, hörte Bamchikolachi einfach auf. Er nahm seine Trommel, nickte Maas Nattie zu und verschwand in der Dunkelheit. Seine Helfer blieben noch, aßen und tranken und berichteten seltsame Geschichten über die Wunder, die sie im Schatten der geheimnisvollen Trommel miterlebt hatten.

Eigentlich hätte die allgemeine Feier – das Singen, Rätselraten, der Wettbewerb um die beste Neunte-Nacht-Lügengeschichte, das Essen und Trinken – noch bis zum Sonnenuntergang des folgenden Tages andauern müssen, aber der dramatische Auftritt des *Duppis* der Toten, denn das war er ohne Zweifel gewesen, hatte sich wie ein Leichentuch über die Versammlung gelegt. Man sprach über nichts anderes mehr als über die seltsame und beunruhigende Botschaft und ihre möglichen Bedeutungen. Ivan hatte das Gefühl, daß sie alle nur über ihn redeten. Selbst Maas Nattie schien in sich gekehrt und in trübselige Gedanken vertieft. Vielleicht hätte die Situation gerettet werden können, denn allmählich fing man wieder an, sich zu amüsieren, es waren immer noch Mengen von Essen und Trinken da und es kam auch wieder so etwas wie festliche Stimmung auf – wenn sich nicht plötzlich der Hengst aufgebäumt, vom Zügel losgerissen hätte und schnaubend und wiehernd durch den kleinen Hof geprescht wäre. Er trat einen Topf vom Feuer und stieß einen Stützpfeiler des Palmdaches um. Dann setzte er über die niedrige Steinmauer und galoppierte die Straße hinunter. Seine Hufe klapperten über die Steine.

«Ist schon in Ordnung», sagte Maas Nattie zu ein paar Männern, die ihm hinterherlaufen wollten. «Ist schon in Ordnung. Der geht nirgends hin als nach Hause.» Das stimmte zwar, aber sein ungewöhnliches und unheilverkündendes Verhalten in dieser Situation trug mit dazu bei, daß die Leute sich plötzlich an unaufschiebbare Verpflichtungen zu Hause erinnerten. Was zuerst als kleines Rinnsal begonnen hatte, schwoll zu einem allgemeinen Strom des Aufbruchs an, und als die Sonne aufging, lag ein Hauch von Verlassenheit und Leere über dem Platz. Die Feuer waren verglimmt und erloschen, das Gras und die Büsche niedergetrampelt und zerknickt. Nur zwei Betrunkene lagen noch unter dem eingestürzten Schutzdach, als der alte Mann und der Junge schlafen gingen.

Zweites Buch

ES KOMMT EINE NEUE GENERATION

Eine Generation vergeht
und eine neue Generation kommt
nur die Erde bleibt für immer

Ekklesiastes

4

Der Stadtjunge

Behold that dreamer cometh …

Sie kamen zu Fuß von den Hügeln herunter, noch ehe die Sonne aufging, und während noch der kühle Nebel von der See aufstieg und in den dunklen Bäumen wallte, so daß ihre Umrisse verschwammen und ihre Blätter von Feuchtigkeit glänzten.

Ivan, Dudus und dessen jüngerer Bruder Othniel liefen durch die menschenleeren Straßen, vorbei an den ruhigen, zweistöckigen Häusern und dem alten, mit Backsteinmauern eingefaßten Spanischen Platz. Ihr Ziel war die Piazza vor dem chinesischen Krämerladen, wo die Bushaltestelle lag. Die beiden Brüder waren nicht nur gekommen, um Ivan zu verabschieden, sondern auch, um die drei schweren Kartons mit Geschenken schleppen zu helfen, die zusammen mit allerlei guten Ratschlägen und Segnungen jeden überschwemmten, der vom Land in die Stadt zog.

«Grüß mir Miss Daisy, Ivan. Nimm ihr hier die paar Avocados mit und dieses Bündel Bananen. Und sag ihr, Maas Joe schickt sie ihr mit den ehrerbietigsten Grüßen.»

Die kleine Stadt lag ruhig da, als sie die Piazza betraten. Nur das ferne Dröhnen der Wellen, die sich am Damm brachen, war zu hören. Auf dem betonierten Platz saßen schon zwei Marktfrauen, die gegen die Mauer gelehnt schliefen. Körbe und Kartons voller Obst und Gemüse für den Stadtmarkt standen um sie herum. Auf den ersten Blick erschienen sie wie leblose Kleiderbündel zwischen all den Kisten und Kasten, die sie umgaben. Die Jungen warteten und unterhielten sich mit gedämpften Stimmen, während hinter den Bergen die Sonne aufging und ein zartblasses, rötliches Licht verbreitete. Allmählich füllte sich der Platz mit allen möglichen Reisenden. Die meisten waren Frauen, die Schwesternschaft der feilschenden, traditionellen Marktfrauen mit ihren buten Kopftüchern, schweren Männerschuhen und breiten Strohhüten. Herrscherinnen über ein ausgeklügeltes und geheimnisvolles Preissystem, waren sie seit undenklichen Zeiten das Bindeglied zwischen den Kleinbauern und der ewig hungrigen Stadt. Sie kontrollierten also die Bauernwirtschaft, von der das tägliche Brot des Landes abhing. Einige kamen einzeln, aufrecht unter dem Gewicht der riesigen Körbe auf ihren Köpfen, andere in Begleitung ihrer Männer und Kinder, die dem Alter entsprechend mit Bündeln und Körben beladen waren. Bald war die kleine Piazza gefüllt mit Kisten voller Yams, Bananen, Bündeln farbenprächtiger Früchte, Mangos, Tangerinen, Kokosnüssen, Sternäpfeln, rotem Pfeffer, langen Zuckerrohrstangen, Hühnern, deren Köpfe fest unter die Flügel gebunden waren und sogar ein oder zwei kleinen quiekenden Ferkeln.

Ivans Erregung wuchs von Minute zu Minute. Die Ankunftszeit des Busses rückte immer näher und verstrich, ohne daß sich irgend etwas tat. Ivan versuchte, nicht ständig in die Richtung zu schielen, aus der er kommen mußte, und hoffte, daß die hartgesottenen und unbeteiligten Mitreisenden seine Aufregung nicht bemerkten. Mit seinen neuen Kleidern und dem schmalkrempigen kleinen Strohhut, den er sich zugelegt hatte, um sich den Anstrich eines erfahrenen Städters zu geben, mußte er aufpassen, sich nichts von seiner Spannung anmerken zu lassen. So viele Leute. Sie wollten doch wohl nicht alle in den Bus? Wie sollten sie denn bloß alle da reinpassen? Eins stand jedenfalls fest: er würde nicht zurückbleiben. Er rückte seine Kartons näher an den Straßenrand, machte dadurch natürlich erst recht auf sich aufmerksam und setzte eine allgemeine Bewegung in dieselbe Richtung in Gang.

«Kommt er?»

«Ich seh nix.»

«Was macht denn der Eierkopf da, Mann?» fragte eine dicke Dame ärgerlich. «Der glaubt wohl, er bezahlt mehr als wir, was?» Ivan tat so, als wäre er in die Betrachtung des Horizonts vertieft – als ob die Frau unmöglich ihn hätte meinen können.

«Ja, mit dir red ich. Du da, mit 'nem Hut wie von 'nem armen Pfaffengör. Willst du etwa der erste sein, oder was?» Die Anspielung auf den Hut provozierte unterdrücktes Kichern bei den Umstehenden, denn die Armut und daraus resultierende schlechte Kleidung gewisser Landpfarrer bildeten eine traditionelle Quelle respektloser Heiterkeit. Ivan glühten die Wangen.

«Ach komm, laß doch den jungen Mann in Ruh, Mathilda. Was bist du denn schon wieder so streitsüchtig? Der Morgen fängt grad erst an und du willst dich schon wieder mit irgendwem anlegen.»

«Wie kommt's bloß, daß du immer meckern mußt?» unterstützte eine zweite Stimme den Sprecher. Ein allgemein zustimmendes Gemurmel erhob sich, das Mathildas Streitlustigkeit bestätigte.

«Mooooment mal», sagte Mathilda gedehnt und mit trügerischer Ruhe. «Mooooment, habt ihr's heute morgen etwa auf mich abgesehen? Wollt ihr etwa sagen, ich wär nicht freundlich genug? Gott o gott!» Theatralisch breitete sie die Arme aus. «Da richten sie mich schon am frühen Morgen! Ich bitte euch, laßt mich wenigstens heute morgen zufrieden. *Laßt mich in Ruhe,* sag ich!» Ihre Stimme klang drohend und herausfordernd zugleich, so als ob sie das Universum im allgemeinen und jeden einzelnen hier im besonderen beschuldigte, es auf sie abgesehen zu haben. Alles Weitere wurde durch die Ankunft des Busses vereitelt.

Das war ein höchst dramatisches Ereignis. Schon lange, ehe er auftauchte, zerriß sein Röhren die friedliche Stille der Landschaft. Der Fahrer würgte mit roher Gewalt die Gänge rein, überdrehte den Motor bis zu einem gequälten Geheul und fegte mit knappster Genauigkeit um die Kurve, wobei der Auspuff eine Reihe von ohrenbetäubenden Knallern von sich gab. Der Bus, ein klappriger rot-grüner Moloch mit unergründlichem Baujahr, holperte und rumpelte auf quietschenden Federn näher und kam schließlich mit einem schrillen Schrei der Bremsen zum Stehen. Eine Seite schmückte ein Spruch in ausladenden Goldlettern: INBRÜNSTIGES GEBET – GOTT IST MEIN BEIFAHRER, was wohl niemand, der ihn sah, ernsthaft in Zweifel ziehen konnte.

«He! Fahrer! Nun schau sich einer den verdammten Fahrer an!» brüllte einer der Müßiggänger, die den Rumladen belagerten, bewundernd. Die Menge fing an, an der Tür zu stoßen und zu drängeln, während der Fahrer, der «Pilot», ein kleiner, dünner Inder, majestätisch hinter seinem Lenkrad thronte und sich an dem ihm zustehenden Lob weidete. Ivan starrte ihn an. Das war also der legendäre «Coolie Man» oder «Coolie Duppie». Er hieß so, weil die Leute schworen, es sei nur mächtigen übernatürlichen Kräften zu verdanken, daß er aus so vielen Unfällen unbeschadet herausgekommen war. Nicht alle Passagiere hatten dieses Glück, aber er war dafür bekannt, daß er mit schöner Regelmäßigkeit früher als der Zug in der Stadt eingetroffen war, als er und sein Klapperkasten noch jünger und weniger mitgenommen waren. Ivan kam es vor, als sei der Bus bereits jetzt gefährlich voll. Die Gepäckträger auf dem Dach verschwanden fast unter den vielen Kisten und Körben.

«Mach die Tür auf, Fahrer», rief ein Mann jetzt ungeduldig.

«Was soll denn das? Sitzt da wie Graf Rotz, was?»

«Mach die verdammte Tür auf, Mann!»

Coolie Man nahm überhaupt keine Notiz von den Schreiern und schnippte lässig seine Kippe zum Fenster hinaus. Dann schälte er sich sorgfältig aus seinen Handschuhen, nahm die Sonnenbrille ab, so daß man seine blutunterlaufenen Augen sehen konnte und warf der Menge einen bösen Blick zu. Eine volle Minute starrte er sie unbewegt an und dann brüllte er: «Zurück! Wollt ihr die verdammte Tür einrennen? Zurück, sag ich!»

Die Menge trieb trotzig auf die Türe zu. «Mach die gottverdammte Tür auf, Mensch!» schrie ein Mann und unterstrich seine Worte mit einem kräftigen Schlag auf das Blech.

«Ihr wollt also nicht?» höhnte der Fahrer. Dann ließ er den Motor aufheulen und tauchte die Menge in eine Wolke aus stinkigen schwarzen Abgasen, die sie halb erstickte. Nachdem die Leute auf diese Weise zurückgedrängt waren, übernahm der Assistent des Fahrers, ein stämmiger Bursche, den man überall nur «Der Säufer» rief und der das Gepäck verstaute, das Fahrgeld kassierte und für Ordnung sorgte, das Kommando.

«Benehmt euch! Einer nach dem andern», brüllte er. Murrend und mit tränenden Augen zahlten die Leute ihr Fahrgeld. Ivan stieg als erster ein und zerrte den Karton mit seinen Kleidern und dem meisten Geld, das Maas Nattie ihm anvertraut hatte, hinter sich her. Er hatte von den Langfingern der Stadt gehört und wollte lieber kein Risiko eingehen. Da es keine Sitzplätze gab, setzte er sich in den Mittelgang genau hinter dem Fahrer auf seinen Karton. Die Reisenden, die bereits saßen, waren über die Anmaßung des Fahrers geteilter Meinung.

«Der hat sie ja nicht alle», ließ sich eine Frau mit lauter Stimme vernehmen. «Was meint der eigentlich, wer er ist?» «Der hat ganz recht», behauptete ein anderer. «Die müssen lernen, sich ordentlich zu benehmen. Ich an seiner Stelle hätt sie glatt stehen lassen!»

«Guck dich doch an! Wegen Leuten wie dir geht's uns Schwarzen auch so schlecht! Hauptsache, du hast deinen Platz! Und uns würdste glatt stehen lassen!» «Ich mein ja nur», beharrte der Mann pedantisch, «die müssen einfach *lernen,* sich ordentlich zu *benehmen.* Wie ich in London war, da haben die Leute immer schön angestanden. Die Engländer wissen wengistens, was sich gehört.» Und verächtlich rümpfte er die Nase.

«Ach du lieber Himmel», spottete die Dicke. «Du hast es wohl mit dem Benimm, was? Stehst wohl auf die Engländer, wie? Und wir sind dir wohl zu dreckig und ungebildet! Faß dich lieber erst mal an die eigene Nase und dann red von Benimm. Du hast ja Hauer wie 'n Schwein!» Diese Ausfälligkeit wurde mit unterdrücktem Kichern quittiert, denn die Mitreisenden erkannten durchaus eine gewisse grausame Ähnlichkeit in der Beschreibung. Der Anwalt von Benimm und England schnitt eine Grimasse und versuchte, seine hervorstehenden Vorderzähne unter den Lippen zu verstecken. Er sagte lieber nichts mehr. Das Schlimmste war, daß ihn sogar der Fahrer auslachte, den er doch ursprünglich hatte verteidigen wollen. Der kletterte nun auch noch aus dem Wagen und stolzierte in den Laden. Dabei schien er die spöttischen Bemerkungen zu überhören, die die Menge über seine Person und die unnatürlichen Sexualpraktiken machte, die zu seiner Zeugung geführt haben sollten.

Das Verstauen der Passagiere war eine langwierige und umständliche Angelegenheit, denn der Preis richtete sich nicht nur nach dem Ziel, sondern auch nach einer reichlich veränderlichen Skala, in der nicht nur die Anzahl und Größe der Gepäckstücke, die Frage, ob es sich um Tiere oder Gemüse handelte, sondern auch der Eindruck, den man auf den gigantischen Assistenten machte, Berücksichtigung fanden.

«Sieht ganz so aus, als ob ihr hier zwei Fahrpreise habt – einen für junge Mädels und einen für welche wie mich», protestierte die Dicke, die vorher Ivan aufs Korn genommen hatte.

«So groß wie dein Arsch ist, müßtest du eigentlich den doppelten Preis zahlen. Der paßt ja gar nicht auf einen einzigen Sitz», konterte der Assistent mit einem dreckigen Lachen.

«Guck dir doch den Arsch deiner Mutter an, wie fett der ist», zischte die Frau zurück, und wiegte sich herausfordernd in den Hüften. «Du dreckiger Hurensohn, was hast du überhaupt mit anderer Leute Ärsche zu tun!» Und mit einem gekonnten Schlenker ihres riesigen Hinterteils, um das sich alles drehte, schwang sie sich in den Bus. Zwei Frauen kamen ohne Schwierigkeiten nach, aber bei der dritten ging's schon wieder los.

«Was? Wieso kostet es zwei Dollar bis nach May Pen und du nimmst nur drei bis nach Kingston? Ihr seid doch alles Halsabschneider, Mann!» Doch die meisten Beschwerden hatten damit zu tun, daß «der Säufer» nicht gerade zimperlich mit den ihm anvertrauten Kisten und Kasten umging. «Mein Herr! Sie können doch nicht so mit meinem Yam rumschmeißen! Was ist los mit Ihnen, Mann? Haben Sie nicht alle?» «Jemineh, zerquetsch mir bloß nicht meine Mangos, ja?» bat eine

Frau. Der Assistent grunzte nur und antwortete dann honigsüß und zweifelsohne richtig: «Hast Glück, daß keine Eier drin sind, mein Täubchen», worauf er den Sack mit dem gleichen Desinteresse wie für die anderen hinaufwarf. «Widerlicher schwarzer Hund», grollte die Besitzerin, als sie den Bus bestieg.

Zu Ivans großer Erleichterung war das Gepäck schließlich verstaut. Es schien wie ein Wunder: jede Person, jede Kiste, jedes Bündel, Huhn und Schwein hatten im Bus Platz gefunden, der jetzt auch bedrohlich tief auf der Straße lag. Trotz der offenen Türen und der kühlen Morgenbrise war es reichlich stickig in dem vollgestopften Bus. Der Fahrer war noch nicht zurück, und jetzt war auch noch der Assistent verschwunden, wahrscheinlich um ihn zu suchen. Die Passagiere hatten alles andere als gute Laune und nur wenig Geduld. Und in ihrem Ärger nahmen sie auch kein Blatt vor den Mund: «Wo ist der schwarze Teufel hin?» Einer drohte sogar: «Die sollen bloß aufpassen, daß ich sie nicht totschlag!» Die Menge wurde immer zappeliger und wütender. Am Schluß reichte ein langer Arm über Ivan hinweg und betätigte die Hupe, die heiser und eindringlich aufheulte.

Da erschien der Fahrer an der Ladentür, wischte sich über den Mund und blinzelte in die Sonne. Er schlenderte zur Bustür, räusperte sich, spuckte aus, wischte sich das Kinn ab, steckte sich eine Zigarette in den Mundwinkel und erklomm dann seinen Sitz. Mit einstudierter Lässigkeit streifte er sich die Handschuhe über, putzte die Sonnenbrille, setzte sie auf, stellte den Rückspiegel ein, drehte sich um und betrachtete lange und wortlos seine Passagiere. «Tja ... sieht so aus, als ob ihr's eilig hättet.» Er lachte hohl und meinte: «Paßt bloß auf!» Dann startete er den Motor.

«Ein verdammter Fahrer, bei Gott!» kam es aus den hinteren Reihen. Der Meinung war Ivan auch. Egal, was dem Fahrer an Umgangsformen fehlte – und das war schon beträchtlich und schwerwiegend –, er hatte nun mal was Dramatisches an sich. Stil bleibt eben Stil.

Jetzt thronte er auf seinem Sitz, leicht zur Seite gebeugt, so als ob er auf irgend etwas lauschte. Sein rechter Fuß trat auf das Gaspedal, die rechte Hand ruhte lässig auf dem Schaltknüppel. Die Kolben dröhnten und der schwarze Rauch aus dem Auspuff füllte den ganzen Platz. Noch einen Augenblick schien der Fahrer zu lauschen. Dann nahm er in einer unglaublich kurzen, beinahe nur angedeuteten Bewegung – Hände und Füße waren nur noch eine verschwommene Bewegung – das Gas weg, trat auf die Kupplung, zwang den Schaltknüppel in den

«Eine Büchersammlung ...

... ist der Gegenwert eines großen Kapitals, das geräuschlos unberechenbar Zinsen spendet.»

Dieses Goethe-Wort könnte beinahe auch für Pfandbriefe gelten, allein: dafür bedarf es keines *großen* Kapitals, und die Zinsen sind berechenbar.

ersten Gang, nahm den Fuß wieder von der Kupplung und trat voll aufs Gas. Der Bus ruckte an. Wäre er weniger schwer beladen gewesen, hätte er wahrscheinlich abgehoben. Aber unter den gegebenen Umständen war ein Rucken schon eine gute Leistung.

Von seiner günstigen Position aus konnte Ivan sowohl die Technik des Fahrers als auch die vorbeiziehende Landschaft studieren. Den Fahrer wollte er sich besonders gut ansehen, denn wenn er sich erst mal einen Namen als Star gemacht hatte, wollte er sich als erstes einen Wagen zulegen: einen glänzenden, schnittigen, amerikanischen Flitzer, wenn's ging. Obwohl ... am Anfang reichte vielleicht auch ein Motorrad, man mußte schließlich realistisch bleiben.

Coolies Fahrstil war schon genaueres Hinsehen, wenn nicht gar Nachahmung wert. Im Moment durchfuhren sie eine leicht kurvige Gegend. Auf der Ebene schaffte der Bus nicht mehr als 45 Meilen pro Stunde, obwohl das angesichts seiner Ladung und seines Zustands sowie der Straßenverhältnisse schon bei weitem zu schnell war. Aber hier, wo es abwärts ging, schien er überhaupt keine Geschwindigkeitsgrenzen zu kennen. Coolies Taktik war so einfach wie wirksam. Im allgemeinen raste er mit der Faust auf der Hupe blind auf die nächste Kurve zu. Offensichtlich war das eine Warnung an jedermann, jedes Tier und jedes Gefährt, das auf der anderen Seite einen Weg nach oben suchte. Wenn er für seine Begriffe lang genug gewarnt hatte, wartete er bis zur letzten Minute, ehe er runterschaltete und den schweren Bus herumriß. Dabei nutzte er jeden Zentimeter der schmalen Straße. Die Schreie der erregten Passagiere schienen ihn nur noch zu beflügeln. Es war die reinste Bewegungsstudie. Er hockte kaum noch auf dem Sitz, vielmehr drückte er sich gerade gegen die Kante wie eine funkensprühende Verbindung von Kopf und Instrumenten. Die linke Hand umklammerte das Lenkrad; nur wenn er sich in eine Kurve legte, brauchte er beide Hände. Die Rechte wirbelte zwischen Schaltknüppel, der unvermeidlichen Zigarette im Mundwinkel und der Hupe hin und her. Die Füße tanzten zwischen Bremse, Kupplung und Gaspedal auf und ab, während er die hügelige, kurvenreiche und enge Straße hinunterfegte. Allein vom Zuschauen war man schon fix und fertig.

Draußen raste die Landschaft in einem grünlichen Schleier vorbei – Ivanhoe hatte noch nie in seinem Leben eine solche Geschwindigkeit erlebt. Die Leitungsmasten flogen wie eine Reihe aufrechter Soldaten am überladenen Bus entlang, der zu einer Begleitmusik von Weh- und Klagelauten gefährlich hin und her schwankte. Ivan spürte die gleiche faszinierende Mischung aus Erregung und Angst wie damals, als er auf den schwarzen Fluß zugestürzt war, nachdem er von der Brücke gesprungen war.

Dann mündete die Straße in ein breites Tal, wo die Straße relativ flach und gerade verlief. Die Vorstellung des Fahrers gestaltete sich hier weniger dramatisch, und das Dröhnen des Busses wurde gleichmäßiger, beinahe monoton. Alles entspannte sich. Ivans Aufregung verebbte, und er sank auf seinen Karton zurück. Er spürte, wie die Ruhe der Erschöpfung über ihn kroch, als ob er jeden Moment einschlafen würde. So viel war so schnell passiert. Wie die Landschaft draußen, so zogen die Ereignisse in schneller Folge vor seinem inneren Auge vorbei. Nach und nach beruhigte sich auch sein Geist. Die allgemeine, um ihn herumschwirrende Unterhaltung schrumpfte zu einem fernen Summen.

***

Noch zwei Abende zuvor, nachdem der ganze Wirbel der «Neun Nächte» vorbei gewesen war, war ihm der kleine Hof sehr leer, ja verlassen erschienen. Die Tiere – soweit sie den Ansprüchen traditioneller Gastfreundschaft entronnen waren – hatte er bei Maas Nattie untergebracht. Unten bei der Steinmauer unter dem Brotfruchtbaum bezeichnete ein Hügel frisch umgegrabener Erde den Ort der letzten Ruhe für Miss Mando. Er sah aus wie eine Narbe auf dem Gesicht des Berges. Ivan war gerade dabei gewesen, die letzte Kiste zu verschnüren, als er unten auf der Straße das Klappern von Pferdehufen hörte. Er lauschte: das war nicht das schnelle Stakkato des Galopps, sondern eine gesetztere Gangart, ähnlich wie bei einer Prozession, irgendwas zwischen einem leichten Trab und einem normalen Schritt. Er traf den Alten beim Tor. Eine kleine, fast winzige Gestalt auf dem großen Tier blickte Maas Nattie ihn wortlos an.

«Gehst also jetzt deine Mutter suchen.» Das war keine Frage, und Ivan nickte. «'ne Schande, daß sie beim Begräbnis nich bei war – aber was kann man machen ...» In seiner Stimme schwang so etwas wie tiefe Enttäuschung mit, so als ob es ihn persönlich traf, daß nicht jeder an der Beerdigung teilgenommen hatte. «Und wenn du sie gefunden hast, kommst du nicht zurück?» Zwar hob er am Ende leicht die Stimme, wie um zu fragen, aber auch das war keine Frage. Wieder nickte Ivan. Der alte Mann seufzte und stieg mit einem Ausdruck müder Resignation ab.

«Tja, kann nicht sagen, daß mich das überrascht. Laß uns ein bißchen spazierengehn, Junge.» Ivan war genausowenig überrascht, als sie nach einem scheinbar endlosen Spaziergang bei dem frischen Grab anlangten. Der alte Mann neigte den Kopf, seine Lippen bewegten sich, und schließlich fing er an, laut zu sprechen, wobei er Ivan weder anschaute noch direkt ansprach. Man hatte meinen können, er redete mit sich selbst oder mit den Geistern derjenigen, die unter der Erde ruhten.

«Weißt du», meinte er sinnend, «es heißt, 'ne Fliege, die sich nix sagen läßt, folgt dem Mund eines Toten bis ins Grab. Hör mir zu, und zwar gut, mir altem Esel. Ich war so ziemlich überall auf der Welt und hab so ziemlich alles gemacht, was man machen kann. Ich hab nie bereut, daß ich weggegangen war – ich war nicht viel älter als du –, und auch nicht, daß ich zurückgekommen bin.

Junge, du bist wer. Du kommst von woher. All deine Leute sind hier.» Zur Betonung zeigte er auf den Boden. «Deine Großmutter, dein Großvater, dein Onkel Zekiel, den der Stier unten bei den Duncans umgebracht hat, der ist auch da. Alle sind sie hier. Gute Leute – geachtet. Alles mögliche wird über sie geredet; wie es heißt, waren sie sehr stolz. Es heißt auch, sie wurden schnell wütend und stritten sich gern. Aber nie hab ich gehört, daß deine Leute gestohlen hätten. Nein, mein Lieber, niemand kann behaupten, sie hätten jemals was genommen, nicht 'nen Pfennig, nicht ein Huhn, nicht 'nen Faden, für den sie sich nicht abgerackert, geschwitzt und bezahlt hätten. Hörst du, Junge?»

«Ja», murmelte Ivan mit Tränen in den Augen. Der Alte nickte befriedigt. «Gut. Gut. Nun, vergiß das nie. Du stammst von wo, von anständigen Leuten. Leute, die nie 'nen Haufen Geld hatten – aber arm waren sie auch nicht. Und du bist anständig erzogen, damit du weißt, was sich gehört und was richtig ist. Junge, vergiß nie, wo deine Wurzeln sind, hörst du?»

«Nein, Sir.» «Also, wo du hin willst – Kingston, was weißt du eigentlich davon? Glaubst du etwa, da ist alles einfacher? Du wirst Sachen sehen, die kannst du einfach nicht fassen! Und du siehst sie und du reibst dir die Augen und guckst noch mal hin und du kannst sie immer noch nicht fassen! Ich weiß es.» Langsam, fast traurig schüttelte er den Kopf.

«Die Leute von der Stadt sind anders, ganz anders, hörst du mich? Die leben nicht so wie wir hier. Du wirst dort alle möglichen Leute treffen. Einige kennen kein Recht und Gesetz, kein bißchen. Lügen? Mein lieber Himmel! Stehlen? Gnade uns Gott! Du weißt noch nicht, was stehlen heißt! Wart's nur ab. Die rackern sich ihren Kopf ab, um an was ranzukommen, was ihnen nicht gehört, um zu ernten, wo sie nicht gesät haben, um was aufzuheben, wo sie nie was hingelegt haben. So ist es. Es gibt welche, wenn sie dir sagen, du sollst rennen – dann mußt du bleiben. Wenn sie dir sagen, bleib – dann bist du dran. Die stehen vor Gericht, küssen die Bibel, schwören, vergießen Tränen, daß du glaubst, der Himmel weint, gucken dir geradewegs ins Gesicht und erzählen eine Lüge, die dich an den Galgen bringt.» Hier brach Maas Nattie plötzlich ab, so als fände er weder die Worte noch den richtigen Nachdruck für das unermeßliche Übel, das in der Stadt lauerte.

«Das Gericht ist kein schöner Ort – geh da nur nicht hin! Ich sag dir, geh da ja nicht hin! Ich war 30 Jahre draußen in der Welt – in Kuba, Panama, 'Merika, Kingston. Aber bis heute kann ich dir nicht sagen, wie's in 'nem Gericht aussieht. Ist kein guter Ort – also bleib weg davon!» Seine Stimme war schneidend. Er starrte Ivan an, stampfte nach jedem Wort mit dem Fuß auf und wiederholte: «Bleib weg davon.»

In diesem Stil ging es noch eine Weile weiter, dann wurde er nachdenklich, sanft. «Ich konnt dich schon immer besonders gut leiden, mein Junge. Weißt du, daß dein Großvater ein Maroon war? Weißt du das? Ich hab's dir erzählt, seit du klein warst. Er war ein Koromanti von Accopong, der Maroonstadt. Ich hab's dir immer gesagt, du bist genauso wie er. Das ist ein komisches Volk, weißt du. Machen komische Sachen. Aber mir scheint, du bist genauso. Aber Junge –» die Stimme erstarb fast zu einem Flüstern, «nimm dich in acht. Egal, wie groß du dir vorkommst, manchmal mußt du eben kleine Brötchen backen. Manchmal mußt du klein beigeben, mein Sohn. So ist das Leben nun mal, wenn du schwarz bist und kein Geld hast. So ist die Welt nun mal – der Starke hat nie unrecht, und der Arme hält besser den Mund. Benutz deinen Kopf, Junge. Es heißt, ein Feigling behält heile Knochen. Ich sag nicht, daß du dich von den Leuten anpissen lassen sollst und dann meinst, das wär 'n süßer Geruch. Nee, so nicht. Aber du sollst erst deinen Kopf und dann deinen Mund gebrauchen. Du wirst deine Wut runterschlucken müssen und dich zwingen zu lächeln. Und wenn dir was Hitziges auf der Zunge liegt, schluck es runter, bis dir der Magen brennt. Also, Junge, erst den Kopf und dann den Mund gebrauchen!» Er schwieg eine Weile, dann seufzte er tief und sagte: «Nun erweis deiner Großmutter die Ehre, und dann laß uns gehen.» Gemeinsam beugten sie schweigend die Köpfe vor dem Grab.

Als der Alte wieder auf dem Pferd saß, war er wieder gut gelaunt. Er schien erleichtert und aufgeschlossen. «Oh, beinah hätt ich's vergessen! Wie konnt ich nur? Ist schon wahr, das Alter ist schlimmer als Obeah.» Er langte in seine Tasche und brachte einen kleinen Beutel zum Vorschein, den er Ivan rüberwarf. «Hier, nimm das – ist für Miss Daisy. Aber sei vorsichtig damit – ist 'ne Menge Geld. Sag ihr, das wär ihr Anteil, nachdem das Land verkauft ist und alles abbezahlt.» Er spornte sein Pferd an und weg war er. Aber plötzlich wirbelte er herum und kam noch einmal zurück, mit einem riesigen, schiefen Grinsen auf dem Gesicht. Er schaute Ivan anerkennend, fast spitzbübisch an. «Junge, jetzt glaubst du wohl, du bist wer. Ist es nicht so? Gehst in die Stadt, mit 'nem vollen Geldbeutel in der Tasche. Du stirbst doch schon fast dafür, daß dich eine 'nen Mann nennt, oder? Kommt schon, kommt schon! Du wirst schon lang genug leben, um auch alles mitzukriegen. Also, jetzt red ich zu dir wie zu 'nem Mann, nicht wie zu 'nem Kind. Da ist was, was ich dir da unten nicht gut sagen konnte.» Er deutete in Richtung Gräber, und dann nahm seine Stimme einen verschwörerischen Klang an. «Noch was, mein Junge. Du kannst nicht alle Pussies auf der Welt haben. Ein paar nimmst du und ein paar läßt du links liegen. Du kannst nun mal nicht jede haben. Paß also auf, daß sie nicht mit dir machen, was sie wollen. Anders geht's eben nicht, Teufel noch mal.» Und mit einem anzüglichen Glucksen riß er den Kopf des Pferdes herum und galoppierte davon.

Ivan stand einen Moment mit offenem Mund da, ehe er laut loslachte. «Tja, wenn Maas Nattie das sagt – dann kann man eben nicht alles Pussies auf der Welt haben!»

In Gedanken verloren fiel es Ivan nicht auf, daß er laut geredet hatte, bis sein leises Lachen von einer scharfen Frage unterbrochen wurde.

«Was sagst du da, Junge?» Die Frau runzelte die Stirn. Ihr mißmutiges Gesicht forderte ihn auf, zu wiederholen, was sie gehört zu haben glaubte. «Ich hab nix gesagt, Madam», erwiderte Ivan kleinlaut. «So», meinte sie schnippisch, «und was ist daran so lustig?»

Ivan glaubte nicht, daß er ihr eine Antwort schuldig war, also zuckte er einfach mit den Schultern und schaute nach draußen. Es gab nicht viel zu sehen. Der Bus rumpelte noch immer mühelos über die weite Ebene. Die Straße war gesäumt von einer ununterbrochenen Gleichförmigkeit, einem grünen Meer aus Zuckerrohr.

Aber plötzlich war er wieder ganz da und starrte auf die vor ihm liegende Straße. Die Welt schien in Flammen aufzugehen. Eine Wand aus hellrotem und gelbem Feuer loderte über dem Zuckerrohr, und darüber hing eine dicke, schwarze Rauchwolke in der Luft und verdeckte die Sonne. Langsam füllte sich der Bus mit stechendem Qualm. In Ivans Kopf überschlugen sich Maas Natties Geschichten über aufständische Sklaven, die die Plantagen niederbrannten. Angst und Aufregung erfüllten ihn. Aber er wußte, daß es keine Sklaven mehr gab – was also sollte dieses riesige Feuer? Ein Unfall? Keiner schien sich drum zu kümmern. Was, wenn der Bus Feuer fing?

Der Mann neben ihm bemerkte seine Aufregung und lächelte Ivan freundlich zu. «Was ist los, junger Mann? Hast du so was etwa noch nie gesehen?» «Nein, Sir», gab Ivan zu. «Was ist das?» «Nichts», erwiderte der Mann, «sie brennen nur die Blätter ab. Ist dann einfacher, das Zukkerrohr zu schneiden.» «Und das Rohr brennt nicht mit ab?» «Es heißt, es schadet nichts. Aber manchmal, wenn die Arbeiter streiken oder wenn es Ärger gibt, dann verbrennen sie auch das ganze Rohr.»

Ivan beobachtete das wütende, augenscheinlich unkontrollierbare Feuer, bis sie außer Sichtweite waren. Er wünschte, Maas Nattie wäre bei ihm. Die Schwarzen brannten also immer noch die Zuckerrohrfelder nieder. Das würde ihn bestimmt interessieren. Er wollte ihm schreiben ... Die Aufregung überrollte ihn: er war wahrhaftig auf dem Weg nach Kingston, dem Ort der unbegrenzten Möglichkeiten, auf dem Weg in eine große, unbekannte Zukunft. Wie würde es sein? Er hatte keine klare Vorstellung, nur ein vages Bild von breiten Straßen, großen Häusern aus Stein, Glas und Ziegeln und von Geschäften, in denen man alle Wunder dieser Welt kaufen konnte, Geld in riesigen Mengen und Tanzschuppen – all das wartete nun auf ihn.

Als erstes mußte er Miss Daisy finden; danach kam erst mal eine große Leere. Was dann? Wo würde er wohnen? In einem mehrstöckigen Haus, in einem Zimmer auf dem zweiten Stock, hoffte er irgendwie. Und wie wurde man Sänger? Oder, wie Miss Ida immer sagte, Studiokünstler? Wie toll das klang. All die Leute hier im Bus, die kannten ihn nicht. Die Frau, die ihn angeschnauzt hatte, die wußte ja gar nicht, mit wem sie es zu tun hatte. Aber eines Tages würde sie sein Bild sehen und sich vielleicht an den Jungen vom Land mit seinem Karton unterm Arm erinnern. Eines Tages würden sie ihn schon noch kennenlernen. Er richtete sich auf, stubste seinen Hut zurück und versuchte, weltmännisch und undurchdringlich auszusehen.

Um ihn herum plätscherte die Unterhaltung. Laut und unbefangen besprachen die Leute alles, was sie bewegte. Sie stürzten sich unverdrossen in eine Debatte, die über zwei Sitzreihen hinweg geführt werden mußte, nur um eine Meinung zu äußern oder ganz im Vertrauen eine falsche Bemerkung richtigzustellen. Daraus entwickelten sich nicht selten scharfe Gedanken- und Wortgefechte zwischen völlig Fremden, in die sich auch weitere Passagiere einmischten und für den einen oder anderen Partei ergriffen. Kluge Bemerkungen wurden mit Applaus oder Gelächter begrüßt, dumme oder abwegige mit Spott und Hohn. Obwohl ein verblaßtes Schild darauf hinwies, daß die Ladekapazität höchstens vierundvierzig betrug, befanden sich mindestens sechzig Mann – Hühner und Schweine nicht gerechnet – im Bus. Die Enge, in der sie zusammengepfercht waren, ließ das Gefühl von Abgeschlossenheit oder Alleinsein gar nicht erst aufkommen. Jedes Beben, Quietschen oder Ächzen des dahinrumpelnden Busses war Anlaß für Galgenhumor.

«Meine Frage an die Gesellschaft», meinte einer laut, «ist, warum die Gören ausgerechnet hinter meinem Hintern sitzen müssen? Mann, wenn ich nur einmal furze, dann fallen die doch alle tot um.» «Na, da kann man nur hoffen, daß es zum Frühstück nicht gerade reife Avocados gab», sagte ein anderer und ließ einen lauten, vulgären Ton folgen. Die einzigen, die nicht in das allgemeine Gelächter einstimmten, waren die drei kleinen Kinder, die sich hinter dem dicken Mann zusammendrängten, der zuerst gesprochen hatte. Sie unternahmen ein paar nutzlose Versuche, sich aus der Gefahrenzone zurückzuziehen, und dann fing das Kleinste, ein Mädchen, auch noch an zu weinen.

«Mensch, sind Sie 'n gemeiner Kerl», schimpfte eine Frau. «Sehn Sie nicht, wie Sie die Gören mit Ihren Witzen erschrecken? Schließlich wollen Sie ja auch nicht, daß jemand Ihre Kleinen so behandelt, falls Sie überhaupt welche haben können, versteht sich.» Böse schaute sie den Dicken an und streckte die Hand nach dem Kind aus. «Komm her, mein Kleines, setz dich auf meinen Schoß, so, siehst du ...», und genauso rettete man auch die beiden anderen Kinder aus dem Bereich des Dicken.

Als das Mädchen erst mal in Sicherheit war, schaute sie den Mann an und piepste ganz laut: «Du gemeiner, dreckiger Kerl, du!» «Ganz richtig, mein Kleines. Schimpf nur tüchtig», ermunterte sie die Frau. Selbst der finstere Coolie Man lachte mit.

Obwohl nun wirklich niemand mehr in den Bus paßte und offensichtlich auch keiner aussteigen wollte, hielt der Bus in jedem Nest, das sie passierten. «Der Motor muß abkühlen», erklärte Coolie kurz angebunden, als sie das erste Mal anhielten und er sich auf den Weg zum nächsten Rumladen machte.

«Der Motor muß abkühlen, und der Fahrer muß sich aufwärmen», bemerkte jemand. «Hoffentlich säuft er sich nicht so voll, daß wir alle bei draufgehn, Mann.» «Säuft sich voll, Mann! Säuft sich voll! Haste nicht gesehen, daß der schon seit heut morgen voll ist?» fragte ein anderer. «Genau», stimmte ein dritter trocken ein. «Wir sind schon längst dem Beifahrer ausgeliefert.»

Als sie sich dem Berg «Diabolo» näherten, drückte Coolie Man den Gashebel ganz durch und beschleunigte, was das Zeug hielt. Aber die steile Serpentinenstraße ließ sie immer langsamer werden, und sie hatten noch nicht die halbe Steigung geschafft, als sie gänzlich zum Stillstand kamen. Ivan schaute den Mann neben sich fragend an.

«Er versucht's mit dem Rückwärtsgang. Wenn das auch nicht klappt, müssen wir alle aussteigen und zu Fuß rauflaufen.»

Langsam wendete Coolie den Bus. Auf der einen Seite der Straße erhob sich der Berg, auf der anderen klaffte ein tiefer Abgrund. Coolie Man stieß die Tür auf und brachte den Bus im Stehen – einen Fuß auf dem Trittbrett, den anderen auf dem Gaspedal – zentimeterweise die steilen Kurven hinauf. Der Motor dröhnte und hämmerte, und Ivan spürte die heiße Ausdünstung öliger Luft aus dem Auspuff im Gesicht. Jeder schien angespannt und konzentriert, wie um dem schwerfälligen Gefährt mit bloßer Willenskraft über den Berg zu helfen. Dann schob sich der Bus wie ein beladener Esel, der seine letzte Kraft sammelt, um eine Mauer zu überwinden, über die letzte Anhöhe und auf eine Hochebene. Erleichtert atmeten die Passagiere auf.

«Mann, kommt doch keiner nicht an die Engländer ran, wenn's um Motoren geht, was?» bemerkte der Kerl mit den Hauern und platzte vor anglophilem Stolz beinahe aus den Nähten. «Ja, ja», spottete die dicke Frau. «Der Engländer ist dein Gott, das haben wir schon kapiert. Aber wie kommt's dann, daß der Bus nicht gleich von vorn über den Berg kam?»

Er schenkte ihr einen mitleidigen Blick und quittierte die Bemerkung mit hochnäsigem Schweigen. Sie hielten an, und «Säufer» goß Wasser in den dampfenden Kühler. Ivan schaute sich verwundert um. Irgend etwas, das er zunächst nicht ausmachen konnte, war an der Landschaft vollkommen anders. Und dann merkte er es plötzlich: sie waren ins Landesinnere gefahren. Zum erstenmal im Leben sah er nicht mehr das vertraute Blau des Meeres irgendwo in der Ferne. Er war noch nie zuvor außer Sichtweite des Meeres gewesen – von seinen Bergen aus konnte man es überall sehen. Aber hier erblickte er in allen vier Himmelsrichtungen nur die weiten Ebenen mit ihren blutenden Rissen, die sich wie rohe Wunden auf der grünen Oberfläche abzeichneten, da, wo die Erde aufgewühlt war. Er hatte immer geglaubt, daß auf «dieser kleinen Insel in der Karibik», wie er es in der Schule gelernt hatte, das Meer überall sichtbar war. Doch nun präsentierten sich seinen Blicken auf der einen Seite nur die fernen Berge, die sich in Wolken gehüllt hatten, und auf der anderen ein Horizont, der in der Ferne nicht mit dem Meer, sondern mit dem Land verschmolz. Er wurde von einem Gefühl der Größe und Weite erfüllt, das seine Vorstellungskraft überstieg. «Mensch, und dabei heißt es immer, unser Land hier wär klein!» Er verspürte einen Anflug überschäumenden Besitzerstolzes.

Als der Bus endlich soweit abgekühlt war, daß Coolie Man keine Bedenken mehr hatte, nahm er mit der gleichen peniblen Liebe zum Detail seinen Sitz ein und unterzog sich aufs neue dem Ritual mit Handschuhen, Brille und Spiegel.

«Okay, wir sind spät dran», verkündete er. «Zeit ist Geld, also haltet euch lieber fest», fügte er mit seinem üblichen, hämischen Grinsen hinzu. Zunächst arbeitete er sich Zentimeter für Zentimeter die steile Straße hinunter und das mit einer Beherrschung, die ebenso einmalig wie erstaunlich war. Schließlich kam er am Fuß des Berges an, wo sich die Straße in relativ flachen, von Kurven unterbrochenen Strecken dahinzog. Es schien, als hätte Coolie nur auf diese Straße gewartet, als gäbe es zwischen ihm und ihr irgendeine geheime Vereinbarung oder Privatfehde, die er jetzt besessen austrug. Wenn Ivan schon vorher von seinem Können und seiner Tollkühnheit beeindruckt war, so verblaßte dies angesichts der folgenden Ereignisse bis zur Bedeutungslosigkeit.

Coolie Man nutzte die schnurgeraden Abhänge aus und ließ den schweren Bus ungehindert hinunterpoltern, wobei der Geschwindigkeiten erreichte, die die eigentliche Kapazität des alten Klapperkastens bei weitem überstiegen. Zuerst fühlte sich Ivan von einem unglaublichen Gefühl der Freiheit hinweggetragen. Doch dann, als die Geschwindigkeit immer größer wurde und der Bus außer Kontrolle dahinzurasen schien und obendrein auch noch eine Kurve auf sie zugejagt kam, schaltete Coolie plötzlich runter und stieg voll auf die Bremse, so daß keiner dem Druck, der sich der Antriebskraft widersetzte, und dem Greifen der Bremsen entging. Mit knallendem Auspuff, kreischendem Fahrwerk und quietschenden Bremsen schien der gewichtige Bus gegen eine Kraft zu kämpfen, die ihn nach außen, gegen die winzig wirkende Mauer und den dahinter lauernden Abgrund drücken wollte. Und Coolie, dessen schmaler, angespannter Körper vor dem Steuer auf und ab tanzte, riß den Bus erst in letzter Sekunde herum. Wenn man zurückschaute und mit ansah, wie der Bus mit dem Hinterteil schaukelte, konnte einem schlecht werden. Einmal streifte er laut krachend die Mauer, ehe er wieder auf die Straße zurückgeschleudert wurde. Und wenn er die Innenkurven zu stark schnitt, dann schlugen Büsche und tiefhängende Zweige explosionsartig gegen die Fenster. Jeder Aufprall hatte ein einstimmiges Jammern zur Folge. Peng! «Oh, Jessas, Jessas! Halt den Bus an!» Peng! «Der Mann ist durchgedreht!»

Ivan spürte jetzt nichts mehr von Freiheit. Er hatte Angst, genau wie die anderen. Das Inferno war perfekt.

«Au weh, Mamaaa ... Mamaaa ... Mamaaaa ...» schluchzte die dicke Frau neben ihm.

Aber die Angst- und Wutschreie vermischten sich mit dem restlichen Lärm und schienen die trunkene Besessenheit des Fahrers nur zu steigern. Entweder er lachte oder er schrie, aber was er sagte, ging in dem Tumult unter. Als er einmal um eine besonders gefährliche Kurve schlitterte, schleifte er den Bus gegen den Berg. «Hier kommt der rasante Coolie Man», rief er großmäulig und schlug sich selbstgefällig auf die Knie. In der nächsten Kurve spürte Ivan, wie die inneren Räder vom Boden abhoben, und für den Bruchteil einer Sekunde schien der überschwere Bus umzukippen, aber dann setzten doch wieder alle vier Räder auf. «Lieber Himmel, ich sterbe!» und «Wir kippen! Wir kippen», schrien die Leute. Ivan klammerte sich an die Sitze rechts und links, um nicht hin- und hergeschleudert zu werden. Die Passagiere um ihn herum schluchzten, schimpften und beteten.

Als Coolie Man den Bus auf der Ebene auslaufen ließ, wurde er mit wütenden Beschimpfungen überschüttet. «Halt an, du alter Saufbold, du!»

«Ich hab sechs Kinder zu Haus, halt den verdammten Bus an, sag ich!»

«Du gehörst hinter Gitter, du brutaler Kerl!»

Die Wut der Leute war echt. Am liebsten hätten sie den Bus angehalten und den Fahrer zur nächsten Polizeiwache geschleift. Ivan war überzeugt, wenn Coolie jetzt anhalten würde, würde die Menge ihn lynchen. Coolie, der dies gewiß genauso spürte wie Ivan, hütete sich, anzuhalten. Er fuhr langsamer weiter und war jetzt plötzlich ein Musterbeispiel an Umsicht, während der Bus gemächlich über die Ebene rumpelte. Nicht ein einziges Mal reagierte er auf die Drohungen und Verwünschungen, die auf ihn herabregneten. Wenn das ununterbrochene Stöhnen und Ächzen und die schweißgebadete Figur am Steuer nicht gewesen wäre, hätte Ivan glauben können, daß die vergangenen zehn Minuten nur ein Traum gewesen waren. Plötzlich fuhr Coolie Man rechts ran und brachte den Bus unvermittelt vor einem Zuckerrohrfeld zum Stehen.

«Hier spricht der Kapitän», meinte er höhnisch. «Ich mach jetzt die Tür auf. Wer aussteigen will, soll das jetzt tun. Fahrgeld wird allerdings nicht rückerstattet!»

Ivan betrachtete die undurchdringliche Wand aus Zuckerrohr, die sich bis in weite Fernen erstreckte, und rührte sich nicht. Es rührte sich überhaupt keiner. Coolie hockte erwartungsvoll auf seinem Sitz, hielt die Türen offen und sagte schließlich: «Es will also keiner raus? So wie ihr hier rumkrakeelt, dachte ich, ich würde allein nach Kingston fahren. Na gut!» Er zuckte die Achseln, schloß die Türen und fuhr wieder auf die Straße.

Der Bus fuhr jetzt in Totenstille. Dann, ganz allmählich, kam wieder eine Unterhaltung in Gang – ein leises, beinah sanftes Murmeln. Noch ganz befangen, fingen die Leute an, sich im Flüsterton von den gerade erlebten Erfahrungen zu erzählen. Jetzt, wo alles vorbei war, platzten sie vor Stolz. «Mann, hast du gemerkt, wie er die Mauer mitgenommen hat?»

«Was denkst du denn? Ich dachte, es wär aus!»

«Also wirklich, Miss, mir ist das Herz stehengeblieben!»

Kopfschüttelnd über dieses Wunder, dessen Zeuge sie gewesen waren, begannen sie, sich an dem Erlebten zu weiden, und probierten, welcher Stil angemessen sein würde, wenn sie nach ihrer Rückkehr Freunde und Nachbarn mit der Geschichte ergötzen würden, wie sie auf wunderbare Weise dem Tod entronnen waren. Die dicke Frau, die nach ihrer Mutter gejammert hatte, schenkte Ivan ein unsicheres Lächeln und flüsterte: «Glaubst du auch, daß der durchgedreht ist?»

«Sieht ganz so aus», meinte Ivan.

«Sicher. Aber fahren kann er.» Sie seufzte und machte es sich mit einem zufriedenen Lächeln bequem. Seltsamerweise war der Blick, mit dem sie den schweißüberströmten Rücken des Fahrers bedachte, von einer eigenartigen Sanftheit.

Hmm, dachte Ivan; jetzt hatte er noch nicht mal die Stadt erreicht und doch schon so viel gesehen und erlebt, was neu für ihn war. Was würde in Kingston noch alles auf ihn warten? Wie sah es wohl wirklich und wahrhaftig aus? Sie waren durch einige Orte gekommen, doch keiner unterschied sich wesentlich von Blue Bay. War Kingston etwa auch so, nur größer? Die gleichen rostigen Wellblechdächer, Holz- und Betonhäuser mit gestrichenen Holzrahmen? Nein, es mußte mehr als nur größer sein. Er war sich nur unschlüssig darüber, wie – großartiger vielleicht?

In einigen Orten, vor allem an den Ein- und Ausfahrten, kamen sie an Gegenden vorbei, wo plötzlich große Häuser hinter satten Rasenflächen auftauchten, die nur hie und da durch schattenspendende Bäume und schöne, gepflegte Blumenbeete aufgelockert waren. Manchmal parkten Wagen vor den Häusern, oder Kinder spielten auf dem Rasen. Außer den Kindern entdeckte Ivanhoe auch ab und zu einen vereinzelten Schwarzen, der den Rasen sprengte oder den Wagen polierte. Er wußte, ohne groß nachzudenken oder fragen zu müssen, daß diese Männer nicht die Besitzer waren. Es blieb offen, wer diese Glücklichen waren und wie viele Menschen in den riesigen, prächtigen Villen wohnten. Vielleicht sah die Stadt so aus? Und die Menschen? Zu Hause redete man immer von den «Kingstonern». Diese Bezeichnung markierte tatsächlich einen enormen Unterschied zwischen den Stadtbewohnern und den normalen Leuten. Aber worin lag dieser Unterschied? Auf jeden Fall schienen die Leute, die hier mit ihm im Bus saßen, keineswegs anders als die Leute, die er kannte. Die Frau hinter ihm hatte eine Pfeife im Mund, die ihn beinahe unangenehm an Miss Mando erinnerte. Aber schließlich waren dies ja auch alles Leute vom Land, die die Stadt nur besuchten. Geistesabwesend holte er eine große, saftige Mangofrucht aus seiner Kiste, eins der Geschenke für seine Mutter. Mangos mochte sie besonders gern. Er strich über die glatte Haut und sog den schweren Duft ein.

«Das ist aber ein Prachtstück, Mann – hast du vielleicht noch mehr davon?»

Es war der freundliche Mann, der ihm das Abbrennen des Zuckerrohrs erklärt hatte. Vielleicht dachte er, daß Ivan sie auf dem Markt verkaufen wollte. «Nein, leider nicht», antwortete er. «Ich bring sie meiner Mutter mit.»

«Ach so, ja dann … steck sie lieber wieder weg», sagte der Mann mit anerkennendem Nicken.

Fast wie um Ivans Wunsch, zu wissen, wie die Stadt denn nun aussah, zu erfüllen, kamen sie nun an eine Stelle, wo schwitzende Männer mit Maschinen zugange waren und versuchten, lange Gräben über die Straße zu ziehen. Der Bus wurde auf eine kleine, nicht befestigte Straße umgeleitet, die sich einen niedrigen Hügel emporschlängelte, ehe sie wieder auf die Hauptstraße mündete. Als sie oben auf dem Hügel waren, deutete der Mann hinaus und flüsterte heiser: «Siehst du, da – siehst du die Stadt?» Ivan schaute. Ein paar Sekunden war sie da und dehnte sich vor ihnen in der Ferne aus. Das war also der Ort, der ihn in seinen Gedanken und Träumen seit dem ersten Tag in Miss Idas Café verfolgt hatte. Er hatte den flüchtigen Eindruck einer großen, sonnenüberfluteten blauen Bucht mit einem langen, schmalen, halbmondförmigen Landstreifen davor, der im Osten hervorsprang und sich dann gen Westen zog und die Bucht beinahe gänzlich vom offenen Meer abschnitt, und dann die Ebene, auf der die Stadt thronte – mit leichten Hängen und steil aufragenden Bergen im Hintergrund.

In dem Bruchteil einer Sekunde, in der sie vor Ivan aufgetaucht war, hatte er den Eindruck, daß die Stadt zwischen zwei großen Bögen ruhte – der weiten Biegung der Bucht und der vertikalen Krümmung des Landes, das langsam zu den Bergen hin aufstieg. Dann war alles vorbei, und der Bus bahnte sich einen Weg hinab in die Ebene. Ivan schloß die Augen und versuchte, das Bild vor seinem inneren Auge festzuhalten. Aber es blieb nur einen kurzen Moment scharf, ehe es verwischte.

Jetzt wurde der Verkehr immer dichter, obgleich die Straße hier breiter war als vorher. Ein nicht endender Strom von Autos, Bussen, Lastern, Motorrädern und von Tieren gezogenen Gefährten, schweren Maulesel- oder Eselskarren, und Handwagen, die, zusammen mit Hunderten von Fahrrädern in stetiger und zufälliger Bewegung, den Bus so sehr behinderten, daß er nur mehr kroch. Doch selbst dieses Schneckentempo erschien Ivan jetzt zu schnell. Er hätte den Bus am liebsten ganz angehalten und den Verkehr verlangsamt, um Zeit zu gewinnen und jedes neue Bild voll aufzunehmen. Vor allem die Fahrradfahrer, die wie Fische im Korallenriff durch den Verkehr glitten, hatten es ihm angetan. Offensichtlich gab es zwei Klassen von Fahrrädern, zwei Schulen, die sich unterschieden und gegensätzliche Auffassungen vertraten, was Stil, Funktion und Erscheinungsbild betraf. Die eine war spartanisch. Die Räder waren schmal, schnell und sahen scharf aus, ohne jeden Schnickschnack. Sie bestanden lediglich aus Rahmen, Sattel, Reifen und breiten, niedrigen Lenkern. Sie wurden von jungen Männern gefahren, die ihr Reittier so rücksichtslos antrieben wie Coolie Man seinen Bus. Zu Paaren oder allein stürzten sie sich ins Getümmel. Sie hockten, den Kopf über den Lenker gebeugt, auf dem Sattel und strampelten so fest sie konnten, während sie durch den Verkehr jagten und lässig aus einer Kurve raus- und in die nächste reinschossen. Dabei schrien sie sich gegenseitig und den enormen Verkehr unablässig ausgelassen und herausfordernd an.

«Uff», meinte der Mann neben Ivan, als zwei plötzlich hinter dem Bus auftauchten und um ein Haar einem entgegenkommenden Wagen auswichen, ehe sie elegant aus dem Blickfeld glitten. «Die meinen wohl, das ist ein Spiel hier. Und ein bißchen später liegen sie im Straßengraben.» «Passiert das öfter?» fragte Ivan. «Jeden Tag, Mann, jeden Tag …»

Die andere Schule der Fahrradkunst ging in die entgegengesetzte Richtung. Wo jene gefährlich karg ausgestattet waren, waren diese geschmückt, ausgefeilt, teuer. Erstere arbeitete nach dem Grundsatz des Weglassens, der unendlichen Reduktion und reiner Funktionalität; die zweite war Ausdruck der Fülle, unendlichen Wachstums. Ihre Rahmen verschwanden unter einer Vielfalt von Klimbim, Nippes, Talismanen, Medaillons, Ornamenten aus Metall, Glas, sogar Fell, die genial angebracht waren. Ausgetüftelte Muster aus buntem Draht schmückten die Rahmen und erweckten den Eindruck von Perlen. Lange, mastähnliche Drahtgebilde, mit flatternden Anhängern und mit Flaggen oder den Fellschwänzen irgendwelcher Tiere auf der Spitze erhoben sich majestätisch über den Verkehr. Die rollenden Reifen dieser Vehikel waren die reinsten Lichtorgeln, ihre Muster ergaben sich aus bunten Drähten, Spiegeln und Reflektoren, die durch die Speichen gezogen waren. Die einen glichen Wespen, die anderen eher Schmetterlingen; sie tanzten und bahnten sich ihren Weg durch den Verkehr wie Fregatten, sie segelten mit der majestätischen Erhabenheit riesiger Galeonen mit Masten und flatternden Wimpeln durch die Strömung.

Gemessen an dem Stolz und der Freude ihrer Besitzer handelte es sich nicht um reine Transportmittel, sondern um Kunstwerke und zutiefst persönliche Ausdrucksformen. Könige und Kaiser des Fahrrads, Zeugen eines grenzenlosen Einfallsreichtums und eines augenscheinlich ungetrübten Schönheitssinns, glichen sie in einem seltsamen atavistischen Zufall den großen westafrikanischen Maskentänzern. Genau wie bei diesen Mensch gewordenen Geistern vollzog sich ihr furchterregender Vormarsch nicht in aller Stille, sondern wurde vom Bimmeln vieler Klingeln, vom Rattern Tausender von Rasseln und unzähligen Autohupen begleitet. Ivan folgte einer dieser Erscheinungen, bis er sie aus den Augen verlor, mit so großem Eifer, als ließe er sich nur ungern ein so ausgefallenes und unerwartetes Schauspiel entgehen. «Jessas», murmelte er. «Jessas Maria und Josef!»

Mittlerweile hatten sie die ersten Ausläufer der Stadt erreicht. Die Zuckerrohrfelder und die Weiden waren verstreut liegenden Häusern, Läden und Kneipen hinter belebten Bürgersteigen gewichen. Dann kamen sie plötzlich an einem Feld vorbei, das so flach, staubig und verlassen war, daß es nicht mal dem kleinsten und miserabelsten Unkraut hätte Nahrung bieten können, und da sah Ivan etwas, was er sich in wildesten Spekulationen nicht hätte vorstellen können. Zunächst bemerkte er nur eine dicke, schwarze Rauchwolke in der staubigen Luft. Als sie näher kamen, sah er, daß etwas Riesiges, Formloses brannte: große und kleine Haufen von ... ja was? Im Bus stank es mittlerweile schon nach verbranntem Gummi. Dann konnte er zerbrochene Bretter erkennen, schmutzige Zeitungen, rostige verrottete Autowracks und kaputte Reifen, die alle in einem wilden Durcheinander aufeinandergeworfen waren.

Zerlumpte Bettler wühlten, zogen und zerrten in dem Schutt herum. Über ihren Köpfen kreisten Schwadronen von Geiern durch die rauchige Luft. Der Abfallhaufen schien sich weit auszudehnen, dann verlor er sich ohne deutliche Grenzen irgendwo in ... ja, was war das? Eine zusammengewürfelte und wegelose Strukturzusammenballung, Pappkartons, Sperrholz und angefaulte Regale, rostige Autoteile ohne Glas. Alles war irgendwie aufeinandergehäuft worden, um notdürftige Gehäuse herzustellen. Diese Baracken drängten sich in unzusammenhängenden Ansammlungen zerbrochener Formen aneinander – ohne jedes Ordnungsprinzip und ohne Straßen. Aus den Abfällen städtischen Lebens bildeten sie eine dichte Masse, die in ihrer Häßlichkeit bedrohlich wirkte und in ihrer extremen, sich immer wieder ausbreitenden Verwahrlosung eine Bosheit und Bösartigkeit ausstrahlte, der sich selbst Ivan nicht entziehen konnte. Plötzlich spürte er, wie Freude und Erregung in ihm zusammenschrumpften. Er bekam Angst. Die meisten Leute im Bus schauten geradeaus, starrten vor sich hin, mit einem trotzigen oder traurigen Zug auf den Gesichtern, doch einige konnten, wie Ivan, ihre Augen nicht abwenden.

Der Mann neben ihm stieß ihn an. «Siehst du das zum erstenmal, mein Junge?» fragte er ruhig.

Ivan schluckte und nickte.

«Sie nennen es *Dungle*», meinte der andere, so als ob dies alles erklärte.

Endlich war die Häßlichkeit überwunden und die Stadt begann. Auf beiden Seiten säumten Gebäude die Straße. Sie enttäuschten Ivan: verwittertes Holz und Betonbauten, die dringend einen neuen Anstrich nötig zu haben schienen und gewiß nicht größer oder schöner waren als die in den kleinen Orten, durch die sie gekommen waren. Es waren nur viel mehr und sie standen dichter beisammen.

«West Kingston», erklärte der Mann.

Ivan nickte und betrachtete das Menschengewimmel am Straßenrand. Was für eine Ansammlung! Es schien, als hätten sich alle Leute, die in den Häusern entlang der Straße wohnten, aus irgendeinem unerfindlichen Grund auf der Straße versammelt, um einen reißenden, tosenden, lauten Strom schwarzer Menschen zu bilden. Alles schien umwerfend, außer Kontrolle: die Menge auf der Straße, der dichte Verkehr, manchmal fuhren die Wagen Stoßstange an Stoßstange und bewegten sich kaum von der Stelle, dann wieder waren sie in hektischer Bewegung, als ob sie zum nächsten Stau rasen wollten. Es war nicht gerade ein anderes Land; betrachtete man sich die Leute einzeln, wirkten sie nicht anders. Aber ihre Zahl – so viele, viel mehr als er jemals irgendwo an einem Ort versammelt gesehen hatte. Und die Menge als Gemeinschaft wirkte nervös und so, als sei sie von einem einzigen, erschreckend unvorhersehbaren Willen abhängig.

Sogar Tiere gab es in der Stadt. Auch sie waren anders als ihre Vettern auf dem Lande: fahrig und griesgrämig, abgemagerte städtische Viecher. Er sah Schweine, die in Abwasserkanälen wühlten, Ziegen, die arrogant durch den Verkehr stolzierten, und Scharen von Hunden, unglaublich mager und raubtierhaft. Wie auf Stelzen schlichen sie durch den Abfall der Nebenstraßen, heimtückisch und feige zugleich, mit eingezogenem Schwanz, so als erinnerten sie sich noch an den letzten Fußtritt oder wappneten sich schon gegen den nächsten. Trotz alledem fletschten sie die Zähne, knurrten und schnappten nach einander oder nach den Geiern und Schweinen, die sich mit ihnen um die eßbaren Brocken stritten.

«Guckt mal, die Nya-Männer! Wie die wieder angeben!» rief die dicke Frau plötzlich. Sie lenkte die Aufmerksamkeit der Passagiere auf eine Gruppe von Radfahrern, die in einer dramatischen Formation daherradelten. Es handelte sich um etwa vierzig Männer, die von einem ergrauten Patriarchen angeführt wurden. Er trug kurze Hosen, und seine weißen Raffiahaare standen wie eine Wolke schlangenartiger, weißer Locken um seinen Kopf. Das schwarze Gesicht mit den tiefliegenden, glühenden Augen und den buschigen Brauen wurde von einem langen, erstaunlich weißen Bart eingerahmt. Die geschrumpfte Gestalt wirkte unter diesem Löwenkopf unverhältnismäßig klein und dünn. Hinter ihm entrollten zwei Fahrer, die nicht weniger eindrucksvolle Bärte und Locken zur Schau stellten als er, ein Banner in den Farben Rot, Grün und Gold mit der schwarzen Inschrift ‹INRI› und einigen kleineren Buchstaben, die Ivan nicht lesen konnte. Die Gruppe folgte dem Banner in geordneten Reihen. Alle trugen ihre verfilzten und gedrehten Locken in stolzer Mißachtung der Umgebung und sangen im Chor:

RAS TA FAR iie
Let the POW AH ...
from Zion fall on I ...

Der Rest ging im Lärm des Verkehrs unter, als sie genauso plötzlich außer Sicht- und Hörweite verschwanden, wie sie gekommen waren.

Der Anblick war so unerwartet und überraschend gewesen, daß Ivans Gesicht sein Erstaunen widerspiegelte. Der Mann neben ihm fing an zu lachen, als ob er sich persönlich über Ivans Reaktion freute, und erklärte: «Die Männer des Kaisers ... Krieger der Nyabhingi, Männer der Dreadlocks, Ras Tafari ... sie heißen alles mögliche.»

So sehen also Rastas aus? Ivan hatte vage und unterschiedliche Geschichten über die Sekte gehört, die in den Baracken von West Kingston entstanden war. Und einige Männer aus seinem Bezirk – die keiner so recht ernst nahm – hatten verkündet, daß sie «Rastas» geworden waren. Aber nichts hatte ihn auf den Ernst und Stolz dieser Gruppe vorbereitet, auf die dramatische Wirkung ihres Auftretens. Kein Wunder, daß man sie «Dreads» nannte, dachte er bei sich. Mensch, in dieser Stadt wird ja was los sein!

«Pah, sind doch alles Verbrecher», zischte die dicke Frau ungerührt. Sie lachte kurz und verächtlich und meinte dann noch: «Die sollten lieber arbeiten gehen. Und sich die Haare abschneiden. Wenn denen ihre Haare Feuer fangen, dann brennt bestimmt ganz Kingston.» Das Gelächter, das auf diese Worte folgte, ärgerte Ivan. Es war respektlos. Irgend etwas Geheimnisvolles umgab die Gruppe, die er eben gesehen hatte, aber auch Würde und Stolz. So stellte er sich die Leute aus den Geschichten von Maas Nattie vor, die schwarzen Krieger, die Maas Nattie so liebte. Auch etwas Religiöses strahlten sie aus. Zu Hause hätte niemand gewagt, über etwas Religiöses zu lachen. Wetten, dachte er, wenn die direkt vor ihr stünden, würde sie nicht so reden. Die Frau lächelte selbstgefällig und zufrieden über ihren Witz. Ivan warf ihr einen eisigen Blick zu.

Jetzt waren sie mitten in der Stadt und fuhren wirklich langsam. Die Passagiere fingen an, sich zu strecken und zu dehnen, wie um sich auf das Ende der Reise einzustellen. Schließlich rollte der Bus in die Haltestelle an der oberen King Street, gegenüber dem Coronation Market.

Obwohl Ivan das Ende der Busfahrt so lange herbeigesehnt hatte, beunruhigte ihn jetzt die Aussicht, aus dem Bus zu klettern und mitten im staubigen Herzen der Stadt zu landen. Der alte Bus war ihm vertraut, ja fast zum Hort geworden. Inzwischen hatte er die Stimmen und die verschiedenen Sprechweisen der Mitreisenden unterscheiden gelernt. Sogar die streitsüchtige dicke Frau und der unberechenbare Coolie Man schienen ihm wie eine Brücke, eine Verbindung mit der Vergangenheit, die er nur ungern aufgeben mochte. Außerdem hatte er bisher nur dagesessen und von seiner Höhe hinabgeschaut auf das brodelnde Chaos in den Straßen. Nun, da der Zeitpunkt erreicht war, selbst hineinzutauchen und Teil der riesigen Verwirrung zu werden, die ihn umgab, fühlte er sich plötzlich allein und verängstigt.

5
Babylon

Der Staub und das grelle Licht blendeten ihn. Die Hitze stieg in Wellen vom Asphalt auf. Um ihn herum tobten gleichzeitig der Lärm der Menge und die dröhnenden Baßrhythmen aus dem Soundsystem eines Musikladens auf der anderen Straßenseite. Er sah die auf und ab wippenden Köpfe der Teenager, die vor dem Laden tanzten. Einen Augenblick lang glaubte er, die ganze Straße würde von einer Energie durchbraust und erschüttert, die mit dem drängenden Rhythmus der Musik verebbte und wieder aufwallte. Sogar eine stattliche Großmutter, die ihren Geschäften nachging, hielt kurz an und machte ein, zwei kleine Tanzschritte, weil ihr die Musik so gut gefiel.

Ivan umklammerte die Kiste, auf der er gesessen hatte. Er stand mitten in einer drängenden Menge von Marktfrauen und einigen jungen Männern, die ganz plötzlich aufgetaucht waren. Besorgt schaute er zu, wie «der Säufer» die Körbe und Bündel hinunterbugsierte. Als er eine Kiste sah, die aussah wie seine, drängelte er sich nach vorn. «Ich glaube, das ist meine», rief er zaghaft und reichte nach oben. Doch gerade als er sie in Empfang nehmen wollte, wurde er von einer stämmigen Gestalt abrupt beiseite geschoben. «Das könnte dir so passen, hier meine Sachen abzuschleppen, was?» rief die Dicke empört und starrte Ivan böse an. «Da steht mein Name.» Triumphierend zeigte sie mit dem Finger darauf. «Seit wann heißt du Mathilda Guthrie, hä?» fragte sie, während sie sich an ihm vorbeizwängte, um ihre Kiste zu holen. «Ich ... ich ... es tut mir leid, aber ich dachte wirklich, es wär meine.» «Aber sicher, mein Herr! Ihr Jungs würdet mich natürlich nie beklauen, was?» meinte sie spöttisch. Die Menge lachte. Ivan war sauer und überdies überzeugt, daß die Frau ganz genau wußte, daß er sich wirklich bloß geirrt hatte. Aber während er noch so dastand, erkannte er, warum die Marktfrauen so mißtrauisch waren. Die paar Jugendlichen, die schrill ihre Dienste als Träger anboten, leisteten einen großzügigen Beitrag zu dem allgemeinen Durcheinander. Sie boxten sich durch die Menschenmenge, um im Namen des Besitzers Sachen, die vom Bus herunterkamen, an sich zu reißen. «Ist das Ihnen, meine Dame? Lassen Sie, ich hol's schon. Ich trag's Ihnen zum Markt.» Nur durch ihr Angebot bevollmächtigt, schlugen sie sich nach vorne durch, ohne daß der rechtmäßige Besitzer auch nur eine winzige Chance gehabt hätte, ihr Angebot auszuschlagen. Schließlich glückte es Ivan, seine beiden Kisten zurückzuerobern. Er setzte sie im Schatten eines Baumes ab und baute all seine Habseligkeiten schützend zu seinen Füßen auf. Dann versuchte er, sich zurechtzufinden. Die Nachmittagssonne heizte die Wellblechdächer auf und strahlte vom Asphalt zurück, so daß die Temperatur auf dem Pflaster höher war, als er es je zuvor erlebt hatte. Das Licht wurde von den weißen Wänden fast schmerzhaft intensiv reflektiert, wie man es in den grünen Bergen überhaupt nicht kannte. Er wischte sich den Schweiß von Gesicht und Hutkrempe und schaute sich um.

Auf der anderen Seite der Straße sah er das riesige Blechdach des Marktes, eine Ansammlung wuchernder, wie Schuppen wirkender Gehäuse, aus denen ein geschäftiges Summen drang, das wie das ferne Dröhnen des Meeres wellenartig aufbrandete. Außerdem gab es noch einen zweiten, nicht genehmigten Markt im Schatten des riesigen, blühenden Baumes, unter dem er stand. Was er bisher gesehen hatte, ließ ihn glauben, daß jedermann in Kingston das eine oder andere verkaufte. Ein Mann pries auf einem schwer beladenen Eselskarren seine grünen Kokosnüsse an. Er schnitt die Kappen ab und goß die kühle Milch aus der Schale. Neben ihm bot ein anderer zerstoßenes Eis mit Sirup an. Eine Frau verteilte scharf gewürzte *Patties*, mit Hackfleisch und Gemüse gefüllte Fleischtaschen, aus einem tragbaren Blechofen. Neben ihr stand einer mit einem Glasbehälter voller gebackenem Fisch. Junge Männer spazierten mit Bauchläden voller Nüsse, Bonbons, getrockneten Shrimps, Popcorn, Guavenkonfekt und anderen Süßigkeiten umher. Wieder andere hatten kleine Stände mit glitzerndem Plunder: Taschenmesser, Schlüsselketten, Ohrringen, Armreifen und Modeschmuck aller Art. Einige Straßenverkäufer, die unbedingt ein Geschäft machen wollten, drängten den Passanten ihre Angebote direkt auf. Andere begnügten sich damit, die Vorzüge ihrer Waren hinauszuschreien, wieder andere sangen – stolz wie echte Künstler – zu selbsterfundenen Melodien gelungene Lobesverse auf ihre Produkte.

Diejenigen, die nichts verkauften, trugen das ihrige zu dem allgemeinen Durcheinander bei, indem sie laut schreiend Freunde und Bekannte quer über die Straße begrüßten. Streitereien wurden öffentlich und grundsätzlich laut ausgetragen. Die Männer riefen den Frauen anzügliche Bemerkungen nach, und wenn sich mal eine darüber ärgerte, reagierte sie entsprechend stimmgewaltig und ausfallend. Der Verkehr ratterte und röhrte durch die Straßen. Autofahrer schrien Radfahrer an und hupten. Fahrradfahrer schrien Fußgänger an und klingelten sie aus dem Weg. Fußgänger schrien jedermann an und schwangen die Fäuste. Mehrere Male glaubte Ivan auf Grund ihrer heftigen Reaktion, daß hier kein Weg an einem Blutvergießen – oder doch wenigstens an roher Gewalt – vorbeiführte. Das grelle Licht, die Hitze, die erstickende Menge und die Verkehrsstaus schienen nur dazu beizutragen, daß sich Wut und Frustration von Minute zu Minute steigerten. Aber immer wieder löste ein gewisser Sinn für Humor, gepaart mit vorsichtiger Zurückhaltung die bedrohliche Situation in einem einzigen Wortschwall auf, ehe es zu handgreiflichen Auseinandersetzungen kam.

Ivan merkte plötzlich, daß er großen Durst hatte. Er ließ seine Siebensachen in der Obhut einer älteren Frau, die Mangos verkaufte, und erstand einen «Snowball». So nannten sie hier zerstoßenes Blockeis, das mit einem Spritzer Sirup in einer Plastiktüte angeboten wurde. Er war kühl und schmeckte einfach köstlich. Aber als er ihn aufgegessen hatte, war er immer noch durstig. Als nächstes kaufte er eine Kokosnuß, ja, das war schon besser. Aber mittlerweile hatte er einen Bärenhunger. Er kaufte sich ein paar Patties und noch einen Snowball. Alles schmeckte toll, und das war seine erste Mahlzeit in der Stadt. Er aß langsam und schaute dabei fasziniert dem lebhaften Treiben zu, das sich vor ihm entfaltete. Als er fertig war, beschloß er, sich allmählich auf den Weg zu machen. Aufmerksam lauschte er den Sprüchen des Snowball-Verkäufers und behielt dabei gleichzeitig seine Kisten im Auge. Plötzlich sah er zwei Dreads die Straße entlangschlendern. Als sie auf der Höhe der alten Mangoverkäuferin waren, stolperte der eine über Ivans Kiste und versuchte dann laut fluchend, sein Gleichgewicht wiederzufinden. Dabei zog er die Aufmerksamkeit auf sich, während sein Partner blitzschnell seine Hand in den Korb der Alten gleiten ließ. Als der erste wieder auf den Beinen stand, fragte der andere: «Alles klar, Jah?» «Na sicher, Mann, du weißt doch, Unkraut vergeht nicht.» «One love, Jah», meinte der andere und drückte ihm die Mango in die Hand. Ein Impuls drängte Ivan, sich auf den Dieb zu stürzen, aber irgendwas hielt ihn zurück. Als der andere Ivans bösen Blick bemerkte, grinste er ihm wie einem Mitwisser beinahe verschwörerisch zu und meinte lässig:

«Dies ist die Welt des Herrn und ihre Früchte sind die seinen.» «Ganz recht, Jah», stimmte der andere zu und biß kräftig in die saftige Mango. Mag schon sein, aber euch hat er bestimmt nicht geschickt, um sie zu ernten, dachte Ivan. «Verdammt noch mal», schimpfte der Snowball-Mann. «Das sind keine echten Rastas. Die sind nicht wie die. Die da sind Kriminelle, die sich hinter ihrm Bart vor der Polizei verstecken.» Er schaute ihnen wütend nach und rief mit einer obszönen Geste hinter ihnen her: «Macht, daß ihr wegkommt, ihr Spitzbuben! Ihr habt wohl keine Mutter gehabt, die euch Anstand beibringt, was? Laßt euch lieber die Haare schneiden und geht arbeiten!» Die zotteligen Burschen lachten bloß und machten sich mangofutternd aus dem Staub. Vieles an diesem Zwischenfall ärgerte Ivan. Nicht, daß die alte Frau wegen einer Mango verhungern würde. Aber die offene Arroganz der beiden Burschen und seine eigene Unfähigkeit, irgendwie zu reagieren, machten ihn wütend. Außerdem wollte ihm der Gedanke nicht in den Kopf, daß das Obst, das man zu dieser Jahreszeit im Dorf kaum noch verschenken konnte, hier einfach gestohlen wurde. Und dann noch einer alten Frau und derart unverschämt? Auf einen Schlag war ihm klar, daß es gar nicht so einfach sein würde, das Leben in dieser Stadt zu meistern. Sie war größer, heißer, staubiger, lauter, voller, dreckiger und verwirrender, als er sich je hätte träumen lassen.

Aber wenn Kingston auch einschüchternd wirkte, so war es doch auch aufregend, voller unbekannter Möglichkeiten und Geheimnisse. Ivan schob sich den Hut in den Nacken, packte mit einiger Mühe seine Kisten und machte sich auf, um Miss Daisy zu suchen. Es ging nur langsam voran, einmal weil die Kisten doch ziemlich schwer waren, aber auch, weil er versuchte, sich an all die Anweisungen zu erinnern. Sie hatten so einfach geklungen, aber jetzt schienen sie doch eher vage. Außerdem lenkte ihn alle paar Schritte ein neues Schauspiel ab.

Gerade wollte er sich eingestehen, daß er keine Ahnung hatte, wo er war, und wieder nach dem Weg fragen, da kam er an eine Ecke, wo ein paar Jungs lässig rumstanden. Er hatte den Eindruck, daß ihre Unterhaltung erstarb, als er näher kam, und spürte förmlich, wie ihn ihre erfahrenen Stadtaugen abtasteten. Er ging ein bißchen schneller, um zielstrebig zu wirken. Aber das könnte auch eine falsche Wirkung hervorrufen, und deshalb ging er wieder langsamer. Es kostete ihn enorme Anstrengung, sich umzudrehen und sie gelassen zu mustern, als er vorbeischlenderte, aber er spürte, daß es natürlicher wirken mußte, als wenn er stur geradeaus geguckt hätte. Er bemerkte, daß keiner ihn direkt ansah. Alle trugen ein breites Grinsen zur Schau und starrten entweder auf einen Punkt direkt vor oder direkt hinter ihm. Er wandte sich ab und ging schneller und spürte, wie ihm das Blut in den Kopf stieg. Er fühlte sich unbehaglich und auffällig, so als habe er irgendeinen sichtbaren körperlichen Fehler. Hinter ihm fing einer an zu lachen, und er meinte zu hören: «Gott o gott, wenn ein Dorftrottel zur Stadt kommt!», langgedehnt, mit einem falschen Staunen in der Stimme.

Laß die nur lachen, Mann! Die glauben, mit mir könnten sie's machen. Die werden schon merken, daß ich nicht ein x-beliebiger Trottel vom Lande bin. Eines Tages werden sie, werden alle Leute aus der Stadt mich grüßen, wenn sie mich sehen. Ich werd denen schon zeigen, wer *Rhygin* ist, jede Wette. Einen Augenblick vergaß Ivan in seinem Ärger, wo er war. Er sah sich schon als großen Sänger, berühmt, elegant, bewundert von genau diesen Jungs, deren Lachen noch immer in seinem Ohr widerhallte.

«Tuuut! Tuuuut!» Gerade als er dem Wagen hinter sich aus dem Weg springen wollte, rief eine spöttische und anmaßende Stimme auch noch:

«He, du Dorfjunge! Geh mir aus dem Weg, na, *mach schon!*»

Schon wieder! Wütend wirbelte er herum und fand sich statt dem rasanten Schlitten seiner Vorstellung einem untersetzten, mondgesichtigen Burschen in seinem Alter gegenüber, der einen kunstvoll zum Laster aufgemotzten Handkarren mit Lenkrad und Hupe zog.

«Moment mal», meinte Ivan. «Seit wann ist das hier deine Privatstraße?»

«Mensch, paß doch auf, wo du hintrittst», sagte der Junge schon etwas freundlicher.

Ivan fiel plötzlich auf, daß er fast genauso aussah wie Dudus, und sein Ärger verflog. «Hör mal, kannst du mir sagen, wie ich zur Milk Lane komme?» fragte er.

«Vielleicht. Vielleicht auch nicht. Fragst du nach dem Weg oder willst du was transportiert haben?» sagte er und beäugte Ivans Kisten. «Hast du Geld? Mit Geld kommst du hin, wohin du willst, klar. Aber ohne Geld bist du beschissen dran. Dann bleibst du am besten zu Haus.»

Was für 'n mieser Angeber, dachte Ivan. Redet von Geld. Dabei hat er meins noch gar nicht gesehn. Er widerstand der Lust, seine Scheine kurz aufblitzen zu lassen, und fragte lieber unverbindlich: «Also gut, wieviel willst du haben?» «Fünfzig Cent, und du hilfst mir beim Ziehen.»

Ivan rechnete schnell nach. Wenn die Milk Lane in der Nähe war, haute ihn der Bursche übers Ohr. Wenn es aber noch weit war, war's ein guter Preis. Andererseits waren die Kisten schwer und unhandlich, und mit einem Führer konnte er die doppelte Schmach umgehen, nicht zu wissen, wo er war, und dies auch noch vor Fremden zugeben zu müssen.

«Nu sag schon was, Mann! Mach schon!» forderte der Junge wie einer, der von wichtigen Geschäften abgehalten wird.

Ivan lachte. «Reg dich ab, Junge, du machst dein Geschäft.»

«Alles klar, Mann», schlug der andere ein.

Für Ivan war es eine Erleichterung, die Kisten auf den Karren zu werfen, und der Junge stellte sich als gewissenhafter Führer heraus, wenn er ihn auch ein bißchen von oben herab behandelte. Ständig erklärte er ihm, an welchen Plätzen oder Leuten sie vorbeikamen, und da er Ivan zu mögen schien, gab er ihm auch noch am laufenden Band Tips und Ratschläge, wie man die Fallstricke der Stadt umgehen und die Tricks der Betrüger und Geschäftemacher durchschauen konnte. Ivan hörte aufmerksam zu, gab aber bis auf ein gelegentliches Grunzen keine Antwort.

«Mensch, halt an», rief der Junge plötzlich und warf sich mit seinem ganzen Gewicht gegen den Karren. «Siehst du denn das rote Licht nicht, Mann? Das heißt STOP, weißt du denn das nicht? Kein Wunder, daß die Burschen vom Land hier immer gleich draufgehn, Mann!» Und wirklich, ein Wagen nach dem anderen raste jetzt über die Kreuzung.

«He, wie läuft's, Winston?» rief der Junge einem anderen zu, der an der Ecke auf seinem Karren hockte. Winston gab keine Antwort, und Ivans Führer wurde böse.

«Da, was hab ich dir gesagt», wandte er sich an Ivan. «Man kann keinem vertrauen, keinem. Weißt du, wie lange dieser Drecksack da drüben mir schon Geld schuldet? Aber heut kommt er mir nicht davon!» Er wurde immer ungehaltener beim Reden. «He, ich will meine Kohle sehn und zwar sofort, hast du mich verstanden?» brüllte er und rannte auf den Jungen zu. Doch plötzlich blieb er unschlüssig, hin- und hergerissen, stehen. «He», rief er Ivan zu, als habe er plötzlich eine Idee. «Ich hab's! Du machst das! Fünf Dollar, wenn du's machst!» drängte er.

Das unerwartete Vertrauen schmeichelte Ivan. Er war gern bereit, sich zu bewähren und sich mit diesem Schlingel Winston anzulegen, wenn's sein mußte.

«Keine Sorge! Nur wenn er's nicht hat, kriegste's nicht», versicherte er seinem neuen Freund, und weg war er. Mit einer Hand den Hut festhaltend schlängelte er sich taumelnd und mit beträchtlichen Schwierigkeiten durch den Verkehr. Aber je näher er kam, desto unsicherer wurde er. Halb hoffte er, der Junge würde abhauen und so eine Konfrontation vermeiden, aber Winston schien völlig ungerührt. Er hockte auf seinem Karren und kaute genüßlich auf einem Zuckerrohrstengel herum. Er beachtete den herankommenden Ivan überhaupt nicht.

«He, Winston», rief Ivan.

Der Junge schaute an Ivan vorbei, als habe er nichts gehört.

«He, Mann, mit dir red ich!» beharrte Ivan.

Winston schaute erstaunt auf. «Mit mir?»

Ivan merkte plötzlich verwirrt, daß er nicht mal wußte, wie sein neuer Freund hieß. «Ja, du da, ähh, also es ist so, mein Freund ... ähh, der Typ da drüben ...» er zeigte hinter sich, «der schickt mich wegen seim Geld. Ja, Mann, er sagt, du schuldest ihm noch was.» Ivans Stimme wurde eindringlicher. Der Junge schaute ihn verständnislos an, er schien zurückgeblieben – plemplem – zumindest tat er so. «Stellt sich doof, um die Schlauen auszutricksen», würde Maas Nattie sagen. Allmählich wurde Ivan sauer. Dieser ganze Hohn. Die herablassende Art bei diesen Stadtniggern. Nur weil er vom Land kam, hieß das noch lange nicht, daß er blöd war. Winston würde schon sehen.

«He, Winston. Der Typ da will seine Kohle.» Er streckte die Hand aus.

«Na prima. Aber ich heiß nicht Winston, Mann. Wo ist er denn? Dein Typ?» Verwirrt schaute er die Straße hinter Ivan entlang.

«Na der da, da drüben der», meinte Ivan und zeigte wieder hinter sich. Aber als er dem leeren Gesichtsausdruck des anderen folgte und sich umdrehte, sah er nichts als fließenden Verkehr, dort, wo der Karren gestanden hatte. Auf der anderen Seite der Kreuzung glaubte er, meinte er, *hoffte* er, den kleinen Handkarren zu sehen.

«He, komm sofort mit meinen Sachen zurück! Halt! Komm sofort zurück!» Er fing an, auf die Straße zu laufen, wurde aber durch den dichten Verkehr am Überqueren gehindert.

«Was ist denn mit dir los? Bist du total meschugge?» schrie ein verärgerter Lastwagenfahrer, der ihn fast überfahren hätte.

«Bringt doch nix, wenn du dich umbringst, Mister», meinte der Junge, der nicht Winston war, und legte seinen Arm um Ivans Schulter. «Also was ist passiert?»

Ivan tanzte in schierer Verzweiflung auf und ab und wartete auf die Gelegenheit, zwischen den Autos hindurchschlüpfen zu können. Winstons besorgtes Gesicht war noch schlimmer als das Gelächter, das er verdient hätte. Jedenfalls würde er ihm bestimmt nicht erzählen, wie er reingelegt worden war. «Alles in Ordnung, Mann. Ich muß nur jemand finden», erklärte er.

Als die Ampel umsprang, stürzte er los. «Ich muß den Scheißkerl finden! Mein ganzes gottverdammtes Zeug ist auf seinem Karren! Wie konnte mir das nur passieren? Hier rauf? Nein – da runter? Nein. All meine Sachen! Und Miss Daisys Geld dazu, jedenfalls das meiste davon. Wenn ich den Mistkerl erwisch! Ich muß ihn finden! Ich schlitz ihm den Bauch auf, verdammt noch mal.»

Ziellos lief er die überfüllten Bürgersteige entlang, in menschenleere Seitenstraßen hinein, über breite Straßen hinweg. Und mit jeder Minute wuchs seine Verzweiflung. Doch dann kam ihm plötzlich eine Idee. «Moment! Die Polizei! Wo ist die Polizei?» Er schaute sich nach einem Polizisten um, drehte sich dabei zweimal um seine eigene Achse und machte dadurch die Leute auf sich aufmerksam.

«Was ist los, Junge? Stimmt irgendwas nicht?» fragte eine mütterlich wirkende Frau, die hinter ihrem Stand hockte.

«Polizei! Ich brauche die Polizei! Man hat mich bestohlen», erklärte er ihr.

In ihren Augen blitzte spontane Sympathie auf. «Armes Ding», meinte sie mitfühlend. «Und dabei kommst du frisch vom Land, was? Alles was die Polizei hier macht, ist rumlaufen und nach Genehmigungen fragen. Aber wenn wirklich mal was passiert, dann ist weit und breit keiner von denen aufzutreiben», schimpfte sie wütend und schaute sich um. Als sie keinen Polizisten sah, gab sie plötzlich ein ohrenbetäubendes Gebrüll von sich: *«Hiiiilfe! Mörder! Polizei!»* Es war so laut und unerwartet, daß Ivan erstaunt zurückwich. «Wolln doch mal sehn, ob die das nicht hören!» sagte sie zuversichtlich und fuhr dann wieder zu Ivan gewandt gesprächig fort: «Aber nun erzähl mir doch erst mal, was passiert ist.»

Als er die Geschichte erzählte, versammelte sich eine neugierige Menschenmenge um sie herum.

«Was ist passiert, Mam?»

«Hier, dieser arme Junge», erklärte die Verbündete Ivans und zeigte mit dem Finger auf ihn, «irgend so ein Spitzbube hat den armen Kerl übers Ohr gehaun.»

«Was für 'ne Schande! Dabei ist er so ein netter, anständiger Junge!»

Ivan war es äußerst peinlich, plötzlich das Objekt des allgemeinen Interesses, Kopfschüttelns und philosophischen Trosts zu sein.

«Kopf hoch, Junge. Wird schon werden!»

«Ein Dieb wird sowieso nicht reich, das weiß doch jedes Kind!»

«Was ist das bloß für'n Leben? Wie kann man nur so was machen?»

Ivan war überrascht, wie schnell die Menge sich versammelt und aus dem einsamen, unbeachteten Fremden den Mittelpunkt von soviel Sympathie und Mitgefühl gemacht hatte. Die spontane Wärme und Sorge der Frau wirkte tröstlich, wenn es ihm auch irgendwie unangenehm war, wie sie ihn als «armen Jungen» und «anständigen Kerl» bezeichnete. Plötzlich überwältigte ihn ein unwiderstehliches Selbstmitleid und verschleierte ihm den Blick. Wahrscheinlich hätte er den Kampf gegen die unmännlichen Tränen verloren, wenn nicht die Ankunft eines Wachtmeisters wieder etwas Praktischeres in die ganze Angelegenheit gebracht hätte.

Nachdem er sich die Geschichte angehört und die Beschreibung des Missetäters und seines Lastkarrens gewissenhaft mitgeschrieben hatte, machte sich der Wachtmeister mit Ivan im Schlepptau daran, alle bekannten Treffpunkte der Karrenschieber abzuklappern. Zu seinem größten Erstaunen wurden sie von einer ansehnlichen Menschenmenge begleitet, der es offenbar nichts ausmachte, den Nachmittag damit zu vertun, auf den Ausgang der Geschichte zu warten. Die Leute hatten jede Menge Kommentare über die Schandtaten «dieser Karrenjungs» auf Lager und schienen sich gegenseitig darin überbieten zu wollen, die originellsten und schmerzhaftesten Foltern zu erfinden, mit denen sie den Dieb und seinesgleichen bestraft hätten, «wenn's nach mir gehn täte». Mit Ivan und dem Beamten vorneweg marschierten sie zum Markt, zum Park, zur Bahnstation und anderen zentralen Treffpunkten, wo Grüppchen von Handkarren und ihren Besitzern auf einen Job warteten. Aber nirgends fand sich eine Spur von dem untersetzten Jungen oder seinem Gefährt.

Es wurde schon langsam dunkel, als Ivan müde, hungrig, mit schmerzenden Fußsohlen und deprimiert in der Milk Lane ankam. Er sah eine enge staubige Gasse, auf beiden Seiten von hohen Wellblechzäunen gesäumt, die die Wohnhöfe voneinander trennten, die Behausungen der etwas besser gestellten Armen der Stadt. Die Straße war nur schwach erleuchtet. Hinter den Zäunen hörte man das Summen von Stimmen und das Plärren der Transistorradios, und in der Luft lag der

Geruch von Essen, denn dies war die Zeit, in der die meisten Leute das Abendessen vorbereiteten. Unter einer Straßenlaterne hatte sich eine Bande von Halbstarken versammelt, die laut und dramatisch Domino spielte.

Junge, Junge! Ich kann's einfach nicht fassen, daß ich erst heut früh vom Hof meiner Großmutter weg bin. Kann doch nicht sein! Ist einfach viel zuviel passiert schon. Maas Nattie, Dudus, Mirriam – alle so weit weg, fast wie in einem anderen Land. Gehören schon alle zur Vergangenheit. Hmm, da brät einer Fisch – riecht gut! Mann, wenn ich jetzt zu Hause wär und Großmutter hätte gekocht und das Essen wär fertig ... – Mann, was ist denn los mit mir? Ich glaub, ich spinne. Großmutter ist tot ... aus ... futsch ...

Ah, hier muß es sein. Sieht ganz so aus, na klar! Bin gespannt, ob Mama da ist. Wie sie wohl wohnt? Zu essen wird sie ja wohl was da haben. Mann, bin ich geschafft. Wie weit bin ich wohl heut gelaufen? Die Straße ist hart – und heiß – bei Gott. Und die Schuhe, die sind auch hart, so hart, daß mir die Füße brennen. Aber hier muß es jetzt sein – werd mal den Typ da drüben fragen.

Von den Spielern unbeachtet humpelte Ivan auf sie zu. Die Burschen waren nur wenig älter als er selbst. Sie redeten laut und lachten unbekümmert, als seien sie genau da, wo sie an einem solchen Abend in der Stadt auch hingehörten. Ihre Art, ihr Stil, ihr ganzes Auftreten schüchterte Ivan ein. Besonders der große Schwarze, der hinter seiner dicken Sonnenbrille noch schwärzer wirkte. Er war offenbar der Anführer, denn mit seinem bärtigen Gesicht, der schwarzen Baskenmütze, dem goldenen Ohrring und der lauten, anmaßenden Stimme beherrschte er nicht nur die Unterhaltung, sondern dominierte mit seinem blitzschnellen Spiel auch die Runde. Ivan war schwer beeindruckt von ihm. Aber daß Männer Ohrringe tragen, hab ich ja noch nie gehört, dachte er. Und da sagt keiner was? Wenn ein Mann sich so was leisten kann, dann muß er ja was drauf haben. Das Brett schepperte, als der Schwarze jetzt übertrieben kräftig einen Dominostein draufknallte.

«He, habt ihr schon mal so'n Spiel gesehn?» prahlte er. «Wieviel Steine habt ihr noch?»

«Zwei.»

«Zwei? Wirklich? Zwei? Und du da, Partner, was hast du? Hä? Ich seh schon, ich kann eben nicht verlieren. Kann einfach nicht verlieren!» Er hielt die Dominosteine in der einen Hand und hob die andere theatralisch über den Kopf. Den nächsten Zug hatte er schon vorausgeplant. Langsam wandte er den Kopf, während er noch mal die Punkte verglich und ausführlich und sorgfältigst «las und rechnete».

«He, wißt ihr vielleicht zufällig, ob diese Lady hier irgendwo wohnt?» fragte Ivan schüchtern und hielt ihm das Papier mit Miss Daisys Namen hin.

Der lange Kerl warf kaum einen Blick darauf. Er starrte noch immer unbewegt auf das Brett und deutete geistesabwesend auf den gegenüberliegenden Blechzaun.

«Da drüben. Die Häuser da.» Und mit dieser kurzen Handbewegung war Ivan entlassen. «Oh, mein Spiel? So, das war's. Da! Und da! Und da!» Dramatisch und mit einem triumphierenden Schnauben nach jedem Zug warf er die letzten drei Dominos auf das Brett.

Ivan machte sich tief beeindruckt aus dem Staub. Er hatte also seine Mutter gefunden, die, wenn der Bursche recht hatte, dort hinter dem Tor im Blechzaun wohnte. Er hatte sie ja nicht allzuoft gesehen in den letzten Jahren. Ob sie ihn wiedererkennen würde? Er konnte sich nur vage und schemenhaft an sie erinnern. Als der große Augenblick des Wiedersehens immer näher rückte und er nicht wußte, wie sie ihn aufnehmen würde, verlor er plötzlich allen Mut. Außerdem – wie konnte er ihr erzählen, daß er fast das ganze Geld und die meisten Geschenke der Dorfbewohner verloren hatte? Durch das Tor kam er in einen schmalen Hof, in dessen Mitte sich ein Haus ausbreitete, das plan- und formlos in Schüben und plötzlichen Eingebungen gewachsen zu sein schien, Stück für Stück, wie es das Material und der Zufall wollten. Der mittlere Teil aus Holz war offenbar der älteste. Der andere Holzbau schien neuer. Diese beiden Abschnitte wurden von zwei Flügeln aus Schlackenstein flankiert, offensichtlich den jüngsten Anbauten.

Der Hof bestand aus festgestampfter Erde. Er war ausgetrocknet und kahl bis auf zwei riesige Mangobäume, deren dichtes Laub das Haus überschattete. Ivan stand vor einer Reihe von Türen, zu denen Holztreppen hinaufführten. Ein paar standen offen, so daß aus den Zimmern Licht in den Hof fiel. In den Eingängen oder auf den Stufen saßen Frauen und überwachten ihr Abendessen, das auf kleinen Kohleöfchen vor sich hinbrutzelte. Sie schauten schweigend auf, als er näherkam.

«Ich suche Miss Daisy.»

«Miss Daisy? Was willst du von Miss Daisy?» fragte die eine argwöhnisch.

«Ist meine Mutter, Mam», antwortete Ivan.

Schlagartig veränderte sich das Verhalten der Frau. «Oh, du bist Miss Daisys Pickney? Das konnte ich ja nicht wissen. Sie wird sich mächtig freuen, dich zu sehen. Da hinten –» Sie zeigte auf eine verschlossene Tür, unter der sich ein schwacher Lichtstrahl hervorstahl.

Miss Daisy lag auf dem Bett, das das kleine Zimmer fast vollständig ausfüllte. Sie starrte auf die nackte Glühbirne, die von der Decke baumelte, und fühlte das Gewicht ihres Körpers schwer auf den Sprungfedern lasten. Sie kam sich bleiern vor, fast taub, so als hätte sie jegliches Gefühl verloren und könnte sich nie wieder bewegen. Heute war Donnerstag, also Putztag, und sie hatte auch noch kochen und die Familie bei Tisch bedienen müssen.

Das Rutschen über die harten Holzböden, die sie mit einer Kokosbürste schrubbte und wienerte, hatte in ihren Knien, die mit einer häßlichen Schicht lederner, farbloser Schwielen bedeckt waren, einen stechenden Schmerz hinterlassen. Ihr Rücken und die Schultern brannten. Der Rücken schmerzte und war steif und wurde auch noch immer schlimmer. Keine der vielen Arzneien, die sie ausprobiert hatte, schien auf Dauer zu helfen. Sie krümmte sich, wälzte sich auf dem Bett hin und her und versuchte vergeblich, eine Lage zu finden, die ihr Erleichterung verschafft hätte. Plötzlich traf der Schmerz das Rückgrat, und sie schnappte nach Luft. Es war so heiß hier drin! Vielleicht sollte sie die Tür aufmachen, um etwas Luft reinzulassen. Doch nein, zuviel Schlechtigkeit da draußen. Und jeden Tag, den der Herr sandte, wurde es schlimmer. Besser, die Tür blieb zu.

Sie langte nach dem feuchten Tuch hinter sich, um sich das verschwitzte Gesicht abzureiben. Es war schon ganz warm. Sie betrachtete das große gerahmte Bild von Jesus an der Wand. Es war wirklich hübsch. Der Prediger hatte es aus 'Merika. Wirklich hübsch. Die strahlend blauen Augen glühten, und das blonde Haar glänzte in einem heiligen Schein. Er stand da, hielt ein kleines Lamm auf dem Arm und stützte sich mit der anderen Hand auf einen langen, gebogenen Stab. Jesus, unser guter Hirte. Auf seinem Gesicht lag ein unbeschreibliches Mitgefühl, Liebe und Traurigkeit. Kein Wunder, daß er traurig ist bei all den Schmerzen. Sein Herz, ein leuchtender roter Fleck, war von spitzen Dornen umgeben. Auch sie wußte, was Schmerzen sind. Plötzlich wurde sie von einer Welle mitfühlender Sehnsucht nach seinem Leid überschwemmt. Ohne sich dessen bewußt zu sein, fing sie langsam, getragen und traurig an zu singen:

Der König der Liebe mein Hirte ist
Und seine Güte endet nimmer
Bin ich die Seine, fehlt mir an nichts
Und er ist mein für immer

Sie entspannte sich und schloß die Augen. Ja, die Tür blieb besser zu. Es gab einfach zuviel Schlechtigkeit und Sünde in diesem Kingston. Ja, laß die Tür zu. Der Herr Jesus war ihr Gesellschaft genug.

Eigentlich hätte sie Hunger haben müssen, jedenfalls wußte sie, daß es an der Zeit war. Ihr ausgelaugter, ermatteter Körper war viel zu müde, um noch Hunger zu verspüren, aber trotzdem – sie mußte etwas essen. Was hatte sie denn noch da? Eine Dose Sardinen. Ja, sie war sicher, in der Kiste unter dem Bett gab es noch eine. Die und ein paar Kekse. Noch fünf Minuten, dann würde sie aufstehen und etwas essen. Aber erst wollte sie ihren Rücken ein wenig ausruhen lassen. Man stelle sich diese Frau vor! Der hatte sie schwören müssen, daß sie gläubige Christin war, wiedergeboren, errettet und getauft, und daß sie niemandem je etwas stahl. Und nun hör sich einer an, wie sie behauptete, Daisy würde sich an ihrem Essen bereichern, obwohl sie ihr doch zwei Dollar mehr zahlte, damit sie sich selber ernähren konnte. Was für 'ne böse und gemeine Frau! Wollte ihr wohl zwei Dollar vom Lohn streichen? Wenn's wenigstens wahr wäre, daß sie Essen mitnehmen täte, dann hätte sie jetzt wenigstens einen großen Teller Reis mit Bohnen und Fleisch und Sauce, die Reste vom Mittagessen. Essen stehlen! Stell sich einer das vor! Ich, Miss Daisy Martin und Essen stehlen! Angenommen, sie käme je zu mir nach Hause in den «Busch» und würde sehn, was bei meiner Mutter alles wächst! Was für eine Schlechtigkeit! In den letzten Tagen brachte sie sowieso kaum was runter. Herrje, die Leute haben schon recht: arm sein ist 'ne Sünde und schwarz sein ein Verbrechen! Ihre verletzte Würde machte sie wieder wütend und ließ sie den Rückenschmerz vergessen.

Die ersten Male hatte sie sich über derartige Anschuldigungen so aufgeregt, daß ihr vor lauter Wut die Tränen in die Augen schossen. Aber jetzt konnte sie sich nicht mal mehr richtig ärgern. Diese Art von Sticheleien machte sie einfach müde – nur müde. Den ganzen Tag schon hatten ihr die Ohren geklingelt. Das bedeutete, daß jemand nach ihr rief – aber wer? Und ihr linkes Auge zuckte. Sie würde jemanden wiedersehen. Hach, aber wer sollte schon kommen, um mich armes Ding zu besuchen? Miss Daisy fiel in einen unruhigen Schlummer, jenen halbwachen Zustand, in dem seltsame Bilder vor den Augen aufflackerten. Sie träumte, daß eine vertraute Stimme nach ihr rief ... aber sie erkannte diese Stimme nicht ...

Beunruhigt rief Ivan lauter. «Miss Daisy! Miss Daisy!» Immer noch keine Antwort. Aber das Licht brannte doch. Als er sein Ohr an die Tür legte, glaubte er, ein heiseres Stöhnen zu hören.

«Miss Daisy! Mama!»

«Was ... was ... wer ist da?»

«Ich bin's, Ivan!»

«Ivan ... *Ivan?* Moment, ich komm schon!»

Die Tür öffnete sich einen Spalt, und ein verschlafenes, ungläubiges Gesicht erschien.

Dann öffnete sich die Tür etwas weiter, und sie trat zurück. «Schon gut, komm rein.»

Mutter und Sohn starrten sich an. Ihr Gesicht war von Schlaf und Erschöpfung aufgequollen, aber unter dieser unnatürlichen Weichheit lagen harte, tiefe Falten des Leids. Und ihre Bewegungen waren steif, wie von jemandem, der sehr alt war, vielleicht älter noch als zuletzt Miss Mando. Die Worte waren ihm entschlüpft, noch ehe er sie zurückhalten konnte: «Mama ... aber du bist krank!»

«Ivan, wo ist deine Großmutter? Wieso bist du von zu Hause abgehauen? Was willst du hier in der Stadt?» Ihre schnellen Fragen prasselten auf ihn herunter und wischten die Verlegenheit beiseite, die sich zwischen ihnen ausgebreitet hatte.

«Großmama ist tot.»

«Tot? Wieso ist sie tot und ich weiß nix davon?»

«Wir wollten es dir sagen, aber die Telegramme kamen immer wieder zurück!»

«Und wann ist die Beerdigung?»

«Sie war schon.»

«Sie *war* schon? *War* schon?» Ihre Stimme brach ab, als sie verstand. «Die Beerdigung war schon, und ich war noch nicht mal dabei? Mein Gott! Mein Gott! Mein GOOOOOTTT!» Die Beine schienen ihr nicht mehr zu gehorchen, und sie brach auf dem Bett zusammen, wo sie im Ansturm eines unaussprechlichen Kummers vor sich hin schluchzte.

Ivan stand daneben und klopfte ihr verlegen auf die Schulter. «Mußt nicht weinen, Mama.»

«Aber sie ist doch meine *Mutter!* Ich *muß* weinen!»

Er fühlte sich unbeholfen und wußte auch nicht, was er machen sollte. Seine Worte kamen so lahm und schwach heraus. Er wollte sie trösten, sie umarmen, aber er konnte seine Arme nicht um diese müde, weinende, fremde Frau legen, seine Mutter, die von krampfhaften Tränenausbrüchen geschüttelt auf dem Bett lag.

«Oh, mein Gott! Mein Gott!»

Ivan trat von einem Fuß auf den anderen. Er schaute sich im Zimmer um, nur damit er sie nicht ansehen mußte. Es war klein, drückend heiß und von oben bis unten mit Zeugs vollgestopft. Dies war kein Ort zum Leben, dies war ein Ort zum Schlafen oder zum Sterben. Erstaunt betrachtete er das Jesusbild. Was für strahlend blaue Augen! Was für ein rosa Gesicht! Es schien zu glühen und seine Augen zum Tränen zu bringen. Das einzige, was in diesem Zimmer wuchs, war eine Blume, die in einem Krug auf dem Tisch stand. Eine einzige Blüte. Aber sie sah komisch aus, irgendwie fremd. Was war es bloß? So eine Blume hatte er noch nie gesehen, so steif und wächsern. Später würde er sie sich genauer ansehen. Ganz leise drang Musik wie aus weiter Ferne zu ihm. War das Kumina-Musik? Aber halt, gab es denn in der Stadt Kumina? Er mußte später fragen. Dieses Trommeln und Singen, das sanft wie aus seiner Phantasie oder Erinnerung zu ihm drang, das mußte Kumina sein. Aber irgendwie war es anders. Als das Schluchzen seiner Mutter allmählich verebbte, ertönte die Musik deutlicher, aber immer noch gedämpft und klagend. Eine geisterhaft-eindringliche Melodie mit einem hämmernden Rhythmus. Eine alte Weise mit neuem Text:

Und die Bösen schleppten uns
In Gefangenschaft und
Forderten ein Lied
Doch wie sollen wir
Das Lied König Alphas singen
In der Fremde?

Miss Daisy fragte: «Und was ist mit dem Land passiert?»

«Das hatte Großmama schon vor ihrem Tod verkauft.»

Er sah den plötzlich aufflackernden Schock in ihren Augen, als ihr langsam bewußt wurde, daß es kein Stückchen Erde im «Busch» mehr gab, zu dem sie zurückkehren konnte, kein zeitloses Paradies mehr, keinen Mittelpunkt der ganzen Familie. Hastig erläuterte er ihr die Abmachung mit Maas Nattie, aber er merkte schon, daß ihre Fragen rein mechanisch kamen und sie tief in ihrem Inneren die Antworten schon gar nicht mehr wissen wollte.

«Und was ist mit dem Geld?»

«Sie sagte, sie wollte eine große Beerdigung.»

«Wie? Das ganze Geld für eine große Beerdigung und ich war noch nicht mal dabei? Oh, Gott, oh, Gott.» Sie schüttelte in trübsinniger Resignation den Kopf, und eine Sekunde schien es, als würde sie von neuem in Tränen ausbrechen. Aber dann fragte sie mit derselben tonlosen Stimme weiter.

«Das Geld ist also alle?»

Diese Frage hatte er befürchtet! Wie konnte er ihr sagen, daß er fast das ganze Geld und alle Geschenke verloren hatte? So wie das Zimmer aussah, hatte sie von beidem nicht allzuviel. Vielleicht sollte er ihr alles gestehen?

«'n bißchen was ist noch übrig», meinte er vage.

«Na und? Was ist damit? Hast du's bei dir?»

Er nickte, immer noch verunsichert. Dann wühlte er in seiner Tasche und warf ihr ein zerknittertes Bündel Scheine zu. Es war die Hälfte von dem, was er bei sich hatte. Er schämte sich, aber aus irgendeinem Grund wollte er den Rest für sich behalten.

Doch sie warf kaum einen Blick auf das Geld. «Ist das alles?»

«Ja.»

Sie schaute ihn an, und er spürte, wie ihm die Schamröte ins Gesicht stieg, aber sie dachte gar nicht an das Geld. Sie betrachtete den Hut, die neuen Kleider und wußte plötzlich, daß sie trotz ihrer Erschöpfung und ihrer Qual die so lange vernachlässigte, mütterliche Autorität wiederfinden und soviel Kraft und Energie aufbringen mußte, daß er sie wenigstens respektierte.

«Wie willst du denn heute noch wieder zurück?» fragte sie listig und tat so, als sei er nur ein Bote, obwohl er schon, während sie noch sprach, den Kopf schüttelte. «Ich geh nicht zurück aufs Land», sagte er sanft.

«Wo willst du denn wohnen? Hier geht es nicht, du siehst ja ...» und damit deutete sie auf das überfüllte Zimmer.

«Ich bleib trotzdem in der Stadt.»

«Glaubst du denn, das wär so einfach? Wovon willst du leben?»

«Ich kann singen, Mama. Ich kann 'ne Platte machen.»

Ärgerlich und total abweisend biß sie sich auf die Lippen und betrachtete ihn dabei wie einen Verrückten, wie ein zurückgebliebenes Kind. «Findest du das etwa witzig?»

«Na gut. Ich kann mir 'ne Arbeit suchen.» Er blieb stur und dickköpfig wie ein störrischer Esel.

«Ivan, Ivan, *Kind!* Was kannst du denn? Was glaubst du, was du für 'ne Arbeit kriegst? Draußen wirst du doch nur zum Verbrecher. Brichst Schlösser auf und steigst in Läden und Häuser ein.»

«Warum mußt du so was sagen?» fragte er hitzig und lauter als vorher. «Ich bin kein Verbrecher!»

«Reg dich nicht so auf. Morgen früh fährst du zurück!» Ihre Angst um ihn verlieh ihr plötzlich ungeahnte Energie und Beredsamkeit. Leidenschaftlich und präzise beschrieb sie ihm die Abgründe und Fallen der Stadt und erzählte ausführlich von ihrem eigenen Leben, von der Einsamkeit und der Angst, der harten Arbeit, die sie ihrer Jugend und ihres Lebens beraubt hatte, dem kargen Lohn und den täglichen Beleidigungen.

Aber er bestand darauf, nicht zurückzugehen, egal was sie sagte. Er wollte etwas aus sich machen; sie würde noch stolz auf ihn sein. «Herrje, Junge», jammerte sie, «das sagen sie doch alle, all die jungen Burschen. Und es dauert nicht lange, da sitzen sie im Knast, im Gefängnis. Sie sterben durch eine Knarre oder durch ein Messer oder sie saufen sich zu Tode.»

«Mama, so was passiert mir nicht, bestimmt nicht. Seit ich klein war, wußte ich, daß ich es noch mal zu was bringe. Das ist meine einzige Chance! Ich *kann* nicht zurück! Ich kann einfach nicht!»

Er stand vor ihr, verletzt, aber störrisch und entschlossen.

«Hast du Hunger?» fragte sie leise. «Ich koche nicht mehr viel, aber ein bißchen ist sicher noch da.»

Er nickte.

Daisy machte die Dose Sardinen auf und stellte sie mit ein paar Keksen vor ihn auf den Tisch. Dann ging sie in den Hof und kam mit einem Krug Wasser zurück, in das sie ein wenig braunen Zucker verrührte. Schließlich setzte sie sich aufs Bett und sah ihm schweigend beim Essen zu. Er war sehr schnell fertig. Dann stand sie auf und fing an, in ihrer Kiste herumzukramen.

«Na schön», meinte sie resigniert mit dumpfer, tonloser Stimme. «Wenn du unbedingt hierbleiben willst, dann geb ich dir aber wenigstens die Adresse von jemand, der dir weiterhelfen kann.» Sie blätterte durch ihre Bibel, bis sie eine kleine Visitenkarte fand. «Wenn du dich anständig benimmst, wird er dir 'ne Arbeit besorgen. Hier!»

Er studierte die Karte. «Ein Prediger?»

«Ja, *er* kann dir bestimmt helfen!»

Ivan schüttelte zweifelnd den Kopf. «Okay, Mama. Danke.» Er ging auf die Tür zu.

«Ivan, warte!»

Wortlos drehte er sich zu ihr um. Sie lag zusammengekrümmt auf dem Bett.

«Hast du überhaupt Geld? Nimm das.» Sie streckte ihm ein paar von den Scheinen hin, die er ihr mitgebracht hatte.

«Schon gut, Mama. Ich hab die paar Ziegen und Schweine, die ich hatte, verkauft. Behalt es.»

«Na schön. Sag mal, hast du mir eigentlich nicht mal 'ne Mango von zu Hause mitgebracht?»

«War 'n schlechtes Jahr für Mangos», log er schnell und trat beschämt in die Nacht hinaus.

Als die Tür hinter ihm ins Schloß gefallen war, lag Miss Daisy lange ruhig auf dem Bett. Dann stand sie auf und sank vor dem Bild des Hirten auf ihre vernarbten, schwieligen Knie. Sie wiegte sich langsam hin und her, starrte auf das blutende Herz und betete für ihren Sohn, daß «wenngleich tausend Teufel ihn versuchen, er nicht fallen möge».

Die Luft, warm, dunkel, vom Kochen, den Holzfeuern und Ganja geschwängert, strich zärtlich über Ivans Haut. Das Trommeln und Singen war verstummt, aber die dunkelblaue Nacht vibrierte vor Leben. Aus einem benachbarten Wohnblock erklang ein Lied in der Dunkelheit, die Stimme einer Frau, rauchig und sexy. Dann die eines Mannes, der irgend etwas Unverständliches murmelte. Die Frau lachte jetzt, es war ein zufriedenes, aufreizendes Lachen.

Die Schwere, die auf ihm gelastet hatte, fiel von ihm ab. Die vielen Schwingungen der Töne und die ungewohnten Gerüche erregten ihn. Nach der Niedergeschlagenheit, die ihn in dem bedrückenden Zimmer seiner Mutter beschlichen hatte, überwältigte ihn jetzt eine ungeheure Erleichterung. Er war heilfroh, nicht noch länger bei dieser ausgelaugten Frau mit den traurigen Augen sitzen zu müssen, auch wenn er sich sofort wieder dafür schämte.

Der warme Windhauch, der seinen Körper streifte, trug ihm auch das Murmeln der gedämpften Frauenstimme zu. Ein Radio spielte leise Musik. Ivan fühlte sich sehnsüchtig, einsam in dieser Dunkelheit, so allein wie noch nie zuvor. Eine Hitzewelle pulsierte durch seine Glieder, erfüllte den Kopf und verebbte schließlich in der Lendengegend. Er spürte, wie er steif wurde, anschwoll und fast schmerzhaft zuckte.

Noch nie im Leben hatte er ein so starkes, zielloses, dringendes sexuelles Verlangen gespürt.

Trotzdem beschleunigte er jetzt seinen Schritt, wenn er auch nicht so recht wußte, wohin er ging, denn er war jung und stark und hatte noch nicht gelernt, sich zu fürchten – oder daß es überhaupt etwas zu fürchten geben könnte.

Die Dominospieler saßen immer noch unter der Laterne. Vielleicht konnte er sie kennenlernen, vor allem diesen großen, geschniegelten Schwarzen, den sie José nannten. Er schien all das zu sein, wovon Ivan nur träumte: erfahren, elegant, selbstsicher. Aber wie sollte er das am besten anstellen? Er erinnerte sich an das Kichern der anderen Jungs und schlenderte langsam auf die Spieler zu, bereit, bei dem geringsten Anzeichen von Spott weiterzugehen. Aber das war nicht nötig.

«He, halt mal eben», meinte José beiläufig, ohne aufzuschauen. «Hast du Daisy gefunden?»

«Na klar», meinte Ivan gedehnt und blieb ermutigt stehen. Einer der Spieler schmetterte gerade einen Dominostein auf das Brett.

«Guck dir den an. Gibt an wie sonst was», gluckste Josés Partner.

«Was hat er gesetzt? Vier?» meinte José lachend. «Herrje, ich halt's nicht aus.» Er spielte. «Na, alles klar? Das Spiel ist gelaufen, oder?» Mit verschwörerischem Grinsen blinzelte er Ivan zu. Ivan lachte und nickte anerkennend.

«Also dann ist Daisy deine Alte?» fragte José.

«Ja.»

«Okay, ich bin José. Ich hab hier alles unter Kontrolle. Wenn du was brauchst, frag einfach nach José. Das bin ich. Frag einfach irgendwen, ganz egal, klar?»

«Klar wie dicke Tinte», meinte Ivan und verriet damit seine Herkunft. «Ich heiße Ivan, aber man nennt mich Rhygin.» Gerade wollte sich ein unterdrücktes Kichern ausbreiten, aber José schnitt es mit einer Handbewegung ab. «Du bist dran! Was gibt's zu lachen?»

Ivan war von Dankbarkeit überwältigt. «Hmm», spekulierte José und überprüfte noch einmal seine Steine. «Du hast also dein Land verkauft und willst in die Stadt.» Halb war das eine Feststellung, halb eine Frage. Hinter seiner Sonnenbrille beobachtete er Ivan sorgfältig, ohne daß der das mitkriegte.

«Ja, könnte stimmen», nickte Ivan.

«Versteh schon», meinte José gedankenverloren. «Versteh schon.» In rascher Folge setzte er jetzt seine drei letzten Steine. «Also paßt auf,

Jungs, ich spiel so lang nicht mehr mit euch, bis ihr mich endlich bezahlt. Ihr schuldet mir zuviel, jetzt reicht's. Ist viel zuviel los in der Stadt, als daß ich mit Stümpern spiel, die dann obendrein nicht mal zahlen können. Stimmt's, Rhygin?»

«Genau, Mann», nickte Ivan.

Wieder dieses unterdrückte Kichern. José warf den anderen einen eisigen Blick zu.

Seine offen angebotene Freundschaft schmeichelte Ivan. Er wollte irgendwas sagen, das ihnen allen imponierte. Ihnen zeigen, daß er zwar neu in der Stadt war, aber noch lange kein Dummkopf. Aber was? Plötzlich kam ihm eine Idee. Eine der größten Attraktionen der Stadt und eine ständige Quelle für alle möglichen Spekulationen und Unterstellungen zu Hause auf dem Land waren die Filmveranstaltungen, für die in den Zeitungen so verlockend geworben wurde. Wie hieß bloß das Kino noch? Das erste, was ihm einfiel, war das Rialto. Möglichst beiläufig fragte er: «Weiß zufällig einer von euch, was im Rialto läuft?»

«Oh!» Überrascht schaute José auf. «Du kommst frisch vom Land und kennst das Rialto?»

«Hab drüber gelesen, Mann, nur drüber gelesen», sagte Ivan geringschätzig.

José schaute ihn an, als wollte er sagen, nicht übel für 'n Jungen vom Land. «Also was läuft, Bruder, willst du ins Rialto?» fragte er.

«Wär nicht schlecht», meinte Ivan gedehnt, so als wäre es besser als nichts, aber auch nicht sonderlich wichtig. Konnte man sich was Besseres vorstellen, als in der ersten Nacht in der Stadt seinen ersten Film zu sehen, noch dazu in Begleitung eines Weltmannes wie José? Aber er wurde nicht recht schlau aus dem, was José ihm da anbot und wollte weder zu eifrig noch zu anmaßend wirken.

«Tja, dann nix wie los», meinte José und stand auf.

«Du meinst ... du und ich?»

«Na klar, Mann, warum nicht?» antwortete José.

Ivan war so glücklich, daß er das schlaue Grinsen der anderen Spieler gar nicht bemerkte. José, der mit riesigen Schritten vorausging und sein linkes Bein fast unmerklich nachzog, so als sei es irgendwie länger als das andere, marschierte die Gasse hinunter. Und Ivan, der sich jetzt auch bei jedem Schritt in den Hüften wiegte, lief hinterher.

«Tja, Bruder, ich hab doch gleich gemerkt, daß du okay bist. Ich zeig dir, was hier abgeht. Brauchst nur ein bißchen Training, weißt du. Keiner kennt die Stadt hier so wie ich – ich bin hier geboren und aufgewachsen.»

«Junge», sagte Ivan. «Ich glaub, mir gefällt's hier, wirklich.»

«Alles cool hier», stimmte José zu und bog in einen Hof ein, in dem ein Motorrad stand, das an einen Baum gekettet war. «Siehst du den Ofen da drüben?» fragte er stolz.

«Das reinste Kunstwerk», murmelte Ivan bewundernd. Er bestaunte die schnittige Maschine. Die metallene Karosserie schimmerte im Mondschein so wunderschön, daß es ihm glatt den Atem verschlug. «Sag mal, José», stieß er hervor. «Gehört die etwa dir?» Sein Respekt vor José wuchs, aber er hätte nur zu gern gewußt, wie der Schwarze es angestellt hatte, in einen so ungeheuerlichen Besitz zu kommen.

«Gewissermaßen», meinte José lässig. «Ich brauch sie bei der Arbeit.» Nähere Erklärungen gab er nicht.

«Wahnsinn!»

«Spring schon auf, Mann. Und halt dich fest», riet José und trat den Motor an. Während Ivan hinter ihm Platz nahm, zündete er einen «Strato-Cruiser» an, einen kegelförmigen Joint mit einer Mischung aus Ganja und Tabak. «Showtime, Bruder, das ist Showtime. He, hast du schon mal auf so einer gesessen?»

«Na klar, Mann, mehr als einmal», log Ivan leichtfertig. «Okay. Dann weißt du ja, daß du deinen Fuß nicht auf den Auspuff stellen solltest, sonst brennt er dir noch ab, du Fuzzi.»

Die Maschine hüpfte über die miserable kleine Straße. Rauch und aufgewirbelte Staubwolken erhoben sich hinter ihnen, ehe sie mit stotterndem Getöse auf das glatte Pflaster der Querstraße glitten. Die Beschleunigung riß Ivan nach hinten, fast hätte es ihn vom Sitz gefetzt. «Festhalten», warnte José und raste die beleuchtete Straße entlang. Mit einer Hand hielt Ivan seinen Hut fest, mit der anderen klammerte er sich an den Sitz. So spähte er über Josés Schultern in das gleißende Licht der Autoscheinwerfer. Der Rausch der Geschwindigkeit, der hier hinten auf dem Rücksitz viel reiner und erregender war als im Bus, und das mühelose sanfte Gleiten auf dem Asphalt stiegen ihm zu Kopf. Der Wind peitschte ihm ins Gesicht, Staub- und Rußteilchen brannten ihm in den Augen. Die Welt flog hinter einem Tränenschleier in verwischten Einzelteilen vorbei.

Und was für eine Welt das war! Die Stadt hatte sich völlig verändert! Am Nachmittag war sie öde und schäbig, jeder Makel und jeder Schandfleck deutlich zu sehen gewesen; sie war ihm bedrohlich, ja sogar abschreckend erschienen. Doch jetzt hüllte die Dunkelheit alles in ihren kosmetischen Deckmantel, und nur funkelnde Oasen aus Licht und Farbe blitzten gelegentlich auf wie Juwelen auf schwarzem Samt. Lila, blaue und rote Neonlichter strahlten aus den Schaufenstern, die Bürgersteige waren immer noch voller Menschen, aber im Schein des elektrischen Lichts erschien sogar die Masse anders, nicht mehr wie ein fließender Strom. In den erleuchteten Eingängen der Bars und Clubs fanden sich ruhende Pole oder wirbelnde Menschenstrudel. Vor den Musikläden, wo die Soundsystems die Nacht mit ihrer elektrisch verstärkten Erregung zum Vibrieren brachten, tanzten junge Leute. Die Discjockeys gaben noch mehr Saft, boten noch höhere Wattzahlen auf, stellten noch größere und noch mehr Lautsprecher in dem traditionellen Kampf auf, in dem durch schiere Lautstärke die Konkurrenz auf der anderen Straßenseite ausgeschaltet werden sollte. Beim Eintauchen in dieses Schlachtfeld hätte ihm der plötzlich über Ivan hereinbrechende Sound fast den Kopf abgerissen. Er spürte die Schwingungen des Basses sogar auf dem Gesicht: *«Sounds an' pressure!»*

Ein einziger Geschwindigkeits- und Machtrausch packte ihn ... ein überwältigender Druck neuer Gefühle ... zwischen den Beinen das sanfte Hämmern der heißen Maschine ... fickrig wie sonst was und überreizt von der technologischen Überdosis ... und trotzdem nach außen eiskalt und entspannt.

«Willkommen in Babylon, Bruder!» schrie José.

In einiger Entfernung tauchte jetzt das Kino auf. Es war das höchste und beeindruckendste Gebäude, das Ivan je gesehen hatte. Eigentlich war es weniger ein Gebäude als eine zu Wirklichkeit gewordene Illusion, eine Phantasie aus Licht und Farbe, die sich über die Nacht erhob. Vielfarbige Scheinwerfer, die in den Himmel hinaufstrahlten und einen weichen Regenbogen auf die weißen Wände warfen, verklärten die weißgekalkte Betonfassade. Ein Markt für Träume, so angelegt, daß alles noch fabulöser, magischer, strahlender und unwahrscheinlicher wirkte als die Illusionen, die hier so billig verschleudert wurden. Jeder der riesigen Buchstaben im Namen glühte in einer tiefen, lebendigen Farbe aus dem unerschöpflichen Tiegel der Phantasie. Ivan starrte das Ganze mit vor Verwunderung weit aufgerissenen, tränenden Augen an. Er konnte kaum glauben, daß es so etwas überhaupt gab, geschweige denn, daß sich hier jedermann mit dem Lösen des Tickets (und angesichts dieses Prunks wirkte beinahe jeder Preis noch bescheiden) Zugang verschaffen konnte. Keine vierundzwanzig Stunden von

Miss Mandos Berghütte entfernt; und hier war er nun, bereit, die Geheimnisse des Rialto zu erforschen. Er wünschte, Mirriam und Dudus wären hier, vor allem Mirriam. Wie könnte sie bei diesem Anblick noch länger zweifeln, daß es richtig gewesen war, hierher zu kommen? Als er José nach vorn folgte, kopierte er, ohne es zu merken, dessen lockeren, langsam wiegenden Gang. José war hier ganz in seinem Element. «Mann, weißt du, die Schlange hier ist einfach zu lang», meinte er nachdenklich. «Paß auf.»

Die wartende Menge bestand hauptsächlich aus jungen Leuten, wenigen Paaren darunter, und die Mädchen hatten glänzende rote, grüne, blaue oder lila Lippen, je nachdem, welcher Teil des Regenbogens gerade auf sie fiel. Sie hatten ihr Haar geglättet und mit schimmerndem Öl eingerieben. Die Schultern waren bloß, dunkel und verführerisch. Enge bunte Pullover zeichneten die Brüste nach. Kokett lächelten sie den Jungs in ihren billigen, lose um sie herumschlotternden Sporthemden zu. Jeder hatte Stil. Meist standen sie in gemischten Grüppchen herum und schienen sich der Gegenwart des jeweils anderen Geschlechts mehr als bewußt zu sein. Die Mädchen abwesend und scheinbar gleichgültig, die Jungs aggressiv und rüpelhaft, mit hitzigen, hungrigen, herausfordernden Blicken auf die Mädchen.

Ivan war froh, mit José hier zu sein, der sich nicht am Ende der Schlange anstellte. Gelassen, scheinbar mit ganz was anderem beschäftigt und hinter seiner Sonnenbrille versteckt, schlängelte er sich nach vorne durch wie eine große, schwarze Katze. Er begrüßte die Leute wie ein Politiker, der einigen Glücklichen oder Verdienten seine besondere Gunst bezeugt. Plötzlich begegneten sie einer Gruppe von jungen Burschen, die ihr Glück bei ihm versuchten. «Hey, Chef», meinte einer und streckte ihm eine Hand mit ein paar kleineren Münzen entgegen. «Ich brauch noch ein bißchen, um das Ticket zu bezahlen. Hilfst du mir, Chef?»

«Laß uns nicht hängen, Alter. Ich möcht den Film so gerne sehen!» José blieb stehen, winkte sie lässig heran und verteilte ein paar Münzen mit der extravaganten Selbstverständlichkeit eines gelangweilten spanischen Granden, der großzügig seine Gunst erweist. Und dies gepaart mit der schlauen Berechnung eines Politikers auf Stimmenfang. Ruhig und bestimmt setzte er seinen Weg an der Schlange vorbei fort, bis er tatsächlich fand, was er suchte. Ziemlich weit vorne stieß er auf eine Gruppe von Freunden, die ihn in einer Woge von Bewunderung begrüßten. Freudiges Gelächter, Händeschütteln, das ausgefeilte Ritual des Wiedersehens.

«Wie läuft's, Bruder?»
«Na, wie geht's, José. Sei gegrüßt, Mann.»
«Bin auch mal wieder da, Bruder.»
«Schön, schön.»
«Hab 'nen Neuen mitgebracht. Ist mein neuer Kumpel.» Und damit schob er den höchst geschmeichelten Ivan nach vorne. «Heißt Rhygin.» Dann stellte José ihm die Gruppe vor: «Bogart, School Bwai, Easy Boat, Peter Lorre.» Leise, lässig hingeworfene Begrüßung. Ivan schob die selbstverständliche, coole Aufnahme Josés Patronat zu. Sie standen zusammen und redeten. José beachtete die Leute hinter ihm überhaupt nicht, als läge es ihm mehr als fern, sich vordrängeln zu wollen. Aber nachdem eine Weile vergangen war und er immer noch keine Anstalten machte, wieder zu gehen, rief eine Stimme herausfordernd: «Also was ist los, Mister, willst du dich vordrängeln oder was?»

José drehte sich langsam und bedächtig um, die reinste Studie von mühsam gebändigter Selbstbeherrschung, die um so bedrohlicher war, weil sie rein äußerlich so gelassen, so kontrolliert und stilisiert wirkte. «Was meinst du, Süßer?» fragte er spöttisch und provozierend. «Ich sag, sieht ganz so aus, als ob du dich vordrängeln willst», antwortete ein hoch aufgeschossener Junge mit hartem, vernarbtem Gesicht.

«Ach was, Bruder», lachte José, als ob ihm kein Wässerchen trüben konnte, nachdem sie sich eine Minute reglos angestarrt hatten, «wie kommst du denn da drauf?» und trollte sich mit einer entwaffnenden Handbewegung davon. Alle Augen waren auf ihn gerichtet und so blieb Ivan zwischen den anderen unbemerkt. Ivan kaufte die Eintrittskarten.

«Alles klar», murmelte José, als er ihn beim Eingang erwartete. «Prima, wie du so was checkst.»

Für Ivan war die Karte ein geringer Preis für so ein Kompliment. Sie kamen in einen großen Saal voller Sitzreihen und einem riesigen, roten, schimmernden Vorhang an der Stirnseite, der in langen Falten vor der Wand herabfiel. In diesem Saal waren mehr Leute zusammengepfercht, als Ivan je auf einem Haufen gesehen hatte. Nachdem sie ziemlich weit vorne zwei Plätze gefunden hatten, und er sich mit hungrigen Augen umschaute, entdeckte er zu seinem Entsetzen, daß sie sich gar nicht in einem Gebäude befanden. Es gab überhaupt keine Decke. Wenn man hinaufschaute, konnte man sehen, wie der Mond hinter einer Wolke hervorkam. Er spürte einen kurzen unvorhergesehenen Moment der Ernüchterung, des Gefühls, betrogen worden zu sein. Das turmhohe, leuchtende Äußere war also nur Fassade. Was, wenn es regnete? Er wollte José fragen, ließ es dann aber sein. Mit einer solchen Frage hätte er sich wahrscheinlich nur lächerlich gemacht.

Im Halbdunkel spürte Ivan den Strom ansteckender Erregung, irgend etwas Gemeinsames, das durch die riesige Menge pulsierte. Er machte es José nach, ließ sich tief in seinen Sitz zurücksinken und versuchte, sich zu entspannen. Aber das war so gut wie unmöglich. Er betrachtete den Vorhang, der strahlte und auf magische Art und Weise die Farbe wechselte. Es dauerte noch ein paar Minuten, bis das Programm anfing, aber die Unterhaltung ließ nicht lange auf sich warten. Sie stammte nicht vom Management, sondern von einzelnen aus der Menge, die einem solchen Publikum nicht widerstehen konnten. Über den Sitzreihen hing der unverkennbare Duft von Ganja. Ivan schaute hinauf und sah Schwaden von Rauch, die sich mit dem gleißenden Scheinwerferlicht vermischten und in die tropische Dunkelheit hinaufwirbelten. Weiter vorne rief ein Mann lauter Namen in die Menge.

«Cäsar?» brüllte er über das Gemurmel hinweg. Aus irgendeinem Grund lachte alles.

«Cäsar ist hier», tönte es von hinten.

Wieder lachte die Menge. Nach einer Minute: «Bungo Jerry?»

«Bin soeben eingelaufen, Jah!» kam es aus einer Ecke. Die Leute lachten sich halbtot.

Wenig später ertönte eine schrille Falsettstimme, offenbar den Tränen nahe. «Wenn ich gewußt hätte, daß du mir so kommst, wär ich nie mitgegangen. Gib mir meine Sachen wieder, Mann!» Lautes Schluchzen.

«Ja, Mensch, gib der Kleinen ihre Sachen wieder», brüllte eine tiefe Stimme. «In Ordnung, Schatz, kein Grund zum Heulen», meinte eine andere laut und beruhigend, offenbar mehr an die Menge gewandt, als an die betroffene Dame.

«Warum mußt du mich so bloßstellen?» schluchzte die hohe Stimme.

«Hier, guck mal, fang sie», rief der Mann triumphierend wieder in die Menge, die sich vor Lachen über dieses Drama bog.

«Fang sie doch», rief der Mann und hielt etwas ins Licht des Scheinwerfers. Alle Augen waren auf ihn gerichtet, als er jetzt etwas über seinem Kopf schwang, das aussah wie ein großes Stück Stoff. Irgendwo kicherte einer unterdrückt, aber die meisten Leute saßen jetzt ganz still und versuchten zu erkennen, um was es da eigentlich ging. Gerade als es Ivan dämmerte, erklang die Stimme einer Frau, laut, weinerlich, ungläubig vor Entsetzen und ganz offensichtlich nicht für jedermanns Ohren bestimmt:

«Mein Gott, Dolphus, *sind das nicht die Hosen von der Frau*? Da paß ich ja sechsmal rein!»

Schwer zu sagen, was lustiger war, der wenn auch unabsichtlich perfekt abgepaße Moment in eine vor Lachen explodierenden Menge, die offensichtliche Empörung in ihrer Stimme oder die Zweideutigkeit der ganzen Situation. Staunte sie über die Brutalität der Szene oder über die unwahrscheinliche und absurde Größe der Unterhose? Sobald das Lachen etwas abflaute, rief irgendeiner mit dieser bemerkenswerten Gabe der Nachahmung oder Parodie, die hier alle zu besitzen schienen: «*Mein Gott, Dolphus* ...» und schon ging es wieder los.

Ivan genoß die rüpelhafte, hemmungslose Freiheit und den Humor der Menge in vollen Zügen.

«Das ist Kingston», brummte José. «Hier hält sich jeder für 'n Clown.»

Sofort hörte Ivan auf zu lachen und versuchte, die langweilige Gleichgültigkeit nachzuahmen, die José umgab wie ein Mantel. Er beobachtete zwei Frauen am Ende der Reihe, die sich sichtlich Mühe gaben, die Leute ringsum steif und mißbilligend zu mustern.

«Scheußlich, was?»

«Schrecklich, meine Liebe, einfach schrecklich», zischte ihre Begleiterin, die krampfhaft versuchte, sich zu beherrschen. Aber es gelang ihr nicht und sie brach in ein unkontrollierbares Kichern aus, während die andere sie mit einem vorwurfsvollen Blick strafte.

In seinem Sessel versunken, von der Menge und dem gewaltigen Ring der Mauern umgeben, glaubte Ivan sich in eine andere Welt versetzt. Er hörte die Geräusche und den Verkehr von draußen, aber es schien fern und unwirklich. Sogar der direkt über dem vielversprechenden und geheimnisvollen Vorhang mit seinen stetig wechselnden Farben stehende Mond erschien ihm plötzlich anders, nicht mehr wie der vertraute Mond aus Kindertagen. «Showtime», brüllte plötzlich einer und fing an, langsam zu klatschen. Immer mehr Leute fielen ein, genau im Takt und bald bewegte sich das ganze Publikum zu einem stetigen Rhythmus, der immer lauter und eindringlicher wurde.

Doch plötzlich verdunkelte sich das Kino und das Klatschen ging unter im Lärm der Siegesrufe. Und nun spürte Ivan eine andere Spannung, eine kurze elektrische Woge von Vorfreude, die spontan und mächtig durch das Publikum schoß. Junge, Schwarze, Arme und «Sufferahs» – die überall zu kurz Gekommenen und ihre Kinder – verschmolzen zu einem faszinierten, aufmerksamen Publikum, das so leicht zu beeindrucken war, daß es sich nahezu hundertprozentig mit der Filmwelt identifizierte. Die Leute waren ja bereits an eine Welt voller Geheimnisse gewöhnt, mit Sehern an jeder Straßenecke, mit Propheten und Erleuchteten, mit dunklen und starken Mächten. Hier erhielten sie lediglich eine Dosis anderer, großartigerer Wunder. Es eröffneten sich neue Welten, fremd und vollkommen anders als die zermürbende Realität ihres Lebens. Es waren Welten, die auf eigenartig berührende Weise nicht weniger wirklich und absolut waren. Es waren andere Wirklichkeiten, aber eben auch Wirklichkeiten. Dies war die Bedeutung der Welle, die jetzt auch Ivan ergriff. Seine Hände waren kalt und feucht, ein Schauer lief ihm den Rücken hinunter. Die kriegerischen, mächtigen Töne der britischen Nationalhymne «God Save The Queen», erfüllten den Saal. Langsam und dramatisch glitten die riesigen Vorhänge auseinander – so mußte es gewesen sein, als Jehovah Licht und Finsternis teilte – und ein gigantischer Union Jack erschien in Technicolor auf der Leinwand – die wehenden Banner imperialistischer Größe. Jede Falte, jedes Flattern in Großaufnahme, so als ob ein mächtiger Sturm die einzelne Bewegung beschleunigte. Dann urplötzlich Reihen von Soldaten mit roter Uniform und hohen Fellmützen. Und schließlich eine kleine Frau in militärischer Uniform, die aufrecht auf einem großen Pferd saß. Die Königin. Ein paar Aufrechte standen automatisch auf. Ivan wollte es ihnen gerade nachtun, als er Rufe hörte: «Hinsetzen!»

«Guck sich einer diese Schwachköpfe an!»

«Mensch, setzt euch hin!»

«Sag bloß, du wolltest für die fette Weiße da vorne aufstehen», meinte José gedehnt. «Wo denkst du hin?» antwortete Ivan empört, als müsse José verrückt sein, so was auch nur anzunehmen. Ostentativ veränderte er seine Position, so als hätte er es sich nur bequem machen wollen. Die Handvoll Aufgestandener war allerdings aus anderem Holz geschnitzt; sie ignorierten die Rufe und Verwünschungen, die auf sie herabregneten und verharrten steif und entschlossen in Habachtstellung, bis die letzten Töne verklungen waren.

Das, was nun folgte, Kino zu nennen, wäre der Sache nicht gerecht geworden. Nein, das waren keine *Bilder*, das war fließende Realität, die sich wie sichtbar gewordene Zeit vor dem Auge entfaltete. Mit dem Auseinanderrauschen der Vorhänge war eine Wand eingestürzt und

Ivan erblickte eine andere Welt, in der blasse Menschen von riesiger Statur herumliefen, redeten, kämpften und dabei ein bewundernswertes und recht überzeugendes Leben führten.

Das Publikum um ihn herum reagierte genauso wie er. Es lachte und schrie, kommunizierte mit den Figuren und stieß Warnungen oder Verwünschungen aus. Es hieß, man habe die Leinwand sogar schon mal mit Bierflaschen attackiert. Manche Zuschauer seien schon vor Wagen, die mit Höchstgeschwindigkeit auf sie zurasten, oder Revolvern, die auf sie feuerten, in Deckung gegangen oder gar geflüchtet. Wenn eine gewisse Ungläubigkeit auch erst unterdrückt werden mußte – die Identifizierung war ziemlich spontan und verdammt umfassend. Ivan fand alles wunderbar, aber doch irgendwie seltsam. Er fand sich wieder in einer Welt mit hohen, grauen Gebäuden und unnatürlich weißen Männern in langen Mänteln, die mit zusammengekniffenen Augen und einer Kippe im Mundwinkel ein paar Worte herausquetschten, ehe sie daran gingen, Banken auszurauben, zu stehlen, in großen Straßenkreuzern zu flüchten, gegeneinander und gegen die Polizei zu kämpfen und schließlich eines plötzlichen und gewaltsamen Todes zu sterben. Die Zeit schien stillzustehen, und schon war alles vorbei. Ivan fiel in seinen Sitz zurück, heiser, erschöpft, von dem Erlebnis total überwältigt. Und keiner rührte sich von der Stelle, bis plötzlich der nächste Film anfing.

Dieser wischte den ersten vollkommen aus. Erst als der zweite anlief, wurde Ivan bewußt, daß der erste in Schwarzweiß gewesen war und daß er statt Bäume nur schwarzgrauen Zement gesehen hatte. Aber dieser hier lief in strahlenden, satten Farben und spielte in einem Land mit unglaublich blauem Himmel, weiten Ebenen und riesigen Bergen, in denen vor allem Pferde und Kühe zu Hause waren. Unglaublich, aber er war noch besser als der erste – nicht nur wegen der Farbe, sondern vor allem wegen der Welt, die sich hier enthüllte. Obwohl sie mindestens ebenso fremd war wie die andere, ließ sie sich doch eher durchschauen. Hier gab es kein moralisches Chaos wie im ersten, sondern eine einfache, klare und direkte Geschichte, eine Welt mit Sinn für Ehre, in der sich der uralte Kampf um Recht und Gerechtigkeit entspann.

Der Film handelte von einem Mann namens Django, einem schlichten und friedfertigen Burschen, der sich gezwungen sah, eine Bande skrupelloser Räuber zu bekämpfen. Die Handlung überschlug sich, aber die Details waren nackt und brutal. Gesichter von Männern, die unter der Wucht gut gezielter Kugeln aufplatzten wie blutende Pilze, so daß sich einem der Magen umdrehen konnte. Klingen, die tödlich aufblitzten; ein Mund, der sich unter dem Tritt eines Stiefels in einen Schauer von splitternden Zähnen und Blut auflöste. Dann eine Nahaufnahme von dem blutigen Brei. Ivan durchlitt mit dem stoischen, schweigsamen Django grausame Prügeleien und teilte mit ihm nicht nur den Schmerz um seine ermordete Frau, sondern auch seine Erniedrigung und seine wachsende Wut angesichts immer neuer Greueltaten und Ungerechtigkeiten. Als schließlich eine kleine Armee von Feinden mit feige unter roten Kapuzen versteckten Gesichtern und entsicherten Gewehren auf die Hütte losmarschierte, in der sie Django vermutete, schien das Ende nahe.

«O mein Gott! Jetzt ist er erledigt!» jammerte Ivan, unfähig, die Angst und Aufregung, die seinen Magen umklammert hielten, zu verbergen.

«Warum hältst du nicht den Mund, verdammt? Glaubst du, ein Held könnte sterben? 'n Starboy stirbt nicht, merk dir das!» Josés Stimme klang ungeduldig. Und richtig, kaum hatte er gesprochen, als Django beinahe wie durch ein Wunder, *hinter* der Bande auftauchte.

Ein anerkennendes, dunkles, ahnendes, aus tiefstem Innern kommendes Brummen erhob sich im Publikum, das sich in einen frenetischen, hysterischen, aus vollem Hals gebrüllten Schrei der Erleichterung, geretteten Ehre und gerechten Befriedigung verwandelte, als Django allein und mit grimmigem Gesicht – Vergeltung und gerechte Rache in Person – die vermummten Killer einen nach dem anderen niedermähte und sein Maschinengewehr an der Hüfte heiße blutige Vernichtung ausspuckte. Männer wurden in Stücke gesprengt, hochgerissen und fielen unter grotesken Zuckungen und Verrenkungen zu Boden. Ein riesiges, bärtiges Gesicht mit fest aufeinander gebissenen Zähnen und wahnsinnigen Augen, von denen jede einzelne Furche und Linie hundertfach vergrößert waren, starrte ins Publikum. Eine mächtige, ursprüngliche Kraft, ein Racheengel mit Sombrero.

Doch dann war diese Orgie vorbei. «Wow! Django macht nun mal keine Gefangenen.» Und am Schluß die lange Aufnahme einer einsamen, aufrechten Gestalt und ein mit Leichen übersäter Abhang. Das Publikum tanzte und schrie in ekstatischer Verzückung, noch lange, nachdem die Leinwand schon dunkel war. Ivan war zu kraftlos, um aufzustehen, und José jubelte:

«Na, hast wohl geglaubt, der Held geht drauf, was? Bis zur letzten Spule, was?» Langsam verebbte das Geschrei. Ein paar Jungs rannten herum und spielten den Schluß nach. Die aufgeregt murmelnde Menge schob sich auf einer Woge spannungsgeladener Energie, die um sie herum knisterte, nach draußen. Jeder fühlte sich mindestens drei Meter groß; die Füße berührten kaum den Boden, und keiner spürte noch Schmerz.

In Ivans Ohren dröhnte noch das Stakkato der Maschinengewehre, vor seinen Augen schwirrten noch Bilder der Gewalt. Benommen und blinzelnd folgte er José hinaus in die Nacht.

«Nicht übel, was?» meinte José. «Gute Action.»

«Wahnsinn, echt», murmelte Ivan. Aber noch etwas anderes hielt ihn gefangen. Die Welt des Films war rauh und brutal, gewiß. Aber es war auch eine Welt, in der Gerechtigkeit, wenn sie erst einmal geweckt war, elementarer und tödlicher tobte als alle Horden des Bösen. Maas Nattie würde eine solche Welt gutheißen.

«Tja, Bruder, sieht ganz so aus, als ob du und die Stadt miteinander auskommen täten», meinte José, als sie zum Motorrad kamen.

«Da könntest du recht haben, das find ich auch», antwortete Ivan gedehnt. «So und jetzt ... willst du nicht mal dein Anfängerglück probieren?» fragte José beiläufig.

«Klar Mann, warum nicht?» stimmte Ivan genauso lässig zu. Dabei wollte er eigentlich nur seine Unwissenheit verbergen und nicht zeigen, daß er keine Ahnung hatte, was José meinte. Er hoffte, es hätte was mit den süßen, kleinen, knackigen Mädchen zu tun, die er im Kino gesehen hatte. Aber selbst wenn nicht – nach diesem Erlebnis war er bereit, José zu folgen, wohin er wollte. Dieselbe Bande, die vor der Vorführung ihr Eintrittsgeld zusammengeschnorrt hatte, schaute nun zu, wie José die Maschine aufheulen ließ. Die dunklen Augen der Jungs waren voller Neid. «Riesig!» stießen sie hervor, als José das Ding herumriß. «Verdammt noch eins!» Der Wind auf dem Gesicht, das Dröhnen der Maschine in den Ohren, Technicolor vor dem inneren Auge, Josés Freundschaft und die Bewunderung der Jungen – all das gab ihm ein warmes Gefühl in der Magengegend. Ivan war wirklich glücklich in dieser ersten Nacht in der Stadt. Hinter dem unendlich gewandten, straßenkundigen José vergaß er, wie er sich vor einigen Stunden noch als dummer Außenseiter vorgekommen war. «Gib Gas, Bruder José. Ist das wahnsinnig!» schrie er in Gedanken.

Das flache Zementgebäude schien unter den Schwingungen des schweren Basses, die aus den riesigen Verstärkern quollen, zu vibrieren.

«Da sind wir.» José brachte das Motorrad in einer Wolke aus Staub und Kieselsteinen zum Stehen. Als erstes entdeckte Ivan ein buntes Schild, auf dem in blauen Buchstaben PARADISE-GARDEN flimmerte.

«Hier probierst du dein Glück», sagte José. Er begrüßte den Mann an der Pforte, der sie mit einem Grinsen durchwinkte.

«Das ist mein neuer Kumpel», sagte José und klopfte Ivan auf die Schulter. «Er heißt Rhygin. Ist neu in der Stadt und ich zeig ihm, was so läuft. Anfängerglück, verstehst schon.»

«Na dann, viel Glück, Bruder», lachte der Mann und nickte Ivan zu. «Paß auf, der erste Drink geht auf Kosten des Hauses, weil du neu bist und Bruder José ist okay.»

Sie gingen durch einen Saal mit emaillierten Tischen und Blechstühlen und kamen auf die Tanzfläche, die gar kein richtiger Raum, sondern eher eine mit Kacheln ausgelegte und von Betonwänden eingerahmte Ecke war. Sie war vollgepackt mit Leuten, die zu der lautesten Musik tanzte, die Ivan je gehört hatte. Als er an einem Lautsprecher vorbeikam, spürte er einen Windhauch und sah, wie die Tuchbespannung zitterte. Obwohl es kein Dach gab, war es unerträglich heiß auf der Tanzfläche. Auf Ivans Landnase wirkte die Mischung aus Schweiß, Tabak, Ganja, Rum und schwerem Parfum erdrückend und erregend zugleich.

Als seine Augen sich an das Halbdunkel gewöhnt hatten, erkannte er an einem Ende des Saals eine Bar und am anderen eine Art Küche, wo Ziegencurry und Patties angeboten wurden. Er folgte José durch einen langen, schwach beleuchteten Gang bis vor eine geschlossene Tür.

«Wer da?» fragte eine gebieterische Stimme.

«José.»

«Und wer noch?»

«Ein neuer Bruder, er ist okay, er ist bei mir.»

Knarrend öffnete sich die Tür. Im Zimmer standen Gruppen von Männern und ein paar Frauen um Holztische herum, auf denen Karten und jede Menge Geldscheine lagen.

«Wie läufts, José?»

«Na, meinst du, du hast Glück heut abend, José?»

«Klar, immer. Aber ich will nur dem Bruder hier zeigen, was abgeht.»

Einige Augen musterten Ivan kurz. «Tja, also das ist es», sagte José fast, als wäre er selbst der Besitzer. «Was immer du willst: hier ist es;

Poker, Siebzehnundvier, Blackjack, Domino – einfach alles. Willst du dein Glück versuchen?»

«*Mannomann*», meinte Ivan und schaute sich die verkniffenen, gespannten Gesichter der Spieler an. «Also, ich weiß nicht recht ...»

«Sieht so aus, als könntest du hier einen ganzen Batzen Kohle machen. Wär doch 'n hübscher Grundstock für dein neues Leben in der Stadt. Vielleicht hast du Glück.»

«Stimmt, Bruder. Aber das hat Zeit. Ich tät lieber Musik anhören und die Bräute angucken, verstehst du?»

«Ah, jetzt wird mir klar, warum du Rhygin heißt. Bist ein Frauenheld, was?»

«Na ja, wie man's nimmt. Aber ein guter Tänzer jedenfalls», antwortete Ivan.

Mit einem Bier in der Hand und zusammengekniffenen Augen standen sie gegen die Wand gelehnt und schauten zu, wie die Tänzer zu dem schweren, stampfenden Rhythmus zuckten und umherwirbelten. Fats Domino erzählte von einer Dame, die nie genug kriegen konnte, und Bill Doggett hämmerte sein Instrumental Honky Tonk runter. Big Joe Turner besang «Corinna» und ein anderer hatte es satt, «weiter mit dir rumzumachen». «Das ist *sounds and pressure*», meinte José und zündete den nächsten Strato-Cruiser an. Als er ihn an Ivan weitergab und der versuchte, ganz lässig zu ziehen, brannte ihm der Rauch so in der Kehle, daß er beinahe erstickte. Er strengte sich an, den Husten zu unterdrücken und zog den Rauch durch die Zähne, wie er es bei José gesehen hatte. Nach kurzer Zeit war er voll drauf: einerseits fühlte er sich ziemlich entspannt, andererseits kribbelte es ihn in allen Gliedern und auf sanfte, lockere Art spürte er eine perfekte Harmonie mit allem um sich herum. Ein großartiges, wachsendes Gefühl von Vertrauen und Zufriedenheit hüllte ihn ein. Das Bier schmeckte weniger bitter. Als die Musik heiß und mitreißend über ihm zusammenschlug und jeder Impuls ihm einen Schauer über den Rücken jagte, mußte er ganz einfach tanzen.

«Zu?» fragte José grinsend, als er sah, wie weg Ivan war.

«Bis oben hin», nickte Ivan und lächelte verträumt. Die Musik sikkerte in ihn hinein wie neulich beim Kumina. Es schien sie mit allen Poren seines Ichs aufzusaugen, in einer Art, wie er noch nie zuvor Musik gehört hatte. Einige der Tänzer waren wirklich sehr gut. Mühelos glitten sie in den Takt hinein und wieder hinaus und umrissen mit den Formen ihrer Schritte die Konturen der Musik. Vor allem ein großes, schwarzes Mädchen hatte es Ivan angetan. Sie trug ein glitzerndes, knallrotes Kleid, das sich eng um den wohlgeformten, jungen Körper schmiegte.

José, der mitkriegte, wie Ivan die Mädchen anschaute, sagte: «Bist also wirklich hinter den Weibern her, was? Liegst schon richtig, bist aber noch grün hinter den Ohren. Brauchst ein bißchen Schulung.»

«Was soll das heißen?» erwiderte Ivan hitzig. Er hielt sich für mindestens genauso cool wie José.

José zog ihn näher an sich heran und flüsterte ihm ins Ohr: «Komm schon, Junge, du bist neu in der Szene. Ich meine, also paß mal auf, wo sind deine Augen? Alles, was du siehst, sind die Bräute. Das zeigt, daß du nicht weißt, wie das Ganze läuft. «Also», dozierte er, «zuerst mußt du dir die Kerle angucken. Kannst mir glauben, Jah. Erst die Kerle. Da liegt der Ärger. Siehst du den Dünnen da drüben? Das ist ein ganz übler Bursche. Heißt Needle. Laß lieber die Finger von 'nem Mädchen, das mit ihm was hat. Merk's dir – Needle. Und guck dir den hier an, den Halb-Rasta. Laß dich von den Locks nicht irre führen, er ist ein kompletter Desperado. Heißt Stimulus. Halt dich von dem fern. Weiß nicht mal, ob der nicht vielleicht übergeschnappt ist. Und da, der Afro-Chinese in der Ecke? ‹Black-China› wird er genannt. Ich dacht', der wär noch im Knast, weil er einem den Bauch aufgeschlitzt hat. Also, das war die erste Lektion: zuerst die Konkurrenz angucken. Alles klar?»

Ivan nickte, halb beeindruckt, halb ernüchtert. Der dünne, gefährliche Needle tanzte hervorragend, im Moment mit einer lässigen, besitzermäßigen Überheblichkeit mit dem auffallenden Mädchen in Rot.

«Okay», grunzte José, nachdem er den Saal überflogen hatte. «Das scheint der harte Kern für heut abend zu sein. Aber laß dich von den Jungs genausowenig irreführen. Die sind vielleicht jung – aber sie sind auch heißblütig, wollen sich 'nen Namen machen. Hier in der Stadt vertraust du besser keinem.»

«Alles klar», Ivan nickte.

«Alles klar soweit. Jetzt zu den Weibern. Also – die hängen sich an drei Sorten von Mann: die, die's mit ihrer Fresse machen. Hmm, laß mich mal sehen. Genau, der Bursche da drüben an der Bar. Guck ihn dir an, was der für 'ne Visage hat. Ein hübscher Bengel, liebes Gesicht. Reines Gesicht. Das ist aber auch alles. Mehr hat er nicht zu bieten. 'ne hübsche Fresse. Siehst du, er zieht sich auch nicht besonders an. Das ist die zweite Sorte, die, die man Typen nennt. Siehst du den häßlichen Kerl in Blau da drüben? Kannst sehen, wie der sich schniegelt, alles paßt. Hat Stil. Das ist ein Typ, aber er hat kein Gesicht. Und dann», fuhr José hochtrabend fort, ganz in der Art eines Mannes, der eine bedeutende Wahrheit zum besten gibt, «dann kommen wir zu den Glanzlichtern. Das sind die, die eine hübsche Visage und außerdem noch Stil haben. Wenn sie gut reden können und obendrein noch Mumm haben – dann sind es Starboys.» Er trat zurück und verneigte sich schwungvoll. «Ein Starboy. Hier hast du einen vor dir. Deshalb hab ich hier auch alles unter Kontrolle, klar? Ende der Lektion.» Er verbeugte sich nochmals. Und während er sich aufrichtete, schnellte seine eigene Hand empor und packte die des Mädchens in Rot, das Needle gerade herumgewirbelt hatte. Needle erstarrte mit einem ungläubigen Ausdruck auf dem scharfgeschnittenen Gesicht, als er seine ins Leere ausgestreckte Hand betrachtete. Zwei Takte lang tanzte José mit dem Mädchen, wobei seine Bewegungen etwas von einer katzenhaften Unverschämtheit hatten. Dann schleuderte er sie schwungvoll von sich und verbeugte sich in Needles Richtung. Das Mädchen hatte keine Miene verzogen und war kein einziges Mal aus dem Takt gekommen. Needle sagte etwas, das in der Musik unterging und tanzte weiter. «Ich denk, er ist so gerissen», meinte Ivan.

«Stimmt, ist er auch», grunzte José. «Aber ich auch – und das weiß er. Ich bin noch ein paar Zacken gerissener als er.»

So so. Needle war also gerissen und José behauptete, noch gerissener zu sein. Ivan betrachtete sein mageres Gesicht und das kalte Funkeln der Sonnenbrille und glaubte ihm aufs Wort. Es war gut, José zum Freund zu haben. Aber das Mädchen in Rot ging ihm nicht aus dem Kopf. «Mann, wirklich, ich bin scharf auf sie», dachte er. Sie schien noch jung, aber in ihrer Art, mit dem ganzen Körper zu tanzen, lag etwas Herausforderndes, Trotziges, das unabhängig vom Alter war. Ihre vollen Lippen waren gespitzt, die schläfrigen Augen fast geschlossen. Trotzdem kam sie kein einziges Mal aus dem Rhythmus, verpaßte nicht die kleinste Andeutung eines Zeichens von ihrem Partner. Sie bewegte sich irgendwie schmachtend, was man genausogut als Langeweile oder Schlaffheit hätte deuten können und den Anschein erweckte, als bewegte sie sich in Zeitlupe durch eine dichte, flüssige Masse. Ivan beobachtete sie und fand, daß sie die begehrenswerteste Frau war, die ihm je begegnet war. Ein drängendes Verlangen breitete sich in seinem Bauch aus und pulsierte zwischen seinen Beinen.

Plötzlich war Josés Stimme in seinem Ohr und spottete: «Die Rastas haben ein Lied, weißt du:

Du kommst nicht nach Zion
mit sündigen Gedanken.

Komm, laß doch die Weiber sein. Heut nacht sind zuviel von ihnen unterwegs. Und ich hab sowieso noch Geldangelegenheiten zu regeln. Komm, laß uns mal sehen, wie's mit deinem Anfängerglück steht. Danach, wenn du erst mal Geld in der Tasche hast, kannst du hier alle Schnepfen haben, die du willst.» Auf einer Wolke von Verlangen und Gras schwebend, folgte Ivan José ins Hinterzimmer.

«Hast recht», murmelte er. Allmählich kam er auf den Geschmack.

Alles passierte gleichzeitig. Wütende Schreie und der unverkennbare Klang grausamer Hiebe, bei dem sich einem der Magen umdreht. Grunzen, Kreischen, Leute, die blind durcheinander rannten und übereinander stolperten, schoben und drängten und nicht mitkriegten, was los war. Panik in einem geschlossenen, überfüllten System. Ivan stand stocksteif da und starrte entsetzt um sich. Die Menge wich in der Mitte auseinander und ließ einen freien Raum, ähnlich wie ein Windstoß, der in einen Blätterhaufen fährt. Nur José nicht – sein bärtiges Gesicht strahlte. Er riß sich die Sonnenbrille herunter, um besser sehen zu können – die Augen glänzten vor freudiger Erwartung.

«Kampf! Kampf bis aufs Messer!» rief er grinsend, rannte los und bahnte sich einen Weg zum Ort des Geschehens. Aber es war schon alles vorbei, nur noch ein Durcheinander von wilden Fausthieben, heftigen Schlägen ins Leere und gemeine Tritte, die ihr Ziel um Längen verfehlten. Man hatte die Männer auseinander gerissen und hielt sie fest, obwohl sie vor Wut schluchzten und schrien.

«Laßt mich los! Laßt mich los! Ich mach ihn fertig!»

«Ich merk mir deine Visage! Wir sehen uns noch wieder, Bürschchen!»

«Cho», schnarrte José und setzte sich die Brille wieder auf. «Die spielen ja bloß. Das soll 'n Kampf sein?» Verächtlich pfiff er durch die Zähne und wandte sich ab.

«Was ist los? Was ist los? Wer hat gewonnen? Hast du was gesehen?» keuchte einer, der zu spät angerannt kam.

«Ach Scheiße», sagte José. «Haben alle beide verloren.» Er war sauer, als wäre es eine persönliche Beleidigung, daß die beiden Kämpfer sich als unfähig erwiesen hatten, eine bessere Show zu bieten.

Ivan war erleichtert, aber auch ein wenig enttäuscht, obwohl er zuerst, noch ehe man sagen konnte, was in der wildgewordenen, tobenden Menge passiert war, große Angst gehabt hatte. Aber die Show war auch noch nicht ganz vorbei – ein neues Element mischte sich jetzt ein.

Es war ein kleiner Mann mit glasigen Augen. Sein Auftreten wirkte feierlich, weise und so großspurig, daß es schon wieder komisch war. «Was für eine Dummheit», verkündete er. «Ist das nicht schiere Dummheit? Zwei Männer, die sich um eine Frau schlagen?»

Er wandte sich an die Menge, die schon wieder anfing zu kichern. «Ich frage euch, habt ihr schon je so eine Dummheit gesehen?»

«Nein Bruder, predige!» rief José spöttisch.

«Ja, wie der Esel vor Bileam», fiel ein anderer ein. Der Betrunkene nickte wie eine Eule und hob warnend den Zeigefinger. «Gaaanz genau! Was macht es denn für einen Sinn, wenn sich zwei Männer wegen einer Frau umbringen? Überhaupt kein Sinn, denn seht!» Er hielt inne wie ein Mann, der sogleich das entscheidende Argument auf den Tisch legen würde. «Glaubt mir – wenn eine Frau dem anderen nicht schöne Augen machte, täte gar nichts passieren! Ist es nicht so? Deshalb ist meine Devise –» und hier wandte er sich salomonisch den beiden Kampfhähnen zu und wählte seine Worte äußerst sorgfältig: «– meine Devise: schlagt – immer – zuerst – die – Frau! Schlagt immer die Frau!»

Eine fröhliche Stimmung war aufgekommen, die Leute lachten und stimmten spöttisch zu. Der Betrunkene schaute zufrieden drein, denn seine Weisheit schien gut angekommen zu sein. Da tauchte plötzlich ein großer Schatten vor ihm auf. Der Betrunkene murmelte geistesabwesend: «Schlag immer zuerst ...», als eine hochgewachsene, ziemlich kräftige Frau ihn beim Kragen packte und sein Gesicht so nah an ihres brachte, daß seine Fußspitzen kaum noch den Boden berührten.

«Du kleiner Drecksack, wen willst du schlagen? Welche Frau willst du schlagen?» fragte sie herausfordernd.

Der Betrunkene hatte Schwierigkeiten, nach Luft zu schnappen. Er brachte keinen Ton heraus, wand sich nur verzweifelt hin und her und machte einen schwächlichen Versuch, sich aus ihrem Griff zu lösen.

«Siehst du mich, Junge? Dann schlag zu!» zischte die Frau, ehe sie ihn kräftig schüttelte und dann verächtlich zu Boden fallen ließ.

«Hast du nicht gesagt, die Bräute braucht man sich nicht so genau angucken?» fragte Ivan listig, als er wieder sprechen konnte.

«Na ja, ein paar von ihnen sind gar nicht so ohne», gab José zu.

Der Betrunkene schüttelte benommen den Kopf.

Mit größter Mühe kam er wieder auf die Beine und stand schwankend da. «Lieber Himmel», jammerte er. «Wie konnte ich denn wissen, daß es sich um so 'ne gewaltige Braut handelt?»

6

Nackt in Babylon

«Was soll das denn heißen? Wach auf, Mann! Was zum Teufel treibst du hier?»

Die Stimme wollte einfach nicht aufhören. Sie klang rauh, aufdringlich, unangenehm, wütend. Ivan hielt sich die Ohren zu. Er wollte weiterschlafen – für immer. Aber ganz am Rande seines Bewußtseins bohrte sich diese lästige Stimme in sein Ohr.

«Ich sag, du sollst aufstehn, verdammt noch mal!» Eine Hand schüttelte ihn. Kleine, schmerzende Stiche jagten durch seinen Kopf.

«Verdammt, Mann, was soll ...» Ivan richtete sich widerwillig auf. Strahlendes Sonnenlicht stach ihm in die Augen. Schnell machte er sie wieder zu und schüttelte vorsichtig den Kopf. Die ganze Welt schien sich zu drehen.

«Verdammt, sagst du? Verdammt?» Bei jeder Wiederholung wurde die Stimme schriller und wütender. «Du wagst es, Freundchen? Ich ruf die Polizei. Die werden's dir verdammt noch mal schon zeigen!»

Das Wort Polizei durchschnitt den Nebel. Ivan setzte sich auf und schaute sich um. Er befand sich auf dem Rücksitz eines Wagens und nichts war ihm hier vertraut. Vor dem Fenster schimpfte und wütete ein aufgedunsenes, braunes Gesicht.

«Ich will wissen, was zum Teufel du in meinem Wagen suchst! Also los, raus mit der Sprache! Los! LOS!»

«Ich hab geschlafen, Sir, geschlafen», entgegnete Ivan und ließ sich auf der anderen Seite aus dem Wagen fallen. «Ich wollte nix klauen, Sir, wirklich nichts, Sir.» Geduckt wich er von Wagen und Besitzer zurück; der Mann machte einen ziemlich genervten Eindruck. Der Wagen war auf Böcke gehievt und hatte weder Räder noch Motor, aber die Karosserie glänzte und war blank poliert.

«Was ist das überhaupt für 'n Wagen? Der taugt doch eh nur für 'n Hühnerstall», rief Ivan aus der sicheren Entfernung der Straße. «Hühnerstall? Hühnerstall?» winselte der andere außer sich vor Wut. «Du – du dreckiger kleiner Straßenaraber du!»

«Ach bitte Sir, bringen Sie mich doch nach Spanish Town, Sir», frotzelte Ivan. «Ich zahl auch dafür.»

Der Zwischenfall hatte ihn von seiner augenblicklichen Situation abgelenkt. Aber sein Kopf tat höllisch weh. Er fühlte einen bitteren Geschmack und einen pelzigen Belag auf der Zunge. Übelkeit stieg in ihm hoch. Er hatte keine Ahnung, wo er war. Er war sich sicher, daß er diese Straße noch nie zuvor gesehen hatte. Er wünschte, er hätte sich Gesicht und Körper waschen und den schlechten Geschmack aus dem Mund spülen können. Seine Kleider waren feucht und klamm.

Was war geschehen? Die vergangene Nacht schien unwirklich, sehr weit weg und nur schwer ins Gedächtnis zurückzurufen, wie ein Traum, dessen Einzelheiten sich nicht wieder zusammenfügen lassen. Vage erinnerte er sich an Spieler, an ein Mädchen in einem leuchtend roten Kleid, an einen wachsenden Haufen Geld, sein Geld – das vor José auf dem Tisch lag ... er schien sich zu erinnern, wie ihnen Leute auf die Schultern geklopft und Drinks spendiert hatten ... aber wie war er in den Wagen gekommen? Und wo war José? Irgend etwas war geschehen, aber was? Das Geld ... was war damit? Er durchsuchte seine Taschen. Noch mal ... und fieberhaft zum drittenmal ... nein, das war alles ... ein paar verkrumpelte Scheine und einige Münzen. Es reichte nicht mal ganz für die Rückfahrt nach Blue Bay. Aber woher sollte er den Mut nehmen zuzugeben, daß er in vierundzwanzig Stunden alles verloren hatte ... Kleider, Essen, Geld ...

O ja, das ist bitter, Sir. Er setzte sich auf eine Baumwurzel und starrte mit leeren Augen die Straße hinunter auf die Leute, die aus ihren Wohnhütten kamen, und die Kinder, die zur Schule gingen. Aber all das interessierte ihn jetzt nur wenig. Im gleißenden Sonnenlicht wirkte die Stadt verkommen, vertrocknet und verstaubt. Wo war ihr Zauber geblieben? Er fühlte sich schwach und krank ... allein und sehr verletzlich.

Er versuchte, seine Gedanken zu sammeln, aber es fiel ihm nicht leicht, die Erinnerungsfetzen zu sortieren und zu entscheiden, was wirklich war und was nicht. Tief in seinem Inneren wußte er, daß irgend etwas geschehen sein mußte und daß sein Freund José ihn bestimmt nicht ausgeraubt und dann allein zurückgelassen hatte. Aber es sah ganz so aus ... warum sollte auch ein so geschniegelter Kerl wie er sein Freund werden wollen, wenn nicht, um ihn reinzulegen. Nein, das war kein Traum ... Kino, Tanz, Motorrad, Ganja ... alles ziemlich echt. Aber später, da war etwas passiert ... was denn bloß? Warum konnte er sich, Teufel noch mal, nicht daran erinnern?

Junge, es war heiß und selbst im Schatten wurde es immer noch heißer. Ein trockener Wind wirbelte Staub auf. Seine Augen begannen zu tränen. Hitzewellen tanzten über die Straße. Was sollte er tun? José suchen? Das würde alles aufklären. Aber wo? Die Milk Lane – hatte er ihn nicht dort zum erstenmal gesehen? Ja, aber wie kam er dahin? In welcher Richtung lag die Stadt ... Junge, wenn ich doch bloß meinen Mund ausspülen und einen Schluck Wasser trinken könnte ...

«Entschuldigen Sie Sir ... bitte, können Sie mir sagen, wo's zur Milk Lane geht?»

«Milk Lane? Junge, das ist aber verdammt weit. Hast du Geld? Kannst du einen Bus nehmen? In der heißen Sonne geht's sich nicht so leicht, Bruder.»

Die Nacht brach herein. Ivan stand unter dem Baum gegenüber vom Markt und lutschte an einem Eisstück, das er sich vom Eismann erbettelt hatte. Die Mangofrau hatte ihm ein paar Früchte und gute Ratschläge gegeben: «Junge geh zurück aufs Land – hier in der Stadt hast du nix verloren.» In diesem Moment, mit wunden Füßen, entmutigt, während um ihn herum die Nacht hereinbrach, wäre er zurück gegangen, wenn er nur das Geld gehabt hätte ... Wenn ich nicht schon groß wär, dann würd ich jetzt heulen, dachte er ... aber nein! Ich bleibe hier und ich werd's schaffen! Ich schaff es!

Er lehnte sich gegen den Baum und versuchte, das Getöse des ihn umbrausenden Verkehrs zu vergessen und seine Lage zu überdenken. Mann, die Stadt ist groß und heiß. Ich war noch nie so müde und hungrig und kaputt. Maas Nattie wußte schon, wovon er sprach. Aber trotzdem, ich glaub's einfach nicht, daß José ... konnte ihn echt gut leiden, Mann. Wenn ich je rauskriege, daß er es war, dann muß einer von uns dran glauben. Einer von uns beiden.

Ein nicht abreißender Strom von Fußgängern schob sich vorbei. Viele schienen ihn gar nicht zu bemerken. Einige schauten ihn an und an ihm vorbei, als sei er Teil der Baumwurzel. Andere, so kam es ihm vor, betrachteten ihn argwöhnisch oder feindselig und wieder andere mit zielloser Neugier. Einige zeigten sogar so etwas wie Mitleid, wenn sie den verschwitzten, staubverschmierten Jungen mit dem traurigen Gesicht sahen. Ivan fühlte sich entblößt und verwundbar. Er sehnte sich nach der Geborgenheit von vier Wänden und einem Dach – wo er sich die Nacht über verkriechen konnte. Ganz bestimmt konnte er nicht da schlafen, wo er gerade war. Vielleicht – vielleicht konnte er, wenn es dunkel war, in die Zweige des Baums hineinklettern und sich bis zum nächsten Morgen unter den Blättern verstecken? Keiner würde wissen, daß er da war. Je länger er darüber nachdachte, desto besser erschien ihm die Idee. Niemand würde in einen Baum gucken. Aber da war der Wachtmeister, der auf und ab patrouillierte, den Knüppel gegen seine rot gesäumten Hosen schlug und Ivan, wie es schien, scharf ins Auge gefaßt hatte.

Bald war es dunkel geworden. Der Eismann fegte den Stand und rollte mit seinem Handwagen davon. Ivan half der Mangofrau, ihren Korb auf den Kopf zu heben. Steif humpelte sie in die Nacht hinein und meinte zum Abschied: «Danke, mein Sohn. Jetzt geh zurück in den Busch, hörst du? Hier gibt's nix Gutes nich.»

Die Gegend war jetzt ziemlich verlassen. Übriggeblieben waren nur Ivan und ein komischer Kerl, der sich, mit sich selbst redend, nicht weit weg setzte und geschäftig den Inhalt seiner Sacktasche durchforstete. Er war alt und zerzaust, klein und gedrungen, mit hängenden Schultern und O-Beinen. Seine Kleidung war irgendwie ungewöhnlich: eine kurze, von einem Gürtel zusammengehaltene Tunika, grob geschneidert, ebenfalls aus Sackleinen. Der Polizist war verschwunden. Wenn dieser Bursche seine Taschen und sein Gebrabbel woanders hin verfrachten würde, dann könnte ich in den Baum klettern, dachte Ivan. O je, Ivanhoe Martin schläft in 'nem Baum wie 'n Federvieh. Gerade als er sich dazu anschickte, hechtete der Alte an ihm vorbei, warf seine Bündel in die niedrigste Astgabel und kletterte wie ein Affe hinterher. Ivan stand mit aufgesperrtem Mund da und wußte nicht, ob er lachen, weinen oder fluchen sollte.

Die Blätter raschelten und das bärtige Mondgesicht des Gnoms grinste zu ihm herab. Er kicherte böse und triumphierend: «Hahahaaa, Jüngelchen! Ich war schneller! Glaubst du, ich hätt nicht gleich gemerkt, daß du mir meinen Schlafplatz wegnehmen wolltest?»

«Wer – ich?! Du bist wohl verrückt geworden!» Ivans Empörung war echt, genauso wie das Aufflammen von Scham, das ihm die Röte ins Gesicht trieb. «Ich bin doch kein Huhn! Ein Mann schläft doch nicht auf 'nem Baum!»

«Cho Mann, komm, kletter rauf, es gibt noch genug Platz. In meines Vaters Haus sind viele Wohnungen – aber du mußt Anstand haben und danach fragen. Mußt dich nicht schämen. Du wärst nicht der erste, weißt du!»

«Ich bin mit meiner Großmutter zum Markt gekommen», verteidigte Ivan sich ungeschickt. «Und jetzt muß ich los und ihr helfen –»

«Ja, aber mach nicht so lang, sonst könnt ich mir's noch anders überlegen.»

Das spöttische Lachen des Alten folgte Ivan über die Straße, aber in ihm formte sich eine neue Idee, als er auf den Markt kam. Er suchte sich ein Stück Pappe und ließ sich in der Nähe einiger Marktfrauen so unauffällig wie möglich nieder, in der Hoffnung, daß man ihn der Gruppe zuordnen würde, falls man ihn entdeckte. Es schien zu funktionieren. Erst lag er steif, atmete kaum und tat so, als ob er schliefe, während er eigentlich darauf wartete, jeden Moment aufgegriffen zu werden. Doch dann entspannte er sich allmählich und fiel in einen unerquicklichen Halbschlaf.

Ivan brach auf; der Markt lag gespenstisch still im blassen Morgenlicht. Er entdeckte einen offenen Korb, der unbeobachtet schien und schaute sich verstohlen um. Nichts bewegte sich, aber im Innern der Beton-Toilette hörte er eine Wasserspülung rauschen. Er grabschte sich eine Handvoll Bananen und eine Orange und verschwand in dem türlosen Eingang mit dem Zeichen für Männer. Im selben Moment wurde ihm klar, daß er in der Falle saß, falls ihn irgendwer gesehen hatte. Er rannte in eine Toilette und verschloß die Tür. Sein Herz klopfte wild, während er versuchte, das Keuchen zu unterdrücken, um lauschen zu können. Keiner schrie und keiner kam. Der Ort stank nach schalem Urin und dem antiseptischen Geruch von Desinfektionsmitteln. Der Geruch war so stechend und überwältigend, daß sich ihm der Magen umdrehte und sich sein Mund mit saurem Schleim füllte. Als er den Magen wieder unter Kontrolle hatte, wusch er sich das Gesicht und spülte den Mund aus. Das Wasser war kühl, schmeckte aber komisch. Es hatte einen metallenen, leicht bitteren, unangenehmen Beigeschmack.

Er fühlte sich etwas wohler, als er einen kleinen Park gefunden hatte, wo er frühstücken konnte. Er hatte sich vorgenommen, nur zwei Bananen zu essen und den Rest für später aufzuheben, aber er konnte sich nicht zurückhalten. Die Orange war saftig. Ihre Säure biß sich durch den schalen Flaum in seinem Mund. Als er fertig war, fühlte er sich wesentlich besser. Er beschloß, den Tag dazu zu nutzen, José und den Jungen mit dem Handkarren zu finden. Und wenn er keinen von beiden auftrieb, wollte er keine Zeit mehr mit der Suche nach ihnen verschwenden, sondern sich lieber Arbeit suchen. Wenn er wirklich in der Stadt blieb, würden sie sich irgendwann, eines Tages wieder über den Weg laufen... und er würde bleiben!

Sein Frühstück an diesem Tag war zwar gestohlen, aber das Mittagessen verdiente er sich redlich. Er ging auf die Straße, die aus dem Herzen der Stadt hinaus in die Vororte am Fuß des Gebirges führte. Als er an eine Kreuzung kam, wo eine steile Seitenstraße mit großem Gefälle auf die Hauptstraße stieß, schaute er träge die Straße hinauf. Es war einer jener Augenblicke, in denen die Zeit stillzustehen scheint. Beinahe bewegungslos hing ein riesiger, unbemalter Handwagen, hoch mit Flaschen beladen, auf dem Abhang. Hinter und über dem Karren sah er jetzt den Körper eines Mannes und dessen ausgezehrtes, bärtiges Gesicht, in dem sich die Anstrengung abzeichnete.

Der Dreadlock hatte blutunterlaufene und geschwollene Augen, und in seinem Gesicht hatten sich tiefe Sorgenfalten eingegraben. Er und sein Karren schienen eine Sekunde in verzweifelter Anspannung erstarrt, als er sich gegen das Gewicht der Ladung und gegen die Anziehungskraft des Abhangs stemmte. Doch ganz langsam geriet ihm der Wagen außer Kontrolle. Sein Körper glänzte in der Sonne, die Muskeln traten hervor, die Adern an seinem dünnen Hals und an den Schultern schwollen an, bis sein Blick plötzlich – voller Verwirrung, ohnmächtiger Wut und hoffnungslosem Entsetzen – Ivan streifte.

«Warte, Bruder, bloß nicht loslassen!» schrie Ivan. Dann tauchte er vor den Wagen und warf sich mit voller Kraft dagegen. Er nahm dem Rasta soviel Gewicht ab, daß er wieder Fuß fassen und sie den Karren gemeinsam vorsichtig den Hügel herunterbugsieren konnten.

Dort warf sich der Rasta auf den grasbewachsenen Seitenstreifen neben der Straße. Seine knochige Brust hob und senkte sich mühsam. Sein Atem kam stoßweise und seine Augen schienen sich nicht mehr auf einen Punkt konzentrieren zu können, sein Blick streifte unstet und verschwommen umher. Er trug nichts weiter als eine kurze Khakihose. Die eckigen Glieder hinterließen den Eindruck eines aufeinandergeworfenen Haufens von schwarzen Knochen, die sich wie von selbst bewegten.

«Dank – dir – Bruder.» Jedes Wort kam einzeln und mit sichtlicher Mühe.

«Ruh dich aus, Bruder», meinte Ivan. Mit den langen Armen und Beinen, der knochigen Gestalt und dem wirren, verfilzten Haar schien er Ivan der größte und auffälligste Typ, dem er je begegnet war.

Nach einiger Zeit setzte sich der Rasta auf und warf dem Karren einen haßerfüllten Blick zu. «Ich – ich konnte ihn einfach nicht halten, Jah. Ich glaub, ich wär fast umgekippt.»

«Schon gut, Mann!»

«Jah, wenn du nicht gekommen wärst – Gott hat dich geschickt.» Er schüttelte den Kopf. «Sonst hätten meine sechs Pickneys heut abend nix zu essen gehabt, Jah. Und ihr Vater könnte außerdem im Knast übernachten. Mann, es hat nur wenig gefehlt und meine Kleinen hätten mit nix als Luft im Bauch schlafen gehen müssen.»

«Ja, du warst ganz schön in der Patsche», sagte Ivan.

«Das kann man wohl sagen, Jah. Ich wußte gar nicht, daß die Straße so steil ist. Als ich da über den Hügel kam –» er zeigte auf eine Stelle, etwa fünfzehn Meter weiter oben – «grad so, als ob der Wagen mir wegrennen täte, Jah. Als wär er fünfmal so schwer wie sonst. Ich hab den ganzen Weg mit ihm gekämpft. Guck dir meine Hände an.» Er zeigte seine Hände, wo ihm die Holzgriffe Zentimeter um Zentimeter entglitten waren. Das rauhe Holz hatte sich durch eine Schicht schwieliger Hornhaut gebohrt und das Fleisch aufgerissen.

«Und guck hier!» Der Mann zeigte seinen rechten Fuß. Er hatte eine Sandale verloren, so daß die rauhe Oberfläche der Straße ihm die ganze Haut von der Fußsohle gefetzt hatte.

«Mensch, ich hätte losgelassen», sagte Ivan, als er die geschundene Haut sah.

«Losgelassen? Losgelassen?» Der Mann stieß ein kurzes, bitteres Lachen aus. «Junge, du hast ja keine Ahnung, wie das hier läuft.»

Ivan rannte den Hügel hinauf und kam mit der verlorenen *Shampata* zurück – es war ein Stück Gummireifen, das mit zwei Riemen festgehalten wurde. Der Rasta spuckte auf seinen blutenden Fuß, rieb etwas abgeschürfte Haut und blutverklebten Schotter ab und versuchte, die Sandale wieder überzustreifen.

«Du sagst, du hättest losgelassen, ja? Bruder, verstehst du, wenn ich dir sage, daß jeder Pfennig, den Rastamann besitzt, in diesem Karren steckt? Er rast den Hügel runter und fällt auseinander – dann ist Rastamann am Ende – verstehst du? Wie sollen meine Kinder was zu essen kriegen? Ihre Mutter hat 'nen Topf auf dem Feuer stehn mit nix drin als purem Wasser. Sie wartet, daß ich was bring zum Reintun. Wie kann ich da loslassen? Nur über meine Leiche. Und paß auf, angenommen, er rast da unten auf die große Straße und in den Wagen von irgend 'nem hohen Tier. Ja, dann schläft Sufferah heut nacht im Knast, klar. Genau, Jah, im

Knast. Und die Polizei kommt mit ihren Knüppeln und haut sie mir übern Schädel und rasiert mir die Dreads ab, und den Bart noch dazu.» Er sprach ruhig und eindringlich, doch die Wut, die Ivan wie ein Tier in seinem schmächtigen Körper zittern sah, wurde immer größer.

«Da, schau dir meine Augen an, wie rot die sind. Denkst du vielleicht, ich wär so geboren, Jah? Bei der heißen Sonne und dem schweren Karren kann Rastamann nicht mal die Hand heben, um sich den Schweiß abzuwischen, verstehst du? Davon hab ich so rote Augen.»

«Hast du denn keinen, der dir helfen könnte?»

«Mein Ältester ist groß genug, aber der muß in die Schule – glaubst du etwa, ich will, daß mein Junge so aufwächst wie ich?» Und damit deutete er hinter sich auf den Karren.

Selbst ohne seine Verletzungen schien der Mann nicht in der Lage, die schwere Last zu bewältigen, vor allem nicht im dichten Verkehr. «Wie weit mußt du noch damit?»

«Die Fabrik ist da drüben, im Westen, vielleicht zehn Meilen oder so.»

Ivan betrachtete den Mann und den schweren Karren. Plötzlich konnte er sich vorstellen, wie es war, diese schwere Last durch die heißen überfüllten Straßen zu schleppen. Zum erstenmal, seit er sein Hab und Gut verloren hatte, beschäftigten sich seine Gedanken mit etwas anderem als seiner eigenen Notlage. «Ich helfe dir schieben», bot er an.

Der Dreadlock musterte ihn sorgfältiger als während ihrer bisherigen Unterhaltung. «Weißt du, wo die Fabrik ist?»

«Nein, aber das macht nix.»

«Mann, du hast Rastamann schon genug geholfen. Die anderen hätten sich hingestellt und zugeguckt, wie's kracht und dann hätten sie sich totgelacht. Rastamann ist dir sehr dankbar. Warum willst du ihm noch mehr helfen?»

Er schien nicht etwa mißtrauisch, er verstand einfach nicht. Ivan wunderte sich über diese Reaktion. «Ich will nix von dir, keine Angst. Aber guck dir doch deine Füße und deine Hände an und dann sag mir, wie du das schaffen willst.»

«Ja ja», sagte der Mann, «nicht umsonst nennt man mich Ras Sufferah.»

«Ich heiße Rhygin.»

«One love, Jah.»

Langsam zog sich die lange Gestalt des Dreadlocks hoch und belastete behutsam den verletzten Fuß. Er humpelte einige Schritte, stieß einen unterdrückten Fluch aus und nahm dann seinen Platz an der Deichsel ein. Ivan packte vorne an, und so zogen sie weiter Richtung Flaschenfabrik.

Es war eine lange, langsame Reise durch das Verkehrschaos, über den schmelzenden Asphalt. Ein heißer Wüstenwind blies ihnen den Staub in die schweißtriefenden Gesichter. Ras Sufferah hörte sich Ivans Geschichte an und gab ihm ab und zu Ratschläge über die diversen Möglichkeiten, an Arbeit oder doch wenigstens an was zu essen zu kommen. Seine Sicht vom Leben, speziell von der Stadt, war verglichen mit der Josés ziemlich verbittert. Auf eine perverse Art schien er Schmerz und Entmutigung zu akzeptieren, ja sogar zu brauchen, denn die Stadt war ‹Babylon›, in der «die Schwarzen leiden müssen». Doch obwohl er auf die eine Seite seines Karrens «Sufferer No. 1» gepinselt hatte und sein Unglück irgendwie bitter, ja fatalistisch hinnahm, spürte Ivan in seinem mageren Körper eine aufgestaute Wut – nur schien sie ziellos, auf das Universum im allgemeinen gerichtet.

Am späten Nachmittag schoben sie den Karren durch ein Eisentor auf den blanken Boden des Fabrikhofes zu einem kleinen Holzschuppen, wo leere Flaschen aufgekauft wurden. Außer ein paar Pförtnern war nur noch ein Angestellter da. Er schloß gerade zu. Die Manschetten seines weißen Hemdes waren hochgeschlagen und die Krawatte baumelte ihm lässig um den Hals. Seine Augen waren hinter einer spiegelnden Sonnenbrille verborgen. Trotzdem erkannte Ivan, wie er die Stirn runzelte, als er sie kommen sah. Er schien etwa in Ivans Alter zu sein.

«Was ist passiert, Sufferah? Du weißt doch, wann wir zumachen?» Er pfiff durch die Zähne und drehte sich wieder um, um den Schuppen abzuschließen. «Weißt du was, Alter – komm morgen wieder.»

«Cho, Master, mach es mir doch nicht so schwer, Sir», wimmerte Ras Sufferah.

«Nein, Mann, ihr verdammten Rastas seid doch alle gleich: liegt unter 'nem Mangobaum und raucht euer Ganja und dann groß was erzählen wollen. Glaubst du, ich hab nichts Besseres zu tun, als ausgerechnet auf dich zu warten?»

«Master, Mister D., Rastamann weiß nicht, wo er die Flaschen lassen soll. Bis morgen früh sind sie doch alle geklaut. Master Rastamann braucht ein bißchen Geld, Sir, ich brauch es wirklich, Sir!»

Der Angestellte rüttelte an der Tür und drehte sich mit einer abwehrenden Handbewegung um. «Ich hab gesagt, komm morgen wieder.»

Der Dreadlock richtete sich vor ihm auf. Obwohl er weder seinen Ausdruck änderte, noch lauter oder bedrohlicher wirkte, lag plötzlich etwas unterschwellig Gefährliches in der Luft. «Ich bitte Sie, Mister. Weil, Sie wissen doch, meine Kinder haben Hunger. Und Rastamann geht nicht eher nach Hause, als bis er die paar Flaschen verkauft hat. Er kann nicht anders.»

«Aber», meinte der Angestellte und schloß die Tür wieder auf, «versteh mich recht, ich mach es nur wegen der Kinder ...»

Ivan und der Rasta sortierten die Flaschen und packten sie in Kästen. Unterdessen saß der Angestellte im Schuppen, rauchte eine Zigarette und zog alle paar Minuten seine Manschetten hoch, um auf die Uhr zu sehen.

«Also wieviel hast du?» rief er unwillig.

«Zusammen einunddreißig Dutzend und vier Stück, Sir.»

«Gut. Und wieviel sind angeschlagen?»

«Ich bring keine angeschlagenen Flaschen, Sir. Sagen Sie nicht so was, Sir.»

Der Angestellte kam aus dem Schuppen heraus, fuchtelte mit einem schmalen Lineal herum und ging langsam an den Kästen entlang. Einen Augenblick untersuchte er sie stumm, dann schaute er den Rasta an und rief einen der Pförtner heran.

«Die hier brauchen wir nicht.» Er zeigte auf zwei Kästen.

«Seit wann, Sir?» stammelte Ras Sufferah.

«Ich hab gesagt, wir brauchen sie nicht. Kannst sie wieder mitnehmen.»

Der Pförtner zog die Kästen auf die Seite. Beim Weitergehen schnippte der Angestellte verächtlich das Lineal gegen die Kästen. «Nimm die raus – und die. Die da, und die zwei ...» Das Lineal bewegte sich unaufhörlich und zeigte auf mindestens zwei Flaschen in jedem Kasten. Ras Sufferah schaute erst Ivan an, dann den wachsenden Berg von Ausschuß.

«Was ist an denen dran, Sir? Sie wissen doch, ich muß bezahlen, ich muß für alle bezahlen.»

«Tut mir leid, ich kann sie nicht brauchen.» Er streckte Ras Sufferah ein paar Münzen entgegen. Sufferah schaute ihn an. «Nun mach schon, nimm das Geld.»

Sufferah streckte die Hand aus. «Die da wollen Sie wirklich nicht?» fragte er nochmals.

«Was ist los? Bist du taub? Wir haben keine Verwendung für sie.»

«Nein Sir. Rastamann ist nicht taub. Ganz und gar nicht», sagte Sufferah wie im Traum.

Die beiden Männer starrten sich an, der Angestellte mit in die Hüften gestemmten Händen und einem Ausdruck anmaßender Selbstgefälligkeit.

Plötzlich verzog der Dreadlock das Gesicht zu einem unerwarteten, geheimnisvollen Lächeln. «Na schön», sagte er und humpelte eilig über den Hof. Er kam mit einem Felsbrocken zurück, den er sich gegen die Brust drückte. Mit einem Grunzen hob er ihn über den Kopf, während der Angestellte und der Pförtner schnell aus dem Weg sprangen. Sufferah mußte sich anstrengen, um den Stein zu halten und schwankte unter seinem Gewicht vor und zurück. Als er ihn mit voller Wucht in den Flaschenhaufen geschleudert hatte, trat er zurück und inspizierte keuchend die lange, rote Linie auf seinem Schienbein, wo ihn ein Glassplitter erwischt hatte.

«Aber ... dieser Spinner ist ja total verrückt», meinte der Angestellte, «... und undankbar noch obendrein.»

«Ja, so sind die alle», pflichtete ihm der Pförtner bei.

Vor der Fabrik wandte Sufferah sich an Ivan.

«He, Bruder, hier nimm», sagte er und hielt ihm einen Dollarschein hin. «Ich wollt, es wär mehr. Aber hast ja gesehn, wie's ist.»

«Ja», antwortete Ivan mit zitternder Stimme. «Ja, ich hab's gesehn.»

Die Baustelle lag hinter einem Zaun aus Sperrholzplatten versteckt. Das Metalltor am Eingang war verriegelt und mit einer Kette gesichert. Ein paar Aufpasser mit Helmen und Pistolen bewachten das Tor. Ivans Mut begann zu sinken, als er gegen sechs hier ankam. Schon jetzt hatte sich vor dem Tor eine lange Schlange von Männern gebildet, die erst hinter der nächsten Ecke außer Sichtweite verschwand.

«Stell dich hinten an», rief einer der Aufpasser ihm zu. «Hier gibt's nur eine Schlange.»

Immer neue Männer kamen, sahen die Schlange, schüttelten den Kopf und stellten sich trotzdem an. Wie Ivan steckten die meisten in zusammengewürfelten Kleidern, die von Armut und Zufall bestimmt waren. Keiner wirkte besonders hoffnungsvoll – nicht mal die auserwählte Minderheit, die ordentliche Arbeitskleidung aus blauem Drillich trug und mit ihren Helmen und Brotbehältern einen sehr professionellen und erfahrenen Eindruck machte. Um halb neun kam ein Jeep mit vier bewaffneten Polizisten und einem Gestell hinter dem Rücksitz an, aus dem die glänzenden Kolben von Tränengaspistolen ragten. Die Männer blieben im Jeep sitzen, rauchten und tranken Kaffee. Von Zeit zu Zeit streiften sie die in der Schlange stehenden Männer mit eisigen Blicken.

Um Viertel vor neun kamen drei Männer durch das Metalltor und bauten einen kleinen Tisch auf. Einer von ihnen setzte sich dahinter und legte ein paar Blätter vor sich. Der Vorarbeiter, ein Kerl wie ein Stier, mit Stahlhelm und schweren Stiefeln, stellte sich breitbeinig neben den Tisch. Der dritte, ein lässiger Kerl in Tennisschuhen und Sporthemd, wirkte irgendwie anders, gar nicht wie ein Arbeiter.

«Wer ist das?» fragte Ivan seinen Vordermann, als sie dem Tor näher kamen.

«Psst», zischte der andere. Dann flüsterte er: «Das ist der Politische.»

«Hä?» gab Ivan zurück.

«Verstehst du nicht?»

«Nicht ganz.»

«Das ist Arbeit von der Regierung. Nur Parteimitglieder kriegen hier einen Job.»

Als sie sich langsam auf den Tisch zubewegten, spürte Ivan, wie die Spannung unter den Männern stieg. Sein Magen verkrampfte sich. Der Mann vor Ivan, einer von denen in Arbeitshosen, der hoffnungsvoll von den verschiedenen Baustellen erzählte, auf denen er schon gearbeitet hatte, fing an, sich den Schweiß aus dem Gesicht zu wischen. Der metallene Brotbehälter, den er gegen die Brust drückte, zitterte. Ivans Magen schmerzte. Heute morgen hatte er den letzten Rest von dem Brot und den Sardinen gegessen, die er sich von Sufferahs Geld gekauft hatte. Jetzt lagen sie ihm wie ein Klumpen Blei im Magen. Der Mann vor ihm stand vor dem Vorarbeiter und schaute an ihm vorbei. Aus irgendeinem Grund schien er strammzustehen.

«Wo hast du schon gearbeitet?» fragte der Vorarbeiter scharf.

«Bei Muller, Sir.»

«Was war das für Arbeit?»

«Schreinerarbeiten, Sir. Bauschreiner, Sir.»

«Warum bist du da weg?»

«Die Arbeit war fertig, Sir.» Der Mann gab seine Antworten mit leiser Stimme und starrte vor sich hin. Ivan sah einen Muskel an seiner Schläfe zucken. Doch er stand stocksteif, während der Vorarbeiter überlegte, bis er schließlich sagte:

«Okay, sag Mr. Jackson, wie du heißt.»

«Ja, Sir!» rief der Mann und wollte gerade mit breitem Grinsen zum

Tisch eilen, als der Parteivertreter schnarrte: «Moment! Komm mal her.»

Der Schreiner hielt überrascht mitten im Laufen inne. «Ich, Sir?»

«Ja, Sie, Sir.» Der Blick des Parteimitglieds war hart und argwöhnisch. «Ja, Sie, Sir. Hab ich dich nicht schon mal irgendwo gesehen? In welcher Partei bist du?»

«In gar keiner, Sir.»

«Du lügst, verdammt. Du bist doch ein Gewerkschaftler. Hab ich dich nicht neulich im Büro von Mr. Maxwell gesehen?»

«Wen Sir? Mich Sir? Nein, Sir, machen Sie keine Witze mit mir, Sir...» Der Mann war außer sich, seine Stimme überschlug sich vor Erregung. «Drei Monate hab ich nicht gearbeitet, ich muß den Job unbedingt kriegen! Was soll ich meinem Kind zu essen geben, Sir? Es ist krank, weil der Hunger ihm den Magen zuschnürt, Sir. Nein, bitte, machen Sie keine Witze, machen Sie das nicht!» Falls der Mann nur spielte, war er ein verdammt guter Schauspieler. Die Verzweiflung in seiner Stimme klang sehr echt.

Zwei der Polizisten kamen näher. Dem Vorarbeiter schien das Ganze mehr als peinlich zu sein. «Sind Sie sicher?» fragte er den Parteivertreter. «Wir brauchen nämlich dringend Schreiner.»

«Okay, er kann passieren. Aber nur heute.» Er zeigte auf den Schreiner. «Und glaub nur nicht, daß du damit durchkommst. Dich kauf ich mir noch.»

Plötzlich kam hinten irgendwo Bewegung in die Schlange. Ein paar von den Männern gingen aus der Schlange heraus, blieben in einiger Entfernung stehen und tuschelten aufgeregt miteinander. Der Parteivertreter warf den Polizisten einen Blick zu.

«Verjagt sie! Massenversammlungen sind hier verboten!»

«Reiht euch ein oder verschwindet!» riefen die Bullen.

Ivan rückte zu dem Vorarbeiter auf.

«Was für einer Partei gehörst du an?» fragte der Parteimensch.

«Keiner», antwortete Ivan wahrheitsgemäß.

«Dann such dir eine aus», entgegnete der andere. «Für irgendeine mußt du dich entscheiden.»

«Was für eine Arbeit kannst du?» fragte der Vorarbeiter.

«Ich kann alles, Sir», antwortete Ivan und versuchte zu lächeln.

«Alles? Was heißt alles? Kannst du Zement mischen? Bist du Maurer? Machst du Schreinerarbeiten? Also was nun?»

«Ich hab's noch nie gemacht, Sir, aber –»

«Kannst du Ziegel setzen?»

«Ich kann alles, Sir, geben Sie mir nur die Gelegenheit.»

«Was soll das heißen, die Gelegenheit?»

Ivan verstand nicht ganz, warum der Mann so sauer war. «Mach daß du weg kommst, Mann.»

«Aber ich kann es, Sir. Ich brauche nur 'ne Chance!»

«Was soll das heißen, 'ne Chance? Hast du schon jemals so was gemacht?» Jetzt brüllte er. «Mach daß du weiterkommst! Na mach schon! Wir brauchen Leute mit Erfahrung! Stiehl mir nicht meine Zeit! Der nächste!» Als er das Gesicht von Ivans Hintermann sah, schrie er: «Du schon wieder – hab ich dich nicht erst gestern weggejagt?»

«Das war ich nicht, Sir», wimmerte der Mann. Ivan ging davon.

Ein silberner Sprühregen tanzt über die sauber gestutzte Hecke und der feine Nebel vor der Sonne schimmert in allen Regenbogenfarben. Ivans Kehle wird immer trockener. Die Sonne brennt auf die Straße nieder, bis der Teer Blasen schlägt und an den Schuhen kleben bleibt. Hitzewellen wabern über seine Oberfläche und vermitteln die Illusion von kleinen Wasserpfützen in jedem Schlagloch.

Die Häuser scheinen groß und kühl. Sie liegen abseits, hinter riesigen Rasenflächen, mit hie und da einem Obstbaum, einem blühenden Busch oder einem Blumenbeet. Von der Straße aus kann man kaum in diese Häuser hineinsehen; ihre Privatsphäre wird durch hohe Hecken und Zäune gesichert. Die reich verzierten Eisentore sind ausnahmslos verschlossen. An den meisten hängen Verbotsschilder, die vor bissigen Hunden warnen. Die Schilder sind kein Bluff, wie er schnell herausfindet, als er sich den Toren nähert. Große, gut genährte Bestien springen bellend und geifernd daran empor, knurren ihn an und fletschen die Zähne.

Hinter einer Hecke hört er plötzlich eine Stimme. Ein Junge in seinem Alter sprengt mit einem Schlauch den Rasen, singt dabei einen Blues und tanzt. Müßig richtet er ihn nach oben und malt ein glitzerndes Muster in die Luft.

«Psst! Eh, Bruder!»

Der Junge hörte auf zu tanzen. Er wirft einen hastigen Blick auf die Hecke und dann aufs Haus. «Was gibt's?»

«Gib mir einen Schluck Wasser, ja?»

«Mensch –.» Der Junge beobachtete das Haus. «Die Frau da drin ist ziemlich blöd.»

«Ich komm um vor Durst, Mann.»

Der Junge zögerte erneut. «Okay.» Er schiebt den Schlauch durch die Hecke. Das Wasser ist lauwarm und schmeckt nach Gummi, aber wenigstens ist es naß.

«*One love*, Mann – hör mal, meinst du, du könntest mir 'ne Mango organisieren?»

«Willst du etwa, daß ich meinen Job verlier? Erst geb ich dir Wasser, und jetzt willste 'ne Mango.» Er schüttelte den Kopf.

«Mann, ich hab seit gestern nix mehr gegessen. Da liegt 'ne Mango auf der Erde. Die werden doch nicht merken, wenn zwei fehlen, oder?»

«Leeeeroy! Leeeeroy? Mit wem redest du denn da draußen?»

Der Junge springt wie von der Tarantel gestochen zur Seite. Die Stimme klang mürrisch und argwöhnisch, vielleicht auch – wie er gesagt hatte – «ziemlich blöd».

«Mit niemand, Madam», säuselt der Junge und schafft es, nicht nur unschuldig, sondern auch noch leicht weggetreten zu wirken.

«Ich red mit niemand, Miss Lilian, mit keinem Menschen.»

«Verdammte Hexe», stößt er zwischen den Zähnen hervor. «Warte!» Mit dem Schlauch in der Hand bewegt er sich rein zufällig dahin, wo der Mangobaum zwischen ihm und dem Haus ist. «Ich spreng nur den Rasen», flötet er und sprüht das Wasser genau in die Sonne. «Spreng nur den Rasen.» Die heruntergefallene Frucht läßt er liegen. Statt dessen pflückt er zwei von den größten und reifsten und wirft sie ihm rüber.

«Paß nur auf, Mann. Nicht, daß du Ärger kriegst», flüstert Ivan und fängt sie auf.

«Schon gut», grinst der Junge. «Ich sag ihr, ich vertrag keine Mangos – mein Magen, weißt du.»

«Danke Bruder.»

«Spreng nur den Rasen, Miss Lilian», singt der Junge munter und malt einen Regenbogen in den Himmel.

Er war müde. Aber da war noch mehr. Irgend etwas passierte mit ihm. Er konnte förmlich spüren, wie sich etwas in ihm zusammenzog, ihn einschnürte, wie sich etwas abriegelte und versiegelte, was immer zu ihm gehört hatte. Ein taubes Gefühl hatte seine Glieder erfaßt, so daß er sich nur noch mühsam vorwärts schleppen konnte. Er mochte diese Gegend nicht. Straße auf Straße, auf beiden Seiten gesäumt von abwehrenden Hecken und Mauern. Tore mit aufragenden, eisernen Stacheln, mit Ketten und Schlössern; stumme Wächter, beredt in ihrer Feindseligkeit, unnahbar. An einem einzigen Nachmittag hatte er gelernt, Hunde zu hassen und zu fürchten, sie in einem ganz neuen Licht zu sehen. Sie warfen sich mit einer Energie gegen die Eisentore, daß er nichts mehr verstand. Warum lebten Menschen mit derart wilden Bestien zusammen? Irgendwer machte dann meist die Haustür auf oder schielte argwöhnisch durch das unvermeidliche Eisengitter vor dem Fenster.

«Was willst du?» riefen sie, wenn er höflich und zurückhaltend «Guten Tag, Madam» wünschte.

«Bleib vom Tor weg, sonst reißt der Hund dich in Stücke. Komm, Brutus.» Und Brutus wackelte mit seinem fetten Hintern, gehorchte und hüpfte wie ein Riesenbaby Richtung Haus, als könnte ihn kein Wässerchen trüben.

Niemand sagte ihm guten Tag. Niemand sprach anders als in einem eisigen und – warum, blieb ihm schleierhaft – feindlichen Ton, als habe Ivan persönlich sich irgendwie gegen ihn vergangen. Manchmal rannten die Hunde ungerufen japsend und bellend am Zaun entlang und schnappten in ihrer Gier nach Pflanzen, bis er ihr Gebiet passiert hatte und der «Brutus» vom Nachbargrundstück seine Aufgabe übernahm.

Das Gefühl, unerwünscht, fremd und verachtet zu sein, war nicht nur unausweichlich, sondern auch bedrückend. Er wußte, daß er ein Anrecht darauf hatte, die Straße entlang zu gehen und Arbeit zu suchen, aber dieses Gehen war nervenaufreibend und demütigend.

Jetzt kam er zu einem Tor, das offen stand und nur angelehnt war. Sein erstes freudiges Erstaunen wich einem bösen Verdacht. Hieß das, daß ihn nichts trennte von einem oder mehreren dieser wolfsähnlichen Kreaturen? Nein – wenn sie solche Hunde hätten, müßten die Tore geschlossen bleiben. Oder nicht? Auf jeden Fall war von einem Hund nichts zu sehen und nichts zu hören. Ein Grundstück, offensichtlich ohne Wachhund und noch dazu unverschlossen? Er wollte klopfen, zögerte aber dann. Warum nicht hineingehen – vielleicht konnte er mit jemandem reden. Er betrachtete das Grundstück. Es war gut gepflegt; sicherlich hatten sie schon jemanden, und der verdammte Köter beobachtete ihn wahrscheinlich gerade, fletschte die Zähne und wartete auf den Schritt, der ihn der Sicherheit der Straße berauben würde. In so einem Garten konnte ein Hund natürlich auch schlafen. Viel zu groß, mit zu vielen Büschen. Er stand in der offenen Einfahrt und starrte das Haus an. Es war so groß, so echt, so schön gestrichen! Nein, es war doch besser zu klopfen! Er hatte ungehinderte Sicht. Zum erstenmal spähte er nicht durch die Gitter eines verschlossenen Tores oder durch eine Hecke oder über eine Mauer. Mein Gott, das bedeutete es also, reich zu sein. Alles so sauber, so hübsch, so teuer. Er machte einen Schritt, hielt inne, dann noch einen. Nichts passierte. Er ging die ganze Einfahrt hinauf, die Augen starr auf das Haus gerichtet. Sie war schattig und überall stand grüner Farn in Töpfen herum. Es schien ein schöner, kühler, erquickender Platz für einen heißen Nachmittag. Er merkte, daß er sich irgendwie vorsichtig bewegte, fast entschuldigend, daß er seine abgetragenen Schuhe sanft auf den Kiesweg aufsetzte, so als ob er durch eine zur Schau gestellte Schüchternheit in Gang und Haltung die Unverschämtheit seiner Gegenwart wieder gutmachen könnte. Als er sich dessen bewußt wurde, zwang er sich, schneller zu gehen und fester aufzutreten.

Jetzt konnte er auf der Veranda eine Frau erkennen. Sie räkelte sich auf einem Liegestuhl aus Ratan, mit dem Rücken zu ihm. Sie war mit irgendwas beschäftigt und hörte ihn nicht kommen. Sie war keine Weiße. Aber schwarz schien sie ihm auch nicht, obwohl sich ihre Hautfarbe nicht sonderlich von seiner eigenen unterschied. *Er* war schwarz. *Sie* war reich.

Er steht da und beobachtet sie. Sie trägt eine lose Bluse und eine sorgfältig gebügelte Hose aus dem gleichen Material. Ihre Kleider sind makellos sauber. Das Haar ist geölt und gut frisiert. Jede Locke sitzt. Sie verbreitet Kühle und Frische, als sie so daliegt und sich die Fingernägel lackiert. Ja, sie ist vollkommen. Schüchtern räuspert er sich. Sie fährt hoch und hätte um ein Haar ihren Nagellack auf die glänzenden Verandafliesen fallen lassen.

«Entschuldigen Sie, Madam ... Guten Tag, Madam.»

«Was machst du hier?» Ihre Stimme ist alles andere als vollkommen. Scharf, kratzend, flattert unangenehm im Ohr.

«Ich suche Arbeit, Madam.» Er braucht sich gar keine Mühe zu geben, demütig zu klingen: die Üppigkeit des Hauses und die bemerkenswerte Eleganz des Grundstücks haben ihn eingeschüchtert. Er versucht zu lächeln.

«Wie bist du hier hereingekommen?»

«Das Tor stand offen, Madam. Da bin ich also rein. Ich wollte ...» Seine Stimme wird immer zurückhaltender, während er sich anstrengt, nicht alle Hoffnung fahren zu lassen.

Sie hat nicht nein gesagt. Sie schaut ihn an – ein harter, abschätzender Blick – und scheint weniger erschreckt. «Mach das Tor hinter dir zu, wenn du gehst. Ich habe keine Arbeit für dich.» Sie dreht sich um und greift nach einem Magazin.

Er begreift, daß die Unterhaltung beendet ist, kann sich aber einfach nicht entschließen, sich umzudrehen und sich mit einer so kurzen Abfertigung zufrieden zu geben. «Ich könnte doch Ihren Wagen waschen, Madam», ruft er flehend, obwohl er schon verstanden hat, daß es hier keine Arbeit gibt und daß auch seine Stimme nichts daran ändern wird.

«Das läßt mein Mann schon in der Stadt erledigen», faucht sie ihn an und betrachtet ihn stirnrunzelnd. Die symmetrisch gezupften Brauen spannen sich zu einem Bogen, bis das Make-up auf ihren Wangen zu zerbröckeln droht. «Ich kann mich um den Garten kümmern», sagt er hastig.

«Dafür haben wir –.»

Doch er fällt ihr ins Wort: «Ich kann alles machen, *alles*, Madam.»

«Hör zu! Du verschwindest jetzt besser. Du kannst nichts für mich tun, gar nichts! Ist dir eigentlich klar, in welcher Gefahr du schwebst? Wir haben zwei scharfe Wachhunde, die reißen dich in Stücke.»

«Dann ... dann ... dann geben Sie mir zehn Cent, Madam, bitte ...»

«Ich halte nichts davon, wenn gesunde, junge Männer anfangen zu betteln – das ist genau das, woran dieses Land zugrunde geht. Betteln. Immer nur betteln. Du solltest dich was schämen – nun geh und versuch, was aus dir zu machen. Und zieh das Tor hinter dir zu. Nun geh schon.»

Sie schaut ihm nach, wie er sich mit einer gewissen trotzigen Gemächlichkeit davonschleicht. «Wer hat das Tor aufgelassen?» schreit sie die Hausdiener an. «Die Leute werden immer unverschämter. Stell sich einer vor, wie der Junge mich angestarrt hat. Als ob er mich verprügeln wollte, wenn ich ihm keine Arbeit gebe. Damit es klar ist, das Tor bleibt zu!» keift sie. «Ehe man sich versieht, bricht noch einer von denen hier ein und bringt uns alle im Schlaf um.»

Seehund trägt einen weißen Tropenhelm. Er ist groß und fett und seine weiße Drillichuniform läßt ihn noch dicker erscheinen, als er ohnehin schon ist. Er steht genau zwischen den beiden Glastüren, wo er sein Spiegelbild bewundern, die herankommenden Limousinen beobachten und gleichzeitig von der Klimaanlage profitieren kann. Trotz seines Umfangs sieht er gut aus. Er scheint nie in Eile, und doch hat er die Türen eines Wagens gewöhnlich schon auf, noch ehe er ganz zum Stehen gekommen ist. Wenn er den Gästen herausgeholfen hat, eilt er ihnen zum Hoteleingang voraus und hält ihnen die Türen auf. Mehr als ein Gast hat in seinem Dankschreiben an das Management sein Lächeln erwähnt. Eine ältere Dame mit einer gewissen Neigung für Poesie schrieb, «es sei so warm und strahlend wie die karibische Sonne». Der Manager mochte das. Er ernannte Seehund in der hauseigenen Postille zum «Angestellten der Woche». Seehunds ärgste Feinde, die Jungenbande, die auf dem Parkplatz ihr Unwesen treibt und die er regelmäßig verscheucht, weil sie ihn wegen seiner Größe hänseln, nennen ihn jetzt «Sunny Seehund, den karibischen Grinser». Aber seine größte Begabung in den Dreck ziehen zu lassen – das geht dem Pförtner nun doch zu weit.

Als die Glastür sich öffnet, tritt ein großer, brauner Mann aus der eindrucksvollen, weißen Fassade heraus. Er trägt einen den Tropen angemessenen weißen Geschäftsanzug und das schmutzige, zufriedene Grinsen eines Mannes, der seine Cocktailstunde ausgiebig genossen hat. Seehund verbreitet sein berühmtes Lächeln wie ein gütiger schwarzer Buddha und streckt die offene Hand aus. Er murmelt irgend etwas Freundliches, begleitet den Gast aber nicht zum Wagen; dieser Dienst bleibt Fremden, Regierungschefs oder ortsansässigen Industriebossen vorbehalten.

Aus dem Schatten heraus studiert Ivan das Gesicht des Geschäftsmannes, der hinter dem Steuer hin- und herrutscht, um eine bequeme Position zu finden. Er scheint mit sich selbst mehr als zufrieden. Ivan ist ermutigt und kommt etwas näher. Er versucht, die anderen Jungs nachzumachen und sagt: «Ich hab auf Ihren Wagen aufgepaßt, Sir. Bitte geben Sie mir zehn Cent, Master.»

Der Mann lächelt selbstzufrieden, so als ob er sagen wollte, na, wen willst du denn hier anschmieren? Du würdest den Wagen doch eher klauen als ihn bewachen, wenn du nur könntest. Glaubst du etwa, ich kenne euch nicht?

«Geben Sie mir zehn Cent, Sir?» wiederholte Ivan hoffnungsvoll.

«Nichts da. Der Steward paßt auf meinen Wagen auf. Mit ihm bin ich im Geschäft.»

«Er ist aber nicht immer da, Sir, und –»

«Nein, Freundchen. Wenn du zehn Cent willst, dann geh zum Steward.» Aus irgendeinem Grund ist der Mann so belustigt, daß Ivan noch hört, wie er beim Wegfahren in sich hinein gluckst.

Da fällt plötzlich eine schwere Hand auf seine Schulter, und vor Schreck stolpert er nach vorn. «Ich will nicht noch einmal sehn, daß ihr hier die Gäste belästigt. Mach dich fort, Mann!» Seehund ist groß, von seinem berühmten Lächeln keine Spur.

Es war spät; Ivan fühlte sich nicht in der Lage, durch die ganze Stadt bis zurück zum Markt zu laufen. Aber er kannte die Straßen mittlerweile gut genug, um zu wissen, daß er nicht darauf hoffen konnte, die Nacht in dieser Gegend mit ihren Touristenhotels, teuren Restaurants und Nachtbars zu verbringen. Er setzte sich unter ein Wellblechdach bei einer Bushaltestelle und versuchte so auszusehen, als ob er auf den Bus wartete. Als es dunkel wurde, rollte er sich auf der Bank zusammen, drehte sich mit dem Rücken zur Straße und hoffte, daß keine der vorbeikommenden Polizeistreifen ihn im Schatten des kleinen Unterstandes bemerken würde. Der Regen machte ihm nichts aus, er war warm und das regelmäßige Prasseln übertönte den Lärm der Stadt. Ein tiefer Schlaf der Erschöpfung übermannte ihn. Am Morgen wurde er von einem Schwall schlammigen Wassers geweckt, der von einem vorbeisausenden Auto aus dem überfluteten Rinnstein gespritzt worden war. Der Fahrer schien absichtlich wie ein Motorboot durch das Abwasser zu preschen. «Vielen Dank, du Schwein», murmelte Ivan und streckte seine steifen Glieder.

Langsam verlor er sein Gefühl für die Zeit. Tage und Nächte verschmolzen. Er konnte nicht sagen, an welchem Tag etwas Bestimmtes geschehen war; ob es ein oder zwei Wochen her war, daß er aus Coolies Bus geklettert war. Das einzige, was immer, unverrückbar Wirklichkeit blieb, war das Sichdurchschlagen in den überfüllten Straßen, die Suche nach etwas Eßbarem und einem Platz zum Schlafen. Selten dachte er an Blue Bay. Seine Pläne, Sänger zu werden, lagen verstaubt und nutzlos auf dem hintersten Regal seines Gehirns, wie ein Lieblingsbuch, das verlegt und vergessen wurde. Jetzt reichten seine Anstrengungen nicht weiter als bis zur nächsten Mahlzeit. Die Hoffnung auf Arbeit, irgendeine Arbeit und auf ein eigenes Zimmer – eine Hoffnung, die einmal so greifbar nahe gewesen war – wich immer weiter zurück und verblaßte allmählich. Die wenige Energie, die ihm nach seinen langen Streifzügen auf der Suche nach dem Notwendigsten noch blieb, ging bei dem Versuch drauf, das Leben in den staubigen, unsicheren Straßen und sich selbst in Beziehung zu dieser Welt zu verstehen. Es war sehr verwirrend. Außerdem kam es ihm vor, als ob sein Gehirn immer langsamer arbeitete. Täglich fühlte er sich schwächer, bewegte er sich schleppender, war er sich der Neuigkeiten und Wunder, die ihm begegneten, weniger bewußt oder immer weniger an ihnen interessiert. Und immer häufiger erwischte er sich dabei, daß er wie betäubt in irgendeinem Schatten saß, an nichts Bestimmtes dachte und mit offenen Augen schlief ... im Vorhof der Hölle ... zu nichts fähig und zu nichts nutze ...

Manchmal hörte er Gerüchte über Arbeit. Die ersten Male stieg sein

Adrenalinspiegel an und er ging voll Vertrauen und Hoffnung hin, nur um dann an den unüberwindlichen Felsen «Keine Ausbildung», «Keine politischen Verbindungen» und «Keine Gönner» zu scheitern. Und die reichen Viertel? Die haßte er inzwischen aus ganzem Herzen, diese feindseligen, gefährlichen Orte der Demütigung, Erniedrigung und möglichen Gefahren. Er streifte oft auf dem Markt herum, weil hier immer etwas los war. Hier konnte er sich ein paar Groschen verdienen, wenn er jemand den Einkaufskorb nach Hause trug oder ein Stück Zuckerrohr, eine Mango, eine Orange erbetteln oder auch stehlen. Er verbrachte die sinnlosen Nachmittage, indem er mit Sparky, dem Eismann, oder Miss Mary, der Mangofrau, unter dem Baum hockte und wartete. Nie schlief er in dem Baum, obwohl es ihm einmal durch den Kopf schoß, daß es dort oben sicherlich sauberer und gesünder war als auf dem Stück Karton auf dem Asphalt.

Eines Tages, als er gerade aus der öffentlichen Toilette kam, stieß er auf eine Gruppe von Marktfrauen, die gerade angekommen war. Seine Augen trafen auf die einer großen schwarzen Frau, die mühelos zwei schwere Körbe mit Renta-Yams auf dem Kopf balancierte, einer besonderen Sorte, für die seine Gegend berühmt war. Ivan blieb verwirrt stehen und wich in den Toiletteneingang zurück. Er hatte Miss Pearl, Joe Becks Frau, wiedererkannt. Sie mußte ihn auch gesehen haben. Aber sie hatte ihn geradewegs an- und dann wieder weggeschaut, anscheinend, ohne ihn zu erkennen. Er war erleichtert. Doch dann fiel ihm ein, daß sie ihn vielleicht doch erkannt hatte, aber mit einem Vagabunden wie ihm nichts zu tun haben wollte. Er ging zum Spiegel und betrachtete sich. Sein Haar war ungekämmt und verfilzt. Seine Haut war aschgrau, nicht nur schmutzig, sondern auch irgendwie ungesund. Er entdeckte, daß es schwer war, sich selbst in die Augen zu schauen, daß es wirklich Anstrengung kostete. Er zwang sich und starrte in die Augen eines Fremden. Sie waren ausweichend, leblos, gehetzt. Er konnte sie einfach nicht anschauen. Seine Schuhe fielen auseinander und seine Kleider waren dreckig. Von nun an kam er morgens und abends regelmäßig in die Toilette und wusch sich an der Zisterne. Manchmal wusch er auch seine Kleider, zog sie wieder an und setzte sich in die Sonne, bis sie trocken waren. Aber von nun an fühlte er sich nicht mehr wohl auf dem Markt. Jeden Tag entdeckte er irgend jemand, der ihn an zu Hause erinnerte. Er fürchtete sich vor der Möglichkeit einer solchen Begegnung und blieb so oft wie möglich weg.

Miss Mando hätte gesagt, es wäre die Hand Gottes, und Miss Daisy hätte laut Amen gerufen, aber es war einfach nur der Hunger, der ihn an diesem Morgen zum Coronation Market zurückbrachte.

Er flüchtete vor dem Fleischduft der heißen Patties, die in dem Blechwagen unter dem Baum in der Pfanne brutzelten. In seinen Knien zitterte die mittlerweile gewohnte Schwäche. Ein leichter Schweißfilm lag auf seiner Haut wie ein eiskaltes Hemd. Er wußte nicht, wovor er sich mehr fürchtete: vor dem Hunger, der einen dumpfen Schmerz in seiner Kehle hervorrief oder vor der Schwäche in seinen Gliedern und dem fast schwerelosen Kopf, den Begleiterscheinungen. In diesem Zustand fühlte er sich unendlich verletzlich, der Gnade selbst des kleinsten Kindes ausgeliefert. Er mied die Augen der Leute, fürchtete jede Herausforderung und bewegte sich besonders vorsichtig, um niemand dadurch zu beleidigen, daß er ihm vielleicht ungewollt auf den Fuß getreten oder ihn gestreift hätte. Er war bereit, seine Gegenwart immer mehr auszulöschen und in der Tat so behutsam wie nur möglich aufzutreten. Er existierte kaum noch.

Die Formen, Farben und Düfte der Früchte reizten seinen Hunger. Aber er sehnte sich nach Fleisch, dem Geruch und dem Saft gebratenen Fleisches, das knusprige, fette Fleisch war das einzige, was die Leere in ihm füllen und ihm seine Kraft wiedergeben konnte. Der Anblick eines Pattie-essenden Marktbesuchers war unerträglich. Oder der Duft gebackenen Fischs. Manchmal stieg ihm ohne jede Vorwarnung der Duft gerösteten Schweinefleischs so stark in die Nase, daß er die Hitze der Grube spürte, sah, wie die Schwarte sich bräunte und über der roten Glut aufplatzte. Er konnte seine Augen nicht von einem Korb Zimtäpfel abwenden, der von einer dicken, in der Sonne dösenden Frau stand. Es schien ganz einfach, auf jeden Fall möglich. Er strolchte an ihr vorbei. Sein Gesicht abgewandt und offensichtlich beschäftigt. Seine Hand glitt in den Korb. Er hatte eine Frucht erwischt, sie fühlte sich groß und reif an. Doch dann spürte er einen sanften Druck auf der Hand, wie einen dünnen Feuerstrahl. Er schaute hin. Es war das Messer der Frau, ein riesiges, rundgebogenes, rasiermesserscharfes Werkzeug, dafür gedacht, Yams kleinzuhacken. Es lag leicht, aber doch fest um sein Gelenk.

«Hast du gesehen, wie schnell du deine langen Finger los sein könntes?» fragte sie beiläufig.

Er glaubte zu spüren, daß jeder in der Umgebung Zeuge dieser beschämenden Situation war.

«Antworte!» Gott sei Dank sprach sie leise. Er starrte auf seine Füße.

«Ich hab Hunger, Mam, Hunger.»

«Schau mich an, mein Sohn.» Sie war dick und schwarz. Ihr rotes Gesicht war eigentlich von Lachen und Fröhlichkeit geprägt. Sie war nicht ärgerlich, aber lachen tat sie auch nicht gerade. Und der Blick, mit dem sie ihn musterte, machte es noch schlimmer. Er spürte, wie sie die Klinge zurückzog.

«Fragen! Fragen mußt du, Kind. Klar kannst du ihn nehmen. Macht mich nicht arm. Und du siehst nicht grade wie 'n Verbrecher aus. Hör zu, Junge. Die Alten haben einen Spruch; sie sagen, nur weil man im Hühnernest schläft, heißt das noch lange nicht, daß man auch Hühnerdreck im Bett hat. Hast du mich verstanden? Du hast hier niemand? Hier – nimm das und paß auf dich auf, mein Junge. Ich weiß, daß du hier nicht hingehörst.»

Wortlos nahm er die Frucht. Die unerwartete Freundlichkeit schnürte ihm die Kehle zu. Er hatte lautes Geschimpfe erwartet, vielleicht sogar Schläge, denn die Marktfrauen kannten Dieben gegenüber, jedenfalls den wenigen, die sie zu fassen kriegten, keine Gnade. Er wollte der Frau etwas sagen, aber als er aufschaute, lächelte sie geschäftig einer Gruppe von Käufern zu. «Ja, mein liebes Fräulein, kaufen Sie Zimtäpfel, herrliche Zimtäpfel. Sehen Sie die hier ...» Und auch dafür war er ihr dankbar.

Wie ein Eimer kalten Wassers auf einen Betrunkenen, so wirkte dieser kleine Zwischenfall auf Ivan und rüttelte ihn aus seinem Dämmerzustand wach. Er hockte sich unter seinen Baum und verschlang den Zimtapfel. Seine Augen schwammen in Tränen, die er nur mühsam zurückhalten konnte. Aber eine neue Klarheit erfüllte ihn. Er schien zurücktreten und beobachten zu können, was mit ihm geschah. Er war wie ein Mann, der aus einem langen, bewußtlosen Schlaf erwachte. In diesem Licht ließ er noch einmal alles, was seit seiner Ankunft geschehen war, an sich vorbeilaufen und plötzlich fiel ihm etwas ein. Seine Kleider waren noch neu und ungewohnt gewesen. Er sprang auf und griff in die Hosentasche. Ja! Er hielt einen abgewetzten, vom Wasser hart gewordenen Fetzen Papier in der Hand – die Karte, die Miss Daisy ihm gegeben hatte, zwar verblaßt, aber gerade noch lesbar:

PFINGSTLICHE BAPTISTENKIRCHE CHRISTI DES ERLÖSERS
(HEILIG UND INTERNATIONAL)
EHRWÜRDEN CYRUS MORDECAI RAMSEY, PREDIGER
(VERFECHTER DES GLAUBENS)

Drittes Buch

BEI DEN WASSERN VON BABYLON

7

In den Gefilden der Gerechten

By the rivers of Babylon we sat down
And dearly wept when we remembered Zion.
And wicked carry us away, captivity
Require from us a song …
How can we sing King Alpha song
In an strange land …
Wehklage der Rastafari

Ehrwürden Cyrus Mordecai Ramsey (D. C.), Verfechter des Glaubens, saß sinnend in seinem kleinen Büro hinter dem Tabernakel der Gläubigen, wie man den hoch aufragenden, dreieckigen Betonblock, das Hauptgebäude seiner Kirche, getauft hatte. In Gedanken betrachtete er noch einmal die Früchte seiner Arbeit und fand, wie es so schön heißt, «Gefallen daran». Dazu hatte er auch allen Grund: trotz seines jungen Alters – er war erst fünfunddreißig – konnte er, wie er es auszudrücken pflegte, ohne Reue und Angst «nach vorn und auch zurück schauen». Zurück auf ein vorbildliches, christliches Leben nämlich und nach vorn auf immer höhere Leistungen und Entschädigungen im Glauben.

Sicher, so warnte er sich, man konnte nicht vorsichtig genug sein; die Fallen und Abgründe der Welt, die Versuchungen des Fleisches und des Bösen lagen stets auf der Lauer. Niemand wußte besser als er, wie schnell die Hochmütigen zu Fall kamen. Liebe prahlt nicht, gibt nicht an. Ja, das war das Stichwort. Demut. In seiner Lage mußte man nur um so härter kämpfen, wenn man der Sünde des Fleisches nicht anheim fallen und in Demut vor Gott treten wollte. Dieser Gedanke hallte in seinem Innersten wider und er mußte halblaut wiederholen: «In Demut vor Gott treten, Amen.»

Niemand konnte behaupten, er sei aufgeblasen. Aber sei es, wie es wolle, der Wahrheit zum Schutz und dem Teufel zur Schande, keiner konnte leugnen, daß seine Gemeinde hier in West Kingston eine mächtige Kraft der Frömmigkeit war, ganz wie der Herr Bürgermeister es letztes Jahr bei der Einweihung des Tabernakels gesagt hatte. Zwar hatte er selber zweifellos den größten Teil dazu beigetragen, doch war es sicherlich auch das bescheidene Verdienst seines treuen Helfers hier mitten im Schlachtfeld.

Der Stuhl ächzte, als er sich zurücklehnte und seinen Blick durch das offene Fenster über die Fassade des Tabernakels schweifen ließ. Ein massives graues Dreieck im Sonnenlicht, dessen Betonsilhouette dramatisch in einer Spitze zusammenlief. Er war sich keineswegs sicher gewesen, als die Gruppe aus Tennessee ihn angesprochen hatte, aber letztlich hatte sich ihre Zusammenarbeit doch als gedeihlich erwiesen. Zuerst hatten sie an dem D. C. Anstoß genommen, bis er seinem Freund Dr. James Earl Culpepper, kurz Dr. Jimmie, erklärt hatte, daß sich die Gemeinde betrogen fühlte, wenn ihr Leiter nicht über einen angemessen klangvollen Titel verfügte, und daß es in der Tat die Gemeinde gewesen war, die ihm diesen Titel verliehen hatte. Die Verwirrung legte sich, als er erklärte, daß es «Diener Christi» bedeutete. Dr. Jimmies gerade noch betrübter Blick hellte sich auf. «Tja, Cy, wenn es nutzt, wenn es nur Jesus nutzt ...» Dr. Jimmie war Sekretär des Ausschusses für Überseemissionen der pragmatischen Fundamentalistensekte der Baptisten des Südens, die die Mission des Predigers als etwas, das sie «fremdes Zeugnis» nannten, anerkannt hatten.

Aber zuerst hatte der Prediger seine Zweifel gehabt. Die Form der Konstruktion schien befremdlich, gar nicht wie eine Kirche oder irgendein ihm bisher bekanntes Gebäude. Die Zweifel verflogen allerdings, als Dr. Jimmie erklärte, daß es sich um eine genaue, aber natürlich etwas kleinere Nachbildung der Mutterkirche in Memphis handelte und daß es eine große Ehre bedeutete, die nicht jeder Gemeinde zuteil wurde, auf diesem Modell aufbauen zu dürfen, noch dazu, wenn es sich um eine angegliederte Gemeinde in Übersee handelte. Es würde «ein Schmuckstück für Christus» werden, meinte Dr. Jimmie mit strahlenden himmelblauen Augen und rieb sich die Hände. Und das war es auch, überlegte der Prediger, genau das. Die bösen Vorahnungen wurden gänzlich weggespült, als der Prediger von dem großzügigen Programm der christlich-brüderlichen Hilfe hörte, die der Missionsausschuß für den Bau des Tabernakels zur Verfügung stellen wollte. «Das sichtbare und anschauliche Zeichen ihrer Pflicht zum Kampf um die Herzen und Seelen der Menschen von West Kingston, Amen.»

Ja, es war eine gesegnete Verbrüderung. Trotz der Sticheleien und spöttischen Bemerkungen gewisser neidischer «Wunderheiler und Sektierer», Schmalspurprediger ohne jede Vision, die sich angeblich das Maul zerrissen über «Prediger Ramseys Narrenkappe aus Beton, die die Yankees ihm da hingestellt haben», waren das schnelle Anwachsen von Zahl und Hingabe seiner Mitglieder und sein eigenes, immer größer werdendes Ansehen die besten Zeichen für die Anerkennung und den Segen des Herrn. Was hatte der Bischof von Memphis noch in seiner Missionszeitung geschrieben – «ein Stützpunkt»? Nein, das war's nicht. Ja, genau – eine «Oase», und zwar «eine Oase der Gerechtigkeit in der Wüste des Satans». Der Bischof wußte seine Worte zu wählen, bei Gott! Lobe den Herren, dachte Prediger Ramsey mit frommer Zufriedenheit, laß die Gottlosen nur spotten.

Plötzlich wurde seine Träumerei von einem Mädchen unterbrochen, dessen ruhige und ernste Art es wesentlich älter erscheinen ließ, als es in Wirklichkeit war.

«Prediger ... Prediger?»

«Hä? Ja, ach Elsa, was gibt's denn?»

«Der Junge, wissen Sie, Sir, der Junge wartet immer noch, Prediger!»

«Der Junge, was für ein Junge?»

«Erinnern Sie sich nicht, Prediger? Er sagt, er sei der Sohn von Schwester Martin.»

«Ach so, ja – vom Land. Hat ja lang genug gedauert, bis er den Weg hierhin gefunden hat. Sag Schwester Saphira, sie soll den Nachlaß reinbringen, ja?»

«Nachlaß Sir?»

«Du weißt schon – die Habseligkeiten von Schwester Martin. Und sag dem Jungen, er soll reinkommen. Danke mein Liebes. Was würde ich bloß ohne dich machen?» Milde lächelte der Prediger hinter ihr her, als sie mit einem Ausdruck ernster Konzentration die Tür hinter sich schloß.

Als er sich eine Sekunde zurücklehnte, zauberte ein amüsiertes Lächeln eine liebenswerte Sanftheit auf sein Gesicht. Doch dann richtete er sich wie immer energisch auf, strich sich mit beiden Händen über die kurzgeschnittenen Haare, zupfte an seinem Priesterkragen, gab sich den Anstrich geistlicher Autorität und räusperte sich wie jemand, der gleich irgendwelche tiefgründigen Weisheiten vom Stapel lassen wird.

Diese Leute vom Land ... es war schon fast drei Wochen her, seit er das Telegramm geschickt hatte und der Junge kam erst jetzt. Wer konnte schon sagen, warum sie die Dinge so taten, wie sie sie taten – kein Zartgefühl vielleicht. Oder vielleicht holten sie nur einmal im Monat ihre Post oder mußten erst die Aussaat beenden ... wahrscheinlich war wieder irgendein alter Aberglauben schuld, der beachtet werden wollte, etwas, das den Obeah-Mann vor Ort in seiner Unwissenheit glänzen ließ. Wie hieß der Junge gleich? Ivanhoe. Komisch, wie beliebt dieser Name bei den ärmeren Schichten war. Man konnte diese Jungen vom Land immer daran erkennen, wie sie sauber geschrubbt und in den neuesten Provinzkleidern dastanden und alles angafften. Er würde vor Schmerz vergehen, würde bei der ersten Erwähnung des Namens seiner Mutter anfangen zu jammern und zu schreien. Es war gewiß kein stoisches Volk, das nicht. Als er Schritte hörte, setzte der Prediger eine Maske würdevoller Anteilnahme auf.

«Komm herein, mein Junge. So hast du meine Nachricht also doch noch erhalten?»

«Nachricht, Sir? Niemand hat mir irgendwas gesagt, Sir – meine Mutter hat nur gemeint, Sie könnten mir mit 'nem bißchen Arbeit aushelfen, Sir.» Der Junge lächelte gezwungen und sprach sehr schnell, so als fürchtete er, unterbrochen zu werden. Und dem vogelhaften Flattern seiner Augen nach zu schließen, war er sehr nervös. Sein ruheloser Blick irrte im Raum umher, als suchte er nach versteckten Feinden. Nur eins war tatsächlich so, wie der Prediger es sich vorgestellt hatte: er schien den Tränen nahe.

«Arbeit? Was für eine Arbeit? ... Wie heißt du, Junge?»

«Ivanhoe Martin, Sir. Ich bin Miss Daisys Sohn, Sir, Miss Daisy Martin.»

«Ah gut, gut.» Die Sympathie kehrte auf sein Gesicht zurück. «Sie war eine gute Frau, mein Sohn, eine echte Christin. Es ist schwer, aber wir finden Trost in dem Wissen, daß ihr ein Platz im Himmelreich sicher ist.»

Der Prediger wiederholte die letzten Worte und machte eine Pause, er wartete auf den Aufschrei. Aber er kam nicht. Verstand der Junge denn kein Wort von dem, was er gesagt hatte? Er schien ziemlich hartgesotten, ja, da lag sogar so ein komisches Lächeln auf seinem Gesicht.

«Also wollen Sie mir helfen, Sir? Gott wird Sie segnen.»

«Ahem, nun ja, ich hoffe doch», sagte er hüstelnd. Spricht für den Herrn, was? Aber trotzdem, der Junge war dreist, anders konnte man das nicht nennen. «Ja», sagte er jetzt mit seiner tiefen, dröhnenden Stimme, die den Tabernakel erschüttern konnte, «eine gute Christin und ein treues Mitglied dieses Tabernakels.»

«Ich kann alles machen, Sir, alles!»

«Nun, das ist gut», hob der Priester, für einen Moment abgelenkt, an. Er wünschte sich, der Bursche würde ihn nicht dauernd unterbrechen. Irgend etwas Seltsames war an ihm, zerlumpt wie ein Bettler und keine einzige Träne, nicht einmal ein Wort über seine Mutter. Er trommelte mit den Fingern auf den Tisch und betrachtete den Jungen, der übers ganze Gesicht strahlte. Plötzlich kam ihm der Gedanke, daß der Junge vielleicht nicht ganz richtig im Kopf war.

«Also, du meinst, du hast gar kein Telegramm bekommen?»

«Telegramm, Sir?»

«Ja, ein Telegramm – wegen deiner Mutter!»

«Nein, Sir.»

«Woher weißt du es dann?»

«Meine Mutter hat's mir gesagt, Sir: sie meinte, Sie könnten mir sicher helfen, mit einer kleinen Arbeit.»

«Sag mal, willst du dich über mich lustig machen oder was?» Sofort bereute er die Gereiztheit in seiner Stimme; schließlich mußte der Junge ja einen Todesfall verkraften.

«Lustig machen, Sir? Wie meinen Sie das?»

«Ach nichts; ich versteh schon, wie schwer das für dich ist. Der Tod von Vater oder Mutter ...»

«Oh, jetzt verstehe ich.» Ivans Gesicht hellte sich auf, als es ihm langsam dämmerte. «Nein, Sir. Es ist meine Großmutter, die tot ist. Meine Mutter, Miss Daisy, *sie* hat mir gesagt, daß Sie mir helfen könnten – mit Arbeit, meine ich.»

Prediger Ramsey starrte Ivan an und betete um Geduld, denn er gehörte wahrlich nicht zu den Leuten, die es gerne mit Idioten zu tun haben. Es war gewiß kein glücklicher Anfang. Der Prediger hielt sich selbst gern für hart, aber gerecht. Richtig, er fühlte sich nicht gerade zu dem Jungen hingezogen, aber auch er war ein Kind Gottes. Und wenn schon nicht für Gott ... dann zumindest für die treue Seele seiner Mutter ... nein, seine Pflicht war klar.

Aber selbst, nachdem das Mißverständnis ausgeräumt war, erschien ihm die Antwort des Jungen gefühllos. Sicher, er war fast wahnsinnig vor Hunger und hatte wie ein Tier in den Straßen vegetiert, Gott weiß, welchen Erniedrigungen preisgegeben. Warum hatte er dann so lange gebraucht, bis er gekommen war? Welchen sündigen Einflüssen war er ausgesetzt gewesen? Beherrscht von Sturheit und Stolz. Wahrscheinlich war es mehr der Hunger und die Verzweiflung gewesen als die Gnade, die ihn schließlich mit eingezogenem Schwanz zur Herde zurückgeführt hatten. Aber was zählte, war einzig, daß er jetzt hier war. Jedenfalls würde er streng beobachtet werden müssen, Wachsamkeit, das war es, worauf es hier ankam. Und Disziplin. Disziplin und das Wort Gottes. Er würde es schaffen – es wäre nicht das erste Mal, daß Prediger mit dem Teufel von Angesicht zu Angesicht um die Seele eines armen Sünders gerungen hätte. Ja, die Hand Gottes hatte ihm Ivan gesandt und er nahm seine Aufgabe an. Aber man mußte auch sagen, der Junge hatte Respekt vor ihm, schien schnell zu lernen und tat, was ihm aufgetragen wurde. Festigkeit und ein christliches Beispiel – das war es, was der Junge brauchte. Und der Prediger war genau der richtige Mann für eine solche Aufgabe.

Zu der Mission Prediger Ramseys gehörten außer dem Tabernakel noch zwei weitere Gebäude: ein Holzhaus mit diversen Anbauten, in dem Prediger Ramsey wohnte, und eine Werkstatt, an die sich ein paar kleinere Baracken anschlossen. Die Mission stand auf einem kleinen Hügel und war nur durch einen Blechzaun und einen Abwasserkanal von dem weiten Meer der Blech- und Holzhütten getrennt. Dieses Viertel hieß Trenchtown, wegen der offenen Abwasserkanäle, die es nur in dieser Gegend der Stadt gab. Einige Häuserblocks die Straße hinunter und dann um die Ecke gab es ein Freilichtkino, wo die jungen Leute, die den Eintritt zusammenkratzen konnten, jeden Abend Zuflucht vor der erbärmlichen Eintönigkeit ihres Lebens suchten.

Für den Prediger war die Nähe und Beliebtheit des Kinos, «des Teufels Werkstatt», wie er sagte, eine ständige Herausforderung und Hauptursache seines Zorns, ein eiternder Dorn im Fleisch seiner Zufriedenheit. Er schrieb regelmäßig Leserbriefe an die Zeitungen, in denen er den Einfluß solcher Orte beklagte und dafür eintrat, daß sie wenigstens am Sabbat geschlossen blieben. Auch von der Kanzel wetterte er gegen das Kino. Und so war es für ihn auch kein Zufall, daß die Kinoleitung in den Wochen, in denen er seine Erweckungskampagne durchzog, Vorstellungen mit drei Filmen hintereinander zum halben Preis ansetzte. Manchmal glaubte er, dies sei eine Prüfung Gottes, ein Kreuz, das der Herr ihm gesandt hatte, um seinen Glauben und seinen Charakter zu festigen. Auf jeden Fall erinnerte ihn das Kino ständig an die Gegenwart und die Macht des Feindes. Das und natürlich die Soundsystems, die ihre dröhnende, sündige Musik hinausschrien. Wenn der Wind günstig stand, kam sie in lauen Nächten zusammen mit dem Geruch von Ganja heraufgeweht und bereitete dem Prediger große Sorgen. Denn sie führte sein Fleisch in Versuchung und trieb ihn in der stickigen Finsternis auf die Knie.

Doch wer sieht schon die Mühen der Gerechten? Es war wirklich schwer, aber er war noch nie schwach geworden. Und obgleich der Feind allgegenwärtig war, nicht nur greifbar und unverkennbar in den in Sünde Lebenden, sondern auch in den falschen Propheten, vor denen die Bibel warnte, denen im Schafspelz, die innerlich doch wild wie die Wölfe waren, so hatten seine Füße doch niemals einen Fehltritt begangen, nicht einen einzigen. Der Herr sei gelobt, er festigte täglich aufs neue seine Hand und rührte die Herzen seiner Gönner im fernen Memphis; die Gemeinde wuchs an Zahl und an Frömmigkeit und der Hirte wurde mächtiger und mächtiger, in Ewigkeit, Amen. Aber es gab auch einen Preis dafür: mit den Jahren wurde er immer weniger zugänglich für Humor und immer mißtrauischer gegenüber Spaß und Frohsinn. Und, wie es immer wieder bei der Arbeit für die Sache Gottes vorkam, mußte er hin und wieder eine Enttäuschung einstecken: den Rückfall eines hochangesehenen Konvertiten oder eines anderen Bruders Verrat und Treuebruch. Aber all dies trug nur dazu bei, ihn zu stählen, so wie der Herr die Stirn Hesekiels des Priesters, Sohn des Buzi, gehärtet hatte, als er gegen ein sündiges, aufrührerisches und starrköpfiges Volk hatte kämpfen müssen. Wenn diese verblendeten Rastas von Babylon sprachen, hatten sie in ihrer Dummheit mehr recht, als sie wußten. Er sah sich selbst als modernen Hesekiel in seinem eigenen Babylon. Ja wirklich, er fühlte sich dem standhaften, unbeugsamen alten Propheten sehr nahe, der im Dienste Gottes den Rest des Gottesvolkes rettete. Oase war nicht das richtige Wort für den Tabernakel und den Haushalt. Es war eher wie eine Feste – die Feste des Herrn –, eine Zitadelle, ein Leuchtturm, der Zeugnis ablegte für die Gerechtigkeit, und das an einem so sündhaften Ort. Aber ich und mein ganzes Haus, wir werden Gott dienen, in Ewigkeit, Amen!

Doch die Siege waren bekannt, für alle sichtbar und um so befriedigender, je härter der Kampf war. Herrschte im Himmel nicht mehr Freude über den einen Sünder, der Buße tat, als über die neunundneunzig, die keiner Buße bedurften? Und hatte er nicht schon so manchen hartgesottenen Sünder vor Kummer und Reue zitternd vor den Thron der Gnade gebracht? Und hatte er deren nicht ein oder zwei, sondern unzählige angeschleppt? Amen.

Erniedrigung strahlte das Antlitz des Feindes aus. Und in seinem unermüdlichen Kampf gegen die Erniedrigung unterhielt der Prediger einen Ort der Zuflucht, einen kleinen Schlafsaal für Mädchen, meist Waise oder widerspenstige Töchter von Kirchenmitgliedern. Sie wurden zur Schule geschickt und mußten ihren Beitrag zum Lebensunterhalt beisteuern. Dafür erhielten sie einen Schlafplatz und das Nötigste – und nur das Nötigste, denn die Kirche konnte sich Tand und Kinkerlitzchen nicht leisten, und außerdem erlaubte der Prediger so etwas nicht. Jedes Mädchen erhielt eine christliche Erziehung und die Gelegenheit, etwas aus sich zu machen. Einzig Frömmigkeit und Gehorsam waren gefordert. Die Autorität lag allein bei Gott, dessen Wort die Bibel und deren Verkünder der Prediger war. Es war ein Auftrag, der leicht scheitern konnte, aber das kam seltener vor, als man hätte annehmen können. Manchmal eine Schwangerschaft, ja, oder eine starrköpfige Tochter, die Gottes Wort gegen ein lasterhaftes Leben auf der Straße eintauschte. Und trotz der bösen Zungen der Neider war der Ruf des Predigers so unantastbar, daß nie auch nur die Spur eines solchen Skandals je mit ihm in Zusammenhang gebracht worden wäre.

Nur wenige männliche Wesen wurden zu dieser auserwählten Gemeinschaft zugelassen – Ivan war erst der zweite. Das lag nicht daran, wie in gewissen Kreisen behauptet wurde, daß «zwei Bullen nicht im selben Stall herrschen können», sondern weil der Prediger richtig erkannt hatte, daß das Leben auf der Straße für Mädchen gnadenloser und zerstörerischer war als für Jungen. Die Fallstricke waren verlockender und heimtückischer, der Untergang unausweichlicher und niederschmetternder.

Der erste Mann im Haus des Predigers war ein voller Erfolg, und das um so mehr, als es so gut wie unwahrscheinlich war, daß es sich um einen Nachwuchs-Messerstecher oder Straßenrowdy handelte. Die Leute erzählten sich, daß er eines Nachts blutüberströmt und halb erstickt in die Kirche gestolpert war und es gerade noch geschafft hatte, laut um Hilfe zu rufen. Wo ein Geringerer als er den Krankenwagen oder die Polizei gerufen hätte, tat der Prediger das Nächstliegende. Er verhalf dem Sünder zu so viel Erleichterung, wie es seine Wunden erlaubten. Dann kämpfte er fast die ganze Nacht mit dem Teufel um dessen Seele. Zuerst rettete er die Seele und dann, beinahe nebenbei, auch sein Leben. Mit dieser Tat gewann er einen Handlanger, dessen schiere

Gegenwart ein sichtbares und beredtes Zeugnis für die Macht des Predigers in den Augen des Herrn darstellte.

Es wurde von niemand bezweifelt, daß es die Hand Gottes war, die den blutverschmierten, halbtoten Longah in den Hof des Priesters geführt hatte. Nach seiner Errettung – der körperlichen wie der geistigen – stieg das Ansehen und der Einfluß des jungen Erweckungspredigers. Es war kein Zufall, daß Ivan als Helfer dieses Mannes aufgenommen wurde, denn der Prediger glaubte vor allem an die Wirksamkeit eines Beispiels aus nächster Nähe.

Ein Fall, der weniger Aufsehen erregte, weil er noch nicht vollendet war, ihm aber wegen der Aussicht auf seinen geistlichen Sieg mindestens ebenso am Herzen lag, war der von Elsa. Sie war die verwaiste Tochter eines der ersten und strenggläubigsten Mitglieder seiner Herde. Daher wurde erwartet, daß der Prediger sich um sie kümmern würde. Unerwartet war die Art, mit der das Mädchen seinen Geist zu durchdringen schien und die stählerne Natur des fanatischen jungen Geistlichen milderte. Sie war eine erfreuliche Erscheinung, ihren Schulbüchern ebenso zugetan wie dem Studium der Bibel, und legte in Glaubensdingen schon früh großes Interesse und Verständnis an den Tag. Sie bekundete das, was der Prediger als «Geist der Gnade» bezeichnete. Jeder, der es wollte, konnte es sehen. Mit zunehmendem Alter schien dieses Merkmal nicht, wie es so oft der Fall war, zu schwinden, sondern im Gegenteil zu reifen und sich zu vertiefen. Der Prediger mußte oft an ein Samenkorn denken, das auf fruchtbaren Boden gefallen war.

In diesem Bewußtsein tat er einen beispiellosen Schritt und veranlaßte, daß er vor dem Gesetz, im täglichen Leben und im Glauben ihr Vormund wurde. Und genauso beispiellos war es, wie das Mädchen dem Prediger um den Bart gehen oder ihn necken konnte. Wenn er auch nicht gerade jovial war, das wäre wirklich zuviel verlangt gewesen, so kehrte doch eine Art Frieden, eine Milderung seiner standhaften und unablässigen Wachsamkeit ein. Oft, wenn er sie anschaute, bekamen seine Augen einen warmen Glanz und die harten Linien in seinem Gesicht entspannten sich. Wenn er in solch einer Stimmung an sein Haus dachte, erlaubte er sich im allgemeinen eine gewisse milde Rhetorik, und wenn er in die klaren Augen des Mädchens schaute, dachte er: «Die teuersten Juwelen in meiner Krone.» Mit unbestimmter Vorahnung freute er sich auf die reifende Blüte ihrer geistigen Fähigkeiten.

Elsa stützte ihr Kinn in die Hände und schaute Ivan zu, wie er einen Löffel mit Reis und Bohnen nach dem anderen in seinen Mund schob.

«Wann hast du denn das letzte Mal was gegessen?» Sie sperrte die Augen auf. «Du mußt dir Zeit zum Kauen nehmen – paß auf, daß du dich nicht verschluckst. Willst du noch mehr?»

Ivans Augen folgten ihr, als sie den Teller zur Köchin brachte und dabei laut meinte: «Ich frage mich, wie so 'n schmächtiger Kerl wie du so viel verdrücken kann.» Sie brachte den Teller zurück und stellte ihn vor ihn hin. «Jetzt iß aber langsamer. Man muß jeden Bissen zwanzigmal kauen, sagt der Prediger.»

Sie setzte sich, legte das Kinn auf die Hände und beobachtete jede seiner Bewegungen.

Sie erinnert mich an jemand, dachte Ivan, an irgend jemand vor langer Zeit.

«Wie heißt du?»

«Ivan.»

«Ivan was?»

«Ivanhoe, Ivanhoe Martin.»

«Bist du ein wahrer Christ?»

«Warum fragst du?»

Sie runzelte die Stirn, wie um anzudeuten, daß sie hier die Fragen stellte. «Weil hier nur wiedergeborene, im Blut des Lammes gebadete Christen bleiben dürfen», erklärte sie in einem Tonfall, der Ivan zu verstehen gab, daß diese Frage wohl kaum einer Antwort bedurfte.

«Tja, ich denke schon.»

«Da gibt's nix zu denken», sagte sie. «Entweder du bist es oder du bist es nicht.»

«Elsa ... Eeeeelsa!»

«Ja, Prediger?»

«Was hast du in der Küche zu suchen? Komm lieber her und mach deine Aufgaben!»

«Hab ich schon, Prediger!»

«Dann komm und lies deine Bibel.»

«Ja, Sir.» Sie winkte Ivan schweigend und lächelte ihm kurz zu. Dann eilte sie davon.

Er kaute und kaute und schaute ihr nach. Obwohl sie Mirriam körperlich nicht ähnlich war, rührte irgend etwas in ihrer Art eine längst vergessene Sehnsucht in ihm. Es schien schon so lange her, daß sie beide unter der Lampe neben Maas Natties Trockentenne gesessen hatten.

Sein Bauch war schwer und unbequem prall. Er mußte dauernd rülpsen, und plötzlich wurde ihm übel.

«Wie geht's dir?»

Der Prediger stand in der Tür, durch die Elsa verschwunden war. Ivan hatte keine Ahnung, wie lange er schon da gestanden und ihn beim Essen beobachtet hatte.

«Ich mein, ist alles okay, Junge?»

«Mir geht's nicht gut, Sir.»

«Kein Wunder, so wie du das Essen runterschlingst. Wir dürfen nicht vergessen: auch Gefräßigkeit ist eine Sünde», sagte er und lächelte steif.

«Ja, Sir.»

«Du sagst, du suchst Arbeit? Also morgen können wir darüber reden. Jetzt geh raus zur Werkstatt. Da ist ein Mann. Sag ihm, ich will, daß er dir ein Bett in das leere Zimmer hinter der Werkstatt stellt. Und er soll dir die Dusche zeigen – wasch dich, ja? Und morgen kommst du zu mir.»

«Ja, Sir. Danke, Sir.»

«Nicht mir mußt du danken, sondern dem Herrn.»

«Ja, Sir.»

Longah war gerade dabei, ein Stück Holz zu hobeln, als Ivan ihm die Nachricht überbrachte. Er grunzte und schaute nicht mal von der Arbeit auf. Ivan konnte nicht entscheiden, ob seine gerunzelte Stirn ein Zeichen von Feindseligkeit oder von Konzentration war. Der Mann war mittelgroß, aber so mit Muskeln bepackt, daß er untersetzt wirkte, und er schien von Ivan so gut wie keine Notiz zu nehmen.

Ivan fühlte sich schlecht und schläfrig. Er hockte sich hin und sah zu, wie sich die hellen Holzspäne von der Hobelschneide wegkringelten. Er dachte, er müßte versuchen, mit dem Mann zu reden und sich mit ihm anzufreunden, aber irgendwas in Longahs Verhalten deutete an, daß er an einer Unterhaltung nicht interessiert war. Er hatte kleine Augen mit roten Flecken drin, die böse funkelten, und einen ziemlich komischen Bart. Nun ja, es war eigentlich gar kein Bart, eher eine dicke Matratze aus Stoppelhaar, die fast sein ganzes Gesicht und den Nacken bedeckte und bis in den offenen Kragen hinunterreichte. Er wünschte, der Mann würde sich beeilen und ihm zeigen, wo er schlafen konnte. Der Gedanke, sich irgendwo hinlegen zu können und zu schlafen, war nun, wo er so greifbar nahe schien, eine Qual. Doch der Mann machte sich weiter an seinem Brett zu schaffen. Er blinzelte mit seinen kleinen Augen, begutachtete seine Arbeit und ignorierte Ivan. Ein Affenmensch, dachte der und grinste. Vielleicht war er in dem Song gemeint: «... *hugging up a big monkey man* ...» Er fing an, ihn vor sich hinzusummen. Er war sicher, daß Longah ihn hörte, aber das war ihm egal.

«Okay, du kannst jetzt kommen», sagte Longah. Er richtete sich auf und wischte sich die Holzspäne vom Hemd. «Komm mit.» Ivan ging hinter ihm her durch die Werkstatt. «Da, das Feldbett kannst du dir aufstellen – und da –» er zeigte auf die Tür, «da drin kannst du schlafen.» Mit diesen Worten drehte er sich um und ging fort. Doch plötzlich blieb er noch mal stehen und fragte, ohne Ivan anzuschauen: «Wie lange, hat der Prediger gesagt, bleibst du hier?»

«Nix hat er gesagt», antwortete Ivan. Er kämpfte mit dem Bett. «Aber er hat gesagt, du sollst mir noch die Dusche zeigen.»

«Also, dann richte dich nicht für lange ein», sagte Longah.

Das Zimmer war winzig und hatte kein Fenster, eigentlich war es nichts anderes als eine große Abstellkammer. Wenn er die Tür hinter sich zumachte, war es stockfinster. Die Luft war heiß und stickig. Aber Ivan machte das nichts aus. Die allumfassende Dunkelheit barg sogar ein Gefühl von Sicherheit, und die eng beieinander stehenden Holzwände vermittelten ein Gefühl von Geborgenheit und Abgeschiedenheit. Mit weit aufgerissenen Augen lag er da, starrte ins Dunkle und lauschte auf das ferne unterdrückte Dröhnen der Straßen. Es schien sehr weit weg, ungefährlich. Als er sich in seiner ganzen Länge auf dem kleinen Feldbett ausstreckte, fühlte er sich so, als ob nichts den Frieden, der sich in ihm ausbreitete, stören könnte, nicht mal, wenn man die Tür zu diesem dunklen, luftlosen Zimmer versiegelt hätte. Sein letzter Gedanke vor dem Einschlafen war, daß es ihn auch nicht stören würde, wenn er diesen Raum nie wieder verlassen könnte.

Zuerst hatte er vor dem großen, ernsten Mann, den sie Prediger nannten, Angst. Er war so steif. Das starre Zucken, das manchmal um seinen Mund spielte, konnte man wohl kaum ein Lächeln nennen. Außerdem schien jeder, mit Ausnahme von Elsa und Longah vielleicht, in seiner Gegenwart zu stottern. Aber die Erinnerung an die Straßen draußen war noch zu frisch, und er war glücklich, sich in den Schatten des Predigers und seines Tabernakels kuscheln zu dürfen.

Ob der junge Rhygin je ein aufrichtiger, wiedergeborener und im Blut des Lammes gebadeter Christ und Baptist gewesen war, darüber zerbrachen sich die Leute später den Kopf. Einige behaupteten, daß seine Frömmigkeit in den ersten Monaten, ja Jahren, rein und unbestritten gewesen sei. Andere schworen, wie Longah, daß alles von Anfang an nur Schau war, daß der Einfluß des Teufels sich schon im Gesicht und in den Augen des Jungen gezeigt habe, egal, wie sehr er es zu vertuschen versucht habe, daß sein Glaube in Wirklichkeit mit den regelmäßigen, warmen Mahlzeiten in der Küche begann und bei der elektrisch verstärkten Orgel endete, die der Missionsausschuß für den Chor und zur höheren Ehre Gottes im Tabernakel aufgestellt hatte.

Aber wie es so schön heißt: «Nachdem es passiert ist, wußte jeder Dummkopf schon vorher Bescheid.» Rückschau erfordert keinen genialen Geist, und sicherlich gab es nichts in dem stillen, verängstigten Jungen, den der Prediger als Longahs Lehrling und Helfer aufgenommen hatte, was auf die zukünftigen Ereignisse hätte schließen lassen können.

Wie jeder andere im Haushalt nahm er an den Morgen- und Abendgebeten teil, ging dreimal die Woche zum Bibelkreis und am Sonntag mindestens zweimal zur Kirche. Selbst der Prediger, der jeden aus seiner Herde aufmerksam beobachtete, konnte keinen Fehl an ihm entdecken.

Gemessen am Luxus der warmen Mahlzeiten, eines eigenen Zimmers und einer Dusche vor der Tür, die Ivan so oft und so lange benutzen konnte wie er wollte, waren die geistlichen Bedingungen ein geringer Preis. Wäre Longah nicht gewesen, wäre er, wenn nicht glücklich, so doch zumindest zufrieden gewesen. In diesem Haushalt, der im steten Bewußtsein der Sünde lebte, wurde niemand ermutigt, einen Zustand wie Glück anzustreben.

In der Gegenwart des Predigers oder anderer Gläubiger triefte Longah nur so vor Frömmigkeit. Wie ein kranker Vogel auf dem Ast ließ er «Hallelujas» und «Gelobt sei der Herr» fallen. Sein Verhalten, vor allem in Gegenwart des Predigers, war von einer sanften, beinahe transzendentalen Vollkommenheit. Aber wenn er mit seinem neuen Lehrling allein war, und das war häufig der Fall, dann ließ er seiner Lust an kleinen Schikanen und einem äußerst unchristlichen Sadismus freien Lauf.

Zuerst hatte Ivan noch geglaubt, daß seine Langsamkeit und Unfähigkeit Anlaß für Longahs Verhalten gaben und daß seine Überheblichkeit und Mäkelei in dem Maße abnehmen würden, wie Ivan bei der Arbeit Fortschritte machte. Daher kam er seinen Pflichten bis ins kleinste Detail mit unterwürfiger Aufmerksamkeit klaglos nach. Aber bald fand er heraus, daß er Longah nicht zufriedenstellen konnte, es sei denn, er ginge fort. Longah war ein derartiger Tyrann, daß Ivan diese

Möglichkeit ernsthaft in Erwägung zog, aber die Erinnerung an die Straße hielt ihn zurück.

Als der Prediger bemerkte, was mit ihm los war, begrüßte er seine Traurigkeit als Zeichen von Reue und geistiger Reife. Einmal erwähnte er Longah gegenüber seine Freude über diese Entwicklung, der sofort den Fehler in seiner Taktik erkannte. Hiernach änderte er sein Verhalten. Er ließ von der aktiven Schinderei ab, trug offene Gleichgültigkeit zur Schau und blieb ihm gegenüber schweigsam und feindselig. Von nun an lag eine Art passive, aber bewaffnete Neutralität zwischen ihnen.

Allmählich besserte sich Ivans Stimmung. Er wurde stärker, gesünder und sichtlich reinlicher. Aber bis zu dem Tag, an dem die Lastwagen kamen, suchte er insgeheim noch immer nach einer Alternative und war schon fast wieder soweit, den Tabernakel gegen die Straße einzutauschen.

Doch als er die Arbeiter dann Lautsprecher und Verstärker einbauen sah, Geschenke von der Mutterkirche in Memphis, spürte er, daß Gott ihm gebot, zu bleiben. Wie alle guten Baptisten, so glaubte auch der Missionsausschuß an den Wert «freudigen Singens für Gott». Als Ivan die Mischpulte, elektrischen Gitarren und Keyboards betrachtete, konnte er ihre Verlockung weder leugnen noch ihrer widerstehen. Er wußte, daß er bleiben würde. Bei dem neuen erweiterten Chor, der jetzt gegründet wurde, war er der erste Freiwillige.

«Junge, hast du eine Bibel?»

«Nein, wissen Sie, Prediger –» Er fragte sich, ob er eine bekommen würde.

«Hmm, eine Bibel hast du also nicht, aber neue Kleider kaufst du dir, was?»

«Nun Sir –» Ivan wand sich unter dem gebieterisch-strengen Blick. «Ich hatte nie welche, wissen Sie, Sir –» Mehr brachte er nicht heraus. Er spürte, daß seine Erklärung mangelhaft war. Denk an die Lilien auf dem Felde … «Und ich brauch doch was Anständiges, für die Kirche, wissen Sie, Sir», endete er in einer plötzlichen Eingebung.

Der Prediger starrte ihn finster an, nur teilweise beeindruckt von Ivans Entschuldigung. «Hmm, wir werden sehen.»

Ivan schlich über den Hof. Sorgfältig hielt er seine Schachtel gegen die Brust gepreßt, halb unter dem Hemd versteckt. Dann huschte er schnell in sein Zimmer, schloß die Tür und setzte das Paket behutsam auf dem Bett ab. Das neue Hemd und die neuen Jeans hingen an der Wand, aber er schaute sie kaum an. Langsam öffnete er die Schuhschachtel und zog ein Paar blaue Socken heraus. Sie waren aus einem flauschigen Material, das sich endlos dehnen ließ. Die Farbe war knallig und glühte im Halblicht. Sie fühlten sich weich und warm an und rochen verschwenderisch neu. Ivan verbrachte mehrere Minuten damit, in der strahlenden Farbe und dem sagenhaften Gefühl beim Anfassen zu schwelgen. Solche Socken waren der letzte Schrei. Schließlich legte er sie vorsichtig zusammen und schob das zerknitterte weiße Papier in der Schachtel zur Seite, um die wahre Errungenschaft, ein Paar knöchelhohe Stiefel aus Wildlederimitat, zu enthüllen, die vorne in einer herrlichen Spitze ausliefen. Erst bewunderte er sie nur mit den Augen, dann streichelte er sie, strich mit dem Finger darüber, um die unglaubliche Weichheit zu spüren, dann gegen den Strich, um die wuscheligen weißen Wirbel, die sich auf dem Blau bildeten, zu sehen. Er sog den neuen Geruch ein und konnte es kaum glauben, daß sie endlich sein eigen waren. Was für scharfe Stiefel! Er betrachtete die Kleider, die an der Wand hingen, und wünschte sich einen Spiegel, damit er sich in voller Montur sehen konnte. Aber eigentlich war das gar nicht nötig, er wußte ja, wie er aussah. Der Tag, auf den er seit zehn Wochen gewartet hatte, war also nun endlich gekommen. Das Sparen hatte sich gelohnt, mehr als das. Er ließ sich aufs Bett fallen, betrachtete die neuen Kleider und grinste und grinste. Die engen Jeans und das Hemd im Westernstil mit bauschigen Ärmeln, die knalligen Socken und die Stiefel – alles in Blau – mitternachtsblau, himmelblau, puderblau, alles blau, total blau. Er konnte nicht aufhören zu grinsen.

«Starboy», flüsterte er. «Verdammter Starboy.»

Dann sprang er plötzlich auf und ging unter die Dusche, wo er sich gründlich abseifte, obwohl er sich erst gewaschen hatte, kurz ehe er zum Schuhgeschäft gegangen war. Anschließend zog er in seinem Zimmer langsam die neuen Klamotten an. Dieser Vorgang, den er so lange wie möglich ausdehnte, war sehr befriedigend. Bei jedem Stück untersuchte er, wie es sich anfühlte und wie es paßte. Aber als er schließlich fertig war, fühlte er sich irgendwie unzufrieden, beinahe enttäuscht. Wenn es doch nur Sonntag wäre und er zur Kirche gehen könnte. Behutsam, damit die neuen Sachen nicht zerknitterten, setzte er sich aufs Bett und ärgerte sich. «Pah», murmelte er, «laß dein Licht vor den Menschen strahlen, sagt der Prediger immer», und ging hinaus.

Er hatte es nicht bewußt geplant. Aber als er vor dem Kino ankam und die vielen jungen Leute und die riesigen Plakate sah, schoß die ganze Erregung seiner ersten Nacht in der Stadt mit José in ihm hoch. Er vergaß die Ermahnungen und den mit Sicherheit zu erwartenden Zorn des Predigers. Es war Freitagabend und es gab zwei Vorstellungen für einen Preis: «Land der Banditen» mit Randolph Scott in der Hauptrolle und «Die Straßen von Laredo» mit William Holden. Was für Berühmtheiten!

«O Gott», dachte er. «Ich halt's nicht aus. Ich halt's nicht aus.»

Doch er beherrschte seine Aufregung meisterhaft, kaufte sich eine Eintrittskarte für neunzig Cent und schlenderte ins Foyer – eine coole geheimnisumwitterte Gestalt in Blau. Er war sicher, daß ihm ein paar Mädchen neugierige, flüchtige Blicke zuwarfen, als er an ihnen vorbeikam. Die Abteilung für neunzig Cent war direkt unter der Leinwand. Sie füllte sich in kurzer Zeit mit Banden von ruppigen Jugendlichen in seinem Alter, die sich lärmend begrüßten und ausgelassene Vorfreude ausstrahlten. Jeder stellte sich auf seine Art zur Schau. Die Vorstellung war besser, als er sie in Erinnerung hatte, die Handlung schneller und dramatischer, die Gesichter strenger und voll unterschwelliger Drohungen, und die vielen Kämpfe – mit Revolver, Messer und Faust – blutiger und befriedigender. Ruhe gab es wieder nicht; die Wellen der Identifikation schlugen hoch und von der Leinwand ging ein ansteckendes Fieber aus, das in Schüben das ganze Kino packte.

Anschließend verlagerte sich die Show auf die Straße. Die Jungen stellten die besten Szenen nach. Mit erstaunlichem Erinnerungsvermögen und Nachahmungstalent spuckten sie die schärfsten Sätze aus und stolzierten durch die Gegend, die Hände wie Krallen über den imaginären Revolvern. Versonnen schob Ivan sich durch die Menge und kehrte zu seinem Tabernakel zurück.

Nach dieser Nacht teilte sein Leben sich säuberlich in zwei verschiedene und nicht miteinander zu vereinbarende Sphären. Er wurde Stammgast im Kino und ließ kaum einen «Actionfilm» aus, womit ein Western oder Krimi gemeint war, im Unterschied zu Musicals oder Liebesfilmen, die ab und zu die seriösen Streifen ablösten. Tagsüber folgte er Longahs Anweisungen oder ging zu den Chorproben und Bibelstunden. Keine dieser geistlichen Stimulationen bereicherte seine Phantasie oder faszinierte ihn so wie das, was er vor dem Altar der silbernen Leinwand empfand. Für Ivan richtete sich die Zeit einzig und allein nach dem Wechsel der Programme.

Es dauerte nicht lange, bis sein Urteil reifer und sein Geschmack einigermaßen verfeinert war. Gangsterfilme mochte er nicht sonderlich, ihnen schien es am eindeutigen Heldentum der Western zu mangeln. Natürlich gab es gewisse Namen: Humphrey Bogart, Edward G. Robinson, Richard Widmark, Sidney Greenstreet oder George Raft, die an einen bestimmten Stil erinnerten, eine Art zynischer Stärke mit zusammengebissenen Zähnen, die Ivan gut gefiel. Aber in seinem Innersten war Rhygin ein Cowboy. Einen Western zu verpassen, egal welchen, das bedeutete einen unersetzlichen Verlust.

Jetzt, wo er in der Lasterhöhle des Kinos Stammgast war, kam er auch allmählich hinter das territoriale Protokoll, das hier herrschte. Junge Banden saßen in verschiedenen Bannkreisen, die durch Gewohnheit, Kampf oder auf irgendeine andere geheimnisvolle Weise abgesteckt waren. Ivan bewegte sich in neutralen Zonen, die diese Gebiete voneinander trennten und deren Unabhängigkeit man allgemein respektierte. Zuerst behandelte man ihn mit vorsichtiger Gleichgültigkeit, aber die ging allmählich in eine Art Billigung über, so wie sie mit der Zeit auch einem vertrauten Objekt in der Landschaft zuteil wird. Von einer gewissen natürlichen Zurückhaltung gehemmt, unternahm er keine übermäßigen Anstrengungen, akzeptiert zu werden. Doch schon bald ging es weiter, basierte das Gefühl dazuzugehören auf gemeinsamen Erfahrungen: immerhin sahen sie dieselben Filme, verehrten dieselben Helden und hatten das gleiche Bezugssystem. Vielleicht war es aber auch nur die Anerkennung des gemeinsamen guten Geschmacks, auf jeden Fall wärmte sich die Beziehung zwischen Ivan und den anderen Banden langsam an.

Er lernte eine Menge Namen, vor allem die der Anführer. Der schlacksige, rohe, x-beinige Junge, der die eine Gruppe anführte, war «Bogart», eine andere folgte einem aggressiven Albino namens «George Raft», dessen fleckiges Gesicht die Narben eines dem Kampf gewidmeten Lebens trug. Rechts von der Leinwand, in der fünften Reihe herrschte «Hitlers» Bande. Anführer war man kraft seiner Persönlichkeit und seines Ansehens – einer Mischung aus Witz und Stil und der offen zur Schau gestellten Bereitschaft, jede Herausforderung, gleich zu welchem Preis, anzunehmen. Aber echte Gewalt gab es nicht halb so oft, wie die ritualisierten Gesten der Provokation und Konfrontation es hätten vermuten lassen. Solange Gebietsansprüche und Einflußbereiche respektiert wurden, herrschte ein spannungsgeladener, knisternder, aber erstaunlich stabiler Friede. Angesichts von Bedrohungen von außen, sei es durch das Management, sei es durch Polizei oder eine Bande aus einer anderen Gegend, gingen interne Rivalitäten vollkommen unter.

Wenn Ivan jetzt auftauchte, wurde er begrüßt, bewußt cool und unverbindlich, aber trotzdem mit einem gewissen milden Respekt.

«Was gibt's Neues, Color Blue?»

«*Peace and love*, Hitler.»

Als das zum erstenmal passierte, wurde er ganz fickrig und wollte unbedingt mehr. Aber die kühle Begrüßung wuchs sich nicht gleich zu einer warmen Vertraulichkeit aus. Schließlich fing er an, sich in seiner Rolle ganz wohl zu fühlen: distanziert und geheimnisvoll, der einsame, schweigende Fremde, der in die Stadt geritten kam, eine gewisse Unnahbarkeit ausstrahlte und mit jedermann auf halbwegs gutem Fuß stand. So würde man ihn sehen, aber nicht kennen, bis zu dem Tag, an dem irgendein unbedarfter Dummkopf die unsichtbare Grenze überschritt.

Das Bild gefiel ihm, er fand Geschmack daran und kultivierte eine noch distanziertere und geheimnisvollere Haltung.

«Color Blue, zum Teufel. Cool Blue, der Name wäre goldrichtig.» Ivans Nicken wurde zu einer kaum sichtbaren Neigung des Kinns; sein Lächeln ein frostiges, schwaches An- und Entspannen der Gesichtsmuskeln. Er sprach langsam und gedehnt, bewegte kaum die Lippen und kriegte den Mund nur gerade so weit auf, daß man ihn noch verstehen konnte. Und er machte nur wenig Worte.

Die neue Persönlichkeit verfehlte ihre Wirkung nicht. Man grüßte ihn häufiger, wärmer und unterschwellig auch respektvoller. Eines Nachts bot Bogart ihm eine Zigarette an. Er nahm sie, obwohl er gar nicht rauchte. Danach hatte er immer eine Packung *Four Aces* in seiner Hemdentasche. Wenn er jetzt das Foyer betrat, dann mit einer Zigarette, die ihm in Cagney-Manier aus dem Mundwinkel hing. Der Rauch brannte ihm in den Augen und rechtfertigte das Blinzeln, mit dem er seine Umgebung musterte. Und hie und da bot er jenen, die er einer solchen vertraulichen Geste des geheimnisvollen Fremden für würdig befand, eine Zigarette an ...

8

Dodge City, Boot Hill

«Death before dishonor!»

Nachdem er sich zweimal hintereinander *Gunfight at O. K. Corral* angesehen hatte, verließ Ivan das Kino wie auf Wolken, und als er jetzt den Bürgersteig entlangschritt, langsam und gemessen wie ein Westernheld, hätte man ihn glatt mit Wyatt Earp verwechseln können. Plötzlich tauchte vor ihm Bogart an der Spitze seiner Bande auf, die sich wie in *Blackboard Jungle* im Halbkreis hinter ihm ausfächerte. Ivan spürte ein leichtes Unbehagen, blieb aber äußerlich unbewegt. Bogart lächelte. Er war nicht auf Kriegspfad.

«Na, Color Blue?»

«Man nennt mich Rhygin.»

Sie standen sich im Schein der Straßenlampe gegenüber und musterten sich. Mit hochgezogenen Schultern, den Daumen unter den Gürtel geklemmt und die Ellbogen durchgedrückt, blinzelte Ivan durch den Rauch seiner Zigarette.

«Na schön, dann also Rhygin. War's gut?»

«Spitze.»

Plötzlich krümmte Bogart sich vornüber und schnappte nach Luft. Ein hohl-rasselnder, schwindsüchtiger, explosionsartiger Hustenanfall hielt ihn gepackt, den er vergeblich unter Kontrolle zu bringen versuchte. Keuchend sank er auf ein Knie. Seine Tage schienen gezählt. Dann stand er plötzlich wieder auf und japste unregelmäßig nach frischer Luft, die er tief in seine geschundenen Lungen sog. Das offene Klappmesser baumelte lässig an seinem Handgelenk. Er sah echt gefährlich aus.

«Uiii», lachte Ivan begeistert und bewundernd. «Verdammt, das war Doc Holiday, wie er leibt und lebt.» Er hatte die Szene schon einmal gesehen: mit Kirk Douglas als schwindsüchtigen, dem Tode nahen, unversöhnlichen Arzt. Mit diesem einen Akt hatte Douglas die Gesundheit beinahe einer ganzen Generation von Jugendlichen aus West

Kingston zerstört. Und Bogart gewann dadurch einen neuen Freund und einen Anhänger.

«Sind auf dem Weg zur Ranch. Kannst mitkommen.»

«Okay», nickte Ivan. An Bogarts Seite stolzierte er nun durch die dunklen Straßen. Der Rest der Bande wirbelte in ständiger Bewegung um die beiden herum – lachte, brüllte, hustete und redete über den Film. Zufrieden und glücklich in dieser ausgelassenen Kumpanei reichte Ivan seine Packung *Four Aces* herum. Ein bißchen nervös wurde er nur, als sie an dem hoch in den Himmel aufragenden Tabernakel vorbeikamen.

Einer der Jungen ratterte mit einem Ast am Wellblechzaun entlang und rief: «Prediger, Hurenbock, alter Mösenspinkser, aufgewacht! Aufgewacht, sag ich, Hurenbock, du verdammter Sonntagsschwindler!»

Die Gruppe stand johlend und gröhlend vor dem stillen Tabernakel. Ivan war wie vor den Kopf geschlagen. Bis zu diesem Augenblick hätte er sich im Traum nicht vorstellen können, daß irgend jemand auf der Welt dem Priester nicht mit der gleichen Achtung, ja Furcht gegenübertreten könne wie seine Gemeinde. Halb erwartete er, daß Longah jeden Augenblick herausgestürzt käme, um den Frevel an seinem Hirten zu rächen. Aber ... diese Jungs haben wirklich vor nix Schiß, dachte er und ging etwas schneller. Hätte er den Prediger nicht verteidigen müssen? Erst als sie sicher vorbei waren, ging ihm der Witz an der Sache auf. Mösenspinkser, was? Er lachte laut auf. Nie wieder würde er sich durch des Predigers moralischen Zeigefinger verunsichern lassen. «Mösenspinkser, verdammt.»

Sie röhrten und feixten und liefen weiter, bis sie zum Abwasserkanal kamen, der Trench Town von der restlichen Stadt trennt. Sie liefen am Wellblechzaun entlang, bis sie zu einem Loch kamen und vor dem Kanal standen, auf dessen gegenüberliegender Seite die labyrinthische Barackenstadt wucherte, eine form- und strukturlose Stadt innerhalb der Stadt. Sie rannten das Betonbett des Abwasserkanals entlang, bis sie zu einer Fußgängerbrücke kamen, die sie überquerten. Dann folgten sie einem schmalen Pfad, der durch dichtes Gestrüpp und Unterholz führte. Auf einer verborgenen Lichtung stießen sie auf eine kleine Holzhütte, vor der drei Jungen im Licht einer Lampe Karten spielten. Über ihnen prangte ein Holzschild, in das nach Wildwestmanier Buchstaben eingebrannt waren und das an einen verkümmerten Baum genagelt war. Ivan las:

Salt Lake City Ranch
Lieber tot als ehrlos
Boot Hill, 3 Meter

«Ist unsere Ranch», meinte Bogart lässig. «Und unser Gebiet. Hier treffen wir uns.»

«Prima», nickte Ivan anerkennend.

«Das ist Bruder Rhygin. Er gehört jetzt zu uns.» Das war die ganze Vorstellung. Ein paar taxierende Blicke, ein Kopfnicken, ein gemurmelter Willkommensgruß, und Ivan war aufgenommen. Sie holten eine Cutchie-Tonpfeife raus und setzten sich auf ramponierten, alten Autositzen um das Feuer herum.

Im flackernden Schein der Flammen erkannte Ivan die meisten Gesichter wieder, und als er jetzt mit ihnen redete, verbanden sich auch bald Namen mit den Gesichtern. Es waren so an die zehn, alle etwa in seinem Alter. Keiner hörte auf den Namen, den seine Mutter ihm gegeben hatte, mit Ausnahme von Black LeRoy, den man irgendwie von Coolie LeRoy, einem anderen Mitglied der Dodge City Ranch, unterscheiden mußte. Sie hatten jene männlich-harten, zweisilbigen Namen angenommen, die zum Repertoire der Werbemanager von Hollywood gehörten – bedeutende Namen mit klangvollem Widerhall, die man scharf und gefährlich ausspucken konnte: Bendix, Cagney, Bogart, Widmark. Wenn der Träger des Namens sowieso schon ein scharfer Typ war, der Nachname aber irgendwie zu ordinär klang oder ihm das Poetische, Dramatische abging, das ihn erst richtig bedrohlich gemacht hätte, dann setzte man noch den Vornamen zur Unterstützung dazu: so traf Ivan an diesem ersten Abend auf Edward G. Robinson, Sidney Greenstreet und Peter Lorre. Diese Erfahrung am rauchenden Feuer neben dem Kanal stieg ihm zu Kopf – er befand sich in der Gesellschaft von lauter Königen.

Sie identifizierten sich eher mit den Schauspielern als mit den Rollen, die sie spielten, denn die waren offensichtlich kurzlebig und vergänglich. Die besondere Darstellungs- und Gestaltungskunst der Schauspieler ließ die von ihnen gespielten Typen erst so richtig durch und durch böse wirken, und dieser Eindruck überdauerte alles andere. Man stritt sich sogar darüber, wer denn nun schlimmer wär, Bogart oder Widmark. Sie erzählten Ivan ihren Standardwitz über zwei Jungen vom Land, die sich die Namen Jesse James und General Custer zugelegt hatten und sich dabei offensichtlich nicht über den Unterschied zwischen Realität und Fiktion im klaren waren. Sie wurden so lange ausgelacht und verspottet, bis sie die Namen der «ollen Leichen» wieder ablegten.

Hier begann Ivans Ausbildung eigentlich erst richtig. Die Jungs saßen am Feuer und unterhielten sich lässig und ungezwungen in einer Sprache, deren Machismus ihren angenommenen *noms de guerre* perfekt entsprach. Ihr Ausdruck war aggressiv, ihr Humor voll Zynismus und ihr Mut grenzenlos. Beiläufig und geschickt ließen sie ihre *Okapis* aufblitzen, jene allgegenwärtigen, in Deutschland hergestellten Klappmesser, die man in der Presse Rachet-Messer nannte. In den Kanälen und den Slums war das die vorherrschende Waffe. Die Ehre verlangte, daß auch nur dem Hauch einer Herausforderung, der kleinsten Beleidigung etwas entgegengesetzt werden mußte. Aber wenn man schnell genug mit der buckeligen, übel aussehenden Klinge war, wenn man das Messer so glanzvoll und locker herumwirbeln konnte wie ein Killer seine sechskalibrige Knarre, dann reichte das meist schon. Man brauchte nicht zuzustoßen, das galt schon fast als uncool. Aber auch nur so lange, bis der legendäre, schwindelerregend schnelle Peter Lorre mitten in einer seiner erstaunlich raffinierten beidhändigen, mexikanischen Attacken niedergestochen und von einem ungehobelten, ungeschickten Tölpel vom Land mit einer Machete das ganze Gesicht aufgeschlitzt kriegte. Der nannte sich William Bendix und konnte zwischen stilvoller Aktion und roher Gewalt nicht unterscheiden – oder auch zwischen Kunst und Mord.

Für Ivan war das alles ungeheuer aufregend, und das beim erstenmal hier draußen um so mehr, als er des Predigers Zorn so schwer auf sich lasten fühlte wie einen auf seinen Schultern sitzenden Geier. Jedes Geräusch aus der Tiefe der Nacht schien von einem Trupp Polizisten zu stammen, der sich wie ein Schwarm von Raubvögeln jeden Moment auf sie stürzen würde. Denn sie gehörten zu diesen Banden von «gesetzlosen» Jugendlichen und Missetätern, die der Prediger immer wieder brandmarkte. Je mehr Ivan ihnen beim Erzählen zuhörte und lernte, was sie erlebt und getan hatten oder zu tun gedachten, desto mehr kam es ihm vor, als hätte der Prediger recht.

Als Widmark dann aufstand und seine Hand auf die Eier legte, wie um anzudeuten, was er vorhatte und mit der Bemerkung, er habe noch was zu erledigen, davonstolzierte, ergriff Ivan die Gelegenheit beim Schopf.

«Tja, Leute, ich hab auch noch was vor», meinte er schleppend.

«Na klar doch. Zwei von euch bringen den Bruder zurück», befahl Bogart. «Es ist das erste Mal, daß er hier ist, und er kennt den Kanal noch nicht.»

Als Ivan wieder sicher in seiner Zelle im Schutz des Tabernakels lag, erschien ihm seine Angst völlig idiotisch. Er sehnte sich nach den Aufregungen der Ranch und wäre am liebsten doch wieder bei den anderen am Feuer gewesen. Eins stand fest: Ehe er sich da wieder blicken lassen konnte, mußte er sich ein *Okapi* zulegen, ein wirklich gutes, eins, das toll und gefährlich aussah, mit 'nem Perlmuttgriff und 'ner blauglänzenden Klinge.

Plötzlich hatte sich seine Welt immens erweitert. Jetzt gab es endlich einen Platz, wo er den Programmwechsel in den Kinos abwarten konnte. Dort konnte er auch noch spät am Abend aufkreuzen, in der sicheren Gewißheit, Leute zu treffen, seine Kumpels, mit denen er herumziehen, auf Parties gehen oder einfach die Straßen entlangschlendern konnte, um die hübschen jungen Mädchen mit den gierigen Augen, der scharfen Zunge und der lockeren Art auszuchecken. Er erhielt eine Einführung in die politische Geographie der Bandenstadt und lernte die Territorien der verschiedenen Ranches kennen, durch die sich die betonierte Straße des Abwasserkanals hindurchschlängelte. Ivan hatte den Augenblick gefürchtet, an dem seine neuen Freunde herausfinden würden, wo er wohnte, weil sie von dem Prediger und seiner Arbeit sowenig hielten. Zu seiner großen Überraschung reagierten sie jedoch kaum, als er es ihnen gestand. Wenn man von ihrer rüden Sprache und dem wilden Kampfgetue absah, dann unterschied sich ihr Leben nicht sonderlich von dem seinen; auch sie mußten irgendwie überleben. Genau wie Ivan waren viele dieser aalglatten, sich im Dickicht der Straßen bestens auskennenden Burschen auch erst vor kurzem vom Land in die Stadt gekommen. Tagsüber war Bogart, ihr kaltblütiger, respektheischender und unbestrittener Anführer unter dem Namen Ezekiel Smith bekannt und ließ sich in einer Autowerkstatt ausbilden. Andere arbeiteten als Lehrlinge in Tischlereien oder auf dem Bau oder machten wie Cagney eine Ausbildung als Dieb – aber jeder von ihnen mußte hart für seinen Lebensunterhalt kämpfen. Sie verkauften Zeitungen, wuschen und polierten Autos, nahmen Gelegenheitsarbeiten im Haushalt an oder bettelten und klauten, wenn es gar nicht anders ging. Einige jobbten tagsüber als Gärtnerjungen in den Villen und Möchtegern-Villen am Fuß der Hügel, die Ivan immer an die dort erlittene Schmach und seine Angst erinnerten.

Nachts aber, wenn die Arbeitgeber sich hinter eisernen Gittern und hohen Mauern versteckten, staffierten sich ihre Untergebenen in ihren kleinen Zimmern hinter den Gesindestuben für die nächtlichen Eskapaden aus. Sie steckten die *Okapis* ein, hörten nur noch auf ihre Kriegsnamen und versammelten ich auf der Suche nach Freunden, Abenteuer und Ruhm auf ihren jeweiligen Ranches.

Die Ranches legten sich wie ein Ring um die niedriger gelegenen Teile der Stadt. Überall, auf den Hügeln im Osten, an den Kanälen in den Barackenstädten im Zentrum und in der sumpfigen Mangrovenwüste im Westen saßen ältere und jüngere Jugendliche an flackernden Feuern. Ihre Ranches hießen Dodge City, Hell's Kitchen, Boot Hill, El Paso, Durango, ja sogar Nikosia (es war die Zeit, als der Terrorismus auf Zypern besonders viele Schlagzeilen machte). Sie rauchten Ganja, träumten von Heldentaten und verfluchten die Reichen, die ‹hohen Tiere› der Gesellschaft, vor allem aber die Polizei und hier besonders die Einheiten des Elite-UFO-Kommandos, ihre Todfeinde. Von Zeit zu Zeit wetterte wieder mal irgendein Priester wortgewaltig von der Kanzel gegen die gesetzlose Jugend und ihre Schandtaten, und die Leitartikel betonten in regelmäßigen Abständen die Gefahren für die Gesellschaft, die von den Banden ausgingen, die sich in ihr eingenistet hatten. Dann zogen die UFOs eine ihrer von viel Publizität begleiteten Blitzrazzien durch, mit dem Erfolg, daß die Ranches eine Zeitlang verlassen dalagen und die Banden sich teilweise zerstreuten, bis die Gesellschaft alles wieder vergessen hatte.

Hier auf der Ranch ging Ivan zum zweitenmal in die Lehre, diesmal jedoch nicht mehr als Außenseiter. Er lernte etwas mehr über die irren, hartgesottenen Westernhelden, die toten und die noch lebenden, ihre tollen Taten und ihr meist recht kurzes Leben. Er gab an wie die anderen und träumte von all den Dingen, die er noch tun würde. Auch wenn sie die Reichen verfluchten, gaben sie sich gern Träumen vom ‹großen Geld› hin und schwelgten in der Vorstellung, plötzlich selbst zu den Glücklichen zu gehören, die es von ganz unten nach ganz oben geschafft hatten. Jeder kannte irgendeinen, der schon mal im Pferdetoto gewonnen, in einer der beiden illegalen Lotterien, die von Chinesen betrieben wurden, den Haupttreffer gezogen oder sonst irgendein großes Ding gedreht hatte. Oder einen dieser Dandies, denen es gelungen war, sich bei einer reichen weißen Alten ins gemachte Bett zu legen, wo sie nun Zentimeter für Zentimeter Nachtarbeit ableisteten. Und dann blieb ihnen natürlich immer noch der *Samfie*, der Superdreh. Eines

Tages würde der ihnen allen mal in den Schoß fallen, davon waren sie felsenfest überzeugt, man mußte nur die Zeichen erkennen und die Gelegenheit beim Schopf packen. Und wenn das alles nichts nutzte, dann blieb nur noch das, was Bogart so gern zitierte, einfach, weil es sich so scharf anhörte: «Genieße das Leben, stirb jung und paß auf, daß du 'ne schöne Leiche abgibst!» Immer, wenn dieser Satz fiel, mußte Ivan an Cagney denken.

Cagney. Der erfahrene «Grabschundabdurchdiemitte»-Künstler der internationalen Spitzenklasse, der seinen Job perfektioniert und dem technischen Fortschritt angepaßt hatte. Cagney, der kleine, muskulöse, sehr ruhige Bursche, der stotterte, wenn er aufgeregt war, und deswegen nur sehr wenig redete. Er war unheimlich kräftig, konnte die Balance halten wie ein Hochseilartist und wußte immer genau, wann der richtige Zeitpunkt gekommen war, um die entscheidende Bewegung auszuführen. Tief über seinen niedrigen Lenker geduckt, raste er auf seinem hochtourigen, von allem überflüssigen Schnickschnack befreiten Motorrad, seinem «Präriepferd», durch die Straßen. An schwülen Tagen, wenn die Autofahrer ihre Scheiben herunterkurbelten und der Verkehr im Schrittempo durch die kochenden Straßen kroch, ritt Cagney durch den Verkehr und hielt Ausschau nach Brieftaschen und Geldbörsen, die der Fahrer achtlos auf dem Sitz oder im Schoß liegen hatte. Man erzählte sich, daß er so manchen Autofahrer, der gerade mit ausgestrecktem Arm irgendein Zeichen geben wollte, um seine Armbanduhr erleichtert hatte. Ein undeutlicher Eindruck von rascher Bewegung, ein Luftzug und eine schwarze Reifenspur, abgewetzt durch die schnelle Beschleunigung auf dem Straßenpflaster – mehr hatten sie nicht bemerkt. Alles ging so schnell, daß niemand in der Lage war, eine genaue Beschreibung abzuliefern, und die Jungs erzählten sich, Cagney hätte Autofahrern sogar Ringe von den Fingern gezogen, wenn sie ein bißchen locker gesessen hatten, ohne auch nur eine Spur von seinem Fahrtrhythmus zu ändern.

Cagney, der stille Künstler und Athlet, ein Genie auf seinem Spezialgebiet, hatte einen uralten Trick übernommen und modernisiert. Das Motorrad und die Straße waren das ideale Medium für seine besonderen Fähigkeiten: Schnelligkeit, Gleichgewicht, Wahl des rechten Zeitpunkts. Wenn er sich mit Worten auch nicht ausdrücken konnte, so doch mit der Anmut seiner Bewegungen. Keiner beherrschte das «Grabschundabdurchdiemitte» so perfekt wie er. All seine berittenen Nachahmer, auch wenn sie noch so gut waren – und Leute wie ‹Easy

Boat› und ‹Copperhand› gehörten schon zur Spitzenklasse –, waren nur ein Abklatsch dieses Könners. Unerreicht und unerreichbar für die Polizei blieben Cagney die Leiden des Alterns erspart. Er brauchte nicht mehr zu erleben, wie die Reflexe nachlassen, die Beine nachgeben, das Gefühl für den richtigen Augenblick dahin ist, wie allmählich Wille und das Vertrauen auf die eigenen Fähigkeiten schwinden, der Geistesblitz, einst so strahlend wie ein Leuchtturm, verblaßt. Auf dem Gipfel seines Könnens führte Cagney gerade seine berühmte 90-Grad-Wende auf einer dreispurigen Fahrbahn entgegen der Fahrtrichtung durch, als plötzlich die Ampeln umsprangen. Wie schon so oft hätte er es auch dieses Mal geschafft, wenn ihn da nicht ein fickriger amerikanischer Sportwagen mit fünfzig Meilen die Stunde geschnitten hätte. Die Geldbörse, die man zwischen den Trümmern des Motorrads fand, enthielt zwei Dollar. In Tränen aufgelöst gab der Fahrer des Wagens zu Protokoll, daß er Cagney überhaupt nicht gesehen habe ... und das könnte durchaus der Wahrheit entsprechen.

Tagsüber ging Ivan zur Arbeit, zur Gebetsstunde und zur Chorprobe und versuchte, von Mr. Brown, dem durchaus willigen, aber immer etwas abwesend wirkenden Chorleiter, soviel wie möglich über Musik zu lernen. Nachts verwandelte er sich in den waghalsigen Desperado seiner kühnen Träume. Mit Bogart und den anderen stolzierte er durch die Straßen, ging auf Blues-Feten, wo afro-amerikanische Musik mit höchster Phonzahl die Szene beherrschte, schüchterte die anderen Banden ein oder entfloh den Klauen Babylons und machte mit John Wayne, Gary Cooper und Wild Bill Elliott, die in Ranches wie Fort Apache oder Rio Lobo zu Hause waren, kleine Spritztouren in die Umgebung.

9

Wandel und Verfall

If you are a big, big tree
I am a small axe ...

Ivan und Bogart waren allein auf der Ranch. Der Vollmond hing über den Warieka-Hügeln, und sie hatten sich nicht die Mühe gemacht, ein Feuer anzuzünden.

«He, Rhygin?» Bogart schaute von dem Bier auf, an dem er immer mal wieder nippte. «Wie lang sind wir beide jetzt eigentlich schon Kumpels?»

«Mann, ich weiß auch nicht so genau ... aber schon 'ne ganze Weile. Warum?»

Bogart antwortete nicht direkt. Er schien tief in Gedanken versunken. Aufmerksam studierte Ivan das von Narben gezeichnete Gesicht. Bogart neigte nicht gerade zu Nachdenklichkeit und abstrakter Analayse, doch konnte er eine Situation enorm schnell erfassen und auf der Stelle richtig und wirkungsvoll reagieren. Trotz all seiner scheinbaren Unbekümmertheit hatte er noch nie falsch gehandelt oder nicht beinahe instinktiv für jede Situation die passende Antwort gefunden. Aber heute schien er ungewöhnlich nachdenklich, fast schon bekümmert.

«Sag mir nicht, du siehst nicht auch, wie sich alles ändert, Bruder. Nach mir bist du jetzt der Älteste auf der Ranch.»

«Hast verdammt recht, Bogart, genauso ist es. Nix als unbeleckte Jungs.»

«Genau; und es sieht ganz so aus, als ob die mit jedem Tag verzweifelter werden. Die können kaum noch an sich halten, und von Stil ist da nix mehr zu merken, die wolln sich immer nur kloppen und mit dem Messer aufeinander los, die ganze Zeit. Ist es nicht so?»

Er hatte recht. Ivan hätte es auch auffallen müssen, aber alles hatte sich so langsam verändert, daß er es gar nicht richtig mitgekriegt hatte. Er dachte an Peter Lorre, an Cagney und all die anderen, die gegangen waren. «Ja, weißt du ... jetzt wo du's sagst, merk ich es auch.»

«Und nicht nur das», meinte Bogart. «Ist doch gar nicht so lange her, da mußte ich so ’nen Halbrasta zusammenschlagen, auf der Parade.» Er schien sich wirklich aufzuregen. «Ja, Mann, ich mußte ihn einfach zusammenhauen.»

«Wieso? Was hat er denn gemacht?»

«Was er gemacht hat? Was er gemacht hat?» Bogart wurde immer wütender. «Hast du nicht gehört, wie der mich beleidigt hat? Und dann auch noch so laut, daß es jeder mitkriegen mußte? Sagte, er wär ’n Black Power Rude Boy und hieß Ras Chaka. Er hätt gehört, daß man mich Bogart nennt. Und er wüßte nun mal gern, ob mein Alter ein Weißer wär.»

«Und was hast du gesagt?» fragte Ivan lachend.

«Guck mich doch an! Wie soll ich ’nen weißen Vater haben? Was ich ihm gesagt hab? Gar nix hab ich gesagt – ich hab ihm einfach eine reingehauen. Da ist er aufgesprungen und wollt sein Klappmesser ziehen. Ich hab’s ihm weggenommen und ihn noch mal zusammengeschlagen, und als er sich wieder aufrappeln wollte, hab ich ihm eins in die Fresse gegeben, nicht allzu hart, aber so, daß er Respekt hat. Kannst du dir soviel Frechheit auf einmal vorstellen?» Bogarts Gesicht spiegelte empörten Stolz und Verwirrung.

«Ja wirklich, ganz schön unverschämt. Und dumm wie Bohnenstroh», pflichtete ihm Ivan bei. Aber Bogart dachte an etwas anderes. Früher wäre es unmöglich gewesen, daß irgendein hergelaufener Bursche gewagt hätte, den Namen eines Starboys und Kriegers, wie Bogart einer war, öffentlich in den Dreck zu ziehen. Aber das war nur die Oberfläche, das eigentliche Problem saß viel tiefer. Zeiten großen, wenn auch allmählichen Wandels waren hereingebrochen, geheimnisvolle, beinahe unmerkliche Vorgänge, bis man eines Tages wach wurde und merkte, daß sich alles verändert hatte. Und erst im Rückblick konnte man dann erkennen, wie es so gekommen war.

Ivan betrachtete Bogarts bedrücktes Gesicht. Jede einzelne ehrenvoll verdiente Narbe schimmerte im Mondlicht. Der bekümmerte Ausdruck auf seinem Gesicht war schon fast komisch, aber Ivan hütete sich, zu lachen. Er verstand genau, was ihn bewegte. Es ging nicht nur um die Unverschämtheit des Rastarüpels – schließlich hatte Bogart ihn mit seiner gewohnten Entschlossenheit und Ausstrahlung in seine Schranken verwiesen. Die meisten Jugendlichen, die jetzt kamen, ließen sich Dreadlocks wachsen und nahmen afrikanische Namen an, ‹Ras Dis› und ‹Bongo Dat›, schwatzten von Rastamann hier und Rastamann da, und alles war ‹dread› und drehte sich um Jah-dieser und Jah-jener.

Die Filme spielten zwar immer noch eine große Rolle, aber jetzt brüllten sie für die Indianer. Sie ergriffen nicht mehr Partei für den weißen Mann, und noch weniger waren sie bereit, seine Namen anzunehmen. Aber Bogart so zu beleidigen! Ob sein Alter ein Weißer wär? Ne also, das wär früher wirklich undenkbar gewesen. Wer sind die überhaupt, diese Rastas? Überall, wo heut so ein einzelner von denen auftaucht, wimmelt es morgen schon von Dreadlocks. Woher kommen die eigentlich?

Komisch, er hatte es gesehen und doch nie so richtig mitgekriegt. Da guckt man eines Tages auf und sieht, daß alles ganz anders ist. Ivan versuchte sich zu erinnern. Erstaunt machte er sich klar, daß mittlerweile schon mehr als sechs Jahre verstrichen waren, seit er aus Coolie Mans Bus geklettert war. Sechs Jahre, verdammt lange Zeit. Wo war sie nur geblieben? Bogart hatte bestimmt recht: es war nicht mehr dieselbe Stadt, sie war zehnmal schlimmer als früher. Aber wieso? Was sollte das heißen – schlimmer?

Er erinnerte sich, wie riesig, durcheinander und furchterregend sie ihm damals erschienen war. Jetzt hatte er sich daran gewöhnt und kannte sich aus. Wie konnte es dann schlimmer sein? Nun gut, einiges war vielleicht wirklich schlimmer, aber anderes war auch besser geworden. Was war denn besser? Vielleicht nur er? Er wußte jetzt besser Bescheid, wußte, wie er sich auf der Straße verhalten mußte, er hatte regelmäßig was zu essen und ein Dach über dem Kopf – das war schon eine ganze Menge. Aber was hatte er wirklich – was lag noch vor ihm? Dank Mr. Brown und seinem Chor verstand er was von Musik, wenigstens ein bißchen. Und Mr. Brown hatte selbst gesagt, daß er singen konnte. Er wartete nur auf seine Chance, auf den großen Durchbruch. Aber alles in allem, was hatte er davon? Nein – ich fang lieber noch mal von vorne an: was war denn nun schlimmer als früher? Konnte es denn wirklich noch schlimmer werden, nach allem, was er gehört und gesehen hatte? Diese ersten Wochen auf der Straße damals, er war so hungrig und schwach gewesen, hatte so taub und verängstigt auf dem Zementboden des Marktes gelegen und sich zum Schlafen zusammengerollt. Plötzlich spürte er ein vertrautes Zittern im Magen. Mann, ich laß es besser. Nur daran zu denken tut schon weh. Laß die Vergangenheit ruhn, Ivan, denk nicht mehr dran. Und doch kam es ihm so vor, als ob die Leute heute noch ärmer, noch niedergeschlagener wären. Ihre Nerven gingen mit ihnen durch, sie brausten leicht auf und wurden sogar gewalttätig. So war das früher nicht. Sie waren schon immer laut gewesen und auch zänkisch, aber früher hatten sie das mit Nachsicht und Humor vertuscht. Jetzt war ihr Humor höchstens bitter, wenn nicht aggressiv ... und jedermann ging bei der kleinsten Kleinigkeit gleich in die Luft.

Und auch die Polizei war schlimmer. Bestimmt. Wie ich in die Stadt kam, da sind die meisten auf Fahrrädern gefahren oder zu Fuß gegangen und haben einen höchstens mal mit 'nem Knüppel verprügelt. Aber heute? Heut fahren sie im Auto durch die Gegend und spielen mit ihrem Maschinengewehr rum. Und sogar ein paar von den Jungs sollen Pistolen haben. Und wenn man bloß piep sagt, wollen sie einem gleich ein Loch in den Bauch schießen ...

Irgendwas ging da vor, soviel stand fest ... aber das war erst der Anfang ... wo würde es bloß enden? Was war es, was sich da zusammenbraute? Er wußte es nicht, aber es mußte fürchterlich sein, ‹dread›, wie die Rastas sagen würden. Also ...

«He, Bogart, bist du eingepennt?»

«Nee, Mann, ich denk nur nach.»

«Weißt du noch, wie die die Stadt besetzen wollten?»

Bogart fragte nicht, wer. Er lachte. «Wie kann man das je vergessen? Diese verrückten Arschlöcher!»

«Aber hör mal ... was, glaubst du, würde passieren, wenn die heut noch mal so was versuchen täten?»

«Was meinst du? Was passieren würde? Blut würde fließen, Bruder, nix als Blut.»

«Genau. Das meine ich ja gerade. Irgendwas ist passiert ...»

Es war schon eine Weile her, kurz nachdem Ivan in die Bande aufgenommen worden war. Jeder in ganz Trench Town sprach von dem noch nie dagewesenen Ereignis, der sogenannten «Ras-Tafari-Konferenz», die sie auf der weiten Ebene im Westen der Stadt veranstalten wollten. Angezogen von unglaublichen Gerüchten über seltsame, mysteriöse Praktiken gingen Bogart, Rhygin, Widmark, Peter Lorre und Cagney, die ganze alte Bande, hin.

In den Fässern, die in regelmäßigen Abständen aufgestellt worden waren, um das riesige Feld abzugrenzen, brannten Rauchfeuer. Überall marschierten Wachen auf und ab. Mit ihren langen Gewändern und Dreadlocks, ihren Schwertern und Stäben, erweckten sie einen ungewöhnlich feierlichen Eindruck. Vor der Bühne in der Mitte loderte ein Freudenfeuer und darüber flatterten rot-grün-schwarze Banner mit heiligen, geheimnisvollen Inschriften. Die ebenfalls in lange Gewänder gehüllten Anhänger der Sekte rauchten ihren «Kelch», eine heilige, mit Ganja gefüllte Wasserpfeife, tanzten zur Trommelmusik und sangen: «Du kommst nie nach Zion mit sündigen Gedanken» oder:

Trocknet die Tränen
Kommt zu Ras Tafari
Trocknet die Tränen
Und kommt –
und:
Nicht mehr lang – ruft Ras Tafari
Nicht mehr lang …
Nicht mehr lang – ruft Ras Tafari
Nicht mehr lang …
Wenn die Bösen dich umzingeln
Und sie wollen dich verschlingen
Nicht mehr lang – ruft Ras Tafari
Nicht mehr lang …

Eine riesige Menge scharte sich erwartungsvoll und staunend um das Lager. So etwas hatte es in Kingston noch nicht gegeben. Die Jungs sperrten Mund und Ohren auf. «Mann», flüsterte Widmark, «fehlt nur noch, daß Charlton Heston mit den Zehn Geboten runterkommt.»

Es wimmelte nur so von Gerüchten. Ein junger Stier sollte geopfert werden – doch halt, nein, das war schon vorbei. Heute nacht würde ein Mensch das Brandopfer sein, was … so verrückt waren die? Aber ja, ein bärtiger Mann hatte der Polizei ganz aufgeregt mitgeteilt, daß er zu dem Camp gekommen war, um zu sehen, was da eigentlich los war. Man hatte ihn freundlich empfangen und eingeladen, an dem abendlichen Ritual teilzunehmen. Er hatte sich daraufhin in einer Hütte ausgeruht, bis er zufällig mitkriegte, daß *er* das Opfer des Abends sein sollte. Am selben Nachmittag stand das Ganze in der Zeitung.

«Du lügst.»

«Nein! Der Mann sagt, nur durch die Gnade Gottes sei er gerettet worden.»

«Wer ist er denn, wie heißt er?»

«Bullock, Missa Bullock.»

«Mann, ich glaub dir kein Wort!»

«Aber guck doch hier ... lies selbst!»

Andere behaupteten, daß sich der Sohn des Anführers als Opfer angeboten habe. Und wieder andere sprachen von drei Jungfrauen.

«Na, da wünsch ich ihnen aber viel Glück! Ich frage mich nur, wo sie die finden wollen.» Gegen Mitternacht erschienen drei prachtvoll gekleidete Gestalten auf der Empore. Das Singen brach ab. Selbst aus der Ferne strahlten die drei eine unverkennbare Autorität aus.

«Ist das der Rasta-König?»

«Wer soll das denn sein?»

«Nein, ihr habt ja keine Ahnung. Der große in Purpur ist Emmanuel David, der Prinz. Der kleine Dünne mit den grauen Haaren ist der Hohepriester Raccoon, und der, der nur ein Bein hat und Schwert und Schild dabei, das ist der Kleine David, der Schildknappe.»

«Meine Güte, sind das ein paar Strunzköpfe!»

«Mann, siehst du, wie aufrecht der mit dem einen Bein steht – fast wie auf Wache!»

«Siehst du den, Mann?»

Emmanuel David erhob seinen Stab über der Menge wie Moses über dem Roten Meer. Mit einem Schlag war alles still. Wider Willen war die Menge beeindruckt, denn ein solcher Gehorsam gegenüber der Autorität war ungewöhnlich. Die königliche Stimme Emmanuel Davids erhob sich in der Stille. Er verkündete, daß bei den heutigen Abendzeremonien eine Änderung vorgenommen werden müßte. Aufgrund der Verruchtheit Babylons und der bösen Machenschaften der Unterdrükker der Gerechten würde das geplante Opfer verschoben.

«Ihr hättet auf diesen Bullock besser aufpassen müssen», rief einer, und die Menge lachte.

Aber Emmanuel David ließ sich nicht aus der Ruhe bringen. Der Heilige Raccoon, der von Gott Geliebte, hatte eine neue Vision gehabt. Eine neue Vision von Gott, dem Allmächtigen, Jehuh Jah Ras Tafari. Jah-Gott hatte befohlen, noch in dieser Nacht die Stadt einzunehmen und von aller Sünde und allem Übel zu reinigen.

«Soviel Schlimmes, wie in dieser Stadt ist, kann man gar nicht in einer Nacht austreiben», meinte die gleiche skeptische Stimme wie vorher. «Ist mir egal, wie heilig ihr seid.»

Emmanuel David kündigte an, daß noch in dieser Nacht die Stadt in die Hände der Gerechten fallen würde, so wie Jericho Josua in die Hände fiel, dem Sohn des Nun, so wie die eisernen Tore von Gaza vor der Macht Samsons fielen, so wie die Fünf Könige der Amoriter vor den

Israeliten. Es waren dies: Adonezek, König von Jerusalem; Hogham, König von Hebron; Piram, König von Jarmuth; und all die anderen Fürsten der Gottlosen.

Die Rede des Prinzen riß die Leute mit. Seine Gefolgsleute sangen und tanzten bei seinen Worten vor Freude und schwenkten ihre Schwerter und Stäbe. «Erlösung! Erlösung!» brüllten sie aus vollem Hals. Ihre schwarzen, verhärmten Gesichter leuchteten vor Ekstase über die Macht und die lang ersehnte Befreiung, die jetzt in greifbarer Nähe lag. «Raaas Ta Faaaarii!» intonierten sie. «Erfülle uns mit der Herrlichkeit Zions!»

Die Leidenschaft und die Freude, die dem Prinzen entgegenschlugen, waren so groß, daß man hätte meinen können, sie hätten die Besetzung und Befreiung der Stadt bereits hinter sich. Die spontane Freude der Brüder griff auch auf die Zuschauer über und riß sie mit.

«Was meinst du, Rhygin? Glaubst du, sie schaffen es?» flüsterte Widmark zweifelnd.

«Ich weiß nicht, keine Ahnung», gab Ivan zurück. Er erinnerte sich an Maas Natties Geschichten über die schwarzen Krieger und Helden. Er wollte es gern glauben. Aber irgendwas an diesem wunderlichen Heer, irgendwas schien da nicht ganz richtig reinzupassen in das, wovon Maas Nattie immer gesprochen hatte ... und doch ...

Mit wachsender Erregung schauten sie zu, wie Prinz Emmanuel David, rechts und links flankiert vom Hohepriester und dem einbeinigen Schildknappen, sich an der Spitze des Zuges in Bewegung setzte. Über ihren Köpfen wehte ein riesiges Banner. Ihnen folgten Tempeldiener in Gewändern «des alten und mystischen Ordens des Melchizedek». Andächtig trugen sie eine in Tuch gehüllte Last, angeblich die «Bundeslade». Dann folgten die Trommler und hinter ihnen die Truppen, die Dread-Krieger der *Niyabinghi*. Sie tanzten eifrig hinter ihrem Hauptmann her, schienen aber komischerweise bis auf einige wenige selbstgebastelte Speere und Schwerter und ein paar Holzstäbe keinerlei Waffen zu tragen. Anscheinend waren sie vor allem mit ihrem Glauben gewappnet. Und als sie nun auf die schlafende Stadt zumarschierten, die Neugierigen und Ungläubigen im Schlepptau, schlugen sie die Trommeln, ließen die Tambourins erklingen und lobten Gott:

Das Wort des Herrn, unsres Gottes
Jehujah
Ras Tafari

Gnade und Weisheit denen
die seinen Bund
halten und
seine Gebote.
So lobt ihn,
Selassiiiiie
Jehuhjah Ras Tafari
Negus Negusti
König aller Könige
Herr aller Herren
Siegreicher Löwe
vom Stamme Juda
Auserwählter des Himmels
Licht dieser Welt
Selah.

«Der Löwe Judas», verkündeteten sie, «wird alle Ketten sprengen und uns den Sieg gewähren immerdar.» Und als sie ihrem Gott so freudig zujubelten und ekstatisch hinter ihrer «Bundeslade» hertanzten, schienen sie auch die skeptischsten Zweifler zu überzeugen.

Zuerst wand und schlängelte sich die Marschroute durch die Straßen, als lägen Raccoons Visionen im dichten Nebel verborgen, doch als sie erst in der Stadt waren, schienen sie immer deutlicher zu werden. Nun führte er sie auf kürzestem Weg zum Viktoria-Park, an dessen nördlichem Ende die Pfarrkirche stand. Die Bestimmtheit, mit der er auf die offizielle Kirche des Establishments zusteuerte, beantwortete alle Fragen danach, ob diese Erhebung politischer oder religiöser Natur sei. An ihre Pforte heftete Raccoon eine Erklärung, die den Bischof der Anglikanischen Kirche und sein Werk für null und nichtig erklärte. Er wurde aufgefordert, seinen Irrtum einzugestehen, von der falschen Religion des weißen Mannes abzulassen und sich zur Göttlichkeit Ras Tafaris sowie dem Vorrang des wahren Glaubens und der Triumphierenden Kirche zu bekennen. Anschließend führte Raccoon ein *Binghi* durch, eine Zeremonie, die das Gebäude von schlechten Einflüssen und bösen Geistern reinigen sollte.

Schließlich teilten die Brüder sich in zwei Gruppen und marschierten in entgegengesetzter Richtung um den Park herum. Unter Trommelwirbel und Tambourinbegleitung umrundeten sie ihn siebenmal, ehe sie in den Park einmarschierten und ihr Banner am Fahnenmast der

Königin Viktoria hißten, wo sonst nur der Union Jack wehen durfte. Sie unternahmen sogar einen, wie manche meinten, halbherzigen Versuch, die Statue der Königin Viktoria umzustoßen. Aber das Monument erwies sich als ebenso massiv und unnachgiebig, wie es die stämmige weiße Dame mit den hervorspringenden Äuglein, die sie repräsentierte, gewesen war, und deshalb begnügten sie sich damit, sie kurzerhand mit einem schwarzen Tuch zu verhüllen.

Schließlich trieb der Hohepriester den Geist des Kolonialismus aus, und Emmanuel David erklärte, hiermit sei die Stadt endgültig eingenommen. Boten wurden entsandt, um den Gouverneur und den Premierminister über ihren neuen Status zu informieren und sie offiziell aufzurufen, ihnen die Regierung zu übergeben und vor der neuen Autorität «das Knie zu beugen». Die Krieger gingen in Verteidigungsstellung und wurden von Prinz und Schildknappe inspiziert. Dann bezogen die drei Führer Stellung auf einem Podium, auf dem normalerweise die Militärkapellen imperialistische Musik nachspielten. Dort erwarteten sie die Ankunft der babylonischen Repräsentanten.

Bis dahin lag für die Zuschauer noch etwas Undramatisches in all den Vorgängen. Aus dem Baum, in dem sie es sich bequem gemacht hatten, hörten Bogart und seine Jungs hie und da aber auch laute Kritik an der Führungsspitze. Vor allem waren die Zuschauer mit der militärischen und politischen Strategie Emmanuel Davids und den Visionen Raccoons unzufrieden, während das militärische Gehabe des Schildknappen ihnen zu gefallen schien.

«Verdammt noch mal, Mann, bin ich etwa dafür so weit gelaufen?» beschwerte sich einer.

«Was soll das hier? Glauben die etwa, so nimmt man eine Stadt ein? Soll das etwa ein Witz sein?»

Die rebellische Truppe und vor allem deren Anführer überhörten die Verspottungen einfach. Sie fachten ihren «Kelch» an und warteten vertrauensvoll auf die Unterwerfung der Herrscher Babylons. Nichts geschah. Die Menge wurde immer aufsässiger, ihre Bemerkungen immer lauter und zynischer.

Dann kamen plötzlich zwei verschlafene Polizisten auf Patrouille vorbei. Sie rieben sich die Augen, als könnten sie es kaum fassen, was sie da sahen.

«Babylon! Babylon!» warnte die Menge.

Als Raccoon sah, daß es sich nur um zwei Polizisten handelte, hatte er eine neue Vision. Er erklärte, daß Ras Tafari kein zweites Mal seines

Opfers beraubt werden würde. Nun forderte er die Köpfe der beiden Babylonier als Tribut. Mit Rufen wie «Feuer über Babylon!» und «Babylon muß fallen!» stürzte sich eine Gruppe von Kriegern auf sie.

«Mach daß du wegkommst, Babylon», johlte die Menge und lachte.

«Rastamann ist hinter dir her!»

«Uuiii! Schau dir an, wie Babylon die Beine in die Hand nimmt!»

«Hahaha! Lauf, Babylon! Lauf, sag ich!» Der Anblick der Hals über Kopf fliehenden Polizisten gefiel ihnen sehr. Mit einemmal war ihre gute Laune wieder da, vor allem bei der Aussicht auf das Opfer. So etwas kam nicht alle Tage vor. Aber dann kehrte die ausführende Truppe zurück und brachte nichts weiter mit als die bei der Flucht weggeworfenen Helme und Knüppel der beiden – wenigstens ein Beweis ihrer Anstrengungen.

Doch als dann die Polizei zurückkehrte, kam sie geballt. Sechs vollbesetzte Busse röhrten auf den Park zu. Auf gewalttätige Demonstranten eingestellte Spezialisten mit hölzernen Schilden und langen Knüppeln sprangen heraus, sobald die Busse stehen blieben. Ihre Metallabsätze schepperten unheilverkündend auf dem Asphalt. Hinter der undurchdringlichen Mauer ihrer Schilde bildeten sie eine einzige Reihe, die von ihren mit Dornen besetzten Helmen gekrönt wurde. Mit militärischer Präzision stampften sie über den Asphalt und hämmerten dabei mit den Knüppeln gegen ihre Schilde. Alles in allem machten sie einen ohrenbetäubenden Lärm.

Schräg gegenüber auf der anderen Seite formierten sich die Rastas zu einer zerfransten Front. In ihrer Mitte sah man Emmanuel David und den Kleinen David dicht neben ihm. Später konnte sich keiner mehr daran erinnern, Raccoon noch irgendwo gesehen zu haben, aber letzten Endes hatte er wohl eher eine geistige als militärische Funktion. Jetzt standen sich die beiden Heere gegenüber und starrten sich finster an.

«Auf sie», brüllte der Prinz, schüttelte seinen Stab und spornte sie an. «Vorwärts! Und keine Gefangenen!»

In der nun folgenden Pause sammelten seine Truppen ihren Mut.

«Raaas», meinte Widmark. «Spartakus bis aufs Blut, Mann!»

Und wirklich, mit den biblischen Gewändern der Rasta und den geschlossenen Reihen von Schilden und Helmen erinnerte die Szenerie an nichts so sehr wie an die römischen Legionen im Kampf gegen aufsässige Sklaven.

«Stimmt, aber wo ist Victor Mature?» fragte Ivan. Und dann, als die Brüder «Feuer über Babylon!», «Jahs Königreich naht!» und «Schwarze an die Macht» sangen, führte der Kleine David seine Truppen gegen den Feind.

Die Polizei hielt ihre Stellung und ließ den ersten Ansturm an sich abprallen wie eine Welle, die auf ein Riff aufläuft. Dann ging sie mit Methode vor und schwang ihre Knüppel wie zur Ernte auf einem Kornfeld. Einer landete dröhnend auf Prinz Emmanuels Kopf und zwang ihn auf die königlichen Knie. Der treue Kleine David half ihm wieder auf die Beine und schwankte gefährlich hin und her, als er mit dem Schwert nach allen Seiten um sich schlug. Der Prinz schüttelte sich benommen und brüllte:

«Zu spät! Zu spät zum Vormarsch! Zurück! Zieht euch zurück!» Er selbst verlor keine Zeit und folgte dem Befehl als erster. Der Kleine David blies zum Rückzug. Die Brüder ließen ihre Flagge im Stich und strömten in allen Richtungen aus dem Park, wobei sich ihre Gewänder aufbauschten und die Dreadlocks im Wind ihrer wilden Flucht flatterten.

Der einzige entschlossene Widerstand kam von einem hochaufragenden Anhänger der Sekte, der das Signal zum Rückzug einfach nicht beachtete. Von einem ersten Schlag in die Knie gezwungen, stolperte er weiter und humpelte mitten in die Formation der Polizei hinein. Über dem Kopf schwang er einen riesigen Baumast. Die Augen waren rot, der Mund stand weit offen in einem Aufschrei, der sich im allgemeinen Getöse verlor, der Nacken war angespannt und geschwollen. Ehe er sich versah, war er umzingelt und mit einem Knüppel niedergestreckt. Als sie ihn in den Bus zerrten, trat er immer noch um sich und verfluchte Babylon, während ihm das Blut über die verfilzten Haare strömte.

«Den Bruder kenn ich doch!» rief Ivan. Ja, der arme Ras Sufferah hatte recht. Er hatte gewußt, daß Babylon ihm früher oder später den Schädel einschlagen würde. Und wer sorgte jetzt für seine Kinder?

Die Polizisten nahmen die Verfolgung nur zum Schein auf, ein paar von ihnen schienen sogar zu lachen.

«Mensch», sagte Bogart, «denen hätte nicht mal Victor Mature helfen können.»

Und das war das Ende der Stadtbesetzung. Ein paar Hirnerschütterungen und gebrochene Beine, aber ansonsten gab es auf keiner Seite schwerere Verletzungen. Die Morgenausgaben der Zeitungen meldeten: *Eindringlinge niedergeschlagen, Stadt gerettet* und behandelten den Zwischenfall wie eine Art Schildbürgerstreich. Ein paar unverbesserliche Leserbriefschreiber und alarmierte Beobachter wie Prediger Ramsey nahmen daran Anstoß. Sie wiesen darauf hin, daß eindeutig mehrere Gewalttaten verübt worden waren: schwere Körperverletzung, Aufruhr, Volkshetze, Majestätsbeleidigung, Verrat und höchstwahrscheinlich auch Häresie und Blasphemie. Sie bestanden auf einer Anklage. Aber keiner schenkte ihnen Beachtung.

Am meisten schien die politische Karriere von Prinz Emmanuel David und dem Seher Raccoon gelitten zu haben. Keiner von beiden stand bei ihren Anhängern noch länger in hohem Ansehen. Noch Wochen später konnte man kleine Jungs brüllen hören: «Auf sie! Keine Gefangenen!» und dann «Zu spät zum Vormarsch! Zurück!» Dann rannten sie davon und ihr Gelächter hallte höhnisch durch die Straßen. Der einzige, der aus diesem Kampf ungeschmälert hervorging, war der Kleine David, der Schildknappe, der der Gunst göttlicher Gnade teilhaftig zu sein schien. Es hieß, daß, als die Jüngsten und Schnellsten der geschlagenen Armee nach der großen Schlappe im Lager ankamen, das etwa fünf Meilen vom Schlachtfeld entfernt lag, sie ihn vor der Glut des Feuers auf der Empore sitzen sahen. Er machte einen gelassenen Eindruck, schwitzte nicht und auf seinem ungewöhnlich kämpferischen Gesicht lag ein Ausdruck äußerster Glückseligkeit. Anscheinend zupfte er auf einem Instrument und sang mit süßer, friedvoller Stimme:

O würdet ihr ihn doch erkennen
Den heiligen Ras Tafari
Oh, ihr würdet nie widerstehen

Nie wurde eine zufriedenstellende Erklärung dafür gefunden, wie ein Einbeiniger, der bis zuletzt im Kampfgetümmel gesehen worden war, vor allen anderen im Lager hatte ankommen können. Aber die echten Anhänger Ras Tafaris glaubten voller Hingabe, daß es nur die Hand Ras Tafaris selbst gewesen sein konnte, die sich ausgestreckt hatte, um den tapferen Krieger aus den Klauen Babylons zu befreien.

Selah!

«Nein», sagte Bogart wieder, «wenn die heute so was noch mal versuchen würden, gäbe es Mord und Totschlag, das steht fest.» – «Hunderte von Toten», stimmte Ivan zu. «Und wenn man sich vorstellt, das geht erst so, seit ich herkam. Die Polizei gibt sich nicht mehr mit Schilden und Knüppeln ab, die hat jetzt Gasmasken und sprüht dich rot an, damit sie dich später wiederfindet.»

«Genau das meine ich ja», fiel Bogart ihm ins Wort. «Heut ist alles ganz anders. Die UFO-Einheit von damals war 'n Witz dagegen.»

«Aber nicht nur die Polizei. Die Jungs doch genauso. Guck doch nur mal, wie sie Peter Lorre, Widmark und Bendix zugerichtet haben. Und wofür? Aus reinem Blödsinn! Für nix und wieder nix!»

«Oh, ja, Bruder, es ist schlimmt. Sieht so aus, als wärn sie am Verzweifeln. Sie sind zu schnell mit dem Messer bei der Hand!»

«Und denk dran, was letzten Monat unten im Majestic los war. Also das war echt übel.»

«Mann, ich will gar nicht dran denken! Hab mich von dem Schock noch gar nicht erholt. Das war superübel.»

«Wer ist das eigentlich, dieser Maas Ray?»

«Keine Ahnung, aber der ist was anderes, was ganz anderes.»

«Paß auf, Chef, es passiert noch was. Paß auf, was ich dir sage. Es passiert noch was Schlimmes.» Bogart fiel in nachdenkliches Schweigen.

«Mann, ich bin arm und ich bin schwarz. Aber in der Nacht hab ich zum erstenmal gesehen, daß es der Regierung scheißegal ist, ob ich draufgehe oder nicht.» Jetzt schwieg Ivan ebenfalls. Auch er dachte an diesen Vorfall. Damals hatten sie zum erstenmal erkannt, daß das, was auf sie zukam, nicht normal war, absolut nicht normal.

Sie waren in ein Freilichtkino in der Innenstadt gegangen, um sich drei Filme hintereinander anzusehen. Es war fremdes Gebiet, das von der Schädel-Bande und den Mau-Mau umkämpft wurde. Sie kannten beide vom Hörensagen, hatten aber weder mit der einen noch mit der anderen Bande je richtig zu tun gehabt. Ivan war es so vorgekommen, als ob in jener Nacht eine besondere Spannung im Kino herrschte. Aber dann hielt er sie für die normale Unsicherheit außerhalb ihres eigenen Territoriums. Doch selbst nach dem ersten Film wollte dieses Gefühl von Unbehagen nicht weichen. Irgendwas war im Busch, irgendwas Schwerwiegendes, von dem er nichts wußte. Statt sich zu verflüchtigen, wurde dieses Gefühl immer stärker, und er hätte Bogart am liebsten vorgeschlagen, nach dem Film zu gehen, aber es fiel ihm einfach kein passender Grund ein. Um ein Haar hätte er gesagt, komm, Bogart, laß uns abhauen. Daß er es nicht gesagt hatte, hatte vielleicht auch sein Gutes, denn wenn ihm später jemand davon erzählt hätte, hätte er die Geschichte wahrscheinlich nie geglaubt.

Gerade als der zweite Film anlief, wurde die Leinwand wieder dunkel. Automatisch fing die Menge an zu klatschen und mit den Füßen zu stampfen, aber da durchbrach eine Stimme den Lärm.

«Hört auf mit dem Krach! Die Show ist zu Ende!»

Verblüfft hielten die Zuschauer inne. «Wieso zu Ende? Wir haben doch erst einen Film gesehen!» Der Krach setzte aufs neue ein. Doch in diesem Moment strahlte ein Scheinwerfer auf und gab die Sicht frei auf jemand, der auf der Mauer über der Leinwand stand. Es war ein schlanker, junger Schwarzer in militärischer Khaki-Uniform, dessen Silhouette sich gegen den Himmel abzeichnete.

«Die Show ist zu Ende, sag ich!» rief er in das verdutzte Schweigen. Er trug einen Sam-Browne-Gürtel und eine Pistole an der Hüfte. Sein silberbeschlagenes Offiziersstöckchen hatte er lässig unter den Arm geklemmt.

Ein Raunen ging durch die Menge. «Ist der Kerl übergeschnappt oder was?» – «Der will uns vorschreiben, wann die Show zu Ende ist?» Die Leute fingen an, unter den Sitzreihen nach Bierflaschen und ähnlichem zu suchen, was als Wurfgeschoß dienen könnte. Sie würden es dem frechen kleinen Kerl schon zeigen!

«Die Show ist zu Ende, vorbei, finito», wiederholte der Bursche mit einem Ausdruck von eisigem Hohn auf dem Gesicht. Er machte ein Zeichen mit dem Stöckchen und ein kaltes metallisches Klicken lief die Mauer entlang. Dann ging das Licht an.

«Herr des Himmels», flüsterte Bogart. Ungläubig sperrten sie Mund und Augen auf, als sie die automatischen Schnellfeuergewehre in den Händen der etwa zehn auf der Mauer postierten Männer erkannten, die voll in die Menge gerichtet waren.

«Ich wette, jetzt glaubt ihr mir, daß die Show vorbei ist, was?» höhnte der junge Offizier. Ein unterdrücktes Stöhnen stieg in der Menge auf, dann herrschte vollkommene Stille. In einer hypnotischen Mischung aus Angst und Ungläubigkeit waren alle Augen auf die drohenden Gewehrläufe gerichtet. Ivan saß völlig verkrampft auf seinem Platz. Er hatte Angst zu atmen, und außerdem war ihm kalt. Er konnte seine Augen nicht von den drohenden Gestalten abwenden, die das Kino umringten. Unbeschreiblich hohl hallte das bedrohliche Klicken in seinem Kopf wider. Ein beißender, schwerer Geruch hing ihm in der Nase, ein übler Gestank von Angst, von einem kollektiven Grauen, das sich in der Menge ausbreitete. Wie aus weiter Ferne hörte er ein Schluchzen, ein leises Klirren, als Flaschen, Messer und vermutlich auch ein paar Pistolen auf dem Zementboden niedergelegt wurden. Sachte wippte der Offizier auf gespreizten Beinen vor und zurück wie auf einer Parade.

«Bleibt sitzen», befahl er. «Dies ist eine polizeiliche Waffenkontrolle. Ihr könnt euch schon mal daran gewöhnen. Es wird noch mehr davon geben, und zwar so lange, wie die Halbstarken unter euch glauben, sie müßten mit Pistolen und Messern rumlaufen. Wer von euch gehört zur Schädelbande? Wo sind die Mau-Mau? Wenn ihr euch so stark vorkommt, dann probiert es doch mal mit mir. Na los doch, worauf wartet ihr?» Er lachte tonlos.

«Ich hab gehört, heut nacht soll hier ein Bandenkrieg stattfinden. Ich will euch allen mal was sagen. Ihr könnt euren Bandenkrieg vergessen, genauso wie der Ochsenfrosch seinen Schwanz. Habt ihr gehört? Also – eine Reihe nach der anderen steht jetzt auf und kommt raus. Und zwar durch den Vordereingang!»

Wie befohlen schob sich die Menge verdrossen hinaus. Eine Abteilung der Polizei in Militär-Uniform untersuchte jeden einzelnen, Männer wie Frauen, ohne Unterschied. Die Männer waren gründlich, schnell und rücksichtslos. Manchmal strahlten sie jemand mit einer Taschenlampe ins Gesicht und verglichen es mit ein paar Fotos, die sie dabeihatten. Einige Männer wurden festgehalten.

Ivan, Bogart und die anderen schlichen still zur Ranch zurück. Die dunklen, vertrauten Straßen erschienen ihnen plötzlich bedrohlich. Eine Weile hatte niemand etwas zu sagen. Ivan fand es unmöglich, die vielen Dinge, die ihm durch den Kopf wirbelten, auszudrücken. Er wollte fluchen, schreien. Ein kaltes, bleiernes Gewicht lag ihm auf Brust und Bauch. Es war mehr als bloße Wut, Angst oder Scham, obwohl das alles auch da war. Er wußte genau wie die anderen, daß sie gerade das Ende einer Ära und den Anfang einer neuen miterlebt hatten.

«Schließlich ist der Mensch kein Vogel nich», polterte Bogart schließlich kläglich los.

«Glaubst du wirklich, die hätten auf uns geschossen?» fragte er mit immer noch zittriger Stimme.

«Die suchten ja bloß nach 'ner verdammten Entschuldigung. Hast du nicht ihre Gesichter gesehen?»

Sie wußten es noch nicht, aber sie waren den ersten Absolventen der modernen Schule für Maßnahmen gegen Aufruhr und Unruhe begegnet, die von den Vereinigten Staaten zum Schutz ihrer lieben Nachbarn eingerichtet worden war. Und außerdem hatten sie zum erstenmal Bekanntschaft mit dem Kriminalsuperintendenten Ray Jones gemacht, dem ersten Offizier des Landes, der von dieser in Panama gelegenen Schule kam. Er sollte zur Legende, zu einem Symbol werden. Man nannte ihn «Maas Ray».

10

Du kommst nicht nach Zion …

You cannot go to Zion
With a carnal mind …
Rastagesang

Prediger Ramsey hatte Mühe, sich auf den vor ihm liegenden Bericht zu konzentrieren. Dr. Jimmie und der Missionsausschuß der Mutterkirche in Memphis warteten schon auf sein Zeugnis und der Prediger rühmte sich seiner Pünktlichkeit. Aber jetzt fielen ihm keine Sätze und keine Worte mehr ein. Er rutschte auf seinem Stuhl hin und her und sein Blick schweifte ruhelos durchs Arbeitszimmer. Aus dem anstoßenden Raum drang leises Lachen herüber, wo die Mädchen die Heilige Schrift lesen und darüber meditieren sollten. Als er jetzt jedoch böse durch die offene Tür schaute, wurde sein Blick weicher. Elsa saß in einer Ecke, die er von seinem Schreibtisch aus gerade noch sehen konnte. Die Bibel lag aufgeschlagen in ihrem Schoß, sie selbst aber starrte mit einem gedankenverlorenen Ausdruck aus dem Fenster. Ihre tiefliegenden Augen schienen aus schattigen Tümpeln heraus zu strahlen. Wenigstens macht sie bei dem Unsinn nicht mit, dachte er. Sie war schon immer anders, ernsthafter als die anderen. Ich möchte nur wissen, worüber sie so angestrengt nachdenkt. Sie ist wirklich kein Kind mehr. Genaugenommen ist sie gerade in dem gewissen Alter. Schon der Gedanke daran machte ihn ganz nervös, aber bisher hatte er noch kein Anzeichen für bevorstehenden Ärger entdeckt. Er beugte sich wieder über seinen Bericht. Doch dann schob er die Seiten plötzlich gereizt zur Seite und warf Elsa wieder einen verstohlenen Blick zu. Sie schaute jetzt in das Buch, schien die Konzentration in Person. Ihr Kinn stützte sich auf die gefalteten Hände. Beim Lesen bewegte sie den Kopf von einer Seite zur anderen, sachte und ohne es selber zu merken. Sanft streiften Wangen und Lippen über die Finger. Der Prediger griff nach seiner Bibel.

Müßig blätterte er darin herum. Das Buch Hiob. Nicht gerade einer seiner Lieblinge, Hiob jammerte ihm zuviel. Was er jetzt brauchte, war ein Psalm, ein guter Psalm Davids, um sich zu beruhigen und zu festigen wie König Saul, als er von den Versuchern gepeinigt wurde. Aber beim Blättern schienen einige Zeilen aus Hiob 15 herauszustechen und seine Aufmerksamkeit zu fesseln. Er hielt inne und las: «Was ist ein Mensch, daß er sollte rein sein und daß er sollte gerecht sein, der vom Weibe geboren ist?» Das war's eigentlich nicht, was er suchte, aber trotzdem flogen seine Augen weiter: «... wieviel weniger ein Mensch, der ein Greuel und schnöde ist, der Unrecht säuft wie Wasser.» Ärgerlich klappte er das Buch zu. Sogar die Bibel schien sich heute abend über ihn lustig machen zu wollen. Oder war das eine Warnung? Gott ist niemals müde, er ruht niemals. Warum fühlte er sich ... *wie* fühlte er sich eigentlich? Nicht schuldig? Weshalb hätte er sich schuldig fühlen sollen? Beunruhigt spähte er ins Nebenzimmer. Alles, was er sehen konnte, war Elsa. Sie starrte in die Dunkelheit, ihr Kopf bewegte sich noch immer in dem unbewußten Rhythmus.

Er schwenkte seinen Stuhl herum und schaute durch das hinter ihm liegende Fenster. In der Werkstatt brannte Licht. Warum arbeitete Longah so spät noch? Er setzte sich auf.

«Elsa! Eeeelsa!» Seine Stimme dröhnte durch das stille Haus. «Bitte komm mal her zu mir», fuhr er in normaler Lautstärke fort. «Ja, Prediger?» Sie war da, noch ehe er sich zusammenreißen konnte, und stand jetzt respektvoll vor ihm, den Kopf fragend zur Seite geneigt.

«Hmmm ... ähemmm.» Er schaute auf. Gott, wie schnell sie sich entwickelte. «Ja ... ich habe ein Licht in der Werkstatt gesehen und ... ich dachte, vielleicht wüßtest du, an was Longah jetzt noch arbeitet.»

«Longah, Prediger? Nein, nicht Longah, Sir. Das muß Ivan sein, vielleicht arbeitet er noch an seinem Rad.»

«Hmm, ja gut.»

Sie wartete und schaute ihn fragend an. Es war ihm peinlich. Das Schweigen dauerte zu lange.

«Gibt's noch was, Sir?»

«Was?» Er schaute ihr schnell ins Gesicht. Sie schien plötzlich verlegen. Warum?

«Oh, ich dachte nur, vielleicht wollen Sie ihn sehen, Sir?»

«Wenn ich ihn sehen will, dann gehe ich hin zu ihm, ist das klar? Und überhaupt, was hast du eigentlich dauernd stundenlang mit ihm zu besprechen?» Halt, nein, das war falsch. Er hatte es beiläufig und spöttisch sagen wollen, aber jetzt klang es vorwurfsvoll und viel schärfer, als er vorgehabt hatte. «Elsa ...»

«Ja, Sir, Prediger?» Ihre Stimme war kaum zu hören.

«Elsa, ich weiß, du denkst nicht an so was. Aber du wirst allmählich eine richtige junge Dame, mein Liebes.» Er hielt inne und schaute sie an. Aber eigentlich beglückwünschte er sich insgeheim zu diesem angemessenen väterlichen Ton.

«Nun, weißt du, es sieht nicht, ähem, gut aus, wenn du soviel Zeit mit Jungen verbringst. Nicht daß ich irgend etwas Falsches annehme oder so was, aber schon der kleinste Anschein – du weißt schon, man kann nie vorsichtig genug sein ... und schließlich, wenn so ein Gerede erst mal in der Welt ist ...»

Das hatte er nicht sagen wollen. Er sah, wie sie zusammenzuckte und ihre Augen sich weiteten.

«Ist es das, was Sie von mir denken, Prediger? *Das?*»

«Nein, nein, ganz und gar nicht, Elsa ... du sollst nur etwas vorsichtiger sein, du weißt ja, der Schein und so ...»

Er war ein Mann, der sich rühmte, daß alles, was er tat, gut vorbedacht war. Aber diese Unterhaltung hatte er weder geplant noch beabsichtigt, und er mochte die Richtung nicht, in der sie verlaufen war. Kochend saß er da und lauschte auf das entfernte Summen der Unterhaltung und das mädchenhafte Gekichere, als seine Schutzbefohlenen sich aufs Schlafengehen vorbereiteten. Lachten sie womöglich über ihn? Undenkbar, aber sein Ärger wuchs. Sie würden es nicht wagen. Und an allem war der Junge schuld. Es war Vollmond, vielleicht würde ihn eine kleine Fahrt in die Hügel ablenken.

Als er in den Hof hinaustrat, hörte er die Musik. Zuerst dachte er, sie sei einfach nur ungewöhnlich laut und klinge deshalb so nah, aber dann wurde ihm klar, daß sie aus der Werkstatt kam.

Ivan stand über ein paar Metallteile in einem Eimer gebeugt. Auf der Bank neben ihm stand ein kleines Radio. Er war so in seine Arbeit vertieft und damit beschäftigt, mit dem Hintern zu wackeln, daß er gar nicht mitkriegte, wie der Prediger hereinkam.

Der Prediger beobachtete Ivan und wieder wurde er wütend. Was fand Elsa bloß an dem Jungen? Er streckte die Hand aus und schaltete das Radio ab. «Wer zum ... oh, guten Abend, Prediger!»

«Du weißt, daß ich diese Musik hier nicht dulde! Was machst du hier noch so spät?»

«Ich bastele nur ein bißchen an meinem Fahrrad.»

Der verdammte Kerl sah so selbstzufrieden aus. Irgend etwas, das schon fast zu unverschämt war, lag in dem viel zu breiten Grinsen.

«Du kennst meine Regeln. Willst du, daß der Herr auf Erden zurückkehrt und dich so sieht? He?»

«Wie sieht, Sir?»

«Wie sieht? Wie du hier in meinem Hof zum Boogie-Woogie herumtanzt!»

«Boogie-Woogie gibt's schon lange nicht mehr, Prediger. Der ist schon seit Urzeiten out.»

«Ist mir ganz egal. Mir egal, wie du das nennst, jedenfalls ist es Teufelswerk, und ich dulde es nicht. Teufelswerk, hörst du.»

«Ja, Sir.» Da war sie wieder, diese unausstehliche Sanftmut über der verdammten Überheblichkeit.

«Du solltest lieber in der Bibel lesen. Hörst du, was ich dir sage: deine Bibel sollst du lesen, und zwar dreimal täglich!»

Dieser Junge war schlauer, als gut für ihn war. «Ja, Sir.» Nicht mal Butter würde ihm im Mund schmelzen. Wen wollte er damit wohl zum Narren halten? Der Prediger knallte die Tür seines Cortina zu und fuhr mit unchristlich aufheulendem Motor davon.

Das Schreien war bis ins Zimmer der Mädchen gedrungen.

«Hmm, der Prediger scheint heute auf Kriegspfad zu sein», murmelte eins verschlafen.

«Ja ja, hat wahrscheinlich gesehen, was wir schon lange wissen.»

«Und das wäre?» fragte Elsa.

«Oh, nichts, mein Liebes, gar nichts», zwitscherte die andere.

«Trotzdem, Ivan tut mir leid.»

«Hört doch auf mit eurem Gekicher und euren Andeutungen. Ihr habt nur schlechte Gedanken im Kopf», schimpfte Elsa. Sie schloß die Augen; der Prediger hatte eben schlechte Laune, das war alles. Er war ihr Vormund und kümmerte sich einfach mehr um sie als um die anderen Mädchen, das war doch ganz normal ...

Möcht wissen, was dem Prediger so stinkt, dachte Ivan. Worüber ärgert er sich bloß so? Und wie der grade aussah – als ob er mich am liebsten verprügeln tät, und weshalb? Nur wegen dem bißchen Musik? Boogie-Woogie, stell sich das einer vor! Hat wohl noch nie was von Ska, Blues, Rock Steady und diesem neuen, dem Reggae gehört? Klar, der Prediger ist ja auch ganz schön hinterm Mond, der große Christ, der er ist. Redet von Teufelswerk, dabei spielt er dieselbe Musik jeden Sonntag in seiner Kirche! Sogar Mr. Brown sagt, der Ursprung ist derselbe, nur die Ziele sind verschieden. Ich seh nicht, wo da ein Unterschied sein soll – wenn die Schwestern in der Kirche sich einen abzappeln und wenn ich 'nen guten Blues aufs Parkett lege – ist der gleiche rockige, mitreißende Rhythmus und 'n guter Schuß Gefühl dabei, und die Schwestern sind ja auch immer ganz fickrig dabei und stöhnen und schrein. Aber das ist Gottes Werk, was? Wie verrückt doch das Leben ist. Aber trotzdem, warum war der Prediger bloß so sauer heute abend? Schließlich hab ich ihm doch nicht sein weißes Huhn weggefressen. Boogie-Woogie! Scheiße, soll wohl 'n Witz sein?

Die neue Musik war noch etwas, was sich gerade in der Szene ausbreitete. Wenn Ivan zurückschaute, konnte er sehen, wie sie gekommen war. Aber das war ein Wandel, der ihn faszinierte. Es schien ihm ein Zeichen und ein Versprechen, eine Entwicklung, auf die er, ohne es zu wissen, gewartet hatte. Diese Reggae-Geschichte – das war das erste Mal, daß die Musik wirklich den Jugendlichen und den «Sufferahs» gehörte. Es war Basismusik, Dread-Musik, ihr eigenes Werk. Keine Arbeit, nichts zu essen, Krieg und Gewalt in Babylon, Unterdrückung, Depression, Plünderei und Raub, davon erzählte diese Musik, alles Dinge, die zu seiner Realität zählten. Sogar Mr. Brown, der immer Schiß vor dem Prediger hatte, mußte zugeben, daß es ihre eigene Musik war, auch wenn sie sündig und gotteslästerlich wirkte. Aber das, fand Ivan, war schon ein entscheidender Schritt nach vorn, davon war er felsenfest überzeugt. Er hatte von armen Jungs gehört, die diese Musik machten, Platten produzierten und Starboys geworden waren. Und das faszinierte ihn mindestens ebenso wie die Musik selbst.

Als er in die Stadt gekommen war, hörte man überall bloß Rhythm 'n' Blues aus Amerika. Und die Sternchen vor Ort richteten sich automatisch nach ihren amerikanischen Vorbildern. Sie sangen deren Lieder, ahmten deren Stil nach, deren Stimme, deren Art zu singen, und zwar so gut, daß man sie kaum voneinander unterscheiden konnte. Meistens waren sie als der «Satchmo» oder Roy Hamilton oder Billy Eckstine der Insel nach oben gepusht worden. Aber damit war es jetzt vorbei. Die Musik wurde hier gemacht. Und alles, was er brauchte, war eine Chance, dann würde er es ihnen schon zeigen. Wahrscheinlich hielten die Leute auf dem Land ihn schon lange für tot, aber nur eine kleine Chance, und er würde ihnen beweisen, wie lebendig er noch war.

«Eine Chance, eine einzige Chance, das ist alles, was ich brauche.» Er hatte ein paar Lieder fertig, hatte den Text geschrieben und die Musik in groben Zügen festgelegt. Er wollte Mr. Brown bitten, sich die Stücke mal anzusehen. Vielleicht würde er ihm sogar helfen, Mr. Brown war nämlich ganz okay. Manchmal drückte er nach den Chorproben ein Auge zu und Ivan durfte mit Rufus an den Keyboards und Sonny an der Gitarre seine Lieder ausprobieren.

Eine winzige Chance bloß, und er war bereit ... Dann könnte er endlich den Prediger und den Tabernakel und all die verfluchten Vorschriften hinter sich lassen. Nur Elsa, die würde ihm fehlen. Sie verstand ihn irgendwie. Sie war auch die einzige, mit der er über sein Nachtleben reden konnte. Aber sie behielt seine Geheimnisse, alles über die Ranch und Widmark und Bogart und die anderen für sich. Er erzählte ihr von den Filmen, die er gesehen hatte, und von dem, was auf der Straße los war. Er konnte ihr wirklich vertrauen, seiner kleinen Freundin. Aber so klein war sie auch wieder nicht mehr, klar.

Sie hatte ihm auch den alten verrosteten Fahrradrahmen gegeben, den er jetzt aufmöbelte. Zumindest sagte sie, er hätte sowieso niemandem mehr was genutzt. Und es wurde ein wirklich feines Rad, in ungefähr einer Woche würde er es fertig haben. Er arbeitete schon über einen Monat daran. Hatte aber auch all sein Geld gekostet, jeden Pfennig, den er auftreiben konnte. Er hatte neue Schläuche, Schutzbleche, gebrauchte Reifen von dem Jungen gekauft, der beim Chinesen an der Ecke arbeitete, aber es machte sich auch wirklich fein raus. Jetzt mußte er nur noch eine Lampe und einen Sattel organisieren, also noch mal überholen, und dann war es fertig. Zuallererst würde er eine Fahrt mit ihr machen. Ihr ein paar von den Sachen zeigen, von denen er immer redete. Wenn der Prediger bloß nicht so streng mit ihr wäre, dann könnte er sie sogar ins Kino einladen ... wieso beschäftigte er sich eigentlich in Gedanken soviel mit Elsa? Er hatte dieser Tage wirklich viel am Hals, aber irgendwie mußte er ständig an sie denken, trotz des Rades, das seine ganze Freizeit beanspruchte, und trotz der Platte, von der er dauernd träumte.

Es schien Wochen her, seit er das letzte Mal im Kino gewesen oder wenigstens zur Ranch runtergegangen war. Die ganze Zeit war er am Schleifen und Putzen und Pinseln und Ölen. Aber dafür war das Rad nun auch fast fertig. Es hing hinten in der Werkstatt, wo er es immer im Auge hatte, wenn er von der Arbeit aufblickte. Longah sagte nichts, aber hie und da erwischte Ivan ihn dabei, wie er das Fahrrad mit einem merkwürdigen Blick aus seinen kleinen Schweinsäuglein streifte. Kannst glotzen, bis dir die Augen rausfallen, dachte Ivan für gewöhnlich, ist mir völlig egal.

Nach des Predigers Boogie-Woogie-Ausbruch hatte er nur noch selten Gelegenheit, mit Elsa zu sprechen. Sie schien dauernd mit irgendwelchen Pflichten beschäftigt zu sein, die sie dort festhielten, wo Ivan ohne gute Begründung schlecht hingehen konnte. Aber bei den Chorproben oder in der Kirche entdeckte er einen neuen Zug in ihrem Verhalten, eine Schüchternheit, ein Bewußtsein, das früher nicht dagewesen war. Sie schaute ihn immer an, verwirrt und fragend, und warf ihm verstohlene Blicke von unausgesprochener Bedeutung zu. Es wurde ein richtiges Spiel: Er versuchte, ihren Blick zu ergattern und sie zum Lächeln oder aus der Fassung zu bringen. Aber er sah sie nie allein. Und je weniger er von ihr sah, um so mehr kreisten seine Gedanken um sie.

Von ihrem Arbeitsplatz in der Werkstatt konnten sie den Priester wegfahren sehen. Und dann sahen sie, wie sie herauskam und zur Dusche hinüberging. Anscheinend war sie sich ihrer Gegenwart überhaupt nicht bewußt. Sie hob die Augen nicht vom Boden und ging langsam, wie in Gedanken versunken. Unter dem weiten Kleid bewegten sich ihre weiblichen, biegsamen Hüften. Ivan tat so, als hätte er das vielsagende Grunzen von Longah nicht gehört. Er wollte unbedingt mit ihr reden; er hatte nur auf eine solche Gelegenheit gewartet, wo der Prediger weg war. Aber Longahs Schweinsäuglein entgingen nichts. Und jeder sagte, er wäre der Spion des Predigers.

Trotzdem ging er langsam auf sie zu, als er sie zurückkommen sah. «Was ist denn eigentlich los, Elsa?»

«Was meinst du, was soll los sein?»

«Ich seh dich überhaupt nicht mehr, warum nicht?»

«Du willst mich nicht sehen.» Ein leises Lächeln spielte um ihre Lippen. «Wo warst du denn gestern während der Chorprobe?»

«Oh, dann hast du mich also vermißt?»

«Eigentlich nicht. Aber nächste Woche ist die Kampagne, und der Prediger war da und hat nach dir gefragt.»

«Ich hab am Rad gearbeitet, es ist fast fertig, weißt du. Komm und guck's dir an.» Zweifelnd schaute sie zur Wekstatt hinüber, wo Longah ostentativ über seine Arbeit gebeugt war. Doch Ivan wischte ihre Bedenken mit einer Handbewegung vom Tisch und redete auf sie ein. «Nun mach schon, guck's dir an, Mann.»

«Na schön, dann will ich mir das grandiose Ding mal ansehen.»

Langsam schlenderte sie zur Werkstatt hinüber und bestaunte das Rad, das im Inneren hing. Ivan versuchte, die Aufregung zu verbergen, während er darauf wartete, daß sie was sagte.

«Oh, Ivan, ist das schön! Du hast wirklich tolle Arbeit geleistet?»

«Ich leiste immer gute Arbeit», gab Ivan zur Antwort.

«Ist das wahr? Hab ich gar nicht gewußt.» Sie sprach ganz sanft. «Ist es schon fertig?»

«Fast», antwortete Ivan, während sie wieder hinausgingen und sich aus Longahs Hörweite entfernten. «Fehlt nur noch der Sattel.»

«Oh –?»

und zufälligerweise hab ich grade einen gefunden», beendete er den Satz und schaute sie an.

Sie wandte den Blick ab, ein flüchtiges Lächeln spielte um ihren Mund.

«Hast also einen gefunden? Du hast aber Glück!»

«Ja, ich hab ihn auf meinem Bett gefunden.»

«Da muß dich aber jemand gern haben!»

«Das hoff ich sehr, denn ich hab sie auch gern.»

«Was du nicht sagst, das ist aber nett.»

Sie grinste breiter, ihre Augen blitzten herausfordernd.

«Überhaupt», meinte er und erwiderte das Lächeln, «nächste Woche, wenn es fertig ist, mußt du unbedingt mal mitfahren.»

«Ich glaub kaum, daß das geht», sagte sie sanft. Es klang ein bißchen wehmütig, halb bedauernd, halb kokettierend.

«Klar, du mußt. Für dich hab ich's doch nur hergerichtet.»

Zweifelnd schüttelte sie den Kopf.

«Nur einmal», schmeichelte er und strahlte sie an.

Sie schaute weg. «Na ja ... vielleicht ... kommt drauf an ...»

«Auf was?»

«Ob du ein echter Christ bis oder nicht. Ihr Jungs seid einfach zu unverschämt.»

«Es gibt auch unverschämte Christen», erwiderte er.

Ihr Lächeln verschwand. Stirnrunzelnd musterte sie ihn. «Was hast du da gesagt?»

«Nur, daß es auch unverschämte Christen gibt.»

«Was meinst du damit, Ivan, wovon redest du?» Ihre Stimme klang scharf und ängstlich.

«Ach nichts, es war bloß ein Witz.»

«Bist du sicher, daß es nur ein Witz war? Sag mir, wen du gemeint hast!»

«Ach niemand. Niemand hab ich gemeint.» Aber schon hatte sie sich umgedreht und ging schnell weg. Offensichtlich war sie tief getroffen.

«Jedenfalls vielen Dank für den Sattel», rief er ihr noch hinterher.

Aufgeregt lief er zur Werkstatt zurück. Es hatte sich etwas abgespielt zwischen ihnen, das ihn mit einer solchen Wärme erfüllte, daß nicht mal Longahs kalter fragender Blick ihn aus der Ruhe bringen konnte.

«Ähem.»

Ivan wandte sich kurz dem älteren Mann zu. Er starrte Elsa mit einem Blick nach, der seine geilen Phantasien nicht verbarg. Ivan sollte es sehen, und es erzielte auch den gewünschten Effekt, nämlich seine Freude zu dämpfen.

«Ähem», brummte Longah nochmals.

«Was ist los? Bist du erkältet oder was?»

«Das nicht, aber du solltest ein bißchen aufpassen, wenn du in des Predigers Garten rumspazierst, weißt du.»

«Ich hab keine Lust, mir deine Gemeinheiten anzuhören, Longah.»

«Du willst vielleicht nicht, aber du solltest mir trotzdem zuhören. Der Prediger hütet diesen kleinen Kirschbaum wie seinen Augapfel, und wenn die Früchte reif sind, wird er sie auch pflücken. Und wenn er's nicht tut, dann bin ich dran – und es sieht ganz so aus, als wär sie bald soweit», setzte er mit einem anzüglichen Lachen hinzu. Verärgert erkannte Ivan die Bosheit in Longahs Augen, die Geilheit auf seinem Gesicht. In Longahs Art, über Frauen zu reden, lag etwas Obszönes, Billiges. Aber noch nie hatte er sich mit seinem dreckigen Mundwerk über Elsa ausgelassen.

«Wie kommst du bloß darauf, daß Elsa mit einem Halbaffen wie dir was zu tun haben will? Glaubst du vielleicht, sie wär Thalia und Coolie-Roy käm, um dir beizustehen?» Er sprach so lässig wie möglich und grinste dabei frech in Longahs erstaunt aufgerissenes Gesicht. Dann ging er kochend vor Wut hinaus. Longahs schmieriges Gesabber hatte ihm die gute Laune verdorben. «Schleimscheißer», fluchte Ivan. Er war außer sich, daß dieser lumpige Affe es wagte, derart über Elsa zu reden. Und der Scheiß mit dem Prediger konnte wohl nicht wahr sein. Der Prediger war ihr Vormund und ein alter Mann obendrein. Longah log. Klarer Fall. Verdammt noch mal, er log. Und wenn nicht? Das würde vieles erklären. Vor allem, warum sie sich so rar machte und so komisch reagiert hatte, als er das von den unverschämten Christen gesagt hatte. Ihm wurde schlecht bei dem Gedanken an den Prediger und das Mädchen. Nein, es konnte nicht wahr sein. Wie immer wollte Longah bloß Ärger machen. Für 'nen ausgewachsenen Mann hatte er ganz schön viel von 'ner Xanthippe. Aber angenommen, er log nicht? Der Prediger hatte sich seit Elsas Kindheit um sie gekümmert, er bestimmte ... doch darüber nachzudenken machte ihn nur noch wütender und er konzentrierte seinen Zorn lieber auf Longah. Dem hatte er es heimgezahlt. Wie der die Kinnlade fallen ließ, als ich das von Coolie-Roy und Thalia losließ. Scheißer! Der wußte nicht, daß ich weiß ... hat ihn ganz schön geschockt. Aber das war noch gar nix. Der soll nur so weiter machen.

An dem Abend, als er den anderen berichtete, wo er wohnte, hatte er erfahren, daß Bogart und die Jungs Longah kannten und ihn nicht leiden konnten.

«Dieser Hurenbock», sagte Widmark. «Prediger Mösenspinksers Wachhund», hatte Bogart lachend hinzugefügt.

Nach dem, was sie erzählten, bespitzelte Longah die Mädchen in der Kirche und erstattete dem Prediger Meldung, wenn eins von ihnen Kontakt zu einem Jungen aufnahm. Er war sich nicht mal zu schade, die Mädchen durch Erpressung in sein Bett zu bringen, denn welches Mädchen würde sich wohl freiwillig mit so 'nem Affen einlassen?

«Der ist nix wert, ein runtergekommener Schuft, der jeder Möse 'ne Lüge anhängt», faßte Bogart zusammen. «Weißt du überhaupt, wie der zu seinem Namen gekommen ist?»

Alle lachten erwartungsvoll, als Ivan den Kopf schüttelte, aus Vorfreude auf eine vertraute Geschichte, die sie angesichts von Ivans Unkenntnis zum x-tenmal zum Besten geben konnten. Es schien niemand in ganz West Kingston zu geben, über den sie nicht irgendeine unmögliche Geschichte zu erzählen wußten ...

Bogart machte es sich vor dem Feuer bequem und zog an der langen Cutchie-Pfeife. Seine Augen blitzten boshaft. «Also, Longah heißt eigentlich Rufus», begann er lachend. «Du kennst ihn ja, weißt auch, wie häßlich und plump er ist. Also, es heißt, er wär noch viel schlimmer gewesen, als er in die Stadt kam.»

Der Legende zufolge hatte Rufus einen Job als Gartenjunge bei irgendwelchen reichen Knackern gehabt. Der Mann war ein Kaufmann oder so was ähnliches gewesen. Im gleichen Haus arbeitete ein ungewöhnlich hübsches schwarzes Mädchen namens Thalia als Kindermädchen. Wie Bogart erzählte, war Rufus in das junge Ding verschossen, aber höchstens halb so viel wie in sich selber. Sie wollte jedenfalls nichts mit ihm zu tun haben. Aber je mehr sie ihn abwies, um so mehr rannte er ihr hinterher. Eines Tages stand Rufus mit ein paar Gärtnerjungen aus der Nachbarschaft zusammen, als Thalia mit dem Kind auf ihrem Nachmittagsspaziergang vorbeikam. Als sie an ihnen vorbeistakste, erschien sie ihm in ihrer gestärkten weißen Uniform, und so, wie sie Nase und Hintern in die Höhe reckte, begehrenswerter als je zuvor.

Alle Augen waren auf sie gerichtet, die Unterhaltung verebbte. Offenbar gefielen ihr die bewundernden Blicke, denn ihr Gang wurde noch wippender und die Haltung noch hochnäsiger. Rufus, der den anderen imponieren wollte, rief ihr nach:

«Na, Süße, wie geht's denn so?»

Thalia hielt den Kinderwagen an, stützte die Hände in die Hüften, schürzte verächtlich die Lippen und musterte Rufus abschätzig von oben bis unten. Der bedauerte seinen Einfall schon und starrte sie flehend an. Aber es war schon zu spät.

«Seit wann sind wir beide Freunde?» fragte sie herausfordernd. «Ich bin deine Süße? Was soll ich mit jemand wie dir wohl anfangen, hä? Was hast du, was mich reizen könnte? Hast du Geld? Siehst du gut aus? Hast du 'ne anständige Hautfarbe? Hast du Bildung? Nein! Du hast nix, was für dich sprechen könnte. Du bist häßlich, du bist arm, bist dumm und obendrein auch noch schwarz. Und wenn du mich das nächste Mal auf der Straße siehst, dann halt gefälligst den Mund, hast du mich verstanden?» Sie zog die Luft durch die Zähne, warf den Kopf nach hinten und marschierte davon, wobei ihr stolzer Hintern vor Empörung vibrierte.

«Und überhaupt», rief sie noch über die Schulter, «bist ja weiter nichts als ein verdammter kleiner Gartenjunge. Glaubst du etwa, mit deinem Geld tät ich auskommen?»

Hätte sie das nicht auch noch gesagt, und das mit dem arm und schwarz weggelassen, dann hätten die Jungs sich wohl an der Demütigung Rufus' geweidet und sie als hart, aber auch nicht ganz unverdient angesehen. Aber mit diesen Bemerkungen hatte sie alle anderen in ihre Beleidigung eingeschlossen. Nein, Mann, das war zuviel, darüber waren sie sich einig. Der mußte man eine Lektion verpassen. Aber wie? Es war klar, daß sie mit keinem von ihnen was zu tun haben wollte. Die Tatsache, daß sie gut genug für einen mit Geld, vielleicht sogar mit Wagen war, war demütigend. Und das Gerücht, daß sie es mit ihrem reichen, weißen Arbeitgeber trieb, war ebenfalls ein Grund für Groll. Aber der Vorschlag, seiner Frau einen anonymen Brief zu schicken, damit sie gefeuert wurde, wurde als zu niederträchtig verworfen. Ebenso wie der, sie irgendwo abzufangen, sie auszuziehen und sie dann nackt nach Hause zu schicken. Andere Ideen tauchten auf und wurden beratschlagt, aber wenn Longah nicht darauf bestanden hätte, wäre das Ganze wahrscheinlich im Sande verlaufen. So wie einer philosophisch meinte: «Also wenn ich sie nicht kriegen kann, dann kriegt sie eben mein Bruder.»

«Was soll das heißen? Welcher Bruder?»

«Irgendeiner eben.»

Aber Rufus, der schon damals niederträchtig, schlau und falsch war, arbeitete einen Plan aus, der Thalias Schwäche ausnutzen würde. Er holte sich Coolie-Roy zu Hilfe, einen außergewöhnlich hübschen Inder-Mischling mit einem hervorstechenden Talent zum Reden und Schmeicheln und mit erstklassigen Manieren. Er hatte ein elegantes Raleigh-Sportrad mit einem kleinen Motor. Rufus besaß eine goldene Uhr. Und ein dritter steuerte eine modische Windjacke bei, die ihm sein Bruder aus Amerika geschickt hatte. Mit diesen gemeinsamen Schätzen angetan, machte Coolie-Roy eine beachtliche Figur.

Dieser hübsche, höfliche junge Mann fiel Thalia bei ihren Nachmittagsspaziergängen auf, obwohl er niemals stehenblieb, um sich mit ihr zu unterhalten. Er warf ihr nur ein schüchternes Lächeln zu und meinte: «Guten Tag, Fräulein, wie schön Sie heute wieder sind!» und sauste auf seinem Rad an ihr vorbei. Wie geplant fing sie an, sich für ihn zu interessieren, nicht nur für seinen offenbar hohen Lebensstandard, sondern auch, weil er umwerfend aussah und immer höflich und zurückhaltend blieb. Das war ganz eindeutig kein Gartenbursche. Man sorgte dafür, daß sie hintenrum erfuhr, daß er als Büroangestellter in einem Laden in der Stadt arbeitete und an der Abendschule Buchhaltung studierte. Wenn er damit fertig wäre, wartete schon ein Riesenjob auf ihn.

Coolie-Roy hatte sie wie einen Fisch an der Angel und legte genau die richtige Mischung aus Schmeichelei und Gleichgültigkeit vor, um sie noch ein bißchen zappeln zu lassen. Bald gingen sie zusammen ins Kino, wo er stets freigebig und aufmerksam war. Regelmäßig erstattete er dem Syndikat Bericht über seine Fortschritte. Aber Rufus, gemein wie immer, beschuldigte Roy, sich absichtlich so lange Zeit zu lassen, um es auszukosten, das Mädchen mit dem hartverdienten Geld des Syndikats auszuhalten.

Coolie-Roy glaubte sein Talent verkannt, spielte die beleidigte Leberwurst und drohte, die Sache hinzuschmeißen. «Hör mal zu, Chef! Wenn's so einfach ist, wie du sagst, wieso brauchst du dann mich? Wenn du krank bist, dann gehst du zum Arzt. Und ich hab eben meinen Beruf, bin auch Spezialist, 'n Mösenspezialist. Mann, was dir fehlt, ist der Respekt! Und außerdem bin ich sowieso bald soweit.»

Rufus entschuldigte sich, wollte aber trotzdem schnellere Ergebnisse sehen. Besänftigt blieb Coolie am Ball und schließlich willigte Thalia ein, ihn auf seinem Zimmer zu besuchen, ohne zu wissen, daß Rufus und die anderen Mitglieder sich vor der Tür versteckt hatten.

«Ist das wirklich wahr?» fragte Ivan.

«Klar Mann», meinte Bogart ungeduldig, «wart nur ab, es kommt noch dicker.»

«Aber woher weißt du das denn?» fragte Ivan.

«Jeder weiß es! Du kannst jeden in ganz Trench Town fragen. Was ich dir erzähle, ist die reine Wahrheit, Mann. Also hör zu! Roy und das Mädchen sind also im Zimmer. Die anderen warten draußen. Wie Rufus hört, wie's im Zimmer ächzt und stöhnt, kann er fast nicht mehr an sich halten. Sein Pimmel ist steif wie sonstwas und hüpft ihm beinah aus der Hose. Er muß ihn rausholen, um ihn von der Nachtluft abkühlen zu lassen. Na schön, und dann hört er, wie Thalia sagt: ‹Oh Roy, du bist so gut ...!›

Aber Roy, der sagt gar nix, der grunzt nur und bumst weiter. Ahhh ... bamm, aaahhh ... bamm. Und jedesmal, wenn er zustößt, quietscht das Bett und stöhnt das Mädchen: ‹Ooh ja ... das ist gut!› Der arme Rufus wird immer fickriger, jedesmal, wenn Thalia stöhnt, stöhnt er mit und murmelt: ‹Ahh, du stöhnst ... du weißt noch nicht, was Stöhnen ist!› Der war so spitz, daß die anderen Jungs beinah rausgerannt wären, um nicht laut loszulachen und sich damit zu verraten. Auf jeden Fall hören sie, wie das Mädchen schreit: ‹Ohjee, Jeesaas, Jeeessas, Jeeessas› und dann wird alles still. Schließlich sagt Roy ganz nach Plan: ‹Bin gleich wieder da, Schatz, rühr dich nicht von der Stelle.› Und sie: ‹Kein Zentimeter, Süßer, kannst dich drauf verlassen.› Paß auf. Wie Rufus das hört, springt er aus der Hose wie nix und tanzt von ei'm Bein aufs andere, tanzt auf und ab, auf und ab, und sein langer Schwanz schlappt ihm fast bis zum Knie. Roy kommt raus und pißt gegen die Tür, so laut, daß Thalia glauben muß, er wär deswegen aufgestanden. Als er fertig ist, ruft er: ‹Ich komm schon, Schatz›, aber es ist Rufus, der jetzt mit einem Satz ins Bett springt und sich das Mädchen vorknöpft.

Draußen sind sie ganz still, um zu sehen, ob's klappt. Zuerst hörn sie nur ein bißchen Rascheln und dann Quietschen, wie sich's Rufus neben ihr bequem macht. Dann hörn sie Thalia grunzen und schließlich flüstert sie mit rauher und angespannter Stimme, als wenn sie sich übers Ohr gehauen fühlen täte: ‹He, wart mal, Mann. *Warte* sag ich!›

Dann wimmert sie zweimal hintereinander und schließlich brüllt sie los: ‹Jessas nee, der ist ja längah wie beim erstenmal, viel längah!› Sie muß ihn mit beiden Händen gepackt haben, denn jetzt flucht sie:

‹Wieso ist er denn plötzlich so groß? Ich hab doch überhaupt kein Platz für so was! Willst du mich umbringen oder was?›

Jetzt hör dir den blöden Dussel Rufus an: ‹Ach bitte, Süße, laß ihn mich nur mal reinstecken, nur mal rein-›

Und dann war ein Mordskrach zu hör'n, wie sie ihn runterschmeißt und er auf dem Boden landet. Sie tobt wie am Spieß, springt auf und will Licht machen. ‹Du bist gar nicht Roy? Wer zum Teufel bist du dann?›

Rufus stößt sie aufs Bett zurück und rast aus dem Zimmer. Sein Pimmel baumelt ihm spritzend zwischen den Beinen. Am nächsten Nachmittag kommt Thalia mit ihrem Schutzbefohlenen die Straße runter, affektiert und geziert in ihrer weißen Uniform wie immer und kommt auch an den Hecken vorbei, die die gepflegten Rasenflächen abschirmen. Aber es wird das reinste Spießrutenlaufen. Die Gartenjungen sind wie jeden Tag damit beschäftigt, den Rasen zu sprengen. Und hinter jeder Hecke heißt es: ‹Ich hab doch überhaupt kein Platz für so was! Der ist ja längah wie beim erstenmal!›

Eine Woche hält sie's noch aus, dann hat sie, ohne viel Gründe anzugeben, die Stelle aufgegeben. Von nun an hieß Rufus ‹Longah-wie-beim-ersten-Mal› und dann einfach nur noch ‹Longah›. Aber er kam auch nicht ungeschoren davon, denn die Jungs, die ihn nicht leiden konnten, und davon gab es etliche, japsten bei jeder Gelegenheit hinter ihm her: ‹Jessas, Miss Thalia, lassen Sie ihn mich doch nur mal reinstekken!›»

Der Prediger muß der einzige sein, der nicht weiß, was Longah eigentlich bedeutet, dachte Ivan. Und der Mann will Elsa was anhängen? Der hat wohl vergessen, wie's ihm ergangen ist? Der soll bloß aufpassen!

Gerüchten zufolge war er eines Abends in des Predigers Hof gestolpert und fast an seinem eigenen Blut erstickt. Wappi King, ein berüchtigter Messerstecher, mit dem Thalia sich genau aus diesem Grund eingelassen hatte, war der Meinung gewesen, er hätte ihn ein für allemal erledigt. Wie es so schön heißt: wie man in den Wald hineinruft, so schallt es zurück.

DER WACHHUND

Ich hab's schon längst kommen sehen. Ganz klar. Versteh nur nicht, wie der Prediger so blind sein konnte. Selbst der letzte Dorftrottel konnte das sehen. Aber egal, ich konnte den verdammten, stinkigen kleinen

Bengel sowieso von Anfang an nicht leiden. Versteh nicht, wieso der Prediger ihn überhaupt so lange behalten hat. Ist ja schon 'ne ganze Weile, daß er sich in Trench Town rumtreibt, Ganja raucht, Rum trinkt und mit den kleinen Lausern da unten rummacht. Ich hab's die ganze Zeit geahnt und jetzt weiß ich's, weil er das mit Coolie-Roy und der Nutte Thalia erwähnt hat. Woher sollte er's sonst haben? Aber ich reg mich nicht auf. Ich wart ab und guck zu, wie das Spielchen so läuft. Ich hab schon gemerkt, wie Miss Elsa dauernd Ausflüchte findet, um zur Werkstatt zu kommen, wenn der Prediger nicht da ist. Hab ich schon lange bemerkt und auch wie sie strahlt, wenn Ivan bei ihr vorbeikommt. Ist schon 'ne richtige kleine Frau, ganz schön knackig. Ich bin sicher, die glaubt auch, daß sie wer weiß wer ist, genau wie diese Thalia. Und ich hab's gewußt, daß dieser Kerl nur Ärger macht, von Anfang an. War dreckig und hungrig, wie der hier ankam! Und jetzt hat er nix anderes im Kopf als Radio hören und feine Kleider kaufen und anzugeben. Und seit er an seinem Fahrrad rumbastelt, will er nicht mal mehr arbeiten! Wer weiß, woran der hier noch so rumbastelt?

Zum Beispiel neulich morgen. Da kommt der doch um zehn in die Werkstatt geschlendert, hat 'ne neue Mütze auf und 'n hübsches Hemd an. Spielt Radio und schnippt mit den Fingern wie 'n Starboy. Nix mit Arbeiten. Nee, Sir, er summt bloß vor sich hin, guckt sich sein Rad an und grinst von einem Ohr bis zum anderen. Ich also:

«Mann, du hast aber 'ne feine Mütze auf!»

Der antwortet nicht mal, pfeift einfach weiter durch die Zähne und hört sich diesen Rüpel-Reggae-Song an, «Johnny Too Bad». Geht ungefähr so: *«Walkin' down de road wid you pistol in you waist, Johnny you too bad»*.

Ich also noch mal:

«He, Bubi! Hast 'ne feine Mütze auf, ja wirklich, Mann. Bring mir doch mal den Hammer her, Johnny-Too-Bad!»

Was sagt doch der Scheißkerl? «Was? Kannst du ihn dir nicht selber holen?»

Kaum zu glauben, daß der Prediger den Jungen mir unterstellt hat, was? Ich sag ihm also: «Hör zu, du bist hier der Laufbursche, also holst du ihn.» Er hat ihn dann geholt, aber man konnte ihm an der Nasenspitze ansehen, daß es ihm nicht gepaßt hat. Und ich war noch nicht fertig. Klar, ich wußte, daß er die Mütze gestern noch nicht gehabt hatte und irgend jemand sie für ihn gestrickt haben mußte. Ich sag also:

«Hast ja wirklich 'ne feine Mütze auf heut morgen.»

«Was ist? Gefällt sie dir?»

Ich geb nicht direkt Antwort. «Ja, wirklich, siehst ganz aus wie Johnny-Too-Bad. Fehlt bloß noch die Knarre.»

Er verzieht seinen Mund zu so was wie 'nem Lächeln, man konnte ihm ansehen, daß er sich wirklich für 'nen Starboy hielt. Also geb ich ihm eins drauf:

«Aber eh du die Knarre einsteckst, geh lieber los und feg die Werkstatt aus. Bist doch nichts weiter als 'n Milchbubi.»

«Kümmer du dich doch um Predigers Arbeit», meinte der doch glatt, als wär er zu fein, 'nen Besen in die Hand zu nehmen. Dann springt er auf sein Rad und macht sich aus dem Staub.

Wenn er meint, ich tät mich ärgern, dann hat er sich aber geschnitten. Ich bin froh, daß es so kam, weil ich jetzt dafür sorge, daß der Prediger auch sieht, wer hier die Arbeit macht. Außerdem war da noch was, ich mußte bloß rausfinden, was es war. Ich machte mich also an die Arbeit und versuchte, mir ein Bild zu machen von dem, was hier vorging. Plötzlich kommt's mir. Im Hof spielen ein paar Kinder und ich ruf sie zu mir. «Wißt ihr vielleicht, wo Elsa ist?»

«Nein, Mister Longah, wir haben Elsa nicht gesehn.»

«Was heißt das, ihr habt sie nicht gesehn?»

«Seit heut morgen nicht, Sir, seit heut morgen haben wir sie nicht gesehn.»

«Aha, seit heut morgen, sagt ihr.»

«Ja, Mister Longah. Warum lächeln Sie denn, Sir?»

Um die Wahrheit zu sagen, ich mußte mich mächtig anstrengen, um nicht laut rauszuplatzen. Endlich hatte ich den Kerl, wo ich ihn haben wollte. Alles, was ich jetzt noch tun brauchte, war dafür zu sorgen, daß der Prediger es mitkriegte. Ich guck also wieder ernst und beug mich über meine Arbeit, damit der Prediger, wenn er zurückkommt, wenigstens einen Menschen dort findet, wo er hingehört und der das macht, was er von ihm erwartet. Klar hab ich gebetet, daß sie nicht vor dem Prediger zurück sind, und der sie dann gar nicht mehr sieht. Aber wie ich dann den Wagen kommen seh, denk ich, Danke Jesus. Wenig später seh ich den Prediger kommen und egal, wie sehr er auch versucht, sich zu beherrschen und seine Stimme zu kontrollieren, ich konnt trotzdem sehen, daß ihn irgendwas beschäftigte.

«Ach Longah, weißt du zufällig, wo der Junge sich rumtreibt?»

Also ich weiß ja, wen er sucht, aber ich stell mich dumm, um ihn dranzukriegen. Ich sag also:

«Ich hab keine Ahnung, Sir, Prediger. Vielleicht ist er mit seinem Rad unterwegs, Sir. Mit dem Rad, vielleicht will er 'n bißchen was erleben.»

«Was erleben? Und was ist mit seiner Arbeit?»

«Ach Sir, das schaff ich schon, keine Bange.»

Der Prediger sagt nix mehr. Er geht zum Haus zurück, aber schon zehn Minuten später ist er wieder da und streift im Hof hin und her.

«Ist er immer noch nicht da?»

«Nein Sir, kein Schimmer von ihm. Ich hoff nur, daß ihm nix passiert ist.» Und ich guck hoch und geb mir Mühe, ein bekümmertes Gesicht zu machen. Und er:

«Ja ja. Natürlich.» Und weg ist er wieder. Beim viertenmal merkt er wohl selber, wie komisch es langsam wird, und sagt:

«Die Kampagne, Longah. Die Kampagne. Die Plattenmatrizen sind hier aus Amerika und wenn die nicht heut noch ins Hilton-Studio kommen, stehen wir ohne Platten da.»

«Au weh, versteh schon, Sir.» Ich nick mit dem Kopf und tu so, als würd ich sein Problem verstehn. Klar steht dahinten sein Auto geparkt, aber ich sag nix. Ich schüttel nur den Kopf, als ob ich glaubte, das wär's, was ihm auf dem Herzen liegt. Der Prediger hält mich wirklich für 'n Dummkopf. Aber mir fällt auch auf, daß er nicht sagt, Longah, bring du sie hin, und ich biet's ihm auch nicht an. Erstens seh ich, daß der 'n Grund braucht, damit er sich aufregen kann. Und außerdem will ich unbedingt dabei sein, wenn Ivan und Elsa eintrudeln.

Wenn ich's selber geplant hätte, hätt es nicht besser laufen können. So gegen vier fährt der Kerl in den Hof, als könnt ihn kein Wässerchen trüben, und Miss Elsa sitzt vorn auf der Stange, frecher geht's gar nicht. Er beugt sich vor und flüstert ihr was ins Ohr und lächelt dabei. Sie lächelt zurück. Wie heißt's doch gleich: wenn's dem Esel zu wohl wird, geht er aufs Eis. Also wie steht's jetzt?

Ich weiß nicht, wo der Prediger war, aber er ist auf dem Hof, noch ehe sie Zeit hat, vom Rad runterzuspringen. Der Prediger regt sich derart auf, daß er anfängt zu stottern. «Un-un-un-und w-w-w-wo bist du gew-w-w-wesen?» brüllt er.

Elsas Gesicht versteinert. Da ist kein Lächeln mehr. Sie springt runter.

Und der Bengel: «Nur spazierenfahren, Prediger.»

«Spazierenfahren? Und ich kann dich nirgends finden? Ab ins Haus, mit dir red ich später ...»

Elsa schleicht sich weg wie 'n geprügelter Hund; sagt kein Sterbenswörtchen.

Der Prediger fuchtelt mit den Matrizen rum. «Weißt du, wie lang wir darauf warten? Wenn die nicht rechtzeitig im Studio sind, stehen wir auf der Kampagne ohne Platten da!»

«Ich kann sie jetzt gleich hinbringen, Sir.»

«Bist du da bist, haben die zu.»

«Nein, Sir, ich fahr sofort los.»

Und er springt auf sein Rad und rast weg und ist froh, 'ne Entschuldigung zu haben, um wegzukommen.

Ich fand's schade, daß alles so schnell vorbei war. Ivan glaubt vielleicht wirklich, daß das alles war, aber ich kann mir vorstellen, daß es noch lang nicht ausgestanden ist. Wenn er das Gesicht des Predigers gesehen hätte, wie er ihm nachstarrte, wie 'n Stier, dann wüßt auch er, daß das erst der Anfang war.

Wie ich den Prediger ins Haus stapfen seh, wundere ich mich aber doch. Zum zweitenmal scheint er so zu tun, als brauchte er eine Entschuldigung dafür, daß er sich aufregt. Seit wann braucht er 'ne Entschuldigung, um sich zu ereifern oder Sünden zu bestrafen? Ich frag mich, ob er selber eigentlich weiß, worüber er sich so ärgert. Ich hör nur, wie er die Tür zuschlägt und «Elsa! Elsa!» brüllt.

Ich hätt viel drum gegeben, wenn ich hätt hören können, was er ihr gesagt hat. Aber eins war mir klar, die Tage des Jungen waren gezählt.

DAS MÄDCHEN

Und ich hab Ivan gesagt, er soll mich auf der Straße absetzen. Aber er hat nur gelacht, wie er's halt immer macht, und gesagt, wir haben nix zu verbergen. Und ich war so blöd und hab auf ihn gehört. Jetzt ist alles kaputt. Möcht wissen, was der Prediger macht? Oh je, mein Herz, ich fürcht mich so. Ich hab den Prediger noch nie so wütend gesehn. Warum bringt er's nicht hinter sich, worauf wartet er denn?

Dieser Ivan – das ist mir einer. Wenn ich bei ihm bin, kommt es mir vor, als wenn der mich dazu bringen könnte, alles zu tun, was er will. Alles scheint so einfach und er weiß immer eine Antwort. Da gibt's nichts, was wir nicht könnten, und wenn man ihm so zuhört, dann glaubt man's selber. Das Rad zum Beispiel. Wer hätte gedacht, daß er den alten Rahmen so gut wieder hinkriegen wird? Aber er hat's geschafft. Hat sein ganzes Geld zusammengekratzt, die Teile gekauft und jeden Abend dran gearbeitet.

Ob der Prediger mich schlägt? Ich weiß ja nicht, ob ich mich noch schlagen lasse, eigentlich bin ich schon zu groß dafür. Und überhaupt, auch wenn nur ich das sage, gesündigt hab ich nicht. Ist jetzt schon 'ne ganze Weile her, daß ich Jesus zu meinem Retter gemacht hab und der Prediger hat noch nie an meinem Glauben zweifeln oder sich über mein Benehmen beklagen müssen. Warum bin ich dann aber heute mit Ivan weg? Ich wußt doch schon vorher, daß der Prediger was dagegen haben würde und es nicht versteht. Warum schwirrt Ivan mir die ganze Zeit im Kopf rum? Und überhaupt, was hab ich eigentlich falsch gemacht?

Ich könnt nicht mehr sagen, wann es anfing. Ja, und es macht mir solche Angst, daß ich ganz zittrig bin. Ich hab nicht nur einmal deswegen gebetet, ich hab gebetet und gebetet, immer wieder, bis mir die Knie weh taten. Aber jedesmal, wenn ich schlafen geh, seh ich nur Ivan. Wie er geht und wie er lacht und das, was in ihm steckt, manchmal kann man's in seinen Augen sehn, die brennen dann wie Feuer ...

Gott ist mein Richter, ich hatte nie vor, den ganzen Tag mit Ivan wegzubleiben. Aber wie ich um die Ecke bog und Ivan daherfahren sah, und mit der Mütze auf dem Kopf so hübsch und lieb ausschaute, und übers ganze Gesicht strahlte, wie er mich sah, da sind mir die Knie ganz weich geworden. Er schien gar nicht erstaunt zu sein.

«Hallo, wie gefällt dir meine neue Mütze?»

«Sieht schön aus.»

«Magst du sie?»

Ist 'ne feine Mütze, ja.»

Und dann, ganz plötzlich, guckt er ganz sanft und scheu und sagt: «Weißt du, jemand hat sie mir geschenkt.»

«Hmm, hast du ein Glück.»

«Ich glaub schon, ja, zumindest hoff ich es.»

«Weshalb?»

«Weil ich jemand sehr lieb hab und ich hoff halt ...»

Mir wird ganz heiß und ich weiß nicht, was ich sagen oder machen soll, aber insgeheim denk ich, ich bin so froh, so froh. Denn ich wußt ja, daß er wußte, daß ich ihm die Mütze hingelegt hatte und er sollte es ja auch wissen.

«Komm, laß uns ein bißchen rumfahren, ja?»

«O Ivan, das geht nicht, du weißt doch.»

«Willst du denn?»

«Na ja.»

«Komm, nur eine kleine Fahrt, Elsa. Was ist daran so schlimm?»

Was daran so schlimm ist? Frag den Prediger. Aber er schaute mich so bittend und so hoffnungsvoll an, als wenn das alles wär, was er sich je gewünscht hätte ... Und außerdem, verdammt noch mal – 'Tschuldigung, Jesus – und außerdem wollte ich es ja auch.

«Also gut. Aber nur 'ne kleine Fahrt.»

Kleine Fahrt? Es war nicht grad gemütlich auf der Querstange, aber es war so – so warm. Wie ich mich so gegen seine Brust lehnte und er um mich rum griff, um an den Lenker zu kommen, und sein Gesicht ganz nah bei meinem war ... da kam mir ein Gefühl, das ich noch nie im Leben gehabt hatte. Ich hab die Zeit vergessen, den Prediger vergessen und fast vergessen, was Sünde ist. Aber ich schwör bei Gott, nix, was heute passiert ist, war Sünde, nix, gar nix.

Ich bin nur mit Ivan rumgefahrn. Hab gesehn, wieviel Meer unser Land hat und ich bin ja noch nie dagewesen, bis heute. Ivan hat gesagt, er ist jeden Tag im Meer geschwommen, wie er noch auf'm Land war, aber der Prediger mag so was nicht. Und wie der Rock ganz naß war, da mußt er ja auch wieder trocknen, oder? Nix Falsches ist passiert, und das, was passiert ist, war nicht verkehrt. Mein Gott, wenn der Prediger doch nur endlich käme, alles wäre besser als diese Warterei. Mein Gott, was wird er bloß sagen?

Was soll ich machen? Herr, hab Erbarmen. Ich kann Ivan nicht aufgeben, weißt du, ich kann einfach nicht. Wie er mich im Sand umarmt hat, das Gefühl dabei, Herr Jesus, dieses Gefühl ... ich hätte ihm alles gegeben, alles. Es gab nix, was ich ihm abgeschlagen hätte, und wenn das Sünde ist ... aber Ivan hat seine Liebe bewiesen, denn ich hätt ihn nicht aufhalten können ... ich wasch mir lieber das Gesicht und kämm mir die Haare, schließlich hab ich nix gemacht, weswegen ich heulen müßte. Gott, ich hör den Prediger kommen ... und er stampft, als wenn er richtig wütend wär.

Sie starrte auf die Tür. Die Schritte kamen näher.

«Aber ich hab nix gemacht», flüsterte sie.

Er füllte den ganzen Türrahmen, eine steife, finstere Gestalt. Sie versuchte, seinen Blick zu erhaschen, aber es gelang ihr nicht. Und doch war es nicht sein Zorn, warum sie die Augen niederschlug.

«Ich hab nix ...» begann sie zaghaft, als sie die Stille nicht mehr ertragen konnte.

«Halt den Mund.» Seine Stimme war hart. «Du hast mich betrogen.»

«Nein, Prediger.»

«Gehorsam ist besser als Opfer.» Sein Mund zuckte, und er stieß jedes Wort wie unter großen Schmerzen aus. Schwankend, fast in Trance, kam er auf sie zu, Schritt für Schritt. «Ich hatte solche Hoffnungen in dich gesetzt, solche Hoffnungen.»

«Aber Prediger –»

«Runter mit dir. Runter auf die Knie. Du mußt beten. Bitte den Herrn um Vergebung.»

«Aber Prediger –»

«Auf die Knie, du Sünderin! Bete darum, daß das Böse aus deinem Herzen genommen wird, ganz weit weg, so weit, wie Ost und West voneinander entfernt sind. Bete, *bete*, hab ich gesagt, auf die Knie mit dir ...»

Widerwillig und zögernd sank sie unter seinem starren Blick auf die Knie. «Bete und tu Buße. Bete, daß das Feuer in deinem Körper nicht zum Höllenfeuer wird, in dem deine Seele verbrennt.»

Als er sie schluchzen hörte, fiel er neben ihr auf den kalten Zementboden auf die Knie und betete laut. Mit bebender, zitternder, gebrochener, flehender und brüllender Stimme betete er für das weinende Mädchen. Er betete, bis ihm der Schweiß ausbrach und auf den Boden tropfte und sich weißer Schaum vor seinem Mund bildete. Und noch immer ergossen sich die Worte wie ein wahnsinniger Strom aus seinem Mund.

Ihre Knie brannten. Ihre Beine zitterten. Ihr Kopf drehte sich. Und noch immer betete er, bis seine Stimme zu einem Flüstern wurde, einem krächzenden, heiseren Flüstern. Danach bewegten sich seine trockenen Lippen geräuschlos. Elsa brach schluchzend zusammen.

«Oh Jessas, Jessas, der Prediger ist verrückt ... Herrjessas, Ivan, Ivan, was soll ich nur machen? Ich kann nicht mehr ... der Prediger ist verrückt geworden!»

11

Ja, du schaffst es, wenn du wirklich willst

BABYLON

Die junge Frau gähnte und streckte sich und bog ihren Rücken durch wie eine Katze. Allmählich wachte sie ganz auf, mit klaren Augen und unverbrauchter Frische auf dem Gesicht, so unbenutzt, wie etwas, das man gerade erstanden hatte und auspackte. Sie setzte sich auf und schaute sich erwartungsvoll in dem großen Schlafzimmer um, das von einem riesigen Bett beherrscht wurde. Die kakaofarbene Bettwäsche aus Seide bildete einen hübschen Kontrast zu ihrem blonden Haar und dem sonnengebräunten Körper. Als sie bemerkte, daß das Zimmer leer war, verloren ihre Augen etwas von ihrer Begierde.

Trotzdem fühlte sie sich wohlig, sanft und sehr klar im Kopf, ein bißchen müde vielleicht, wie immer nach viel Sex, gutem Alkohol und erstklassigem Marihuana. Sie gähnte und streckte sich wieder, diesmal wollüstig. In dem schräg geneigten Spiegel an der Wand erhaschte sie einen Blick auf ihren Körper. Das Zimmer war abgedunkelt und angenehm kühl. Ein schwacher, aber erregender Duft lag in der Luft, der Duft nach süßem Rauch, Sex und Moschus, dem Rasierwasser eines Mannes. Ihre Kleider schienen verschwunden zu sein. Seltsam. Sie erinnerte sich an eine wilde Prozession vom Wohnzimmer zum Bett, die eine mit Kleidern übersäte Spur hinterlassen hatte. Eigentlich hatte er nicht ausgesehen wie ein Mann, der auf Ordnung achtet, aber das Zimmer war vollkommen aufgeräumt. Aus dem Haus drangen ferne Geräusche nach oben. Sie erinnerte sich vage, daß es sehr groß war, und überlegte, wieviele Menschen wohl da draußen sein mochten. Sie glaubte nicht, daß er eine Familie hatte. Wo steckte er? Sie wünschte, sie hätte ihre Kleider.

Das Zimmer war beeindruckend. An einer Wand hingen ein paar riesige Gemälde, grobe halb abstrakte Landschaftsszenen in warmen Grün-, Braun- und Rottönen, die den Dschungel, die Berge und die Sonne heraufbeschworen. An der anderen Wand stand die größte Stereoanlage, die sie außer im Kino je gesehen hatte. Die metallische Oberfläche und die harten Konturen standen im krassen Gegensatz zu den Landschaftsbildern und dem dunklen Mahagoni des Bettgestells. Wieder betrachtete sie ihr Spiegelbild. Hübsch, dachte sie, *Playboy*-Doppelseite. Der Gedanke schockierte sie ein bißchen, gefiel ihr aber auch. Im Spiegel sah sie, daß etwas vom Kopfteil des Bettes herunterhing. Sie drehte sich um und starrte direkt in die Mündung einer Pistole samt Halfter. Daran konnte sie sich nicht erinnern, aber schließlich war der ganze Abend, nachdem sie die Hotelbar verlassen hatten, ein schöner, aufregender Nebelschleier. Sie fühlte sich zu Abenteuern aufgelegt und dachte an eine lustige Postkarte, die sie ihren Freundinnen zu Hause gern geschickt hätte. Aber eine Pistole? Offenbar hatte er sie immer bei sich. Ein schwacher, warnender, fast Angst erzeugender Nervenkitzel schlich sich am Rande ihres Bewußtseins ein. Sie mochte keine Waffen und bis vor einer Minute hätte sie geschworen, niemanden zu kennen, der welche besaß, geschweige denn ständig mit einer herumlief und sie sogar im Bett dabei hatte. Na ja, andere Länder – andere Sitten. Sie wünschte, sie könnte sich an mehr erinnern. Die Innenflächen ihrer Schenkel zuckten lustvoll, als sie sich zu erinnern versuchte. Er war sehr stark, das wußte sie noch, sehr kräftig, unermüdlich und – riesig. Sie streckte sich und lächelte genüßlich.

Ganz in ihrer Nähe rauschte eine Toilette und dann hörte sie Schritte. Sie legte sich zurück und schloß die Augen in der wohligen Vorstellung der klaren Umrisse ihres Körpers auf dem Laken.

Sein muskulöser Körper zeigte die ersten Ansätze von Fett. Aber als er jetzt in das Zimmer kam, bekam sie auch einen Eindruck von Festigkeit und Macht in dem dicklichen Körper. Er hatte nur ein Badetuch um die massigen Hüften geschlungen und wirkte ein bißchen wie ein ungeschlachtes, männliches Tier. Sie schaute ihm nach, als er zum Toilettentischchen ging und war enttäuscht, daß er nur einen flüchtigen Blick auf das Bett warf. Er war weder jung noch alt, hatte olivbraune Haut und ein gepflegtes Kinnbärtchen. Auch sein Gesicht wirkte schon leicht schwammig, er hatte Augen mit schwarzen Lidern und einen vollen, sinnlichen Mund, das Gesicht eines Mannes, der vielleicht ein wenig zu gut lebte. Irgend etwas mächtig Selbstsicheres ging von diesem Gesicht aus, von diesem Körper, von dieser Art, sich zu bewegen – eine männliche Arroganz, die so natürlich war, daß sie sie zunächst gar nicht bemerkt hatte.

Jetzt verteilte er ein paar Tropfen Aftershave auf seinen Wangen und ölte und bürstete sein drahtiges, leicht gekräuseltes Haar. Sie schaute zu, wie die dichten Haarbüschel auf seiner Brust und in seinem Schritt unter einer weißen Talkumwolke verschwanden. Er begutachtete sich im Spiegel mit der Ernsthaftigkeit eines Mannes, der im Begriff ist, ein Rennpferd zu kaufen. Sie hätte gern gewußt, ob er genauso selbstgefällig gewesen wäre, wenn er gewußt hätte, daß er beobachtet wurde. Sie gähnte und streckte sich und bog den Rücken durch, so daß ihre jungen Brüste sich in die Höhe reckten.

«Oh, bist du wach? Morgen», sagte er und schaute weiter in den Spiegel.

«Hallo», lächelte sie warm. Er schaute zu ihr hinüber. «Das Geschäft wartet, ich wollte dich nicht wecken.»

«Ach schade, ... es wäre schön gewesen, zusammen wachzuwerden.»

«Ein andermal. Willst du zum Hotel zurück? Ich könnte dich unterwegs absetzen.»

«Wo sind wir?»

«Stony Hill, genau über der Stadt.»

«Dein Haus gefällt mir. Es ist wunderschön.»

«Danke.»

«Und überhaupt. Ich mag auch deine Insel.»

«Ich würde nirgendwo anders leben wollen.»

«Ich weiß. Kann's dir nicht verdenken. Es ist wunderbar hier. Der erotischste Ort, den ich je gesehen habe.» Zum erstenmal schaute er sie direkt an und lächelte schwach.

«Bist du sicher, daß es die Insel ist?»

«Oh ja, es ist alles an ihr, der Rum, das Gras, die Berge, der Mond und du – ganz besonders du.»

«Nun ja, wir behandeln unsere Frauen ja auch gut», meinte er. «Wir sind bekannt dafür.»

«Wo sind meine Kleider?»

Er läutete und noch ehe sie das Laken über sich streifen konnte, stand eine junge schwarze Frau in der Tür.

«Ja, Sir?»

«Die Kleider der Dame, sind sie fertig?»

«Ja, Sir.»

«Bring sie her.»

Das Mädchen verschwand und kam mit einem säuberlich gefalteten Bündel zurück. Die Kleider waren ausgebürstet und gebügelt worden.

«Danke!» Sie strahlte das Mädchen besonders herzlich an, aber es war schon fast wieder zur Tür hinaus. «Wer ist sie? Ein liebes Mädchen.»

«Ja und erst sechzehn, stell dir vor.» In seiner Stimme schwang nicht nur Stolz, sondern auch eine Spur von Eigenlob mit.

«Ach wirklich? Dafür ist sie aber gut entwickelt, nicht?»

«Auf dieser Insel wird alles früher reif als woanders», sagte er und entschied sich für den leichten Safarianzug, der in seinem Schrank hing.

«Hmm, sieht gut aus.»

«Gefällt er dir? Ich hab in der Stadt einen kleinen Schneider, der ihn mir gemacht hat. Ich halte nix davon, nach Miami zu fliegen, um dort Kleider zu kaufen. Will lieber die hiesige Industrie unterstüzen. Ist gut fürs Land.» Die Tugend eines bewußten Bürgers. «Musik?» Ohne ihre Antwort abzuwarten, ging er zur Stereoanlage und schaltete sie ein.

«Schläfst du immer mit einem Revolver?»

«Immer. Ist auch zu deiner Sicherheit.»

«Aber warum?»

«Es ist besser, man hat ihn und braucht ihn nicht, als man braucht ihn und hat ihn dann nicht.» Er schien maßlos zufrieden mit dieser Formulierung. «Aber warum glaubst du, daß du ihn brauchst?» «Hör zu, Baby –» seine Stimme wurde einen Bruchteil brutaler, «diese Insel wimmelt von Leuten, die keine Lust haben, zu arbeiten. Die wollen alles mögliche, nur arbeiten wollen sie nicht. Kapito? Manche sind wie die Tiere – sie brechen in dein Haus ein, bringen dich um, nehmen alles mit, was du hast. Aber was ich hab, gehört mir, verstehst du, und da kommt mir kein Nigger daher und nimmt mir alles wieder weg.»

«So schlimm ist es?»

«Ganz recht. Und noch zehnmal schlimmer.»

«Weißt du, wieviel Uhr es ist?» fragte sie. Es war an der Zeit, das Thema zu wechseln.

«So gegen zwölf. Hungrig?»

«Ehrlich gesagt, ich habe einen Bärenhunger!»

«Gut, gut, ich mag Frauen, die kräftig zulangen.»

«Was gibt's denn zum Frühstück?»

«Was du willst.»

«Sag du.»

«Wahrscheinlich ist es schon fertig. Ich zeig dir, was echte Gastfreundschaft auf Jamaika heißt.»

«Hast du schon.» Sie strahlte übers ganze Gesicht. «Du hast noch nicht alles gesehen, Baby; wir kriegen ein traditionelles, jamaikanisches Frühstück. So was findest du in keinem Hotel. Wo guckst du denn hin, hm?»

«Auf dich», sagte sie sanft und ließ ihre Augen warm und verführerisch glühen.

«Was ist mit mir?» fragte er und kämmte sorgfältig seinen Bart.

«Dein Gesicht – es ist so stark und männlich, aber auch sinnlich, sehr attraktiv.» Sie konnte sehen, daß er geschmeichelt war. «Als was betrachtest du dich, schwarz oder weiß?»

«Als Jamaikaner.»

«Aber – was für einen Jamaikaner?»

«Ihr Amerikaner?» Er schüttelte den Kopf. «Ihr denkt immer nur an die Hautfarbe. Wir nicht.»

«Was?» rief sie.

Er langte hinüber und drehte die Musik auf. «Du bist eine sehr hübsche Frau. Zieh dich an und laß uns frühstücken. Ich hab noch einiges vor.»

Der Raum pulsierte im kraftvollen, erotisierenden Beat der Musik, die man hier überall hörte und die Reggae genannt wurde. Der Diskjockey klang wie ein Jamaikaner, der sich krampfhaft bemühte, wie ein Schwarzamerikaner zu klingen. Jetzt schwatzte er von «einer neuen heißen Scheibe aus dem Hilton-Imperium.»

«He, das bist du doch!»

«Ich bin im Musikgeschäft, ja, das war ich.»

«Im Geschäft? Er sagte Imperium, bist du ein Imperator?»

«Blödeleien von Deejay», meinte er. «Ich und Imperator!»

«Du bist ein sehr komischer, aber ein netter Mann», sagte sie. «Bist du auch reich?»

Er lachte laut auf. «Nein. Aber mir geht's ganz gut. Und ich halt nix davon, irgendwelchen Verwandten was zum Streiten zu hinterlassen. Ich leb nur einmal. Und zwar gut.» Wieder dieser Hauch von Tiefgang und Originalität in der Stimme.

«Du hast also Familie?»

«Meinst du Frau und Kinder? Nein, keine Spur.»

«Warst du nie verheiratet?» Eine Art schmeichelnder Ungläubigkeit lag in ihrer Stimme.

«Ich sag immer, warum die Kuh kaufen, wenn's die Milch umsonst gibt», meinte er und lachte herzhaft. «Was ist los?» fragte er, als er ihren betroffenen Blick auffing.

«Ich dachte gerade, daß es wohl ziemlich auffällt, wenn ich im kleinen Schwarzen durch die Empfangshalle vom Hotel stolziere.»

«Kein Problem», gab er zurück und zeigte auf den Kleiderschrank. «Schau mal da rein. Ich bin sicher, du findest was Passendes.» Der Schrank war voll. «Meine Güte! Bist du sicher, daß du nicht verheiratet bist?»

«Ganz sicher. Alles Andenken von irgendwelchen Freundinnen.»

Sie stöberte den Schrank durch und entschied sich für einen Hosenanzug. Er paßte wie angegossen. «Sehr hübsch», meinte er. «Steht dir, behalt ihn. Damit du mich nicht vergißt.»

«Das kann ich sowieso nicht.»

«Mach dir keine Gedanken. Komm, laß uns essen.» Er schnallte sich den Revolver um, der unter dem losen Hemd verdeckt war.

«Wie kannst du bloß so rumlaufen?»

«Ich bin Geschäftsmann. Das Land braucht mich. Ich sorg für Arbeitsplätze und für Kapital. Ich muß doch mein Leben und meinen Besitz schützen, oder?»

Sie folgte ihm durch das Haus in einen Innenhof, der von einem großen Mangobaum überschattet wurde.

«Meine Güte!» stieß sie hervor. «Das ist ja ein Paradies!»

Mit den eingetopften Farnen und den exotischen, tropischen Pflanzen mit ihren großen, vielfarbigen Blüten verschiedenster Form bot sich der Innenhof kühl und schattig dar, aber draußen schien ein vibrierendes gelbes Sonnenlicht weiße und rote Bougainvillea- und Hibiskusblüten zu zerstäuben. In der Ferne erstreckte sich ein königsblauer Ozean am Horizont.

«Mein Gott! Ich bin wohl immer noch nicht ganz da. Du sitzt hier jeden Morgen vor einem solchen Ausblick?»

Etwas leicht Vorwurfsvolles mußte in ihrer Stimme gelegen haben, obwohl sie das keineswegs gewollt hatte, denn er entgegnete kurz angebunden: «Ich hab's verdient.» Doch dann wurde sein Lächeln wieder besitzergreifend und selbstzufrieden, als sei er höchstpersönlich für diesen natürlichen Reichtum verantwortlich. «Essen wird kalt.» Er rückte ihr den Stuhl zurecht.

Der Tisch war für zwei gedeckt, aber das Essen schien für zehn zu reichen. Die Nahrung war ihr fremd, sehr farbenfreudig und in exotischen, augenfälligen Arrangements angeordnet. «Du mußt mir sagen, was was ist», bat sie ihn, «es sieht wunderbar aus.»

«Das Mädchen ist erstklassig. Ich hab's der Kleinen selber beigebracht. Als sie gerade aus den Bergen kam, konnte sie kaum Messer und Gabel unterscheiden.» Er schien sehr stolz zu sein.

«Es ist fast eine Schande, das alles zu zerstören.»

«Essen ist zum essen da. Greif zu.»

Er aß viel und mit Genuß. Seine Kiefern mahlten mit der methodischen Gier eines hungrigen Raubfisches auf und ab. Der gleichbleibende Rhythmus der Kaubewegung wurde nur unterbrochen, wenn er ihr etwas erklärte.

«Für eine Amerikanerin hast du ganz schön Appetit, das ist gut», nickte er.

«Es schmeckt herrlich, und außerdem habe ich nach Sex immer Heißhunger.»

«Ich weiß», sagte er und lachte. «Ich hab einen Kumpel, der hat ein Hotel. Der sagt immer, man kann an der Art wie ein Paar frühstückt erkennen, wie sie am Abend vorher gefickt haben. Vor allem bei der Frau.» Er lachte laut, rieb sich den Bauch und zwinkerte dem Mädchen zu, das unauffällig so stand, daß es ihm jeden Wunsch von den Augen ablesen konnte. Es kicherte gehorsam. Er lehnte sich zurück, betrachtete mit Genugtuung die Überreste des Essens und schnippte mit den Fingern. Schweigend und zügig räumte das Mädchen den Tisch ab.

«Ich hab noch auf was andres Lust», sagt er. Das Mädchen blieb erwartungsvoll stehen. «Zelda, gibt's noch Heringsrogen? Prima! Brätst du mir welchen?»

Das Mädchen kehrte nach kurzer Zeit mit einem großen braunen Berg Fischeiern wieder, der wie ein Steak aussah. Er nahm der Kleinen den Teller aus der Hand und hielt ihn sich unter die Nase. «Aaahh», seufzte er und seine Augen leuchteten vor Glück. «Gutes Zeugs. Gutes Zeugs. Kommt gleich nach der Spanischen Fliege. Füllt dir den Bleistift mit Blei. Verglichen damit sind Austern der reinste Witz.» Er nahm einen Bissen und kaute mit geschlossenen Augen.

«Ich mag Männer, die das Essen genießen können», sagte sie.

Er schluckte und fragte: «Was hast du gesagt? Wo kommst du eigentlich her?»

«Utica, Utica, New York. Da ist es jetzt unter null Grad und eiskalt.»

«Ich habe einen Vetter in Brooklyn», sagte er. «Hast du nicht gesagt, du bist Lehrerin?»

«Hab ich das erzählt? Ja, in der dritten Klasse.»

«Siehst gar nicht aus wie 'ne Lehrerin in der dritten Klasse. Scheinst mir eher wie ein erstklassiges Fotomodell oder ein Filmsternchen.»

«Oh, danke Sir. Hast du mich deshalb so besitzergreifend und hynotisierend angestarrt, daß ich dir nicht widerstehen konnte?»

«Nein», sagte er, «das lag daran, daß du den besten Hintern hast, den ich bei einer Weißen je gesehen habe.» Sein Lächeln war bewundernd und belustigt zugleich.

«Oh», meinte sie unsicher.

«Komm, ich nehm dich mit. Du wohnst im Sheraton?»

«Danke, Zelda, es war vorzüglich», rief sie und erntete ein schüchternes Lächeln.

Vor dem Haus wienerte ein Mann das strahlend weiße Cabriolet. Als er sie kommen sah, trat er beiseite und hielt ihnen die Tür auf.

«Offen oder geschlossen?» fragte er.

«Offen.»

Das Dach glitt geräuschlos außer Sicht und die Sonne flutete ungehindert in den Wagen. Am Ende eines mit Rasen gepflanzten Abhangs fiel das Land plötzlich steil ab und vor ihnen lag das Meer.

«Weit weg», sagte sie blinzelnd. «Verdammt weit weg.»

Er hantierte mit seiner Sonnenbrille herum. «Weißt du, einmal war ein Mann hier, der sagte, er wäre Schriftsteller. Der saß genau hier und betrachtete das Haus und die Landschaft. Weißt du, was er gesagt hat? Er hat gesagt, wenn er hier leben täte, dann würde er einen Mann einstellen, der ihn einmal im Monat mit einem Stock verprügeln müßte.»

«Du machst wohl Witze! Warum das denn?»

«Genau das hab ich ihn auch gefragt und ich dachte schon, ich hätt's mit einem Perversen zu tun. Kommen ja 'ne ganze Menge von da oben. Aber wenn ich heute so darüber nachdenke, war er wahrscheinlich eher einer von den gottverdammten Kommunisten.»

«Aber warum wollte er denn verprügelt werden?»

«Weil er sagte, jemand, der hier lebt und jeden Morgen eine solche Aussicht hat, der muß einfach einmal im Monat daran erinnert werden, daß er nicht Gott ist.» Sein Bauch wippte, als er lachte.

«Wie findest du das?»

«Nicht übel, bis auf die Sache mit dem Stock.»

Der Wagen hatte einen kräftigen, leisen Motor. Er benutzte die Gänge wie ein Formel-1-Fahrer, schaltete in den engen Haarnadelkurven aggressiv herunter und nahm sie mit unfehlbarer Präzision und einem guten Schuß Machismus. Mit lautem, ungeduldigen Hupen kündigte er sein Kommen an. Trotz der scharfen Kurven und der gähnenden Abgründe fühlte sie sich sicher; der Wagen brummte beruhigend und schnurrte mit ausgezeichneter Straßenlage den Berg hinunter. Sie lehnte sich im Sitz zurück und bot ihr Gesicht den Liebkosungen von Sonne und Fahrtwind dar. Weiße Villen flogen vorbei, sie schienen auf kleinen Erhebungen mitten in den Hügeln zu thronen.

«Ein herrlicher Tag», schrie sie, «und ein prima Wagen!»

«Ach, ich hab die Schnauze voll von dem», meinte er geringschätzig. «Ich hab mir einen neuen bestellt, einen giftgrünen Mercedes.»

«Hmmm», murmelte sie und versuchte, angemessen beeindruckt zu wirken. Für den Rest der Fahrt sagte sie nichts mehr. Eine Woge der Wärme für diesen vulgären, mächtigen Mann mit der Pistole im Hemd erfüllte sie.

Er schaute ihr nach, als sie mit ihren langen Beinen und diesem typischen Hüftschwung ins Hotel zurückstakste, den er schon öfters bei Amerikanerinnen gesehen hatte, wenn sie sich beobachtet fühlten. «Hübsches Ding. Und was für ein Hintern! Mann, diese Touristinnen sind wirklich nicht zu bremsen; wenn es um Sex geht, vergessen sie alles!»

Sobald er das Hotelgelände verlassen hatte, begann die eigentliche Stadt – heiß, stickig, die Straßen wie Minenfelder. Wenn die verdammte Regierung nicht bald was wegen der Straßen unternimmt, kann ich eben nicht mehr im Wagen in die Stadt fahren. Mit heruntergelassenem Dach war er ein Teil des Lebens auf der Straße und der Wagen fiel mächtig auf, weil er fast wie ein Spiegel in der Sonne glänzte. Er genoß die Aufmerksamkeit, die anerkennenden Pfiffe. Die jungen Burschen rollten mit den Augen und riefen: «Spitze-Wagen, Sir! Wie schnell ist er denn?»

«Ziemlich schnell», rief er und ließ den Motor aufheulen, um sie zu beeindrucken. Das war wieder das alte Jamaika, dachte er zufrieden. Die niedrigen Schichten waren noch stellvertretend stolz auf die Eleganz der Höhergestellten. Aber es wurde immer weniger, jetzt machte sich mehr und mehr Klassenkrieg breit. Fußgänger und Fahrradfahrer, die die Straßen nicht räumen wollten. Und man paßt lieber auf, daß man keinen mit dem Wagen streift. Es kursieren wilde Gerüchte von Fahrern, die nach einem Unfall aus dem Wagen gezerrt und von der Menge verprügelt worden waren. Aber ein *Duppi* weiß schon, wen er erschrecken kann, heißt es immer. Die *Quashie* würden sich schon zurückhalten und sich nicht mit ihm anlegen! Nicht umsonst hatte er die Magnum in seinem Hemd stecken. Schau dir den Bengel da an – als ob ihm die Straße allein gehörte. Er drückte auf die Hupe und ließ den

Motor aufheulen. Der Junge schien nichts zu hören. «Was ist los? Zahlst du mehr Steuern als die anderen, Mann?» rief er.

«Mach daß du Land gewinnst, Pharaoh, mieser Unterdrücker», gab der Junge zurück und machte eine spöttische Handbewegung zum Wagen.

«Du Dreckskerl! Wetten du traust dich nicht, ihn anzufassen!» forderte er ihn heraus.

Aber er hatte sich auch an solche Reaktionen gewöhnt. Beides war auf seltsame Art für einen Teil seines Wesens, seine Identität, lebensnotwendig geworden. Verdammt, schon fast zwei. Er hätte nicht so viel Zeit mit der Touristin verbringen sollen. Aber warum eigentlich nicht? Verdammt noch mal, war er etwa nicht ein gesunder, natürlicher Mann, der Frauen liebte und bei allem, was er tat, gut war? All das Geschwafel über «soziale Verpflichtungen» immer – das hier war eine patriotische Verpflichtung. All die weißen Frauen, die hierher geströmt kamen, als hätten sie Ameisen unterm Hintern und sich so benahmen, als würde man ihre Scheiße zu Bruce-Patties verarbeiten. Und obwohl sie so von oben herab taten, machten sie sich an jeden schwarzen Kellner und Pförtner ran, der ihnen über den Weg lief. Einer mußte ihnen doch zeigen, daß nicht jeder auf der Insel dumm und arm war, daß einige auch Kultur und Bildung besaßen und, wie hieß es doch gleich, ja Lebensart. Und obendrein ihren Stecken zu gebrauchen wußten. Eines mußte man ihnen lassen, sie wußten, was Qualität war. Schwer zu sagen, was sie mehr beeindruckte, das Haus oder die Grobheit. Er fragte sich, was in den weißen Amerikanerinnen steckte, daß sie dabei immer so ein Geschrei veranstalten mußten. Irgendwas lief da oben schief, die Männer machten anscheinend nur Pfusch. Schierer Wahnsinn! Wahnsinn! Letzte Nacht an der Bar, soviel hatte er in seinem ganzen Leben noch nicht gelacht. Ich dacht schon, Baba würd an seinem Rum erstikken. Das ist es nämlich, was da oben aufläuft: die Männer sind total durcheinander, wissen nicht mehr, was sie machen sollen. Und dann kommen die Frauen hier angerannt und ersticken die männliche Bevölkerung in ihren Mösen. Aber keine Sorge, wir schaffen das schon.

Trotzdem schade, daß er das Treffen hatte sausen lassen müssen, denn das letzte Mal war höchst interessant gewesen. Dieses Wunderkind Ray Jones, also den Burschen mußte man im Auge behalten.

Zuerst hatte er gedacht, er würde nur wieder dieses Universitätsgeschwafel von wegen «hohe Kriminalitätsrate», «potentiellen Mustern asozialer Pathologie» etc. über sich ergehen lassen müssen – was zum

Teufel sollte das eigentlich heißen? Und «verfeinerte Methoden der Infiltration und Kontrolle von *peer groups*» oder «akzeptable Werte der Kriminalitätsrate». Er hatte das Gefühl, daß sowieso nur die wenigsten Mitglieder der «Vereinigung mittlerer Unternehmer von Kingston» da durchgestiegen waren. Aber als Jones vortrat und ihnen erläuterte, daß es sich nicht mehr um «Räuber und Gendarm» handelte, das Kinderspiel, in dem die Bullen die Räuber jagten, da horchten sie doch alle auf. Jones sagte, daß es von sozialer Naivität zeugte, wenn sie von der Polizei erwarteten, daß sie die Kriminalität an einem Ort wie West Kingston unter Kontrolle kriegen könnte, wo schließlich nur verdammt wenige Bürger eine «sozial akzeptierte» Form des Überlebens gefunden hatten. Es handelte sich nicht um ein polizeiliches, sondern um ein soziales Problem. Es war einfach dumm, von der Polizei erwarten zu wollen, daß sie jeden einlochte, den sie bei einem Gesetzesübertritt erwischte. Die alten Fettärsche waren explodiert und hatten gefragt, ob er damit etwa sagen wollte, daß die Kriminalität an sich unausrottbar wäre. Aber Jones war aalglatt und grinste sie einfach an. Wenn man alles Drum und Dran beiseite ließe, dann war es genau das, was er sagte. Und nicht nur das. Da das Verbrechen nun mal nicht abgeschafft werden konnte, sah die Polizei ihre Aufgabe darin, es zu kontrollieren und zu dirigieren. Der Bursche hatte sich einfach dahingestellt und den ehrwürdigen Herren erzählt, christlichen Geschäftsleuten zumeist, daß die modernste Maßnahme darin bestand, bestimmte Arten von Kriminalität auszuklammern. Einige sogenannte «opferlose» Verbrechen, der Ganjahandel beispielsweise, sollten im Austausch für die Arten von Information (Jones nannte sie «vorrangige Informationen») unter Polizeischutz gestellt werden, mit der sie Mörder, Revolverhelden, Einbrecher und andere gefährliche Figuren, die Leben oder Besitz anständiger Bürger bedrohten, schnappen könnten. Das war ein Bombengeschäft – Bullen und Banditen taten sich zusammen. In was für einem Zustand mußte ein Land sein, wenn ein Polizeioffizier so etwas zugeben konnte?

Klar, jeder wußte, daß die Polizei ihre V-Männer schon immer in die Szene eingeschleust hatte und bei Glückspielen usw. auch hie und da mit abkassierte. Aber Jones machte das zur offiziellen Politik und schien auch noch damit durchzukommen. Hilton hatte nur eine Frage: wer würde dann eigentlich die Polizei im Auge behalten? Er hieß nicht Marcus Garvey, aber er konnte auch bestimmte Voraussagen machen und er konnte sich vorstellen, daß schon in Bälde ein paar reiche Bullen mehr durch die Gegend laufen würden. Ja, er wollte Mr. Ray Jones im Auge behalten. Das Gesindel, das sich in seinem Studio herumtrieb, sprach von «Maas Ray» nur im Flüsterton. Und dem jungen Mann ging ja auch ein gewisser Sinn für Dramatik nicht ab. Zwei Fälle allein letzten Monat: ein kleiner Laden und ein Kaufhaus. Als die Jungs sich durch das Dach gekämpft hatten und sich herunterlassen wollten, stießen sie auf wen? Maas Ray und seine Polizei-Einheit.

«Wieso habt ihr solange gebraucht? Merkt euch fürs nächste Mal: Maas Ray wartet verdammt ungern, verstanden?»

Und es schien zu funktionieren. Keine Frage, daß Jones mit im Ganjahandel steckte, und zwar aus drei Gründen. Erstens gab es eine direkte Beziehung zwischen der Verfügbarkeit von Ganja und dem Ausmaß an Gewalt. Im Gegensatz zu dem, was diese dummen Prediger und Lehrer verbreiteten, verursachte es nicht Gewalt, sondern verhinderte sie. Ein gottverdammtes Beruhigungsmittel, das war es, zum Teufel! Wenn es kein Ganja gab, dann soffen sie weißen Rum und anschließend schlitzten sie Leute auf. Nicht umsonst hatte ihm der Revolverheld und Killer «Federmop» neulich erst erklärt: «Also paß auf, Chef, wenn ich einen erledigen muß, dann rauch ich den ganzen Tag kein Gras, sondern trink weißen Rum. Denn wenn ich Gras rauche, dann geh ich hin und *diskutier* mit ihm.»

Der zweite Grund, warum Jones im Ganjahandel stecken mußte: Ganja gab es überall, einfach überall. Die Dealer machten ihre Geschäfte mit jedem, den *Rude-Boys*, Revolverhelden, Rastas, Zuhältern, einfach mit jedem. Die wußten also immer, wo was lief. Und eine Menge Geld lief durch ihre Hände. Genau, da war noch was, auf das er aufpassen mußte: warum sollte Ray Jones das ganze Geld allein abkassieren? Verdammt, er ging jede Wette ein: hier, im Ganjahandel, lag Jones' Kontrolle begründet.

Hilton bog in die Straße ein, die zu seinem Studio führte. Verdammt, er brauchte keine neue Strategie. Er hatte sieben Läden und das Studio und alle lagen sie in dem Gebiet mit der höchsten Kriminalitätsrate. Aber wann hatte ihm jemand zum letzenmal auch nur ein Fenster eingeschlagen? Seine beste Strategie trug er immer bei sich und das wußte jeder kleine miese Verbrecher in der ganzen Stadt. Kein anderer in seiner Position hätte sich hier unten so sicher fühlen können. Und er genoß das. Keiner von den Mittelklassebürgern, die er kannte, verstand ihn oder glaubte ihm. Aber das waren auch Snobs – sie würden nie einsehen, warum er eigentlich ganz gern hier unten bei den *Quashie* war. Verdammt noch mal, er aß mit ihnen, trank mit ihnen, rauchte mit ihnen, und als er jünger und noch ein bißchen wilder war, da fickte er auch ihre Frauen. Er mochte sie, oder vielmehr seine Stellung bei ihnen, aber er war auch nicht blöd. Hier unten war der Dschungel und er war die größte Raubkatze im Dschungel. Auf einen Berg paßte nur ein Tiger und das war nun mal er. Es ging um Respekt und das einzige, was sie respektierten, war rohe Gewalt und Dummheit. Warum brauchte er wohl keine Wachtposten für seine Läden? Die leiseste Andeutung von Schwäche und man ist geliefert, Paps, aus und vorbei. Sicher, das Leben hier war brutal und verteufelt hart für sie. Aber er war nur gekommen und hatte es schon so vorgefunden. Und was ihm gehörte, das wollte er behalten. Er war schließlich kein Wohltätigkeitsverein. Sie würden alles wegfressen, was er hatte und trotzdem würde sich nix ändern. Ja doch, er mochte die Leute, aber so sicher wie's Amen in der Kirche, er würde deswegen noch lange nicht so leben wie sie. Wozu auch?

Die Menschenfreunde sollten in der Universität bleiben, wo sie hingehörten, und dummes Zeug labern. Sein Gewissen war rein, er schlief gut, aß gut, fickte gut und war glücklich. Das Leben war hart – aber gerecht.

Vor dem Tor hatte sich die übliche Menge versammelt. Plötzlich war jeder dumme Nigger in Kingston ein Musiker. Verdammt, nicht nur ein Musiker, sondern ein Star. Die meisten von ihnen täten besser dran, Arbeit zu suchen – oder 'nen guten Deal aufzureißen.

«Mister Hilton, Mister Hilton!»

«Was?»

«Wir warten schon seit elf Uhr, Mister Hilton. Wir haben die ganze Zeit auf Sie gewartet, Sir.»

«Soso, und weshalb, wenn ich fragen darf?»

«Mister Kenton hat uns hergeschickt.»

«Oh, ihr habt 'nen Song?»

«Ja, Sir.»

Er schaltete den Wagen aus und lehnte sich zurück. Die Männer standen unsicher da.

«Also schön, laßt hören.»

«Hier draußen? Sie meinen, gleich hier?»

Ah, die wollen einen Studiotermin. Er setzte sich wieder auf und zündete.

«Soll ich's nun hören oder nicht?»

«Ja doch, Mister Hilton, Sir. Moment, Sir.»

Fünf von den Männern traten vor. Sie wirkten verlegen und betroffen und versuchten, sich aufzustellen. Etwas absolut Hoffnungsloses ging von ihnen aus. Nach einigen Takten hob Hilton die Hand.

«Das genügt», meinte er kurz. «Kann ich nicht brauchen – ist zu lahm.» Als er wegfuhr, sang die Truppe immer noch. Die Auffahrt war zwar staubig und der Wind blies aus der falschen Richtung, aber schließlich hatte er ihnen nicht gesagt, daß sie mit offenen Mündern da stehen bleiben sollten.

Wäre der Junge zehn Minuten früher gekommen, wären sie gerade bei den Aufnahmen gewesen und er hätte eine Menge Ärger gekriegt, weil er so stürmisch an die Glastür geklopft hatte. Aber trotz des Schweißes, der ihm übers Gesicht rann, und seiner wilden Augen konnte man sehen, daß der Junge das gewisse Etwas hatte. Er hatte zwar ein Paket unterm Arm, mit dem er jetzt wild herumfuchtelte, und er verbreitete Hast und Hektik, aber seine hungrigen Augen sahen alles. Sie erfaßten das gesamte Studio mit einem Blick.

«Was willst du?» bellte Hilton mit einer Stimme, die noch schroffer war als sonst.

«Ich bring die Matritzen, Mister Hilton, für die Kampagne, wissen Sie, Sir.»

«Ist dir klar, daß du um ein Haar in die Aufnahme reingeplatzt wärst? Was soll die verdammte Eile?»

«Ist schon nächste Woche, wissen Sie, Sir, und der Prediger –»

«Schon gut. Sag dem Prediger, er kann die Platten nächste Woche abholen. Und renn mir ja nicht noch mal hier so rein.» Er nahm das Paket und drehte sich auf dem Absatz um, obwohl er wußte, daß der Bengel noch nicht fertig war. Und richtig, er war auch noch nicht fertig. Er rannte um ihn herum und hielt ihm ein zerknittertes Notenblatt unter die Nase.

«Schaun Sie mal, Mister Hilton, schaun Sie sich's nur mal an. Bitte.»

«Was ist denn nun schon wieder?»

«Ich hab 'nen Song, Sir.»

«Halb Kingston auch.»

«Nein, Sir, sehen Sie doch, Text, Musik und alles, Sir, sehen Sie, Sir. Es wird ein Hit, ganz sicher, Sir.»

«Aha, du bist also nicht nur Sänger, sondern auch Komponist und Arrangeur, wie?» fragte er spöttisch.

«So ungefähr, Sir.» Die Worte purzelten völlig ernstgemeint aus seinem Mund.

«Erfahrung? Was für eine Art von Erfahrung? Zeig mir deine Referenzen. Na los, erzähl schon, Mann!» Hiltons spöttisches Grinsen war noch breiter als sonst; er behandelte Ivan mit der amüsierten Toleranz, die man einem altklugen Kind gegenüber zeigt.

«Ich bin ein Solosänger, Tenorsolist im Chor, Sir, und ich studier Musik bei Mr. Brown. Geben Sie mir eine Chance. Ich zeig Ihnen, was ich kann. Wird garantiert ein Hit, Sir.»

«Moment mal», näselte Hilton. «Hat dich ein *Duppi* verhext oder was? Wer sagt dir, daß ich hier unten ausgerechnet Kirchenmusik brauche?»

«Ist keine Kirchenmusik, Sir! Sehen Sie doch! Ist lebendiger Reggae. Guter Rhythmus, gute Melodie, *dread, dread* Reggae, Sir, ein garantierter Hit. Ich fall tot um, wenn das 'ne Lüge ist, Sir. Ich schwör's.»

«Na ja, Alter, tot kann ich dich nicht gebrauchen. Laß mich mal sehen», lachte er und nahm das Papier. «Oha, ein frommer *Rude-Boy*, was? *The harder they come*, soso. Weißt du was? Komm nächste Woche wieder.» Er hätte sich einfach umgedreht und wäre gegangen, wenn der Junge ihm nicht die Hand geschüttelt und irgendein kaum zusammenhängendes Zeug gefaselt hätte. Überschwenglicher Dank, Tränen der Freude. Hilton verstand, daß Gott ihn belohnen würde, daß es ganz sicher ein Hit werden würde. «He», warnte er, «ich hab nichts von einer Aufnahme gesagt, klar? Ist nur ein Termin zum Vorspielen. Kennst du den Unterschied?»

«Egal, Sir, aber diese Gelegenheit ... Sie werden sehen, wenn Sie es erst mal hören ... dann läuft das Geschäft schon.»

«Also nächsten Freitag zur gleichen Zeit», sagte Hilton. Halb stolpernd vor Aufregung rannte der Junge davon.

«Und damit wäre mal wieder ein Star geboren», meinte Hilton. «Gottverdammich, kennt einer den Bengel?»

«Nein, Sir. Nie gesehn.»

RHYGIN

«Nächste Woche hat er gesagt. Nächste Woche. Freitag, Teufel noch mal. Nächste Woche sagt er. Nächste Woche sagt er.»

Auf dem Rückweg zum Tabernakel ging es ständig bergauf, aber Ivan merkte es gar nicht. Er berührte kaum den Sattel. Er stand auf den Pedalen, beugte sich über den Lenker und sprintete den ganzen Weg hinauf. Die Beine strampelten zum berauschenden Rhythmus dieses Versprechens: «Nächste Woche, sagt er. Nächste Woche, sagt er. Ivanhoe Martin, Sänger, verdammt. Nächste Woche, sagt er. Der Junge macht seinen Weg. Nächste Woche, sagt er. Ja, du schaffst es, wenn du wirklich willst. Nächste Woche, sagt er. Aber du mußt es immer wieder von neuem versuchen. Nächste Woche.»

Jetzt konnte nix mehr schief gehn. Dafür war er von Blue Bay nach Kingston gekommen, vor langer Zeit. Wozu sonst war er denn bei Mr. Brown im Tabernakel gelandet? Alles hatte einen Sinn, so war es eben, konnte gar nicht anders sein. Schwitzend und atemlos schlitterte er in den Hof, ließ das Fahrrad fallen und rannte auf das Gebäude zu. Dabei wäre er fast gegen eine Gestalt geprallt, die sich in der Dunkelheit vor ihm auftürmte.

«Ivan, Moment mal.»

«Was ist, wer ist da?»

«Ich bin's, Junge, Prediger Ramsey!»

«Oh! Ja, Sir?»

«Als du nach dem Tod deiner Mutter herher gekommen bist, hab ich dich aufgenommen.»

Mein Gott, dachte Ivan, hab ich ja total vergessen. Was für 'ne passende Gelegenheit für eine von seinen Predigten.

«Richtig, Prediger», sagte er. «Und dafür bin ich Ihnen sehr dankbar, das wissen Sie.»

«Du warst hungrig und schmutzig und völlig durcheinander. Nein, halt den Mund. Deine körperliche Verfassung jedoch war nichts im Vergleich zu deiner seelischen. Und ich habe dich aufgenommen. Du sagst, du bist dankbar, aber das sind nichts als Worte. Guck dir dein Benehmen an, Mann, dein Benehmen. Du bist drauf und dran, Sünde und Schande auf mich und mein Haus zu laden. Es ist also das beste, wenn du gehst. Ich gebe dir den Lohn für zwei Wochen und morgen will ich dich hier nicht mehr sehn.»

«Aber Prediger –»

«Nein nein! Es ist besser so, für die Arbeit des Herrn, die ich hier verrichten muß, wenn du was anderes findest. Besser für alle Beteiligten. Ich werde auch weiter dafür beten, daß der Herr dich von dem Pfad abbringt, den du unbedingt einschlagen willst. Aber ich will, daß du hier verschwindest. Verstanden?»

«Ja, Prediger.»

Ivans Lächeln wirkte erleichtert, auf seinem Gesicht lag sichtbare

Erregung, und das verwirrte den Prediger. Es war nicht gerade die Reaktion, die er erwartet hatte. Nein, ganz und gar nicht. Der Junge steckte so tief in der Sünde und war so im Fleisch gefangen, daß er nicht mehr ganz richtig im Kopf war.

«Okay, Sir. Danke für alles, Sir. Ich dank Ihnen wirklich von Herzen. Sagen Sie Elsa, sie wird von mir hören.

Kein Zweifel, der Junge war nicht ganz richtig im Kopf. Und um Elsa würde er sich schon selber kümmern, und zwar auf der Stelle. Der Junge schien sich sogar zu *freuen*. Na schön, dem Himmel sei Dank. Ohne ihn würde im Haus so manches einfacher werden.

DIE TOCHTER

Die Haut auf ihren Knien fühlte sich an, als wär jemand mit einem Reibeisen drüber gefahren. Der Rücken schmerzte und war steif. Aber diese körperlichen Leiden waren nichts gegenüber dem wirren Durcheinander in ihrem Kopf, diesem entsetzlichen Konflikt zwischen Pflicht und Verlangen, mit dem sie sich herumschlug. Jetzt hatte sie Ivan schon zwei Tage nicht mehr gesehen und die Mädchen sagten, daß der Prediger ihn ihretwegen davongejagt hätte. Das war so unfair! Armer Ivan! Wo sollte er denn jetzt hin? Und was sollte aus ihm werden? Und alles wegen ihr, dabei hatten sie gar nix gemacht.

Irgendwas am Prediger machte ihr Angst. Er war schon immer so penibel und streng gewesen. Aber jetzt schien er halb wahnsinnig in seinem Gerechtigkeitssinn und dem Drang zur Züchtigung. Ob er wohl manchmal an die Pharisäer dachte? Er zwang sie, auf den Knien zu liegen und tobte und betete über ihr, bis sie beide erschöpft waren. Aber das konnte sie ja noch auf sich nehmen: diese langen, schwülen Nächte der Mahnung auf aufgezwungenen Reue, die brennenden Knie und den schmerzenden Rücken, die endlosen Wiederholungen, bis ihr der Kopf schwirrte: Sünde, Sünde, Sünde, Sünde, Sünde. Aber Ivan nie wiedersehn? Nein, das kann ich nicht. Ich kann's nicht. Mein Bauch fühlt sich an, als ob er platzen will. Egal, wo Ivan ist, ich muß zu ihm. Ich werd ihn finden. Aber wie soll ich das machen? Ich hab nie irgendwo anders gelebt als in Predigers Haus, kann mich nicht mal an irgendwas anderes erinnern. Aber wie soll ich hier bleiben ... wenn Ivan irgendwo da draußen ist. Gott weiß, was ihm da alles zustoßen kann. Aber ... der Prediger ist ein wahrer Christ. Wenn ich ihn nur genug bitte, wirklich, wirklich bitte, wird er Ivan dann nicht wieder in die Kirche zurückholen? Ihm noch 'ne Chance geben? Ja, ich will den Prediger darum bitten ...

Sich an diesen schwachen Trost klammernd, gelang es ihr, in einen leichten, unruhigen Schlaf zu fallen. Sie träumte, oder war das etwa die Stimme, die der junge Samuel hörte, als er im Tempel schlief?

«Elsa», hörte sie. «Elsa!»

«Wer ist da?»

«Pssst, ich, Ivan!»

Mein Gott, Ivan! Ivan ist wieder da. Er ist da! Oh danke, Jesus. Sie konnte kaum an irgendwelche Folgen denken, stolperte aus dem Bett, riß die Tür auf und warf sich in seine Arme.

«Ivan, Ivan! Bist du verrückt? Wenn der Prediger dich hier findet!» Aber sie ließ ihn nicht los. Sie trat zurück und betrachtete sein Gesicht, um zu erkennen, welche Narben die Ereignisse der letzten Tage auf seinem Gesicht hinterlassen hatten. Doch Ivan schien weder reuevoll noch bekümmert. Er trat sogar forsch ins Zimmer, Vertrauen und Fröhlichkeit ausstrahlend. Sie hatte ihn noch nie so selbstsicher gesehen.

«Ich hab phantastische Neuigkeiten, phantastische Neuigkeiten!»

«Wo warst du? Ich hab mir solche Sorgen gemacht, Ivan. Aber ich werd den Prediger bitten, daß er dich wieder aufnimmt.»

«Pahh», sagte er und machte eine ungeduldige, wegwerfende Handbewegung. «Hör zu. Ich bin gekommen, um es dir zu erzählen. Alles ist jetzt anders. Riesige Neuigkeiten, Baby.» Er senkte seine Schulter und schlurfte ein paar Schritte jubilierend im Reggae-Rhythmus.

«Was? Was für Neuigkeiten?» flüsterte sie.

«Mister Hilton! Der Mann, den ich die ganze Zeit treffen wollte. Ich hab ihn getroffen!»

«Und?»

«Er sagt, er sagt, ich kann am Freitag aufnehmen!»

«O Ivan, ist das wahr? Wirklich? O Gott, ist das toll!» Sie spürte Triumph und Erregung in ihm vibrieren. «Ist das wirklich wahr? Und du meinst es ernst? O Ivan!»

«Schau Elsa, ich brauche deine Hilfe.»

«Was? Was immer du willst, Ivan.»

«Also, ich muß proben. Du mußt mir den Schlüssel für die Kirche leihen.»

«Ivan! Bist du verrückt? Wie soll ich das machen?» In ihren Augen blitzten Zweifel auf. Mit hängenden Schultern trat sie zurück und starrte zu Boden. «Diese Musik darf nicht in der Kirche gespielt werden. Der Prediger bringt mich um. O Ivan!»

«Elsa, das ist meine Chance, du weißt es. Alles wird sich ändern. Dafür bin ich in die Stadt gekommen, dafür bin ich geboren. Wenn das ein Hit wird – siehst du denn nicht, was das für uns bedeutet? Für dich und mich? Du mußt mir diese Chance geben, du mußt!»

«Aber wenn der Prediger dahinterkommt, ist es aus», jammerte sie.

«Jawohl, aus mit ihm, aber dafür fängt es mit mir erst richtig an.»

«Wie meinst du das?» fragte sie mit großen, glühenden Augen.

«Du willst doch wohl nicht dein ganzes Leben hier bleiben», flüsterte er ihr zu und schilderte ihr seine Vorstellung von einem neuen Leben für sie beide. Wollte sie den Prediger heiraten? Nein? Tja, dann müßte es wohl irgendwann sein. Irgend jemand, vielleicht sogar Gott selbst, hatte ihnen einen Ausweg gezeigt. Sie mußten ihn nehmen. Vielleicht kam er nie wieder. Er spürte, wie sie sich zitternd an ihn klammerte. «Du bist jetzt eine Frau. Du mußt dich entscheiden: ich oder der Prediger.»

Sie trat zurück und schaute ihm in die Augen. «Ich vertrau dir, Ivan, das weißt du.» Sie ging und suchte den Schlüssel. «Keine Bange», meinte er, als sie damit zurückkam. «Der Prediger wird's nie erfahren. Ich dreh den Verstärker ganz leise.»

«Tu das», sagte sie. «Sonst bringt er mich um.»

«Das wird er nicht wagen. Du hast jetzt mich.»

Zitternd kroch sie in ihr Bett zurück. Ihre Gedanken überschlugen sich. Am nächsten Morgen wunderte sie sich, wie friedlich sie geschlafen hatte.

DER HIRTE

Irgendwas stimmte nicht, er wußte nur nicht, was. Aber er war sich ganz sicher. Zuerst war Elsa angemessen reuevoll gewesen – verängstigt und ein bißchen verwirrt – aber das war auch zu erwarten gewesen und sprach nur für sie. Es zeigte, daß sie doch noch nicht richtig in der Sünde steckte oder gar trotzig war. Aber in den letzten paar Tagen war sie wie verwandelt: kaum bekümmert und von einer geheimnisvollen Ruhe erfüllt, die ihn beunruhigte. Wohin waren die Tränen verschwunden? Er hatte ihr schließlich noch nicht vergeben. Er fragte sich, ob der Junge sich wohl immer noch hier herumtrieb. «Sagen Sie Elsa, sie wird von mir hören.» Aber das würde er nicht wagen. Longah sollte ihn wegjagen und ihm Bericht machen, falls er ihn irgendwo rumlungern sah. Nein, er würde es nicht wagen. Und außerdem, selbst wenn er dagewesen sein sollte, Elsa hätte nie den Nerv, ihn zu bestärken. Trotzdem, ein Gang um den Hof wäre vielleicht nicht das Schlechteste. Wachsamkeit hieß das Gebot der Stunde. Wache und bete, wie es in der Bibel heißt.

Er fand das Fahrrad unter einem Busch versteckt und kämpfte mit aller Macht gegen die aufsteigende Wut an, um klar denken zu können. Die Polizei? Der Junge hatte das Gelände unbefugt betreten, obwohl er gewarnt war. Aber nein, es war besser, ihn selbst zu stellen. Aber zuerst das Fahrrad. Er sperrte es in die Werkstatt und schaute in Elsas Zimmer nach. Sie schlief friedlich. Nun gut, wahrscheinlich hatte der Junge mitgekriegt, daß das Leben auf der Straße nicht so einfach war. Vielleicht hatte er sich in sein ehemaliges Zimmer geschlichen, um ein Dach über dem Kopf zu haben. Es war besser, er würde sich davon überzeugen, der Bursche war zu allem fähig.

Was war denn das, etwa ein Licht in der Kirche? Vielleicht hatte der Chor es angelassen? Ivan konnte es nicht sein, es sei denn ... da meldete sich der Predigerinstinkt in ihm. Halleluja! Der Junge hatte eingesehen, daß er auf dem falschen Weg war! Von Reue ergriffen hatte er sich in die Kirche geschlichen und versuchte, mit Gott ins reine zu kommen. Deswegen war Elsa so ruhig gewesen. Aber das Mädchen hätte es ihm sagen sollen! Wie hieß es doch, es herrscht im Himmel mehr Freude über einen Sünder, der Buße tut ...

Aber als er näher kam, hörte er nicht Wehklagen aus dem Tabernakel, nein, wahrhaftig nicht. Es klang wie eine Gitarre, die an seinen, nein, an des Herrn Verstärker angeschlossen war und wie Ivans Stimme ...

The harder they come
The harder they fall
One an' awll

Weit davon entfernt, vor dem Altar auf den Knien zu liegen, rockte dieser ungläubige Bengel zum Rhythmus dieser Bordell- und Barmusik, und das in seiner Kirche! Kein Greuel war ihm zu gemein, zu ungeheuerlich, frohlockte der Prediger. Denn nun hatte er zum erstenmal seit Wochen einen klaren, unzweideutigen und gerechten Grund für seinen Zorn, einen, der nicht durch Ungewißheit oder Unsicherheit vernebelt wurde. Einen Moment lang schaute er zu, dann überschwemmte ihn eine Woge von Wut und Selbstgerechtigkeit. Nein, der Junge mußte verrückt sein. Aber jetzt hatte er ihn! Niemand, nicht einmal Elsa konnte verteidigen, daß er einen heiligen Ort entehrt hatte. Seinen heiligen Ort! Und ein zweiter Junge, der noch viel schlimmer aussah als Ivan spielte Gitarre.

The oppressor is trying to keep me down
Making me feel like a clown
Just when he thinks he got the battle won
Ah say' Forgive them Lord they know not what they done ...'
Because, the harder they come ...

Der Prediger hatte genug gesehen und gehört! Mehr als genug sogar! Was für ein befreiender, gerechter Zorn! «Was fällt euch ein ... diesen ... diesen Schund in meiner Kirche zu spielen!» brüllte er los. Die beiden erstarrten. Ivan mit offenem Mund, sein Komplize erstaunt und verschreckt.

«Prediger, sehn Sie, Sir, ich habe 'ne Chance, wissen Sie –»

«'ne Chance, brauchst du 'ne Chance? Du landest sowieso im Gefängnis. Ich laß euch alle beide verhaften! Habt ihr gehört, verhaften!»

«Weshalb, Sir?»

«Weil ihr in meine Kirche eingebrochen seid, deshalb.»

Der andere bewegte sich in Richtung Tür, aber Ivan schien ganz ruhig. «Wir sind nicht eingebrochen, Sir.»

Er langte in seine Tasche. Wozu? Ein Messer? Er war zu allem fähig. Aber es war nur ein Schlüssel.

«Wir haben den Schlüssel, Sir. Wir sind nicht eingebrochen.»

«Den Schlüssel. Woher –» Plötzlich brach er ab, als ob es ihm von selbst klar geworden war. Und dem Jungen wohl auch. «Nein, Prediger –» fing er an.

Aber der Prediger schnappte sich den Schlüssel und rannte aus der Kirche. Der Junge rief ihm etwas nach, das er schon nicht mehr verstand.

Schläfrig und überrascht gab sie es zu. Fest und ohne Gewissensbisse. «Ja, ich habe ihm den Schlüssel gegeben. Ich mußte es tun.» Sie *mußte* es tun. Nicht das geringste Zeichen der Reue. Ohne zu wissen, wie es geschah, packte er sie an den Schultern, schüttelte sie und schlug sie ins Gesicht.

«Warum? Warum? Was hast du ihm noch gegeben?»

«Nix, nix!»

Bei jedem Leugnen steigerte sich sein Wahn. Ihre Wangen waren aufgedunsen. Ihr Kopf flog unter seinen Schlägen vor und zurück. Sie log! Eine Nutte, die log. Eine Hure! Sein Haus und seine Kirche entweiht! «Lügnerin! Lügnerin! Du hast ihm deine Lippen gegeben, deinen Körper. Ihr habt Unzucht getrieben! Du lügst! Hure! Nutte!»

«Nein, Preidiger, nein! Ich hab ihm nix gegeben.» Unter seinen Schlägen schossen ihr die Tränen in die Augen, aber ihre Stimme verlor nichts von ihrer Festigkeit und Bestimmtheit. Er warf sie aufs Bett und ließ sie grün und blau geschlagen, aber noch immer leugnend liegen.

«Ich – hab – ihm – nix – gegeben – noch – nicht!»

RHYGIN

Er machte sich Sorgen um Elsa. Sie hatte ihm erzählt, wie komisch Prediger in der letzten Zeit war. Er hätte sie und sein Fahrrad letzte Nacht nicht so einfach zurückgelassen, aber Mack hatte ihn überzeugt, daß das das Beste war. Er glaubte nicht wirklich, daß der Prediger Elsa verletzen würde, jedenfalls nicht körperlich. Übermorgen würden sie zusammen sein, wenn es nötig war, schon heute. Aber er war doch ziemlich angespannt, als er vor dem Tor des Tabernakels stand. Das letzte Mal, dachte er, übermorgen hab ich nichts mehr mit dem verdammten Ort hier zu tun.

Longah begrüßte ihn fast herzlich. Er schaute auf, während er gleichzeitig Ivans Fahrrad polierte, und grinste aufmunternd.

«He, ich hab gehört, daß du gekündigt hast. Was willst du denn noch hier?»

«Mein Fahrrad», antwortete Ivan.

Das Grinsen wurde breiter. «Fahrrad, welches Fahrrad?»

«Longah, mach keine Witze. Du weißt genau, welches, es liegt da vor dir.»

«Das ist dein Fahrrad? Wo hast du es denn gekauft?»

Longahs erstaunte Unschuld ging Ivan auf die Nerven. Er hatte heute morgen keine Lust auf derlei Späße. «Mach keinen Scheiß, Longah. Du weißt, daß es mir gehört.»

Die Schweinsäuglein blinzelten boshaft und triumphierend. «Kein Witz! Das Rad hier gehört dem Prediger. Wo hast du's denn gekauft, wenn es deins ist?»

So lief das Spielchen also. Nein. Das konnte Longah doch nicht ernst meinen. Er war nur böse, wie immer. «Ich brauch hier nix zu beweisen, Longah. Du weißt, daß ich's zusammengebastelt hab. Die Einzelteile gekauft. Allein die Räder haben mich sechs Dollar gekostet. Mach keine Witze. Du spielt mit deinem Leben, Freundchen!»

«Trotzdem bin ich dir dankbar. Weil der Prediger mir das Rad geschenkt hat. Was auf seinem Grund und Boden gefunden wird, gehört ihm auch.»

Er machte keine Witze. Er wollte tatsächlich, mit des Predigers Hilfe, das Fahrrad klauen, für dessen Fertigstellung Ivan so viel Zeit gebraucht hatte. «Soll das heißen, daß du es mir ... nicht geben willst?» Ivan wunderte sich selber, wie ruhig und gelassen er sprach. «Wenn es dir gehört, dann hol es dir doch!» höhnte Longah, wobei er das Fahrrad vorsichtig vom Haken abnahm und hinter sich stellte. Dann wandte er sich Ivan zu, rollte mit seinen riesigen Schultern und duckte sich. «Der Prediger hat gesagt, wenn du herkommst und unbefugt sein Gelände betrittst, dann soll ich dich rauswerfen. Und er hat gesagt, jedes Mittel ist erlaubt. Ich schlag dir die Fresse zu Brei, wenn du nicht auf der Stelle verschwindest.»

«Ich geh schon. Gib mir das Rad und ich bin weg.» Er versuchte, um Longah herumzugehen und fand sich mit einemmal im Staub wieder. Ihm brummte der Schädel und seine eine Seite war völlig taub.

Longah grinste übers ganze Gesicht. «Weiß du, wie lang ich auf diese Gelegenheit gewartet habe?» fragte er herausfordernd. «Steh auf, Mann. Steh auf und zeig mir, ob du ein bißchen Dresche vertragen kannst. Du Dreckskerl.»

Ivan schüttelte den Kopf, um wieder klar zu sehen und spuckte Blut. Warum mußte Longah ihn so sehr hassen? Er sah das triumphierende Grinsen. Es schien, als hätten sich darin all die täglichen Sticheleien der vergangenen Jahre, all die Provokationen und Beleidigungen konzentriert. Er zog die Beine an und wollte aufstehen, aber ein neuerlicher Kinnhaken warf ihn wieder zu Boden. Er wälzte sich im Staub. Diesmal verschwamm ihm alles vor Augen und die Welt versank hinter einem roten Schleier.

Doch dann geschah etwas Seltsames. Sein Kopf wurde wieder klar. Er war da und doch nicht da. Einerseits kam es ihm vor, als sei er abgehoben und schwebte über allem, wobei er sich selber am Boden liegen sah und daneben eine stämmige Gestalt, die sich über ihn beugte. Er sah auch, wie er sich blitzschnell aus Longahs Reichweite rollte, auf die Füße sprang und sein *Okapi* zückte. Er sah, wie Longah stutzte, einen Moment lang verwirrt da stand und dann langsam einer Flasche den Hals abbrach. Es war wie in einer Szene in *From Here To Eternity*, wo

Lancaster und Borgnine in der Bar hockten. Er hörte sich selber sagen: «Wenn du aufs Ganze aus bist, Fettsack, dann sollst du auch alles kriegen!» Aus der Ferne sah er, wie er auf beiden Füßen mit gebeugten Knien herumtänzelte und dabei das *Okapie* von einer Hand in die andere warf, so wie Peter Lorre es immer machte.

Aber gleichzeitig stand er auch tatsächlich vor Longah, beobachtete dessen Augen und Hände und hatte sein *Okapi* fest im Griff. Er war angespannt, aber nicht beunruhigt. Alles erschien ihm langsamer als sonst; er hatte unwahrscheinlich viel Zeit, um hervorzuschnellen und wirklich zuzustechen. Sein Gesicht schmerzte und er war wütend, aber es war eine kalte Wut, die er völlig unter Kontrolle hatte. Er schien Longahs Bewegungen zu erahnen, noch ehe der sie ausführte und sprang den Hieben und Schlägen methodisch aus dem Weg. Allmählich entwickelte sich der Kampf zu einem eigenartigen rhythmischen Tanz: Sprung – Hieb; Sprung – Hieb. Immer wenn er traf, spürte er, wie die Messerspitze sich durch das Hemd bohrte und in etwas angenehm Festem, aber Weichem steckenblieb. Jedesmal stöhnte Longah auf, griff aber immer wieder von neuem an. Ivan tanzte und schlug zu, tanzte und schlug immer wieder zu, alles offensichtlich in äußerstem Zeitlupentempo.

Bis Longah ihn gegen die Werkbank drängte und er plötzlich ein Brennen zwischen den Rippen spürte, da wo der abgebrochene Flaschenhals sein Fleisch aufgerissen hatte. Dann stürzte er sich mit einem riesigen Satz auf Longah, der vor Schreck die Flasche fallenließ, laut aufschrie und sein Gesicht mit den Händen zu schützen versuchte.

«Mich – machst – du – nicht – fertig!» fauchte Ivan und unterstrich jedes Wort mit einem Hieb, bis lange flache Spuren auf Wange und Nase sichtbar wurden. Zwischen Longahs Finger quoll das Blut hervor. Er schrie wie ein kleines Kind. Dann zerrten plötzlich fremde Hände Ivan zurück und zogen ihn von dem Koloß weg. Er hörte, wie der Prediger rief: «Der Verbrecher bringt Longah um! Holt die Polizei!» Aufgeregte Menschen rannten hin und her. Er kniete im Staub, hielt sich den blutenden Bauch und übergab sich heftig. Dann glaubte er, Elsas entsetztes Gesicht auf sich zukommen zu sehen.

«Elsa», keuchte er. «Sag Hilton –». Dann drehte sich alles zitternd wie wahnsinnig um ihn, und er wußte nichts mehr, bis er mit verbundenen Rippen auf der Polizeistation aufwachte.

12

Die Zuchtrute

JOSÉ

Das Gras war verwelkt und zertrampelt. Nur ein paar müde alte Mandelbäume mit weißgekalkten Stämmen spendeten im Trainingshof Schatten. José sprang, hielt den Ball mit dem Bauch und brachte ihn in einer einzigen fließenden Bewegung auf seine Füße, während er gleichzeitig wieder aufsetzte. Er schwenkte nach rechts, um «Big Tree» zu täuschen, duckte sich dann nach links ab und ließ «Tree» stolpernd und fluchend hinter sich, während er quer über das Feld flitzte.

«Mannomann, hast du das gesehn? José ist verdammt gut», rief einer der Männer.

«So sind wir nun mal in Trench Town», prahlte Dillinger.

José setzte einen halbhohen Paß mitten ins Tor, machte eine abfällige Handbewegung zu den anderen und trottete dann auf eine Gruppe von Männern zu, die im Schatten eines Mandelbaumes das Spiel beobachteten.

«Ach, ihr seid einfach nicht gut genug für mich», sagte José. «Habt's ja gesehen. Gekonnt ist gekonnt!» Mit breitem Grinsen entblößte er die Zähne. Nicht mal das lose Gefängnishemd und die weiten pumpigen Hosen konnten die katzenhafte Anmut seiner Bewegungen verbergen. Aber noch ehe er bei seinen Freunden ankam, gellte ein schriller Pfiff durch den Hof.

«José, herkommen!» rief die Wache.

José drehte sich vorsichtig um.

«Komm her Seemit. Du hast Besuch.»

«Ist doch gar keine Besuchszeit.»

«Komm her und quatsch nicht so viel», rief die Wache.

José zuckte in Richtung seiner Freunde die Achseln und folgte dem Wachtposten, wobei er dessen selbstgefälligen Gang und die gekrümmten Beine des Mannes nachmachte. Die anderen unter dem Baum lachten. Argwöhnisch warf der Wachtposten einen Blick über die Schulter.

José grinste und zuckte wieder die Achseln. «Die sind alle ein bißchen plemplem», tat er das Gelächter ab.

Die Wache bog auf den Kiesweg ein, der zum Verwaltungsgebäude führte, nicht zum Besuchstrakt. Das war merkwürdig – und überhaupt, was für ein Besucher konnte das sein? Es war sein erster in fünf Jahren. Und wieso im Verwaltungsgebäude und nicht zu den normalen Besuchszeiten? Er hatte nur noch sechs Monate abzusitzen und wollte keine Schwierigkeiten. «Eh, Korporal, ist das nicht die Verwaltung, wo wir hingehn?» Die O-Beine unter den weißen Khaki-Shorts marschierten weiter. Die schwarzen Stiefel knirschten auf dem Kies. «Komm schon.» Der Wärter hatte keine Lust, vor dem Gefangenen zuzugeben, daß er selber keine Ahnung hatte, schon gar nicht vor José, der für seine Aufmüpfigkeit bekannt war.

Scheiße, fluchte José vor sich hin. Wetten, daß irgendein kleines Arschloch dem Direktor was gesteckt hat? Das muß es sein. Und ich hab bloß noch sechs Monate, liebe Güte. Ich streit einfach alles ab. Hab von nix 'ne Ahnung, verfluchter Mist. Ärger, Sir? Bin sicher, das ist die kleine Tunte. Dreckiger mieser Arschficker, der muß es sein. Dem sein verdammtes Maul läuft über wie 'n kranker Niggerarsch. Ich mach ihn fertig, der wird sich noch wundern. Möcht wissen, was es ist, das Dealen oder die Lotterie? Aber die können mir nix nachweisen, davon bin ich überzeugt, und zugeben werd ich gar nix. Und mehr Zeit werd ich hier auch nicht absitzen. Lieber geh ich über die verdammte Mauer. Ich schwör. Ich sitz keinen Tag länger, lieber geh ich drauf.

Aber es war nicht der Direktor, der ihn im Büro erwartete. Es war ein langer Schwarzer, den José noch nie gesehen hatte, mit einem hageren durchtriebenen Gesicht und Augen, die sich hinter einer Fliegerbrille versteckten.

«José Seemit, Sir», sagte der Korporal, salutierte scharf und rammte die Absätze in den Beton.

Der Mann lehnte am Schreibtisch des Direktors und blätterte in einer Akte. «Danke-Korporal-das-ist-alles», näselte er im herablassenden Ton eines Schulpräfekten, ohne auch nur aufzuschauen.

'n Bulle also, dachte José und betrachtete das knochige Gesicht und den gut sitzenden Anzug. Wer kann das sein? Sieht fit aus, und hart. Sein Instinkt riet ihm, vorsichtig zu sein, und so blieb er einfach nur stehen, ohne etwas zu sagen, und tat so, als ob er die Wand anstarrte, während er den Mann verstohlen musterte. Dabei war ihm bewußt, daß auch er hinter der Brille studiert wurde. Der hat Zeit? Ich auch, sechs volle Monate, dachte José. Aber wer ist das? Bestimmt ein Bulle, 'n Bullen-Starboy. Was will der ausgerechnet von mir?

Das einzige Geräusch im Zimmer war das Summen eines großen Ventilators an der Decke, dessen Flügel sich faul durch die stehende Luft schoben.

«Kennst du mich?» Die unvermittelte Frage schreckte José aus seinen Überlegungen auf.

«Nein», brummte er.

«Nein, was?»

«Nein, Sir. Nein, SIR.»

«Gut, dafür kenn ich dich. Gehört zu meinem Job, dich zu kennen. José Smith, Nummer 07116, Schmalspurgauner aus West Kingston, Trench Town, genauer gesagt.»

José sagte nichts. Soll er seine Show abziehen, dachte er. Er schaute den Mann an und lächelte zuckersüß.

«Wie lang sitzt du schon?»

José warf einen Blick auf die Akte, zog die Augenbrauen hoch, als wollte er sagen, kannst du denn nicht lesen und wartete gerade so lange, bis es an Unverschämtheit grenzte.

«Fünf Jahre, Sir. Fünf Jahre und fünf Monate.»

«Weshalb?»

José gab keine Antwort.

«Weshalb?» bellte der Kerl und verzog die Lippen.

«Es heißt, ich hätt 'n Motorrad geklaut, Sir.»

Der Mann grinste. «Es heißt? Es heißt? Du wurdest aufgegriffen, als du sternhagelvoll damit durch die Gegend gekurvt bist, stimmt's?»

José starrte geradeaus.

«Stimmt's?»

«Ja, Sir», murmelte er. «Aber –»

«Wenn du das nächste Mal ein Motorrad klaust», sagte der Mann feixend, «dann sieh zu, daß du nicht gerade das vom Sohn des Polizeichefs erwischst, ja?»

«Ja, Sir.»

«Als Gewohnheitsverbrecher und Unruhestifter bist du zu sechs Jahren Zwangsarbeit verurteilt worden. Du wirst in sechs Monaten entlassen, kein Straferlaß wegen guter Führung. Richtig, oder?»

«Richtig, Sir.» Sag mir doch mal was, was ich noch nicht weiß, dachte José. Was soll das blöde Ratespiel?

«Also, José, ich will dich was fragen.» Die Stimme des Mannes wurde freundlich, fast ein wenig vertraut. «Ich frage dich, was hast du nun daraus gelernt? Irgendwas?»

«Ja, Sir», antwortete José und blickte stur geradeaus. «Ich hab 'nen Beruf gelernt, Sir.»

Der Mann lächelte kalt und schaute nachdenklich und belustigt. «Hast also 'nen Beruf gelernt, was? Ich sag dir, was du gelernt hast – nix, verdammt noch mal, gar nix! Du kontrollierst den Ganjahandel im Hof. Du und deine Jungs, ihr habt 'ne Lotterie aufgezogen. 'ne Lotterie in der Haftanstalt, und ihr zwingt Insassen, mitzuspielen und ihr Geld bei euch loszuwerden. Ist das der Beruf, den du gelernt hast?»

«Nein, Sir.» José war mehr als nur etwas erschüttert. Ängstlich beobachtete er den Mann. Was wollte er wirklich? In diesem Moment wußte José, daß ihm etwas Wichtiges genommen würde, noch ehe er das Zimmer wieder verließ. Er konnte sich nicht vorstellen, was es war oder wieviel, aber er wußte, er würde etwas verlieren.

«Beide Aktivitäten, Smith, sind ungesetzlich und laufen den Gefängnisregeln direkt zuwider. Aber was sehe ich? Du hast sechs Monate Straferlaß wegen guter Führung beantragt? Also, Smith –» Er runzelte die Stirn, zog die Augenbrauen hoch und starrte ihn über die Brille hinweg an.

Verdammter Witzbold, dachte José, was willst du eigentlich? Was willst du von mir?

«Straferlaß wegen guter Führung? Es liegt genug gegen dich vor, um dich hier weitere sechs Monate festzuhalten, und wahrscheinlich wär das für die Menschheit das Beste.»

«Nein, Sir –» Der Schock in Josés Stimme war nicht gespielt.

«Unterbrich mich nicht, Smith. Ja, wir könnten, das weißt du. Aber statt dessen bin ich hier, um dir mitzuteilen, daß deinem Antrag stattgegeben wird. Komisch, was Smith? Sechs Monate Straferlaß wegen guter Führung? Weißt du, worum es bei dieser scheinbaren Perversion der Gerechtigkeit überhaupt geht? Wir lassen dich laufen, nicht weil du die Behörden genarrt hast, sondern weil ich dich brauche. Ich brauche dich auf der Straße, in Trench Town und nicht hier, wo du auf Staatskosten dick und fett wirst.»

«Danke, Sir –»

«Wenn du mich noch einmal unterbrichst, kriegst du Ärger. Du sollst mir nicht danken. Hör zu. Wenn du einen Funken Verstand hast, soviel nur, wie Gott einer Wanze gegeben hat, und das wage ich noch zu bezweifeln, bist du nächste Woche zurück in Trench Town und säufst dir die Hucke voll. Klar?»

«Ich versteh wirklich nicht, Sir.» Nicht nur Verwirrung lag in Josés Stimme, sondern auch Bestürzung.

«Ich dachte, ich hätte gute Nachrichten für dich, Smith. Du verstehst nicht, was? Aber streng mal dein Hirn an. Wenn du dir selbst überlassen bleibst, wirst du in Trench Town herumstolzieren, dich rumprügeln, dich ein oder zwei Monate durch die Gegend ficken und dann landest du für mindestens ein bis zwei Jahre wieder hier im Kittchen. Mindestens, sag ich. Aber das muß ja nicht so sein. Wenn du klug bist. Ich mach dir 'n Angebot, das du besser nicht ausschlägst.»

Der Mann hielt inne und betrachtete José. José war ruhig, wachsam. Über ihnen bewegten sich langsam die weißen Flügel des Ventilators in der stickigen Luft.

«Hast du Interesse, Smith? Klar hast du. Du bist ja nicht blöd, auch wenn du manchmal so tust. Ich glaub, ich kann dich gebrauchen.»

«Moment, Sir. Einen Moment, ehe Sie weiterreden. Eins noch, Sir.» Josés Stimme klang bittend.

«Ja?» Der Mann schien belustigt.

«Ich bin kein Spitzel, Sir. Das sollten Sie wissen. Kann keiner von mir sagen.»

«Also das lag dir auf der Seele!» lachte der Mann. «Aber du bist mir vielleicht ein Idiot! Kann keiner sagen?» Hier brach er ab. Die Stimme klang jetzt kalt und keineswegs belustigt. «Du bist, verdammt noch mal, genau das, was ich dir sage, verstanden? Aber du nützt mir nichts, wenn irgend jemand von unserer Abmachung erfährt. Und ich versprech dir, ein Wort, ein Flüstern von dir und ich sorg dafür, daß du für immer hinter Gittern verschwindest. Andererseits –» Jetzt wurde die Stimme wieder sanft und lockend – «kann ich dir versprechen, daß du dich in West Kingston frei bewegen kannst, ohne jede Einschränkung, versteht sich. Du wirst Geld haben, du wirst Schutz haben und du wirst deine Organisation haben. Als Gegenleistung befolgst du meine Anordnung.»

Wieder trat Stille ein, der Mann schien beschäftigt. Er schien auch keine Antwort zu erwarten. Ein Teil Josés konnte gar nicht anders, als sich angezogen fühlen, aber er war auch besorgt. Jeder Instinkt, jedes Gefühl, das er in seinem Leben entwickelt hatte, seit er mit zehn Jahren vom Weg des Gesetzes abgewichen war, mahnte ihn zur Vorsicht.

Plötzlich stand der Mann auf, wie jemand, der sich plötzlich an eine Verabredung erinnert. Er ging zur Tür und blieb dort stehen. Seine Stimme klang wieder unbeteiligt und geschäftsmäßig, weder Schmeichelei noch Drohung lagen in ihr. «Am Montag wirst du entlassen. Am Mittwoch kommst du zur Zentrale und fragst nach dem Sonderkommando unter Kriminalinspektor Ray Jones.» Schon halb draußen hielt er nochmals an, drehte sich um und schaute noch einmal herein. «Wenn du nicht kommst», sagte er lächelnd, «versprech ich dir, daß du noch vor Ende des Monats wieder hier bist – mit oder ohne Grund.» Und weg war er.

Verdammte Kacke! Das war Maas Ray persönlich. Wie betäubt folgte er dem Wärter zurück in den Hof. Es war wirklich ein Kampf, wieder die Fassung zu gewinnen und den Jungs eine passende Story zu liefern. Aber bis er wieder unter dem Baum war, ging er wieder genauso schwungvoll wie vorher.

«Was war los, José? Wer war das?» fragte Dillinger.

«Tja», sagte er, zündete sich eine Zigarette an und grinste. «Der Direktor läßt mich am Montag raus.»

«Du lügst!»

«Wenn ich lüge, will ich Flügel kriegen. Straferlaß wegen guter Führung, verdammt. Er sagt, er hätt 'nen anständigen Job für mich in der Ziegelfabrik. Sagt, in mir steckt was und ich würd's noch weit bringen.»

«Verdammte Kacke», meinte Al Capone. «Du gehst also echt, José?»

«Realbition, Mensch!» José lachte. «Realbition, verdammt.» Er schaute über die Mauer in die Sonne über den fernen Bergen und lachte lange und leise.

DER HIRTE

Guck sich einer den Kummer und die Schande an, die der Junge über mein Haus gebracht hat! Aber dem Herrn sei gedankt, jetzt war es vorbei und so schlecht war es gar nicht verlaufen. Longah hatte eine Menge Messerstiche abgekriegt und einiges Blut verloren, aber er würde überleben. Sie hatten sogar das Tor vor den Horden von Tagedieben und Sensationslustigen schließen müssen, die hofften, einen Blick auf das Blut zu erhaschen. Aber vielleicht füllte ja die gleiche Neugier am Sonntag auch die Kirche. Man mußte in allem das Gute sehen. Und Elsa? Endlich schien sie die wahre Natur des Jungen durchschaut zu haben. Seit dem Kampf hatte sie keiner mehr gesehen. Sie blieb in ihrem Zimmer und schämte sich zu sehr, um ihr Gesicht zu zeigen. Tatsächlich ... das waren doch ihre Schritte, die er gerade hörte? Sie schienen auf die Tür zuzukommen.

«Prediger?»

«Wer ist da?»

«Elsa.»

«Ist es wichtig?»

«Sehr ... Sir.»

«Dann komm schon rein.» Er beugte sich über irgendwelche Papiere auf seinem Schreibtisch, als er sie hereinkommen hörte. Oh, ja, er wollte ihr vergeben, aber nicht gleich. Er tat so, als wäre er beschäftigt und hörte, wie sie vor ihm stehenblieb.

«Ja?» fragte er.

«Ich will Ihnen nur sagen, daß ich nicht im Hause eines Heuchlers bleibe, Prediger.»

Er schaute ungläubig auf. «Was hast du gesagt?»

«Daß ich nicht in einem weißgetünchten Schrein leben will.» Sie sah ängstlich, aber bestimmt aus und trug ihre besten Kleider. In der einen Hand hielt sie einen kleinen Koffer und in der anderen einen Pappkarton.

«Ich nehme an, du willst dich verabschieden?» Er versuchte zu lächeln und bemühte sich, den Ausdruck amüsierter Toleranz aufzusetzen, der einem überreizten Gemüt wie ihrem angemessen war. Einen Moment lang glaubte er, ein Zittern um ihren Mund zu sehen, aber dann zog sie ihn fest zusammen.

Sie sprach betont langsam. «Nein, Sir. Ich kam wegen dem Geld, wie wenig es auch sein mag, das meine Mutter auf ihrem Sparbuch für mich hinterlassen hat, wie Sie mir selbst gesagt haben. Das ist alles.» Steif streckte sie die Hand aus.

«Elsa, du bist viel zu verwirrt – das ist eine Dummheit, die ...»

«Prediger, entweder Sie geben mir das Sparbuch oder ich gehe ohne.»

«Elsa, überleg dir, was du da tust. Wo willst du denn hin?»

«Zu Ivan.»

«Ivan sitzt im Knast.»

«Wo Sie und der gemeine Longah ihn hingebracht haben. Nennen Sie sich noch einmal Christ – nach dem, was Sie dem armen Jungen angetan haben.»

«Das reicht. So spricht man nicht mit mir. Und noch etwas: wenn du jetzt gehst, glaub ja nicht, daß du noch mal zurückkommen kannst, niemals!»

«Zurückkommen! Zurückkommen, Prediger? Damit Sie mich wieder aus dem Bett zerren, mir die Kleider vom Leib reißen und mich windelweich prügeln?»

«Sei vernünftig», sagte er rasch. «Du bist minderjährig und mein Mündel.»

«Gestern war ich allerdings noch eine Hure und eine Nutte. Das war das letzte Mal, daß einer so was zu mir sagt oder Hand an mich legt. Keine Bange, Prediger Ramsey, Sie werden mich hier nicht wiedersehn, in Ihrem ganzen Leben nicht ...»

«Elsa, ich wollte nicht –»

«Geben Sie mir das Sparbuch. Und Ivans Fahrrad nehme ich auch mit. Sie wissen, daß es ihm gehört. Er hat zweimal dafür zahlen müssen.»

«Das wirst du noch bereuen. Erinnere dich an meine Worte, und zwar gut. Ich versuche nicht, dich zu halten. Wie man sich bettet, so liegt man. Der Teufel steckt in dir. Geh an die zweite Schublade da, dort liegt das Sparbuch. Es mag nach viel aussehen, aber du wirst merken, daß es das nicht ist ...» Doch er sprach ins Leere, ihre Schritte verhallten schon im Korridor.

Elsa ging Donnerstagabend. Der Prediger schloß sich in seinem Schlafzimmer ein, bis Sonntag sah ihn keiner mehr.

Am Sonntag versammelte sich eine riesige Menge im Hof des Tabernakels, wo man die Blutspuren nur mit etwas Sand bestreut hatte. Diejenigen, die nicht mehr in den Hof paßten, blieben vor dem Tor stehen. Neben den Gläubigen waren die meisten gekommen, weil sie neugierig waren und das Neueste aus der Gerüchteküche mitkriegen wollten. Sogar hartgesottene Ungläubige wie Bogart und die Jungs von der Salt Lake City Ranch mischten sich unter die Menge und zeigten stolz auf die Stelle, «wo Rhygin den Longah aufgeschlitzt hat wie 'n Stück Schinken.» Aber es war schwer zu sagen, welche gemeinsame Vorahnung sie alle hergetrieben hatte. Es gab eine Menge Mutmaßungen, über welchen Text der Prediger wohl sprechen würde, und ob er überhaupt auftauchen würde. Die meisten glaubten, daß, wenn ja, er Ivan und Elsa aus der Kirche verstoßen würde.

Der Gemeindeälteste Sampson leitete den Gottesdienst, wie er es öfter tat, aber als es Zeit für die Predigt wurde und der Prediger immer noch nicht erschien, wurde die Unruhe und Enttäuschung in der Menge sichtlich spürbar. Nicht, daß der Gemeindeälteste Sampson als mahnender Redner nichts taugte. Viele glaubten sogar, daß er der dynamischste Prediger seit dem berühmten Propheten Bedward war. Aber sie waren nicht gekommen, um einen seiner markerschütternden, sündenaustreibenden Auftritte auf der Kanzel zu erleben. Deshalb fiel die Gemeinde in tiefes Schweigen, als von der Menge draußen das Geflüster hereingetragen wurde: «Der Prediger kommt, der Prediger kommt ...»

Wortlos und ohne Lächeln schritt er durch den Tabernakel und stieg ohne Gruß oder Dankesbezeugung an den Gemeindeältesten auf die Kanzel. Er wandte sich der wartenden Kirchengemeinde zu mit Augen, die starr ins Nichts gerichtet und, wie manche sagten, feuerrot waren. Ohne Gruß und ohne jede Einleitung begann er seine Predigt.

«Asche zu Asche, Staub zu Staub. Laßt die Toten die Toten begraben!» Zuerst dachten alle, daß Longah tot war und Ivan gehängt werden sollte. Die Stille wurde noch eindringlicher, manche sagten, die ganze Kirche hätte in dem Moment den Atem angehalten. Nur des Predigers Stimme schwoll an und schimpfte schneidend vor Härte weiter. Dann kam allmählich Verstehen auf und gleichzeitig Schrecken.

«Herr, Jessas, Maria und Josef, allmächtiger Herr!» In einem unfreiwilligen Ausbruch von Angst und Ungläubigkeit unterbrach eine Frau die Stille. «O mein Gott», jammerte sie. «Er predigt ihren Tod. Er predigt Elsas Tod!»

Es wäre schrecklich genug, wenn dies eine normale Totenandacht gewesen wäre für jene, «die gesegnet waren und im Herren starben». Aber hier war es umgekehrt, es handelte sich um eine rachsüchtige Austreibung, die Verdammung einer Seele, die «im Schmutz und abseits von Gottes Gnade» starb. Auf jeden Fall war es der fürchterlichste Auftritt, den man in dieser Kirche je erlebt hatte und die schrecklichen Worte wurden noch grausiger durch die furchterregenden Zuckungen des Predigers. Ehe er fertig war, fingen schon ein paar Kinder, die noch zu jung waren, um die Worte zu verstehen, an zu schreien und mußten herausgebracht werden. Einige Leute weinten offen, entweder aus Angst oder aus Mitleid und die überfüllte Kirche hatte sich fast völlig geleert. In West Kingston verbreitete sich in Windeseile das Gerücht, daß «Prediger Ramsey verrückt geworden ist. Er steht auf der Kanzel und vollführt des Teufels Werk. Er predigt die Seele eines armen Mädchens zur Hölle!»

Irgend jemand – man vermutete ein Rivale innerhalb der Kirche – erstattete in Memphis Meldung über diesen frevlerischen Mißbrauch der Kirche. Die daraus resultierende Diskussion im Missionsausschuß war lang und leidenschaftlich und in ihrem Verlauf fielen einige recht schlimme Bemerkungen über den «primitiven, afrikanischen Teufelsglauben». Aber von Dr. Jimmie standhaft verteidigt, überdauerte der Prediger mitsamt seiner Mission. Als Kompromiß erklärte man ihn zum Opfer «eines geistigen Zusammenbruchs und übermäßigen Eifers» und holte ihn für eine Zeit des Gebets, der Führung und Ruhe nach Memphis.

BABYLON

Sie führten ihn hilflos, mit gefesselten Händen herein, eine kleine, beinahe zerbrechliche Gestalt zwischen den beiden wuchtigen Polizisten. Er spürte aller Augen auf sich ruhen und sein Mut sank. Schon die ganze letzte Woche war ihm der Ratschlag Maas Natties im Kopf herumgegangen: «Junge, ich sag dir, das Gericht ist kein schöner Ort, geh da nicht hin. *Geh da nicht hin, sag ich dir.*» Aber wie konnten sie ihn je verurteilen? Schau sich einer den Riesen Longah an und dann ihn daneben. Und Elsa würde ihnen das mit dem Fahrrad erklären. Sie mußten die Ungerechtigkeit einsehen! Sie konnten ihn nicht schuldig sprechen. Erst als er eine Bewegung an der Tür wahrnahm und Bogart und die Jungs von der Ranch hereinkommen sah, schöpfte er wieder Mut. Die Jüngeren starrten ihn mit großen Augen an und zeigten mit dem Finger auf ihn. Er bleckte die Zähne in einem kalten Grinsen und hob die gefesselten Hände zu einem kurzen Gruß. Werd's schon schaffen! Dann blickte er wegen des plötzlichen Gemurmels in der Menge auf und sah eine merkwürdige Gestalt hereinkommen.

Der ehrenwerte Richter Herr Josephus V. O. Allen in seiner dunklen Robe, die gewichtig raschelte und der gepuderten Perücke, die den schmalen Kopf umrahmte und auf den abstehenden Ohren saß. Er war die personifizierte Autorität, als er jetzt zum Podium schritt, seinen Sitz einnahm und dem Publikum einen kalten Blick zuwarf. Der Herr Richter Allen war ein feiner, beinahe maniristischer Mensch, der sich seiner Würde sehr wohl bewußt war und sich doch zunehmend darüber sorgen mußte, daß seine beachtlichen Fähigkeiten übersehen wurden. Nach all der Zeit im Richteramt hätte er eigentlich schon in den Obersten Gerichtshof berufen werden müssen, als einer der höchsten Richter Ihrer Majestät. Es war wirklich fast beschämend, diese politische Bevorzugung und Karrieremacherei im Dienst. Er hatte ziemlich viel Pech gehabt, ja leider. Bedauerlich, höchst bedauerlich.

Gewandt zog er ein parfümiertes Taschentuch aus dem Ärmel, tupfte es geziert auf seine geschürzten Lippen und musterte die Tagesordnung. Gnädiger Himmel, diese Leute! Erst schlitzten sie sich gegenseitig die Gurgel auf und dann kamen sie angerannt, logen das Blaue vom Himmel herunter, weinten und jammerten zum Gotterbarmen und füllten das Gerichtsgebäude mit ihren Müttern, Großmüttern und Konkubinen. Und die warteten nur darauf, daß das Urteil verkündet wurde, damit sie mit ihrem erbärmlichen Gejammer und Geheul anfangen konnten. Ihn erinnerte es immer an eine Totenwache. Es war wirklich zum Heulen. Seine Nerven hielten dieses Landgericht einfach nicht mehr aus. Aber wenigstens waren heute nachmittag nicht wieder diese fürchterlichen Ras Tafaris dran. Der Herr Richter Allen nickte kurz in Richtung Tür, unterdrückte den Wunsch, sich die Ohren zuzuhalten und setzte sich zurecht.

«He, he, he!» brüllte der stattliche Gerichtsdiener aus voller Kehle. «Die ehrenwerte örtliche Strafkammer von Kingston eröffnet die Sitzung unter dem Vorsitz des ehrenwerten Richters, Herrn J. V. O. Allen. Der Fall Ihrer Majestät gegen Ivanhoe Martin, Angeklagter, kommt hiermit zur Verhandlung. Jede Person, die hierzu etwas auszusagen hat, soll vortreten und wird angehört werden.»

Und so traten sie hervor. Der Prediger mit einer Stimme, die vor guten Taten und zurückgewiesener Güte nur so triefte, erzählte von seinem unermüdlichen Bemühen, Ivan eine christliche Führung und ein christliches Beispiel zu geben. Longah, der wie eine Mumie verbunden war, sprach mit einer so schwachen und zittrigen Stimme, daß alle im Saal, die ihn kannten, anfingen zu kichern. Und vor Gericht trat er so bescheiden auf, daß man geneigt war, ihn für einen der letzten großen Märtyrer zu halten. Elsa, die bemerkenswert lebendig war, obwohl der Prediger sie dem Verderben preisgegeben hatte, machte ihre Aussage mit fester Stimme und weinte nur ein bißchen, als sie von dem Fahrrad erzählte. Dabei starrte sie dem Prediger trotzig ins Gesicht. Ivan, der weder durch seinen Tonfall, noch durch sein Verhalten auch nur eine Spur von Reue zeigte, blieb bei seiner Aussage, daß er nur seine Person und sein Eigentum hatte verteidigen müssen.

«Und um das zu tun, war es notwendig, das äh, Opfer, äh etwa dreizehnmal mit einem Messer zu verletzen?» meinte der Richter und starrte den Angeklagten an, als ob von seiner Antwort sehr viel abhing.

«Ja, Sir», sagte Ivan. «Aber ich habe nicht zugestochen, um ihn umzubringen, Sir.»

Stummer Beifall von Bogart und seiner Truppe.

«Hmmmm», machte der Richter, «hmmmm.»

Er war nicht gerade bester Laune. Am Morgen hatte er die Gelegenheit gehabt, einen Ras Tafari zu verurteilen, einen gewissen «Ras Stimulus». Er hatte ihm sechs Monate Zwangsarbeit wegen öffentlicher Ruhestörung und weitere sechs für den Genuß von Ganja aufgebrummt. Der Kerl hatte in der Hauptverkehrszeit einen Riesenstau verursacht, weil er mitten auf der belebtesten Straße der Stadt auf- und abstolzierte und verkündete, er sei gekommen, «um seines Vaters Besitz zu fordern». Der Herr Richter Allen hatte sich leicht amüsiert und hielt sein Urteil noch für wirklich milde.

Nicht so eine Gruppe von Anhängern des Mannes. Als er das Urteil verkündete, fingen einige Zeuginnen – später stellte sich heraus, daß es die «Frauen» des Angeklagten waren – an, zu jammern und zu wehklagen: «Ohje, ohje, was für ein gemeiner Dreckskerl!» und machten auch noch andere Bemerkungen über ihn. Und noch ehe die Polizei da war, um den Saal zu räumen, prangerten ihn so etwa zwanzig bis dreißig Glaubensgenossen an, die ihre Stäbe schwangen und sie bedrohlich in seine Richtung streckten. Also, Richter Allen war nicht gerade abergläubisch und auch nicht besonders religiös, aber von dreißig Eiferern einstimmig verflucht zu werden, noch dazu in reichlich erschreckender Art und Weise und außerdem in seinem eigenen Gericht, das war doch höchst beunruhigend. Der Ruf ans Oberste Gericht konnte gar nicht früh genug kommen. Der irre Singsang hallte jetzt noch in seinem Kopf nach – eine, eine, wie hieß es doch gleich? Oh, ja, eine verdammte Verwünschung nach der anderen, «damit er sich daran erinnere, daß er keine Gnade hatte walten lassen, sondern die Armen und Bedürftigen verfolgt hatte ...

Setzt einen Gottlosen über ihn und Satan zu seiner Rechten ...

Wenn er gerichtet wird, soll er verdammt sein, und sein Gebet soll sündig werden,

seine Tage seien gezählt; ein anderer übernehme sein Amt ...

Laß seine Kinder ohne Vater aufwachsen, seine Frau ohne Mann ...

Laß sie ihr Brot an trostlosen Orten suchen ...

Laß seine Witwe zur Hure werden, die Sünden seiner Mutter vergebe nicht ...»

Es war nicht nur schändlich, sondern, um die Wahrheit zu sagen, auch ziemlich zermürbend. Wohin ging es mit dem Land, wenn ein Richter der Königin mit derart wenig Respekt behandelt wurde, noch dazu von seinen eigenen Leuten? Und jetzt dieser Ivanhoe Martin, der nichts Falsches darin sah, Gewalt bis über die Schwelle der Kirche zu tragen. Man müßte diesen Leuten endlich beibringen, die gesellschaftlichen Institutionen zu achten.

«Ivanhoe Martin, steh auf und stell dich vor die Richterbank», trompetete der Protokollführer in seinem besten Englisch. Der vorsitzende Richter tupfte sich Mund und Wangen ab und starrte den Angeklagten böse an.

«Ähem, junger Mann, du hattest jede Gelegenheit, etwas aus dir zu machen», tadelte er. «Du wurdest, ähem, in der Kirche aufgenommen und konntest ein gutes, christliches Leben führen.»

Der Prediger und Longah nickten bekräftigend.

«Statt dessen bist du, ähem, hingegangen und hast nichts als Dummheiten ausgebrütet, und – Gewalt!» Der Zeuge des Staatsanwaltes nickte heftig und selbstgerecht mit dem Kopf. «Da dies jedoch deine ähem, erste Strafe ist, ähem, schicke ich dich nicht – ins Gefängnis.» Der Richter hielt inne, wie um sich selbst zu applaudieren, und tupfte sich die Lippen. Der Prediger und Longah schienen enttäuscht. Elsa lächelte hoffnungsvoll. Ivan schaute besorgt. «Ich, ähem, werde dir eine Chance geben, dich zu besinnen. Ich hoffe, das wird dich ein für allemal auf den Boden der Tatsachen zurückholen. Du wirst zu acht Hieben mit der Tamarindenrute verurteilt.»

«Jessas!» schrie Elsa auf.

«Ruhe im Gerichtssaal!» blökte der Gerichtsdiener.

Der Richter warf die Lippen auf, runzelte die Stirn und hämmerte ungeduldig auf den Tisch.

Vor allem hatte er Angst, als er den Wachen folgte. Nicht die Angst vor Gefahr, diesen plötzlichen Adrenalinausstoß, der die Reflexe beschleunigte und die Glieder stärkte. Dies war eine Angst vor Schmerzen, eine zum Erbrechen reizende Angst, die den Körper schwächte, ihm jeden Willen entzog und ihn fast zum Weinen brachte. Diesen Knoten im Bauch hatte er nun schon seit der Urteilsverkündung gespürt und er haßte ihn. Aber das war nicht alles. Ein anderes Gefühl hielt ihn gepackt, das fast erstickt wurde von der Übelkeit, ein reiner scharfer Klumpen Haß. Haß auf den Prediger und auf Longah und auf ihr blasiertes Lächeln, das sie austauschten, als sie den Urteilsspruch hörten; Haß auf den Richter, der mit seiner Perücke auf der Richterbank thronte wie ein Obergeier, ein Schwarzer, der wie ein Weißer redete und Haß auf die Polizei mit ihrem harten, stets bereiten Griff und dem sadistischen Grinsen. Er hatte sich warm und besser gefühlt, als Elsa den Zeugenstand betreten hatte. Aber das lag jetzt weit zurück, ebenso wie der Anflug von Triumph, den er bei den respektvollen Blicken von Bogart und den Jungs gespürt hatte, Blicke, die ihm bedeuteten, daß sein Ansehen auf der Straße damit rasant gestiegen war. Alles lag jetzt weit zurück, Stolz, Wut, Haß und Trotz – und alles, was übrig blieb, war die Angst. «Rein mit dir», sagte die Wache und stieß ihn in die Zelle. «Mach dir nix draus, wird ja nicht lange dauern», rief sie grinsend hinterher.

Ivan stolperte und hielt sich an der Kante der Pritsche fest, um seinen schwachen Beinen Halt zu geben. Zwei hartgesottene Burschen saßen da und studierten ihn. Von irgendwoher hörte er unterdrücktes Schluchzen und Wimmern.

«Was hast du gekriegt?» fragte einer der beiden.

«Tamarindenhiebe, acht Stück», antwortete Ivan.

«Hast du Schwein! Ich krieg die Katze», meinte der Mann.

«Tamarinde ist schlimmer», mischte sich der andere ein. «Ich weiß es.»

Ivan fühlte seinen Bauch zittern und dachte einen Moment lang, er müßte sich übergeben.

«Ist wie 'n schwarzer Hund und 'n Aff», sagte der erste. «Beide sind gleich schlimm.»

(Auuuu», jammerte es und Ivan blickte sich verschreckt um.

«Halt's Maul und hör auf mit dem Gewinsel! Du hast ja noch gar nichts abgekriegt», brummte der erste und machte eine abfällige Geste in Richtung einer der oberen Pritschen.

«Ich halt's nicht aus, ich halt's nicht aus, ich halt's nicht aus, Herr Jessas», wimmerte die Stimme und erstickte dann in unterdrücktem Schluchzen.

«Der heult schon seit heut morgen», erklärte der erste. «Geht mir schwer auf die Nerven.»

Ivan auch. Es war ein undifferenzierter, angsterfüllter Ausbruch reinen, animalischen Schreckens, so als ob der Schreiende jegliche Kontrolle über sich verloren hätte. Das Warten wurde dadurch unendlich viel schlimmer. Ivan betrachtete die beiden Männer. Unter der öligen Schweißschicht auf ihren verkrampften Gesichtern konnte er die Spannung erkennen, unter der sie standen.

«Wann bald?» Er konnte nicht anders als fragen, aber er fürchtete sich vor der Antwort.

«Verdammt bald!» meinte der eine.

(Auuuu, ich sterbe, ich sterbe. Herrgott, ich sterbe!»

«Halts Maul», schrie einer der beiden. Wieder ging das Jammern in Schluchzen über.

«Was hast du denn angestellt?» fragte der erste.

«Hab einen zusammengestochen, der mich angemacht hat», sagte Ivan sachlich und fühlte sich etwas wohler, als der Mann ihn mit einem respektvollen Blick streifte. Von der oberen Pritsche kam immer noch ein leises Wimmern.

«Dauert nicht mehr lange und ich hau ihm eine rein», sagte der zweite.

«Hast du schon jemals die Katze gekriegt?» fragte der erste Ivan. Der schüttelte den Kopf.

«Hast du heut früh was gegessen?»

Wieder schüttelte er den Kopf.

«Gut», sagte der Mann.

«Du wirst dich vollscheißen», erklärte der zweite. «Kannst gar nicht anders. Macht jeder.» Über ihnen ging das Wimmern weiter.

«Was hat er gemacht?» fragte Ivan und nickte nach oben.

«Verführung Minderjähriger, glaub ich», sagte der erste. «Das Mädchen war erst zehn.»

«Und du?» fragte Ivan.

«Überfall mit Körperverletzung heißt es», sagte der Mann und lächelte schwach.

Der zweite sagte nichts.

Durch den Zellenblock hallten Schritte. In Begleitung von zwei Polizisten erschien jetzt ein brauner Mann, der einen weißen Kittel voller rotbrauner Flecken und ein Stetoskop um den Hals trug. Er schaute auf ein Papier in seiner Hand und las:

«Eustace Golding.»

Der erste stand auf, erst noch etwas unsicher, aber dann fing er sich. Als er an Ivan vorbeiging. reichte er ihm seine angefangene Zigarette. Auf der Stirn standen lauter kleine Schweißperlen. «Viel Glück, Bruder», flüsterte Ivan. Der Mann brummte etwas. Ivan lauschte, als die Schritte sich entfernten. Das Wimmern von der oberen Pritsche dauerte an, leise und eindringlich. Es erinnerte ihn an das Quetschen eines neugeborenen Tieres oder auch an den gebrochenen Ton, den der dem Untergang geweihte Papagei von sich gegeben hatte, kurz bevor der Falke ihn damals gepackt hatte.

«Versuch nicht hinzuhören», sagte der zweite und preßte sich die Hände auf die Ohren. Aber da hörte Ivan schon den lauten Knall, gefolgt von einem Schrei, der fürchterlicher war als alles, was er je gehört hatte. Es war ein urplötzlicher, lauter, schriller Schrei, der nichts Menschliches mehr an sich hatte, durch das Gefängnis hallte und plötzlich abbrach.

«Noch neun», sagte der zweite.

Ivan fühlte, wie ihn seine letzten Kräfte verließen. Ich werd nicht so schreien», nahm er sich vor. Nach dem zweiten Hieb fing der Mann mit den Händen auf den Ohren an, sich vor und zurück zu wiegen und sang mit lauter Stimme: «Fels aller Zeiten, aufgetan für mich.»

«Wieviel?» fragte der Arzt, während er Ivans Herz abhorchte. Der Atem des Arztes stank nach Rum. «Acht Sir, Tamarinde.»

«Hmm», meinte der Arzt. «Er hat Angst. Ist aber ein guter, starker Herzschlag. Führt die Strafe aus.»

Ivan konnte das Zittern nicht beherrschen, als sie ihn jetzt bis auf die Unterhose auszogen. Eine irrationale Stimme sagte ihm immer wieder, daß dies ein Alptraum war und daß er jeden Moment aufwachen und alles verschwunden sein würde, daß ihm so was nicht passieren könnte. Aber sie führten ihn auf einen von Mauern umschlossenen Hof, der vollkommen leer war, bis ein auf Stützbalken stehendes Faß. Als sie näher herankamen, erkannte Ivan auf der einen Seite ein Loch und rechts und links je einen Riemen.

«Geh rüber», sagte der Sergeant. Sie zogen ihm die Hosen runter. «Ziehst sie besser aus», meinte der Arzt. «Mußt sie ja nicht unbedingt dreckig machen.»

Ivan trat aus der Unterhose heraus und ging auf das Faß zu.

«Leg dich da drüber und steck eine Genitalien durch das Loch», befahl der Sergeant.

Ivan schaute ihn verdutzt an.

«Mach schon, Mann, oder willst du, daß sie kaputt gehn?»

Als er sich mit dem Bauch auf das von der Sonne aufgewärmte Faß legte, stieg ihm ein ekelhafter Gestank von schalem Urin in die Nase. Die Riemen wurden um seine Hand- und Fußgelenke gelegt und festgezurrt. Er machte die Augen auf und schloß sie schnell wieder. Auf dem Boden, nur etwa dreißig Zentimeter unter ihm, war ein Haufen von Erbrochenem mit etwas Sand oberflächlich zugeschüttet worden. Riesige Fliegen summten darin herum. Irgendwer, wahrscheinlich der

Arzt, faßte ihm unter die Lenden, dort, wo die Genitalien in das Loch herabhingen. Dann spürte er eine Hand über seinen Rücken gleiten, der trotz der Sonne über ihm kalt und feucht war.

«Okay, Sergeant, möglichst nicht auf die Nieren, ja?» meinte der Arzt.

Ivan biß sich auf die Lippen. Dann hörte er einen Pfiff, die Stiefel des Sergeanten, ein scharfes Zischen und dann passierte alles auf einmal: ein reißender Schmerz jagte durch seine Nerven und explodierte in seinem Hirn. Ein schriller Schrei zerfetzte ihm die Ohren. Seine Kehle brannte, so sehr hatte der Schrei sie ausgetrocknet. Der gesamte Körper bäumte sich auf, zerrte an den Riemen und fiel dann wieder auf das Faß zurück. Ein heißer Strom, als sich die Blase entleerte und er seine Eingeweide nicht mehr unter Kontrolle halten konnte.

Aus weiter Ferne zählte eine Stimme: «Eins.»

Dann überrollte der Schock seine mitgenommenen Nerven so heftig, daß er zuerst glaubte, er sei schon wieder getroffen worden. Für einen Moment blieb ihm das Herz stehen.

Wuuuuusch, wammmmm ... vier.

Der Sergeant blickte auf den schlaffen Körper und pfiff wütend durch die Zähne.

«Wollen Sie nachsehn, Sir? Er ist ohnmächtig.»

«Machen Sie weiter», sagte der Arzt. «Er ist jung und kräftig.»

«Aber, Sir, soll ich ihm nicht einen Eimer Wasser über den Kopf schütten?» fragte der Sergeant noch einmal nach.

«Nein, verdammt noch mal», sagte der Arzt. «Laß uns endlich fertig werden.»

Viertes Buch

PRESSHAH DROP

Ah say,
Presshah drop!
Oh,
Presshah drop,
Oyeah
Presshah
Uhhumm,
Presshah,
Presshah gonna drop on you …

Toots Hibbert, «Pressure Drop»

13

Aber du mußt es immer und immer wieder versuchen

DIE TOCHTER
Sie hatte die Tür verriegelt und das einzige Fenster im Raum fest verschlossen, um sich vor dem lauten Treiben der vielen Menschen draußen im Wohnhof zu schützen, aber auch, um Kummer und Scham nicht nach außen dringen zu lassen. Doch das Lachen, das Fluchen, die schrillen Schreie oder das Stöhnen aus dem Nachbarzimmer, wo ein hellhäutiges Mädchen mit trüben Augen einen ständigen Strom von Besuchern empfing, das konnte sie nicht aussperren.

«Was für ein Leben! Und das ist meine erste Nacht mit Ivan ... wer hätte je gedacht, daß wir sie so verbringen würden?»

Das Zimmer war heiß und bei geschlossenem Fenster wurde die Luft schnell stickig. Sie konnte seinen Rücken nicht angucken. Sie schloß die Augen, aber jedesmal, wenn er sich bewegte oder stöhnte, mußte sie doch wieder hinschauen. Schließlich machte sie einfach das Licht aus und blieb die ganze Nacht im Dunkeln sitzen.

Er hatte einen leichten, unruhigen Schlaf und murmelte ununterbrochen vor sich hin, aber nichts von dem, was er sagte, machte für sie irgendeinen Sinn. Manchmal hörte sie ihn auch nur stöhnen oder wimmern. Und dann einzelne Namen: Miss Mando, Maaas Nattie, Mirriam, Prediger, Hilton und ihren eigenen. Wer war Mirriam? Er stöhnte und sie glaubte, er wäre aufgewacht, denn sie spürte, wie er seinen warmen, feuchten Körper in ihren Schoß legte und sich seine Arme um ihre Hüften schlangen.

«Ist schon gut», tröstete sie ihn und strich über sein feuchtes Gesicht. «Schon gut, Liebling. Jetzt ist alles vorbei.»

«Nein, nein, nicht ... noch nicht vorbei ... so nicht, verdammt ...» In wilder Auflehnung schüttelte er den Kopf.

Ihr Kleid klebte an ihrem Oberschenkel, dort, wo sein Kopf ruhte.

Wenn sich sein verschwitzter Kopf bewegte, gluckste es. Zuerst hatte sie gedacht, daß er wie ein verängstiges Kind ins Bett gemacht hätte. Und es lag auch wirklich etwas Ursprüngliches in dem Wimmern, das über seine Lippen kam. Sie wünschte, sie könnte etwas tun. Aber bei der leisesten Berührung, jedesmal, wenn sie versuchte, ihm die Ströme von Schweiß aus den klaffenden Wunden zu wischen, die aussahen, als hätte eine Katze sie gerissen, heulte er auf. Wenn sie über sein Gesicht und die Glieder strich, spürte sie den Schweiß sofort wieder hervorquellen. Das Fieber brannte und bebte wie etwas Lebendiges unter seiner Haut. Sie war sicher, daß der Schweiß in dem geschundenen Fleisch brannte und überlegte, ob sie warmes Kokosnußöl über seinen Rücken träufeln sollte, um das Salz zu neutralisieren.

Er würde nicht sterben, obwohl das in dieser ersten Nacht manchmal gar nicht so sicher schien. Wovor sie sich fürchtete, waren die Folgen, die die Mißhandlung hinterlassen hatte. Was im Moment mit ihm geschah, blieb ihr unverständlich und machte ihr Sorgen. Sein Gestammel war zu unzusammenhängend, als daß sie es hätte verstehen können und von Zeit zu Zeit bäumte er sich ängstlich auf.

«Ruhig, Ivan. Es ist vorbei, ist alles vorbei.» Sie dachte daran, welche Veränderungen sie in dem Ivan entdecken würde, der wieder zu sich kam – und zu ihr.

Sie kannte nur einen Menschen, den man zu einer Prügelstrafe verurteilt hatte. Aber Maas Zekel Jackson war schon alt gewesen, als es passierte, also hatte es nicht viel zu bedeuten, sagte sie sich. Trotzdem, er war ein kräftiger alter Mann gewesen, und gut beisammen, wie die Leute sagten. Ein ehemaliger Soldat, den jedermann «Halt-aus-ich-komme-Jackson» nannte. Er war immer vor den Kindern auf- und abmarschiert und hatte laute Befehle gebrüllt, die er dann selbst zu allererst befolgt hatte. Er hatte imaginäre Waffen geschultert und war mit bloßen Füßen über den Asphalt gestampft, wobei er zackig vor der Königin salutierte. Er hatte Zuckerrohrsaft und Kokosnüsse von einem Karren verkauft, der direkt vor der Schule unter einem großen Divi-Divi-Baum stand. Sie konnte sich nicht erinnern, hatte es vielleicht auch nie gewußt, was sein Vergehen gewesen war, aber sie erinnerte sich noch, daß er nur zu vier Schlägen verurteilt worden war und daß die Leute gesagt hatten, es wäre gemein, einen alten Mann so zu schlagen. Danach war Maas Zekel nie wieder der Alte gewesen. Er schien immer schwächlicher zu werden, plapperte und grinste vor sich hin und hatte seine Blase nicht mehr unter Kontrolle. Die Leute sagten, die

Schläge hätten ihn wirr im Kopf gemacht. Wahrscheinlich war er schon längst tot.

Aber Ivan war jung und hatte Pläne. Ihm würde so etwas bestimmt nicht passieren. Aber wenn sie ihn im Dunkeln so stammeln und stöhnen hörte, bekam sie doch Angst. «Wache und bete», sagte sie sich. «Wache und bete. Er ist nicht der erste und er wird bestimmt nicht der letzte sein.»

Gegen Morgen schien das Fieber zu sinken und er fing an, am ganzen Körper zu zittern. Sie war zu Tode erschreckt, aber er setzte sich auf und sagte mit normaler Stimme, daß er durstig wäre. Sie gab ihm etwas Buschtee mit Rum und danach fiel er in einen tiefen Schlaf.

«Dank sei dem Herrn Jesus Christus», sagte sie und lauschte seinem regelmäßigen Atem. «Ivan wird gesund – er wird wieder gesund.» Sie spürte eine Woge der Erleichterung und Freude, die jedoch sogleich in Erschöpfung umschlug. Jetzt, dachte sie, jetzt kann unser neues Leben endlich beginnen.

Aber würde er noch derselbe sein? Wie sollten sie leben? Sie versuchte sich zu zwingen, weder an Geld noch an das beklemmende Gefühl in dem kleinen, engen Zimmer zu denken. Bisher war hier noch nichts Positives geschehen. Der Vermieter war ein hellhäutiger, fetter Mann mit Mundgeruch und einem Grinsen, das seine kariösen Zähne entblößte. Unter den Armen und im Schritt erkannte sie Schweißränder. Er grinste sie frech an.

«Willst du hier allein wohnen?» hatte er gefragt und sein Blick streifte über ihre Brust.

«Nein, mein Bruder kommt bald nach. Er lebt noch auf dem Land, wissen Sie.»

«Ach so, dein Bruder? Verstehe.» Er nannte einen Betrag, der etwa doppelt so hoch war, wie sie erwarrtet hatte.

«Das scheint mir aber hoch, Sir.»

«Tja, meine Liebe, könnte niedriger werden», sagte er mit Augen, die feucht und gutwillig glänzten. «Das liegt nur an dir.» Er zählte die Scheine sorgfältig nach und stopfte sie in seine Tasche. «Von einem hübschen Mädchen wie dir nehm ich wirklich ungern Geld.» Sein Grinsen entblößte wieder die schwarzen Zahnstummel. «Kannst es dir ja noch mal überlegen.»

Sie überlegte es sich, verriegelte die Tür hinter sich und lehnte sich mit dem Rücken dagegen.

Und im Gefängnis, als der diensthabende Aufseher, von ihren Tränen zermürbt, sie endlich hereinließ, um mit Ivan zu sprechen, war alles, wovon er reden konnte, der Termin mit Hilton.

«Sag ihm, meine Mutter ist gestorben – oder sag ihm, ich wär im Krankenhaus. Egal was, aber mach ihm klar, daß ich mit zwei Tophits wiederkomme.»

Als sie in der Menge stand und sah, wie Hilton sich im Studio bewegte, seinen Assistenten Befehle zubrüllte, Bitten schroff abwies und derbe Witze riß, über die alle pflichtschuldigst lachten, sank ihr der Mut.

«Gottogott, Mister Hilton hört aber auch gar nicht mehr auf, hiii hiii hiii!»

Er war genau das, was der Prediger einen Mann von Welt nennen würde. Er war reich, stand ständig in den Zeitungen und wurde als «Sportler», «Prominenter» oder «führender Geschäftsmann» betitelt. Er fluchte zwar mit demselben breiten Akzent wie die Leute hier, aber es war unmißverständlich, daß er der Boss war. Jeder grinste ihm ins Gesicht. Und wenn er jemand beim Namen nannte, und sei es nur, um ihn plump vertraulich zu beschimpfen, dann strahlten die Leute, als wäre ihnen eine große Ehre zuteil geworden. Er erinnerte Elsa an irgend jemand, sie wußte nur nicht gleich, an wen. Nichtsdestotrotz störte sie der Vergleich. Jetzt schob er lachend einige Taugenichtse beiseite und blieb genau vor ihr stehen. Der bärtige Mund verzog sich zu einem Lächeln und die dunkle Brille glänzte.

«Und was ist mit dir, Süße? Was willst du? Jede Wette, du willst 'ne Platte machen – für mich!» Seine Stimme war sanft und einschmeichelnd, vor allem die gekonnte Pause vor dem «für mich». Die Taugenichtse lachten und stießen sich gegenseitig in die Rippen.

«Mister Hilton läßt aber auch nichts aus», krähten sie bewundernd. «Ja, der hat Feuer im Blut.»

«Nein, Mister Hilton», sagte sie förmlich. «Ich habe nur eine Nachricht für Sie – von Ivan.»

«Ivan? Welchem Ivan?» Er schien verwirrt, aber noch ehe sie weitersprechen konnte, hatte ihm sein Assistent etwas ins Ohr geflüstert.

«Ach ja, der Starboy. Du bist also sein Bote, was? Also, wie lautet die Botschaft?» Er strich sich über den Bart und lächelte.

Sie spürte, wie er sie hinter seiner Brille von oben bis unten musterte. Sie zögerte, war auf einmal fast unfähig, ihre sorgfältig geplante Lüge vom Stapel zu lassen. «Ivan sagt, ich soll Ihnen ausrichten, Sir, daß seine Mutter auf dem Land gestorben ist und er dringend hin mußte. Aber er sagt, daß er mit zwei Tophits zurückkommt.»

«Aber, aber, mir gefällt die Botin besser als die Botschaft», dröhnte er. «Ist sie nicht süß?» meinte er zu seinem Publikum gewandt.

«Ja, Mr. H. Ist wirklich 'n hübsches Ding.»

«Mr. H. Sie haben einen guten Blick. Tät mir auch gefallen, die Kleine, wissen Sie.»

Unter den Blicken der Männer glühte ihr Gesicht. Hilton stand da und beobachtete sie amüsiert. «Bist du sicher, daß du nicht doch – 'ne Platte machen willst?» Für die Umstehenden schien der Scherz noch lustiger als beim erstenmal.

«Du bist die erste, die durch diese Tür kommt und keinen Plattenvertrag machen will. Wenn du deine Meinung änderst, Süße, dann komm einfach wieder, meld dich bei mir – zum Debüt.»

«Und was ist mit Ivan, Sir?»

«Ivan? Ach ja, sag ihm, er soll vorbeischauen, wenn er wieder da ist.» Sie war mit brennenden Wangen hinausgerannt, das Gelächter und die Kommentare einfach hinter sich lassend.

Doch wenn sie sich heute an diese Scham erinnerte, dann verkehrte sie sich in Wut. «Und alles nur wegen Ivan», schäumte sie, «warum bin ich nicht einfach weggelaufen oder, noch besser, warum hab ich ihm nicht die Meinung gesagt? Was der sich rausgenommen hat, verdammt ...» Noch etwas anderes als seine herablassende Art regte sie auf. Sie hatte einfach ein komisches Gefühl bei diesem Mann und seinem Studio. Er im Studio, umringt von seinen Vasallen ... in ihr stieg so etwas wie eine Erinnerung auf, die ihr aber immer wieder entglitt. Vielleicht, weil sie Ivan vorher schon von ihm hatte reden hören? Sie glaubte nicht. Aber davon abgesehen kannte sie sowieso keinen wie ihn, reich, mächtig, ein Mann, der – wie die Leute sagten – die Frauen und die große Welt liebte. Was bedeutete ihr das? Sie, die im Haus des Predigers aufgewachsen war, konnte so jemand nie gekannt haben. Er würde Ivan seine große Chance geben, und das war alles.

Ivan zuckte und stöhnte und sie befürchtete, er würde wieder anfangen, sich unruhig hin und her zu wälzen. Aber für den Rest der Nacht war er ruhig. Sie mußte auch eingeschlafen sein. Als nächstes wußte sie, daß es Morgen war und sie gegen die Wand gelehnt dasaß. Ivans Kopf lag in ihrem Schoß. Aber jetzt war auch er wach, weinte und umarmte sie.

«Alles in Ordnung, Ivan, alles in Ordnung ... es ist vorbei.»

«O Elsa», schluchzte er. «Jesus, Elsa, Jesus, Elsa ...» und dann schlief er wieder ein.

Im Tageslicht konnte sie die grausigen Wunden auf seinem Rücken nicht mehr übersehen, auf denen sich jetzt eitrige Krusten bildeten. Im Zimmer hing der salzig-süße Geruch von Fleisch, das der tropischen Hitze ausgesetzt ist.

Als er wieder aufwachte, schien er nicht mehr er selbst. Seine Stimme war schwach, aber ruhig, seine Worte zusammenhängend.

«Elsa, was ist heute für ein Tag?»

«Mittwoch. Geht's dir schlecht?»

«Es geht ... Mittwoch ... Jessas, heißt das, daß ich seit Montag nix mehr weiß?»

«Ich glaub schon», sagte sie.

«Wie sieht mein Rücken aus?»

«Ivan, ich kann nicht mal hinsehen. Wie fühlt er sich an?»

«Na ja, es geht. Elsa, warst du bei Hilton?»

«Ja, war ich, keine Sorge. Er meint, du sollst wiederkommen, wenn du vom Land zurück bist.» Bei der Erinnerung an ihre Lüge mußte sie kichern.

«Prima», flüsterte er. Die alte Erregung glitzerte wieder in seinen Augen. «Prima. Wenn das läuft, wird alles besser. Der Rest ist kein Problem.»

«Ich hab noch was für dich», sagte sie geheimnisvoll. «Rat mal, was es ist.»

«Was?» Er beobachtete sie mir verwirrter Vorfreude.

«Schau!» Sie faßte unter das Bett, um etwas hervorzuzerren. Er beugte sich hinunter, um besser sehen zu können und schrie vor Schmerzen. «Schau!» sagte sie noch einmal und zog strahlend das Fahrrad hervor.

«Hab ich für dich mitgenommen.»

«Was hat der Prediger gesagt?»

«Ich hab ihn gar nicht erst gefragt, hab's einfach genommen.» Sie konnte ihren Stolz nicht verbergen.

«Meine kleine Löwin», sagte er nachdenklich und schaute sie an.

«Wo sind wir eigentlich?»

«In unserem Zimmer.»

«Und drei Tage war ich hier? Am besten fang ich gleich mit dem zweiten Song an. Auuuu!» Er schnellte hoch und japste nach Luft.

«Du mußt warten, bis der Rücken ein bißchen verheilt ist. Worum geht's denn überhaupt in dem Lied?»

«Erfolg», sagte er grinsend, «was sonst?» Er war zwar noch ziemlich schwach, aber wenn er lächelte, dann war er ganz der alte Ivan.

Verfolgung mußt du ertragen, aber ganz gleich
Ob du gewinnst oder verlierst, du kriegst dein Teil ...

«Wie findest du das?»

«Klingt gut, mach weiter.»

«Also schön, hör zu:

Ja, du schaffst es, wenn du wirklich willst
Aber du mußt es immer und immer wieder versuchen ...»

BABYLON

«Hast du gesehn?» lachte Hilton. «Der Junge kommt sich jetzt schon vor wie 'n Starboy.»

«Ist ja auch 'ne echte Starboy-Jacke», stimmte der Assistent Chin zu und lächelte über den riesigen gelben Stern, den Elsa mitten auf Ivans Hemd genäht hatte.

«Aber der ist auch verteufelt gut, wissen Sie.»

Nicht unbedingt «gut», dachte Hilton, eher schon besessen. Er beobachtete, wie Ivan herumstolzierte und -tanzte. Das Hemd klebte an seinem mageren Körper, die Augen und Zähne blitzen in einem von Schweiß und Freude glänzenden Gesicht, der ganze Körper strahlte unbändige Ekstase aus. Der Junge mochte zwar – wie viele andere – in der Kirche angefangen haben, aber das hier hatte wenig zu tun mit Kirchenmusik. Es war reines Gefühl, es saß tiefer und war natürlicher als jede Ausbildung, in die er vielleicht hineingeraten war. Er blieb knallhart an der Musik, eine Spur hinter dem Takt, bedrohte und streichelte das Mikrophon, krümmte und schlängelte sich um das heiße Zentrum der Musik, stakste trotzig durch den Raum. «Der hat's, der Bursche», sagte Chin. «Der ist vom Geist besessen.»

Das zweite Stück war positiver als das erste, aber auch rebellisch, besonders im dem schnellen Rhythmus, den Hilton drumherumbaute. Der Text war nur ein Element – die Stimme war gut, sehr flexibel und musikalisch und mit einer großen Spannweite – aber alles in allem, war es eine Kombination, eine Verschmelzung von Worten, Melodie und Rhythmus zu der begeisterten Bejahung einer Lebensweise, die genauso hart, widerborstig, stur, stolz, verzweifelt und macho war, wie die Barackenstädte selber.

Uumhu. Ah say ...
De harder dey come ...
Is de harder dey fall
One an aawll ...

Auf jeden Fall würden diese Songs die Jugend der Barackenstädte ansprechen, dachte Hilton, also würden sie auch Geld einbringen. Es war genau die Art von Musik, die man ihm immer vorwarf, denn er war der einzige, der sie auf den Markt brachte, und bei der die Regierung immer mit Zensur drohte, weil sie umstürzlerisch war und den «Sufferahs» Flausen in den Kopf setzte.

Yoyeh De harder dey come
Is de harder dey fall
One an aawll ...

Er hörte die Frage im Geist schon. Sagen Sie mal Hilton, wer sind denn eigentlich «die», deren Fall Sie da feiern? Wissen Sie eigentlich, was Sie da machen? Verdammt, ja. Musik hat noch keinen umgebracht. Im Gegenteil, er tat Gutes damit.

Guck sich einer die Nigger an. Der Junge hatte sie an der Angel, Teufel noch eins! Und sie waren ein hartes Publikum, aber kein Zweifel, er hatte sie gepackt. Egal, was für harte Burschen sie waren, sie rockten mit, glaubten dran, triumphierten ... und die Musik spielte. Ivan wirbelte herum und schrie seine Anklage im Takt heraus, hämmerte mit erhobener Faust in die Luft, Triumph in den Augen, das Gesicht fast von Schmerz verzerrt. Er hatte sich selbst zuallererst zum Gläubigen gemacht, war derjenige, der am wahrhaftigsten glaubte:

But I'd raddah be a free man in mah grave
Dan living as a puppet or a slave
So as sure as the sun will shine
I'm gonna get mine ...

In diesem Augenblick war er ein Star; er wußte es und seine Zuhörer ebenfalls. Hilton ließ zu, daß er sich noch eine Weile austobte, obwohl er schon längst mehr hatte, als er brauchte.

«In Ordnung. Schnitt. Das reicht.» Er mußte zweimal brüllen, ehe die Musiker aufhörten zu spielen und eine vibrierende Stille ins Studio einkehrte.

Ivan war gestrandet. Mit offenem Mund stand er da, von der Musik verlassen, wie ein Geschöpf, das plötzlich aus seiner vertrauten Umgebung herausgerissen und angreifbar und verletzlich an einen fremden Ort gespült worden war. Er blinzelte und schüttelte den Kopf, als ob er soeben aus einem Traum erwacht wäre. Offensichtlich versuchte er, sich zu sammeln. Dann kam er, vor Schweiß triefend und vor Eifer glänzend, angerannt.

«Jawohl, in Ordnung», beantwortete Hilton die unausgesprochene Frage. «Können wir brauchen.»

«Prima, Sir, prima. Und wann kommt sie dann raus, Sir?»

«Rauskommen? Mach mal halblang, Mann, erst kommt das Geschäft. Hier, lies das.» Hilton reichte ihm den Standardvertrag und studierte sein Gesicht, als er ihn durchlas. Der Junge war noch so voll drauf, daß er seine Gefühle kaum verbergen konnte. Es war fast eine Schande, ihn da runterzuholen. Aber er hatte Talent und je eher er sich mit der Realität anfreundete, um so besser für alle Beteiligten. Der, der nicht glaubte, er würde gleich Millionär, nur weil er ein paar Aufnahmen gemacht hatte, oder der später nicht behauptete, ausgebeutet worden zu sein, mußte ihm erst noch über den Weg laufen. Der Junge starrte auf das Blatt Papier, als wäre er kurzsichtig.

«Was ... soll das heißen, Sir?»

«Du kannst doch lesen. Genau das, was da steht. Du kriegst fünfzig Piepen für die Platte, fünfundzwanzig pro Seite.»

«Heißt das – ist das alles?»

Hilton hatte diesen Gesichtsausdruck oft gesehen. Genauer gesagt, es war eine ganze Reihe von Gefühlen, die über Ivans Gesicht huschten. Zuerst der schnell verlöschende Ausdruck von Freude, dann Schock, Ungläubigkeit, Verwirrung und das selbst-anklagende Lächeln desjenigen, der sich für eine Dummheit entschuldigt, gefolgt von dem erhärteten Verdacht, daß es sich nicht um einen Irrtum handeln konnte und dann zum Schluß der wenig erfolgreiche Versuch, Enttäuschung und Wut zu verbergen. Verdammt, Geschäft ist Geschäft, dachte Hilton, und das Leben ist hart. Er hatte den Vorgang schon öfter gesehen und es hatte noch keinen gegeben, der – einmal an diesem Punkt angelangt – der Versuchung hatte widerstehen können, seinen Namen auf einer Plattenhülle zu lesen.

«Also junger Mann?»

«Fünfundzwanzig Dollar die Seite, Sir? Das ist einfach nicht richtig.»

«Oha, was ist denn deiner Meinung nach richtig?»

«Also, so genau weiß ich das auch nicht, aber ...»

«Mach schon!» Die Stimme klang ungeduldig. «Du mußt doch irgendeine Vorstellung haben, sonst könntest du noch nicht sagen, daß dir das nicht richtig vorkommt? Na los, raus damit!»

Der Junge biß sich auf die Lippen und ein flehender Ausdruck lag auf seinem Gesicht.

«Wie wär's mit Prozenten, falls es ein Hit wird – oder ... oder wenigstens zweihundert Dollar?»

Hilton lachte.

«Nein, Sir. Ich glaub nicht, daß ich das für fünfzig Dollar unterschreibe, Sir.» Stur und sauer schaute Ivan woanders hin.

«He, Chin, sieht ganz so aus, als ob wir einen neuen Produzenten hätten. Kannst ihm schon mal viel Glück wünschen.»

Chin sagte nichts.

«Also paß auf», sagte Hilton, zu Ivan gewandt. «Komm mal her. Ich bin ein fairer Mensch. Du bist also mit den Bedingungen nicht zufrieden? Schade, wir hätten vorher drüber reden sollen. Aber ... noch ist der Krug nicht zerbrochen, noch die Milch nicht ausgelaufen. Wenn du die Konditionen nicht magst, brauchst du nicht zu unterschreiben. Produzier's doch selbst, Mann. Kannst die Bänder kaufen und selber mischen. Sagen wir, fünfzig Dollar für eine Stunde Studiozeit, fünfzehn die Stunde für einen Assistenten, okay? Klingst ja ganz wie'n Geschäftsmann, also bringst du das doch spielend auf, oder? Ich kann sie sogar für dich pressen. Pauschalpreis für tausend Stück, sagen wir, für jede ein Dollar fünfzig. Über tausend Stück, ein Dollar jede. Kannst du dir was Faireres vorstellen? Meinst du, du kannst tausend verkaufen – oder zwei oder drei? Brauchst dich nur zu entscheiden und deine Bestellung zu machen. Bestell einfach. Bar im voraus ... oh, du willst nicht? O Mann, jetzt enttäuscht du mich aber. Na ja, denk trotzdem drüber nach – du weißt ja, wo du mich findest.»

Ivan ließ den Vertrag einfach fallen und ging zur Tür. Der Schwung war hin. Er marschierte mit den gummiartigen, automatischen Bewegungen eines Kämpfers, der schwer getroffen war und bei dem nur noch die Reflexe arbeiteten.

«Wollen Sie's selber mischen und ein paar pressen?» fragte Chin und starrte auf seine Schuhspitzen.

«Und ob. Aber nur 'ne kleine Auflage, und bring's nicht raus, ehe ich's dir sage.»

«Ja, Mister Hilton», antwortete Chin leise.

Verdammt, der würde wiederkommen. Hilton gab ihm einen, höchstens zwei Tage. Widerspenstig und trotzig, aber er würde sich entschuldigen und weitermachen wollen. Also, da mußte er mal sehen – vielleicht in sechs Monaten, wenn er ein bißchen Benimm gelernt hatte. Es gab absolut keinen Mangel an Möchtegern-Sängern. Aber er mußte sich die Bänder noch mal anhören. Der Bursche schien irgendwas Besonderes zu haben, Geist, Gefühl ... es war schwer in Worte zu fassen. Trotzdem, wenn er je zu etwas gut sein sollte, mußte man ihn beizeiten zurechtstutzen. Ihn zähmen wie ein Fohlen ... oder wie ein Mädchen.

Aber eine Woche verging und Ivan kam nicht wieder. Trotzdem vertraute Hilton auf seinen Riecher. Dieser Junge wollte ins Radio, da war nichts dran zu rütteln. Vielleicht war er so sauer gewesen, als er damals ging, daß er irgendwas angestellt und sich mit der Polizei angelegt hatte. Wie hieß er doch gleich, Ivanhoe ... wie? Er mußte mal nachsehen. Verdammt, er hatte ihn nicht mal nach dem Nachnamen gefragt. Also ... noch einen Monat. Wenn er bis dahin noch nicht aufgetaucht war, würden sie die Platte trotzdem machen. Und wenn Ivan dann ankam, würde er ihn abfinden. Wär ja nicht das erste Mal.

Der Monat war noch nicht ganz vorbei, als Hilton ihn in der Menge vor dem Tor stehen sah. Dem verdrossenen Gesichtsausdruck nach schien er nicht viel dazugelernt zu haben.

«Na, was willst du, Kerl ... 'ne neue Platte machen?»

«Nein.»

«Was dann?»

«Ich nehm die Kohle.» Seine Stimme war kaum mehr als ein Murmeln.

«Was sagst du? Sprich lauter, Mann, ich versteh dich nicht.»

«Ich hab gesagt, ich nehm das Geld für die Platte.»

«Welches Geld? Welches Geld, Mann? Na, red schon! Meinst du die vierzig Dollar?»

Ivan schaute ihn an. Etwas flackerte in seinen Augen auf, verschwand aber sofort wieder in einer Art hündischer Resignation. «Schon recht», sagte er dumpf.

«Und ob dir das recht ist.» Hilton schälte ein paar Scheine aus der Tasche. «Außerdem hast du noch Riesenschwein. Mir liegt nix dran, mit dir ins Geschäft zu kommen. Was hast du gesagt, wie du heißt?»

«Ivanhoe Martin.»

«Ivanhoe wie?»

«Martin.»

«Okay, hier unterschreiben. Und, Sportsfreund, wenn du das nächste Mal 'ne Platte machst, merk dir, daß ich hier in der Stadt das Sagen habe. Und noch was – ich mach auch die Hits. Nicht das Publikum und auch nicht die Discjockeys. *Ich* mach die Hits, klar?»

Aber Ivanhoe schien schon gar nicht mehr zuzuhören. Sein Gesicht war abgewandt. Er nahm die Scheine und schob sie, ohnen einen Blick drauf zu werfen, in die Hosentasche.

«Nein, Bürschchen, zähl nach. Ist besser. Siehst du die extra zehn Dollar? Ich muß ja nicht ... aber ich will auch nicht, daß es heißt, Boysie Hilton wär ein Schlitzohr.» Laut kichernd fuhr er davon.

Chin rauchte jeden Tag nach dem Mittagessen einen Joint; wie er behauptete, tat das seinem Asthma gut. Als Hilton hereinkam, schaute er ihn ausdruckslos an.

«Erinnerst du dich noch an den Burschen damals, der nicht unterschreiben wollte? Also, du kannst die Platte rausbringen.»

«Hat er unterschrieben?» Die Stimme Chins verriet keine Regung.

«Ja, aber sag den Deejays, sie soll'n sie nicht so groß rausbringen.»

«Ist aber 'ne gute Platte, Sir.» Chin sah aus, als wäre er über seine eigene Antwort erstaunt und bedauerte, daß sie ihm rausgerutscht war.

«Und wenn, ich will sie keinesfalls in der Hitparade. Bringt nix, den Jungen aufzubauen. Der ist zu schwierig. Ein verdammter Unruhestifter.»

14

Wer andern eine Grube gräbt

'Osoever digget a pit
Shall fall in it
Shall fall in it
Shall fall in it
For if you is a big, big tree
I am a small axe ...

DER MANN MIT DEM BART

Ohne Unterbrechung erstreckte sich eine endlose Reihe struppiger Sträucher die Schienen entlang, die alles überschatteten außer dem Himmel und den leeren Gleisen, die in die Ferne führten. Es war ein Ort, der in seiner Öde und Abgeschiedenheit einzigartig war, wo sich nie jemand hinverirrte, es sei denn, er suchte die Einsamkeit. Der kleine Junge, der reglos neben den Gleisen hockte, verschärfte höchstens den Eindruck der Trostlosigkeit. Er war unglaublich dünn und noch ziemlich jung. Unter der Krone der Dreadlocks erschien sein Gesicht jedoch alt und verzerrt.

Der Mann, der jetzt neben ihm auftauchte, machte einen etwas anderen Eindruck. Auf den ersten Blick wirkte er wie eine größere Ausgabe des Jungen. Die glühenden Augen und die dramatisch sich auftürmenden Locken verliehen ihm das Aussehen eines leicht irren Asketen. Er war schlank, aber nicht so hager wie der Junge. Sein Gesicht war angespannt und intelligent, hatte aber nicht dessen weisen, altklugen Ausdruck. Als er hinter den Jungen trat, schienen seine tiefliegenden Augen weicher und dunkler zu glühen, als bargen sie einen unterdrückten Schmerz.

Mit keiner Regung gab der Junge zu erkennen, daß er die langsamen Schritte gehört hatte, nicht einmal, als schon der Schatten des Mannes auf ihn fiel.

Er legte seine Hand auf die magere Schulter des jungen. «Komm, laß uns heimgehen, Man-I.»

Der Junge wandte den Kopf, um zu seinem Vater aufzuschauen. Seine Wange ruhte auf der Hand des Mannes.

«Komm», flüsterte der Mann und drückte ihm dabei liebevoll die Schulter. «Jetzt sind nur noch du und ich übrig. Laß uns heimgehen.»

Da schossen dem Jungen die Tränen in die Augen und sein Gesicht wurde plötzlich sehr jung. Er stand auf, nahm die Hand seines Vaters und langsam und schweigend gingen sie zusammen die leeren Gleise entlang.

BABYLON

Josés Honda schlängelte sich durch den Verkehr und schnitt ein paar Fahrzeuge, darunter auch einen grünen Cortina. Der Fahrer fluchte, schoß hinter ihm her und schaltete die Sirene ein. Er zog mit der Honda gleich und drängte sie an den Straßenrand.

«Polizei!» rief der Fahrer. «Rüber mit dir und keine Bewegung.»

José stieg ab, spreizte die Beine und legte die Hände flach auf das Wagendach. Der Fahrer tastete ihn ab. Das Päckchen Ganja hinten auf der Honda schien er nicht zu bemerken.

«Ist besser, wenn das hier so wichtig ist, José.»

«Ärger, Maas Ray, ziemlich schlimmer Ärger sogar, Sir.» José schwitzte und sein besorgter Gesichtsausdruck war echt.

«Ärger? Was für Ärger?»

«Die haben Pedors Frau erschossen, heut morgen, draußen auf dem Land, Sir.»

«Was heißt, die haben sie erschossen? Wer ist die?»

«Die Armee, Maas Ray.»

Der Polizist fluchte erneut. «Ist sie tot?»

«Soweit ich weiß ja.»

«Hatte sie was bei sich?»

«Pedro ist damit abgehauen, Sir.»

«Okay, überlaß das mir.» Er ging zu seinem Wagen.

«Aber Mister Ray – was soll ich den Dealern erzählen, Sir?»

«Keine Action, bis ihr von mir hört.»

«Aber Sir –» Seine Stimme verriet noch immer Unbehagen.

Der Polizist blieb stehen und musterte ihn mit einem eisigen Blick. «Aber sehn Sie nicht, Sir –», fuhr José fort. «Die zahlen für Schutz, das wissen Sie doch, Sir, und jetzt ist einer von ihnen tot. Also wie sieht denn das aus?»

«Okay, ich geb ja zu, das ist ein Problem. Aber überlaß das mir. Sag ihnen nur, sie sollen den Stoff zurückhalten, bis ich mich wieder bei dir melde. Keine Sorge.»

«Und was ist mit Pedros Frau, Sir?»

«Was meinst du? Das ist deine Sache. Finde jemand, der vertrauenswürdig ist und sie ersetzen kann, klar? Und benachrichtige mich auf die übliche Weise.»

Als Maas Ray wieder in sein Auto stieg, war er mehr als nur verärgert.

Tja, das war ein Problem, aber wie groß es war, konnte er noch nicht abschätzen. Konnten diese Cowboys vom Geheimdienst wirklich vorhaben, seinen eigenen Geheimdienst kaputtzumachen? Die hatten wohl nix Besseres zu tun als mit ihren Spielzeugen rumzuballern? Oder mit ihren Helikoptern durch die Berge zu fegen und ihr Bestes zu tun, um die Wirtschaft der Kleinbauern zu vernichten. Die sollten doch in ihren verdammten Kasernen und auf ihren Paradeplätzen bleiben. Darin lag ihr Geschäft: zum Rückzug zu blasen und die Scheißfahne einzuholen. Warum glaubte die gottverdammte Regierung eigentlich, daß ein Land von dieser Größe eine Armee brauchte? Es war ihm einfach schleierhaft. Wenn es um den Nationalstolz ging und die verdammten Idioten unbedingt ihr Mütchen kühlen wollten, warum gingen sie dann nicht nach Rhodesien oder noch besser nach Südafrika, wo sie den Buren Feuer unterm Hintern machen konnten? Auf keinen Fall durfte man zulassen, daß sie sich weiter einen Dreck um den Arm des Gesetzes scherten. Wie zum Teufel stand die Polizei denn dann? Als er sich wieder einigermaßen beruhigt hatte, peilte er das Hauptquartier an.

«Jones hier. Verbinden Sie mich mit dem Kommissar.» Der alte Scheißer würde mal wieder vor sich hinbrummeln und absolut nichts unternehmen. Er war ein altmodischer Beamtentyp und der erste Schwarze auf diesem Posten, daher übermäßig empfindlich bei der geringsten Kritik oder jeder Anspielung auf das sinkende Ansehen der Polizei. Außerdem war er dem Wahn verfallen, daß die beiden Dienste in einer herzlichen Atmosphäre zusammenarbeiteten und im Hinblick auf die nationale Sicherheit in freundschaftlichem Wettstreit miteinander lägen.

«O ja, Herr Kommissar. Hier Jones. Ich habe gerade erfahren, daß die Armee heute früh einen meiner Leute erschossen hat.»

«Ja, ich hab's auch gerade gehört. Aber einer Ihrer Leute? Niemand hat erwähnt ...»

«Nein, Sir. Kein Beamter. Einer meiner Informanten im Ganjahandel.»

«Oh.» Die Stimme am anderen Ende der Leitung schien erleichtert und etwas ungeduldig.

«Ach so. Also darüber hatten wir uns ja schon geeinigt. Ich kann das ja nicht gut an die große Glocke hängen, nicht wahr? Die werden mir sagen, daß sie sich nicht darum kümmern können, ob ein Gesetzesbrecher zufällig V-Mann ist oder nicht.»

Jones atmete tief ein. Wie üblich, keine Spur von Unterstützung. Der alte Schwachkopf, und wie lang der schon im Polizeidienst war ...

«Ich verstehe, Sir, Ihre Position ist ziemlich prekär. Aber wenn meine Informationsquellen versiegen und die Kriminalitätsrate in die Höhe schnellt, dann kommt keiner auf die Idee, daß die Armee damit zu tun haben könnte ... Sir.»

Jones hörte, wohl beabsichtigt, ein deutliches, gereiztes Schnaufen am anderen Ende. Die Stimme des Kommissars war jetzt eisig und formell:

«Mister Jones, wie soll ich das verstehen?»

«Nur so, Sir: auch wenn es uns nicht passen sollte, die Ausführung des Gesetzes in West Kingston hängt zum großen Teil davon ab, wie zuverlässig die V-Männer sind. Es ist unvermeidlich, daß diese Leute in engem Kontakt mit – äh – unerwünschten Personen stehen. Wenn meine Aktionen auch weiterhin durch Eingriffe seitens des Militärs gestört werden, sei es nun versehentlich oder nicht, dann wird die Wirksamkeit der gesamten Polizeiarbeit in West Kingston – in Frage gestellt. Schon jetzt –», Jones überlegte es sich anders und brach ab.

«Ja, Jones? Schon jetzt –?» forderte ihn der Kommissar sanft heraus.

«Tut mir leid, Sir, daß ich das sagen muß, aber Sie müßten es ja selbst am besten wissen. In den letzten drei Wochen haben unsere Jungs drei der meistgesuchten Kriminellen aufgestöbert. Und jedesmal, Sir, ehe wir auch nur die Möglichkeit hatten, sie zu verhören, waren die Leute vom Geheimdienst schon auf der Bildfläche erschienen, fuchtelten mit einem Ministerbescheid herum und faselten was von nationaler Sicherheit.» (Na, wie schmeckt dir das, Herr Scheißkommissar?)

«Der Minister? Sind Sie da sicher ...»

«Ich denke schon, Sir. Ein Netz allseits bekannter Verbrecher, dem die Armee auch noch Immunität gewährt. Und wir hatten noch nicht mal Gelegenheit rauszufinden, was da überhaupt gespielt wird. Die unteren Chargen fragen sich schon, ob die Polizei überhaupt noch zuständig ist für die Verbrechensbekämpfung.» (Na, und das, Herr Kommissar, Sir? Diese verdammten Soldaten mit ihrem verfluchten Geheimdienst in *meinem* Territorium, noch dazu mit dem stillschweigenden Einverständnis deines alten Schulkumpels, des Herrn Ministers!)

«Nun, Jones, ich werde mich in dieser Angelegenheit mit dem Minister in Verbindung setzen. Die Sache ist nur, wie soll ich ihm erklären, daß bestimmte Dealer unseren – äh – Schutz genießen?»

«Ich verstehe, Sir. Aber es wäre unendlich hilfreich, wenn man ein für allemal klarstellen könnte, daß unsere Sonderabteilung alles kontrolliert, was in unseren Bereich fällt, und daß zur Zeit eine sehr heikle Situation herrscht und es weder zu Einmischung noch zu Übergriffen kommen sollte. Ja, Sir. Dank, Sir.» Er hängte wütend ein. «Hast verdammt recht, Ja-Sir-danke-Sir», grunzte er. «Wenn nicht, bricht da draußen nämlich im Handumdrehen ein verdammter Krieg aus. Jedesmal, wenn der Geheimdienst einen von uns schnappt, werden zwei von euch dran glauben müssen, egal, was für Ministerbescheide sie in der Tasche stecken haben ... schließlich ist die Sondereinheit nicht dazu da, jedem dreckigen kleinen Verbrecher die Glückseligkeit zu predigen.»

So saß er da, dachte wütend nach und trommelte mit den Fingerknöcheln gegen das Armaturenbrett. Maas Ray konnte Frustrationen dieser Art nun mal nicht ab. Bei solchen Gelegenheiten lief er mit einem so mürrischen Gesicht durch die Gegend, daß man ihn für einen schmollenden Schuljungen hätte halten können. Schließlich griff er wieder zum Autotelefon, wie ein Mann, der zu einer Entscheidung gekommen ist.

«Ja, ich bin's noch mal. Geben Sie mir Sergeant Philpotts bei der Sondereinheit. Holla, Foggy? Wie steht's mit der Überwachung? Gut. Vier? Wer ist der andere? Na, macht nix. Hör zu, besorg dir ein paar Männer von der Kampfeinheit aus der Harmon-Kaserne und schnapp sie dir. Nein, halt, nimm lieber 'ne Zehn-Mann-Einheit, volle Feuerstärke, hat ja kein Zweck, ein Risiko einzugehen. Ich möchte, daß du die Kerle einkassierst, und zwar sofort! Heute noch. Macht nix. Das mach ich schon. Und paß auf. Ich möchte, daß sie ein paar Fragen beantworten. Wenn sie nicht mitspielen ... tja, kann man nix machen, das Leben ist hart. Hauptsache, du kriegst sie. Alles klar? Nein, nein. Nicht zur Wache, bring sie ins Haus. Genau, schlag zu, zum Teufel.»

STARBOY
Jessas, das ist Wahnsinn! Elsa wird sich zwar wieder aufregen, aber das ist es wert. Er trat einen Schritt von dem kleinen Spiegel zurück und zappelte ausgelassen herum, um zu sehen, wie die Goldfäden bei jeder Bewegung glitzerten. Wahnsinn, Wahnsinn, Wahnsinn! Der Starboy in Person! Heut nacht ist meine Nacht, genau. Mann, ist ja schon spät. Wo bleibt Elsa nur? Warum kommt sie so spät? Er zog die schwarze Jacke aus Wildlederimitat über das goldene Hemd. Heut nacht ist meine Nacht und ich bin bereit! Ja, der Junge wird seinen Weg machen. Zwischen Bett und Schrank konnte man sich kaum bewegen, geschweige denn tanzen, aber er konnte einfach nicht ruhig sitzen.

Mann, hoffentlich war Elsa heut abend in Stimmung. Für sie hatte er auch 'ne Überraschung. Wenn sie doch bloß endlich über dieses alberne, heilige Getue hinwegkäme. Der Prediger hatte sie ganz schön mit Scheiße vollgestopft, alles machte ihr Angst und alles war Sünde...

Aber trotzdem, sie war 'ne Wucht! Wie sie sich um alles gekümmert hatte, wie sein Rücken kaputt gewesen war und er nicht mal mehr wußte, wo er überhaupt war. Und als der gelbe Hund, dieser Verbrecher Hilton ihm eins reingewürgt hatte, war er so geladen gewesen, daß er am liebsten alles kurz und klein geschlagen hätte. Total durchgedreht, weil alles so auseinandergebröckelt war. Dann hatte er tagelang im Bett gelegen, konnte sich kaum noch bewegen. Und sie war genauso geschockt, aber sie versuchte, es zu verstecken und so zu tun, als wäre nicht viel passiert. Und kein Wort mehr darüber, daß sie erst heiraten müßten. Nein, Sir. Sie hatte sich einfach neben ihn gelegt, sich ganz fest an ihn geschmiegt, ihn umarmt und geflüstert: «Egal, was kommt, Ivan, wir bleiben zusammen.» Und so hatte sie dann neben ihm gelegen, weich und nackt, also wirklich, sie war schon ein tolles Mädchen, wirklich. Auf jeden Fall war das jetzt alles vorbei. Heut kam die Platte raus und jetzt konnte ihn keiner mehr stoppen. Niemand, Hilton nicht und der Prediger nicht, niemand!

Sure as the sun's gonna shine
I'm gonna get it, what's mine

Er hörte ihre Schritte und wartete ungeduldig, daß die Tür sich öffnete.

«He, Elsa! Rat mal...»

«Was, Ivan?» Müde ging sie zum Bett, ließ sich darauffallen und zog die Schuhe aus. «Meine Füße bringen mich noch um.» Sie war so mit ihren Füßen zugange, daß sie seine neuen Kleider und seine Erregung gar nicht bemerkte. Wie müde sie aussieht ... im Gesicht und um die Augen ... dachte Ivan. Aber warte, bis ich ihr erzählt hab ... dann wird sie sich gleich besser fühlen. Und ab heute abend wird sich sowieso alles ändern. Es muß einfach besser werden. «Elsa! Die Platte ist raus!» Er wartete auf irgendein Zeichen von Interesse oder Anteilnahme.

«Ach, wirklich?» meinte sie nur.

«Schau, Elsa, zur Feier des Tages ... das ist für dich.»

«Für mich?» Müde, fast verständnislos schaute sie auf, als er ihr die Schachtel zuwarf. «Für was hast du wieder dein Geld ausgegeben? Hast du nicht das Essen gekauft, wie ich dir gesagt habe?»

Weder der scharfe Unterton noch die Art, wie sie die Schachtel lustlos mit den Fingerspitzen berührte, machten ihm was aus. «Ach, vergiß doch das Essen, Mann! Heute nacht müssen wir feiern!»

Sie brachte nur ein schwaches Lächeln zustande und zupfte unsicher an der Verpackung.

«Na los! Mach's schon auf! Heut nacht ist unsere Nacht!» Er riß die Schachtel auf und hielt ein grellbuntes Stück Stoff hoch. «Ein Mini, Mann, der letzte Schrei. Sexy, was?» Sie starrte auf den Rock, zuerst noch halbwegs von seinem Enthusiasmus angesteckt, doch dann erlosch das Lächeln wieder. «Ivan, du weißt doch, daß ich so was nicht anzieh. Wie konntest du glauben, daß ich das trage?»

«Aber warum denn nicht? Ist der letzte Schrei. Zieh's an, Mann, und du bist die heißeste Braut in ganz Kingston, wenn wir heut abend feiern gehn.»

«Was denn feiern? Du hast die Platte für fünfzig Dollar an Hilton verkauft und du hast keinen Cent mehr zu erwarten, das weißt du ganz genau. Hast du überhaupt noch was übrig von dem Geld?»

«Ja aber, wenn die anderen Produzenten das hören, und wenn's ein Hit wird, dann kann ich mehr machen, vielleicht sogar selber welche machen. Mensch, morgen ziehn wir von hier weg. Komm, mach dich fertig.»

«Ivan, ich bin müde. Ich bin den ganzen Tag rumgelaufen und hab Arbeit gesucht.»

«Ach, komm schon mit ... du brauchst ja nicht zu tanzen ...»

«Wir haben überhaupt kein Geld dafür. Ich muß noch Essen kaufen und Arbeit suchen und am Sonntag will ich in die Kirche.»

«Ach so, das ist es, was? Willst du, daß ich zu den Reichen gehe und um Arbeit bettel? Du verstehst wohl nicht, wie? Ich hab jetzt 'ne Platte! Und alles andere ist für mich vorbei, verstanden?»

«Gut, für mich aber nicht. Meine Füße bringen mich fast um und du redest vom Tanzen ...»

«Wofür rennst du denn auch so rum? Nimmst du mich etwa nicht ernst? Glaubst du nicht, daß ich es schaffe? Glaubst du wohl nicht, was?»

«Nein, nein, ich sag doch nur, daß ich müde bin.»

«Nein, du willst, daß ich betteln geh und für zehn Dollar die Woche im Garten schuften darf, mein ganzes verdammtes Leben lang! Scheiß drauf! Und damit du mich richtig verstehst: lieber fall ich tot um. Ich hab so was nicht mehr nötig, hörst du? Ich werd's schaffen, ich werd's schaffen, Baby!»

«Ivan, Ivan, du bist und bleibst ein Träumer.»

«Ein Träumer? Ein Träumer, sagst du?» Seine Stimme überschlug sich fast vor Wut und Enttäuschung. «Ich ein Träumer? Wer geht denn hier in die Kirche und träumt von Milch und Honig im Himmel? Und *ich* bin ein Träumer? Ich für mein Teil kann auf Milch und Honig im Himmel verzichten. Ich such lieber hier unten nach meinem Anteil. Weißt du was? Ich verzieh mich lieber aus diesem gottverfluchten Loch, Mann.»

Talk about the pie up in the sky
Waiting for me when I die
But sure as the sun will shine
I'm gonna get mine, what's mine ...

Die Bar vibrierte, oh yeah, und rockte im Takt zum Reggae-Roots-Beat. Und voll war's! Ja, dicht an dicht, eine glitzernde, farbenprächtige, pulsierende, stampfende, tanzende Menge. Freitagnacht in Shantytown. Ivan hatte seine kleine schwarze Mütze aufgezogen. Hübsch, nicht wie diese riesigen Dinger von den Dreadlocks, die darunter ihre Haare verstecken wollten. Mit der Sonnenbrille, dem Hemd und der Jacke war er der angesehenste Rude-Boy vor Ort. War ja auch richtig so für den neuesten Stern, der heut abend am Unterhaltungshimmel in seine Umlaufbahn schoß.

Sein Ärger und seine Enttäuschung lösten sich im Durcheinander der Bewegung bald auf, aber nicht ganz. Ja, er war verletzt und wütend, daß Elsa nicht mitgekommen war und daß sie den Mini nicht mal anprobiert hatte, wo er ihn doch so liebevoll ausgesucht und teuer bezahlt hatte, vor allem aber, weil ihre Hoffnungslosigkeit, Müdigkeit und Angst ihm beredter als alle Worte sagten, daß sie weder seine Begeisterung teilte – noch seinen Glauben.

Er hatte diese Bar mit Absicht ausgesucht. Es gab neuere Schuppen als den *Paradise Garden*. Schuppen, die seit jener ersten Nacht in Mode gekommen und dann wieder versunken waren, aber das hier war der Treffpunkt. Hier gab es ein hartes Publikum, das sich auskannte und hier wurden fast ausschließlich Hiltons Platten gespielt. Außerdem war er hier zum erstenmal ein anonymer Junge vom Land gewesen, der mit offenem Mund versucht hatte, sich seine Herkunft nicht anmerken zu lassen. Heute nacht dagegen war er ein echter Stadtjunge, glatter als Pomade, schlimmer als die Pest und cooler als er damals je für möglich gehalten hätte. Er stand an der Schwelle des Schicksals ... o wei, owei, der Bursche macht echt seinen Weg.

Eine aufpeitschende Erregung packte ihn und ließ ihn nicht wieder los. Ruhelos mischte er sich unter die Menge und bahnte sich einen Weg zur Jukebox. Er konnte seine Erregung kaum verhehlen, als sein Blick die Reihen entlangglitt und er nach dem neuen Titel suchte, der seinen Namen tragen sollte. Wieder und wieder fuhr er die Spalten entlang, er war sicher, daß er ihn in der Eile übersehen hatte. Hilton mußte ihn doch schon längst drin haben. Die Platte war doch draußen! Er hatte sie heute morgen schon im Radio gehört. Aber Speedy, der Deejay, der hatte sie bestimmt. Genau, er hatte sie. Er wartete nur auf den richtigen Moment, ein volles Haus, die passende Atmosphäre für Hiltons neuestes Angebot.

Aber das Warten fiel ihm nicht leicht. Die Menge, die wie in jeder x-beliebigen Freitagnacht um ihn herum wogte, tanzte und rockte, war sich der Bedeutsamkeit dieser Stunde absolut nicht bewußt, es war frustrierend. Er mußte sich zusammenreißen, um nicht auf die Leute zuzugehen und sich selbst und die größte Entdeckung in der Geschichte des Reggae anzukündigen. Trotzdem blieb er hinter seiner Sonnenbrille ganz cool. Das Glück wartete nur auf ihn und in seiner Tasche klingelten fünf Dollar. Vielleicht hätte er Bogart und die anderen fragen sollen, ob sie mitkommen wollten? Aber wenn sie dann die Platte gar nicht spielten? Unmöglich! Und wenn doch? Vielleicht sollte er zu Speedy gehen und ihm ein bißchen Dampf machen. Und dann brüllte plötzlich ohne jede Vorwarnung oder Ankündigung seine Stimme aus den Lautsprechern, erfüllte den Raum und glitt mit Leichtigkeit über den Rhythmus hinweg. Mannomann!

Well they teel me of a pie up in the sky
Waiting for me when I die ...
But between the day you born and when you die
They never hear you when you cry
But the harder they come ...

Ja, Sir! Das war's! Und es packte sie! Selbst die blasierten Tänzer schienen noch einen Zacken aufzudrehen und die Botschaft mitzukriegen. Auf geht's, Jungs! Man hörte beifälliges Murmeln, auch ein paar anerkennende Rufe. Aber das war kaum genug. Verdammt noch mal: Anerkennung, Reichtum, Ruhm, die Liebe der Frauen und den Respekt der Männer. Die Bewunderung der Masse reichte hinten und vorne nicht! Seine verstärkte Stimme hallte von allen Seiten um ihn herum. Ein Schauder lief ihm über den Rücken ... aber – Scheiße – war das etwa alles? Die Platte war vorbei und er fühlte sich wie ausgebrannt. War das etwa alles?

«Spitzensong, was da gerade lief, nicht?» fragte er seinen Nachbarn.

«Was?»

«Spitzensong, sag ich. Wird bestimmt ein Hit.»

«Ja, ist nicht schlecht.» Der Mann zuckte die Achseln. «Nicht schlecht, ja.» Offensichtlich hatte er keine Ahnung, daß er kurz davor war, dem Tod ins Auge zu schauen.

Ivan stampfte davon. «He, dich kenn ich doch?» Er spürte eine Hand auf der Schulter. Eifrig drehte er sich um, überzeugt, daß die Hand zu irgend jemand gehörte, der mitgekriegt hatte, um was es sich da eben gehandelt hatte und ihn damit in Verbindung brachte. Er schaute geradewegs in Josés Sonnenbrille und sein lässiges Grinsen.

«Junge, Junge, hast dich ja mächtig rausgemacht, Bruder», meinte José, ohne sich auch nur das Geringste anmerken zu lassen. Er schien sich kaum geändert zu haben. Er hatte rechts und links je eine tolle Puppe am Arm.

«Das war mein Song grad eben», sagte Ivan.

«Ist nicht wahr!»

«Doch, Mann, bei Gott, das war mein Lied, ist heute rausgekommen. Was meinst du dazu?»

«Wahnsinn, Mann, ist ein Spitzensong, Mann. Echt gut. Bist auf dem Weg nach oben, was?»

«Ja, nach oben», stimmte Ivan bescheiden zu.

Josés Anteilnahme schien echt und spontan, auch die Gesichter der beiden Frauen spiegelten das wider. José legte einen Arm um Ivans Schulter. «Ich habe ihn hier eingeführt, wie er grad in die Stadt kam, wißt ihr. Stimmt's?»

Mit dieser einen Geste nahm José alles für sich in Anspruch, aber Ivan machte es nichts aus.

«Darauf müssen wir einen trinken», sagte José und strahlte Ivan an wie seinen Lieblingsneffen, während er sein Äußeres begutachtete.

«Ja, ja. Das ist mein Junge! Aha, die Platte ist also gerade raus? Wie oft ist sie denn gelaufen – nur einmal?»

Ivan nickte.

«Warte», kommandierte José und stürzte sich in die Menge.

«Du bist also Josés Freund?» meinte eine der Frauen vielversprechend. Ivan nickte und beobachtete, wie Josés hohe Gestalt sich majestätisch durch die Menge auf den Deejay zuschlängelte. Selbstsicher und arrogant in Gang und Haltung, ganz der alte, verteilte er nach allen Seiten Grüße.

«So so, du bist also ein Freund von José und hast 'ne Platte gemacht, schön, schön», gurrte die Frau weiter. Ivan nahm das Kompliment mit einer lässigen Handbewegung zur Kenntnis. Was hatte José vor? Er deutete in ihre Richtung. Speedy schüttelte ablehnend den Kopf. José beugte sich vor und quatschte auf ihn ein. Plötzlich brach die Musik ab. Die unerwartete Stille war beinahe greifbar. Dann füllte José sie mit seiner Stimme.

«Hört zu, Leute, hier spricht José. José, ihr kennt mich ja.» Er hielt die Hände hoch und bat um Aufmerksamkeit. «Die Leitung des *Paradise Garden* gibt sich heut abend die Ehre, die neueste und heißeste Scheibe aus der Welt des berühmten Hilton-Imperiums vorzustellen. Aha! Fetziger Reggae, Jungs! Grad heut erst rausgekommen – ein Song, der im diesjährigen Festival Nummer eins werden wird. Hört gut zu und merkt euch, wo ihr diese Scheibe zum erstenmal gehört habt – im *Garden*. Ein Stück mit dem Titel *The Harder They Come*, von einem irren Burschen namens Rhygin. Ivan – ein aufstrebender junger Studiokünstler, der gerade von einer triumphalen Tour aus Lucia und St. James zurückkommt – unser Mann – Rhygin-Ivan! Komm rüber, Mann!» Er winkte Ivan zu sich und hielt die Hand hoch.

«Meine Damen und Herren – hier ist er: Ivaaan!» Ivan winkte und grinste und glaubte jedes Wort. Obwohl er gesehen hatte, daß Speedy nicht allzu glücklich wirkte, als José sich wie ein Politiker verbeugt und gewinkt hatte. Als er Ivan an die Bar zurückbegleitete, lief die Platte noch mal. José verneigte sich nach allen Seiten, nahm Glückwünsche entgegen und sonnte sich in dem selbstgeschaffenen Ruhm, als sei dies sein eigener großer Auftritt. Und das war es ja auch irgendwie. Ivan hatte nichts dagegen. Als sie wieder bei den Frauen standen, blinzelte José ihnen zu. «So macht man das, so führt man 'ne neue Scheibe ein», sagte er mit der selbstgefälligen Art eines Mannes, dem nichts über Qualität geht. «Mindestens so.»

Als das Stück vorbei war, wurden sie zum Mittelpunkt einer Menschenmenge, die sie beglückwünschen und sich dabei im Glanz der Berühmtheit sonnen wollte. Äußerlich nahm Ivan das alles sehr cool, aber innerlich hätte es ihn fast zerfetzt. Klar war er José dankbar, der in spendabler Stimmung allen Ankommenden was zu trinken anbot. Aber Ivan wurde es immer ungemütlicher, weil er keinerlei Anstalten machte, die Zeche auch zu zahlen. Glaubte José etwa, daß er die ganze Menge freihalten konnte, nur weil er gerade eine Platte gemacht hatte? Er wußte nicht, wie er die Situation klären sollte, ohne daß es peinlich wurde.

«Ich muß mal eben nach jemandem gucken, José. Bin gleich wieder da», sagte er so beiläufig wie möglich und schlenderte in Richtung Ausgang. Eigentlich hatte er ja keine Lust, schon zu gehen, aber er saß in der Zwickmühle.

Kurz vor dem Ausgang holte José ihn ein. «Moment mal, wo willst du denn so eilig hin Bruder?»

«Was soll das, Mann? Was glaubst du, wer für die Drinks blechen soll?»

«Was? Ach das ... ist doch ein Klacks. Hab ich schon erledigt. Guck hier.» José zog ein dickes Bündel Geldscheine aus der Tasche. «Aber gefällt mir, wie du dich da rausgewunden hast – hast 'ne Menge gelernt. Nur mußt du nicht versuchen, José dranzukriegen.» Hinter ihren Sonnenbrillen starrten sie sich einen Moment lang finster an.

«Wer will dich drankriegen?» schnaubte Ivan. «Und im übrigen – hast du nicht noch Schulden bei mir?»

Wieder starrten sie sich an, doch dann strahlte erstaunlicherweise Josés bezauberndes Lächeln in seinem harten Gesicht auf. «Ja, du hast gelernt.» Er legte seinen Arm um Ivans Schulter. Ivan war mißtrauisch. Genau diese Bewegung hatte Holden in *Die Straßen von Laredo* auch gemacht.

Aber José war ganz ruhig. «Ja, du schaffst es. Echt gut. Machst 'ne Riesenplatte – wirst ein echt harter Typ, schlitzt Longah auf wie 'n

Schinken. Hast mir von Anfang an gefallen. Hab dich gleich gern gehabt.» Dieses gedehnte Kompliment klang erstaunt und stolz zugleich. Ivan war verwundert. Der wußte ja allerhand, aber er fühlte sich auch geschmeichelt.

Dann kam José zur Sache. «Aber ... über die Platte da, da mußt du mir was erzählen. Ich wette mit dir, daß du keine zwanzig Piepen in der Tasche hast. Hast Glück, wenn Hilton dir fünfzig gezahlt hat.»

«Nun –», wollte Ivan schon anfangen zu lügen, aber dann hielt er doch inne. Er war beeindruckt.

«Brauchst mir nix vorzumachen, Mann, ich kenn das Geschäft und den braunen Arschficker auch ... Und außerdem kann ich dir jetzt schon sagen, daß du keinen weiteren Cent mehr sehen wirst.»

«Woher weißt du das?»

«Beziehungen, Mann, Beziehungen. Aber mach dir keine Sorgen, ich verschaff dir was. Ich seh sofort, wenn einer was drauf hat. Kannst du mit viel Geld umgehen?»

«Klar», meinte Ivan breit.

«Und kannst du auch den Mund halten?»

«Klar Mann, wovon redest du denn?»

«Ich sag dir nur eins: da wartet 'ne Riesenchance auf dich, das große Geld und keine Drecksarbeit.»

Trotz seines steigenden Interesses hielt Ivan sich zurück. Er mußte immer wieder dran denken, wie José ihm das letzte Mal angeboten hatte, ihm zum Glück zu verhelfen. «Also los, Mann, worum geht's?»

«Na, dann komm mal mit», sagte José und ging los. Ivan zögerte. «Was ist, Mann? Hast du Angst? Angst vorm Geld? Was ist los mit dir?»

«Ich will lieber noch ein bißchen bleiben, Mann.» Er wußte selbst, daß das eine ziemlich lahme Ausrede war, aber er wollte nicht zugeben, daß er gern seine Platte noch mal gehört und die Leute dazu tanzen gesehen hätte. Und außerdem, das letzte Mal, als José ihn abgeschleppt hatte ...

«Ach, willst wohl deinen Namen hör'n, wie?» Josés Stimme verriet Mitgefühl.

«Ja, eigentlich schon.»

José schüttelte den Kopf. «Junge, du hast keine Ahnung, wie das hier läuft. Heut nacht hörst du sie sowieso nicht mehr. Sie ist gelaufen und das reicht, weißt du.»

«Was soll das heißen?» protestierte Ivan. «Du hast doch selbst gesagt, daß es 'ne gute Platte ist und daß sie grad rausgekommen ist.»

«Klar ist sie gut», lachte José. «Aber Hilton kann dich nicht leiden. Er läßt überall verbreiten, daß die Scheibe auf keinen Fall gepusht werden soll. Sie kommt nicht mal in die Nähe der Top Twenty, hat Speedy gesagt. Soll gar nicht erst in die Hitlisten, unter keinen Umständen. Kommst besser doch mit mir.»

Als Ivan ihm in die Dunkelheit folgte, dachte er darüber nach, was er gerade gehört hatte. Soll das heißen, daß Hilton es sich erlauben konnte, einen Tophit sausen zu lassen, nur um einen kleinen schwarzen Jungen fertigzumachen? War das logisch? War also nicht nur Gerede. Hat mich tatsächlich auf der schwarzen Liste. Und ich hab noch gemeint, wenn die Platte erst mal raus ist, dann könnt ich ganz nach oben kommen. Er hat die Platte gestohlen, das tut weh, aber es bringt keinen um. Aber das hier ist eine Gemeinheit sondergleichen, Mann. Der verdammte Kerl macht zwar Platten, hat aber keinen Respekt, kein Gefühl für die Musik – sonst könnt er doch so was nicht machen! Ist alles bloß ein Geschäft für ihn. Der Ochsenfrosch würd sagen: «Was für dich nur ein Scherz ist, bedeutet für mich den Tod.» Und genau so ist es. Würgt meine Platte ab, kann mich eigentlich mit erwürgen. Ivan war nicht mal ärgerlich, nur schockiert und verbittert, wie betäubt – zuerst.

José blieb vor einer funkelnagelneuen Honda stehen. Egal, was er machte, es mußte gut sein. Egal, was es war, er war bereit, warum nicht? «Also, Junge», murmelte er und war selbst erstaunt, wie ruhig seine Stimme klang. «Ich hoffe, daß es diesmal deine eigene ist.»

«Hast du das auch spitzgekriegt?» José lachte. «In Ordnung, Mann. Damals war ich noch jung und dumm. Aber mittlerweile hab ich mit den Kindereien Schluß gemacht. Alles klar, Bruder, genieß die Fahrt.»

15

Und dort weinten wir

An'dere we wept
When we remember Zion
How can you sing King Alpha song
In a strange lan' ...

«Ich bin Ras Petah», meinte der schlanke Dreadlocks. «Aber manche nennen mich Pedro.» Förmlich streckte er Ivan die Hand entgegen und verneigte sich leicht, als dieser sie schüttelte.

«Der beste Ganjakenner in ganz Kingston», stellte José ihn vor. Der Dreadlocks neigte den Kopf ein wenig, als sei diese Bezeichnung das Mindeste, was er erwartete. Dann setzte er sich an den Tisch, wo Berge von fest gerollten zylinderförmigen Joints aufgetürmt waren.

«Hast du das Stück *The Harder They Come* schon gehört?» fragte José. Ras Petah nickte leicht. Das Medusenhaupt war über den Tisch gebeugt. Er untersuchte jedes Büschel, roch und betastete es sorgfältig, ehe er es mit seiner rasiermesserscharfen Klinge routiniert anschnitt.

«Also das ist Ivan, er hat den Song gemacht, weißt du», sagte José. Der Dreadlocks schien mit etwas anderem beschäftigt. Eine tiefe Melancholie ging von ihm aus. «Ach wirklich?» murmelte er und brachte ein flüchtiges Lächeln zustande. «Hab's einmal im Radio gehört. Könnte ein großer Hit werden.» Er schaute Ivan an und nickte. Wieder spürte Ivan diese lauernde Traurigkeit.

«Ist das alles?» José nickte zum Tisch.

«Das allerletzte», sagte Pedro.

«Also, wir können bald mit 'ner neuen Lieferung rechnen, hab ich gehört», sagte José und beobachtete den Rasta genau. «Schon morgen, wenn du willst. Wie geht's dir?»

Das Messer hielt inne. Langsam hob Pedro den Kopf und Ivan betrachtete sein sanftes Gesicht, aus dem ihnen riesige, von schwarzen Schatten des Schmerzes umrahmte Augen entgegenglühten.

«Ach, José. Meine Frau fehlt mir so sehr, weißt du – und der Junge ...» Seine Stimme erstickte und er schüttelte den Kopf. «Der Junge braucht doch seine Mutter ...»

Die drei Männer versanken in Schweigen, umgeben von einer brütenden Stille, die nur durch das regelmäßige Sirren der Klinge unterbrochen wurde.

An'dere we wept
When we remember Zion
How can you sing King Alpha song
In a strange lan'...

«Es kann nur besser werden», gab José, unbehaglich auf seinem Stuhl hin und her rutschend, zur Antwort. «Jedenfalls hab ich den Bruder hier mitgebracht, damit er mit dir arbeitet – ist ein guter Bruder – wenn du einverstanden bist.»

«Kommst also nur wegen dem Geschäft», sagte Ras Pedro tonlos, ohne aufzuschauen, als spräche er zu sich selbst.

Ivan spürte, daß sie hier nichts zu suchen hatten.

«Also, ich hab noch nicht mal drüber nachgedacht, weißt du. Kränklich, wie der Kleine ist – er ist seit seiner Geburt schon schwach auf der Brust. Ich kann ja nicht mal sicher sein, daß er's ohne seine Mutter überhaupt schafft, weißt du ...» Die tonlose Stimme erstarb und Ras Pedro starrte in die Richtung seiner Besucher. Aber Ivan war sicher, daß er sie gar nicht sah.

José wurde nervös. Er schien etwas sagen zu wollen, ließ es dann aber doch bleiben. Die Stille hing weiter zwischen ihnen. Sein offensichtliches, uncharakteristisches Unbehagen erhöhte bei Ivan das peinliche Gefühl, ein Eindringling zu sein. Er beobachtete José, wartete auf irgendein Zeichen und versuchte dahinterzukommen, was hinter dem unbeteiligten Gesichtsausdruck und hinter den dunklen Gläsern vor sich ging. Schließlich stand José wortlos auf und nickte in Richtung Tür. «Okay, Pedro. Bis später dann. Komm, Ivan.» Seine Stimme wirkte unnatürlich laut. Pedro machte keine Bewegung und antwortete nicht. Als sie draußen unter dem Sternenhimmel standen, fühlte Ivan sich etwas erleichtert.

«Uff», stöhnte José. «Mann, das war ganz schön bedrückend, was? Bruder Pedro geht's ziemlich mies, ziemlich mies.»

«Was ist denn los?» fragte Ivan. Er dachte wieder an das gespannte, schmerzerfüllte Gesicht.

«Die Armee hat die Mutter seines Sohnes erschossen. Es heißt, es wäre ein Versehen. Aber ist nun schon zwei Wochen her – und ich dachte, Pedro wär wieder reif fürs Geschäft.» Er schüttelte den Kopf. «Also gut, haun wir also ab.»

Ivan bewegte sich nicht von der Stelle. «Was ist?» drängte José. «Geh du nur», sagte Ivan. «Ich bleib noch etwas hier.»

Er hatte aus einer plötzlichen Eingebung heraus gesprochen, aber er war sich gar nicht so sicher, ob er wirklich in die bedrückende Atmosphäre des kleinen Hauses zurückkehren sollte. Doch er wußte, daß der *Garden* heute abend sowieso gestorben war. Und außerdem war etwas in der ruhigen offenen Art des Dreadlocks, das ihn tief bewegt hatte.

José schaute ihn erstaunt an. Dann grinste er. «Gute Idee, Bruder – vielleicht klappt's. Pedro ist der beste Dealer, den ich je gesehn hab. Er hat einfach Gefühl für das Kraut.»

Ivan wartete, bis der Krach der Honda verebbt war und klopfte dann schüchtern an die Tür. Keine Antwort. Er versuchte es und die Tür öffnete sich quietschend. Ras Petah saß immer noch reglos vor seinen duftenden Ganjabüscheln.

«Ich – also – ich bin wieder da», stotterte Ivan.

«One love», sagte Ras Pedro und nickte. Dann bewegten sich seine Lippen, aber man verstand kein Wort.

«Was sagst du?» fragte Ivan. Ras Pedro lächelte ihm sanft und ironisch zu und intonierte lauter: «Wie süß und schön ist es, wenn Brüder in Gemeinsamkeit leben.»

«Oh», meinte Ivan.

«Es ist wie eine teure Salbung, die über den Kopf und den Bart fließt. *Selah!*» Er nickte und lächelte. «Willkommen, Bruder.» Ivan war verlegen. «Tja, also – *one heart*, Mann», stotterte er dann. «Sag mir eins», Ras Pedro sah ihn eindringlich an, «hat José dich zurückgeschickt?»

«Nein», antwortete Ivan erstaunt. «Niemand hat mich irgendwohin geschickt. Ich wollte einfach noch etwas hierbleiben.»

«*Love*, Bruder. Komm, setz dich her und rauch Jahs heiliges Kraut mit mir.»

Sie saßen und rauchten schweigend, aber Ivan spürte, daß jetzt eine andere Stimmung herrschte als vorher. Die Stille zwischen ihnen war unbeschwerter. Ras Pedro behandelte das Kraut mit ausgesprochener und respektvoller Sorgfalt. Er reichte ihm den «Kelch» mit ritueller Förmlichkeit, die Ivan seltsamerweise an Maas Nattie erinnerte. Der Rauch war harzig, kräftig und sehr stark. Schnell fühlte Ivan sich in Regionen versetzt, wo Gedanken träge wie Wolken hingen und von einer scharfen, durchsichtigen Klinge aus Licht in seltsame Formen zerschlitzt wurden. Über den Tisch hinweg, wie in weiter Ferne, umrahmten die verschlungenen Haarsäulen das Gesicht des Dread in schlangenartiger Verwirrung. Sie standen in scharfem Kontrast zu den eher feinen Gesichtszügen und der traurigen Ruhe ... plötzlich schienen Ivans Schicksalsschläge und gegenwärtigen Probleme weniger dringend – beinahe schon komisch. Ras Pedro war in traurige Gedanken versunken. Halb träumend fuhr es Ivan durch den Kopf, daß er die ganze Bibel im Kopf zu haben schien, die er ständig mit einer geradezu hypnotisierenden Monotonie vor sich hinmurmelte.

«Selbst heute ist meine Klage bitter ... der Schlag ist härter als der Jammer, o ja.» Pedro nickte mit dem wuscheligen Kopf und sann hinter halbgeschlossenen Lidern über diese Worte nach. Dann stand er plötzlich auf und deutete mit einem Kopfnicken an, daß Ivan ihm folgen sollte. «Der Erstgeborene», sagte er.

Als Ivan in das Zimmer schaute, hatte er das Gefühl, zu groß zu sein und doppelt und über die Zeiten hinweg zu sehen. Eine kleinere und jüngere Ausgabe des Dreadlock lag da. Sie schlief, aber der schwere Atem und das Fieber, das auf der straffen Haut glänzte, verrieten, daß es nicht allzu gut um Pedros kleinen Sohn stand. Ivan beobachtete, wie der Rasta ihn mit angstgeweiteten Augen betrachtete. Wieder bewegten sich seine Lippen, als ob er dadurch, daß er seinen Singsang in die stehende Luft um den Jungen herum streute, aufhalten könnte, was er befürchtete.

«Die, die Streit säen und Bosheit ausstreuen, werden gleiches ernten», sagte er. «Und wer andern eine Grube gräbt, fällt selbst hinein.»

Sie kehrten in das andere Zimmer zurück. Ab und zu stand Ras Pedro auf, um dem Jungen den Schweiß abzuwischen. Dann wiederum stand er auch nur da, mit besorgtem Blick und nimmermüden Lippen, die sich wortlos bewegten. Er schaute auf das schlafende Gesicht hinab, das dem seinen so sehr ähnelte.

Ivan bemerkte, daß er angefangen hatte zu reden. Zuerst nur, um Ras Pedro abzulenken. Aber irgendwie sah er immer wieder Elsas Gesicht vor sich und er erzählte, wie sie ihn aus Schmerz und Wahnsinn gerettet hatte ... und als die Sonne aufging, war alles geregelt.

DIE TOCHTER

«Gott, Ivan, meine Güte! Wie konntest du nur, Mann? Vergiß es, ja? Schließlich ist Unwissenheit keine Sünde.» Obwohl Elsa flüsterte, war ihr Ärger nicht zu überhören.

Ivan parodierte sie. In einer übertriebenen Geste weiblichen Kummers raufte er sich die Haare und rief mit schriller und erregter Stimme: «Aber Ivan, du bist ja verrückt! Wie konntest du denken, daß ich so etwas mitmache? Herrje, Ivan, verrückt bist du … ich bin doch eine wahre Christin – du konntest nie und nimmer erwarten, daß ich mit denen was zu tun haben will, oder? Hab ich das Haus des Predigers verlassen, um so was mitzuerleben? Herr, mein Gott!»

«Halt dein verdammtes Maul», zischte sie. «Willst du, daß sie alles mitkriegen? Lieber will ich tot umfallen.» Wenn Ras Pedro und Man-I, die im anderen Zimmer schliefen, jemals zu hören bekämen, wie dumm und unwissend sie gewesen war, würde sie wahrscheinlich vor Scham in der Erde versinken. Und sie könnte ihnen nicht mal verdenken, wenn sie verletzt wären. Auch das hatte sie dem Prediger zu verdanken. In seinem Haus galten Ras Tafari als unchristlich, als personifizierte Diener des Anti-Christ, Leugner Gottes, Verbreiter des Ketzertums. Sie waren noch schlimmer als Obeah-Zauberer und Kräuterkulturanhänger in den Balmyards, denn mit ihrer falschen Doktrin und in ihrer geistigen Erniedrigung waren sie aggressiv, halsstrarrig und trotzig. Ihre feindselige Haltung der anständigen Gesellschaft gegenüber und ihre Liebe zu Ganja ließen sie in des Predigers Augen geradezu pervers erscheinen. Dazu kam die sehr naheliegende Möglichkeit blanken Wahnsinns. Wie alles, was der Prediger gesagt hatte, hatte sie auch das geschluckt, ohne zu fragen.

Aber man mußte sich das einmal vorstellen! Was Unwissenheit doch ausmacht! Es war kaum zu glauben, daß sie je solche Ansichten vertreten hatte. Wenn sie nur daran dachte, wie der ernste kleine Prinz Man-I sie liebte … und es rührte ihr Herz, wie er sich erholte und wieder zu Kräften zu kommen schien, seit sie sich um ihn kümmerte. Auch Ras Petah bemerkte das und man konnte sehn, wie dankbar er war. Er zeigte es immer wieder. Sich vorzustellen, wie sie vor den Rastas Angst gehabt und über sie hergezogen hatte. Und jetzt konnte sie es kaum erwarten, daß es Abend wurde, Ras Petah nach Hause kam, Jahs Wort las und sich mit ihr und dem Jungen in seiner tiefen Stimme und seiner langsamen, getragenen Sprechweise unterhielt. Nie hatte er sie anders als mit brüderlicher Liebe und Respekt behandelt. Weder durch Worte noch durch Blicke oder sein Verhalten beleidigt. Und das war auch gut so, denn es sah so aus, daß Ivan fast jede Nacht verschwand. Meistens sagte er, er ginge ins Kino, aber wie oft hatte schon der Hahn gekräht, lange ehe sie die Honda auf den Hof donnern gehört hatte. Komisch, eigentlich machte es ihr nicht mal richtig was aus, wenn er über Nacht wegblieb. Sie wußte auch nicht genau, wieso – eigentlich hätte sie doch wütend sein müssen, denn sie liebte ihn wirklich. Sie glaubte, sie würde ihn immer lieben und sie wußte, daß auch er tiefe Gefühle für sie empfand. Aber ihr Junge, das war was anderes. Der kleine Man-I brauchte sie und deshalb brauchte auch der Vater sie. Sie spürte, wie sich etwas in ihr für dieses Bedürfnis öffnete, blühte und wuchs. Der Prediger würde tot umfallen, lachte sie manchmal in sich hinein, wenn er wüßte, daß ich nicht nur mit einem, sondern gleich mit drei Männern zusammenlebe – und zwei davon sind auch noch Dreadlocks.

An das vollgestopfte Zimmer im Wohnhof erinnerte sie sich nur mit Grauen: die heißen Blicke und der sabbernde Mund des feisten Vermieters, die versoffenen Stimmen der Besucher bei dem Mädchen nebenan, die bedrückenden, nutzlosen Pilgergänge von Tür zu Tür auf der Suche nach Arbeit für einen Tag – all das lag jetzt hinter ihr. Zum erstenmal in ihrem Leben hatte sie so etwas wie eine Familie und sie war so zufrieden, wie es ihr früher unvorstellbar erschienen wäre. Wenn sie nur daran zurückdachte, wie sie sich gesträubt hatte, hierher zu kommen ...

Anfangs hatte sie geglaubt, daß Ivan Pedro mit seinem Fischerboot half, aber bald wurde ihr klar, daß da ganz was anderes lief. Jetzt wußte sie, daß es Ganja war, das die Miete für das Häuschen einbrachte, über das sie so gerne den Vorstand führte. Und daß es auch die Stärkungsmittel, das besondere Essen und die Arznei für Man-I sicherstellte, die der Junge brauchte. Schon einmal hatten sie Man-I in rasender Eile ins Krankenhaus bringen müssen, damit die Ärzte dort eine Bluttransfusion machen konnten. Wenn es das Ganja nicht gäbe, was hätte er dann für ein Leben? Eins voller Schmerzen wahrscheinlich und ein kurzes obendrein, sie wollte gar nicht dran denken. Früher hätte sie sich echte Sorgen gemacht bei dem Gedanken, daß Ivan sein Geld außerhalb von Recht und Ordnung verdiente, manche würden ja sogar sagen, als Verbrecher. Noch dazu mit Ganja, dem Teufelskraut, wie die Gemeindemitglieder immer gesagt hatten. Ja, aber das war vor dem Wohnhof und der Schallplatte und den wundgelaufenen Füßen in sengender Hitze gewesen, als sie noch versucht hatte, sich bei den reichen Damen eine Arbeit zu erbetteln. Die hatten es sich auf ihrer Veranda gemütlich gemacht und sie wie eine Diebin oder noch Schlimmeres behandelt. Vielleicht lag es auch an Ras Pedro. Irgendwas ging von ihm aus, dem sie vertraute. Er würde, soweit es in seiner Macht stand, niemals etwas

Verletzendes tun, das spürte sie einfach. Er sagte auch, Ganja wäre eine Möglichkeit, die Jah dem schwarzen Mann gegeben hätte, um ihn über die Zeit der Unterdrückung hinwegzutrösten. Ganja, so fuhr er fort, wäre das einzig Gute, das der Schwarze hatte, ohne daß der weiße Mann versuchte, es für sich zu beschlagnahmen – und jetzt fingen sie doch an, ihre gierigen Fühler auch in diese Richtung auszustrecken. Nicht, daß sie sie alle mochte. Der lange Schwarze zum Beispiel, den sie Jah nannten – irgend etwas war an ihm, das sie nicht leiden konnte. Ein Strunzkopf. Er beunruhigte sie, ja. Er und Ras Pedro ... Ivan stand genau zwischen den beiden. Sie wünschte, er würde José nicht so sehr nacheifern. Das und die Polizei, das war das einzige, was sie an dem Geschäft störte. Jedesmal, wenn sie 'nen Wachtposten sah, blieb ihr das Herz stehen und sie fühlte sich schuldig.

Wenn es um wirklich viel Geld und ein Luxusleben ginge, vielleicht käme sie sich dann eher wie eine Sünderin vor. Aber so war es ja nicht. Im Gegenteil, nach der Miete für das Haus und dem Geld für Medizin und den Raten für die Honda, die Pedro und Ivan sich gekauft hatten, blieb kaum noch was übrig. Ivan sparte sowieso nicht und eigentlich brauchte er diese bunten Starboy-Klamotten auch nicht unbedingt, aber er mochte sie eben – wieder ganz wie José, das spürte sie. Nicht, daß er nicht gut aussah, wenn er sich fein machte. Aber das war auch die einzige kleine Extravaganz, die sie sich leisteten. Ras Pedro sagte immer: «Der Bruder ist noch jung, Elsa, der muß die Welt erst noch kennenlernen. Jung und hitzig, wie er ist, kommt ihm Babylon, die Große, einfach herrlich vor. Laß ihn nur laufen, er wird schon ruhiger werden, Elsa.» Er schaute sie an und lächelte listig. «Vielleicht, wenn du ihm einen Sohn schenken tätest ... vielleicht kühlt er dann ein bißchen ab?» Und überhaupt, das Motorrad und die Kleider mal beiseite, allein schon ein Dach überm Kopf und genug zu essen zu haben, das war in Shantytown nicht gerade alltäglich. Sie wußte, daß sie großes Glück hatte.

Da hörte sie jemand im Haus herumtapsen. Sie schlüpfte aus dem Bett und ging, um das Feuer anzufachen.

«Petah, Morgen! Wie geht's Man-I?»

«Gelobt sei der Herr, Elsa, hat die ganze Nacht durchgeschlafen und kein einziges Mal Medizin gebraucht.»

«Vielleicht wird er diesmal gesund. Ich bete jeden Tag dafür.»

Er warf ihr einen dankbaren Blick zu und nickte in Richtung auf ihr Zimmer. «Schläft unser Bruder noch?»

«Er ist erst kurz vor Tagesanbruch heimgekommen, weißt du.»

«Mach dir nix draus, Elsa, ist die Jugend, die ihm den Kopf verdreht. Wird nicht lang dauern. Ehe Man-I und ich unser Haar in der Liebe Jahs trugen, war ich genauso. Ist nur für kurze Zeit.»

«Ich hab mir gedacht», sagte Elsa und wechselte das Thema, «wenn du mir ein bißchen Maschendraht besorgst, könnte ich 'ne Ecke vom Hof abtrennen und ein paar Hühner halten. Was meinst du? Dann hätten wir Eier für Man-I ...»

RHYGIN
Mann, also, dieser José, der wußte wohl alles. Der hatte echt recht gehabt mit der Platte. Mann, der las so was wie 'n Buch. Also zwei Wochen vielleicht, länger nicht, war sie groß im Radio gewesen, Mann. Ha, ich weiß noch, wie ich sie zum erstenmal im Plattenladen hörte ... mein Song und meine Stimme quer über die ganze Straße und überall waren kleine Jungs, die mit dem Finger auf mich zeigten, wenn sie mich sahen. Und sie tanzten dazu wie die Großen. Ja, für kurze Zeit konnte man's also echt überall hören. Die Leute haben's gesungen. Im Club ist es im Radio gelaufen. Und dann war's plötzlich aus. Sogar bei diesen Radiosendungen, wo man sich was wünschen kann ... keine Wünsche mehr. Aus und vorbei ...

Eines Nachts waren Bogart und er durch ganz West Kingston gestreift, um eine funktionierende Telefonzelle zu finden. Sie riefen den Diskjockey an, diesen «Numero Uno, den irren Typ mit der starken Musik» und fragten nach *The Harder They Come*, diesem Wahnsinnstück von Ivaaan. Und wenn sich die rauchige Stimme am anderen Ende auch beeilte, ihnen zuzustimmen, daß es wirklich eine irre Scheibe war und er noch jede Menge Anfragen nach ihr hätte und gurrte, sie sollten nur dranbleiben, er würde es gleich spielen, kam weder die Scheibe noch ein einziger Anruf dafür über den Sender. Und plötzlich war die Platte auch aus den Läden verschwunden. Allerdings machte Hilton sich nicht die Mühe, sie auch aus den Jukeboxen der Stadt zu entfernen und so holte es ihn gelegentlich wie ein spöttisches Echo ein, das ihn verfolgte, wenn er mit José seine Runden drehte. Nicht, daß er groß darüber nachdachte, beileibe nicht, aber wenn es irgendwo unerwartet lief, war es ein Gefühl, wie wenn man mit der Zunge an einem faulen Zahn herummacht und trotz der scharfen Schmerzensstiche nicht damit aufhören kann. Manchmal ließ er den Song sogar selber laufen.

Aber er dachte nur noch selten daran, denn José hatte ihn mit einem Superjob versorgt. Elsa kümmerte sich gern um Man-I und er selbst war glücklicher und freier als je zuvor. Sie waren jedenfalls zehnmal besser dran als die meisten. Jedesmal, wenn sein Stück irgendwo lief, kam es daher wie eine Überraschung, etwas aus einer fernen Vergangenheit, eher vielleicht einem Schmerz vergleichbar, den man in einem amputierten Glied fühlt. Mehr war es nicht. Er schaffte es. Angeschmiert waren Hilton und der Prediger und all die anderen, die versucht hatten, ihn fertigzumachen.

Ja, die sollten ihn jetzt sehn. Wie er auf seiner Honda durch die Straßen fegte, zu bis oben hin von diesem supersanften Gras aus den hohen Bergen, dem «Ziegenschißganja», mit Geld in der Tasche und der offenen Straße vor sich. «Ich schaff es, verdammt», schrie er und fuhr in Schlangenlinien quer über die Straße. «Der Junge macht seinen Weg, o ja! Der schafft's noch bis ganz nach oben!»

Und sein Name war auch ganz oben. Die Leute zeigten mit dem Finger auf ihn, das ist doch der Typ mit dem irren Song, den Babylon nicht rausläßt. Ein Freund von Bad José, der Bursche, der Longah aufgeschlitzt hat wie 'n Schinken. Der läßt sich nix gefallen. Ist immer tiptop gekleidet und hat immer Geld in der Tasche. Auch wenn José ihn in der ersten Nacht um sein Geld gebracht hatte – und es war gar nicht so sicher, daß er es gewesen war –, er hatte es längst wieder gutgemacht und mehr als das.

Auf dem Rücksitz hatte er einen Leinensack mit gutem Gras festgeschnallt. Wenigstens glaubte er, daß es gut war, aber er konnte es kaum erwarten, Pedros Urteil zu hören. Keiner von den Dealern hatte Pedros Gefühl für Gras. Er schaute sich die Farbe an, roch daran, rollte es zwischen den Fingern, kostete es und sagte einem dann, wo es gewachsen war, wie lange es getrocknet hatte, ob es zu früh oder zu spät geerntet worden war und er konnte einem auch erzählen, wie es sich rauchen ließ und wie es geschnitten werden mußte. Deshalb ging es ihnen ja auch so gut. Ernsthafte Raucher –, und wer in Shantytown war kein ernsthafter Raucher? – wußten, wenn Ras Pedro das Gras ausgewählt und geschnitten hatte, dann handelte es sich um erstklassige Qualität. «Pedro dreht einem keinen Mist an.»

Da vorne war das Wasserwerk. Da hing normalerweise der Motorradbulle rum. Beim erstenmal war er beim Anblick des Bullen erstarrt. Und immer noch fühlte er sich nicht allzu wohl bei dem Gedanken, an einem Vertreter Babylons vorbeizutuckern, mit einem ganzen Sack voll

Gras auf dem Rücksitz, grad so, als ob er Brotfrüchte zum Markt transportierte. Aber Pedro hatte nicht gestutzt.

«Verdammt, Pedro, siehst du nicht den Bullen da vorn?»

«Nur ruhig Blut, Mann, genieß die Fahrt», entgegnete Pedro in seinem gedehnten Tonfall belustigt.

«Aber – der hält uns doch garantiert an, Bruder!»

«Wer sich schuldig fühlt, flieht, wo kein Verfolger ist.»

Pedro lachte und winkte dem Beamten zu.

«Moment mal, gehört der etwa auch zur Organisation?»

«Frag mich nicht, dann kann ich dich auch nicht belügen», erklärte Pedro. «Alles, was du wissen mußt, wenn er nicht da ist oder wenn er nicht zurückwinkt, dann gibt's Ärger.»

«Was für Ärger?»

«Armee, Straßenkontrolle oder so was. In diesem Fall nimmst du entweder 'ne Seitenstraße, kehrst um oder versteckst das Zeugs im Zuckerrohrfeld. Nur dann ... mußt du dir das Versteck auch echt gut merken. An einem Morgen hab ich mal zusammen mit meiner Frau einen ganzen Sack versteckt, Mann und – kompletter Verlust. Mußte alles abschreiben. Ich hab bestimmt das ganze Feld von Caymanas bis zur Stadt abgesucht. Bis heut ist es nirgendwo wieder aufgetaucht.»

Aber er fühlte sich trotzdem nicht wohl. Angenommen, ein anderer Babylon stand da? Einer, der nicht mitmachte? Er winkte und der Bulle lächelte und hob lässig die Hand zum Gruß. Auf jeden Fall gehörte das mit zum Risiko. Bisher waren sie nicht mal in die Verlegenheit gekommen, angehalten zu werden. Und doch ... da war auch Man-Is Mutter und das Wissen darüber, wieviel schiefgehen konnte, es machte das Leben nur noch lebenswerter.

Ras Pedro erkannte das und warnte ihn unaufhörlich, keine unnötigen Risiken einzugehen. Er selbst schien niemals in Wut zu geraten und es schien auch nichts zu geben, was ihn zur Verwegenheit herausfordern konnte. «Laß es», sagte er immer wieder, «geh der Sache aus dem Weg, Bruder. Denn wie ein Hund zur Scheiße zurückgekehrt, so kehrt auch ein Dummer zu seiner Dummheit zurück. Ein Weiser fürchtet und meidet die Wut, das Herz eines Dummkopfs aber rast vor Wut.» Aus irgendeinem Grund hörten die Pusher mit einem Respekt auf ihn, der beinahe liebevoll war. Sie akzeptierten seine Ermahnungen und Anweisungen mit einer Liebenswürdigkeit, die sie sonst keinem entgegenbrachten, nicht mal José. Und selbst der, der für seine Arroganz und seine scharfe Zunge bekannt war, schien eine Spur sanfter zu werden, wenn er in die Nähe des asketischen Dreadlocks mit der leisen Stimme kam.

Ivan bog in den Hof ein und ließ die Maschine aufheulen. Elsa und Man-I kamen aus dem Garten angerannt. «Hast du uns was mitgebracht?» riefen sie.

«Uns?» fragte er, «wer ist hier uns? Das ist für Pedro und das ist für Man-I, wenn er brav war und seine Medizin genommen hat. Was ich für Elsa habe, muß bis später warten.»

«Mann, Ivan, sei nicht so frech!»

«Na, mein Sohn, hast du auch gut auf Miss Elsa aufgepaßt?» fragte er mit ernstem Gesicht. Der Junge nickte ebenfalls ernst, doch dann brach plötzlich das süße, strahlende Lächeln auf, das so sehr an seinen Vater erinnerte. «Und hast du auch deine Medizin genommen?»

«Auch wenn sie bitter ist und auf der Zunge brennt», hob Man-I an, in derart perfekter Nachahmung seines Vaters, daß sie alle lachten, als Ivan ihm die Süßigkeit hinhielt.

Da tauchte Pedro auf. Er ging langsam und versuchte, seine Erleichterung hinter einem unbeteiligten Gesicht zu verbergen. «Aha, da bist du. Gelobt sei der Herr. Und was hast du mir mitgebracht? Ich hoffe nur, du hast dir keinen Schund andrehen lassen.

«Schund? Das hier? Daß ich nicht lache! Es ist beste Ware!» prahlte Ivan.

«Na, dann wollen wir mal sehn … Man-I, hol Daddy mal sein Messer.» Er schnürte den Sack auf und langte mit beiden Händen hinein. Dann zerrieb er ein Blatt zwischen Daumen und Zeigefinger und murmelte: «Hmm … sieht leider so aus, als müßten wir den Mist irgendwelchen Touristen verscherbeln.»

Ivan hoffte, daß es ein Scherz war, aber Pedro sah sehr ernst aus, als er an einer Knospe roch. Er zerbröckelte sie und versuchte einen Krümel. In seinem Gesicht regte sich nichts. Aus Konzentration oder aus Kummer finster dreinblickend zog er einen Samen aus den Krümeln und untersuchte dessen Größe, Form und Farbe, ehe er ihn aufbiß. Dann schüttelte er traurig den Kopf.

«Dafür schmeißt mein Partner also das Geld raus?» sinnierte er laut und schüttelte wieder den Kopf, als er in den Sack hineinschaute.

«Ist erstklassige Qualität», beharrte Ivan. «Und auch ein guter Preis. Hab es selber probiert. Was ist denn los damit?» fragte er ängstlich.

Ras Pedro gab keine Antwort. Er nahm sein Messer und hob langsam den Kopf. Der melancholische Ausdruck in seinem Gesicht wich einem breiten Lächeln. «Hab ich etwa gesagt, daß irgendwas nicht stimmt?» sagte er und lachte.

Pedro sortierte das Gras und breitete es aus. Gekonnt mischte er beim Schneiden Knospen und Blätter, während Ivan die Häufchen zu kleinen braunen Kegeln rollte.

Die würden sie später an die Bars, Clubs und Cafés ihrer Gegend verteilen und dabei gleichzeitig den Erlös von letzter Woche einkassieren. Üblicherweise nahm Pedro Josés Anteil als ersten beiseite. Dann nahm er das Geld für die nächste Woche und stopfte es in den hohlen Griff des Motorrads. Und was übrig blieb, wurde zu gleichen Teilen aufgeteilt.

«Nicht übel», sagte er. «Gar nicht übel.»

«Hör mal, Pedro.»

«Sprich dich nur aus, Mann.»

«Die anderen Dealer – zahlen die José eigentlich auch so viel?»

«Manche sogar noch mehr.»

«Wieso ist er dann nicht stinkreich?»

«Ja, siehst du denn nicht, wie das läuft? Das Geld bleibt doch nicht bei José ...»

«Wo bleibt es denn dann?»

«Warum fragst du eigentlich so viel, Mann? Geht's uns nicht gut?»

«Sicher, aber ...»

«Aber dann laß es auch dabei», sagte Pedro barsch.

«Aber», beharrte Ivan, «mir scheint, Babylon kriegt was ab, okay, aber trotzdem ...»

«Hör mal zu, Bruder, ich weiß nix. Und ich *will* auch gar nix wissen, verstehst du? Du könntest mir eine Million anbieten und ich wollt's nicht wissen. Und wenn du mein Partner bleiben willst, dann hör auf, mir Löcher in den Bauch zu fragen.»

Ivan war nicht nur überrascht, sondern auch ein bißchen verletzt. Ras Pedro wurde normalerweise nie laut und Fluchen verabscheute er. Er war immer darauf bedacht, die Gefühle der anderen zu respektieren. «In Ordnung», murmelte Ivan verdrießlich.

«Komm, laß uns lieber deinen guten Kauf probieren», bot Pedro ihm in versöhnlicherem Tonfall an.

Im Lone Star Café kassierte José jede Woche seine Anteile. Alle Dealer kamen hier durch. Die Reihe von brandneuen Hondas vor der Tür war ein todsicheres Zeichen, falls sich irgend jemand dafür interessierte. Diese Maschinen waren so was wie ein Markenzeichen und symbolisierten den Wohlstand dieser Elitetruppe von Kleinunternehmern. Im hinteren Teil des Cafés gab es einen abgeschlossenen Raum, zu dem ausschließlich Dealer Zutritt hatten. Als sie hereinkamen, waren nur drei Männer da: Sidney, ein weiser kleiner Kerl mit unruhigen Augen, ein großer heiserer Bursche namens Midnight Cowboy und sein Partner Duffus.

Sie begrüßten Ras Pedro herzlich, Ivan höflich, aber zurückhaltend. Ras Pedro nahm die Mütze ab und schüttelte seine Lockenpracht, ehe er sich dem Geschäft zuwandte. Während er eine Bambuswasserpfeife füllte, erklärte er: «Das ist die Wahl meines Partners hier, Brüder. Wir würden gern noch eure Meinung hören.» Er machte ein paar tiefe Züge, um die Mischung zum Glühen zu bringen und sagte: «Und Jah sagte, siehe die Erde bringt Gras hervor, und ich habe dir gegeben jedes Kraut, das Samen trägt und auf der Erde wächst.»

«Selah», erklang es im Chor.

«Wie süß und angenehm ist es, wenn Brüder in Gemeinsamkeit leben.»

«Es ist wie eine teure Salbung», antworteten die Männer, «die über den Kopf und den Bart fließt.»

Während der Kelch herumwanderte, sonnte Ivan sich in dem allgemeinen Lob über seine Wahl. Bald umhüllte sie alle der Mantel warmer Kameradschaft und das Zimmer funkelte im Duft des Rauches.

Midnight Cowboy, der neben Ivan saß, schaute ihn nachdenklich an.

«Na, was hast du auf dem Herzen, Bruder?» fragte Ivan.

«Bist du der, den sie Rhygin nennen?»

«Allerdings.»

«Bist also neu hier.»

«Wie man will ...»

«Brauchst also Schutz?»

«Was für Schutz?»

Midnight Cowboy setzte sich auf und langte in seinen Sack. Er förderte ein in ein Tuch gehülltes Bündel zutage, das er nun langsam und ehrfürchtig auswickelte. «So einen», sagte er leise. Ivan stockte der Atem.

«Passen zusammen», flüsterte Midnight Copboy. «Achtunddreißiger Kaliber.».

Die Pistolen lagen auf dem weichen Tuch wie die Opfergabe auf einem Altar und schimmerten matt im Halbdunkel. Die Griffe bestanden aus reich verziertem Perlmutt und waren scharf geschwungen. Das

Metall schien bläulich zu glühen. Ivan schluckte und berührte sie sacht. Der Anblick der Revolver setzte etwas in ihm frei, das er noch nie erlebt hatte.

«Mach nur, Rhygin», drängte Cowboy. «Nimm sie in die Hand. Die verfehlen ihr Ziel nie, weißt du.»

«So?» murmelte Ivan und nahm sie in die Hand. «Bin nicht mal sicher, ob sie überhaupt funktionieren.»

«Drück bloß nicht ab», meinte Cowboy. Irgendwer lachte.

Wie prima die in meine Hand passen, dachte Ivan. Bequem, als ob ein Pistolenschmied, ohne mich zu kennen, sie mir maßgeschneidert hätte. Sie füllten die Handfläche, schienen sie zu vervollständigen. Es kam ihm vor, als ob sie leer und unausgefüllt gewesen wären, ehe er sie aufgenommen hatte.

«Wieviel?» fragte er mit trockenem Mund.

«Fünfzig Dollar für beide, inklusive Munition.»

«Teuer», murmelte Ivan. Aber wie sollten sie das nicht sein? Wahre Prachtstücke.

«Billiger als dein Leben», murmelte Cowboy. Duffus lachte zustimmend.

«Was denkst du, Pedro?»

«Wen willst du denn umlegen, Bruder?» fragte der zurück. «Willst du wirklich Blut vergießen?»

«Quatsch. Ich will niemand umlegen», sagte Ivan, halb sich verteidigend und halb beschämt wegen des Verlangens, das ihn schwindlig machte.

«Dann laß sie. Laß sie, Ivan. Weisheit ist besser als Waffen und Krieg», sagte Pedro. «Aber ein Narr zerstört die Stadt», endete er und starrte Midnight Cowboy an.

«He, Bruder – sie sind billiger als dein Leben», wiederholte Cowboy.

Ivan wog die Revolver in der Hand, spürte ihr Gewicht und bestaunte noch mal, wie natürlich und selbstverständlich sie ihm in der Hand lagen. Er hielt sie nebeneinander und bewegte die Hände, so daß das Licht auf den Läufen spielte. Dann wirbelte er sie in Westernmanier um ihre eigene Achse und freute sich über die leichte Eleganz, mit der sie sich wieder seiner Handfläche anpaßten.

«Teufel noch eins», stieß Cowboy hervor, «ein absoluter Revolverheld ... ein echter Starboy!»

«Dummheit! Nackte Gewalt und Dummheit!» polterte Ras Pedro.

Vorsichtig und widerwillig legte Ivan die Waffen auf das Tuch zurück. Er konnte sich kaum losreißen von dem hypnotischen Glanz des Metalls.

Midnight Cowboy packte sie noch nicht ein. «Die passen zu dir», sagte er. «Hab noch nie gesehen, daß ein Paar Pistolen so gut zu einem paßt.»

«Pack sie weg», sagte Pedro. «Mit diesem Quatsch solltest du nicht mal in die Nähe von Jahs heiligem Gras kommen.»

Cowboy schüttelte erstaunt den Kopf. «Aber sie passen wirklich zu ihm», sagte er.

«Ivan, merk dir, nicht du bist der Unterdrücker», riet Pedro ihm streng. «Also folg ihm auch nicht in seinem Tun. Das ist Babylons Sache, rohe Gewalt und Vernichtung. Mach schon, Mann, hast du nicht gehört?» Plötzlich stand er auf. «Kommst du, Ivan?»

«Billiger als dein Leben», sagte Midnight Cowboy.

Sie waren schon fast zu Hause, als Pedro endlich sprach. Ein nachdenklicher, fast trauriger Unterton lag in seiner Stimme. «Ivan, sag mal, wolltest du die Dinger wirklich kaufen?»

«Na ja», wich Ivan aus. «Irgendwie, ich weiß auch nicht, … vielleicht.» Aber er wußte, daß er log. Wie konnte er Ras Pedro das stechende Verlangen erklären, das ihn überwältigt hatte, als er sie in den Händen hielt? Das Gefühl, endlich etwas gefunden zu haben, das er finden sollte. Den Rest des Weges gingen sie in unbehaglichem Schweigen nebeneinander her.

16

Rückkehr

Der, der sein Wissen vergrößert, tut desgleichen mit seinem Leid.
Ras Petah

«Leute … genau.» Die Worte summten in seinem Kopf und er nickte bestätigend. Er spürte es. «Ja, ganz bestimmt, genau.» Es war der richtige Augenblick, er spürte es immer stärker. Seit einiger Zeit drängte sich der Gedanke immer wieder unaufgefordert in sein Bewußtsein. Anfangs hatte er ihn gerade freudig begrüßt. Doch trotzdem hatte er, scheinbar sporadisch und ziellos, einige Vorkehrungen getroffen, ohne sich einzugestehen, daß es überhaupt welche waren. Und heute morgen, kurz vor Tagesanbruch war er wachgeworden und hatte gewußt, daß der Augenblick gekommen war. Und so war er aufgestanden und aufgebrochen, ohne jemandem etwas zu sagen, einfach so.

Na ja, einfach so vielleicht nicht gerade: in dem Sack, in dem er sonst das Gras transportierte, steckten die Beweise für seine lang geplante Absicht: ein blaues Cowboyhemd aus Satin, identisch mit dem, das er selber trug, eine spiegelnde Pistolenbrille, eine Damenarmbanduhr – aus glitzerndem Gold mit sechsunddreißig echten Edelsteinen besetzt (hatte Cowboy jedenfalls geschworen), frisch aus dem Hafen geschmuggelt und jeden Cent der fünfzehn Dollar wert, die er ihm dafür abgeknöpft hatte. Und ein Buch für Maas Nattie: *Die Lehren des Marcus Garvey*, das Ivan von einem Kunden ergattert hatte, einem von diesen «bewußten» Brüdern von der Universität. Das einzige, was er vergessen hatte, war das letzte Exemplar seiner Platte. Und die hatte er extra für seinen Ausflug aufgehoben …

So war ganz nebenbei doch alles geplant gewesen, nur der Termin nicht. Diesem letzten Schritt war er bis heute morgen aus dem Wege gegangen, als er sich im Bett aufgerichtet und den Lauten der Nacht gelauscht hatte. Und nun war schon die Sonne aufgegangen und er rauschte auf halber Strecke den Mount Diabolo hinauf.

Die Maschine keuchte und spuckte, aber die Reifen fraßen sich tapfer die steile Straße hinauf. Die Luft war frisch und wenn die Sonne erst mal den Morgennebel vertrieben hatte, würde sie sehr klar sein. Die Regenzeit war vorbei und das frische Laub winkte hell und glänzend von den Bäumen. Die blankgescheuerte Landschaft flog glitzernd in der frühen Morgensonne an ihm vorbei. Er fühlte sich sehr high, aber diesmal nicht vom Ganja. Der Wind blies ihm den Geruch feuchter Erde ins Gesicht, bei dem er automatisch an die Yamspflanzung seiner Großmutter unten im Tal denken mußte. Jetzt, nachdem so viel Zeit verstrichen war, nach all den Ausflüchten und Aufschüben, zitterte er plötzlich vor Eifer, dorthin zu gelangen. Doch diese Ungeduld steigerte seine Hochstimmung nur noch mehr.

Er konnte seine Erregung kaum noch meistern und fuhr gefährlich schnell. Am liebsten hätte er ins Tal hineingerufen und das Echo zurückschallen hören: «Rhygin kommt nach Hause, verdammt! Der Junge kommt nach Hause, Himmelarschundzwirn!» Das Sonnenlicht auf den saftigen Blättern blendete ihn fast. Wie in einem Rausch sah er das Laub erzittern in unermeßlich bunten Schattierungen von Grün, Blau und sogar Purpur. Es machte ihn trunken, und es erfüllte ihn mit neuer Energie. Er hatte Geld in der Tasche und fuhr ein nagelneues Motorrad. Hinter sich im Sack die Geschenke und die neueste Mode am Körper. Er war tatsächlich ein Schallplattenstar, auch wenn er vergessen hatte, den Beweis einzupacken. In seinem Kopf sah er bereits alles deutlich vor sich. Maas Naties Haus, das Café. Vielleicht arbeitete Dudus inzwischen schon auf dem Boot seines Vaters und sie konnten zusammen zum Riff hinausfahren. Junge, der ganze Bezirk würde über seine Rückkehr reden. Vielleicht konnte er ein paar Tage bleiben, vielleicht noch einmal den großen Fluß zwischen den stillen grünen Bergen hinunterfahren.

Die Erregung machte ihn unbesonnen, er schob sich auf dem Sitz nach hinten und streckte die Arme aus, so daß er fast flach auf dem Benzintank lag. Er gab Gas und sprang in eine steile Kurve hinein. Doch plötzlich übertönte ein lautes, herrisches Hupen das Heulen seiner Maschine. Jessas, wenn das man bloß nicht Coolie man ist, sonst ist's aus mit mir, dachte er und suchte auf der engen Straße nach einem Schlupfloch. Nach rechts, sagte ihm eine innere Stimme, halt dich rechts. Er riß den Lenker zur Seite und richtete das Vorderrad auf den schmalen Grasstreifen zwischen Piste und Asphalt. Im gleichen Augenblick donnerte der Lastwagen an ihm vorbei. Er stieß fette, schwarze Qualmwolken aus und spritzte den Schotter unter den Reifen zur Seite. Ivan spürte den starken Luftwirbel, der es ihm schwermachte, das Motorrad unter Kontrolle zu behalten.

«Wer dazu geboren ist, zu hängen, der wird nicht ertrinken», lachte er triumphierend. Trotzdem gab er jetzt aber acht, ein bißchen langsamer zu fahren. Er glaubte, den Kotflügel des Lasters an der Schulter gespürt zu haben. Er mußte sich wieder abregen, das Ganze ein bißchen cooler nehmen. Und überhaupt, wieso sollte er sich jetzt auch so beeilen? Auf dem Land veränderte sich ohnehin nichts und wer erwartete ihn denn? Langsamer, Mann. Genieß die Fahrt. Entdecke mit eigenen Augen, wie schön und fruchtbar das Land deiner Väter ist. Die Stimme in seinem Kopf klang wie die von Ras Pedro. Nun führte die Straße einen Berghang neben einem tiefen Taleinschnitt mit steilen, dichtbewachsenen Hängen entlang. Plötzlich erkannte er einen Wagen am Straßenrand und einen Mann, der ausgestiegen war und eine Kamera in der Hand hatte. Ivan hielt ebenfalls an und stieg ab. Er konnte den Grund der Schlucht nicht sehen. Statt dessen war da ein schleimiger See von zähflüssigem Schlamm, eine ölige Substanz, rötlich-bleich, eine unnatürliche, chemisch wirkende Farbe. Und dieser Schlamm schien langsam die Hänge des Tals zu erobern.

Ivan rieb sich die Augen. Aber das Zeug da unten war wirklich da. Beunruhigend, widerlich und in scharfem Kontrast zu den grünen Hängen.

«Wissen Sie, was das ist, Sir?» fragte Ivan den Mann.

«Ja, weiß ich allerdings.»

Ivan wartete. Der Mann kümmerte sich nicht weiter um ihn.

«Können Sie's mir vielleicht sagen Sir?» bat er höflich und versuchte seinen Ärger zu unterdrücken.

«Fortschritt», sagte der Mann, ohne aufzublicken. «Industrieabfälle, aus den Bauxitminen.» So wie er grunzte, stelle Ivan keine weiteren Fragen mehr.

Nachdenklich fuhr er weiter. Wo immer es möglich war, warf er einen Blick hinab ins Tal. Der tödliche Strom zog sich neben der Straße entlang. Er fragte sich, wie weit er wohl reichte, dieser Strom von Blut aus dem Herzen seines Landes. Schließlich hielt er an und rauchte einen Joint. Dabei starrte er hinunter auf die ölig-rote Fläche und fragte sich, was zum Teufel das nun wirklich war und was es wohl zu bedeuten hatte.

Nach kurzer Zeit erreichte er die Paßhöhe. Die gleiche weite Ebene erstreckte sich vor ihm, die er damals aus Coolies Bus gesehen hatte. Die Erinnerung daran kehrte jetzt übermächtig zurück. Doch diesmal zogen sich unheilvoll klaffende Schrunden frischer roter Erde durch die

Landschaft. Damals war ihm die Reise endlos erschienen, heute kam sie ihm kurz vor. Er konnte nicht mehr als eine Stunde von Blue Bay entfernt sein. Also war er die ganze Zeit gar nicht so weit weggewesen – höchstens in seinem Kopf. Schwer zu glauben. Aber die Aussicht, nach Hause zu kommen, versetzte ihn erneut in Erregung. Lange unterdrückte Erinnerungen sprudelten unkontrolliert und zusammenhanglos hervor. Gesichter, Orte, Klänge, Stimmen, Gerüche, alle in verrückter, berauschend schneller Folge: der Hügel gegenüber von Miss Mandos Haus, der Baum mit dem Verrückten Izaac, der sich im Mondlicht bog, das goldzahnschimmernde Lächeln von Miss Ida, Mirriams dunkelglühende Augen, das Korallenriff – alles klar und alles genau so, wie er es gekannt hatte.

Er fuhr nun schon eine ganze Weile auf der Küstenstraße und hatte das Gefühl, daß er sich der Abzweigung in die Hügel nähern mußte. Zuerst würde er zu Maas Nattie gehen, ihm das Buch überreichen und eine Weile bei ihm sitzen. Diesmal hatte *er* ein paar Geschichten zu erzählen. Der alte Mann würde ihm von Dudus und Mirriam berichten. Dann wollte er Dudus suchen, wahrscheinlich war er am Strand. Und danach ... aber das wußte er noch nicht so genau ...

Halt, das ist ja schon Blue Bay da hinten um die Ecke? Kann doch nicht sein! Wie konnt ich denn die Abzweigung verpassen? Ist nicht möglich, Mann. Aber das ist es, das ist Blue Bay. Also dann muß jetzt der Strand mit den Fischerbooten kommen. Was soll denn die Mauer da und die großen Dächer? Nee, hier muß doch der Fischerstrand sein. Ist vielleicht doch nicht Blue Bay? Ich bin noch gar nicht da, ist ein ganz anderer Ort, ich kann mich doch nicht so irren. Da ist ein Tor ... was steht da?

PRIVATBESITZ
SUNSET COVE APARTMENTS
Betteln und Hausieren verboten

Das Tor war verschlossen, aber er erkannte einen weißen Kiesweg, gemähte Rasenflächen und weißgekalkte Villen hinter blühenden Hekken. Seine Verwirrung war komplett, nichts von alledem paßte zu seiner Erinnerung. Das war doch der Strand von den Fischern gewesen. Scheiße, wieso auf einmal Privatbesitz? Er war wütend und ängstlich zugleich und immer noch nicht ganz sicher, daß er überhaupt im richtigen Ort war. Er fuhr langsam weiter, schaute sich um und versuchte, irgendwas wiederzuerkennen und seine umherschwirrenden Gedanken zu sammeln. Er fühlte sich wie betäubt. Okay, erst mal würde er zum Café gehen. Das war gleich hinter der nächsten Ecke. Er konnte sogar schon die Stämme der Kokospalmen sehen. Na klar, und da würde er auch Leute treffen, die er kannte. Die würden ihm schon erklären, was das alles zu bedeuten hatte. Er gab Gas und brauste um die Ecke.

Ja, das kleine Café stand noch immer zwischen den hohen Stämmen auf der schmalen Landzunge. Aber verdammt ... was war denn mit den Palmen passiert? Und mit dem Strand? Scheiße! Als ob eine riesige Machete vom Himmel gefallen und die Spitzen der Bäume abgesäbelt hatte. Es standen nur noch die schlanken Stämme wie unnütze, spottende Wachtposten. Das Café selbst schien unverändert, nur war der Sandboden jetzt von Steinplatten bedeckt und von einer niedrigen Steinmauer umschlossen. Dort lagen ein paar Weiße in Liegestühlen. Sie hatten große Gläser neben ihren Ellenbogen stehen, trugen Badezeug und färbten sich in der Sonne allmählich rot. Er saß mit offenem Mund da und starrte verständnislos auf diesen Anblick. Das einzige schwarze Gesicht, das er sah, gehörte zu einem Kellner mit weißem Jackett, der gerade mit einem Tablett voller Gläser aus dem Café heraustrat. Na gut, als erstes würde er Miss Ida fragen. Aber irgendwie ahnte er schon, daß er sie hier nicht finden würde.

Beim Knattern seines Motorrades verrenkten sie sich ihre Hälse und der Kellner nickte heftig zu etwas, das der Mann sagte, den er gerade bediente und ging dann hinein. Er tauchte an der Straßenseite des Cafés wieder auf und wartete, bis Ivan näher kam. Er schien etwa so alt wie er selber, aber Ivan erkannte ihn nicht und als sich ihre Blicke trafen, gab der Kellner kein Zeichen des Wiedererkennens und grüßte auch nicht. Ivan fuhr langsam auf das Gebäude zu und blieb dann stehen.

«Was soll denn das, Freundchen», meinte der Kellner knapp mit nasaler Stimme. «Das ist ein Privatclub hier, Me-ensch!»

Dieses Me-ensch, das war's. Ivan begriff, daß der nasale, kaum verständliche Ton, der ihm da entgegenschlug, die Kellnerversion eines Yankee-Akzents war – die Stimme seines Herrn, sozusagen.

«Was hast du gerade gesagt?» fragte Ivan.

«Privatclub, Mann, nur für Mitglieder, klar?»

«Klar», sagte Ivan gedehnt und betrachtete den Jungen mit steigender Wut. «Sag mir bloß noch eins – kennst du vielleicht Miss Ida?»

«Ida? Nee, Alter. Sicher nicht.» Der Kellner wandte sich ab. «Ich hab zu tun, Me-ensch, kapiert?»

«Von wegen kapiert, verdammt noch mal», sagte Ivan. «Lern erst mal Anstand, Bursche, ich red mit dir.» Etwas in seiner Stimme ließ den Kellner innehalten. «Was ist denn noch?» fragte er ungnädig.

«Klingt schon besser, Meister. Kennst du vielleicht einen Jungen, der Dudus heißt?» Der Kellner schüttelte den Kopf. «Dudus Thomas. Sein Papa ist Maas Burt.»

«Oh, meinst du etwa Butch? Der macht hier abends Kellner.»

«Wo wohnt er?»

«In Blue Bay.»

«Wo in Blue Bay?»

«Gleich neben der Straßenmeisterei.» Der Kellner wollte wieder ins Haus.

Doch Ivan erwischte ihn am Eingang. Er packte ihn beim Kragen, wirbelte ihn herum, stieß ihn gegen die Wand und starrte in die verschreckten, weitaufgerissenen Augen. «Du mieses kleines Arschloch, du. Ich bin hier geboren und aufgewachsen. Und du redest von 'nem Privatclub! Kennst du mich?»

Der Junge schüttelte heftig den Kopf.

Ivan gab ihm einen Stoß. «Kannst du auch gar nicht, du Scheißer. Sonst müßtest du wissen, daß du dein Leben aufs Spiel setzt, wenn du so mit mir redest, du kleines Arschloch. Ich würd dich glatt zerschnippeln, auch wenn sie mich dafür einbuchten würden. Nächstes Mal, wenn dich ein Bruder was fragt, zeigst du ein bißchen mehr Anstand, verstanden?»

Wieder gab er ihm einen Stoß. Der Junge nickte. «Oder magst du den beschissenen Job hier für die Weißen so sehr – mehr als dein Leben?» Der Junge schüttelte den Kopf und Ivan ließ ihn los.

Langsam fuhr er davon. Seine Wut verwandelte sich in Verwirrung und Trauer. Er wußte, daß er sich zwar über die Unverschämtheit des Kellners geärgert hatte, daß aber etwas anderes ihn weit mehr verstörte. Seine Gedanken überschlugen sich, als er jetzt in Richtung Stadt fuhr. Hatte er denn keine Veränderungen erwartet? Doch, ja. Er hatte erwartet, daß die Leute älter geworden waren; ein paar auch vielleicht gestorben. Kinder groß geworden ... aber das hier – nein. Wie hätte er das erwarten können?

Als er das Haus neben der Straßenmeisterei gefunden hatte, hielt er an und betrachtete es eine Weile. Er war schon halb entschlossen, umzukehren, als sich die Tür öffnete und ein untersetzter Mann herauskam. Er trug schwarze Hosen und ein weißes Hemd. Ivan erkannte Dudus, nein, «Butch» auf der Stelle.

«Hm, entschuldigen Sie – suchen Sie vielleicht jemand?» fragte Dudus höflich.

«Allerdings», antwortete Ivan.

«Hier wohnen nur ich und meine Familie. Wer ist es denn, den Sie suchen?»

«Jemand, den ich von früher kenne», antwortete Ivan.

Dudus runzelte verwirrt die Stirn und ging zögernd ein paar Schritte auf das Motorrad zu. «Ja, meine Güte – kann doch nicht ... aber ... Moment mal!» Er kam näher.

«Ja», sagte Ivan. «Ich bin's, ja ich, Ivan!» Er nahm die Sonnebrille ab.

«Meine Güte», rief Dudus, «du bist es, du bist es wirklich!»

Jubelnd und fluchend zugleich liefen sie aufeinander zu und umarmten sich. Von dem Lärm angelockt erschien eine junge Frau in der Tür. Sie trug ein Baby auf dem Arm.

«Verdammt, Dudus! Du hast ja einen Bauch gekriegt!»

«Macht das gute Leben, Mann. Jessas, schau sich einer den Ivan an! Ivan, ich kann's nicht glauben!» plapperte Dudus vor sich hin.

«Also du bist der Ivan, von dem ich schon so viel gehört habe?» fragte die Frau.

Beim Anblick des Babys platzte Ivan laut heraus. Es war dick, braun, rundgesichtig, sommersprossig und gutgelaunt. «Na, Dudus, keine Chance, die Vaterschaft abzustreiten. Nicht bei dem hier», sagte er.

«Ivan hier, Ivan da – immer hab ich bloß von Ivan gehört», sagte die Frau und musterte ihn prüfend, wie um zu sehen, ob er den Geschichten auch entsprach.

«Schon gut, schon gut, hol uns ein paar Flaschen Bier, ja?» sagte Dudus zu ihr.

«Geht auf mich», sagte Ivan und langte in die Tasche.

«Suchst du etwa Streit ...» sagte Dudus.

«Komm, ich fahr euch hin», bot Ivan an.

Das Motorrad wurde gebührend bewundert und bestaunt. Er nahm alle beide hintendrauf und fuhr eine kurze Ehrenrunde durch die Stadt. Ja, sicher hatten sie die Platte im Radio gehört. Wie alle hier. Sie warteten schon auf die nächste. Dann bewunderte Ivan pflichtgemäß das Haus, die Möbel und noch mal das Baby. Sie tranken Bier und redeten, während Dora was zu essen machte.

Er erfuhr, daß Maas Nattie noch im gleichen Jahr gestorben war, in dem er fortgegangen war. Er war ein bißchen ärgerlich, daß Dudus sich nicht gleich entsinnen konnte, wen er meinte. Miss Ida hatte das Café an einen Weißen verkauft und war weggegangen, wohin, wußte Dudus nicht so genau. Er wußte auch nicht richtig, wo der alte Mann begraben lag oder was mit seinem Land passiert war. Nein, er sehnte sich nicht nach der Fischerei zurück. Die Arbeit im Café war leichter und sauberer und er verdiente auch besser. Nach einem Seitenblick auf seine Frau zwinkerte er Ivan zu und murmelte was von «weißen Frauen». Maas Burt war zwar noch gesund und munter, aber auch er hatte die Fischerei aufgegeben. Er fuhr mit seinem Boot Touristen hinaus und zeigte ihnen das Riff. Er hatte einen Jungen dabei, der hinuntertauchte und Stücke vom Riff abschlug. Die trockneten sie und verkauften sie dann an die Touristen.

«Du meinst, er gräbt so nach und nach das ganze Riff aus?»

«Ist ja nicht er allein», sagte Dudus. «Und es bringt gutes Geld.»

Ivan schüttelte den Kopf. Er erinnerte sich, wie Maas Burt den Kasten mit dem Glasboden gehalten, gelacht, an seiner Pfeife gezogen und gesagt hatte: «Ist wirklich verdammt schön da unten, Junge.»

«Mirriam ist verheiratet und hat einen ganzen Haufen Kinder», erzählte Dudus weiter. «Und rat mal, mit wem?» Er grinste geheimnisvoll. Ivan konnte es nicht raten.

«Black Raphael!»

«Ist das wahr? Du meinst ihren Cousin?»

«Genau den. Wir haben ihn immer River King genannt.»

«Aber wieso? Der hat doch nie und nimmer Frau und Kinder ernähren können.»

«Du bist noch nicht am Fluß gewesen?»

«Nee.»

«Dann geh mal hin und guck dir's an», sagte Dudus immer noch so geheimnisvoll. «Fortschritt, Mann. Also Ivan, hast du denn die ganze Entwicklung hier nicht gesehen?»

«Doch, klar.»

«Vielleicht glaubst du, nur bei euch in Kingston gibt es Fortschritt, was?» meinte Dudus strahlend.

«Nein», antwortete Ivan, «das sicher nicht.»

Doch auf einmal war er ganz nervös. Er gab Butch das Hemd und die Sonnenbrille und überreichte der überraschten und überwältigten Dora die goldene Uhr. Dann versprach er, zum Essen da zu sein und fuhr zum Fluß hinunter, gespannt, welche Form der Fortschritt wohl hier angenommen hatte. Er hoffte, vielleicht Mirriam zu sehen, wenn auch nur von weitem. Aber noch mehr wollte er wissen, warum Dudus so geheimnisvoll getan hatte. Was konnte hier geschehen sein? Und wie konnte diese Verwandlung einen Familienvater aus dem vor sich hin grübelnden einsamen Raphael gemacht haben? Wenn Raphael immer noch dieses legendäre Berggipfel-Ganja anbaute, vielleicht konnten sie dann ins Geschäft kommen?

Nichts, so schien es, war noch da, wie er es in Erinnerung hatte. Aber der Fluß? Was konnten sie mit dem Fluß angestellt haben? Ihm wollte nichts einfallen, aber nach dem zu urteilen, was er bisher gesehen hatte, konnte es nichts Gutes sein. Und Dudus, nein «Butch», schien auf alles auch noch stolz zu sein. Er selbst war ja nicht dabeigewesen, deshalb kam das alles vielleicht ein bißchen plötzlich. Vielleicht hatte er ja gar kein Recht ... verdammt, aber er wollte es einfach wieder so haben, wie es einmal war. So ist das im Leben, nichts dauert ewig.

Die Brücke hatte sich nicht verändert, sie sah noch genauso aus wie an dem Tag, an dem er heruntergesprungen war. Kam ihm gar nicht mehr so hoch vor – aber es war schon ein toller Sprung gewesen, vor allem für ein kleines Kind. Und der Fluß war immer noch so grün, so geheimnisvoll und ohne Eile wie früher. Die einzige Veränderung war das kleine weiße Haus auf der anderen Seite der Straße am Ufer. Aber das war keine große. Die Berge waren immer noch so groß, so majestätisch und so schön wie in seiner Erinnerung. Gott sei Dank, endlich ein Berührungspunkt, endlich etwas, das ihm bestätigte, daß seine Erinnerung nicht nur aus Träumen und Geschichten bestand.

Ivan saß auf der Brücke, ließ seinen Blick über die Berge schweifen. Ja, hier fühlte er sich wohl ... friedlich. Während die alten Erinnerungen wieder in ihm aufstiegen, hörte er Singen von jenseits der Flußbiegung. Er konnte sie zwar nicht sehen, aber er wußte, daß die Frauen dort Wäsche wuschen. Wie leicht konnte man sich vorstellen, daß Miss Mando und Mirriam bei ihnen waren.

Die Sonne hatte ihren Abstieg ins Meer begonnen und tauchte das Flußtal und die Berge in das gewohnte rötlich-goldene Licht. Die heftige Stille, die durch das ferne Singen nur noch verstärkt wurde, erinnerte ihn unmittelbar an seine Kindheit, daß er am liebsten geweint hätte. Nicht aus Ärger oder Kummer, nicht einmal so sehr aus Schmerz, sondern einfach wegen der eisernen Tyrannei der Zeit. Er konnte nun sehen, wie gedankenlos er gewesen war, zu erwarten, daß alles noch genauso war wie in seiner Erinnerung. Doch demütig und dankbar stellte er fest, daß es wenigstens noch eins gab, das so war wie früher. Es gab noch die Flöße, die ohne Eile den Fluß hinunter zur See glitten. Zwei, nein drei waren eben um die Flußbiegung gekommen, kleine dunkle Flecke vor dem grünen Ufer. Fast unmerklich wurden sie größer. Sie waren noch zu weit weg, als daß er Einzelheiten hatte erkennen können, aber ihre Form schien ein wenig verändert. Breiter als er im Gedächtnis hatte, auch höher. Ivan schaute hinunter auf das strömende Wasser, in das er einmal so bedenkenlos gesprungen war, vor langer Zeit. Er bezweifelte, daß er es jetzt wieder tun würde. Aber es lag irgendwas Beunruhigendes, fast Hypnotisches in den leise wirbelnden Fluten.

Als er wieder aufschaute, waren die Flöße nähergekommen. Sie waren tatsächlich wuchtiger und schwer beladen. Nein, das war keine gewöhnliche Ladung, da saßen ja Leute. Vielleicht hatte Raphael seine Familie zu einer sonntäglichen Floßfahrt auf dem geliebten Fluß eingeladen? Dann müßte einer dieser Köpfe Mirriam gehören und sie würde vielleicht emporschauen und ihn sehen. Sollte er sitzen bleiben? Würde sie ihn überhaupt erkennen? Plötzlich tauchte ein Gedanke auf, der ihn mit Schrecken und Verwirrung erfüllte. Er würde sich das älteste Kind sehr genau anschauen müssen ... jener Tag am Fluß, ehe er Miss Mandos Leichnam gefunden hatte ... könnte das vielleicht die rasche Heirat erklären? Er bekam auf einmal feuchte Handflächen.

Bald konnte er erkennen, daß mit Ausnahme der Flößer alle Leute dort unten weiß waren, oder besser gesagt, flammend rosa. Sie trugen sportliche, bunte Kleidung, und Kameras um den Hals. Der Wind trug ihm Gesprächsfetzen herüber, ein mißtönendes Durcheinander, das die Stille und seine Stimmung zerstörte. Diese Leute saßen auf erhöhten Plattformen, während sich hinter ihnen schwarze Flößer schweißüberströmt mit langen Stangen abmühten. Wenn plötzlich Johnny Weissmüller mit einem Tarzanschrei aus den überhängenden Zweigen in den Fluß gesprungen wäre und dort mit einem Alligator gekämpft hätte, er wäre nicht verwundert gewesen.

Die Flußströmung brachte sie näher. Sie kamen auf eine Stelle der Brücke zu, die kaum zehn Meter von seinem Standort entfernt war. Er betrachtete sie schweigend, ohne das joviale Winken eines fetten Paares zu erwidern, das sich auf dem erhöhten Sitz breitmachte. Er war jetzt sicher, daß der Mann, der hinter ihnen stand und das Floß steuerte, Raphael war. Diese riesigen muskelbepackten Schultern von unübertroffener Schwärze waren unverkennbar. Gerade, als sie die Brücke passierten, lehnte sich die dicke Frau zurück und rief dem Flößer etwas zu. Ivan sah, wie ihre Hand beiläufig auf seinem Bein ruhte. Aber es war keine intime oder sexuelle Geste; es lag etwas Abwesendes darin, das ihn an die Art und Weise erinnerte, mit der man sein Pferd streichelt. Der Flößer beugte sich vor und schaute ihr ins Gesicht, um zu verstehen, was sie sagte. Sie lachte und das Gesicht ihres Mannes erstrahlte in einem breiten, einfältigen Grinsen. Er nickte eifrig, seine weißen Zähne blitzten in der Sonne. Immer noch grinsend kletterte er zum Ende des Floßes, ließ die Muskeln spielen und stellte sich in Positur. Er schien Übung darin zu haben, die kraftvollen Muskeln schwollen an und standen hervor, aber trotzdem wirkte die Pose falsch und unterwürfig. Es war eine kontrollierte, gefesselte, zur Schau getragene Kraft und sein Gesicht nichts anderes als eine Maske von schmeichlerischer, leicht törichter Freundlichkeit.

«Wunderbar», lachte die Frau und richtete die Kamera auf ihn. Dann trieb die Strömung sie unter die Brücke.

Es war also nicht der Fluß, der sich geändert hatte. Was war mit diesem einsamen, distanzierten Riesen geschehen, den sie einmal River King genannt hatten? Aus welcher Sippe, aus welcher Familie stammte dieser grinsende Clown, der jetzt seinen Platz einnahm? *Aych – win or lose I'm gonna get my share ... what's mine ...*

Kein Wunder, daß er auf dem Heimweg die Abzweigung verpaßt hatte: sie schien nicht mehr zu sein als ein steiniger Pfad, steil und unwegsam, der in die Eingeweide der Berge hinaufführte. Das Motorrad bockte und rutschte ihm weg, nichts war ihm mehr vertraut. Selbst die Umrisse der Bäume, die er einst so genau gekannt hatte, waren verändert. Er war ganz sicher gewesen, jeden Baum und jede Biegung wiederzuerkennen, aber nun mußte er sich alles wieder mühsam ins Gedächtnis zurückrufen: Grannys Haus war vier Meilen von der Hauptstraße weg, also dreißig, vierzig Meter nach der ersten Wasserstelle. Er mußte nach dem großen Pflaumenbaum Ausschau halten, aber er war schon fast an der ersten Wasserstelle vorbei, ehe er sie erkannte. Also, wo war denn nur der Pflaumenbaum, wo er immer die Vögel geschossen hatte? Nein, nicht der da – ein großer. Halt, der vielleicht, ja, aber, wieso war der denn so klein – und was war mit dem Pfad passiert? Alles voll Gestrüpp, überall. Aber ... das konnte nicht der richtige Ort sein, oder? Genau da drüben mußte das Blechdach sein. Konnte es sein, daß der Busch darübergewachsen war und alles unter sich begraben hatte?

Vergeblich suchte er nach dem Orientierungspunkt in der Landschaft, geriet in Panik, warf sich blindlings ins Gebüsch und arbeitete sich keuchend in die Richtung vor, in der seiner Erinnerung nach sein früheres Zuhause liegen mußte. Schlingpflanzen wanden sich um seine Füße und schlugen ihm ins Gesicht. Dornen zerkratzten ihm die Haut und verfingen sich in seinen Kleidern. Langsam und schwitzend stolperte er vorwärts. Immer wieder versuchte er, über dem dichten Gestrüpp den Brotfruchtbaum auszumachen, der die Gräber seiner Familie beschattete, aber umsonst. Wo war die Kirche? Der Schweinestall? Die Tenne zum Kaffeetrocknen? Der Ziegenpferch? *Jessas, wo bin ich denn hier bloß?*

Aufgeregt und aus unzähligen Kratzern blutend wandte er sich wieder zurück zur Straße. Die Kratzer fingen an zu jucken. Wieder rieb er sich den Schweiß aus den Augen und kletterte auf den Pflaumenbaum. Die kleine Senke unter ihm war mit diesem Gestrüpp bewachsen. Aber es war der richtige Ort, denn er erkannte den Blick ins Tal hinab und den gegenüberliegenden Hügel. Da, dort konnte er Dächer im Laub ausmachen, den Rauch von Kochfeuern. Da lebten immer noch Menschen. Und da war der Baum vom verrückten Izik. Ja, es war der richtige Ort ... wie trostlos!

Er sah den Brotfruchtbaum, aber die Steinmauer war nicht mehr zu erkennen. Nein, das kleine Plateau, auf dem einmal das Haus, die Küche, die Viehställe und die Obstbäume gestanden hatten, war von dichtem Pflanzenwuchs überwuchert. Alle Zeichen menschlicher Gegenwart, von Fleiß, Planung und Ordnung waren ohne jeden Anhaltspunkt verschwunden und er hätte eine Machete gebraucht, um sich einen Weg zu den Gräbern bahnen zu können. Keine Spur mehr von den vergangenen Generationen, seinen Vorfahren, deren Intelligenz, Fleiß und Tüchtigkeit hier einmal eine Lebensgrundlage, ein Heim geschaffen hatten. Nix ... überhaupt nix ...

Jessas Christ, Allmächtiger ... ich kann's nicht glauben ... ich kann's einfach nicht glauben ... wie betäubt schüttelte Ivan den Kopf. Nix, aber auch gar nix war übrig. Nix war mehr da, er konnte ja nicht mal mehr da runtergehen ... Herr Jessas, das waren doch meine Leute ... meine Leute, meine Familie. Meine Leute!

Benommen setzte er sich unter den Baum. Der Geruch der verfaulten Früchte stieg ihm in die Nase und sein Kopf war ganz wirr vom Summen der Fliegen, die um das süße Fallobst schwirrten. Es war nicht einfach. Schock und Verzweiflung hatten ihn schwer getroffen. Ich hätt bleiben sollen. Ich hätt bleiben sollen und mich um das Haus kümmern, dachte er. Die schlimmste Beleidigung, die es gab, war die beißende Bemerkung: «Pah, du kommst ja von nirgendwo her.» Zum erstenmal wurde ihm klar, was das eigentlich bedeutete. Jetzt spürte er, wie wichtig das Bewußtsein, irgendwo hinzugehören, für seine Identität war. Und er spürte den gleichen Drang wie an jenem Tag, an dem seine Großmutter gestorben war, den Drang, seinen Kopf in die Arme zu legen und aus vollem Herzen zu weinen. Er wollte eine Machete besorgen, einen Pfad zu den Gräbern schlagen und das Gestrüpp wegroden ... aber Scheiße – was hatte das schon für einen Sinn ...

Was für einen verdammten Sinn ... er fühlte sich leer, verschreckt, nutzlos, elend und sehr allein. Niemals würde er hierher zurückkehren, schwor er sich, niemals!

Mechanisch wie ein Schlafwandler stolperte er zu seinem Motorrad und startete es. Wo ich schon mal hier bin, dachte er, kann ich mir ja auch gleich mal Maas Natties Haus angucken. Bring am besten gleich alles hinter mich.

Er fuhr das schmale steinige Band entlang, über das er in jener Nacht mit dem alten Mann galoppiert war. Wie lange war das her? Er begegnete kleinen Gruppen von Leuten, Familien in Kirchgangskleidern auf dem Weg zum Fluß, vermutete er. Wahrscheinlich lag eine Taufe an. Sie betrachteten ihn mit höflicher Neugier und grüßten ihn mit der reservierten Freundlichkeit der Hügelbewohner. Wenn er anhielt und sich zu erkennen gab, würden sie ihm um den Hals fallen, sich über seine Rückkehr freuen und ihm kleine Geschenke von Gemüse und Obst aufdrängen. So hatte er es sich ja eigentlich auch vorgestellt, als er aufgebrochen war, aber jetzt erwiderte er ihren Gruß nur knapp und fürchtete das unsichere Blinzeln des halben Wiedererkennens: «He, wart mal, bist du nicht einer von den Martins?» Lieber wandte er sich ab und setzte seinen Weg fort.

Als er das Tor zu Maas Natties Grundstück erspähte, fuhr er langsamer. Hinter der Mauer hörte er Stimmen. Er fuhr vorbei, hielt an und schlich sich zurück, um in den Hof zu schauen, ohne selbst gesehen zu werden. Wenn möglich, dann wollte er sich weitere Schocks ersparen. Zuerst sah er niemanden. Nur ein Ziegenpaar, das im Schatten eines Baumes angepflockt war. Das bunte Haus stand da wie immer. Die Trockentenne hatte Risse, aus denen Grasbüschel wucherten. Auch Büsche und Obstbäume waren noch da, wenn auch nicht so wohlgepflegt, wie er sich an sie erinnerte, und überall war das Gras in die Höhe geschossen. Aber hier lebten ohne Zweifel Menschen. Zwischen zwei Guavenbäumen bemerkte er jetzt auch eine Hängematte, in der jemand zu liegen schien. Alles, was man sah, war eine Mähne langen, sonnengebleichten Haares. Eine Frau? Eine *weiße* Frau in Maas Natties Haus? Verdammt, ich werd verrückt. Komplett verrückt. Weiße leben doch nicht hier. Die wohnen in Hotels oder in den großen Häusern der Stadt. Was ist denn hier los, was geht hier eigentlich vor?

Er blinzelte mit den Augen, aber das Haar hing immer noch fast bis zum Boden hinunter. Dann sprach das Wesen in der Hängematte und Ivan kriegte seinen zweiten Schock, denn die Stimme gehörte eindeutig zu einem *Mann*. Dann ging die Tür auf und noch zwei Gestalten erschienen. «Verflucht», murmelte Ivan und riß sich die Sonnenbrille von der Nase. «Verflucht noch eins! Das gibt's doch nicht! Seit wann gibt's denn bei den Amis auch Rastas?» Denn das mußten sie wohl sein – weiße Dreadlocks. Die Haare des Mannes bauschten sich um seinen Kopf wie ein verfilzter Mop. Er trug Jeans, die über den Knien abgeschnitten waren und einen Vollbart, der ebenso ungekämmt wirkte wie sein Haar. Die Frau neben ihm war blond, braungebrannt und trug keinen Fetzen am Leib. Nicht einen verdammten Fetzen! Er konnte ihre sonnengebleichten Schamhaare wie einen Wattebausch unterhalb von ihrem schwabbeligen Bauch erkennen. Die zwei waren anscheinend sehr glücklich, jedenfalls trugen sie ein breites, seltsam starres Grinsen zur Schau. Die Frau hatte einen Blecheimer in der Hand und der Mann eine Pfeife, die er jetzt der Gestalt in der Hängematte weiterreichte. Die Frau ging zu den Ziegen hinüber und hockte sich mit gespreitzten Beinen neben sie. Die Ziegen drängten weg. Sie griff nach dem Seil und zog die größere neben sich. Dann stellte sie den Eimer drunter und langte zwischen die haarigen Hinterbeine, offensichtlich auf der Suche nach dem Euter.

«Jetzt sag bloß, du willst ihn melken!» murmelte Ivan und wäre um ein Haar laut herausgeplatzt, als sich ihre suchende Hand um die Hoden des Ziegenbocks schloß.

«Es heißt ja immer, bei den Weißen ist alles möglich – also los, dann zeig mal, wie du den da melken willst.»

Die Frau stieß einen Fluch aus und nahm sich die andere Ziege vor. Ivan wußte, das konnte einfach nicht wahr sein. Er hatte wohl Halluzinationen. Das Kraut, das er gebraucht hatte, mußte das schärfste sein, was je auf der Insel gewachsen war. Aber was waren das bloß für Figuren? Offensichtlich waren sie schon eine Weile hier, denn sie waren braun gebrannt mit Ausnahme der bös ausschauenden roten Striemen und entzündeten Pickel, die von Insektenstichen herrührten.

«Was für ein beknacktes Vieh», sagte eine klare Mädchenstimme und dann zog sie den Eimer gerade noch rechtzeitig weg, ehe die Ziege die Hinterbeine einknickte und verächtlich einen Strom Pisse herabrauschen ließ. Aus der Hängematte stiegen Rauchwolken auf. Ivan schnupperte und wußte Bescheid. Hier hatte er in Gestalt dieser barfüßigen, nackten, heruntergekommenen, insektenzerstochenen und nicht allzu sauberen Erscheinungen die einzigen weißen Dreadlocks der ganzen Welt vor sich. Sie waren so bedröhnt, daß sie sich kaum noch bewegen konnten. Die Männer waren nur am Kichern und sprachen mit großer Anstrengung.

«Mann, bin – ich – ab – ge – fuckt!»

«'n wahres Wort», grunzte Ivan. «Ist ja nicht zum Aushalten!»

Die Männer standen auf und gingen langsam und unsicher zur Tenne hinüber.

«Na prima», beschwerte sich die Frau, «nehmt die Pfeife nur mit!»

«Komm doch auch mit rüber, na los doch, mach schon» rief der eine.

«Na schön.» Sie stand auf und stolperte hinterher. Ihr flacher Hintern war von einem Schwarm feuerroter Pickel übersät. Die Männer zogen die Shorts aus und legten sich auf die heiße Betonfläche. Sie erinnerten Ivan an gepökelte Schweinehälften, die man zum Trocknen auf ein Gestell gelegt hatte.

Na wartet nur, bis die Sonne untergeht! Die Moskitos werden's euch schon zeigen! Junge, wer wird mir das glauben? Aber das konnten doch keine Gespenster sein? Maas Nathaniel Francis, wo bist du? Siehst du denn nicht, was in deinem Haus vor sich geht? Ich hau lieber wieder ab. Als er am Haustor vorbeikam, sah er ein Schild. Was sollte denn das nun wieder bedeuten? WOODSTOCK SOUTH?

Auf dem Rückweg in die Stadt jagte er das Motorrad mit Höchstgeschwindigkeit durch die Kurven, als wäre eine Horde von Dämonen hinter ihm her. Zweimal hätte es ihn beinahe erwischt, aber er fuhr nicht langsamer. Er gab sich voll dem Rhythmus der Kurven und Steigungen hin, dem Brausen des Windes, der dunklen Straße und versuchte, alle Gedanken aus seinem Kopf zu verdrängen. Aber das Gefühl von Verzweiflung und Verlassenheit wollte nicht weichen. Damals, als er die Strecke zum erstenmal zurückgelegt hatte, war sie ihm lang erschienen. Er hatte sein Land verlassen, um in ein anderes zu gehen. Die Länge der Reise war nur angemessen gewesen. Doch nun erkannte er, daß es eigentlich nur eine kurze Strecke war. Und absolut dasselbe Land.

Er kam sich vor wie ein wurzelloses Strandgut in einer Welt ohne Regeln und Grenzen. «Ivanhoe Martin, du kommst nirgendwo her», murmelte er bitter vor sich hin. Es war schmerzlich, etwas Wichtiges zu verlieren, und zwar etwas, das ungeprüft und selbstverständlich gewesen war, so daß das Wissen um seine Bedeutung erst an seinem Verlust zu messen war. «Der, der sein Wissen vergrößert, tut desgleichen mit seinem Leid», wie Ras Pedro sagen würde.

Statt der freudigen und triumphalen Heimkehr, die er sich ausgemalt hatte, war ihm abrupt und ohne jede Vorbereitung klargeworden, daß er kein Zuhause mehr hatte. «Hau schon ab, Freundchen, du kommst ja von nirgendwoher.»

Ras Pedro und Elsa saßen mit einer koptischen Bibel vor sich am Tisch, als er hereinkam. Sie schauten auf. Ras Pedro brach das Schweigen als erster.

«Sei gegrüßt, Bruder. *One heart*, Mann.»

Elsa stand auf, ging auf ihn zu und blieb stehen. «Ivan, was ist passiert? Warum siehst du aus, als hättest du ein Gespenst gesehen?»

«Vielleicht hat er tatsächlich eins gesehn?» lachte Pedro.

«Ivan, wo bist du gewesen, hast du Hunger?»

Ivan küßte sie abwesend und ging ins Schlafzimmer. «Hab keinen Hunger, bin nur müde», sagte er.

«Aber wo warst du denn den ganzen Tag?»

«Nirgends – und ich wünschte bei Gott, ich wär nie dagewesen», sagte er und warf sich aufs Bett. Sie stand an der Tür und beobachtete ihn voller Sorge und Spannung.

«Schon gut», murmelte Pedro beruhigend. «Laß nur. Der Bruder hat was einstecken müssen, Mädchen. Ich glaub, er hat was einstecken müssen, aber er wird auch darüber wegkommen.»

«Also Ivan, was hast du heute überhaupt gegessen? Iß jetzt was, hörst du?»

«Ich hab keinen Hunger. Bin nur müde», murmelte er und erinnerte sich, daß «Butch» ihn zum Abendessen erwartet hatte.

Anscheinend war er sehr müde, denn es dauerte volle drei Tage, bevor er wieder aus dem Schlafzimmer herauskam.

«Ja ja», meinte Ras Pedro traurig. «Sieht so aus, als hat mein Bruder wirklich was einstecken müssen.»

17

Der Druck nimmt zu

Walkin' down de road
Wid a pistol in you waist
Johnny you too bad ...

DER STAMM

Weit, weit hinten in seinem Kopf, schlafend und ungenutzt, stets vorhanden und tröstlich, hatte immer die Vorstellung geschwebt, daß die Berge und der Fluß immer für ihn da sein würden, unverändert auf ihn warten würden. Nicht, daß er irgendwelche konkrete Pläne hegte, wieder nach Hause zurückzukehren, außer vielleicht zu einem gelegentlichen Besuch, um mit seinem Erfolg anzugeben und die Gegenwart seiner alten Freunde zu spüren. Oder um Kraft zu schöpfen aus dem Reichtum seiner Kindheitserinnerungen. Oder auch, im Extremfall, um verschlissen und gebrochen wie der Verrückte Izik zurückkriechen zu können ins warme, weiche Nest seiner Anfänge, um dort das Ende abzuwarten. Er hatte das niemals ausgesprochen, nicht mal vor Elsa, aber die Gewißheit hatte ihn all die Jahre wie ein unsichtbarer Anker, ein stiller Trost, begleitet.

Und nicht nur ihn. Die gleiche Gewißheit hegten all jene, die besitzlos in der Stadt lebten. Man hörte es immer wieder. So oft, daß es schon fast ein Klischee geworden war, eine Phrase, die keiner wirklich hörte oder allzu ernst nahm, jetzt nicht mehr. Aber ernst gemeint oder nicht, Einbildung oder nicht, leere Worte oder nicht, es gab einen Grund, warum man es immer und immer wieder hörte.

«Also, Junge, so 'nen Scheiß muß ich mir nicht bieten lassen, ich kann immer noch nach Hause zurück.»

«Auch wenn du mich jetzt hier so siehst – ich komm von woher, weißt du.»

«Glaub bloß nicht, ich hätt's nötig, hierzubleiben – meine Familie hat nämlich ein Stück Land da draußen, verstehst du, das wartet nur auf mich.»

Aber jetzt gab es Zeiten, in denen Ivan sich über nichts mehr sicher war. Selbst seine Erinnerungen waren trübe und unzuverlässig. Vielleicht war er wie der verrückte Izik, der sehen konnte, was sonst keiner sah – auch er ein Opfer falscher Geschichten, Erinnerungen an Wirklichkeiten, die so unumstößlich und dauerhaft erschienen, aber in Wahrheit unsicher und flüchtig waren. Niemand war da, der sie mit ihm teilte. Alles, was wirklich war, war das, was er jetzt hatte. Die Vergangenheit hatte ihn im Stich gelassen, und die Zukunft ... was zum Teufel war das überhaupt?

Midnight Cowboy war stoned und strahlte eine Vision von fatalistischer Unausweichlichkeit aus. Er lächelte breit. «Bruder», begrüßte er Ivan überschwenglich, «was für dich ist, ist für dich. Ich wußte, daß du wiederkommen würdest. Hab sie extra für dich aufgehoben.»

Ivan schob ihm das Geld hin. Cowboy steckte es ein, ohne nachzuzählen.

«Die sind für dich», sagte er. «Für deine Zukunft. Auf die kannst du dich verlassen.»

Ivan ging in die Zuckerrohrfelder und probierte sie aus. Er übte, bis seine Munition und seine Erregung verraucht waren. Als er wieder herauskam, fühlte er sich erschöpft. Es hatte sich etwas verändert. Nicht wiederhergestellt, denn was einmal weg war, konnte nicht wiederhergestellt werden, aber dafür war etwas anderes an seine Stelle getreten. Und wenn schon, das Leben geht auf und das Leben geht ab. Manchmal packte ihn die Schwermut. Sie lauerte tief in ihm drin, dort, wo diese dunkle und leere Stelle war, die ihn in Schweigen hüllte. Aber das dauerte niemals lange, weil ihm danach Stärke und Mut mehr als zuvor wieder zuflossen. Das war, als die Leute anfingen, ihn Rhygin und alles mögliche andere zu nennen. Genauso fing es an. Die Jungs starrten ihn an, zeigten mit dem Finger auf ihn und tuschelten sich mit großen, weit aufgerissenen Augen was über ihn zu. Frauen lächelten ihm dreist zu und machten ihm Angebote – Angebote, die er nur selten ausschlug.

«Kennst du Rhygin?»

«Welchen Rhygin?»

«Rhygin den Sänger ... Rhygin, dessen Reggae so gut war, daß Babylon ihn abwürgen mußte. Rhygin, der Rude-Boy ... Rhygin, der Hübsche, der Tänzer, dem keine Frau wiederstehen kann ... Rhygin, der mit der scharfen Zunge, der auf alles eine schnelle Antwort weiß ... Rhygin, der Denker, der Träumer ... welcher Rhygin? Rhygin, der Geheimnisvolle, bei dem keiner weiß, woher er kommt ... Rhygin, der Gefährliche, der so flink mit dem Messer ist ... Rhygin, der

Draufgänger, der Geisterbesieger ... Rhygin, der dem Prediger die Frau weggenommen hat ... Rhygin, auf dessen Rücken Babylon zwei Tamarindenruten zerschlagen hat, ohne daß er einen Mucks von sich gegeben hat ... Rhygin, der hinter jedem Rock her ist ... Rhygin, der jede Möse zum Furzen bringt ... Ach der Rhygin? Mannomann, der Rhygin? ... Rhygin, der Kumpel vom Bad José, der mit diesem dünnen Dread mit den heiligen Augen rumhängt? Genau der – mit dem legst du dich besser nicht an. Der ist gefährlich!» – «Soso, dieser Rhygin ist also wer?» «Ach, ihr kennt ihn wohl nicht? Der Rhygin, der trägt Donner in der Hand und Blitz in der anderen. Rhygin – ich kann euch sagen – Rhygin ist schlimmer als Krebs, schlimmer als Herzanfall. Rhygin ist wie ein Sturm, ein brandheißer Sturm. Lieber Himmel, ich kann dir sagen, der reinste Orkan ... Rhygin, der seinen Vater nicht kennt ...»

Er hörte das Tuscheln und lächelte. Und je mehr die Jungs auf ihn zeigten und über ihn redeten, desto aufdringlicher wurden die Frauen. Ras Pedro sah all das und lächelte müde. «Eine Frau hat einen bösen Tanz getanzt und es geschafft, daß der Mann den Kopf verloren hat. O je, Bruder, du kannst weder von der Welt ablassen noch dem Fleisch entfliehen. Du kommst nicht nach Zion mit sündigen Gedanken. So kommt man Babylon nicht bei. Gönn dir eine Pause, ein bißchen Ruhe, Bruder, Ruhe.»

Wie immer nahm José alles für sich in Anspruch. «Ich hab ihm das beigebracht. Ist alles mein Werk!» Warum auch nicht? Die Zeiten waren hart, aber das Gras war ein Trost. Die Geschäfte liefen gut. Die Dealer verdienten und Babylon hielt sich zurück. Es gab Platz für alle. «Aber wie auch immer», sinnierte José. «Es heißt: wenn der Vogel zu schnell fliegt, fliegt er am Nest vorbei.»

«Ist noch lange nicht vorbei», meinte Midnight Cowboy. «Fängt ja gerade erst an. Wer hat denn als erster gemerkt, daß der Junge zu was taugt? Und wer hat ihm das Werkzeug verschafft?»

DIE TOCHTER

Ras Pedro hatte recht gehabt, wie immer. Egal, wo Ivan an diesem Sonntag hin war, irgendwas war ihm zugestoßen – er hat 'nen Schlag abgekriegt. Hat zwar keine Narben hinterlassen, aber man kann's trotzdem sehen. Und er hat mir nicht gesagt, wo er hin ist. Er lachte höchstens ganz komisch und sagt: «Bei Gott, ich hab ein paar amerikanische Nya-Männer gesehn, kannst du dir nicht vorstellen, Dreadlocks und alles. Die haben Ganja geraucht und sind splitternackt durch die

Gegend gelaufen.» Und jedesmal, wenn er das sagt, dann lacht der arme kleine Man-I, bis er husten muß.

Und jedesmal fragt Man-I: «Erzähl noch mal, was haben die amerikanischen Nya-Männer gemacht?» Ivan guckt dann ganz ernst, zeigt nicht das leiseste Lächeln. «Junge», sagt er, «die haben einen Ziegenbock gemolken!» Dann muß sogar Ras Pedro lachen.

Aber wirklich. Ivan hatte sich verändert – in manchen Sachen zum Guten und um andere Sachen wiederum scherte er sich gar nicht. Ein Gutes war, daß er jetzt viel Zeit mit Man-I verbrachte. Der Junge ließ ihr keine Ruhe und quengelte den lieben langen Tag, wenn Ivan fort war. Und das war jetzt meistens der Fall. Man-I schien nur für die Zeit zu leben, die Ivan mit ihm unter dem Mangobaum saß. Dabei hielt er ihn nur von den Hausaufgaben ab und erzählte ihm seltsame Geschichten von Ras Menelik, Osu Tut, König Prempeh, Quaco, Cudjo und Granny Nanny, die Königinmutter der Maroons, von Zauberern und Hexen mit noch komischeren Namen, Bamchikolachi zum Beispiel, und seltsamen Kräften. So etwas hatte sie im Haus des Predigers nie gehört, aber Ras Pedro saß manchmal dabei und er schien einverstanden. Und Man-I machte sie ganz verrückt mit seinen Fragen. «Wo ist Onkel Ivan hin? Wann kommt Onkel Ivan wieder?» Und außerdem waren das anscheinend die einzigen Augenblicke, in denen Ivan so etwas wie Frieden fand. Komisch, denn das Geschäft lief gut und der Junge war gesund. Sie hatten schon fast vergessen, was Hunger hieß. Aber für Ivan gab es keinen Frieden, außer wenn er in seinen Geschichten versank und seine Augen sanft und verträumt und seine Stimme ruhig wurde. Erst in der Freude des Kleinen schien auch er Zufriedenheit zu finden.

Aber abgesehen von diesen Situationen blitzten seine Augen und es schien, als werde er von einem Teufel geritten, der ihm keine Ruhe gönnte. Er raste hin und her, war immer auf dem Sprung. Er fuhr Sondertouren und drängte Pedro immer wieder, ihn in die Geheimnisse des Schneidens und Mischens einzuweihen, um doppeltes Geschäft zu machen. Aber er legte nie was beiseite. So, wie das Geld reinkam, so ging es auch wieder hinaus. Ständig hing er in irgendwelchen Clubs oder Kinos rum. Sie war sicher, daß er es mit einigen der leichten Mädchen trieb, die in Miniröcken und Shorts herumliefen. Er drängte sie auch nicht mehr, sich herauszuputzen und mit ihm auszugehen. Sie war ja nicht für diese Art von Leben. Aber sie stritt sich auch nicht mit ihm darüber. Sie sagte einfach: «Ivan, du weißt, ich hab dafür nix übrig.

Wenn du da draußen was verloren hast, dann geh und such es. Ich bin hier, wenn du nach Hause kommst, das heißt, wenn du überhaupt kommst.» Und dabei blieb es.

Er hatte es wohl noch nicht gefunden, denn er war noch immer jede Nacht, die der Herrgott gemacht hatte, irgendwo draußen. Aber eins erstaunte sie ja doch: wenn er da draußen Frauen hatte, wie konnte er dann bloß immer noch so scharf sein wie 'n Rhygin, wenn er nach Hause kam? Egal, wie spät es war – er war bereit, immer bereit. Heiß, stürmisch, niemals müde. Nicht, daß sie sich beklagte, aber manchmal, morgens, wenn Pedro sie schüchtern anlächelte und «Morgen Elsa, Morgen *Rhygin*!» sagte, dann wurde sie rot. Denn, wie sehr sie es auch versuchte, sie mußte wenigstens einmal aufschreien, wenn ihre Natur durchbrach. Und das auch noch laut. Nein, wenn er da draußen nach Frauen suchte, dann fand er entweder keine, was sie sich nicht vorstellen konnte, oder er hatte einen stärkeren Trieb als irgendjemand sonst.

«Ivan …»

«Was ist?»

«Ähem, du mußt mir mal was sagen …»

«Was?»

«Wie kommt's, daß du so … äh so … wie kommt's, daß du so …»

«Sexy bist?»

«… ja?»

«Ich bin Rhygin, deshalb bin ich auch wild wie 'n Rhygin. Also los, mach die Beine breit.»

Und seine Launen waren ihr nach wie vor ein Rätsel. Manchmal verbrachte er lange Zeiten in Schweigen versunken, wenn Man-I nicht in der Nähe war. Und dann wieder redete er wie ein Wasserfall, sprudelte nur so von Ideen, als könnte er nicht anders. Große Pläne hatte er! Sie sollten aufhören, Gras zu kaufen, sich statt dessen zusammen mit Pedro irgendwo in den Bergen ein Stück Land unter den Nagel reißen und selber anbauen. Dann könnten sie die anderen Dealer direkt beliefern. Und er würde wieder Platten machen, aber diesmal als unabhängiger Produzent.

«Seit wann bist du denn ein Farmer, Bruder?» lachte Pedro.

«War ich schon immer, verstehst du», entgegnete Ivan allen Ernstes.

«Und nicht nur das – jetzt willst du auch noch Kapitalist werden?»

Die ganze Zeit redete, plante und träumte er, nicht direkt zu ihr oder Pedro, aber eigentlich auch nicht zu sich selbst. Sie hatte ihn nie ohne große Pläne und Hoffnungen erlebt, aber sie spürte, daß das hier was anderes war. Und alles seit jenem einen Sonntag ... vielleicht ja auch nicht ... aber eins war jedenfalls klar.

Jener Tag, an dem er wieder aufstand, dieser erste Tag nach seinem Ausflug. Da gatte er sie gefragt, ob sie irgendwelches Geld im Haus hatte.

«Aber ich hab nur das Schulgeld für Man-I und das Geld für die Miete ...»

«Egal, am Freitag kriegst du's wieder.»

«Wozu brauchst du's denn?»

«Ich muß was erledigen. Kann nicht warten.» Das sah sie. Als er wiederkam, war er wie umgewandelt, er glühte und schien gespannt und erregt, als ob er die nervöse Energie, die ihn durchpulste, nicht so recht in Schach halten konnte. Von verstecken ganz zu schweigen. Sie war sicher, daß er irgendwas unter dem Hemd verbarg.

«Hast ihn also gefunden?»

«Na klar hab ich ihn gefunden.» Er vermied weitere Fragen, indem er in ihrem gemeinsamen Zimmer verschwand und die Tür verschloß. Nie würde sie die verschlossene Tür vergessen – so etwas hatte es vorher zwischen ihnen nicht gegeben.

Er blieb ziemlich lang da drin. Und als er wieder auftauchte, konnte sie sehen, daß er sich anstrengte, um ganz normal zu tun. Sie mußte es wissen und so dauerte es nicht lange, bis sie es unter dem Bett in seiner Schachtel fand. Schuldbewußt hatte sie auf das Knattern der Honda gehorcht, denn wenn er sie dabei gefunden hätte, wie sie in seinen Sachen herumschnüffelte, obwohl er ihr deutlich zu verstehen gegeben hatte, daß sie das nichts anging, wäre sie vor Scham gestorben. Und als sie es dann gefunden hatte, wünschte sie, es wäre nicht geschehen.

Was machte sie sich jetzt für Sorgen! Sie war sicher, daß Pedro keine Ahnung hatte, was Ivan da ins Haus geschleppt hatte. Was, wenn Man-I es fand? Lieber Himmel ... bloß nicht daran denken ... aber was wollte Ivan bloß damit und dann auch noch zwei davon? Sie konnte es Pedro nicht sagen, aber verschweigen konnte sie es auch nicht. Was für Sorgen! Sah ganz so aus, als ob Ivan plötzlich ein Revolverheld geworden war. Nein, er bewahrte sie nur für jemand auf. Das war's! Immer wenn sie reinguckte, lagen sie alle beide noch da. Oder war vielleicht nur eine in dem Tuch eingewickelt? Ivan rannte in der Stadt rum, mit ner Knarre im Gürtel? Jessas, Maria und Josef ...

Aber was war bloß mit Ivan los? Heute morgen zum Beispiel. Pedro war mit Man-I zu seiner Routineuntersuchung. Ivan schlief lange, wie immer. Als sie die Schlagzeile in der Zeitung entdeckte, rannte sie los und weckte ihn, denn es ging um Ganja.

«Ivan, guck!»

«Hmm, was ist? Warum weckst du mich?»

«In der Zeitung steht, daß die Polizei in Miami ein ganzes Flugzeug mit Ganja geschnappt hat. Soll von hier kommen, schreiben die.»

Als ob er plötzlich Ameisen im Bett hatte, sprang Ivan auf und riß ihr die Zeitung aus der Hand.

«Guck dir das an, Handelswert siebenhunderttausend Dollar!» Das rüttelte ihn vollends aus dem Schlaf. Er starrte sie an wie ein Irrer. «Hast du gehört? Siebenhunderttausend Dollar! Verdammt! Bin gleich wieder da. Wo sind meine Hosen?»

«Hast du auch gelesen, daß die Regierung der Vereinigten Staaten Helikopter schicken will, die der Armee helfen sollen, den Handel zu zerschlagen?»

«Ha», höhnte er. «Propaganda, reine Propaganda. Wolln wir doch mal sehen ... okay, bin gleich zurück.»

Hat nicht mal auf Pedro gewartet, sondern ist gleich zu Fuß los, ist mehr gerannt als gegangen und hat sich auf dem Weg noch das Hemd in die Hose gestopft.

RHYGIN

Warum meine ich denn bloß, daß José bei der Sache mit dem Flugzeug Bescheid weiß? Will der mich für dumm verkaufen? Wie ich ihn und den Kerl da neulich gesehn habe, als sie den Berg nach Pinnacle rauf wollten und er lacht noch und sagt, sie gehn ein Spielfeld für Cricket anlegen. Er hätt's uns sagen sollen! Siebenhunderttausend Dollar! Wer kriegt denn das alles? Und wir hier rennen jeden Tag vor den Soldaten und ihren Gewehren davon? Und wofür? Für 'n Trinkgeld. Was war mit Pedros Frau? Tot – auf einen Schlag. Nee, Mann, José hätt uns was sagen sollen. Angenommen, die Yankees kommen wirklich hier runter und steigen uns aufs Dach? Vietnam, verdammt. Was soll mit dem Landstück werden, das ich und Pedro und der Inder angepflanzt haben? Meine ganze Zukunft hängt davon ab, zum Teufel. Ich muß José finden, und zwar auf der Stelle!

Er leistete sich eine ungewohnte Extravaganz und nahm ein Taxi. Der Fahrer hatte jede Menge geheimer Informationen auf Lager, die –

wenn man nach seiner Bereitschaft, sie auszuplaudern, urteilte – kaum noch geheim sein konnten.

«Scheißbauxit», erklärte er leidenschaftlich. Die größte Geldquelle der Insel war das Ganja. Wußte Ivan etwa nicht, daß der Premier und das gesamte Kabinett, einfach jeder in der Regierung, seine heimlichen Pflanzungen hatte? Das große Geschäft, aber echt. «Mann, hast du gesehn, wie John Conally runterkam und uns erzählte, er wär im Viehhandel?» Er lachte laut. «Der glaubt wohl, er könnte uns verarschen, was? Wer würde schon von Texas weggehn und extra nach Jamaica kommen, um 'nen Kuhhandel aufzumachen?! Hi hi hiii ... vor allem, wo jeder weiß, daß das beste Ganja der Welt von hier kommt.» Wieder lachte er los.

Ivan hatte keine Ahnung, wer John Conally war. In welchem Film spielte er denn? Der Name klang vertraut, war es ein Westernheld? Aber er wollte gar nichts von Texas wissen. «Ich hab mit all dem nichts zu tun», erklärte er tugendhaft. «Ich bin Christ.»

Der Fahrer warf ihm einen gekränkten Blick zu und war eine Weile still. «Wissen Sie, was mit dem Land los ist?» Das war eine rein rhetorische Frage, er erwartete keine Antwort. «Zuviel von dem verfluchten Importchristentum aus den Staaten», fing er an; seine Augen funkelten boshaft.

«Lobe den Herrn, Bruder», entgegnete Ivan. «Lobe seinen heiligen Namen!»

Er stieg unten an der Ecke aus, denn wenn er mit diesem Fahrzeug vorgefahren wäre, hätte jeder gewußt, daß etwas faul war. José und seine derzeitige Gespielin Pinky hatten es sich an einem der Tische bequem gemacht. Ein paar Dealer saßen herum und nippten an ihrem Bier. Rhygin hatte erwartet, daß die Sache mit dem Flugzeug Tagesgespräch sein würde, vor allem nach dem, was er im Taxi erfahren hatte. Aber alles war genau wie immer. Er ging mit seinem Bier rüber zu Josés Tisch.

Spielen wir 'ne Runde Skittle, Jah?»

«Warum nicht? Ein Cent pro Punkt?»

Ivan warf eine Skittle um. «Dein Spiel, Mann. Hast du heute Zeitung gelesen?» Er sprach leise und beiläufig.

José verpatzte seinen Stoß. «Ah. Dein Spiel.»

«Sie haben in Miami ein Flugzeug erwischt. Es heißt, es wäre von hier.»

«Hab's gelesen.»

«Und?»

«Und was? Die sagen, zwei wären durchgekommen. Dein Spiel.»

«Wer sagt das?»

«Na, die halt. Du kennst das doch, ‹die sagen›. Mein Spiel.»

«Aber José, angenommen, die kommen her und brennen unsere Felder ab, was soll dann werden?»

«Alles Propaganda, um die Christen zu beruhigen. Steckt nix weiter dahinter.»

«Aber trotzdem, wenn wir so ein Risiko eingehen, sollten wir auch beteiligt sein.»

«Dein Spiel», brummte José.

«Cricketplatz, was?» sagte Ivan.

«Ein paar von den Cricketbällen fliegen halt ganz schön hoch», kicherte José.

«Siebenhunderttausend Dollar, José? Ist so was ein Witz?»

«Propaganda, Mann. Dein Spiel.»

«Trotzdem, irgend jemand macht das große Geld. Wer?»

«Kannst jeden fragen, jeder weiß es.»

«Aber ich frag dich, José.» Ihre Augen bohrten sich ineinander.

Jose lachte. «Der Premierminister, der Landwirtschaftsminister, der Bischof von Kingston. Jeder weiß es.»

«Seh ich etwa so aus, als ob ich Witze mache?»

«Dein Spiel.»

«Wenn die das Zeug für den Export verkaufen und ich und Pedro einen halben Hektar haben, warum können wir drei dann nicht auch direkt verkaufen und ans wirkliche Geld rankommen? Was meinst du?»

«Ich glaub, ich hör lieber auf zu spielen.» Demonstrativ legte José seinen Queue beiseite. Als er sich über den Tisch beugte, konnte Ivan sein Gesicht nicht sehen. «Pinky, geh und hol mir ein Bier.» Er richtete sich wieder auf und schaute ihr hinterher. Seine Stimme war leise und angespannt. «Ivan, hör zu. Ich weiß nix von irgendwelchen Exportgeschäften, nix. Versteh das ein für allemal. Wenn dir unser Geschäft nicht paßt, dann gibt es tausend andere in West Kingston, die sich umbringen würden, um mit mir zusammenzuarbeiten. Wenn dir was nicht paßt, dann laß es, Mann. Du kannst ja aussteigen. Das ist alles. Vergiß es!» Er starrte Ivan an und wandte sich ab.

«Halt, Moment mal ...»

«Was?» Halb drehte José sich nochmal um.

«Du weißt genau, ich will nicht aussteigen, Mann. Aber wo steht, daß Leute wie wir nicht auch Geld machen können, hä?»

Entweder war José gereizter, als er gezeigt hatte, oder sonst was – und Ivan konnte sich nicht vorstellen, was – was er gesagt hatte, war daran schuld, daß er jetzt total durchdrehte. Er schrie los und wirbelte herum. An seinem Hals traten die Adern hervor und in seine Wut schlich sich so etwas wie Hysterie.

«Paß auf, du kleiner Scheißer. Wie ich dich aufgelesen hab, hast du halb verhungert in der Gosse gelegen. Jetzt hast du 'ne Honda draußen parken. Jede Nacht bist du draußen im Club und gabelst dir irgendeine Frau auf. Was bist du eigentlich? Ein Idiot? Das echte Geld? Wieviel Geld teilt ihr zwei, Pedro und du, euch denn jeden Freitag? Ist das etwa kein Geld? Du kannst doch froh sein, wenn du überhaupt was verdienst. Du kennst das doch: wenn man weiß, daß die Stuhllehne nix aushält, dann lehnt man sich auch nicht zurück. Weißt du was, ich hau lieber ab, aber echt.»

In blinder Wut stapfte er hinaus und warf dabei einen Stuhl um, der ihm den Weg versperrte. Die Leute im Café schauten betont beiseite, nur nicht in ihre Richtung. Trotzdem entging ihnen natürlich nichts. Rhygin kam sich ziemlich albern vor und folgte José hinaus. Irgendwie hatte der ja doch recht; Pedro und ihm ging's wirklich nicht schlecht. «He, José! Mach mal halblang, Bruder ...» Er fing an zu laufen. «Mach mal halblang, ist doch immer noch *one love*, Mann, weißt du doch ...»

Doch José blieb nicht stehen. Und Rhygin wußte nicht, ob er ihn überhaupt gehört hatte bei dem Lärm, den die Honda machte. José und Pedro schienen ja fast verängstigt, wenn er sich nach den obersten Rängen im Business erkundigte. Dann kam ihm der Gedanke, daß José vielleicht nur gespielt hatte. Ein Teil seiner Taktik war es ja, niemals laut zu werden oder zu zeigen, wenn ihm etwas an die Nieren ging. Er hatte geschrien und getobt, war über Stühle gestolpert und warum? Trotzdem würden sie es schaffen. Nur cool bleiben und abwarten, was lief – vorerst jedenfalls.

«He, Moment mal – brennen die da etwa das Zuckerrohr ab? Ist doch keine Erntezeit, oder?» murmelte Ras Pedro und blinzelte in die Sonne. «Riechst du keinen Rauch?»

«Doch», antwortete Rhygin. «Schon 'ne ganze Weile. Hast du von irgendeinem Streik oder so was hier draußen gehört? Muß ein Unfall sein, wenn das Rohr brennt.»

«Ivan, guck mal da oben, beim Pinnacle!»

Hinter den flachen, mit Zuckerrohr bewachsenen Ebenen stiegen die ganze Bergkette entlang schwarze, dicke Rauchwolken in den klaren blauen Himmel.

«Verdammte Scheiße», flüsterte Ivan. «Propaganda, wie? Kehren wir um, Pedro.» Sie hielten an und betrachteten schweigend die Berge. Sechs ... sieben ... nein zehn Säulen stiegen in die Luft und verschmolzen zu einer einzigen schwarzen Wolke, die wie ein Sargtuch über den Gipfeln hing, wütende Riesenfliegen, brummten durch den Rauch wie prähistorische Insekten, die ein Feuer aus ihren Nestern gescheucht hatte.

«Jede Wette, daß da oben kein einziger Ganjastrauch stehn bleibt», flüsterte Pedro. «Die ganze Ernte!»

Das Poltern schwerer Lastwagen trieb sie ins Zuckerrohrfeld, von wo aus sie vier Armeelaster vorbeirollen sahen. Die Soldaten waren in voller Kampfmontur und schienen in bester Laune zu sein. Sie lachten und gröhlten. Ihre Tarnanzüge waren mit grünen, blühenden Zweigen dekoriert, gegen die das eintönige Khakigrün seltsam fröhlich wirkte.

«Lacht ihr nur. Fühlt euch wohl gut, was?» murmelte Ivan. «Vergeltung», sagte Ras Pedro. «Die Vergeltung wird auch euch ereilen!»

Rhygin schaute seinen Bruder an und wußte, wie sehr der Anblick dieser grinsenden Visagen und der lässig über die Schulter geworfenen Schnellfeuergewehre ihn verletzen mußte. Er dachte an die verlorenen Felder und an die erste merkwürdige Nacht, die er bei Pedro verbracht hatte. Jetzt dröhnte ein neuer Laster heran. Seine Hand glitt unters Hemd und umklammerte den Perlmuttgriff, der von seinem Körper erwärmt war und durch den er seinen Herzschlag spüren konnte. Wieder spürte er dieses Drängen, als stünde er außerhalb seiner selbst, weder überlegend noch an die Folgen oder Gefahren denkend, und beobachtete den Fortgang des Schauspiels. Wie in einem Film sah er eine zersplitterte Windschutzscheibe, das entsetzte Gesicht des Fahrers vor sich ... dann geriet der Laster außer Kontrolle und stürzte in das Zuckerrohrfeld.

Ras Pedros Stimme holte ihn zurück. «Nein – *nein*, mein Bruder. Manchmal wohnt der schlimmste Feind in einem selbst.» Sanft packte er Ivans Hand und drückte sie. Die gedehnte beruhigende Stimme drang leise in sein Ohr: «Aber so verrückt wirst du nicht sein, nicht? Denk an mich, Mann, ich muß für Man-I sorgen. Bist du verrückt geworden?»

«Sieht ganz so aus», sagte Ivan und wunderte sich, wie ruhig und unbeteiligt Pedro sein konnte. «Du wußtest also von den Revolvern?»

«Schon lange», meinte der Dread. «Und es hat mich beunruhigt. Ich will sagen, ich weiß schon, warum ich weiter mit dir rummache, aber trotz alledem, ich will kein Blutvergießen. Ich schwäre bei Jah, ich will nicht sehn, wie's so weit kommt, daß ein Schwarzer 'nen andern Schwarzen umlegt ...»

«Aber es kommt und geht, und dann kommt's wieder», murmelte Ivan. «Komm, laß uns José suchen und fragen, ob der Rauch über Pinnacle auch Propaganda ist», schlug Pedro vor.

«He, Mann, glaubst du nicht, wir sollten lieber versuchen, rauszukriegen, was da oben wirklich los ist? Die Soldaten sind doch jetzt weg.»

«Junge, du weißt doch, wie die sind. Die sind zu allem fähig. Vielleicht haben sie einen Hinterhalt in den Bergen. Laß uns lieber umkehren.»

Vier Wochen lang suchte die Helikoptereinheit der «Operation Freundschaft» die entferntesten Hügel in jedem Gebiet ab, das für Ganjaanbau bekannt war. Die Helikopter und die Soldaten, die ihnen dicht auf den Fersen folgten, ließen nicht viel unbeachtet oder unberührt. Sei es durch einen unglücklichen Zufall oder durch exakte Planung, jedenfalls erfolgte die Operation gerade zu dem Zeitpunkt, als das Gras heranzureifen begann. Presse und Geistlichkeit bejubelten dieses hervorragende Beispiel internationaler Zusammenarbeit und das umwerfende Vorgehen der Truppen. «Operation Freundschaft» war ein umwerfender Erfolg in der ausländischen Presse und Diplomatie, das stand fest.

Die Bauern reagierten mit stoischer Gelassenheit. «Laß Babylon nur machen», erklärten sie. «Irgendwann müssen die Helikopter wieder dahin, woher sie gekommen sind, aber das Gras bleibt – von Ewigkeit zu Ewigkeit. Laß sie sich die Felder abbrennen – wenn ein bißchen Regen fällt, dann schießt alles wieder hoch, grün und saftig. Das Gras kriegt keiner kaputt.»

Die Dealer und ihre Kunden in der Stadt waren wie vor den Kopf geschlagen. Die panische Kauf- und Hortsucht verschlang alles, was in den Shantytowns gelagert war. Für eine Weile hielt das Angebot mit der Nachfrage Schritt; die einzige direkte Auswirkung zeigte sich in einem enormen Preisanstieg. Aber das dauerte nicht lange. Dann ging es damit weiter, daß man die Extra-Vorräte aus früheren Jahren – besonders gute Qualität, die in der Erde gelegen hatte, «um Kraft anzusetzen» –

ausbuddelte. Das starke, erdige Gras ging weg wie die warmen Semmeln, offenbar richteten sich die Leute auf eine lange Dürreperiode ein. Fast alles Feldganja, das den Flammenwerfern der Armee entkommen war, wurde im Schnellverfahren getrocknet und auf den Markt geworfen. Aber es war kaum reif geworden und noch grün, stank und hatte eine miserable Qualität. Ein Greuel und eine Schande, wie Ras Pedro es ausdrückte.

Rhygin und er waren besser dran als die meisten anderen. Sie hatten noch einen Reservesack; Ras Pedro hatte darauf bestanden, ihn zu kaufen, weil es so ungewöhnlich gut war. «Das ist echtes Collie-Gras, das törnt wahnsinnig», hatte er gesagt. Aber sie stritten heftig darüber, das heißt, Ivan war heftig, Ras Pedro ruhig und unnachgiebig. Er war der Meinung, daß es zum alten Preis an die Stammkunden gehen sollte – also zu dem Preis, den sie selbst gezahlt hatten. Ivan hielt das für reinen Schwachsinn. Die Lage würde noch schlechter werden. Sie sollten es lieber zurückhalten. In kurzer Zeit würde Gras von dieser Qualität sein Gewicht in Gold wert sein, Scheißgold, Zehndollarscheine. «Du sollst nicht ernten, wo du nicht gesät hast», belehrte ihn Ras Pedro ruhig und häufig. «Und wandle nicht auf den Pfaden des Unterdrückers.» Der Sack war an einem Tag verkauft.

Die Dealer trafen sich, um sich zu beratschlagen, aber die Beratschlagungen führten nirgends hin, weil sie nirgends hinführen konnten. Diejenigen, die gehortet hatten, machten jetzt kurze Zeit das große Geschäft. Ein junger Bursche namens Fudgehead zahlte sogar einen fast neuen Cortina in bar, aber das war eine extravagante Unbedachtheit, die er schon bald bereuen sollte, als er der Polizei die Quelle seines plötzlichen Reichtums nicht in befriedigender Weise erläutern konnte. «Stell sich das einer vor – ein dreckiger kleiner Sufferah mit 'nem Cortina vor der Hütte!» Am meisten fluchten die Dealer über das erwischte Flugzeug, mit dem der ganze Ärger angefangen hatte, und wünschten den Piloten samt seiner Mutter zum Teufel. José nahm's philosophisch gelassen. Solange das Geschäft blühte, hatte sich keiner beklagt, also «haltet jetzt endlich euer gottverdammtes Maul». Abgesehen davon sagte er wenig und man sah ihn nur selten.

Als der Bach, der Shantytown mit Gras versorgte, zu einem kläglichen Rinnsal versiegt war, stieg der Konsum von weißem Rum und damit auch die Häufigkeit gewalttätiger Verbrechen und aggressiven Verhaltens, denn der Rum verpaßte dem Nervenkostüm, das mit den Jahren sanfter geworden war durch das Gras, einen tüchtigen Schock.

Die gesamte Wirtschaft der Unterschicht, inklusive all derjenigen, die pflanzten, trockneten, schnitten, verteilten und ihre erfindungsreichen Mittelsmänner, die ihre wackelige Existenz in den Lücken des Handels zusammenkratzten, war vernichtet. Offiziell «Arbeitslose» wurden jetzt wirklich arbeitslos, ohne ein Einkommen irgendeiner Art. Einbrüche nahmen zu. Verbrechen, beispielsweise Raubüberfälle mit gezogener Pistole, gezücktem Messer, geschwungener Machete, aus schierer Verzweiflung auch mit roher Gewalt, wurden zu einer alltäglichen Sache. Jetzt beklagten Presse und Geistlichkeit lautstark diesen Tatbestand wachsender sozialer Entwurzelung, wobei sie allerdings die häufiger angezeigten Vorfälle in den nobleren Vororten, bei denen die Frau verdroschen wurde, dezent unterschlugen. Der Premier hielt eine «Durchhalte»-Rede, die seine Anhänger in diesen Vororten entsprechend beruhigte. Sie wurde so gut aufgenommen, daß seine schrille, leicht hysterische Stimme alle Viertelstunde im Radio zu hören war.

«Und ich möchte klarstellen, daß unter dieser Regierung die Polizei nicht bloß schöne Worte macht.» Hinter den hohen Mauern, den verriegelten Toren und vergitterten Fenstern nickten die ehrbaren Bürger zustimmend und schnalzten erwartungsvoll mit der Zunge. Die Spannung wuchs.

Ras Pedro hatte einen Notgroschen zurückgelegt. Elsa hatte jede Woche eine kleine Summe von ihrem Haushaltsgeld abgezwackt. Ivan hatte kein Bargeld, aber er verkaufte seine Armbanduhr und sein großes deutsches Radio. Hätte Man-I nicht wieder einen Rückfall gehabt, der stärker und langanhaltender war als jeder andere zuvor, dann hätten sie die Krise überstanden.

Der Arzt schüttelte den Kopf. Er murmelte irgendwas von Knochenmark und Anämie und vorübergehender Besserung. Medikamente und Blut. Blut, Medikamente und Geld. Es wurde immer düsterer. Alles, was nicht lebensnotwendig war, wurde verkauft. In solchen Zeiten waren Pistolen lebensnotwendig, beharrte Ivan, aber wenn es sein mußte, würde er sie verkaufen. Ras Pedro diskutierte nicht. Sie stimmten darin überein, daß sie die Honda brauchten und Rhygin jagte auf der Suche nach dem letzten Gras irgendwo auf dem Land ihr letztes knappes Geld durch den Auspuff. Bald war sogar das Essensgeld weg. Elsas kleine Anzahl an Leghornhühnern schrumpfte rasch zusammen. Ivan kam mit ein bißchen gutem Gras wieder. Er sagte nie, woher er es hatte, und keiner drängte ihn. Sie verteilten es an ihre Kunden und diesmal sagte nicht mal Pedro was gegen den von Ivan festgesetzten Preis. Als sie zum Kassieren gingen, spitzte sich alles zu. Pedro nahm wie immer Josés Anteil heraus.

«Wir wissen nicht, wo noch was herkommen soll, das weißt du, Pedro. Wir können José diese Woche nicht bezahlen.»

«Ich kann sogar den Arzt am Mittwoch zahlen», entgegnete Ras Pedro.

«Laß José seinen Anteil doch von den siebenhunderttausend holen, die sie in Miami gemacht haben. Zahl ihm nix.»

«Wir müssen ihm sowieso alles erklären», sagte Pedro.

«Nein. Sag ihm nix. Wegen diesen Kerlen hat die Armee die ganzen Felder abgebrannt. Erzähl ihm nix, kein bißchen, sag ich.»

«Nein Bruder, wir müssen ihm was sagen. Vielleicht geben wir ihm nur 'nen Teil, damit er sieht, wir wollen ja zahlen, sobald wir können.»

Weder Dealer noch welche von den Frauen, die sonst immer hier rumhingen, saßen im Lone Star Café, als sie ankamen. José saß ganz allein an seinem Stammtisch und nippte mit undurchdringlichem Gesicht an seinem Bier.

«Rhygin, Pedro, *one love*, Brüder.»

«One heart», antwortete Pedro.

«One destiny», beschloß José. Rhygin nickte.

«Grüß euch. Ich freu mich, euch zu sehen. Ihr habt die Woche über Geschäfte gemacht, aber ihr habt euch nicht bei mir blicken lassen. Jetzt seid ihr ja da und ich bin froh.»

«Tja», meinte Pedro ernst. «Du weißt, wir lassen dich nicht hängen, José. Hab ich doch noch nie gemacht.»

«Es gibt immer ein erstes Mal», sagte José und lächelte, um zu zeigen, daß das ein Witz sein sollte.

«Ach ja –», fing Ivan an, aber Pedro schnitt ihm schnell das Wort ab.

«Mein Junge ist krank, sehr krank ...»

«Ja, das Leben ist hart», gab José zurück. «Aber andere Sachen sind noch härter.»

«Aber es sieht so aus, als ob ich dir diese Woche wirklich nicht alles zahlen kann. Du mußt ein bißchen Nachsicht mit mir haben.»

«Wenn ich mit dir Nachsehen hab, dann muß ich das mit jedem haben, und meine Leute werden's mit mir nicht haben. Ich rechne nur ab fünfzig Dollar aufwärts.»

«Ich bring dir, was ich kann, aber – der Junge ist krank, José.» José winkte ab. Ivan wollte wutentbrannt was sagen, aber Pedro schüttelte heftig den Kopf. José schaute Ivan an und sagte:

«Das sind nicht meine Sorgen, weißt du. Tut mir leid, echt, der Junge, aber wenn du Geschäfte machst, dann mußt du auch zahlen. Und dabei bleibt's.»

«José, dies eine Mal mußt du ein Auge zudrücken. Ich versuche nicht, dich übers Ohr zu hauen. Ich komme zu dir wie ein Bruder ...»

«Brauchst ihn nicht zu bitten», sagte Ivan. «Du kannst ihm diese Woche nix zahlen. Das war's. Zahl ihm nix.»

José lachte leise. «Moment mal, Pedro. Hast du dem Kleinen da nicht erklärt, wie das hier läuft? Sieht nicht so aus, als ob er das versteht. Sieht wohl Gespenster, was?»

«Vergiß es, José. Alles, was ich von dir will, ist daß du ein Auge zudrückst», sagte Pedro. «Ich bitte dich, Mann.»

«Hör auf zu sülzen, Bruder. Ich kann damit nix anfangen. Ich kann nur mit fünfzig Dollar was anfangen.» José hielt seine Augen starr auf die Bierflasche gerichtet und streckte die Hand aus.

Pedro betrachtete die Hand. «Also ... alles, womit du was anfangen kannst, ist Geld. Sonst nix – nur Geld?»

«Nur Geld, Bruder.» Er langte hinüber und nahm das Geld aus Pedros Faust. «*One love*, Mann.»

Ivan ballte die Hand und lockerte sie wieder, während er daneben stand und zuschaute, wie José das Geld zählte, ehe er es in die Tasche gleiten ließ. José kannte Man-I persönlich und wußte, wie kränklich er war. Und Pedro, was wußte der, daß er so mit sich umspringen ließ? Wie konnte er sich von José einfach so das Geld aus der Tasche ziehen lassen? Verdammte Scheiße, alles.

«Jessas ... ich zahl dir nix, bis nächste Woche, José. Sag deinen Bossen, sie sollen meinen Anteil aus dem Geld von Miami nehmen. Die sind dran schuld, daß die Felder hin sind.»

«Erzähl's ihm schon, Pedro», befahl José.

«Erzähl mir nix – ich zahl dich, wenn ich kann.»

«Wenn du kannst? Wenn du da noch mal rauskommst, meinst du. Erzähl's ihm ruhig, Pedro.»

«Wo rauskommst? Wo rauskommst?» Er trat dicht vor José und griff ihm unter das Hemd. «Wo rauskommst, hä? Ich hab keine Angst vor dir, weißt du, José.»

«Ich weiß. Warum sollst du auch vor mir Angst haben? Rhygin ist ja ein ganz Schlimmer, ein Revolverheld.» José lächelte, als machte er einen Witz. «Aber vor mir brauchst du keine Angst zu haben, weißt du, vor mir nicht. Pedro, du redest besser mit dem Jungen.»

JOSÉ

Wenn man sich das überlegt – nach allem, was ich für den Jungen gemacht habe, vom ersten Tag an, wo der kleine mickrige Arsch in die Stadt kam. Tja, diesmal ist er wohl weit am Nest vorbeigeschossen. Hier sieht man's ja. Hängt alles an einem seidenen Faden. Wenn Rhygin ein Geschäft macht und nicht zahlt dafür, dann versuchen es die anderen auch. Früher oder später hatte er es sowieso erwartet und vielleicht war es auch ganz gut so. Vielleicht nur, um zu zeigen, was einem passieren kann, der sich nicht an die Spielregeln hielt. Nicht, daß er Pedro keine Chance geben wollte, aber dann würde jeder andere kommen und das gleiche fordern. Maas Ray hatte die ganze Verantwortung ihm zugeschoben, und der Mann war zu allem fähig, echt zu allem. Wenn die Dealer das große Geld scheffelten, dann zahlten sie gern, dann wollten sie sogar zahlen. Mensch, waren die undankbar. Das Gefühl des Verlassenseins und ihrer Unverschämtheit ärgerte ihn. Je mehr er darüber nachdachte, um so wütender wurde er. Vor allem auf Rhygin. Wie gut hatte er den Burschen behandelt! Und, es war vielleicht komisch, aber er mochte ihn. Aber Geschäft ist Geschäft, und er hatte gelernt, Maas Ray zu fürchten.

«Maas Ray? Ein kleines Problem, sehen Sie, Sir. Ist 'ne komische Zeit und nicht viel los im Geschäft … einer von den Dealern, Sir. Ja Sir, der, mit dem Ras Pedro arbeitet. Heißt Rhygin. Ist aber nicht meine Schuld, Sir, wissen Sie … Was ich von Ihnen will? Also, er rennt rum und gibt an und hat 'ne ziemlich große Klappe – wenn der damit durchkommt, dann weiß bald jeder … genau, Sir. In Ordnung, Sir, das müßte reichen.» José wollte schon einhängen, aber plötzlich hielt ihn etwas zurück. Er hatte es eigentlich nicht sagen wollen, aber er hatte den Eindruck, daß Maas Ray ihm die Schuld für die ganze Sache in die Schuhe schob. Er hatte allmählich die Schnauze voll.

«Moment noch, Sir. Noch was.» Er brach ab, aber es war schon zu spät. «Also Sir, vielleicht ist ja da nix dran, aber es heißt, der Junge hat 'ne Knarre. Tja. Gut, in Ordnung, Sir.» Noch ehe er den Hörer auflegte, hatte er schon wieder bereut, was er da am Schluß gesagt hatte. Aber die Reue half auch nix. Rhygin mußte selber sehen, wo er blieb. «Wenn die Ziege nicht weiß, wie groß ihr Arschloch ist, soll sie keinen Avocadokern verschlucken.» Und überhaupt …

Ivan rannte in das Zimmer, wo Ras Pedro und Elsa standen und Man-I beobachteten. Er sprach zwar mit gedämpfter Stimme, aber seine Aufregung war nicht zu übersehen: «Ich hab Gras aufgespürt, Pedro. Gutes Gras.»

«Wieviel Benzin haben wir schon wegen Gerüchten verpulvert, Jah? Der hat Gras und jener hat Gras? Und dann gehst du hin und es gibt weit und breit kein Hälmchen Gras.» Ras Pedros Stimme war tonlos.

«Aber wir müssen es wenigstens versuchen. Wie geht's Man-I?»

«Weder besser, noch schlechter ... genau wie vorher.»

«Wir müssen irgendwo Geld herkriegen ... ich fahr hin und guck mir das Gras an.»

«Wie willst du denn dafür bezahlen, Ivan – wenn überhaupt welches da ist – was ich sowieso nicht glaube.»

«Ich hab gehört, Bhyah hat welches. Der wird uns Kredit geben», sagte Ivan. «Und wenn nicht ...»

«Und wenn nicht, was dann?» fragte Pedro und schaute zum erstenmal auf.

«Nun – dann muß ich ihn vielleicht überreden», sagte Ivan mit unterdrückter Stimme.

«So ... so weit sind wir also gekommen? Bei Jah, Ivan, der alte Bhyah ist ein guter Freund von mir. Das läuft nicht.»

«Was soll das heißen?» platzte Ivan heraus. «Guck dir Man-I an. Wir müssen doch irgendwas tun, halt das, was nötig ist.»

«Aber so was nicht, Bruder, so was nicht. Wir sind doch keine Tiere. Wir haben ein Gewissen, Mann.»

«Also was dann?»

«Ist vielleicht besser, wir verkaufen die Honda, Mann. Denn wenn irgend jemand Gras besorgen geht, dann bin ich es und ich laß Man-I so nicht allein.»

«Dann geh ich eben. Wo liegt denn da das Problem?»

«Ach Ivan – als du José letzte Woche nicht bezahlt hast ... siehst du denn nicht ... die Gefahr, in die du reinschlitterst? Besser, wir verscherbeln die Honda, Ivan. Geh nicht, Mann.»

Elsa, die schweigend zugehört hatte, schaute von einem Gesicht zum anderen und sagte: «Wenn es überhaupt noch eine klitzekleine Chance gibt, dann ...» Sie biß sich auf die Lippen und schaute zu Boden. «Pedro, Ivan hat recht, weißt du. Wir müssen es versuchen.»

Pedro schaute auf seinen Jungen und sagte nichts.

«Also – red mit Bhyah, mehr nicht, Ivan. Du sollst nur mit ihm reden. Laß die Pistolen hier. Wenn er unsere Lage sieht, wird er uns Kredit geben.»

«Und ich weiß nicht, was José macht? Bist wohl verrückt, Pedro, daß ich die Pistole zu Hause lassen soll – aber mit dem Alten werd ich nur reden, weiter nix, in Ordnung?»

«Alles klar Mann, *one heart*. Und paß auf dich auf.»

Ivan schwirrte der Kopf vom besten Ganja, das er seit Wochen bekommen hatte. Und dem triumphierenden Erfolg. Rhygin raste die Spanish Town Road entlang. Der alte Bhyah, den die Dealer «Coolie-Rasta» nannten, hatte ihm wirklich was gezeigt. Und auch ein bißchen beschämt, obwohl er ihm das Zeug nicht auf die Bogart-Manier hatte abknöpfen müssen. Als er ihm von dem Jungen erzählt hatte, hatte der alte Mann sich in seiner Hütte hingekauert, eine Tonpfeife angezündet und kein Wort mehr gesagt. Er hatte Ivan gründlich beobachtet, durch trübe, beinahe vollkommen vom grauen Star befallene Augen. Das dünne graue Haar rahmte ein kleines Gesicht ein und ging dann in einen spärlichen Bart über. «Ach je», jammerte er mit hoher Stimme. «Ich fühle mit Pedro – von ganzem Herzen.» Er stieß eine Rauchwolke aus. Ivan rutschte nervös hin und her.

«Mach dir's bequem, junger Mann. Wieso bist du so ... so ungeduldig mit dem alten Bhyah, hmm?»

«Ich hab's eilig», erklärte Ivan. «Kannst du uns helfen?»

«Und wenn ich nein sage? Was dann? Stößt du mir dann die Knarre in den Bauch? Schießt du den alten Bhyah ab wie eine Taube?» Genausogut hätte die brüchige Stimme fragen können, wie spät es war.

«Was? Was sagst du?»

«Meinst du, ich hab nicht gesehn, was du in deinem Hemd hast, junger Mann? Aber eins will ich wirklich wissen – hat Ras Pedro dich so zu mir geschickt? Weiß er, daß du so gekommen bist? Das kann ich einfach nicht glauben. Pedro würde so was nicht machen. Ein paar von den alten Dealern schon. Aber nicht Ras Pedro, der ist nicht so ein Schwein. Oder Hund. Der ist ein gewissenhafter junger Mann.»

«Das stimmt», murmelte Ivan.

«Nein, mein Junge, eins sollst du wissen ... Coolie-Man fürchtet sich nicht vor dem Tod, weißt du. Ist jetzt schon alt. Was bedeutet ihm der Tod? Aber ich geb euch alles Ganja, was ich habe. Sag Pedro, das nächste Mal soll er selber kommen, dann brenn ich ihm Kali ab, um den

Kleinen wieder gesund zu machen. Sag ihm, Coolie-Bhyah schickt ihm all seine Liebe.»

Er erhob sich etwas unsicher und ging dann auf seinen dürren Beinen fort, eingehüllt in eine gebrechliche Würde, die Ivan beschämte.

«Maas Bhyah! Maas Bhyah!» Der alte Mann drehte sich um. «Sehen Sie, Sir, das Kind ist wirklich krank, schlimm krank, und die Zeiten sind schlecht, das wissen Sie ja, Sir. Aber ich hätt Ihnen nichts zuleide tun können, Sir, bestimmt nicht. Hätt ich nicht getan.» Der Alte nickte und winkte abwehrend mit der Hand, oder war es anerkennend? Ivan wußte es nicht. Auf jeden Fall hatte er jetzt einen vollen Sack mit starkem, duftendem Gras hinter sich. Der alte Mann hatte schlicht gesagt: «Sag Pedro, er soll irgendwann zahlen, wenn er kann.» Bei den augenblicklichen Preisen würden sie sich alles leisten können, was Man-I brauchte und sogar noch etwas beiseite legen können. Er fragte sich, was die beiden verband – Ras Pedro und den alten, halbblinden Inder, der so gut sehen konnte und ihn an jemand erinnerte ...

In seiner Eile und Aufregung mußte er sich ermahnen, nicht so schnell zu fahren. Es wäre wirklich zu blöd, gerade jetzt wegen einer solchen Dummheit angehalten zu werden. Er hielt nach dem Babylon Ausschau, der gewöhnlich unter dem Mangobaum auf seinem großen, schwarzen Motorrad saß. Aber der war nicht da. Dann sah Ivan ihn, aber nicht da, wo er sonst immer war, sondern halb im Zuckerrohr versteckt.

Er winkte lässig und sah noch mit erhobener Hand, wie der Babylon in ein Funkgerät sprach und seine Maschine anwarf. Es schien nicht der normale Bulle zu sein. Im Rückspiegel beobachtete Ivan, wie das große Motorrad hinter ihm auf die Straße einbog. Die riesige Maschine mit dem helmbewehrten, vor sich hinstarrenden Fahrer wirkte äußerst bedrohlich, als sie jetzt immer näher heranzog. Beim Aufheulen der Sirene erschauerte er vor Angst. Er dreht die kleine Honda auf, so weit es ging, aber sie war zu schwach. Der schwarze Moloch kam immer näher. Ivan warf einen Blick über die Schulter und sah, daß in der behandschuhten Hand des Bullen eine Pistole steckte. Im selben Moment fiel die Angst von ihm ab und er sah die nächsten Sekunden klar vor sich. Ruhig glitt seine Hand unter das Hemd und umklammerte die Pistole. Er preßte sie gegen den Körper, wo sie vor den Blicken des Bullen sicher war. Als die andere Maschine neben ihm auftauchte, drehte er sich in einer einzigen ruhigen Randolph-Scott-Bewegung zur Seite und feuerte. Die Pistole zuckte. Der Schuß hallte laut über die Ebene und brachte ihn wieder zurück in die Realität. Das schwere Rad landete donnernd auf der Straße, wo das kreischende Metall sich in den Beton fraß und funkensprühend zersplitterte. Der Fahrer wurde vom Sattel geschleudert. Einen Moment lang schien er über der Straße zu schweben, ehe er dumpf auf dem heißen Zement aufplatschte. Noch drehte sich das Rad wild und führerlos neben seiner Honda wie ein Tier im Todeskampf, dann schlitterte es mit heulender Sirene in den Graben.

Ivan schwitzte und zitterte zugleich. Eine Welle von Übelkeit packte ihn. Er übergab sich mit heiß und bitter brennender Kehle; das schmierige Zeug wurde vom Fahrtwind weggeweht und hing in silbrigen Streifen im Sonnenlicht, ehe es runterfiel. Rhygin hielt die Honda unter Kontrolle und fuhr weiter. Er fühlte sich sehr schwach. Er nahm den erstmöglichen Abzweig und kämpfte sich auf Seitenstraßen zu ein paar zerklüfteten, niedrigen Hügeln durch. Er mußte sich einen Weg in die Stadt zurück ausdenken. Wie ein Kundschafter hinter den feindlichen Linien würde er nach Hause kriechen und das Gras abliefern, das Man-I's Leben rettete. Dann würde er sich davonmachen. Die Vorstellung gefiel ihm. Er sah sich als ruhigen, kaltblütigen, sehr gewitzten Desperado, der ganze Polizeieinheiten und Suchtrupps hinters Licht führte. Aber zuerst mußte er nach Hause, ehe Babylon die Suche einleiten konnte.

Ras Pedro und Elsa saßen auf den Stufen, als er in den Hof einbog. Mit triumphierendem Schrei erhob er die Faust über dem Kopf.

«Ich bin durchgekommen, verdammt», schrie er und schwenkte den Sack wie eine Trophäe.

«Psst», meinte Elsa. «Er schläft.»

«Hier, das wird helfen. War alles, was Bhyah hatte.» Pedro betrachtete sein erregtes Gesicht.

«Ivan, hast du ...»

«Nein nein ... Bhyah läßt dich grüßen.» Er lief an ihnen vorbei ins Schlafzimmer und fing an, unter dem Bett zu suchen.

«Was ist los, Ivan? Warum rennst du hier rum wie'n Verrückter?»

«Wo sind die verdammten Kugeln?»

«Was ist los?» jammerte Elsa. «Jessas nochmal, ich weiß, es ist was passiert, bestimmt ist was passiert.»

«Keine Zeit jetzt – ich muß José finden. Hört euch die Nachrichten an, da erfahrt ihr alles.» Er sprang auf und rannte hinaus.

Pedro hielt ihn fest. «Was hast du getan, Ivan?» Er schaute ihn besorgt an.

«Schon gut, Mann ... wird in den Nachrichten sein. Wenn alles gut geht, seht ihr mich später. Wenn nicht, kommt morgen zur Ranch, fragt nach Bogart. Ansonsten informier ich euch schon. *One love*, Leute.» Bei der Tür drehte er sich um, lächelte und salutierte knapp. Dann war er weg.

Ja, er hatte das wie ein Starboy durchgezogen ... Mann auf der Flucht, verdammt. Wenn es im Radio kam, würden Elsa und Pedro schon verstehen, wie cool er gewesen war. Er fühlte sich hellwach und unbesiegbar, bereit, dem Schicksal ein Schnippchen zu schlagen, und gleichzeitig sehr friedlich und ungeheuer lebendig. Sein Herz klopfte und er spürte, wie ihm das Blut in den Kopf stieg. Als erstes wollte er José finden. Ganz offensichtlich hatte der ihn verraten, warum sonst sollte dieser Babylon mit entsicherter Pistole hinter ihm her gewesen sein? Und wenn es so war, dann wußten sie auch, wer er war. Sie würden seinen Namen haben. Ein kurzer Stich von Angst durchfuhr ihn. Sein Name, seine Beschreibung, seine Anschrift im Radio. Na und – was soll's! Sollen sie es doch verbreiten. Soll ruhig jeder wissen, wer den Babylon umgenietet hat. Menschenjagd, jawohl. Es sei denn, José konnte beweisen, daß er nichts damit zu tun hatte. Dann würde die Polizei nach einem unbekannten Revolverheld suchen. José machte besser das Maul auf, ansonsten – wenn die Polizei wirklich wußte, wer er war ... man hängt nur einmal. Verflucht, José – ein Spitzel? Scheiße! Was für eine Welt! Aber noch stand ja nix fest ...

Der soll sein Maul aufmachen und sich 'ne gute Erklärung einfallen lassen ...

Er hatte erwartet, daß die Dealer im Café über die Schießerei redeten und war enttäuscht, als es beinahe leer war. Es saßen nur ein paar von den Frauen rum. Sie tranken «Baby Cham» und quatschten.

«Hat einer José gesehen?»

«Nein», sagte eine.

«Was ist mit dem Hinterzimmer?»

«Keine Ahnung!» Sie zuckte mit den Achseln. «Geh und guck selber nach. Du weißt ja, daß wir da hinten nicht rein gehn.»

Die Frau schaute auf. Ihre Antworten kamen so hingeworfen, sie hatte bestimmt keine Ahnung, mit wem sie da so achtlos sprach. Er ging durch und stahl sich ins Hinterzimmer, die Hand an der Pistole. Verdammt noch mal, es war leer. Er fühlte sich irgendwie betrogen, setzte sich hin und dachte nach. Er wußte, hier würde er nicht allzu lange bleiben können. Komisch, daß kein einziger Dealer da war, nur die Frauen. Wo zum Teufel steckte José? Babylon hatte das Café bestimmt auf dem Kieker oder war schon auf dem Weg hierher. Wo waren Duffus und Midnight Cowboy und Sidney, Bulloh und Stagecoach? Nein, hier konnte er nicht bleiben. Aber wohin sollte er? Was sollte er als nächstes machen? Egal, so schnell konnte Babylon gar nicht sein, es waren ja kaum zwei Stunden her, seit er den Bullen umgelegt hatte ...

Ah say de harder dey co-ome
De harder dey fall
One an' awll ...

Sein Lied! Sofort packten ihn seine Stimme und der Rhythmus wieder. Die Müdigkeit und die dem Höhepunkt folgende Niedergeschlagenheit fielen von ihm ab. Er stand auf und wollte gehen, aber die Musik war nicht in seinem Kopf. Eine der Frauen hatte die Musikbox angemacht.

Sie stand mit zurückgeworfenem Kopf und geschlossenen Augen da und wiegte sich mit einem süßen, leicht vertrauten Schwung der Hüften im Takt zur Musik. Sie schien wie in einem anderen Land. Er blieb stehen und sah ihr zu und merkte, wie vollkommen harmonisch und erotisch sie sich bewegte. Eine drängende Begierde erfüllte ihn nachdrücklich und unleugbar. Er beobachtete, wie sie sich weich dem Rhythmus überließ und wußte im selben Augenblick, diese Tochter gehörte ihm. Er wußte es einfach. Er hoffte, daß sie ihn erkannte. Macht und Selbstvertrauen erfüllten ihn, als er jetzt lauernd ein paar Tanzschritte auf sie zumachte. In großen, graziösen Zeitlupensprüngen glitt er über den Tanzboden, genau wie in manchen Filmen, wenn alles ganz langsam ablief.

«Na, findest du den Song gut, Süße?»

«Ja, nicht übel», sagte sie, ohne die Augen aufzumachen. «Und der Sänger auch.»

«Kennst du ihn?»

«Wer kennt ihn nicht?»

«Ich.» Er grinste. «Wer ist es?»

Sie schaute ihm schmachtend in die Augen und lächelte verträumt. «Er ist ein kleiner mickriger Junge, der glaubt, er wär wer.» Ihre rosa Zungenspitze glitt über ihre Lippen.

Ivan lachte laut auf. Er mochte die Art, wie sie sich gab. «Aber vielleicht», sagte er gedehnt, «ist er auch wer.»

«So wie du?» fragte sie.

«Wer weiß?» gab er zurück.

Sie nickte zustimmend und wiegte sich weich in den Hüften, ohne auch nur ein einziges Mal aus dem Takt zu kommen. Und zwischendrin schaute sie immer wieder auf und sagte:

«Er ... heißt ... Rhygin ...»

«Ach so? Ja ... den kenn ich gut», sagte er in gespieltem Erstaunen.

«Es heißt, er hat unheimlich was drauf, weißt du.»

«Wirklich?»

Jetzt spielte sie die Erstaunte. «Ich hab gehört, wie gut er sein soll ... würd ihn gern was näher kennenlernen.»

«Warum?»

«Weil ich auch gut bin.»

«Sieht auch so aus.»

«Meinst du?» Sie lächelte geschmeichelt und schüchtern.

«Ich glaub schon; doch ... ja.»

«Also ...?»

«Kommst du mit, Süße?»

«Ist doch schön hier. Laß uns bleiben.» Sie wiegte sich zum Takt der Musik und verzog den Mund.

«Du kannst mitkommen und ich kann nicht hierbleiben.» Er wandte sich ab.

«Also gut», sagte sie schnell und lief hinterher. Er hatte es doch gewußt.

Auf der Honda schlang sie ihre Arme um ihn und er spürte, wie ihre Hand sanft über den Griff der Pistole glitt. Sie sagte nichts, aber ihre Hand schloß sich um den Lauf, während sie sich gleichzeitig eng an seinen Rücken schmiegte.

«Wohin?» brüllte er über den Motorenlärm hinweg.

«Zu mir können wir nicht», rief sie ihm ins Ohr.

«Warum nicht?» fragte er, hellhörig geworden. Ihm war mal wieder eingefallen, daß der beste Platz für ihn immer noch das Bett einer fremden Frau war, einer, mit der er vorher noch keinen Kontakt gehabt hatte.

«Ich hab 'nen Mann zu Haus, Süßer. Ich glaube nicht, daß er besonders erfreut wäre über das, was ich mit dir vorhabe.»

Er spürte ihre warmen Lippen an seinem Ohr. «Also wohin dann? Zu mir können wir auch nicht.»

Sie schien einen Moment lang nachzudenken. «Hast du Geld, Süßer?»

«Na klar doch, Baby.»

«Na, dann laß uns doch in ein Hotel gehen, ein schönes, leeres Hotel, wo ich schreien kann, wenn ich will.»

«So, du schreist also gern dabei, was?»

«Wenn's gut ist, immer.»

«Schreien? Na warte, du hast noch nie richtig geschrien.»

«Bist du so ein wilder Bursche, Rhygin?» spottete sie. «So was ist schneller gesagt als getan!»

«Gekonnt ist gekonnt», gab er zurück. «Fühl mal, Baby!»

Er führte ihre Hand zwischen seine Beine.

«Jessas», keuchte sie ehrfürchtig. «So klein wie du bist, mußt du dir den hier ausgeliehen haben.» Sie packte fest zu und stieß eine wilde Flut zügelloser Verheißungen, Drohungen und Herausforderungen aus.

«Sein Name ist John, der Eroberer», sagte Ivan. «Gefällt er dir?»

«Oh, Liebling», stöhnte sie, «endlich hab ich dich gefunden.»

Ein Hotel war auch nicht schlecht, dachte er. Aber sie würde das Zimmer nehmen müssen. Er hatte schon lange nicht mehr ein solches Verlangen gespürt, nicht mehr, seit er ein kleiner Junge war ... Irgendwas an dieser Frau mit der losen Zunge und ihrer schnoddrigen Art, die sich so fest an ihn schmiegte, forderte ihn heraus, stachelte ihn an ..., verhieß ihm alles mögliche. Er hatte auch so ein Gefühl von Vertrautheit und Erfüllung ... wie nach dem Ende einer langen Suche, es war einfach überwältigend. Nichts konnte ihm jetzt noch was ausmachen. Wieder tauchte das Bild des Polizisten vor ihm auf, wie er zurückschleuderte, als wäre er gegen ein Stahlseil gefahren. Diesmal war es steril, distanziert, von jeder Angst oder Schuld oder Gewissensbissen gereinigt. Es war pure, abstrakte Bewegung und Macht, genau wie auf der Leinwand. Er wollte ihr so gern was davon erzählen.

Die ganze Zeit flüsterte sie ihm ins Ohr. Sogar in seiner Begierde erkannte er in ihrer aufpeitschenden Vulgarität etwas Professionelles. Er kannte Huren, aber wenn sie eine war, dann war ihre Nummer völlig außer Kontrolle geraten. Sie massierte seinen pulsierenden John und steigerte sich immer weiter in ihre Lust. Ihre Erregung schien nur eine Reaktion auf seine eigene. Zweifellos war sie das Mädchen in Rot, das er in seiner ersten Nacht in der Stadt so bewundert hatte. «Wenn man lang genug lebt, kann einem alles mögliche passieren», hatte Miss Mando immer gesagt. Er wollte nichts mehr als das zu glauben.

«He, wie heißt du eigentlich?» rief er.

«Delores», flüsterte sie. «Delores ... Delores ... Delores ... gefällt's dir?»

«Kennst du einen, der Needle heißt?» fragte er und bedauerte es schon im selben Moment wieder. «Na egal, macht nix.»

«Aber ja, ich hab ihn gut gekannt», sagte sie. «Aber er ist tot.» Wie der Babylon, dachte Rhygin. Was für ein Tag. Alles paßt zusammen. Ein erhebendes Gefühl von wohliger Macht, das Gefühl eines unerfüllten Schicksals, einer Unbezwingbarkeit, so als sei er zum ersten Mal in seinem Leben in sein wahres Ich geschlüpft ... und was für ein Ich – dann erinnerte er sich. Er hatte sich inzwischen so an die guten Zeiten gewöhnt und daran, daß er immer Geld in der Tasche hatte, daß er ganz vergessen hatte, daß er ohne Geld losgefahren war.

«Verdammt, ich hab ja kaum Kohle einstecken ...» Er wartete ab, um zu testen, was jetzt passierte. Für diese Sorte Frauen war ein Mann ohne Geld kaum noch ein Mann.

Ihre Antwort kam direkt. Sie zischte abfällig durch die Zähne und stieß einen Schwall spöttischen Gelächters aus. «Glaubst du etwa, darum würd's mir gehn? Pah ... ich weiß auch so, wo wir hinkönnen, Süßer ...» In diesem Moment wußte er ohne jeden Zweifel, daß das sein Tag war ...

Unmöglich zu sagen, was mehr quietschte – die Frau oder die Bettfedern. Als die erste Welle von Verlangen vorbei war, fühlte er sich ein bißchen unzufrieden. Irgendwas stimmt nicht. Delores lag unter ihm, zuckte noch und gab im Nachschock des Orgasmus kleine wimmernde Laute von sich.

«Komm, laß uns woanders hingehen», flüsterte er. Er spürte, wie sie erstarrte.

«Was meinst du? Wohin denn?» Sie schaute ihn fast ängstlich an. Er lachte beruhigend. «Keine Sorge, Baby, ich bin noch nicht fertig. Wir gehn nur nach nebenan. Das Bett hier ist zu laut.»

«Wie sollen wir das denn machen? Du bist ja verrückt.»

«Der ganze Flur ist leer, na komm schon.» Sie wollte nicht, aber er blieb hart. Widerwillig und mit viel Gezeter und Lärm kam sie hinterher. Das Bett nebanan war noch schlimmer.

«Siehst du – ich hab's dir ja gleich gesagt. Laß uns wieder zurückgehn», bettelte sie.

«Kommt nicht in Frage», sagte er und warf die Matratze auf den Boden. «So», sagte er und grinste. «Jetzt ist es aus. Jetzt gehörst du mir!»

Sie schien immer noch widerwillig, schmollte und versuchte, sich ihm zu entziehen. Sie wälzten sich über die Erde, immer noch ineinander verhakt. Es gab Augenblicke unermeßlicher Sanftheit, aber die meiste Zeit war es ein primitiver Kampf, guttural, ausdruckslos, gedankenlos. Schweißglänzend, müde, wund, aber immer noch nicht satt, stützte Rhygin sich auf die Hände, bog die Ellenbogen durch und grinste auf sie herab. Ihr Blick war glasig. Die Lippen zogen sich zurück und entblößten ihre Zähne wie bei einer Katze; die Nasenflügel bebten mit jedem Atemzug.

«He, sag mir eins.»

«Ja?»

«Kennst du José?»

«Welchen José?»

«Den, nach dem ich schon im Café gefragt habe, der, der mir Babylon auf den Hals gehetzt hat. Ich wollt, ich hätt ihn von seinem Motorrad runtergeholt, statt den Bullen. Den José.»

Angespannt beobachtete er ihr Gesicht. Ihr Blick wurde klar und richtete sich auf ihn. Dann schloß sie ihre Augen sehr schnell. Sie stöhnte, hob die Beine und schloß sie um seinen Rücken. Sie zog ihn zu sich herunter.

«Oh, Gott! Du bist ja ein ganz Schlimmer!» Sie atmete schwer. Sie schien erschreckt und erregt zugleich von dem, was sie gerade gehört hatte.

Er spürte, wie John wieder steif wurde. «Ahhhh», grunzte er. «Jaaaa, jaaaaa – ein ganz Schlimmer – ein ganz Schlimmer!»

«Ohhhhhh» keuchte sie. «Ein ganz Schlimmer – ein ganz Schlimmer – ein ganz Schlimmer.»

Und dann: «Ohhh, Mann, du bringst mich um. Mach langsam, uhhhh.»

Außer Atem lagen sie aufeinander. Ihre Körper schienen miteinander verschmolzen. Unter der dünnen Matratze spürte er die Griffe der beiden Pistolen. Und dann hörte er über ihrem Keuchen draußen den Fußboden knarren. Es war eine einzige Bewegung. Er rollte von der Frau herunter und legte einen Finger auf den Mund. Sei still. Delores blieb zitternd und mit aufgerissenen Augen auf der Matratze liegen. Dann wurde nebenan die Tür aufgetreten und das Dröhnen der Gewehre hallte ohrenbetäubend durchs Haus.

Nackt und glänzend wie ein neugeborenes Kind, mit geschwollenem Penis, der feucht und spermaglitzernd aufragte, eine Pistole in jeder Hand, sprang Rhygin durch die Tür und mitten rein in eine Legende.

Die drei, die in der Tür von nebenan standen, gingen bei den ersten

Schüssen zu Boden; ihr wildes Gewehrfeuer trug nur zur allgemeinen Verwirrung bei. Rhygin dachte nichts, fühlte nichts und sah nichts. Mit einem Satz hechtete er über das Geländer und landete auf der Treppe unterhalb des Verstärkungstrupps. Seine Pistolen ballerten weiter. Lärm, Schreie, Verwirrung. Er rannte durch eine Hintertür. In seinen Ohren dröhnte es, grelle gelbe Blitze tanzten vor seinen Augen und in seiner Nase hing der Geruch nach Kordit und Frau. Er raste in die Nacht hinein, bog in jede dunkle Gasse, um jede Ecke, an die er kam. Dann sprang er über einen Blechzaun und warf sich unter einem Wagen zu Boden. Wenn sie bloß keine Hunde dabeihaben, dachte er. Was war eigentlich passiert? Er hatte nur ein verschwommenes Durcheinander von Eindrücken im Kopf. Eher wie ein Traum als sonstwas. Gewiß weniger wirklich als alle Filme, die er je gesehen hatte. Das Heulen der Sirenen in der Ferne verstärkte den Kinoeffekt noch. Jeder Babylon in der ganzen Stadt schien da hinten zugange zu sein. Der Hall der Pistolensalven dröhnte lauter in seinen Ohren wider. Er sah die drei Bullen, die in das leere Zimmer stürmten – umgeblasen wie von einem Wirbelwind. Dann Verwirrung. Er versuchte, sich an irgendwelche Einzelheiten zu erinnern, aber es ging nicht. Nur Lärm und Geschrei. Er hatte selber geschrien, hatte schnell gefeuert, so schnell er konnte. Aber er konnte sich nicht mehr an seine Worte erinnern und daran, ob es überhaupt Worte gewesen waren.

Plötzlich wurde er sich seines Körpers bewußt, des kalten Schweißes, der in der kühlen Nachtluft trocknete, der Steinchen, die sich in sein Fleisch bohrten, des klebrigen Staubs. Er schaute herab und sah ein sauberes Loch in dem Muskel an seiner Schulter, aus dem ein kleines Blutrinnsal sickerte. Er spürte weder Schmerz, noch hatte er einen Kraftverlust in diesem Arm bemerkt. Verdammt, wie kann man getroffen werden und es nicht mal merken? Aber horch, da draußen ... Babylon in Fahrt, die haben für heute nacht wohl ihren Schock weg – wieviel hab ich denn umgelegt, Sir? Zum erstenmal versuchte er, die unglaubliche Realität der Ereignisse abzuschätzen. Das war Geschichte, verdammt. Wart nur, bis die Brüder davon hörten. Er fragte sich, ob die Musikmänner immer noch Lieder verkauften, draußen auf dem Land. Was für ein Lied für die Neunte Nacht!

Wieder überwältigte ihn das Gefühl der Macht und Unbesiegbarkeit. Ein Starboy kann nicht sterben. Pedro, Maas Nattie, so was habt ihr noch nicht gesehn! Ras Sufferah, schau her! Babylon hat was einstecken müssen. War 'n schwerer Schlag. Aber was sollte er jetzt machen? Hier lag er splitterfasernackt unter einem Wagen irgendwo in West Kingston. Wenn er bei Tagesanbruch noch hier war, dann war er erledigt. Er lauschte auf die wütenden Sirenen und wußte, jetzt war sowieso alles egal. Wenn jetzt noch Leute unterwegs waren, rannten sie alle so schnell sie konnten in die Richtung, aus der der Lärm kam. Er lauschte. Kein Geräusch in der Gasse hinter dem Zaun. Er kroch heraus und schaute sich um. Es war dunkel und leer. Er sprang über den Zaun und rannte die Gasse hinunter. War egal. Nichts machte jetzt noch was aus. Splitternackt, staub- und schweißverschmiert von oben bis unten und in jeder Hand eine leergeschossene Pistole – so schritt er gemessen und würdevoll auf die Gräben von Trench Town zu.

And they shoot and they loot and they howl – in Shantytown!

«Das glaubt mir keiner! Wie soll ich das bloß jemand erzählen?» Der Betrunkene blinzelte mit seinen rotgeränderten Augen und starrte in die Dunkelheit. Da hatte sich doch was bewegt, da hinten an der Ecke! Er hatte es kurz unter der Straßenlaterne langgehen sehen! Jetzt kam es durch die Dunkelheit auf ihn zu. Es konnte ein *Duppi* sein oder ein Revolverheld, aber nicht beides. Und wo hat man je von einem *Duppi* mit Pistolen gehört? Sein strapaziertes, rumgeschädigtes Gehirn weigerte sich, die Botschaft seiner Augen zu akzeptieren. Sein Blick war zwar getrübt, aber er hatte was gesehen, und jetzt kam es die dunkle Gasse herauf ... auf ihn zu. Eine verschwommene, undeutliche Gestalt, die immer plastischer wurde, je näher sie an den Laternenpfahl herankam, gegen den er lehnte. Er schüttelte verwirrt und furchtsam den Kopf.

Geräuschlos tauchte es aus dem Schatten auf. Eine graue Gestalt, die aussah wie ein Mann, aber unnatürlich groß und splitternackt, und einen langen Schatten vor sich herwarf. Einen Augenblick blieb sie im Licht stehen. Von vorne war sie grau und von hinten schwarz und an jeder Hand baumelte eine Pistole. Vor seinen Augen bewegte sie sich geisterhaft still und sehr würdevoll an ihm vorbei. Sie warf ihm feurige Blicke zu und sagte mit Grabesstimme: «Sag der Welt, daß du mich gesehen hast.» Und schon war sie wieder in der Dunkelheit verschwunden.

Seine schwankenden Beine gaben nach. Es ist doch wahr, dachte er. Ich muß den verdammten Rum sein lassen, sonst bringt der mich noch um. Das soll bestimmt 'ne Warnung sein. Mein Großvater hat den *Duppi* losgeschickt, damit er mich warnt. Ich muß aufhören mit der Sauferei. Aber das war bitter für einen Mann, der so an der Flasche hing wie er.

«Aber ein nackter *Duppi* mit zwei Pistolen? Jessas, Maria, erlöse mich! Kein Tropfen mehr! Ich hör auf mit der Sauferei, ich schwör's! Ich will nicht mal mehr an der Rumflasche *riechen*, nie wieder!»

«Verfluchte Scheiße», sagte Bogart und kippte weißen Rum in die Wunde. «Hast also vier Babylon umgelegt!? Nicht zu fassen!»

«Können auch fünf oder sechs gewesen sein», meinte Ivan gedehnt. «Oder vielleicht auch noch mehr.»

Die jüngeren Mitglieder der Salt Lake City Ranch pfiffen anerkennend durch die Zähne. Keiner der vier Burschen, die das Glück hatten, anwesend zu sein, als Ivan aus dem Graben auftauchte, würde diesen Anblick je vergessen. Das scharfe Brennen des hochprozentigen Rums in der Wunde konnte seine Euphorie nicht schmälern. Er hatte der Gruppe bereits eine dramatische Schilderung der Schießerei abgegeben. Und während er die ganze Geschichte erzählte, fielen ihm auch wieder Einzelheiten ein, so drastisch, scharf und klar wie ein Film, an den man sich erinnert.

«Ist glatt durchgegangen», sagte Bogart, der die Schulter versorgte. «Kann nicht so schlimm werden. Jessas. Vier Babylon.» Ivan kritzelte was auf ein Stück Papier. «Wie heißt du, Junge?»

«Man nennt mich Alan Ladd, Sir.» Alan Ladd war sichtlich stolz, aus der Menge hervorgehoben worden zu sein.

«Hier, bring das zur Zeitungsredaktion. Aber keine Fragen beantworten, hast du verstanden?»

Der Junge nickte heftig. «Ich laß es fallen und renn weg, Sir!»

«Bist ein kluges Bürschchen. Also lauf», sagte Rhygin und las vor:

Ich habe einen Rekord in der Geschichte der Kriminalität aufgestellt.
gez. Rhygin

«Ja, Sir, Mister Rhygin», nickte Alan Ladd und rannte los.

«Okay, nimm dir ein paar Kleider. Und die Mühle da drüben kannst du haben.»

«Kennst du Midnight Cowboy? Such ihn, Mann. Sag ihm, ich brauch Nachschub an Munition. Alles, was er kriegen kann. Bring es zur Ranch. Ich komm wieder ...»

«Alles klar, Mann ... aber vier Babylon – ist ein verdammter Rekord, das!»

«Mindestens!» meinte Rhygin.

«Jessas!»

Sie wußte, daß sie heute nacht kein Auge zutun würde, und sie war nicht die einzige im Haus. Sie drehte das Radio leise, damit die Nachrichten den Jungen nicht wieder aufschreckten. Sie war sicher, daß die Polizei wieder gegangen war, aber bei jedem Laut von draußen schreckte sie auf. Die Geräusche der Nacht kamen ihr vor wie Feinde.

«Oh, Jessas», murmelte sie, stand auf und ging in das andere Zimmer. «Komm, mein Herz», sagte sie und breitete die Arme aus. «Ich weiß, du kannst auch nicht schlafen, hmm?»

Man-I schaute sie ernst an. Er weinte nicht, aber er schien kurz davor zu sein. Sein Gesicht wirkte wieder uralt. «Was ist passiert, Miss Elsie? Wo sind Onkel Ivan und Daddy?»

«Psst», sagte sie. «Daddy kommt bald. Schschsch. Geh schlafen.»

«Warum sucht ganz Babylon nach Onkel Ivan?»

«Ich weiß es nicht, ich weiß es wirklich nicht, Man-I.» Sie wiegte ihn auf dem Schoß hin und her. «Aber wie soll ich denn schlafen, Mam? Irgendwas ist passiert, und Onkel Ivan hat Ärger gekriegt.»

«Pssst, mein Kleiner, ist schon gut. Was denn für Ärger? Mach dir keine Sorgen. Geh lieber schlafen.» Sie hielt ihn in den Armen und wiegte ihn hin und her. Sie spürte, wie sein Körper sich entspannte und sich seine Augen schlossen.

«Aber wenigstens bin ich froh», murmelte er schlaftrunken, «wenigstens bin ich froh, daß er sie erschossen hat.»

«Nein, sag so was nicht, Man-I», flüsterte sie und schaute in das junge Gesicht. Armes, kleines, mutterloses Ding. Warum sieht er bloß immer so traurig aus? Sie strich ihm die Locken aus der Stirn und sah, wie sich seine Augen müde öffneten und dann trotzig aufblitzten. «Ich bin froh», flüsterte er. «Ich bin sehr froh.»

Er weiß nicht, was er sagt. Wie soll er's auch verstehen? Er fiel in einen unruhigen Schlaf, aber sie fühlte sich durch seinen sanften Atem und das Gewicht, das auf ihr ruhte, seltsam getröstet.

Sie mußte eingenickt sein, denn plötzlich schreckte sie auf und sah Ivan vor sich stehen. «Ivan, die Polizei ...»

«Ivan ist tot», sagte er lächelnd, «jetzt ist Rhygin dran.»

«Die Polizei war hier und hat nach dir gesucht. Pedro ist los, um dich zu warnen.»

«Polizei war hier? Wann?» Es interessierte ihn wohl, aber er war offenbar überhaupt nicht besorgt. Im Gegenteil, sie las eine gespannte, beinahe freudige Erregung in seinem Gesicht.

«Grad nachdem du weg warst. Sie sagten, du hättest einen erschossen. Stimmt das?» Sie schaute ihn an und spürte eine schmerzliche Hoffnungslosigkeit in sich aufsteigen.

«Glaubst du, nur einen?» Seine Augen funkelten. «Es waren mindestens vier!»

«Ivan, sag nicht ... möge Gott dir beistehen, möge Gott dir verzeihen, Ivan.»

«Rhygin», sagte er. «Ivan ist tot. Laß das Radio laufen. Wirst bald 'ne Sondermeldung über mich hören.»

«Was ist mit deiner Schulter? Wo willst du dich denn verstecken?»

«Verstecken? Wer soll sich hier verstecken? Ich nicht, Elsa, ich bin doch kein Vogel.»

«Aber die ganze Polizei sucht dich – sie sind hinter dir her, Ivan!»

Er schaute auf und unterbrach das Wühlen in seiner Schachtel.

«Glaubst du mir jetzt?»

«Was?»

«Daß ich berühmt werde. Laß das Radio an, dann wirst du schon sehen.»

Irgendwas war mit ihren Augen, plötzlich konnte sie nicht mehr klar sehen. Sie kämpfte gegen einen Anfall hysterischen, wütenden Gelächters an. «Du bist ja verrückt, Ivan. Du bist total übergeschnappt!»

«Wieso sollte ich wohl verrückt sein? Nein, ich bin nicht verrückt, ich bin nur sauer. Was soll ich machen? Soll ich warten, daß sie mich über den Haufen schießen oder mir nochmal den Rücken zerfetzen? Niemals! Nicht mit mir! Nie wieder, hörst du? Ja, je härter sie kommen – Rhygin wird schon mit ihnen fertig. Und wie er mit ihnen fertig wird, Gottverdammich!»

Als sie in seine wild flackernden Augen schaute, war sie sicher, daß er durchgedreht war. «Und wo ist die Honda?»

«Die Honda? Wahrscheinlich bei Babylon.»

«Aber was soll aus uns werden? Wie soll Pedro jetzt weitermachen?»

«Schau – ich bin weg. Babylon kann jeden Moment hier wieder auftauchen. Sag Pedro, ich brauch mehr Munition. Sag ihm, er soll zu mir kommen – er weiß schon, wo.»

«Wo gehst du hin?»

«José suchen. Der hat mir das alles eingebrockt.»

«Und was willst du von ihm?»

«Ach», lachte er. «Das kannst du morgen in der Zeitung lesen.» Und weg war er.

Sie spürte, wie sich die Arme des Kleinen um sie legten und merkte, daß es diesmal genau umgekehrt war und er sie trösten wollte. «Mach dir keine Sorgen, Miss Elsie, Babylon kriegt Onkel Ivan nie», flüsterte er.

«Er heißt jetzt Rhygin», sagte sie und spürte, wie ihr die Tränen über das Gesicht liefen. Er ist verrückt, dachte sie, aber wir müssen ihm beistehen, solange wir können.

18

Menschenjagd

Rhygin war hier
Und ist wieder weg
Mit zwei Litern Bier
Und 'nem fetten Stück Speck
Kinderlied

DIE REAKTION
«Nein, nein, nein!» Die Stimme des Redakteurs klang müde, doch hinter der antrainierten Ruhe konnte man die Erschöpfung deutlich spüren. «Es geht *nicht* darum, Gewalt zu verherrlichen. Das liegt nun mal in der Natur der Sache, sie ist eben dramatisch ...»

Nein! Das Robin-Hood-Element wurde nicht überbetont, zumindest nicht von ihm oder seinen Redakteuren ... die Leser, die waren es! Wie konnte man denn erwarten, daß sie nicht sofort auf dieses Motiv des unterdrückten, armen Teufels fliegen würden? Ein einzelner gegen eine ganze Armee ... was? Die Schlagzeilen? Na, ja, vielleicht hat der zuständige Redakteur sich da ein bißchen hinreißen lassen ...

REVOLVERHELD ENTGEHT POLIZEIFALLE

Rekord in der Geschichte der Kriminalität, prahlt Rhygin.

Vielleicht fehlt hier tatsächlich eine Spur von Ausgewogenheit, aber was war mit den Leitartikeln? Hatten die die Gewalt nicht beklagt? Und die tapferen Mitglieder der Sicherheitskräfte gelobt, die ihr Leben gelassen hatten, um Recht und Ordnung zu verteidigen? Und alle Teile der Gesellschaft aufgerufen, die Polizei bei ihrer Arbeit zu unterstützen? Für seine rasche Festnahme plädiert und dafür, daß dieser Kerl, dieser Rhygin, aus der Gesellschaft getilgt wurde ...?

«Sicher.» Es war richtig, daß er fünf seiner erfahrensten Reporter ausgeschickt hatte, um Hintergrundmaterial auszugraben. Zu einseitig? Kaum, wenn man auch nur eine Spur Ahnung vom Ausmaß des öffentlichen Interesses hatte. Der Zahl der Briefe und Anrufe. Sicher, ein paar waren einfach nur neugierig, aber es gab auch Hunderte mit ihren eigenen Theorien und Geheiminformationen. Man mußte dem einfach nachgeben, war denn das nicht einzusehen?

«Das Bild? Ach ja, das ...» Man hätte glauben sollen, daß die Polizei die weite Verbreitung des Fotos begrüßt hätte. Zu melodramatisch? Na sicher doch, das war ja gerade das Spannende daran. Die zwei Sechskaliber und die Wild-West-Pose? Und wie stand es mit dem Recht der Öffentlichkeit auf Information?

Die Unterhaltung entwickelte sich in seinen Augen immer mehr zu einem Versuch seitens der Regierung, sich in die Pressefreiheit einzumischen. Und außerdem, ohne irgendwem zu nahe treten zu wollen, aber schließlich könnte man auch – mit allem Respekt, versteht sich – darauf hinweisen, daß, wenn der flüchtige Rhygin so eine Art Volksheld werden sollte, das weniger an der Presse, sondern wohl mehr an der recht unerklärlichen Unfähigkeit von Polizei und Militär lag, diesen machtlosen kleinen Analphabeten zu stellen. Aber da klickte es in der Leitung, und die Verbindung war unterbrochen.

«Chin, hast du die verfluchte Matrize immer noch nicht gefunden?» brüllte Hilton. «Noch nicht, Mister Hilton», rief Chin. «Ist schon eine ganze Weile her, daß wir sie hierher gepackt haben, Sir.»

«Such sie, verdammt noch mal. Hörst du! Such sie oder such dir einen neuen Job. Morgen will ich die Platte in den Läden haben, noch ehe sie ihn schnappen, alles klar?»

«Ja, Sir, Mister Hilton. Also jetzt wollen Sie die Platte doch, wie?»

«Was sagst du?»

«Nix, Sir, ich such noch.»

Ein einzelner Mann? Nee, das gab's einfach nicht. Daß einer, offensichtlich unverwundet, aus dem Feuerhagel der Polizei fliehen konnte? Nachdem er drei umgelegt und einen verwundet hatte? Und eine winselnde, sexuell erschöpfte Frau und sämtliche Kleider zurückgelassen hatte? Es erinnerte an zuviel Mythen ihrer Kultur und an einen Film, einen Starboy-Film obendrein.

Die Meinung bei den Armen – in Trench Town, Ackee Walk, Concrete Jungle, Lizard City, Rema – war von Anfang an einstimmig. Aber auch die «besseren» Leute waren von der Dramatik der Sache und dem Heldenmut des Jungen beeindruckt. Diese Art von Kino-Gewalt war neu, und die Bürger waren noch nicht abgehärtet durch die vielen Revolverschlachten, die das soziale Leben im Laufe der nächsten Jahre schwer erschüttern sollten. Das hier war nur das Vorspiel. Wenn sie es nur gewußt hätten. Und daß man Rhygin noch nicht mit dem Schrekken begegnete, der sich später ausbreiten sollte, lag zum größten Teil daran, daß Rhygin allein und ohne Hilfestellung nur bewaffnete Männer getötet hatte, die es auf sein Leben abgesehen hatten. Die öffentliche Meinung schwenkte jedoch beträchtlich um, als berichtet wurde, daß der Gesuchte in der Wohnung eines gewissen Joseph «Bad José» Smith eine Frau angeschossen und dabei schwer verletzt hatte. «Auf eine Frau schießen? Nee, Mann, also das kann ich nicht mehr gut finden, nee, so was nicht.» Aber als bekannt wurde, daß diese Frau die geheimnisvolle Delores aus dem Hotel war, und daß sie ihn offensichtlich in einen Hinterhalt gelockt hatte, da schwenkte die Meinung abermals um.

«Vielleicht hat sie's verdient», sagten die Leute. «Es gibt Frauen, die sind falsch wie die Nacht.»

Daß er sie nur verletzt hatte, spielte eine entscheidende Rolle. Offensichtlich war der Mann ein Scharfschütze, jedenfalls nach dem, was sich im Hotel ereignet hatte. Wahrscheinlich hatte er sie nur warnen und ein bißchen bestrafen wollen. Am Anfang arbeitete Ray Jones offen mit der Presse zusammen. Er war sich seiner Informationsquellen und einer schnellen Festnahme sicher. Er leitete die Menschenjagd persönlich und gestattete den Reportern sogar, ihn auf Blitzrazzien an Orte zu begleiten, die ihm von seinen Informanten genannt worden waren.

Nach drei derart groß angekündigten Operationen, die zu nichts anderem als spöttischen Sprüchen führten – RHYGIN WAR HIER UND IST SCHON WIEDER WEG oder BABYLON WIRD FALLEN – verschlechterten sich die Beziehungen zwischen Polizei und Presse.

Dieser Satz RHYGIN WAR HIER UND IST SCHON WIEDER WEG wurde schnell aufgegriffen und tauchte innerhalb kürzester Zeit überall in der Stadt auf. Es waren die Anfangszeilen kleiner sinnloser Kinderverse, die die Kinder beim Seilspringen oder «Himmel und Hölle» sangen, um im Takt zu bleiben. Eines Tages stand er sogar in Riesenlettern auf der Mauer der Polizeizentrale und der Botschaft der Vereinigten Staaten.

Man flüsterte sich zu, daß Rhygin das Land längst verlassen habe. Andere wußten aus zuverlässiger Quelle, daß er den Kugelhagel im Hotel nicht überlebt hatte und seine Leiche in aller Stille von Verbündeten fortgeschafft worden war. Beides schien nach den Schüssen auf Delores widerlegt. Außerdem wurde er von Augenzeugen so oft in Bars, Cafés, Nachtclubs und Freudenhäusern gesichtet, an so vielen verschiedenen und weit auseinander liegenden Orten des Landes, daß dafür mindestens fünf Rhygins nötig gewesen wären.

Es wurde von einer Welle bewaffneter Überfälle berichtet, und nicht alle waren harmlos. Obgleich sie alters- und erscheinungsmäßig ganz verschieden waren, hinterließen die Täter überall das spöttische RHYGIN WAR HIER ..., aber in den meisten Fällen war das nichts weiter als das durchsichtige Bemühen, Spuren zu verwischen. In einigen Fällen aber schienen Stil und Beschreibung auf Rhygin zu passen.

Eindeutig wurde er von einigen ältlichen Jungfern und ein paar pubertierenden Mädchen identifiziert, in deren Schränken oder unter deren Betten er für eine Nacht Unterschlupf gesucht hatte. Doch jedesmal konnte er entkommen und hinterließ auffallend wenig Spuren, ehe die Polizei eintraf.

Angesichts der überall auftauchenden Graffiti RHYGIN SECHS : BABYLON NULL und der übrigen, bereits bekannten Tatsachen, war es unausweichlich, daß auch übernatürliche Erklärungsversuche bemüht wurden.

Der Besitzer eines Balmyards, ein gewisser Hirte Bedward II, übernahm die volle Verantwortung. Vor nicht ganz zwei Wochen, so behauptete er, hatte er dem Gesuchten ein Spezialbad bereitet, dessen Hauptbestandteil ein Unversehrbarkeitsbalsam und ein unsichtbar machendes Öl gewesen waren. Folglich war Rhygin unbesiegbar. Allerdings ließ Bedward durchblicken, daß er gegen angemessene Bezahlung eine rituelle Behandlung anzubieten hatte, die den Patienten den von Rhygin befehligten Mächten überlegen machte. Böse Zungen behaupteten, daß Bedwards Geschäfte seitdem besser gingen als je zuvor. Und das Komische daran war, daß die Kunden, die des Nachts zu ihm hereinschlüpften, fast ausnahmslos junge Männer waren, offensichtlich bei bester Gesundheit und alle größer als jene ein Meter siebzig, die von einer gewissen Regierungsbehörde gefordert wurden. Als ein unternehmungslustiger Journalist, ein gewisser J. Maxwell, diese Zufälle Maas Ray gegenüber erwähnte und fragte, ob die unteren Dienstgrade aus mißverstandenem Eifer vielleicht zu unüblichen Praktiken griffen, unterwarf der die Geschäftsräume des Hirten Bedward II einer Razzia. Er beschlagnahmte mehrere Phiolen und klagte den Besitzer wegen Obeah-Zauber an. Derselbe Journalist wunderte sich in seinem Leitartikel, warum der brave Hirte eine solche Entwicklung nicht vorausgesehen und sich selbst mit der gleichen Behandlung immunisiert hatte, die er auch Rhygin verpaßt hatte.

Einer seiner Konkurrenten hatte die mythologischen Bezüge ein wenig durcheinander gebracht und verbreitete (allerdings wesentlich diskreter), daß er jede Kugel, die man ihm brachte, mit einer «Quecksilber-Schnell-Prozedur» behandeln würde. Die Wirksamkeit von Silberkugeln gegen übernatürliche Kräfte war ja allgemein bekannt.

Chin brauchte sich keinen neuen Job zu suchen. Die Platte erschien in Hiltons Läden und wurde über Nacht zum Renner. Sie kam sofort in sämtliche Hitlisten und wurde ununterbrochen im Radio gespielt. Die Musikboxen in den Clubs, Cafés, Bars und Kneipen plärrten nichts anderes mehr. Die hochtourigen Soundsysteme in den Musikläden dröhnten den Song auf der Straße. Die Texte standen in der Zeitung. Und die Wunschsendungen erhielten fast ausschließlich Anrufe für diese beiden Songs, vor allem von jungen Frauen im unteren Kingston.

Ein britischer Psychiater von der Universität entwickelte und veröffentlichte auf Grund der Texte eine psychologische Analyse; er schloß, daß Rhygin «von einem Wild-West-Bild seiner selbst besessen war, verblendet an seine vorherbestimmte Größe glaubte, eine typisch psychopathische Neigung zu heldenhafter Gewalt und einen paranoiden und durch nichts gerechtfertigten Verfolgungswahn aufwies».

Diese Interpretation wurde postwendend von einem jungen marxistisch geschulten Politologen in Frage gestellt. Seine weit verbreitete Analyse sah in Zeilen wie *«I'd rather be a free man in my grave, Than living as a puppet or a slave»* eine Äußerung legitimen, historischen Zorns der besitzlosen, städtischen Jugend. Die Zeilen *«The oppressor is trying to keep me down, Driving me underground»* waren nicht nur prophetisch, sondern ein unbestreitbarer Beweis eines sich entwickelnden «krypto-revolutionären Impulses». Die Rückseite *You can get it if you really want* war ein deutlicher Ruf nach «Umverteilung des Besitzes und ein klarer Ausdruck primitiven, marxistischen Bewußtseins». Daß da kein radikaler Einzelgänger am Werk war, wurde durch die Tatsache bestätigt, daß die Polizei es nicht schaffte, Rhygin zu schnappen. Die Massen sahen in ihm eindeutig eine Verkörperung ihrer eigenen latenten revolutionären Ambitionen, denn wer wollte schon glauben, daß sie ihn nicht versteckten oder schützten?

Ehe diese Dokumentation erschien, hatte die Mittelklasse, vertreten durch die Handelskammer und den Arbeitgeberverband, geschwiegen und war offensichtlich geteilter Meinung. Der marxistischen Theorie dicht auf den Fersen, verkündeten die beiden Gruppierungen dann allerdings in einer Anzeigenkampagne, daß sie einen gemeinsamen

Fonds zur Unterstützung der Familien der Opfer und zur Belohnung für Informationen einrichten würden, die zur Festnahme des «tollwütigen» Mörders führten.

Diese Anzeige löste heftige Diskussionen aus, denn die Höhe der Belohnung erschien atemberaubend. Die Mutmaßungen verwandelten sich in dröhnendes Gelächter, als folgende Meldung bekannt wurde:

AUTODIEBSTAHL IM HOTEL NEW KINGSTON:

Rhygin klaute Cadillac für eine Spazierfahrt!

Ein brandneues Cadillac-Cabriolet, Eigentum von Mr. Ian De Vaz, Präsident des Arbeitgeberverbandes, wurde gestern in der Salt-Pond-Lagune sichergestellt. Laut Augenzeugenberichten, darunter der des Hotelportiers, hatte ein Bewaffneter, der als Rhygin identifiziert werden konnte …

«Aber … ist der Junge nicht einfach Spitze, Mann? Hat Stil, was? Läßt Mr. De Vaz seine Belohnung kassieren, damit er den Wagen wieder auf Vordermann bringen kann, wie?»

Das nächste war ein eher peinlicher Zwischenfall, der ausführlich und irgendwie auch schadenfroh in der Presse breitgetreten wurde, und sich zwischen Inspektor Ray Jones von der CID-Sonderabteilung und einem Major Marsher vom militärischen Geheimdienst entspann. Verständlicherweise war der Geheimdienst über eine Bemerkung pikiert, die dem Inspektor zugeschrieben wurde und damit prahlte, daß «wir Rhygin schon längst hätten, wenn die Armee nur nicht bei ihren stümperhaften Hausdurchsuchungen immer wieder sämtliche Spuren mit ihren verdammten Nagelstiefeln zertrampeln würde». Der Inspektor verwahrte sich zwar energisch dagegen, eine solche Bemerkung gemacht zu haben, aber trotzdem versäumte Major Marsher diese Gelegenheit nicht und wies darauf hin, daß die Männer, die unter seinem Kommando stünden, niemals einen so kläglichen Hinterhalt geplant hätten, bei dem fünf von ihnen von einem einzigen Verbrecher niedergemetzelt wurden. Konnte der bedauerliche Zwischenfall, so überlegte er, in irgendeiner Weise damit zusammenhängen, daß der Gesuchte auf allzu vertrautem Fuß mit der Polizei und ihren Methoden stand? Vielleicht würde es sich lohnen, die Beziehung zwischen dem außerhalb des Gesetzes operierenden Joseph «Bad José» Smith und einem gewissen Beamten des CID zu untersuchen?

Der Inspektor und der Major wurden zu einem «außerordentlichen Gipfelgespräch» in die Räumlichkeiten des Ministers für Nationale Sicherheit zitiert. Der Polizeichef und der Oberkommandierende der Streitkräfte waren ebenfalls anwesend. Weder wurde die Tagesordnung bekannt noch das, was gesagt wurde, aber das Treffen dauerte auch nicht lange. Als die Teilnehmer wieder herauskamen, beschrieben die Reporter sie als «mit grimmigem Gesicht» oder «mit zusammengekniffenem Mund».

Eine Konsequenz dieses Treffens ließ allerdings nicht lange auf sich warten. Durch einen Erlaß des Ministers und im Interesse der öffentlichen Sicherheit wurde die Platte «The Harder They Come» mit der Rückseite «You Can Get It If You Really Want» verboten. Bei Verbreitung über die öffentlichen Rundfunkanstalten, Ladenverkauf oder öffentlichen Darbietungen von Musik oder Texten durch Sänger oder Musiker mußte mit Geldstrafen bis zu zweitausend Dollar und/oder sechs Monaten Zwangsarbeit als Mindeststrafe gerechnet werden.

Trotz alledem war Rhygin immer noch auf freiem Fuß. Und mit jedem Tag wuchs seine Legende, wurde überlebensgroß.

JOSÉ

«Na, José, wie kommt's denn, daß du nicht genauso grinst? Wieso lachst du nicht? Überall wo ich hingeh, seh ich RHYGIN WAR HIER. Jeder dreckige kleine Verbrecher, der mir über den Weg läuft, grinst. Aber die wissen noch nicht, was grinsen heißt! Nur du, José, wieso grinst du nicht?» Maas Rays Augen waren blutunterlaufen und wirkten müde. Zum erstenmal fielen José seine Augen auf. Das Gesicht glühte und an den Schläfen pochten die Adern.

«Über jede verdammte Kleinigkeit in Shantytown wißt ihr Dealer Bescheid – aber ihr wißt nicht, wo Rhygin steckt? Wie kommt denn das, José?»

«Ich weiß es nicht Sir, wirklich nicht. Manche Dealer sind vielleicht undankbar, wissen Sie – aber, Sir, Maas Ray –»

«Aber nix, José! Wer hat den verdammten Kerl eigentlich eingeschleust?»

«Ich Sir, aber –»

«Schnauze! Wie oft hab ich dir gesagt, du sollst zuverlässige Leute anheuern, um sie in Schach halten zu können. Ich geb dir Polizeischutz. Du machst Kohle. Hast Macht, Weiber, Ansehen. Und was machst du? Schleppst mir diesen verdammten Kerl hier an!»

«Aber Maas, Ray, ich werd ihn schon finden, ganz bestimmt, Sir. Wenn er überhaupt in Shantytown ist, dann finde ich ihn, hören Sie, Sir? Das steht fest, Sir. Ich brauch nur 'ne saubere Knarre, Sir.»

«Tja, Smith», sagte Maas Ray milde, «das wäre wohl für alle Beteiligten das Beste, oder?»

«Ja, Sir.»

«Vor allem für dich, José. Kennst du den Spruch: Wenn die Katze keinen Käse hat, dann frißt sie auch Avokado?»

«Wollen Sie ihn tot oder lebendig, Sir?»

«Ihn oder dich, Smith, ihn oder dich, egal, wie ...»

In Trench Town hatte sich nichts geändert. Es war immer noch das heiße, stinkende, überfüllte, laute und chaotische Labyrinth von Hütten, in, zwischen und über denen sich Kinder, Erwachsene, Ziegen, Schweine, Hunde und Hühner herumdrückten. Aber nur wenige grüßten José, wenn er hindurchging, mit grimmigem Gesicht und einem 38er Revolver in der Hand. Selbst wenn er Rhygin nicht fand, so wußte man auf diese Weise doch wenigstens, daß er hinter ihm her war und keine Angst hatte.

«He, hat hier einer Rhygin gesehen?» fragte er immer wieder.

«Rhygin war hier und ist schon wieder weg» sangen die Kinder und rannten davon. Die Erwachsenen schüttelten den Kopf, ohne ihm in die Augen zu sehen, und hatten plötzlich unheimlich wichtige Sachen zu erledigen. Die jungen Männer lächelten entweder blöde oder musterten ihn mit offener Feindseligkeit. Keiner von seinen Dealern war zu Hause oder in den üblichen Treffpunkten. Er fing an, sich immer unwohler zu fühlen. Überall, wo er auftauchte, schien man ihn zu erwarten, aber nicht einer behandelte ihn freundlich oder tat wenigstens so.

Als er die Runde durch die Ranches machte, begegneten ihm die Jungs mit einer Feindseligkeit und einem Abscheu, den weder sein Ruf noch sein offen zur Schau getragener Revolver mildern konnten. Als er zur Salt Lake City Ranch kam, starrten ihn die Jungs nur an.

«Ich suche Rhygin», sagte er.

«Haben wir schon gehört», meinte einer.

«Die Hosen sind dem Pferd zu groß: der Hund sagt, gib sie her, ich werd sie tragen», sagte Bogart und schaute unschuldsvoll gen Himmel. Alles lachte. «Ich laß fünfzig Dollar springen, für jeden, der mir 'nen Hinweis gibt», meinte José stur weiter.

«Judas hat nur dreißig gekriegt», sagte der kleine Freche, den sie Alan Ladd nannten.

«Die Geschäftemacher haben mehr geboten, José. Behalt deine Kohle», riet Bogart. «Rhygin ist dir wahrscheinlich schon auf den Fersen. Und wenn er dich findet, dann kostet dich das gar nix.»

«Jedenfalls keine Kohle», setzte Alan Ladd hinzu.

Laß die nur lachen! Dummköpfe, die. Glauben sie etwa, daß Rhygin entwischen kann? Blöde Esel. Und all das Gequatsche über Obeah-Zauber und daß ihn keine Kugel trifft? Primitiver Aberglaube das. Wenn ich ihn finde, werden wir ja sehen, ob Rhygin unbesiegbar ist. Aber ... warum ist der Bursche eigentlich so undankbar, was? Verdammte Scheiße, man kann 'nen Hund verfluchen, aber man kann nicht leugnen, daß er weiße Zähne hat. Also, ich hab dem Jungen seine Honda besorgt. Hab ihm was aufgetan, wo er bleiben kann. Ihm Geld verschafft, 'ne sichere Einnahmequelle. Und so zahlt er's mir heim! Aber ist schon okay. Heut treff ich ihn sowieso und dann ist er ein toter Mann. Das ist Trench Town hier! Wo kommt denn dieser kleine Stinker überhaupt her? Und die anderen lachen hinter meinem Rücken, ach, was sag ich, lachen mir voll ins Gesicht! Mir! Bad José! Der verdammte König von Trench Town! Dieser Kerl da, der Bogart – ein kleiner Scheißer. Sagt, daß Rhygin hinter mir her ist? Wenn ich mit Rhygin fertig bin, dann ist der der nächste. Bogart ist der nächste, das wolln wir doch mal sehen. Möcht wissen, ob der glaubt, daß ich Angst vor Rhygin hab? Rhygin ist nicht schlimmer als ich, hat nur mehr Glück gehabt – bis jetzt jedenfalls.

«Na, José, hast du ihn immer noch nicht gefunden?» fragte ein Junge spöttisch. «Bist du sicher, daß du auch richtig guckst?»

«Lach du nur», fauchte José. «Lacht ihr nur alle. Macht nur weiter so. He, vielleicht find ich Rhygin nicht, aber *dein* Gesicht merk ich mir, Freundchen. Rhygin ist bald weg vom Fenster, aber José bleibt ... für immer ... na, was ist, warum hörst du auf zu lachen?»

Sieht echt so aus, als ob die alle glaubten, ich hätt Angst vor Rhygin. Dabei ist es reines Schwein, daß er aus dem Hotel entwischen konnte. Und ich glaub immer noch, daß die Babylons sich da im Dunkeln selbst umgelegt haben.

Aber mit seiner wachsenden Wut und Frustration vermehrten sich auch seine Zweifel. Wer war denn dieser Rhygin eigentlich? Und wenn's doch mehr als Glück war? Üah, es gibt kein Obeah – alles Quatsch und Aberglaube. Wenn ich den finde ... aber vielleicht ist er gar nicht mehr in Trench Town?

«Grüß dich, José. *One love*, Mann. Ich hab gehört, du suchst nach mir.»

Die spöttische Stimme war genau hinter ihm. José wollte sich umdrehen, aber dann erstarrte er. Er hatte nur die Möglichkeit, zur Seite zu springen, sich umzudrehen und zu schießen. Aber seine Nerven wollten ihm nicht gehorchen. Plötzlich war ihm eiskalt, dabei schwitzte er und schüttelte sich.

«He, José.» Die Stimme war ganz ruhig. «Weißt du, daß du ein toter Mann bist?» Er hörte das laute, kalte, unmißverständliche Klicken, als Rhygin den Hahn spannte. Der Ton erlöste ihn aus seiner Starre und er rannte los. Es war wie der Start bei einem Rennen, denn zur gleichen Zeit knallte der Schuß los. Er hörte, wie die Kugel an seinem Kopf vorbeizischte. Dann sprang er über eine Mauer, landete in etwa sieben Meter Tiefe auf allen Vieren und rannte weiter. Er hörte weitere Schüsse und ein spöttisches Lachen. Weder sah noch roch er die Haufen von Hundescheiße und Tierkadaver, die überall verstreut waren. Und er sah auch nicht die Scharen von Kindern und Jungs, die durch die Schüsse auf die Brücke hinaus gelockt worden waren.

«Was? Wo wart ihr denn? Habt ihr's nicht mitgekriegt? Rhygin hat José aus Trench Town gejagt.»

«Ist das wahr?»

«Ich fall tot um, wenn's nicht wahr ist. Mitten am Tag. Und jeder in ganz Babylon sucht nach ihm!»

«Der Junge ist wirklich zum Fürchten, was?»

«Kann man wohl sagen, Mann. So was von mutig gibt's nicht noch mal. Es heißt, José hat die Hundescheiße für die Straße gehalten.»

DREADLOCK

Samstagnacht: Sammelnacht, und einer nach dem anderen schlichen sich die Dealer ins Lone Star Café. Von José hatte man seit seinem Zusammenstoß mit Rhygin am hellichten Tag vor den Augen von halb Babylon nichts mehr gehört. Er mußte abwarten, was passieren würde. Er kam früh und beobachtete die anderen: Sidney, Duffus, Midnight-Cowboy, Stagecoach, Easy Boat, Bulloh, Fudgehead. Lässig schauten sie sich nach bekannten Gesichtern um und versuchten, sich möglichst unauffällig zu bewegen. Sie begrüßten sich auch nicht so wie sonst. Sie achteten auf ihre Worte und schienen mehr als wachsam, irgendwie übervorsichtig. Ras Pedro wußte warum. Zum einen war es übervoll. Seit die Zeitungen berichtet hatten, daß das Café eine «Stammkneipe» von Rhygin gewesen war, kamen alle möglichen Fremden hierher. Offensichtlich wollten sie mit irgendwelchen Prominenten in Tuchfühlung kommen, denn jedesmal, wenn die Tür aufging, reckten sich die Hälse und trugen so noch mehr dazu bei, daß die Dealer sich unwohl fühlten. Unter ihnen waren mit Sicherheit auch Bullen.

Aber auch die Dealer untereinander verhielten sich äußerst zurückhaltend. Keiner wußte, wo der andere stand, was José und Rhygin betraf. Und die Belohnung war natürlich eine Verlockung. Auch als es alle geschafft hatten, unauffällig ins Hinterzimmer zu kommen, wußte Ras Pedro immer noch nicht recht, wie jeder einzelne dazu stand. Er wußte nur, daß sie José fürchteten oder zumindest seine geheimnisvollen Beziehungen. Aber alles in allem hatte sein Schutz funktioniert, meistens jedenfalls. Alle murrten über die Höhe seines Anteils, aber innerhalb der Organisation hatten sie nicht schlecht verdient. In dem harten Überlebenskampf, der trostlosen Welt von West Kingston sogar ganz gut verdient, wirklich ... nein, er mußte aufpassen und jeden gut im Auge behalten. Aber die Gesichter verrieten nichts. Jeder kam rein und hüllte sich in vollkommen untypisches abwartendes Schweigen. Er beobachtete Sidney. Die gewohnte Heimlichtuerei und Vorsicht verbargen seine Gefühle. Aber ... als er Pedro zunickte, schimmerte da nicht so etwas wie Belustigung durch? Er konnte sich nicht sicher sein, bis alle da waren.

«Also», fragte Midnight-Cowboy laut, «hat irgend jemand José gesehen? Kommt er diese Woche nicht, um abzukassieren?»

Dann wußte Ras Pedro Bescheid. Es brach ein allgemeines Gelächter aus, als ob jeder von ihnen in der Abgeschiedenheit des Hinterzimmers eine Maske abgelegt hätte.

«José ist im Untergrund, Mann», sagte Duffus.

«Muß wohl Polizeischutz anfordern», lachte Stagecoach.

«Aber sonst kam er doch immer samstags?» beharrte Cowboy.

«Ich hab gehört, er macht bei der nächsten Olympiade mit», erzählte Bulloh. «Was meinst du, Mann? Es heißt, wie José den Revolver gehört hat, da hätt nicht mal Coco Brown mithalten können.» Duffus standen vor Lachen die Tränen in den Augen. «Die Hundescheiße soll wie Staub aufgewirbelt sein!»

«Rhygin ist ein Löwe», erklärte Cowboy, als das Gelächter verebbte. «Ein Naturtalent, wißt ihr. Ich hab's ihm gleich angesehen und egal, was er braucht, Midnight-Cowboy ist sein Mann!»

«Ich auch», sagte Stagecoach.

«Und ich», schloß sich Sidney an.

Alle schienen Ras Pedro anzuschauen, aber der schwieg hinter seinem wachsamen und nachdenklichen Blick.

«Überhaupt, wo steckt der Junge eigentlich?»

«Wer?» fragte Pedro. «José?»

«Nein, Mensch – Rhygin.» Alle schauten ihn an. Ras Pedro lachte. «Irgendwo und nirgendwo. Keiner weiß, wo. Echt. Ist auch gar nicht so gut, das zu wissen.»

Ohne weitere Fragen stimmten alle zu. «Und was ist jetzt mit dem Geschäft?»

«Ich denke, wir sollten weitermachen», sagte Ras Pedro. «Ich glaube, Babylon hat jetzt sowieso keine Zeit für uns. Denen geht's in erster Linie um Rhygin.»

«Und was ist mit dem Schutz?»

«Wen willst du denn bezahlen – José vielleicht?» fragte Pedro. Lachend standen die Männer auf, um zu gehen.

«Ich sag nicht, daß du weißt, wo er steckt», sagte Midnight-Cowboy im Vorbeigehen, «aber ich weiß, daß er das hier brauchen kann.» Er ließ ein Stoffsäckchen in Pedros Schoß fallen. Ohne hinzusehen wußte Pedro, was drin war. «Bruder, du weißt, ich bin nicht für Blutvergießen und Gewalt.»

«Das weiß jeder, Pedro», gab Cowboy zurück. «Aber das Leben deines Kumpels steht auf dem Spiel.» Pedro stopfte das Säckchen unter sein Hemd. Viele Dealer steckten ihm beim Hinausgehen schweigend ein paar Dollar zu. Draußen hörte er Midnight-Cowboys laute Stimme, die mit der Bardame sprach.

«He, Schwester, ist die Platte von Rhygin noch in der Musikbox? Scheiß auf Babylon, ich spiel sie, Gottverdammich!»

Ahh say de harder dey come
De harder dey fall
One an' aalll...

DIE TOCHTER

Prinz Man-I lächelte. «Gott sei Dank» flüsterte sie und legte die Hand auf seine Stirn. Sie war kühl und trocken. Kein Zeichen mehr von dem Fieber, das in dem schmächtigen Jungen gewütet und so sehr an ihm gezehrt hatte, daß die Knochen im Gesicht durch die gespannte Haut hindurchschimmerten. Er öffnete die Augen und blickte sie an. Das fiebrige Flimmern war verschwunden. Seine Augen, jetzt riesig in dem mageren Gesicht, waren klar, friedlich und vertrauensvoll.

«Wie geht's dir, Man-I?» Er lächelte und nickte. «Hast du Hunger?» Das Lächeln wurde breiter. Sie richtete ihn auf, spürte seine Rippen unter ihren Händen und stützte den kleinen Körper, der fast nichts mehr wog. «Komm, trink das hier, das gibt dir Kraft.» Sie löffelte ihm die Suppe ein und schaute zu, wie er schluckte. Man kann fast sehen, wie das bißchen Suppe runtergeht, dachte sie. Trink mein Kind, damit du groß und stark wirst. Wenn er damit fertig war, was dann? Das letzte ihrer Hühner kochte in dem Topf, der auf dem Herd stand. Sie hörte Ras Pedro kommen und spürte, wie er ihr über die Schulter schaute. Die Augen des Jungen schauten mit einem gespannten Ausdruck an ihr vorbei.

«Daddy, hast du ihn gesehen?»

«Ja, Ivan geht's gut, Man-I.»

«Babylon kriegt ihn nicht, stimmt's Daddy? Stimmt's?»

«Wo denkst du hin? Wie sollen sie Ivan kriegen? Das wird nie geschehen, mein Sohn.»

«Gelobt sei der Herr», sagte der Junge und schloß die Augen.

«Alle Macht für Jah», setzte Ras Pedro hinzu. «Komm mal mit, Elsa.»

Sobald sie sich vom Bett entfernt hatten, bekam Ras Pedros Gesicht einen anderen Ausdruck. Das sichere Lächeln fiel von ihm ab, und Elsa konnte scharfe Linien um den Mund herum erkennen. «Wie sieht's aus mit ihm?» flüsterte er.

«Das Fieber ist weg und die Schmerzen auch – scheint besser zu gehen.»

«Gelobt sei Jah. Wenn er nur keine Transfusionen mehr braucht, dann schaffen wir's.»

Sie hätte ihn am liebsten angebrüllt und die sehnsüchtige, unterdrückte Hoffnung aus seiner Stimme verjagt. Aber sie blieb sanft und ruhig. «Pedro», sagte sie. «Das ist unser letztes Huhn. Der Arzt sagt, er braucht gutes Essen, eine Spezialdiät ...»

«Hier hast du ein paar Dollar», sagte er. «Das Geschäft läuft zwar schlecht, aber ein bißchen was kommt doch noch rein. Jetzt, wo wir José nicht mehr zahlen, werden wir's schon schaffen.» Er zog eine Handvoll Scheine aus der Tasche und ein kleines Stoffsäckchen. Ein paar Scheine behielt er.

«Was ist mit der Honda?» fragte sie.

«Also der Anwalt sagt, wir könnten sie eventuell zurückkriegen.

Aber wir müssen sie verkaufen, sieht schlecht aus. Der Anwalt arbeitet ja auch nicht für nix ...»

«Und wie willst du dann deine Geschäfte machen? Und das Boot, ist das auch schon verkauft?»

«Schon lange.» Er schüttelte den Kopf und versuchte, hoffnungsvoll zu lächeln. «Aber gelobt sei Jah. Man-I scheint wieder gesund zu werden.»

«Er fragt immer nur nach Ivan», sagte sie und konnte nur schwer ihren Unmut verbergen. «Wie denkst du darüber?»

«Was meinst du? Wie ich darüber denke? Ist Ivan nicht mein Bruder? Und dein Mann? Wir kämpfen doch alle für Ivan, oder?» Er schaute sie an.

Sie starrte trotzig zurück. «Bist du da so sicher?»

«Ganz sicher.»

«Aber Pedro – all das Töten, Pedro! Du hast doch immer gesagt, du willst kein Blutvergießen?»

Er schaute zum Fenster hinaus. «Das ist wahr», sagte er. «Ich bin nicht fürs Blutvergießen. Ich hab nie 'ne Waffe in der Hand gehabt – nicht, seit ich mir der Liebe Jahs bewußt geworden bin. Das weißt du. Aber das hat die Armee nicht daran gehindert, Man-I's Mutter zu erschießen. Ivan steht auf unserer Seite. Alle Dealer unterstützen ihn. Du erwartest doch wohl nicht ausgerechnet von mir, daß ich ihn aufgebe?»

«Nein, nicht daß du ihn aufgibst. Aber der ganze Ärger! Was kann da Gutes draus werden? Was für einen Preis müssen wir denn zahlen?»

«Ivan zahlt noch mehr», entgegnete er ruhig. «Schau, keine Bange. Ich bring den Rest von Bhyas Ganja unter die Leute. Bis zum Wochenende haben wir genug Geld für die Medizin. Wir schaffen es schon, Mann.» Er wandte sich ab.

Oh, Herr Jesus. Ich hoff, Pedro denkt nicht, ich meinte das Geld von der Belohnung. Das wird er doch nicht von mir denken? «Pedro –»

Doch der war schon weg. Sie fühlte sich elend und verwirrt, als sie zu dem Kleinen zurückkehrte. Er war mit einem heiteren Lächeln auf den Lippen eingeschlafen.

BABYLON

«Bei allem Respekt, Herr Polizeipräsident, Sir. Klingt, als ob ich gezwungen wäre, auch das zu verneinen, Sir. Das ist unter meiner Würde, Sir – für einen Mann mit meinem Hintergrund ... vollkommen, das garantiere ich Ihnen. Nein, Sir, kein fester Zeitplan, Sir, aber es ist ganz sicher – wie bitte, Sir? Nichts als üble Nachrede, Sir – die Jungs vom militärischen Geheimdienst ... genau, Herr Polizeipräsident, absolut keine Grundlage. Sicher gibt es Informanten, die notwendigerweise aus dem kriminellen Umfeld rekrutiert werden, aber dieser Rhygin war nie so einer. Hat niemals irgendwelches Geld von der Regierung gekriegt, Sir. Sie können, Sir. Ohne jede Bedenken.

Oh, ich verstehe ... ja, Sir. Herr Präsident, Sir? Das wäre eine Katastrophe für alle Beteiligten. Jawohl, eine totale Katastrophe. Das kann ich Ihnen versichern, Sir. Sie hätten auf der Stelle meine Rücktrittserklärung auf Ihrem Schreibtisch und die meiner Untergebenen ebenfalls. Keine Alternative ... ja? Dann schlage ich vor, Sir, daß Sie dem Minister sagen, es wäre katastrophal für die Moral meiner Leute und damit für die Durchführung der Gesetze. Sagen Sie ihm, daß weitere Straßenkontrollen und Hausdurchsuchungen die Staatsgewalt schlicht lächerlich machen. Sie können ihm mitteilen, Sir, daß wir eine neue Technik anwenden werden, Sir, und daß Sie, ohne sich auf einen Zeitplan festzulegen, sicher sind ... wie bitte, Sir? In einer Woche bestimmt. Danke, Sir, und noch was, für meine Männer ist das sehr wichtig, sehr wichtig, Sir. Immerhin waren es ihre Kollegen, die getötet wurden. Sehr bedacht von Ihnen, sehr klug. Sie werden es nicht bedauern ... und noch was, Sir, hahaha, die Bauern sagen: Ist nicht am gleichen Tag, daß ein Huhn Kakerlaken frißt und fett wird. Hahaha, Sir, genau.»

«Verfluchter alter Scheißkerl», murmelte Maas Ray, als er einhängte.

«Sergeant?»

«Jassir?» Die Tür wurde aufgerissen.

«Bringen Sie Sidney rein!»

Während er wartete, wischte er sich übers Gesicht, zog die Krawatte zurecht und als der Sergeant mit dem Burschen zurückkam, trug er wieder den Ausdruck ungebrochenen Vertrauens und Macht zur Schau. Stell sich einer vor, sogar Sidney! Sidney, dessen Seele mir gehört, dessen Eier in meiner Tasche stecken. Sogar der. Der Sergeant ging hinaus und schloß die Tür hinter sich. Schweigend studierte Maas Ray hinter seiner Sonnenbrille Sidney. Verdammter kleiner Ganove. Ein Schmalspurgauner, der wie ein Straßenköter schon vor dem Tritt den Schwanz einzog. Unruhige Augen. Die Abwehr unausgesprochener Vorwürfe zitterte ihm schon auf den Lippen. Er hielt mit beiden Händen seine Mütze vor dem Bauch, starrte zu Boden und brachte es fertig, ohne jede Geste oder Bewegung eine derart vollkommene Unterwürfigkeit auszustrahlen, daß er schon fast bemitleidenswert wirkte. Dieser kleine Scheißer.

«Na, Sidney, wie läuft's?» fragte er in beiläufigem, beinahe besorgtem Ton, was Sidney so sehr überraschte, daß er beinahe aufschaute.

«Schlechte Zeiten, Mister Ray», jammerte Sidney.

«Aber dir geht's gut, wie?»

«O ja, Sir.» Sidney nickte heftig. «Mir geht's gut, Sir, danke, Maas Ray. Ja, Sir.» Er nickte noch immer mit dem Kopf, als ob sein Wohlergehen durch das Riesenglück, die Gegenwart des Beamten genießen zu dürfen, unermeßlich bereichert worden wäre.

«Sidney – wie oft hab ich dich schon ins Kittchen gesteckt?» Keine Antwort.

«Wie oft? Drei-, viermal? Oft genug, wie?»

«Ja, Sir, Master Ray.»

«Und wie oft hab ich dich laufen lassen? Ziemlich oft, wie?»

«Ziemlich oft, Mister Ray. Ziemlich oft, Sir.» Wieder das heftige Kopfnicken.

«Und wenn du Ärger hast und Angst, zur Wache zu gehen – wo gehst du dann hin? In meinen Hof, stimmt's?» Sidney nickte. «Und hab ich dir nicht geholfen? Wie oft hab ich dir geholfen, Sidney?»

«Oft genug, Sir.» Sidney nickte und seine Augen leuchteten vor Demut und Dankbarkeit. Er ließ sich geradezu hinreißen vom Überschwang seiner Gefühle. «O ja, sehr oft, Master Ray, Sir. Sie waren wie 'n Vater zu mir.»

Hinter seiner Sonnenbrille zog Maas Ray leicht die Augenbrauen hoch. Er lächelte kalt. «Also schön, Sidney. Wie zum Teufel kommt's dann, daß du weißt, ich such Rhygin seit den letzten zwei Wochen und der versteckt sich in deiner Hütte beim Sumpf und du sagst mir nix? Wie?» Er schlug mit der Faust auf den Tisch. Bamm!

«Ach herrjeh, Mister Ray», winselte Sidney. «Gott ist mein Zeuge, Sir, ich hab nicht gewußt, daß er da war.»

«Laß den Scheiß. Seit wann bedeutet dir ein kleiner, dreckiger Verbrecher mehr als ich? Seit wann?» Sidney konzentrierte sich auf den Fußboden.

«Du glaubst wohl, mit mir könnte man's machen, wie?»

«O nein, Sir», antwortete Sidney ernst.

Wieder hämmerte Ray auf den Tisch. «Sag mir eins», brüllte er. «Glaubst du etwa, ein kleiner, dreckiger Verbrecher wie du selbst kann dir mehr helfen, als ich es kann? Glaubst du das? Antworte mir! Himmelarschundzwirn! Glaubst du das?» An seinen Schläfen und am Hals traten die Adern hervor.

Sidney richtete sich kurz auf. Seine kleinen Äuglein öffneten sich eine Sekunde lang, um den Beamten zu taxieren, dann sank er wieder zusammen und starrte zu Boden. «Nein, Sir», flüsterte er nur.

«Dann – warum – verdammt – versteckt ihr ihn vor mir? Glaubt ihr etwa, der wär schlauer als ich, weil er sich an hundert verschiedenen Orten versteckt und ich ihn nicht kriege? Nicht, weil der schlauer ist, erwisch ich ihn nicht, sondern weil ihr so dumm seid. Ihr Dealer seid dumm! Glaubt ihr etwa, nur weil meine Leute damit beschäftigt sind, hinter Rhygin herzujagen, würden sie euch vergessen? Das glaubt ihr wohl, wie? Freier Handel und ein schönes Leben, ja?»

«Nein, Sir.» Sidney schüttelte heftig den Kopf.

«Verdammt richtig, nein! Ich werd's euch heimzahlen, hast du mich verstanden?»

Sidneys kummervoller Blick war nicht gestellt.

«Hör zu. Ich jag Rhygin nicht mehr. Das ist vorbei.» Maas Ray starrte den kleinen Straßengauner an, dessen Augen interessiert aufblitzten. «Die Menschenjagd ist vorbei. Sag das den anderen. Von jetzt an wird zugeschlagen! Aufgeräumt!» Er hämmerte auf den Tisch. «Jeder Mann, den ich freistellen kann, wird an eurem Arsch kleben. Überall wird aufgeräumt. Verstehst du? Kannst das deinen Kumpels erzählen. Keine Gnade mehr! Jeder, der schneidet, verkauft, handelt, jedes Café, jeder Schnapsladen – überall wird aufgeräumt. An jedem gottverdammten Ort, wo auch nur ein Stäubchen Ganja verkauft wird, jeder Sufferah, jeder Ganove – wenn ihr auch nur auf die Straße spuckt, ein böses Wort sagt, geschweige denn Ganja bei euch habt. Oder 'nen Spliff. Dann sitzt ihr schon mit einer Arschbacke im Knast, und zwar die volle Zeit. Zwangsarbeit. Hast du mich verstanden?»

Sidney nickte störrisch.

«Ihr habt ja keine Ahnung, was Terror heißt», versprach Maas Ray. «Von heute an, bis zu dem Tag, an dem ihr mir den verdammten Kerl ausliefert, kommt nicht ein Gramm Ganja in die Stadt. Kein Büschel, kein Blatt, kein Stäubchen, nicht mal ein verdammter Hauch ... werden schon sehen, wie sehr ihr Rhygin liebt, wenn euch der Bauch leer bleibt.»

Er schwieg, atmete schwer und starrte Sidney an, der eingehend seine zerknautschte Mütze studierte. Falls das überhaupt möglich war, sah er jetzt noch elender und leidender aus als am Anfang. «Sergeant, nehmen Sie den kleinen Scheißer mit und sperren Sie ihn ein», sagte Maas Ray.

«Komm mit.» Der Sergeant packte Sidney beim Hosenboden und

zerrte ihn hoch, so daß nur noch seine Fußspitzen über den Boden schleiften. «Oder halt – wenn ich's mir recht überlege, lassen Sie ihn doch besser laufen. Sidney, du überbringst die Botschaft. Sag den Dealern, mir ist es egal, *wen* ich schnappe. Es kann einer von ihnen und es kann auch Rhygin sein – ihr habt die Wahl. Wenn die Katze keinen Käse hat, frißt sie auch Avocado.»

Sidney. Ausgerechnet Sidney. Dieser miese, scheinheilige, wortbrüchige Kerl. Sidney, der seine Großmutter verkauft hätte, um bei ihm 'nen Stein im Brett zu haben. Der jedesmal zitternd zu ihm angekrochen kam, wenn es was gab, mit dem er sich ein paar Pluspunkte bei der Polizei einhandeln konnte. Nein, vielleicht hatte die kleine Ratte wirklich nicht gewußt, daß Rhygin in seiner Hütte war. Egal, jetzt wußte er Bescheid. Er würde die Nachricht weiterleiten. Und in ein, höchstens zwei Tagen würde er Rhygin haben. Sollte das Militär ruhig weitermachen mit seinen Razzien, die Sufferahs würden sich drum schlagen, Rhygin ausliefern zu können. Das hätte er schon längst machen sollen.

Die neue Taktik war noch keine drei Stunden alt, als sich der erste Beweis ihrer Wirkung einstellte. Allerdings war es nicht das, was Maas Ray erwärtet hatte.

«Mister Hilton hat den ganzen Morgen versucht, Sie zu erreichen, Sir», sagte der Sergeant.

«Hat er gesagt, weshalb?»

«Hat nur gesagt, er muß mit Ihnen sprechen, Sir.»

«Okay, dann sagen Sie ihm, ich bin hier.»

Was konnte Hilton wollen? Wahrscheinlich rumtoben, weil die Platte verboten worden war. Pech. Vor einer Woche hatte er ihn noch um Mitarbeit gebeten, aber nein. Er wollte die Platte in ganz Kingston laufen haben, und wir sahen ganz schön blöd aus. Jetzt wird er den Steuerzahler und guten Bürger mimen und sich beklagen. Soll nur kommen, der Kerl. Vielleicht hat der was gelernt.

«Sehen Sie, Hilton», hatte er ihn beschworen. «Der verfluchte Bursche hat vier von meinen Männern auf dem Gewissen. Sie können die Platte nicht pushen.»

«Pah, ist mir doch egal», hatte Hilton gelacht. «Aber wenn ihr ihn schnappt, dann will ich ihn mir kurz mal ausborgen, ehe ihr ihn aufknüpft. Er kann noch schnell ein paar Sachen für mich aufnehmen. Hahaha!»

«Mister Hilton sagt, er kommt sofort her, Sir», meldete der Sergeant.

Also, das war ja interessant. Mr. Boysie Hilton, Geschäftsmann,

Sportsmann, Playboy, hatte nichts Wichtigeres zu tun, als nachmittags um fünf in die Zentrale zu kommen? Mußte ja sehr wichtig sein, wenn er dafür seine Touristinnen in der Sheraton Bar sausen ließ.

Aber als Hilton eintrat, trug er den üblichen zynischen, belustigten Gesichtsausdruck zur Schau.

«Man kann Sie ja kaum noch erwischen.»

Maas Ray zuckte die Achseln und beobachtete Hiltons Gesicht.

«Als ich Sie nicht erreichen konnte», sagte Hilton hinterhältig, «hab ich mir gedacht, Sie nehmen bestimmt ein Bad.»

Der Inspektor schaute ihn verständnislos an.

«Ja, Mann, ich hab mir gedacht, daß einer der Hirten Ihnen ein Bad mit Rhygin-Schnappöl verpaßt hat.»

«Sie sind doch bestimmt nicht hergekommen, um mir Schuljungenwitze zu erzählen, oder?» Rays Stimme verriet Mißtrauen und Ärger. Dann fing er sich und sagte spöttisch: «Der große Boysie Hilton auf der Polizei? Ich nehme an, das Sheraton ist abgebrannt, oder brauchen Sie vielleicht Polizeischutz? Was ist los? Haben Sie Angst, Rhygin könnte kommen und wollte für seine Platten abkassieren?»

«Hauptsache, ihr könnt euch selbst beschützen», fauchte Hilton. «Ach ja, ihr habt die Platte verboten?»

«Erst, nachdem wir um Ihre Mitarbeit gebeten haben und Sie uns diese verweigert haben, Sir.»

«So so, die Polizei schreibt den Leuten also jetzt schon vor, was sie im Radio hören dürfen? Interessant.»

«Ja, wenn die Musik Gewalt verherrlicht, dann bestimmt.»

«Kommen Sie, Jones ... ist doch sowieso nur ein mieser, kleiner Gangster mehr, den Sie schnappen. Was ist dabei denn so schlimm? Und die Polizei muntert die Sufferahs ein bißchen auf ...»

«Schauen Sie, Hilton, ich hab wirklich keine Zeit ...»

«Dann nehmen Sie sich die Zeit eben, verdammt.» Die beiden Männer starrten sich an. «Und hören Sie mir gut zu, mein Freund», fuhr Hilton fort. «Es war ein ganz schön blöder Fehler, die Platte zu verbieten. Denn das zeigt den Massen, daß ihr nicht mehr weiterwißt. Und das macht aus dem kleinen Kerl das große Geschäft. Wenn Babylon schon anfangen muß, seine Nase in die Hitparade zu stecken.»

Jones lachte. «Hitparade! Das meinen Sie doch wohl nicht ernst?»

«Das weiß ich wohl ein bißchen besser als Sie. Dieses blöde Verbot hat ihn zum Helden gemacht. Und was noch blöder ist, ich hab gehört, Sie haben vor, den Ganjahandel zu verbieten.»

«Oh, daran sind Sie also auch interessiert?»

«Nicht so wie Sie», parierte Hilton. «Nur insoweit, als alles, was Geld nach West Kingston bringt, mich interessiert. Und Ganja ist das einzige, was Geld nach Shantytown bringt. Und nicht nur das – es hält außerdem die Leute ruhig. Wissen Sie eigentlich, was Sie da vorhaben? Kein Geld – kein Ganja – keine Musik? Ich sag Ihnen was, Ray, Sie schnappen ihn besser schnell.»

«Was meinen Sie, Hilton?» Jones schien versöhnlich und sogar interessiert.

«Nur eins. Ich mache jetzt schon seit Jahren Geschäfte mit den *Quashies*. Ich hab da unten sechs Läden und ein Studio. In der ganzen Zeit hat nicht einer auch nur eine Plattenhülle mitgehn lassen. Heut morgen waren vier Fenster von meinen Läden eingeschlagen, und überall stand das verdammte RHYGIN WAR HIER. So was ist noch nie dagewesen.»

«Glauben Sie, daß er es war?» fragte Jones mit wachsendem Interesse.

«Ist egal, ist mir scheißegal. Wenn Sie's genau wissen wollen: wenn er's gewesen wäre, dann würde ich mir nicht solche Sorgen machen. Kann verstehen, wenn er mir was nachträgt. Aber angenommen, er war's nicht? Dann ist das erst der Anfang. Der gottverdammte Anfang. Ich bin da unten jeden Tag mit denen zusammen. Ich beobachte sie, die ändern sich, die sind jetzt frech, und warum auch nicht? Die haben ja ihren Starboy, ihren Helden. Ein kleiner, mieser Sufferah wie sie selbst, den die Polizei weder schnappen noch umlegen kann. Da liegt das Problem.»

Jones blätterte in seinen Papieren. «Kommen Sie, Hilton. Wenn Sie Polizeischutz brauchen, dann sagen Sie's schon.»

Der Geschäftsmann sprang auf und tobte mit wuterstickter Stimme: «Reden Sie nicht in diesem verdammten Ton mit mir, Freundchen! Eure Scheißpolizei kann sich ja nicht mal selbst beschützen. Erst laßt ihr's zu, daß der Junge euch zum Narren hält. Dann habt ihr soviel Angst vor ihm, daß ihr seine Platte verbietet. Und jetzt seid ihr dabei, den Ganjahandel abzuwürgen. Was soll denn das? Wenn die Hunger haben und nix zum Rauchen da ist, nicht mal ein mickriger Zug? Wenn der Kopf voll mit weißem Rum ist und der Bauch voll mit Luft, was glauben Sie wohl, was die dann machen? Der Reggae ist verboten und die Polizei furzt in den Wind, was? Sie reden vom Krieg. Bürgerkrieg. Und das sollten Sie mir besser glauben. Sie schnappen ihn besser so bald wie möglich ... denn wenn die *Quashies* erst mal verzweifelt genug sind und das Geschäft ohne euch abwickeln, dann ist es aus mit Gesetz und Ordnung in Shantytown. Was los ist, fragen Sie? Glauben Sie nicht, daß so was passieren kann?» Er verfiel in angriffslustiges Schweigen und stierte auf Jones herab. Der lächelte. «Also, Mr. Hilton, ich danke Ihnen, daß Sie gekommen sind. Die Polizei ist immer froh, die Ansichten und Sorgen verantwortungsbewußter Bürger zu hören ...»

«Sie verfluchter Idiot», fauchte Hilton und stürmte hinaus.

Das höfliche Lächeln verschwand von Jones' Gesicht, sobald die Tür hinter ihm ins Schloß gefallen war. Er war von Hiltons Besuch weitaus beeindruckter, als er sich hatte anmerken lassen. Egal, was sonst noch, aber ein Schwächling war Hilton nicht. Es mußte mehr sein als ein paar zerschlagene Schaufenster, die zweifellos hoch versichert waren, was Hilton hierher gebracht hatte. Was er gesagt hatte, klang logisch und das letzte, was er jetzt noch gebrauchen konnte, war ein Aufstand in Shantytown. Jessas, das hätte ihm jetzt gerade noch gefehlt. Aber genau das stand ihm bevor mit all den verdammten Soldaten, die mit ihren Landrovern halbverhungerte, leicht erregbare, ganjalose Sufferahs aus ihren Hütten rausschmissen und vertrieben. Nein, das mußte er wirklich noch mal überdenken. Tatsache war nur, daß ein Aufstand Major Marsher wahrscheinlich so glücklich machen würde wie ein Nonnenkloster einen Sittenstrolch. Verdammt, er würde es durchziehen ... aber gleichzeitig war eine Lektion – die erste Lektion – fällig.

Und seine Männer brauchten was für die Moral und um die Mäuler zu stopfen. Ja, einerseits eine Demonstration ihrer Stärke und andererseits eine Möhre. Eine dicke. Und ich glaub, ich weiß auch schon, was das sein kann. Rays Stirnrunzeln klärte sich auf und wich einem tiefen, jungenhaften, zufriedenen Lächeln. Er läutete nach dem Sergeant.

«Wo halten wir Smith fest?»

«In der Sutton Street, Sir. Soll ich ihn holen lassen?»

«Ja, schicken Sie ihn her. Oder halt, Sergeant, lassen Sie – ich geh lieber selbst vorbei bei unserem Freund.»

«Ja, Sir.»

José war um ein paar Zähne ärmer und hatte ein aufgedunsenes Gesicht. Müde schaute er auf, als er Rays Schritte auf die Einzelzelle zukommen hörte. Er stand mürrisch und mißtrauisch auf.

«Kannst dich entspannen, José. Ich bin's nur. Aber du machst keinen besonders glücklichen Eindruck. Wen hast du denn erwartet? Rhygin? Der kriegt dich hier nicht, das weißt du ja.»

«Mister Ray, ist nicht meine Schuld, wissen Sie, Sir –»

«Halt's Maul. Was ist, willst du vielleicht plötzlich 'nen Orden?» Er deutete auf Josés Gesicht. «Alles in allem bist du noch ganz gut weggekommen – diesmal. Meine Leute können dich nicht riechen, das weißt du ja, und offenbar geht's deinen eigenen Leuten auch nicht anders. Weißt du, daß sie jetzt ohne dich Geschäfte machen?»

«Die sind verzweifelt, Sir, und undankbar dazu. Wie kann ich sie in Schach halten, wenn ich eingesperrt bin –»

«Hör auf zu winseln. Wie du noch draußen warst, warst du viel zu sehr damit beschäftigt, vor dem verfluchten Rhygin wegzurennen, als daß du irgendwen in Schach hättest halten können ...» Er sah José wimmern und wurde noch wütender. «Aber du hast Glück, verdammt viel Glück, daß ich mich so gern mit Dummköpfen rumschlage. Ich hab einen Job für dich – nix Gefährliches, nicht mal du könntest da was verkehrt machen. Du könntest sogar dein kleines Geschäft wieder zurückkriegen. Ich will nur, daß du den Dealern morgen eine kleine Nachricht überbringst. Eine ganz einfache Sache, nicht zu kompliziert. Also paß auf, du sollst ihnen sagen, daß ...»

Während er redete, wuchs Josés Interesse. Der leidgeprüfte Ausdruck fiel von seinem zerschlagenen Gesicht ab. Als Jones fertig war, lächelte José, zwar unter Schmerzen, aber immerhin, er lächelte. «Das muß hinhauen, Maas Ray, da kann gar nichts schiefgehn.»

RHYGIN

Langsam und mit zusammengebissenen Zähnen kroch er zum Eingang der Höhle und spähte durch den Haufen trockenen Gestrüpps, der den Eingang auf dem Hügel verbarg. Alles, was er sehen konnte, waren weit entfernte, rostige Dächer und ganz weit hinten das Meer. Es wäre unklug, das Gestrüpp zu viel zu bewegen. Jetzt war er den dritten Tag hier, und das Eingesperrtsein und die Einsamkeit gingen ihm auf die Nerven. Er wechselte ständig zwischen Anflügen von Unbeschwertheit und Momenten der Klarheit, verbunden mit paranoidem Argwohn. Die Schulter tat nicht weh, er spürte gar nichts. Der verdammte Pedro, läßt mich hier liegen, bis ich verreck, dachte er verdrossen. Aber nein, das würde Pedro nicht machen, Pedro nicht. Aber wo bleibt er denn? Ist doch jetzt bestimmt schon eine Woche her, daß ich ihn das letzte Mal gesehn hab. Und wenn Babylon ihn erwischt hat? Dann ist es aus mit mir.

Ein Windstoß aus dem Tal brachte ihm den Geruch von Holzfeuer und das Trommeln und den Singsang eines Ras Tafari Camps. Er konnte sogar ein paar Klangfetzen verstehen:

And there we wept
When we remembered Zion

Manchmal erfüllten ihn die Lieder mit Trost und neuer Kraft. Mit neuem Mut. Dann wiederum machten sie ihn traurig, so daß er sich sehr einsam fühlte und plötzlich wieder glaubte, daß er hier draußen in seiner Höhle wohl sterben mußte. Aber das Trommeln war großartig, mächtig, komplex und leidenschaftlich. Pedro hatte ihm erzählt, daß der Meistertrommler der Ras Tafari, Count Ossie, und sein Sohn Time eine «Grounation» für ihre Leute veranstalteten. Manchmal, im Halbschlaf, kam der Rhythmus zu ihm herüber und holte ihn zurück in die Berge seiner Großmutter. Keine Frage: der Trommler, den sie «Count», Graf, nannten, war ein Meister. Als ob Bamchikolachi zurückgekehrt wäre, aber irgendwie noch besser ... er wünschte, er könnte es besser hören.

Wo blieb Pedro? Selbst, wenn ihm was passiert war, würde er dann nicht jemand schicken? Selbst wenn er nur noch Elsa vertrauen konnte? Jedenfalls, wenn er bis morgen nicht aufgetaucht war, mußte er was unternehmen ... wenn bloß die Schulter nicht wäre, dann wär alles einfach. Aber sie war stark geschwollen und sonderte gelben, stinkenden Eiter ab. Und er hatte Durst. Keinen Hunger, nein – ihm war nur dauernd übel und allein bei dem Gedanken an Essen mußte er schon würgen.

How can we sing King Alpha song
In a strange land

Die aufgeschichteten Zeitungen vergilbten schon. Er wurde es nie müde, die Schlagzeilen zu lesen. Oft war es zu dunkel, die Meldungen zu lesen, aber er kannte sie sowieso auswendig. Das Foto war ein wenig enttäuschend. Das Gesicht war zu dunkel und verschwommen, aber die Pose – einfach Spitze! Er neben der Honda, halb gebückt, die Pistolen wirbelnd, wachsam auf den Fußballen und die Pistolen zwei Richtungen abdeckend. Das bin ich, mein wahres Ich. Der rasende Rhygin. Die Schulter ist bald wieder besser und dann bin ich wieder da, klar. Vielleicht ist sie schon besser, hab schon lang keine Schmerzen mehr drin. Aber sie sah nicht besser aus und als er das letzte Mal aufgewacht war, waren Fliegen drin rumgekrochen. Verschreckt und fluchend hatte er nach ihnen geschlagen und dabei gemerkt, daß er kein Gefühl in der Schulter hatte. Das aufgedunsene Fleisch fühlte sich wie tot an, heiß und ohne Nerven.

Dry your weepin' eyes, ooh
Dry your weepin' eyes ...
Ah say dry up your eyes
Fe go meet Ras Tafari ...

Die traurigen Kadenzen, durch die Entfernung gedämpft, wiegten ihn in einen leichten Schlaf. Er lag zu Hause bei Miss Mando im Bett und die schwache Musik drang aus dem «Balmyard» von Mutter Anderson. Im Hof von Maas Nattie fand das alljährliche Maisschälen statt. Der alte Joe Beck erzählte eine Geschichte, deren Worte er nicht verstand und er weinte leise vor sich hin. Mitten während der Geschichte spazierten auf einmal drei weiße Dreadlocks nackt durch die versammelte Gesellschaft, aber keiner sah sie außer ihm. Er war auf den dunklen Treppen des alten Hotels, rannte los, duckte sich, schrie und feuerte auf gelbe Blitze in der Finsternis. Und dann kamen Szenen aus Filmen, die er gesehen hatte – vertraute Western. Ein geheimnisvoller schwarzer Cowboy auf einer Honda ritt immer wieder in die Szenen und veränderte ihren Ausgang. Jedesmal, wenn er mit feuerspeienden Pistolen und dröhnender Maschine auftauchte, brach die Menge im Kino in lauten Jubel aus. Eine neue Szene: Django schickte sich an, seine Schau abzuziehen. Die Menge hielt Ausschau nach dem schwarzen Cowboy, aber da fuhr eine kalte, arrogante Stimme durch ihre Erregung wie ein Messer: «Die Show ist vorbei. Glaubt ihr mir jetzt, daß eure Show vorbei ist?»

Er schreckte hoch, weil er sich seines Traums beraubt fühlte. Er fand sich in der heißen Höhle wieder, hatte Durst und zitterte. Vom Camp unten drangen vertraute Worte empor, sie flatterten schwach im Wind vorbei:

For de enemy is around you
Seeking to devour you ...
So long Ras Tafari call you ...
So long ...

Zum Glück hatte er das Transistorradio, das Bogart ihm gegeben hatte. Manchmal hielt er es dicht ans Ohr und ließ es ganz leise laufen. Aber sein Song wurde nie wieder gespielt. Auch in den Nachrichten wurde er kaum noch erwähnt. Er mußte Pedro fragen, was da vor sich ging – der Song war Nummer eins in sämtlichen Hitparaden gewesen und die Wunschsendungen hatten ihn andauernd spielen müssen. Alle Mädels hatten ihn sich gewünscht. Von ein paar kannte er sogar schon Namen und Stimmen. Pearl, Pearl von der Milk Lane zum Beispiel. Er erinnerte sich an sie – ihre Stimme so weich und vielversprechend:

«'Allo Sir, hier ist Pearl von der Milk Lane. Ja, ich bin's schon wieder. Ich will den Song noch mal hören. Den von Rhygin, der schnellsten Kanone in West Kingston. Grüßen Sie ihn von mir und sagen Sie ihm, hi hiii, von mir aus kann er seine Knarre jede Nacht unter mein Kissen stecken, hi hiii.»

Kein Song mehr und auch keine Pearl. Überhaupt keine Wünsche mehr. Vielleicht konnte Pedro ihm erklären, was da los war. An einem Tag Hunderte von Wünschen und am nächsten – kein einziger. Aber ... ich hab Hilton ja gleich gesagt, daß es ein Hit ist. Vielleicht glaubt er mir jetzt? Möcht wissen, ob Hilton abgehauen ist so wie José. Und der Prediger und Longah. Jede Wette, daß die auch nicht ruhig schlafen. Aber die haben noch nix gesehn. Wartet nur, bis meine Schulter besser ist. Dann werdet ihr sehn, wie ich wieder auftauche. Genau, das war's: «Rhygin kehrt zurück» mit Ivanhoe Martin in der Hauptrolle. Lächelnd nickte er ein.

Jemand rief ihn beim Namen. Noch während er aufwachte, griff er nach seinen Pistolen.

«Schieß nicht Jah, ich bin's, Pedro.»

Er erkannte die Stimme, aber er sagte nichts. Er behielt seine Stellung mit gezückten Pistolen bei.

«Ich bin's, Mann. Bist du da drin?»

«Komm schon rein.» Aber er hielt die Pistolen trotzdem auf die Sträucher gerichtet, als Pedro hereinkroch.

«Bist also bereit», lächelte Pedro, als er in die Mündung sah. «Aber jetzt kannst du sie weglegen.» Als er in die kleine Höhle kam, stockte er plötzlich und das Lächeln verschwand von seinem Gesicht.

«Was ist los?» fragte Rhygin.

«Nix», log Pedro, riß sich zusammen und holte tief Luft. «Mann, ich hab mir den Zeh gestoßen. Hab was mitgebracht. Das Bier ist noch kalt.»

«Teufel noch eins, ich bin am Verdursten.»

«Wie geht's der Schulter?»

«Besser – keine Schmerzen mehr.»

Pedro zog die Augenbrauen hoch. «Ich hab Medizin dabei, die soll es rausziehen.» Er kniete sich hin und untersuchte die Wunde. Als er sie sah, stockte ihm der Atem. Er drückte sachte darauf, und ein Strom von Eiter quoll heraus.

Rhygin glaubte, einen schnell unterdrückten Blick des Grauens erhascht zu haben. «Wie sieht's aus?» fragte er.

«Besser – aber wir brauchen einen Arzt», sagte Pedro.

«He, ich hab im Radio gehört, daß da ein paar Leute behaupten, sie täten mich kriegen?»

«Glaubst du ihnen denn?» fragte Pedro und war froh, als er ihn lächeln sah.

«Wieso spielt keiner mehr meine Platte?»

«Der Minister hat sie verboten. Sie scheinen Angst zu kriegen.»

«Echt? Also nicht die Leute ...»

«Die Leute niemals. Selbst Marcus Garvey hatte nicht so viele Anhänger wie du. Je mehr sie die Platte verbieten, um so mehr reden die Leute.»

«Recht so, Bruder.» Rhygins Augen glänzten. Er nahm einen großen Schluck Bier. «Und wie steht's mit den Dealern?» Pedro hatte ihm den Rücken zugedreht und war damit beschäftigt, seine Tasche auszuleeren. Er schien die Frage nicht gehört zu haben. «Hier, guck mal, ein paar Liter Wasser, Limonen, ein bißchen Brot und gebratener Fisch. 'ne schöne Avocado und ein Sack voll prima *Collie*.»

«Ich hab dich gefragt, was die Geschäfte machen?»

«Tja –» Pedro zögerte und schien seine Worte sorgfältig zu wählen. «Ein paar stehn noch hinter dir.»

«Ein paar?»

«Ja, mir gefällt es nicht, was ich da gehört habe.»

«Was? Sag schon!»

«Also, ich selbst hab ihn nicht gesehn, weißt du, aber es heißt, José ist wieder da. Er hat ein paar von den Brüdern angeboten, ins Exportgeschäft einzusteigen.»

«Aber das ist doch genau das, was ich von ihm wollte!»

«Also, sieht so aus, als ob ein paar beteiligt werden könnten, aber nur unter der Bedingung, daß sie dich ausliefern.»

«Wer weiß, wo ich bin?»

«Ich. Das geht also klar. Aber ich kann jetzt nicht mehr sicher sein, wer von denen noch auf deiner Seite steht. Vorläufig also erst mal ich.»

«Was ist mit Midnight-Cowboy und Duffus?»

«Ach ja, Cowboy läßt dir das geben. Aber ich hab gehört, Babylon hat die beiden heut früh eingesackt. Ich sag dir, Bruder, Babylon ist am Toben. Wie ein Wespennest. Tritt Türen und Köpfe ein. Jeder, den sie erwischen, wandert ins Kittchen. Die Dealer werden dich ans Messer liefern. Deren Taktik zieht.»

«Jetzt, wo sie 'ne Erhöhung gekriegt haben, sind die dazu glatt fähig – oder sie vergessen mich einfach.»

«Nein, Mann», unterbrach Pedro ihn schnell. «Ein paar von uns sind noch auf deiner Seite und wollen José für immer loswerden. Aber ... du mußt versuchen, für 'ne Zeitlang wegzukommen.»

Ivan runzelte die Stirn und seine Stimme schwoll gefährlich an. «Ich renn nicht weg, verdammt noch mal, Pedro. Ich renn nicht weg.»

«Pssst, nicht so laut, Mann», flüsterte Pedro. «Kennst du einen, der Sidney Greenstreet heißt?»

«Ist ein alter Kumpel von der Ranch.»

«Vertraust du ihm?»

«Ja, Mann, zumindest war er immer ein guter Kumpel.»

«Hab ich mir auch gedacht. Jedenfalls, der hat einen Job auf 'nem Schiff, das geht nach Kuba. Er ist zu mir gekommen und hat gesagt, daß der Kapitän immer nur besoffen ist und der Steuermann, ein Weißer, ganz okay ist. Der Steuermann sagt, daß sie am Mittwoch bei Lime Cay vorbeikommen und daß sie dich da aufgabeln und nach Kuba mitnehmen können. Er sagt, du wirst da groß erwartet.» Ängstlich wartete er auf Ivans Reaktion. Dessen Haut zeigte eine ungesunde grünliche Färbung, die Augen glänzten glasig und irgendwie machte er einen etwas wirren Eindruck. Selbst jetzt, wo Pedro sich schon an den beißenden Gestank aus der faulenden Schulter gewöhnt hatte, konnte er kaum atmen. Er sah, wie Rhygin das Angebot überdachte. Es war die beste Gelegenheit, die sich bieten konnte. Er war erleichtert, als sich jetzt langsam ein Lächeln über Gesicht und Augen seines Freundes stahl.

«Ja, ja, ja», meinte dieser strahlend, als ihm klar wurde, was da auf ihn wartete. «Das ist echt revolutionär! Ja, Pedro, laß uns das machen. Dann könnte ich auch wegen meiner Schulter in Behandlung ...»

Pedros besorgte Miene schwand. Die beiden Männer grinsten sich an und lachten. Es war ein fröhliches, lautes Lachen, das mehr Erleichterung verriet, als jeder einzelne eingestehen wollte.

Ras Pedro saß schweigend ganz hinten. Der von der Löwenmähne eingerahmte Kopf fiel ihm auf die Brust über den verschränkten Armen. Er schien zu schlafen, aber in Wirklichkeit beobachtete er mit seinen tiefliegenden, glühenden Augen jeden einzelnen der Sprecher. In seiner Haltung lag nichts Gekünsteltes. Er war erschöpft, nicht nur physisch, sondern auch psychisch.

Bei einbrechender Dunkelheit hatte er einen wirren Rhygin quer durch den Hafen nach Lime Cay gerudert und war dann gegen den Strom zurückgekommen. Als er nach Hause gekommen war, eröffnete Elsa ihm, daß Man-I einen Rückfall gehabt hatte. Weinend und verzweifelt hatte sie in der Tür gestanden, während der Junge sich im Fieber wälzte und vor Schmerzen stöhnte. Und ausgerechnet in diesem Moment war ein aufgeregter Fudgehead aufgetaucht und hatte ihn zu einem wichtigen Treffen aufgefordert. Er wußte, daß Fudgehead, außer Sidney, Josés zuverlässigster Informant und Gefolgsmann war. Also war klar, daß José ihn geschickt hatte.

Er mußte hingehen. Unmöglich zu sagen, was schlimmer war: sein vor Schmerzen schreiender Sohn oder die Wut und Mißbilligung in Elsas Gesicht.

«Ich fahr beim Krankenhaus vorbei, damit sie einen Krankenwagen herschicken», versprach er. «Und ich komm auch gleich zurück. Das Treffen dauert nicht lange.» Sie hatte sich schweigend abgewandt.

Weniger als die Hälfte der Dealer war anwesend. Babylon schlug mit vorgehaltenen Gewehren die Türen ein. Es war, mit Stagecoaches Worten: «offener Krieg bis aufs Blut». Zuerst wirkte José nervös, als mangelte es ihm an dem üblichen, arroganten Selbstvertrauen. Er leitete die Versammlung, aber er hörte schweigend zu, als Sidney von seinem Gespräch mit Maas Ray berichtete. «Und er sagt, ich soll euch sagen», wiederholte er wortgetreu und mit Betonung, «daß kein Blatt, kein Spliff, nicht ein Hauch von Ganja in die Stadt reinkommt, solange wir ihm Rhygin nicht ausgeliefert haben.»

Dann verfiel er in Schweigen und sein unnatürlich trauriges Gesicht verriet nichts mehr.

«Aber», sagte Stagecoach, «ich weiß gar nicht, wo Rhygin steckt. Wer von euch weiß es denn?»

Ras Pedro kam es vor, als ob sich lauter fragende Gesichter ihm zuwandten. Er schwieg weiter. Klar, daß José ihn anstarrte.

«Also paßt auf», sagte José. «Wenn ihr's nicht wißt, dann kriegt ihr's besser raus. Seht ihr Midnight-Cowboy? Seht ihr Duffus? Seht ihr Bulloh? Jeder, den ihr hier nicht seht, sitzt im Knast. Und das ist erst der Anfang. Ich kann euch sagen, Maas Ray ist sauer. Er wütet da draußen rum wie ein Orkan. Ich kann euch sagen, der lehrt uns noch das Fürchten. Der ist noch nicht fertig. Und wenn er Ivan nicht kriegt, dann ist es aus mit dem Geschäft, dann könnt ihr euren Kindern Lebewohl sagen, weil ihr dann nämlich alle im Knast sitzt.»

Hier brach er ab, damit sie seine Worte erst einmal verdauen konnten.

«Wie ein brüllender Löwe, so ist der schlechte Herrscher über den Armen», sagte Ras Pedro in die Stille hinein. «Aber jegliches hat seine Zeit, und auch die Unterdrückung.»

«Aber immerhin», fuhr José optimistischer fort, «es könnte schlimmer sein. Ich hab mit den hohen Tieren im Geschäft gesprochen. Ich hab ihnen gesagt, daß ihr 'ne Chance verdient habt. Und daß es nur besser werden kann. Und das fanden die auch. Die haben gesagt, wenn wir erst mal die Sache mit Rhygin geklärt haben und sich die Aufregung gelegt hat, dann können wir vielleicht mit in den Export rein. Die haben mir sogar schon die neuen Preise gesagt.» Während er sie langsam und dramatisch verkündete, rangen ein paar von den Anwesenden nach Luft. Selbst Ras Pedro war, wenn auch gegen seinen Willen, beeindruckt.

«Und außerdem», fuhr José fort, «falls es einer vergessen hat, da sind immer noch die fünfzehntausend Dollar –», aber selbst er konnte das letzte Wort nur noch ganz leise murmeln, «– Belohnung.»

«Und Judas ging hin», rezitierte Pedro, «und erhängte sich.»

«Das ist Blutgeld», stimmte Stagecoach zu. «So einfach können wir Rhygin doch nicht fallen lassen.»

«Geschäft ist Geschäft, Alter. Mein Bauch ist leer. Und der von meinen Pickneys auch», sagte Fudgehead.

«Das Geschäft läuft erst wieder, wenn sie Rhygin geschnappt haben», bekräftigte José und starrte Ras Pedro an. Der starrte wortlos zurück.

«Geschäft ist Geschäft», wiederholte Fudgehead. «Was sagst du, Pedro?»

«Pedro sagt gar nix», meinte Sidney.

«Bei ihm ist es vielleicht noch nicht so schlimm», sagte Fudgehead. «Mein Kleiner hat jedenfalls Hunger.»

«Hört mir zu.» Es war eine ruhige Stimme aus einer völlig unerwarteten Ecke. Der kleine Sidney war nicht gerade dafür bekannt, seine Gedanken bei jeder Gelegenheit an die große Glocke zu hängen. Seinen rattenhaften kleinen Äuglein entging nichts, und wenn er schon mal den Mund aufmachte, dann normalerweise für Geld oder für Lob. Der erbärmliche Sidney, der sich schlecht ausdrückte, der Geschäftemacher, der Informationen und alles andere, was ihm in die Hände fiel, verkaufte. Ein Mann ohne Mumm und Ehre, der vor jedem Angst hatte und dessen einziger Schutz auf der Welt in einer niederträchtigen Gewitztheit bestand. Zuerst schaute er schweigend zu Boden, dann schweifte sein Blick von einem zum anderen. Pedro hätte schwören können, daß er jedem einzelnen klar und offen in die Augen schaute.

«Ihr wißt, daß ich keine Ahnung habe, wo Ivan steckt», sagte er langsam. «Ich wollte, es wäre anders. Aber ich weiß es nicht, weil ich kein Spitzel bin. So hab ich überlebt, seit ich klein war. Aber selbst wenn ich wüßte, wo Ivan steckt –» hier starrte er José direkt in die Augen «– ich tät nix sagen, und wenn Babylon mich umbrächte.»

Gelobt sei Jah, jubelte Pedro insgeheim. Zu guter Letzt hat Sidney doch noch zu sich selbst gefunden.

Aber Sidney war noch nicht am Ende. «Ihr alle, ihr riecht das große Geld. Ich kann's an euren Gesichtern ablesen. Es gibt nix Vergleichbares, wenn ein armer Mann Geld riecht ... das ist das Schlimmste, denn es gibt nix, was er nicht tun würde, um dranzukommen. Ich weiß es ... denn ich war selber mein ganzes Leben lang arm. Und die da oben wissen's auch, denn die waren ihr ganzes Leben lang reich. Gestern hat mich einer ins Gesicht geschlagen ... ein anderer hat mich dreckiger Verbrecher geschimpft und Rhygin auch. Und es ist wahr ... aber so dreckig bin ich nicht ... so klein nicht ... so ein Verbrecher nicht ... daß ich nicht weiß, wer mich mißhandelt, wer mich verachtet und unterdrückt – mein ganzes Leben lang ... die Alten sagen: Jeder Fisch frißt den Menschen, aber nur den Hai erklärt man für schuldig. José sagt, Rhygin ist ein Fremder ... keiner von uns ... also es heißt, wenn ein Tiger seine Jungen fressen will, dann sagt er, die sehen aus wie Kätzchen ... wir sind alle nur miese, kleine, dreckige Verbrecher für die – wir alle. Ich sag euch was: wenn die da oben soviel Geld zahlen wollen, damit sie 'nen miesen, kleinen Verbrecher schnappen können, dann kaufen sie in Wirklichkeit was viel Größeres. Habt ihr je gesehen, daß die Großen Geld verschenken? Die wollen noch viel mehr, Mann, und genau das wird Sidney, der ihnen schon so viel verkauft hat, nicht auch noch verkaufen. Ihr könnt machen, was ihr wollt, aber dieser miese, kleine Verbrecher hier verkauft ihn nicht. Sidney verkauft Rhygin nicht … verkauft ihn nicht … verkauft ihn nicht.»

Seine Stimme erstarb. Plötzlich war er still und sein Wieselkopf neigte sich zur Seite, als wollte er das Echo seiner eigenen Rede auffangen. Dann stahl sich ein zaghaftes Lächeln in sein Gesicht, das immer breiter wurde, immer breiter. Sidney setzte sich hin. Er strahlte vor Stolz und innerem Frieden. Die Stille war so beredt, daß man sie hätte greifen können. Dann sagte Pedro weich: «Also werdet weise … und damit auch verständig … *Selah!*» Tränen rannen ihm über die Wangen und in seinen Bart. Er stand auf und ging, um nach seinem Sohn zu sehen. Er wußte, daß die Versammlung beendet war.

«Macht nur, ihr werdet nie wieder ins Geschäft einsteigen», rief José ihm böse hinterher.

Aber das kümmerte ihn nicht mehr.

19

Das Ende

Und es begab sich …
daß aus Rema großes Klagen ertönte: Rachel
weinte um ihre Kinder und fand keinen Trost …
Ras Pedros Wehklage

DIE TOCHTER

Elsa saß auf dem Bett und hielt Man-I in den Armen. Sie weinte und fluchte abwechselnd und wünschte, sie könnte irgend etwas tun. Der Schmerz des Kleinen brach sich in ihren Augen; sie strich ihm über den Kopf und summte leise vor sich hin.

«Mach dir keine Sorgen, Man-I. Mach dir keine Sorgen. Der Krankenwagen kommt gleich.»

«Jessas, heißt das, sie waren noch gar nicht da?» fragte Ras Pedro, der in diesem Moment hereinkam. «Wie geht's ihm?»

«Wie vorhin. Man kann es beinahe spüren, wie das Fieber das Fleisch wegfrißt.»

«Oh, Mann, ich hoffe, die sind bald hier. Warum brauchen sie so lange?»

«Weil wir nicht in Red Hills oder am Sky Line Drive wohnen», antwortete sie bitter. «Wenn wir wenigstens die Honda hätten, dann könnten wir ihn selbst hinbringen.»

«Ich hoffe, sie nehmen ihn mit ins Krankenhaus», sagte Pedro. «Ich halt's nicht aus, ihn so schreien zu hören. Ich halt's einfach nicht aus, weißt du …»

«Wenn er rauskommt, fängt alles wieder von vorne an», warnte Elsa. «Er braucht ständige Pflege – ständig.»

Ras Pedro hob resignierend die Hände und schien den Tränen nahe.

«Wann wird das Geschäft wieder anlaufen?» fragte Elsa.

«Elsa, wir haben Ärger mit der Polizei. Midnight-Cowboy und Duffus haben sie schon eingesperrt.»

«Und … weißt du nicht, warum?» fragte sie bissig.

«Weißt du's?»

«Die sind hinter Rhygin her», sagte sie. «Stimmt's?»

«Ja, die sind hinter ihm her wie der Teufel hinter der armen Seele. Die meisten Jungs sind bereit, den Handel wieder aufzunehmen. Zu 'nem besseren Preis auch noch. Aber ein paar von uns wollen Ivan nicht aufgeben.»

«Ivan ist tot», sagte sie. «Jetzt ist Rhygin dran.»

«Na schön, jedenfalls ein paar wollen ihn nicht aufgeben.»

«Die haben wohl keine Kinder», schnaubte sie. «Und was sagst du?»

«Ich sag nein», entgegnete er fest, schaute dabei aber weder sie noch seinen Sohn an.

Sein Kopf fiel nach vorn und er betrachtete seine Hände. Die Dreadlocks warfen dunkle Schatten über sein Gesicht. Lange Zeit sagte er nichts. Nur ihr Atem und das Wimmern des kranken Kindes waren zu hören.

«Also», begann er entschuldigend, «wenn Ivan entwischt – nach einer Weile vergessen sie's und das Geschäft geht weiter. Die können das Kraut nicht aufhalten.»

Sie pfiff mißbilligend durch die Zähne.

«Was meinst du, Elsa?»

Sie schaute ihn mit Augen an, die weder Mitleid noch Sanftheit kannten. «Du weißt, was ich meine ... alles, worauf ich jemals setze, muß ich verlieren ...»

Die Sirenen kamen mit scheinbar ungewöhnlicher Geschwindigkeit näher und hielten vor dem Haus. Elsa runzelte verwundert die Stirn. Aber noch ehe sie etwas sagen konnte, war das Zimmer voller Bullen. Man-I schrie, aber Elsa drückte seinen Kopf gegen ihre Brust. Ras Pedro stand auf und machte einen Schritt auf die Tür zu, aber im selben Moment kam der Anführer auf ihn zu und schlug ihm voll ins Gesicht, so schnell und so hart, daß er zu Boden fiel.

«Eine Bewegung und ich puste dir das Hirn aus dem Schädel, du Schwein», sagte der Bulle.

Er ging zu Pedro, nahm ihn beim Kragen und drehte ihn so, daß die Mündung der 357-Magnum genau unter Pedros Ohr saß und seinen Kopf zur Seite zwang.

«Na los, zuck doch mal», meinte er, «damit ich sehe, wie es an die Wand spritzt. Worauf wartet ihr noch?» sagte er zu den anderen. «Durchsucht das Zimmer!» Er schleifte den halb bewußtlosen Pedro nach draußen und warf ihn auf den Rücksitz des Wagens.

Pedro fiel auf einen anderen Körper. Wie durch einen Schleier erkannte er Sidney, offensichtlich bewußtlos und aus der Nase blutend.

«Aha», sagte der Sergeant. «Du bist also derjenige, der Rhygin versteckt. Schön. Einer von euch wird heute nacht dran glauben, entweder du oder Rhygin. Mir ist es egal.» Er setzte sich mit entsicherter Pistole neben Pedro.

Elsa wiegte den Jungen in ihren Armen und schaute zu, wie das Zimmer demoliert wurde. Mit einer Ausnahme schaute keiner der Polizisten auch nur in ihre Richtung. Falls sie so etwas wie Scham oder Gewissensbisse überhaupt kannten, so hinderte sie das nicht in ihrer Zerstörungswut. Man-I hatte aufgehört zu weinen, er stand offensichtlich unter Schock.

«Bitte, Herr Wachtmeister», sagte Elsa. Der Mann antwortete nicht, aber er schaute auf. Er war der jüngste und schien weniger aggressiv, irgendwie weicher zu sein als die anderen.

«Was ist?» murmelte er. «Wir haben einen Durchsuchungsbefehl.»

«Nein, das meine ich nicht, Sir. Das ist egal – es ist der Junge.»

«Was ist mit dem Jungen?» Der Mann schaute argwöhnisch zu ihr herüber.

«Ich glaube, er stirbt, Sir. Könnten Sie uns bitte zum Krankenhaus mitnehmen?»

Der junge Mann schaute sie erstaunt an. Zum erstenmal warf er einen Blick auf Man-I, dann wieder auf Elsa. «Du lügst», sagte er unsicher. «Gott ist mein Zeuge, Sir. Sehen Sie selbst, Sir. Er ist sehr krank, Sir.»

Zögernd kam er auf sie zu und hielt unbeholfen seine Maschinenpistole umklammert. Einige Männer beobachteten ihn.

«Macht weiter», befahl er und schaute den Jungen unsicher an. «Also ...» Er schaute sich um, als suchte er Rat. «Es ist gegen die Vorschriften. Ich frag den Sergeant. Kommt. Durchsuchung beendet!» brüllte er den Männern zu und rannte Hals über Kopf aus dem kleinen Haus.

«Ich bete zu Gott», schrie sie ihm hinterher, «daß eines Tages jemand euer Kind so dem Tod überläßt!»

Einer der Männer hielt an, drehte sich um und hob die Hand. «Du unverschämte Hure, du – ich werd –»

«Du da, hierher», schrie der andere.

Elsa stand in der Tür und starrte den Mann an, der sie bedroht hatte. Ihr war egal, was passierte, der Haß in ihr wollte nicht mehr weichen.

«Ja», höhnte sie. «Du bist stark genug, eine Frau zusammenzuschlagen, was? Warum vergreifst du dich nicht an Rhygin? Warum verprügelst du nicht ihn, hä?»

Alle erstarrten. Der Mann, immer noch mit erhobener Hand, schrie: «Laß mich die Hure umbringen», fast so, als fragte er um Erlaubnis.

«Zum Wagen», befahl der andere. «Los, bewegt euch!» Fluchend zogen sich die Polizisten zurück.

Sie setzte sich wieder hin und tröstete den Jungen, ohne auf das Chaos ringsum zu achten. Sie wiegte ihn, bis er sich beruhigt hatte und versprach ihm: «Du wirst nicht sterben, Man-I. Ich schwör dir, so wirst du nicht sterben. Und wenn ich die einzige bin, die du noch hast auf der Welt. Ivan ist weg. Ras Pedro, der niemals jemand was getan hat auf der Welt, ist auch weg. Aber du, du sollst leben. Ist mir egal, was ich alles machen muß. Du sollst leben. Nein, du wirst nicht sterben. Und du wirst auch nicht im Leid leben. Ich schwör dir bei Gott – lieber verkauf ich meine Seele ... und meinen Körper.»

Irgendwann, so gegen vier Uhr morgens, sie war nicht ganz sicher, kam der Krankenwagen.

«Verdammt, ist hier ein Orkan reingefahren oder was?» fluchte der Fahrer, als er sich umschaute. Zuerst wollte er sie nicht bei Man-I mitfahren lassen. «Tut mir leid, Schwester. Vorschrift ist Vorschrift. Nimm ein Taxi, ja?»

Elsa hätte am liebsten losgeschrien, aber sie nahm sich zusammen. Sie lächelte und ging auf den Fahrer zu. «Aber Liebling ...» Sie grinste, fummelte an seinem Ärmel und versuchte, seinen stinkenden Atem zu ignorieren. «Wann hast du heute nacht frei? Muß ja keiner wissen, weißt du, und später ...» Sie streichelte seinen Arm und fuhr mit dem Jungen ins Krankenhaus.

Als sie sah, wie sie Man-I in die Notaufnahme rollten, waren ihre Augen ausgetrocknet und sie fühlte keinen Schmerz mehr. Irgendwie war sie darüber hinaus, Schmerz, Angst oder Wut zu empfinden.

«Warten Sie hier, Liebes», meinte eine der Krankenschwestern, «wir kümmern uns sofort um ihn.»

Elsa nickte und setzte sich. Die unbewegliche kleine Gestalt unter dem weißen Krankenhauslaken hätte ein Fremder sein können. Das Wartezimmer war kahl, nur weiße Wände und Holzbänke. Trotz der nächtlichen Stunde waren mehr Leute da, als sie erwartet hatte. Schmerz und körperliches Leid schienen keine Stunde zu kennen. Der beißende Geruch der antiseptischen Mittel stieg ihr in Augen und Nase.

«Aber weinen tu ich nicht», sagte sie zu sich selbst. «Damit ist es jetzt vorbei. Armes kleines Ding ... möcht wissen, ob er je seinen Vater wiedersehen wird? Und zu was er zurückkehrt? Vielleicht wär's besser, wenn er tot wär?» Verschwommen kam ihr der Gedanke, traf auf keinen Widerstand und trug keine Bedeutung, so daß es einige Zeit dauerte, bis sie bemerkte, zu welcher Ungeheuerlichkeit sie sich hatte hinreißen lassen. «Gott, vergib mir», murmelte sie schuldbewußt. «Man-I wird's schaffen.»

Vor sich sah sie die zersplitterte Tür und die kaputten Möbel und sie war dankbar dafür, daß aufkommende Wut ihre Müdigkeit vertrieb. «Das mußten sie wirklich nicht machen. Wirklich nicht. Ich bin froh, daß Rhygin ...»

Da legte sich eine vertrauliche Hand auf ihre Schulter. «Jede Wette, daß du auf mich wartest, Schatz», sagte der Fahrer grinsend. Sie schaute erst die Hand, dann ihn an.

Sanft drückte er ihre Schulter. «Ich hab jetzt frei», schmeichelte er. «Kommst du mit oder was?»

«Bist du auch sicher, daß du mich willst?» fragte sie mit einer Stimme, die ihn veranlaßte, genauer hinzusehen.

«Was soll das heißen? Haben wir nicht eine Abmachung?» Wieder drückte er zu, diesmal besitzergreifend.

«Nun ...», sagte sie langsam, so als dächte sie nach, «zu mir können wir nicht. Wie du gesehen hast, ist da drin alles zu Bruch gegangen.»

Einen Augenblick schien er darüber nachzudenken. «Ach ja», sagte er plötzlich mit der Miene eines Mannes, der sich plötzlich wieder an etwas erinnerte, das er nicht hätte übersehen sollen. «Wie ist das eigentlich passiert?»

«Babylon», sagte sie.

«Ist nicht wahr», rief er. «Warum sollten die so was tun?»

«So sind die eben.» Sie zuckte die Achseln, so als ob sie das Thema fallen lassen wollte.

«Nein, die hatten bestimmt einen Grund», bohrte er weiter. Seine Hand schien jetzt nicht mehr so sanft wie am Anfang.

Sie seufzte müde.

«Die haben jemand gesucht. Zufrieden?»

«Sieht nach einem ziemlichen Kampf aus. Wen?»

«Meinen Mann. Den Typ, mit dem ich zusammenlebe.»

«Den Vater von dem Kind?»

Sie nickte. «Und sie haben ihn nicht gekriegt», sagte sie dann noch.

«Wen ihn? Wie heißt er denn?»

«Warum? Was macht das schon ...» Sie versuchte, ausweichend zu wirken.

«Ich weiß immer ganz gern darüber Bescheid, in wessen Garten ich grab», sagte der Fahrer und grinste blöde. Dann warf er ihr einen drohenden Blick zu.

«Ich hoffe, du erzählst mir keine Geschichten, Mädchen.»

«Willst du etwa behaupten, ich hätte meine Sachen selber zerdeppert?»

«Okay. Also, wen wollte Babylon?»

«Du kennst ihn nicht, also was soll's?» Sie lächelte ihn kokett an und fing an, die Situation zu genießen.

«Ich will's nur wissen», sagte er mit einem geilen Grinsen.

«Ich glaub nicht, daß du ihn kennst. Er heißt Ivan – aber die meisten nennen ihn – Rhygin ...?» Sie lächelte ihm ins Gesicht. «Was ist los mit dir, Sir? Ich dachte, du wolltest was von mir? Hast du so plötzlich die Lust verloren?» lachte sie.

BABYLON

«Pedro, Sidney ...» Die matte Stimme klang gereizt und müde, wie bei jemand, der die Geduld mit einem Kind verliert, das nicht nur dumm, sondern auch noch trotzig war. «Versteht doch, ich muß Rhygin kriegen. Ich sag, ich muß ihn kriegen. Entweder er oder ich, versteht ihr? Versteht ihr das? Wie kann er überhaupt überleben? Kennt ihr das: ein hungriger Bauch bringt 'nen Hund dazu, seinen wehen Fuß zu lecken? Der Aff frißt roten Pfeffer? Wenn ihr mir nicht helft, dann ist es aus mit euren Geschäften, und zwar ein für allemal, habt ihr das kapiert? Und außerdem seid ihr so gut wie tot. Sieht nicht so aus, als würdet ihr verstehen, wie ernst es ist.»

«Ich versteh besser als du», sagte Pedro.

Der Sergeant schlug ihn mit einem Stoffgurt ins Gesicht. Pedro sank an der Wand entlang auf die Knie.

«Also ... wollt ihr jetzt den Mund aufmachen?» fragte Maas Ray.

«Maas Ray ... Sidney ... weiß ... nix ...» flüsterte Pedro heiser. «Er kann Ihnen nicht ... sagen, was ... er nicht weiß.»

«Selbst wenn ich –» begann Sidney.

«Halts Maul», sagte Maas Ray, der auf Pedro starrte. «Also du bist derjenige, der Bescheid weiß? Schlag ihn noch mal. Redest du jetzt? Noch mal.»

«Er will was sagen, Sir», meinte der Sergeant.

Maas Ray kam näher und beugte sich über ihn. Sein Gesicht war die reine Konzentration. «Na, wird's bald?»

Pedro murmelte, aber seine Stimme war brüchig und heiser.

«Scheiße!» fluchte Maas Ray und stand auf.

«Ich glaub, der hat sie nicht alle, wissen Sie, Sir», murmelte der Sergeant.

«Gott, du Allmächtiger ... bewahre uns vor Gefahren ... beschütze uns vor den Feinden ...»

«Meint der etwa, wir machen Witze? Schlag ihn noch mal. Wolln doch mal sehen, ob er dann immer noch betet.»

«Was sagt er jetzt?»

«Nix, Sir.»

«Schlag ihn noch mal.»

«Wen der Herr ... liebt, den ... züchtigt er ... und geißelt er ... jeden Sohn ... nimmt er ...»

«Ich glaub wirklich, der hat sie nicht alle, Sir», meinte der Sergeant.

«Von wegen hat sie nicht alle. Verpaß ihm noch eins!»

«... in Ras Tafari ... Gott ... allmächtiger Gott ... Erschaffer und Schöpfer ... Gott von Gott ... Licht von Licht ...»

«Sehen Sie Sir, komplett verrückt!»

«Schlag ihn, sag ich! Nein, warte. Gib mir das Messer. Wolln mal sehen, ob er weiterbetet, wenn sein Kopf kahl ist.»

«Er lacht Sir – soll ich ihn noch mal schlagen?»

«Moment, ist er tot? Verdammt!»

«Nein Sir, sieht so aus, als hätt er das Bewußtsein verloren. Ich geh und hol ein bißchen Meerwasser.»

DIE TOCHTER

«Jesus, mach, daß Pedro da ist, wenn ich nach Hause komm.» Sie brachte gute Nachrichten. Man-I war gerettet. «Pedro? Bist du da?» Aber sie wußte schon während sie rief, daß sie keine Antwort bekommen würde. Das Haus lag genauso da, wie sie es verlassen hatte. Aber Pedro sollte das Boot nehmen und Ivan zum Schiff bringen. Wenn er nicht gehen kann, ist Ivan erledigt. Beide werden sterben müssen. Und wofür? Möcht nur wissen, wo das Boot ist. Vielleicht könnt ich ... Aber sie hatte noch nie einen Fuß in das Boot gesetzt. Sie wußte auch nicht genau, wo Lime Cay lag. Vielleicht sind sie schon tot ... so wie Babylon jetzt wütet. Armer Man-I ...

Im Schlafzimmer war das Bett zerschlagen und umgestürzt. Darauf lagen ihre und Ivans zerrissene Kleider verstreut. Sie sank darauf nieder. Sie hatte keine Ahnung, wie lange sie so dalag und nachdachte.

Als sie aufstand, suchte sie unter dem alten Gerümpel das Schulheft, in dem Ras Pedro seine Aufzeichnungen machte. Mit vielen Unterbrechungen und Radieren schrieb sie, bis sie fast eine ganze Seite mit ihrer gleichmäßigen Schrift gefüllt hatte. Sie las sie durch, korrigierte noch einiges und durchwühlte dann die Kleider. Sorgfältig zog sie die rote Satinbluse und den Minirock an, über die sie sich mit Ivan so zerstritten hatte. Sie hatte beides noch nie getragen. Die Knöpfe waren von der engen Bluse abgerissen, deshalb verknotete sie die Enden und trat dann hinaus auf die Straße.

Der Prediger kam selbst an die Tür. Er wirkte überrascht und viel älter, als sie ihn in Erinnerung hatte. Er war unrasiert und aufgedunsen, die Augen wirkten wäßrig.

«Ich bring dir, was du schon immer gewollt hast», sagte sie, noch ehe er den Mund aufmachen konnte. «Bitte zahl du das Taxi.» Als er durch den Flur an ihr vorbeiging, glaubte sie, den Geruch von starkem Rum an ihm wahrzunehmen. Vielleicht enden wir alle so, dachte sie, aber als er wieder zurückkam, war er wieder mehr so wie früher.

«So wie du angezogen bist, bist du hier nicht willkommen», sagte er.

«Ach was, Prediger, gib schon zu, daß es dir gefällt», verspottete sie ihn und drehte sich aufreizend im Kreis. «Im übrigen macht es dich zum Propheten, stimmt's?»

«Gott möge dir vergeben, Elsa», polterte er.

«Ach, vergiß es», sagte sie und wurde ernst. «Hier lies das, dann schreib's mit Tinte ab und unterschreib es.» Sie warf ihm das Schulheft zu.

Überrascht blätterte er darin, entdeckte das Blatt und schaute sie an.

«Lies!» befahl sie.

Er setzte die Lesebrille auf und seine Augen huschten über die Seite. «Aber ... ich verstehe nicht ... wer ist dieser Man-I Peterson? Warum –»

«Brauchst nix zu verstehen. Brauchst nur abzuschreiben – mit Tinte.»

«Komm mit ins Büro.» Er schrieb sorgfältig und murmelte die Worte leise vor sich hin, während die Feder über das Papier eilte. «Erhielt diese Information von ... für die Sorge ... und Erziehung des o. a. Man-I ...»

«In Ordnung», sagte sie, nachdem sie es durchgelesen hatte. «Jetzt unterschreib.»

«Bist du sicher?» fragte er schüchtern.

«Unterschreib», sagte sie, biß sich auf die Lippen und starrte zu Boden. «Dann erzähl ich dir alles.»

STARBOY

Die kleine Insel, die eigentlich nicht mehr als eine große Sandbank war, war flach, sandig und sehr trocken, am Himmel kein einziges Wölkchen. Die Sonne brannte gnadenlos vom blauen Himmel herunter. Das einzige, was er hörte, war das stetige Plätschern des Wassers zwischen den Mangrovenwurzeln. Mit Ausnahme des dichten Schlingpflanzenvorhangs am Wasser bestand die Vegetation nur aus Gruppen von verkrüppelten Büschen, deren spärliches Laub ein wenig Schatten spendete. Vereinzelt klammerte sich struppiges Seegras mit drahtigen Wurzeln in den Sand. Ansonsten waren das einzige Anzeichen von Leben ein paar Einsiedlerkrebse, diese seltsamen, urzeitlichen Geschöpfe, die auf ihrem Rücken die Häuser toter Schnecken trugen. Sie hasteten am Rande des Wassers im feinen Sand umher.

Es war so klar, daß er die Bäume auf dem Berg über der Bucht erkennen konnte – wenn er einen klaren Moment hatte. Sie waren grün und frisch. Die Bucht lag da wie ein Spiegel – nicht eine Welle, nicht der leiseste Windhauch störte die beängstigende Glätte. Vor einiger Zeit hatte er ein Schiff vorbeifahren sehen. Es war ein flaches, häßliches, kleines Gefährt, dessen ungestrichener Rumpf über und über mit rotem Rost bedeckt war. An Deck waren zwei Leute gewesen, aber das Schiff hatte weder seinen Kurs geändert noch sein ohnehin langsames Tempo gedrosselt. Er hatte einen Schuß abgeben wollen, aber er konnte nicht sicher sein, daß es wirklich das versprochene Schiff war. Er wußte, daß Pedro nicht mehr kommen würde.

Er hatte Durst. Er grub eine flache Kuhle und schaute zu, wie sie sich langsam mit klarem Wasser füllte. Als es durch den Sand sickerte, sah es frisch und kühl aus, aber als er es probierte, war es bitter und warm. Er konnte nicht sagen, und es war ihm auch gleich, ob der üble süßliche Gestank vom Mangrovensumpf oder von ihm selbst ausging. Er lag im dürftigen Schatten der Büsche und ließ seinen Gedanken freien Lauf: Pedro würde schon kommen ... er war immer gekommen ... sie würden das Boot finden ... ein sauberes, hell erleuchtetes Schiff ... schließlich war er immer noch Rhygin. Er starrte auf die beiden im Sand liegenden Pistolen und dämmerte weg ...

Irgend etwas, irgendwie Beständiges weckte ihn auf. Er machte die Augen auf und wußte nicht, wo er war. Das Gleißen des Meeres brannte in seinen Augen wie Feuerblitze. Er mußte sie schließen. Wo war seine Sonnenbrille, jetzt, wo er sie brauchte? Was hatte ihn nur aufgeweckt? Es war nicht viel, denn er spürte keine Gefahr. Da war es wieder – ein leichtes, kaum spürbares Ziehen in der verwundeten Schulter. Ohne den Kopf zu heben, spähte er durch die zusammengekniffenen Augen. Es war ein Einsiedlerkrebs, einer, der größer aussah und auf jeden Fall waghalsiger war als seine Genossen. Er hatte noch nie einen so nahe gesehen. Er sah aus wie einer dieser sich ruckartig bewegenden, mechanischen Monster aus Horrorfilmen. Vier Beine und zwei Scheren ragten bizarr aus dem Schneckenhaus heraus. Er überlegte träge, ob der Krebs wohl die Schnecke getötet hatte. Dann sah er, was ihn aufgeweckt hatte. Die plumpen Scheren bewegten sich und stießen in den Verband, der ein Stück des gelb verkrusteten Stoffes abdeckte. Das Ziehen entstand, wenn sie anfingen zu zerren. Zuerst dachte er, der Krebs versuchte, den Verband abzuziehen, um an das rohe Fleisch zu kommen. Doch dann sah er ein kleines gelbes Körnchen an der Scherenspitze kleben. Die Schere führte es zu einem lippenlosen Schlitz in der Schale zwischen den Beinen. Die Bewegungen dieses Mundes erinnerten ihn an den zahnlosen Mund eines alten Mannes, der seine Nahrung einspeichelte. Der Krebs griff nicht an, er ernährte sich nur von dem getrockneten Eiter. Erst die Schnecke und jetzt ich, dachte er. Aber ... wenn die größer wären, müßte man echt Angst vor ihnen haben. Er bewegte seine Schulter und der kleine Krebs rutschte ab und hielt inne. Dann winkte er ihm wie im Spott mit seinen erhobenen Scheren zu.

In diesem Moment wurde seine Aufmerksamkeit durch Motorengeräusch abgelenkt, das von der Hafenseite aus näherkam. Er kämpfte sich mühsam auf die Knie und griff nach seinen Pistolen. Eine steckte er in den Gürtel, die andere umklammerte er mit der gesunden Hand. Dann rannte er stolpernd eine kleine Düne hinauf und legte sich in ein Büschel Gras, um die Bucht zu beobachten. Desinteressiert bemerkte er, daß die schöne blaue Trommel der Pistole voller Rostflecken war. Jetzt hörte man den Motor nicht mehr. Das Polizeiboot glitt mit abgestelltem Motor von hinten durch die Mangroven auf den Strand zu. Männer sprangen ins Wasser und schwärmten aus. Sie rannten den Strand hinauf und tauchten mit dem Kopf zuerst in den Sand. Sie schienen einzusinken und lagen reglos, bewegten nicht einmal die Köpfe. Sie waren weniger als hundert Meter entfernt von dem Ort, an dem er versteckt lag.

Auf was warten die denn noch – ist doch nicht Iwo Jima hier. Diese Arschlöcher, glauben sie etwa, hier gibt's Japse zu verjagen? Sieht ganz so aus.

Er mußte das in ihm aufsteigende Lachen niederkämpfen. Waren die eigentlich wirklich oder nur irgendeiner weiteren Filmszene entsprungen? Sie hatten offenbar keine Eile. Wenn er einfach im dichten Gras liegen blieb, würden sie ihn nie finden. Jedenfalls nicht, wenn sie weiter so auf ihren Bäuchen liegen blieben. Mit einiger Verwunderung erkannte er, daß Babylon, trotz seiner großen Gewehre, Angst vor ihm hatte. Acht oder vielleicht auch mehr krochen jetzt wie Riesenschildkröten durch den Sand.

«Ich bin ganz allein und die haben Angst vor mir ... Die Show ist noch nicht vorbei, verdammt! Starboy kann nicht sterben, schließlich ...»

Er sprang auf und stand schwankend und schreiend im lockeren Sand. «Ha! Aus ist's mit der Angst!» provozierte er sie und lachte höhnisch. «Wer ist euer bester Mann? Schickt ihn her – na los, einen, der schnell ziehen kann. Na los, macht schon, kommt in die Gänge, Jungs!»

Er stand torkelnd im Treibsand und blinzelte in die Mündungen ihrer Gewehre. «Schickt mir euren schnellsten Schützen, den besten, den ihr habt. Her mit ihm!»

Die Polizisten hoben die Köpfe und erstarrten, entweder, weil sie Angst hatten oder weil sie einfach nicht glauben konnten, was sie sahen.

«Auf was zum Teufel wartet ihr!» rief Maas Ray. «Das ist er! Feuer!»

Dem Echo seines Schreis folgte eine kurze Stille. Dann das wütende Knattern der Schnellfeuergewehre. Rhygin fiel vornüber und rollte kopfüber die Düne runter. Das rasende Geknatter hielt an, noch lange, nachdem er längst tot war. Aber sie konnten nicht aufhören, die Dünen mit Blei vollzupumpen wie eine wahnwitzige Affenbande, die mit Knüppeln auf den Leichnam eines Leoparden einschlug.

«Aufhören!» rief Maas Ray. «Feuer einstellen!»

Ras Pedro humpelte mit trüben Augen und aufgedunsenem Gesicht auf den Hof. Elsa sah ihn kommen und lief ihm weinend entgegen.

«Pedro! Bei Gott, du lebst! Aber du bist verletzt?»

«Nein, nein, ich bin nicht verletzt.» Er schaute sie nicht an, sondern humpelte zum Mangobaum und ließ sich stöhnend darunter nieder.

«Aber Pedro!» jammerte sie. «Dein Kopf.»

«Ich bin nicht verletzt. Ich fühle gar nix.»

«Ich bin froh», sagte sie und wischte die Tränen fort. «Ich bin so froh.»

Auf dem Anlegesteg drängten sich ein paar Männer und beobachteten aufgeregt, wie das Boot näher kam. «Seid ihr sicher, daß sie ihn haben?» fragte einer. «Wieso sind die so ruhig?»

Einer von ihnen fing die Leine auf und zog das Boot zur Anlegestelle. «Ihr habt ihn also, ihr habt ihn!» schrie er wild. «Wo ist er?»

Einer wies auf das Heck, auf etwas, das zuerst wie ein Haufen blutiger Lumpen wirkte.

«Das? Das ist der große Rhygin?» Die jungenhafte Stimme des Mannes schien enttäuscht. «Ist auch nichts weiter, als ein mieser, kleiner Verbrecher!» Er wandte sich ab und spuckte verächtlich ins Wasser. «Was stinkt hier eigentlich so?»

Ras Pedro saß unter dem Mangobaum und hörte den verbotenen Song im Radio des Nachbarn. Er wußte, daß etwas passiert war.

Because, de harder dey come ...
Is de harder dey fall
One an' aaawl ...

Die Stimme des Radiosprechers Numero Uno war heiser und atemlos vor unterdrückter Spannung:

Wir unterbrechen diese Sendung für eine Sondermeldung.

Heute nachmittag haben ein paar ausgewählte Scharfschützen der Polizei aus der Harmon-Kaserne unter Leitung von Raymond Jones, auf den Hinweis eines angesehenen Geistlichen hin ...

Ras Pedro hielt sich die Ohren zu und schrie: «Stell es ab! Stell es ab, sag ich!» Aber keiner hörte auf ihn. «Vorbei», sagte er. «Jetzt ist es wirklich vorbei.» Drinnen im Haus fing Elsa an, leise zu weinen.

In Trench Town lag ein kleiner Junge im Hinterhalt unter einem Baum. Er lag ganz still und lauschte dem Lärm der Meute. Aus einer der weiter weg liegenden Hütten hörte er den vertrauten Rhythmus und die Worte:

De oppressah is tryin' to keep you down ...

«Moment mal», sagte der Junge. «Ich denk, das Lied ist verboten?» Aber er hatte keine Zeit, darüber nachzudenken. Er mußte sich mit dringenderen Angelegenheiten beschäftigen, mit der anrückenden Meute zum Beispiel.

«Ratatatat!» Er sprang mit feuerspeienden Pistolen aus seinem Versteck.

Die Meute erwiderte das Feuer. «Du bist tot», rief der Sheriff. «Komm, Mann, du bist tot!»

«Ich bin Rhygin», schrie der Junge zurück. «Ich kann nicht sterben!»

Und wieder übersäte er die Meute mit seinem vernichtenden Feuer, ehe er in sein Versteck zurücktanzte. Seine klare hohe Stimme klang durch die Stille: «Rhygin war hier. Und ist schon wieder weg!»

Am Kanal, in den Hütten und Unterschlüpfen von Trench Town herrschte für eine volle halbe Stunde Totenstille.

Ayeh, Jamdung
Sieh da
Das Buch ist aus
Selah!

Erläuterungen jamaikanischer Wörter und Begriffe

Accompong
Name eines Maroon-Kriegers, Bruder von Cudjo; auch Name einer Stadt. Aus dem Twi: Name der höchsten Gottheit.

Ackee
Fruchtbaum aus Afrika, um 1778 eingeführt. Aus dem Twi *ankye*, oder Kru *akee*.

Akete
Traditionelle Handtrommel afrikanischen Ursprungs, wird heute bei den Nyabinghi-Feiern der Rastafaris gespielt.

Asham
Mais, der geröstet, gesüßt und gemahlen wurde. Aus dem Twi *osiam* (mit derselben Bedeutung).

Babylon
Die verwestlichte Gesellschaft Jamaikas, die Regierung und ihre Institutionen, unterdrückerische Macht; die Polizei als deren Agenten.

Balmyard
Ort, an dem Pocomania-Riten abgehalten werden, Heilungen vorgenommen, Verwünschungen über jemanden ausgesprochen oder von jemandem abgenommen werden.

Boasie
Adj. stolz, eingebildet, prahlerisch. Verschmelzung des englischen *boastful* (prahlerisch) und des aus dem Yoruba stammenden *bosi* (stolz, prahlerisch).

Bullah
Flache, runde, süße Kekse, weit verbreitetes und sehr beliebtes Nahrungsmittel.

Kelch (chalice)
Eine Chillum-Pfeife (s. u.), die rituell unter den Brüdern kreist, wird zum Kelch; geheiligter Gegenstand.

Chillum-Pfeife
Fein gearbeitete Wasserpfeife zum Rauchen von Ganja, aus dem Hindi *chilam*.

Coolie
Adj. von indischer Abstammung, wie in Coolie Man oder Coolie Mädchen, Coolie Roy.

Collie
Städtische Umgangssprache, Ganja.

Cromanty
Adj., von Koromanti, Schwarze von der Goldküste, Westafrika, denen nachgesagt wird, sie seien besonders rebellisch und kämpferisch.

Cudjo
Name eines berühmten Maroon-Kriegers, Name eines am Montag geborenen Jungen, aus dem Fanti, Twi *Kudwo*.

Cutchie
Tonpfeife zum Rauchen von Ganja.

dread
Adj., fürchterlich, furchterregend; wird von den Rastafari als Eigenbezeichnung ins Positive gewendet, biblische Anklänge auch an «die Furcht des Herrn»; in die Umgangssprache eingegangen.

Dreadlocks
Die ungekämmte, nicht beschnittene, verfilzte Haartracht eines Rastafari. Eine Person, die ihr Haar derart trägt; auch einfach «Locksman» oder «Nyaman».

Dungle
Berüchtigtes Slumviertel von West Kingston, um ein Müllgebiet herum wuchernd; aus dem Englischen *Dunghill* (Komposthaufen), Anklänge an das Wort *jungle* (Dschungel), eine Umschreibung für die menschenunwürdige Großstadt.

Duppi
Geist eines Toten, der zurückkehren kann, um Menschen zu helfen oder zu schaden. Ist den Mächten des Obeah-Zaubers und also den Zauberern unterworfen; aus dem Bube *dupe* (Geist).

Ganja
Die getrockneten Blätter und Knospen der weiblichen Pflanze von *Cannabis sativa*, Marihuana. Aus dem Hindi *ganja*, auch: *herb*, *weed*, Kraut, Gras.

Garvey, Marcus (1887–1940)
Gründer und Führer der UNIA (s. d.), eine der bedeutendsten Gestalten der schwarzen Emanzipationsbewegung in der Karibik und den USA.

Grounation
Von ground, Boden. Bezeichnung für die Nyabinghi-Feiern, bei denen sich die Teilnehmer im Freien, auf dem Boden sitzend, um ein Feuer versammeln.

Gully
Eigentlich Abwässerkanal, in Kingston tiefe, offene Gräben, die die Stadt durchziehen. Sie führen den größten Teil des Jahres kein Wasser, werden aber zur Regenzeit zu reißenden Flüssen. Das Land zu beiden Seiten der Gullys ist Staatsbesitz, hier bauen Slumbewohner oft illegal ihre Hütten, so daß viele der Gullys von Ghettos gesäumt sind.

Ghetto
Bezeichnung für Slumgebiete in jamaikanischen Städten.

Hirte
Führer einer Erweckungsbewegung, auch Besitzer eines Balmyards, Heiler und Prophet.

I-an'-I
Ich-un-Ich (Rastasprache), Pronomen, 1. Person Singular, manchmal auch für den Plural gebraucht.

I-man
Ich-Mann, Pronomen, s. o.

Jack Mendora
Teil einer Formel, die am Anfang oder Ende einer Erzählung auftaucht. Sie weist darauf hin, daß die Geschichte sich nicht auf jemand Bestimmtes bezieht. Ursprüngliche Bedeutung unbekannt, Herkunft ebenso, wahrscheinlich afrikanisch.

Jah, Jahjah
Kurzform für «Jah Ras Tafari», eine Weise der Rastafaris, Gott zu benennen, «Jehova». Wahrscheinlich vom hebräischen *Jahwe*. Wird auch als Anrede untereinander gebraucht, um die Göttlichkeit jedes einzelnen Menschen auszudrücken.

Jamdung
Städtische Umgangssprache, Name für Jamaika; zusammengesetzt aus *jam* (drücken) und *dung* für *down* (nieder). Ironische Anspielung auf die sozialen und wirtschaftlichen Bedingungen des größten Teils der Bevölkerung.

Jancrow, John Crow
Große, schwarze Geier, in Sprichwörtern oft als herabsetzende Bezeichnung für Schwarze gebraucht.

Jon Connu (John Canoe)
Gruppen reich ausstaffierter und kostümierter, vermummter Tänzer, die um die Weihnachtszeit erscheinen. Sie erinnern an die Tänzer der Vorfahren aus Westafrika, aber die Herkunft des Wortes ist unklar.

Kumina
Ekstatischer Tanz, um mit den Ahnen in Verbindung zu treten; aus dem Twi *akom* (besessen sein) und *ana* (von einem Ahn).

Maas
Von Master oder Massa. Im heutigen Gebrauch unbelastet von der ursprünglich hiermit gekennzeichneten Hierarchie der Klassen; respektvolle und gleichzeitig liebevolle Anrede für einen älteren Mann.

Maroon
Freie, schwarze Kriegergemeinschaften, die der britischen Übermacht und deren Herrschaftsanspruch während des 18. und frühen 19. Jahrhunderts erfolgreich Widerstand leisteten. Aus dem Spanischen *cimmaron* (ungezähmt, wild).

Menelik, Ras
Äthiopischer Adliger, der mit seinen Truppen den italienischen Kolonialbestrebungen Einhalt gebot. Schlug die Italiener bei Adowa, 1896.

Nyabinghi
Legendäre, weltweit verbreitete Geheimgesellschaft von Schwarzen, die von Haile Selassie angeführt werden soll und deren Ziel es sein soll, der weißen Vorherrschaft durch kriegerische Aktion ein Ende zu setzen. Angebliche Bedeutung: «Tod den Weißen»; eine Gruppe von Rastafari-Kriegern – Nyamen.

Obeah
Die Handlung, die Kunst, die Macht der *Duppies* zu gebrauchen und so einzusetzen, daß Menschenleben dadurch beeinflußt werden. Bösartige Magie. Aus dem Efik *ubio* (ein in der Erde vergrabenes Amulett) oder aus dem Twi *obayi* (Magie oder Zauberei).
One Love, One Heart, One Destiny
Eine Liebe, ein Herz, ein Ziel, oder Abwandlung davon; traditionelle Begrüßungsformel(n) der Rastafari, einem Motto Marcus Garveys entlehnt.
Pocomania
Ekstatische, afrikanisch-christliche, religiöse Erweckungsbewegung, angeblich aus dem Spanischen *pocomania* (kleine Verrücktheit). Diese Herleitung wird von einigen Wissenschaftlern bestritten, die statt dessen für eine Herkunft aus dem Twi plädieren: 1. *po* (klein) und 2. *Kumina* (Tanz, bei dem die Besessenheit durch die Ahnen eintritt), also «kleines Kumina».
Quashie
Bauer, Dorftölpel, roher, dummer Mensch; abwertender, rassistischer Ausdruck für Schwarze, der noch aus der Sklavenzeit stammt; ursprünglich auf Twi der Name eines am Sonntag geborenen Jungen.
Ras Tafari
Titel (Ras = Fürst) und Name von Haile Selassie I. von Äthiopien vor dessen Krönung und Ernennung zum Kaiser. Davon abgeleitet Rastafari, Mitglied einer religiösen Gruppe, die Haile Selassie für die Inkarnation Gottes ansieht.
Rema
Slumgebiet in West Kingston.
Rhygin
Adj., beherzt, kraftvoll, lebendig, leidenschaftlich mit großer Vitalität und Stärke; auch im sexuellen Sinn herausfordernd und aggressiv. Wahrscheinlich eine abgewandelte Form des englischen *raging* (wütend, tobend, rasend).
Rude-boy, Rudie
Von *rude*, wild, rücksichtslos, gewalttätig. In den sechziger Jahren Bezeichnung für jugendliche Bandenmitglieder, Symbolfigur des Ghetto-Jungen.
Royal
Person, die von der schwarzen und einer anderen Rasse abstammt, in Zusammensetzung wie «Chiney-Royal», «Coolie-Royal»; derb humorvoll auch in «Monkey-Royal» (Halbaffe).
Sela(h)
Aus dem Hebräischen, Pausenzeichen in den Psalmen, wird von den Rastas oft zur Unterstreichung und Bekräftigung eines Ausspruchs benutzt.
Shampata
Aus Holz oder aus Reifengummi geschnittene Sandale, die durch Schnüre oder Gummibänder am Fuß gehalten wird.

Spliff
Kegelförmige Ganja-Zigarette, oft aus braunem Packpapier gerollt.

Sufferah, Sufferer
Von *suffer*, leiden, erdulden. In Jamaika häufig benutzt zur Kennzeichnung der Lage der Ghettobewohner, die sich oft selbst als «sufferers» bezeichnen.

Tacumah
Figur in den Geschichten über die Spinne Anancy, angeblich ihr Sohn. Vom Twi-Wort *n'ticuma.*

Tamarindenrute
Eine Geißel, die aus den biegsamen, drahtigen Zweigen des Tamarindenbaums geflochten und dann eingeölt wird. Sehr wirksames und gefürchtetes Werkzeug in den Händen Babylons.

UNIA
«Universal Negro Improvement Association», 1914 von Marcus Garvey in Jamaika gegründete Organisation, die den Rassenstolz der Afroamerikaner und ihre Rückorientierung auf Afrika fördern sollte. 1916 ging Garvey in die USA, wo seine Bewegung rasch großen Einfluß unter der schwarzen Bevölkerung gewann.

Yabbah
Schale oder Gefäß aus gebranntem Ton, vom Twi-Wort *ayawa* mit der gleichen Bedeutung.

Zombie
Ahnengeist im Kumina-Kult (s. d.), auf der Nachbarinsel Haiti dagegen Bezeichnung für einen «lebenden Toten», der von einem Zauberpriester beherrscht wird und diesem dient.

Nachbemerkung der Übersetzer

Michael Thelwell hat in Teilen seines Buches, vor allem in den Dialogen, Formen der jamaikanischen Umgangssprache verwendet, gemeinhin «patwah» (Patois) genannt. Es ist dies eine Kreolsprache, deren Vokabular großenteils dem Englischen entstammt, deren Syntax aber auf afrikanische Formen zurückgeht.

Kreolsprachen sind keine Dialekte, es sind eigenständige Sondersprachen, die in sich wiederum vielfältige Dialekt- und Soziolektdifferenzierungen aufweisen.

Wir haben uns bemüht, dem bei der Übersetzung Rechnung zu tragen. Das Deutsche kennt keine den Kreolsprachen vergleichbaren Entwicklungen, und einen bestimmten Dialekt zu verwenden, wäre unangemessen und verfälschend gewesen. Für den deutschen Text haben wir daher nach umgangssprachlichen Formen gesucht, die der jeweiligen Kommunikationssituation entsprechen. Daß dabei viel von dem sprachlichen Reichtum des Romans verlorengehen muß, liegt auf der Hand. Dieser Reichtum ist aber selbst das Ergebnis eines oft schmerzhaften Zusammenpralls unterschiedlicher Kulturtraditionen, von dem das Buch handelt.